Die zehn Gebote des Alten Testaments scheinen in heutigen Zeiten abgelöst zu sein von einem einzigen, das da lautet: »Lass dich nicht erwischen«. Dieses Gebot befolgt zumindest Ritchie Shepherd, einst gefeierter Rockstar, jetzt millionenschwerer TV-Produzent. Er hintergeht lustvoll seine Ehefrau mit einer Minderjährigen. Val Oatman, der Exfreund seiner Schwester Bec und Herausgeber eines Boulevardblatts, bekommt Wind von der Affäre und droht, seinen Fehltritt publik zu machen – wenn Ritchie nicht seine Schwester an den öffentlichen Pranger stellt, eine leidenschaftliche Forscherin, die skrupellos alles daran setzt, ein Malaria-Medikament zu entwickeln. Bleibt Ritchie wirklich nur der Verrat an Bec, um seine Haut zu retten?

JAMES MEEK, 1962 geboren, wuchs in Schottland auf und lebt heute in London. Nach einer preisgekrönten Karriere als Journalist widmet er sich seit 2006 ausschließlich seiner schriftstellerischen Arbeit. Sein Sibirienroman »Die einsamen Schrecken der Liebe« wurde von der Kritik gefeiert und erhielt zahlreiche Preise. James Meek war schon zwei Mal für den Booker-Preis nominiert, und seine Bücher wurden in rund zwanzig Sprachen übersetzt. »Liebe und andere Parasiten« ist sein fünfter Roman.

James Meek

Liebe und andere Parasiten

Roman

*Aus dem Englischen
von Hans-Ulrich Möhring und Karen Nölle*

btb

Die Originalausgabe erschien 2012 unter dem Titel
»The Heart Broke In« bei Canongate Books Ltd, Edinburgh.

MIX
Papier aus verantwortungsvollen Quellen
FSC® C083411

Verlagsgruppe Random House FSC® N001967
Das für dieses Buch verwendete FSC®-zertifizierte
Papier *Lux Cream* liefert Stora Enso, Finnland.

1. Auflage
Genehmigte Taschenbuchausgabe September 2015,
btb Verlag in der Verlagsgruppe Random House GmbH, München

Umschlaggestaltung: semper smile, München nach einem
Umschlagentwurf von Lübbeke Naumann Thoben, Köln,
unter Verwendung des britischen Originalcovers von Keenan,
© der Umschlagfotografie: T.J. Florian – Rainbow /
Getty Images, München
Druck und Einband: CPI books GmbH, Leck
LW · Herstellung: sc
Printed in Germany
ISBN 978-3-442-74954-6

www.btb-verlag.de
www.facebook.com/btbverlag
Besuchen Sie auch unseren LiteraturBlog www.transatlantik.de

»Heiraten, eine Familie gründen, alle Kinder, welche kommen wollen, hinnehmen, in dieser unsichern Welt erhalten und gar noch ein wenig führen ist meiner Überzeugung nach das Äußerste, das einem Menschen überhaupt gelingen kann.«

Franz Kafka (dem das nie geglückt ist)

ERSTER TEIL

1

Sie stimmte, die Geschichte, die in Ritchie Shepherds Filmproduktionsgesellschaft die Runde machte. Die sich in die Köpfe einschlich, obwohl die Mitarbeiter kaum etwas davon merkten und schon gar nicht darüber sprachen. Sie war wie ein übler Geruch, eben wahrzunehmen, aber so schwach, dass man ihn gar nicht erwähnte. Immer wenn sie sich während der Herbst- und Frühjahrsstaffeln von *Teen Makeover* um Ritchie scharten und ihm Fragen stellten, auf die sie die Antwort schon kannten, wenn sie Komplimente zu ergattern versuchten und darum buhlten, dass er ihren Feinden eine Abfuhr erteilte, beobachteten seine Leute ihn. Sie sahen, dass er nicht so witzig war wie sonst. Sparte er sich seine Scherze für jemand anderen auf? Er hatte einen komischen Gang angenommen, fanden sie, seltsam federnd, übereifrig, als meinte er, irgendetwas gäbe ihm zusätzliche Energie oder machte ihn jünger.

Solange das Gerücht unausgesprochen blieb, hatten die Mitarbeiter Herzstechen. Das Gerücht besagte, dass Ritchie nach langer Enthaltsamkeit mal wieder seine Frau Karin betrog, diesmal mit einer Minderjährigen. Ritchies Familie tat ihnen leid, aber was war, wenn der Schaden auf sie, die Beschäftigten in der Firma, übergriff? Sie fühlten sich persönlich bedroht. Wenn erst einer infiziert war, übertrug sich der Skandal auf die anderen. Alle mochten Ritchie, aber sie waren überzeugt, dass er egoistisch genug war, um sie alle mit hineinzureißen. Die Büros der Produktionsfirma waren von Nervosität und Misstrauen verseucht. Als eines Tages zwei vierzehnjährige Zwillingsmädchen ohne elterliche Begleitung auftauchten und nach Ritchie fragten, sprang Paula, seine Assistentin, überstürzt hinter ihrem Schreibtisch auf, nahm mit dem Schenkel die überhängende Kante einer ausgedruckten E-Mail mit und schüttete sich eine Tasse Kaffee über den Rock. Der Oberbeleuchter schrottete eine zweitausend Pfund teure Fresnel. Er ließ sie von der Brücke fallen, als er sah, wie Ritchie lächelnd den Ellbogen einer hoch aufgeschossenen Zehntklässlerin im kurzen Kleidchen berührte. »Die hatte schon richtig weibliche Kurven!«, hätte der Beleuchter zu seiner Verteidigung gesagt, wenn er nicht befürchtet hätte, alle verrückt zu machen, und so schrie er nur: »Ich Vollidiot!«, während die unten Stehenden vor den Linsensplittern davonsprangen, die über den Boden spritzten. Als die Regieassistentin Ritchie mit einer Gruppe knackärschiger Schulmädchen in Leotards sprechen sah, schritt sie ein und unterbrach ihn mitten im Satz. Noch ehe sie ausgeredet hatte, wurde ihr klar, dass sie sich lächerlich machte. Die Mädchen hatten ihre Lehrerinnen dabei. Schuld war die stechende Furcht in ihrem Herzen.

Das Stechen ließ sich nur lindern, indem man Worte dafür fand. Das Produktionsteam brauchte etwas Sagbares, um den Druck von der Brust zu bekommen, und als das Gerücht endlich seine ausgesprochene Form erhielt, waren alle dermaßen erleichtert, dass sie ihm sofort Glauben schenkten. Viel besser, wenn Ritchies zehn Jahre bestehende Ehe mit Karin wegen der hübschen, aber über einundzwanzigjährigen Moderatorin Lina Riggs in die Brüche ging und er deshalb das Sorgerecht für Sohn und Tochter verlor, als dass der Boss etwas Illegales und Schändliches machte, das sie alle mit dem unauslöschlichen Makel eines unaussprechlichen

Wortes befleckt hätte. Aus »Ich frage mich, ob …« und »Ich wette, dass …« und »Du glaubst doch nicht etwa …« wurde »Ich hab gehört …« und »Ich muss euch was Irres sagen …« und »Ich weiß, wen Ritchie vögelt …«, ohne dass jemand den Übergang merkte. Die Überzeugung beruhigte alle.

Ritchie fiel auf, dass regelmäßig ein dümmliches Grinsen auf den Gesichtern seiner Mitarbeiter erschien, wenn er in Riggsys Nähe kam. Er wusste nicht, wie glücklich es sie machte, ihre Überzeugung bekräftigt zu sehen, dass er seine Familie mit einer mündigen Erwachsenen betrog. Sie hatten keine Ahnung, dass aus ihrem Gerücht mit dem Aussprechen ein Irrtum geworden und dass das ursprüngliche Gerücht, die stechende Furcht in ihrem Herzen, die Wahrheit war. Sie wussten nicht, dass Ritchie eine Affäre mit einer noch nicht ganz Sechzehnjährigen hatte, die er durch ihren Auftritt in der vorigen Staffel von *Teen Makeover* kennengelernt hatte. Er traf Nicole einmal die Woche. Er hatte vor, die Sache so lange zu genießen, wie ihm danach war, und sie dann zärtlich zu beenden. Nicole würde, stellte er sich vor, gerührt sein, dass er sie freiwillig aufgab. Das würde bald geschehen, und niemand würde etwas gemerkt haben. Wie auch? Sie passten beide gut auf, und London war ein wilder Wald aus Backsteinmauern und Ziegeldächern, wo Stadtpläne einem nur zeigten, wie wenig man wusste.

2

Ritchie erwachte in einem weichen Sessel in einem großen, hellen Raum. Eine alte Schallplatte drehte sich knisternd, und er hörte die Stimmen von Ruby, Dan und Karin im Garten, drei Stockwerke tiefer. Irgendwo weit weg klapperte etwas gegen Holz.

Wie ein Latz lag die durchs Südfenster fallende pralle Sonne auf seinem ausgefransten gelben T-Shirt und verbreitete wohlige Wärme auf seiner Brust. Durch den Mittagsschlaf fühlte er sich erfrischt und zufrieden. Frau und Kinder waren ihm nahe und zugleich fern genug: Er hörte, dass sie glücklich waren, und sie störten ihn nicht.

Ihm gegenüber dort im Dachgeschoss stand eine fahrbare Leiter vor einer Regalwand, die vom Boden bis zu den Sparren mit Schallplatten gefüllt war. Ritchies Arbeitszimmer war so groß, dass man darin Rad fahren konnte, aber er hatte kein Fahrrad hier oben; er hatte ein Dreirad für Erwachsene. Die Reifen surrten auf den gewachsten Eichendielen, wenn er in die Pedale trat und lossauste: um den Treppenschacht in der Mitte des Raumes herum, vorbei an den Glasschränken mit seiner Sammlung britischer Kriegscomics, vorbei am Schreibtisch und der Kühlvitrine, in der sein Bier und seine Puddings standen, vorbei an dem Waschbecken, das einst ein viktorianischer Taufstein gewesen war, und dem WC in einer alten roten Telefonzelle mit geschwärzten Scheiben, zum Gitarrenkoffer. Im Gitarrenkoffer wohnte eine seiner zwei stahlbespannten Akustikgitarren, die Karin ihm zu seinem Vierzigsten aus Fichte und Walnuss hatte bauen lassen, mit ihren Namen (seinem und ihrem) in Perlmutt eingelegt; und in der Gitarre verbarg sich ein Geheimnis – das Handy, das er für seine Gespräche mit Nicole benutzte.

Er stand auf und sah aus dem Fenster. Unten im Garten ernteten Karin und die Kinder Obst. Ihre glänzenden Haare und perspektivisch verkürzten Körper tauchten aus dem Schatten auf und wieder in ihn ein. Er hörte sie reden, doch durch die Scheibe drangen nur gedämpfte freundliche Unverständlichkeiten. Er ging zum Schreibtisch, öffnete die Kühlvitrine und nahm sich von den Vorräten einen Becher Schokoladenpudding. Seine bevorzugte Marke hieß Choc-

Pot, denn da war das Holzlöffelchen gleich mit dabei, sodass er nicht erst eines suchen musste. Er machte den Deckel auf, stellte den Becher hin und griff sich seinen BlackBerry. Dann löffelte er mit der Rechten Schokoglibber und scrollte sich mit dem linken Daumen durch seine E-Mails. Ein Happen Pudding fiel vom Löffel und landete auf dem Balkon seines Bauchs. Er legte den BlackBerry weg, beseitigte das Malheur mit dem Zeigefinger, führte den zitternden Klumpen an den Mund, leckte den Finger ab und ging zum Taufstein. Ohne es auszuziehen, hielt er das T-Shirt mit beiden Händen unter den Wasserhahn und rubbelte, bis der braune Fleck fast verschwunden war. Er wrang die nasse Stelle aus.

Die Lust, Nicole anzurufen, sie allein zu Hause zu erwischen, kribbelte in seiner Magengrube. Er schritt zum Gitarrenkoffer, schnippte die Verschlüsse auf und öffnete ihn. Die Gitarre war nicht da.

Ritchies Handfläche und Finger legten sich auf das blaue Plüschfutter des Koffers. Der Mund stand ihm offen.

Er drehte sich um und lief zur Treppe, die Zehen gekrümmt, damit ihm die alten Flipflops nicht von den Füßen flogen. Er musste aufpassen, dass er sich auf den sechs Treppenfluchten bis hinunter zum Obstgarten nicht den Hals brach: drei Stockwerke, fünf Richtungswechsel. Seine Hände grapschten Halt suchend nach den fußballgroßen Eichenkugeln, lackiert und auf Hochglanz poliert, die das Geländer auf jedem Treppenabsatz krönten. Er geriet ins Stolpern, rutschte von der Stufe, knallte an die Wand, landete auf dem Hintern, rappelte sich auf und lief keuchend weiter. Ich komme außer Atem, wenn ich mit Nicole schlafe, dachte er. Ob sie das stört? Während seine Füße trappelten und sein Herz hämmerte, fiel ihm das Geräusch wieder ein, das er beim Aufwachen gehört hatte, das Klappern gegen dünnes Holz. Wenn neugierige Hände in die Gitarre hineingriffen, wieso war da ein Handy drin? Er hatte sich keine erklärende Lüge ausgedacht.

Am Fuß der Treppe angelangt, hastete er durch den Flur zur Küche und dankte Gott, dass die Gartentür offen stand. Zwei Schritte vor der Schwelle fühlte er etwas die Schenkel hinuntergleiten. Seine Shorts rutschten ihm auf die Waden. Er stürzte und prellte sich das Knie an den Küchenfliesen. Die nackten Schenkel machten unangenehme Bekanntschaft mit dem kalten Schiefer. Er stand auf, zog sich die Hose hoch, band die Kordel zu und humpelte in den Garten hinaus.

Eine milde englische Wärme hüllte ihn ein, und er blinzelte gegen die Helligkeit an. Auf der Eibe gurrte eine Ringeltaube. Karin stand mit dem Rücken zu Ritchie und streckte sich, um Mirabellen von einem hohen Ast zu pflücken, der immer wieder raschelnd zurückschnellte. Der Saum ihres Musselinrocks schob sich über ihre braunen Waden nach oben, und ein Träger ihres Tops rutschte ihr von der Schulter. Es roch nach Gras, wo die Sonne auf die von nackten Füßen zertretenen Halme schien. Ritchie bedauerte, dass er später mit seiner kleinen Freundin verabredet war. Er wäre lieber mit Frau und Kindern zu Hause geblieben. Dan lief von Stamm zu Stamm und hielt dabei Ritchies Gitarre wie eine Waffe, ging in die Hocke und zielte mit dem Gitarrenhals. Ruby häufte Früchte auf. Sie sah ihren Vater und sprang auf.

»Guck mal, Daddy!«, rief sie. Sie schraubte ihren schmalen Oberkörper zu Karin herum und lachte.

Dan erhob sich ängstlich. »Gib mir die Gitarre«, sagte Ritchie. Dan ließ sie ins Gras fallen und lief zu seiner Mutter. Ritchie fasste die Gitarre am Hals und schwenkte sie beim Aufheben. Nichts drin. Er spähte in das hohe Gras. Das Handy konnte rausgefallen sein, oder jemand von seiner Familie konnte es genommen haben. Das Handy enthielt dutzendweise Nachrichten von Nicole, die so obszön waren, dass er es nicht fertiggebracht hatte, sie zu löschen.

»Ich wüsste nicht, dass du gefragt hättest, ob du in Daddys Atelier darfst«, sagte Ritchie.

»Du hast geschlafen«, sagte Dan. Er krallte sich an Karins Rock und sah zu ihr auf.

»Mummy, Daddy blutet!«, sagte Ruby. »Und er schnauft so komisch.«

Karin sah Dan an und strich ihm über den Kopf. »Ich weiß nicht, warum du dir Daddys Gitarre nicht ausleihen solltest«, sagte sie zu ihrem Sohn. »Er spielt sie nie.«

»Lass das«, sagte Ritchie. Karin blickte ihn an und Dan ebenfalls. Beide hatten eine kühle, fragende Miene wie zwei Ärzte, die er im Gespräch über seinen Fall unterbrochen hatte. »Sprich nicht mit Dan über mich, als ob ich nicht da wäre. Außerdem irrst du dich. Ich spiele ständig auf ihr.« Er hob die Gitarre hoch und sah »Ritchie«, vom Perlmuttinlay reflektiert, in leuchtender Spiegelschrift über Karin und Dan huschen. Beide hielten sich eine Hand vor die Augen, als sein Name über ihr Gesicht strich.

»Guck doch hin«, sagte Karin. »Die zwei oberen Saiten sind gerissen und die andern sind völlig verstimmt.«

»Mum, Daddy blutet!«, rief Ruby abermals. Sie lief zu Karin und zupfte an der anderen Seite des Rocks. Ruby war diejenige, die fraglos um ihn besorgt war, nicht aus Pflichtgefühl, sondern einfach so, da war sich Ritchie sicher. Sie war sechs, und er wusste, dass sie zeitlebens so für ihn empfinden würde, in jedem Alter. Mit Dan zu schimpfen war ein gefährlicher Fehler gewesen, erkannte er, denn er wusste nicht, wo das Telefon war, aber Dan oder Karin – oder beide! – konnten es wissen und nur den richtigen Zeitpunkt abwarten, um ihn zur Rede zu stellen. Er musste wieder Herr der Lage werden. Dabei fühlte er sich gar nicht herrschaftlich, weil seine Art,

Herrschaft auszuüben, so gütig daherkam: mit Freundlichkeit, Großzügigkeit. Es war ihm noch nie in den Sinn gekommen, dass das Bestreben, das Monopol auf Großzügigkeit zu haben, das wesentliche Merkmal eines Despoten war.

»Was ist mit deinem Bein?«, fragte Karin.

»Ich bin auf den Fliesen ausgerutscht. Dan, komm her, zeig mir mal, was du spielen kannst.« Er hielt seinem Sohn die Gitarre hin.

»Ich will nichts spielen«, sagte Dan, und flink wie eine Forelle schoss er davon und verschwand hinter der Eibe am Ende des Obstgartens.

»Mum, kann ich Blätter auf Daddys Bein legen, damit es zu bluten aufhört?«, fragte Ruby.

»Wenn Daddy dich lässt, Schatz.« Sie musterte Ritchie. Ihr Blick strich über das Blut, die abgetragenen Sachen, den Fleck am Bauch und das Stoppelkinn.

Er hatte Angst, dass Karin ihn nicht liebte, was eine Katastrophe wäre, denn er liebte sie, und er liebte seine Kinder, und wenn sie ihn nicht liebte, wäre ihm das Vergnügen verdorben, sie zu betrügen und sich reingewaschen zu fühlen, wenn er voll Liebe zu ihr zurückkehrte.

»Du kannst uns beim Pflücken helfen, wenn du schon mal hier bist«, sagte Karin. Sie drehte ihm den Rücken zu und fuhr mit dem Ernten fort.

Ritchie legte die Gitarre hin, verschränkte die Arme und summte ein Lied, während er langsam Kreise zog und mit den Zehen über das Gras strich. Er beugte den Kopf und hielt Ausschau nach etwas Silbernem, blickte aber alle paar Sekunden auf, um sich zu vergewissern, dass Karin nicht schaute.

Ruby kam mit einer Handvoll Blätter zu ihm. »Mum, Dad hat Schokoladenpudding gegessen«, sagte sie. »Warum dürfen wir keinen?«

»Das ist nicht gut für euch«, sagte Karin, ohne sich umzudrehen. »Das gibt es nur mal ausnahmsweise zum Naschen.«

»Warum darf Daddy naschen und wir nicht?«

»Daddy erlaubt sich das selbst.«

Ritchie sah eine Gelegenheit. »Wir können alle Schokoladenpudding essen«, verkündete er, »wenn wir mit der Ernte fertig sind.« Das Wort »Ernte« wird Karin gefallen, dachte er. Es hörte sich an, als machte die Familie etwas Reelles zusammen, im Einklang mit der Natur und den Jahreszeiten.

Ruby kniete sich neben ihren Vater ins Gras und fing an, Blätter auf das gerinnende Blut an seinem Bein zu drücken. Sie runzelte vor Konzentration die Stirn. Ritchie fühlte sich an den Ausdruck auf Nicoles Gesicht erinnert, in einer ganz bestimmten Situation. Ihm zog sich alles zusammen. »Ruby, Liebes, jetzt geht's schon viel besser«, sagte er. »Geh und hol Daddy eine leckere Mirabelle.«

»Ich hab eine«, sagte Ruby. Sie fasste in die Brusttasche ihres Jeanskleides und hielt ihm eine harte, kleine grüne Mirabelle hin. Er nahm sie und rollte sie in der Hand.

»Danke, mein Schatz, aber die ist noch nicht reif«, sagte er.

»Iss sie!«, sagte Ruby. Sie lachte. »Los, mach! Du musst sie essen!«

»Ich dachte, du magst die unreifen«, sagte Karin. Sie trat auf ihn zu. Von dem schweren Korb voller Früchte, den sie trug, traten an ihrem rechten Unterarm die Muskeln unter der braunen, geäderten Haut hervor.

Ritchie stand auf. Er biss in die straffe Haut der Mirabelle, nagte ein Stück des herben Fleischs ab und zerkaute es.

»Ausgezeichnet«, sagte er. Er zwang sich, nicht den Mund zu verziehen und das Häppchen auszuspucken.

3

Ritchie fand seinen Sohn unter der Eibe. Auf die Ellbogen gestützt, lag er bäuchlings im Gras und drosch mit den nackten Unterschenkeln in die ungemähten kühlen Halme im Schatten des Baumes. Kopf und Rumpf lagen in der Sonne. Er hatte ein Gerät in der Hand. Ritchie beschleunigte seine Schritte.

Im Näherkommen erkannte er, dass Dan gar nicht Nicoles obszöne Anmachen las. Er spielte auf seinem Nintendo. Ritchie setzte sich im Schneidersitz ein Stück vor ihm auf den Boden. Dan blickte nicht auf, solange Ritchie nichts sagte. Seine roten Lippen formten einen feuchten Flunsch. Er hatte sich mit dem Vorsatz dort hingelegt, sich suchen zu lassen. Ritchie überlegte, ob er in Dans Alter auch so dicke Arme gehabt hatte. Brauchte der Junge ein Fitnessgerät?

»Du magst es auch nicht, wenn jemand, ohne zu fragen, in dein Zimmer kommt«, sagte Ritchie.

»Das ist was anderes. Ich hab Geheimprojekte«, sagte Dan.

»Tja, vielleicht habe ich ja auch Geheimprojekte.« Kaum war es heraus, wusste Ritchie, dass er das nicht hätte sagen sollen.

»Was für Geheimprojekte?«, fragte Dan und sah Ritchie mit einem Ausdruck von Neugier an, der so karinähnlich war, dass er sich umschaute, ob seine Frau sich vielleicht an sie herangestohlen hatte.

Ritchie beugte sich näher zu Dan und senkte die Stimme, sodass Dan bei dem Ton interessiert aufblickte.

»Du willst auch nicht, dass jemand bei dir ins Zimmer reinplatzt und dich ohne was an sieht«, sagte er.

Dans Schultern zuckten, er lachte verlegen und versteckte das Gesicht hinter dem Nintendo. »Ist mir egal!«, sagte er.

Seine blauen Augen lugten über das Gerät, und rechts und links wölbten sich seine grinsenden Backen.

»Na, mir nicht!«, sagte Ritchie und boxte Dan leicht an die Schulter. »Ich will nicht, dass du reinkommst und mich ohne was an siehst!« Dan rollte sich lachend auf den Rücken, machte Ekelgeräusche und streckte die Zunge heraus. Er ist in Ordnung, dachte Ritchie. Er wird seinen Weg gehen. Ritchie fragte sich manchmal, ob Dan in der Schule gemobbt wurde, aber in dem Jungen steckte ein Mann, auch wenn es einiges kosten würde, ihn zum Vorschein zu bringen. Ritchie fragte Dan, ob er sich irgendwas wünschte. Dan hörte auf zu lachen und blieb still im Gras liegen, das Gesicht von Ritchie weggedreht, die Ohren gespitzt.

»Hättest du gern eine eigene Gitarre?«, fragte Ritchie.

»Ich hab schon eine«, sagte Dan.

Ritchie fiel die elektrische Kindergitarre ein, die Dan nie spielte, und das Schlagzeug, das er nicht anrührte.

»Warum wolltest du Daddys Gitarre haben, Dannyherz?«, sagte Ritchie. »Was ist an deiner auszusetzen?«

Dan drehte das Gesicht noch weiter weg und schniefte, und Ritchie sah Tränen auf seinen Wangen. Ratlos legte er Dan eine Hand auf die Schulter und fragte, was los sei.

»Nichts«, sagte Dan. »Ich bin dir egal. Ruby und ich sind dir egal.«

»Wie kannst du das sagen?«, sagte Ritchie. »Weißt du denn nicht, wie viel es mir bedeutet, euch ein guter Vater zu sein? Kannst du dir vorstellen, wie es für mich als Kind gewesen ist, aufzuwachsen ohne –«

»Ich weiß«, sagte Dan.

»Das war ein Tritonus, den du da gemacht hast. Ich *weiiiiß*. La *laaaaa*.«

Dan setzte sich auf, die Aufmerksamkeit auf ihn gerichtet, ohne zu weinen oder zu lachen, einen halb vertrauten Ausdruck von Verschlagenheit im Gesicht. Vielleicht ist er der Typ in der Schule, der die andern mobbt, der Boss auf dem Schulhof, vor dem alle andern Angst haben, dachte Ritchie mit jäh aufwallender Hoffnung.

»Wenn du ohne Vater so reich geworden bist«, sagte Dan, »warum ist es dann besser, dass ich einen habe?«

»Was für eine schreckliche Frage!«, sagte Ritchie langsam, unschlüssig, wie er reagieren sollte. Was sein Sohn gerade zu ihm gesagt hatte, eröffnete mehrere Wege, und er konnte jedem von ihnen folgen und dabei Ritchie bleiben. Den einen Weg beschreitend, beschimpfte er seinen Sohn als herzlosen, undankbaren Lümmel. Auf einem anderen sagte er gar nichts, musterte Dan kalt, drehte sich um, kehrte ins Haus zurück, ohne die flehentlichen Bitten um Vergebung zu beachten, und ging seiner Familie für den Rest des Tages aus den Augen. Der dritte Weg sah so aus, dass er den Kopf schüttelte, leise lachte, mit der Hand durch Dans volle blonde Haare fuhr und ihm sagte, er sei ein pfiffiges Kerlchen.

Für diese Möglichkeit entschied er sich. Er streckte die Hand nach dem Kopf seines Sohnes aus, doch in dem Moment rief Karin vom anderen Ende des Obstgartens Dans Namen. Dan sprang so rasch auf, dass Ritchies Hand stattdessen sein Ohr streifte. Er warf seinem Vater einen kurzen Blick zu, verwirrt von der merkwürdigen Berührung und ein wenig ängstlich, als meinte er, zufällig einem Schlag ausgewichen zu sein, keinem Streicheln.

»Sollen wir schaukeln gehen?«, sagte Ritchie.

»Mum ruft«, sagte Dan. »Ich bin zu alt für die Schaukel.«

Ruby kam lachend auf sie zugaloppiert, und Ritchie packte sie unter den Armen und hob sie in die Höhe, sodass ihr Kopf die Sonne ausblendete. Er wog ihre nette zappelnde Kompaktheit. Wirre Haarsträhnen fielen ihr ins Gesicht, und Ritchie genoss die Ungeteiltheit ihrer Aufmerksamkeit.

»Sollen wir schaukeln gehen?«, sagte er, und sie nickte. Ohne Dan anzuschauen, setzte er Ruby ab, nahm ihre Hand und ging mit ihr zu der Seilschaukel, die vom Ast einer alten Kastanie hing.

Er schob Ruby auf der Schaukel an und beschloss, es ebenfalls zu versuchen. Ruby meinte, das gehe nicht, er sei zu dick, und obwohl er sich die Frechheit verbat, zweifelte er selbst auch, ob die Schaukel sein Gewicht aushalten würde. Er setzte sich vorsichtig auf das Holzbrett und hörte den Ast knarren. Dan und Karin kamen auf sie zu. Er stieß sich mit den Fersen ab, nahm die Füße vom Boden und schaukelte hin und her. Das Knarren wurde lauter. Es war weniger die Furcht, der Ast könnte brechen, als das Gefühl, dass der Baum litt, was ihn bewog, anzuhalten und von der Schaukel zu steigen, als Dan und Karin herantraten.

Seine Füße standen kaum sicher auf der Erde, da plumpste die Schaukel ins Gras, als hätte ein Kobold oben im Geäst den Knoten gelöst, und das Seil fiel mit einem pikierten Knall obendrauf. Ruby kreischte, und die anderen zogen scharf den Atem ein und begannen zu lachen. Ritchie fing Karins Blick auf und grinste. Er hatte den Eindruck, dass über diesen Zufallsmoment leisen Bangens der Familienzusammenhalt prompt wieder eingerastet war. Fast hatte er es schnappen hören.

4

Im Bad zog Ritchie seine schmutzigen Sachen aus und duschte. Er wusch sich die Haare mit Pflegeshampoo, föhnte sie und frisierte sie mit Gel. Er rasierte sich, nahm Feuchtigkeitscreme und Duftlotion aus einer Flasche, auf der »aprèsrasage« stand, zupfte sich die langen Borsten ab, die ihm aus

Nase, Ohren und an den Brauen wuchsen, putzte sich die Zähne mit Bürste und Zahnseide, gurgelte mit Listerine und brauchte eine halbe Stunde, um sich ein Hemd auszusuchen.

Karin hatte ihn schon zweimal beim Fremdgehen ertappt, einmal kurz vor der Geburt der Kinder und einmal kurz danach. »Wenn du das noch mal machst«, hatte sie ihm erklärt, »lasse ich mich von dir scheiden, sorge dafür, dass dir das Sorgerecht entzogen wird, und quetsche dich bis auf den letzten Penny aus.«

Dass ihm alles genommen würde, was er hatte, war beängstigend, aber er konnte es sich nur schwer vorstellen. Der Moment der Enthüllung erschien ihm schlimmer als die Folgen. Er hatte festgestellt, dass er sich so lange nicht schämte, Karin zu betrügen, wie sie es nicht merkte. Das war die große Entdeckung seines Erwachsenenlebens, größer als die Entdeckung, dass er ein guter Geschäftsmann war oder dass er mehr Geld verdiente als andere Zeitgenossen, die talentiertere Musiker waren. Sein Gewissen regte sich nur, wenn jemand ihn darauf aufmerksam machte, dass er eins hatte und dass es gut daran täte, sich zu regen. Solange das nicht geschah, war er ein Mann, der sich nach Kräften bemühte, gut zu zwei Frauen zu sein, die nichts gemeinsam hatten und sich im Leben nie begegnen mussten. Er liebte seine Frau; er würde sie nie verlassen. Karins Glück war ihm wichtiger als alles andere – außer Ruby und Dan. Deshalb wollte er alles tun, was er konnte, um sie vor dem Wissen zu bewahren, dass er mit einer anderen schlief.

Ritchie nahm die Sachen und ging zum Anziehen in das Ankleidezimmer von Karin. Es hatte bessere Spiegel, und es war näher an der Haupttreppe. Falls Karin kam, um einen Streit anzuzetteln, und die Tür offen stand, musste sie die Stimme dämpfen, damit die Kinder es nicht hörten. Der Nachteil war, dass er sich das Zimmer mit dem großen Foto der jungen Karin teilen musste, das eine ganze Wand einnahm. Es war aufgenommen worden, als sie neunzehn und er einundzwanzig war und der Hit ihrer Band in London, New York und Tokio die Charts stürmte. In dem Jahr hatte Ritchie eines Abends in North Shields durch die Scheibe seiner bei Rot haltenden Stretchlimo eine Kette von Mädchen gesehen, die Arm in Arm mitten auf der nassen Straße marschierten und seinen und Karins Song sangen, die Jacken offen und die Gesichter und die tief ausgeschnittenen Kleider vom Regen gepeitscht, bis ihnen die Wangen und Kehlen glänzten.

Das Foto zeigte Karin nachts auf einer Parkbank. Sie trug Stiefeletten, einen weißen Chiffonschal, einen weißen BH und einen weißen Slip. Sie lümmelte breitbeinig auf der Bank, die Ellbogen auf der Rückenlehne und die Unterarme herabhängend, in der einen Hand eine Zigarette. Neben ihr stand eine halb leere Literflasche Wodka. Im Blitzlicht war ihre Haut kreideweiß, obwohl die Auflösung so gut war, dass man die Gänsehaut und die feinen Härchen auf Armen und Beinen erkennen konnte. Es war die Zeit, in der sie ihren Körper mit Giften vollgepumpt hatte, nicht, wie die Zeitungen behaupteten, weil sie sich hasste, sondern weil sie sich liebte, und die Resistenz ihres Körpers gegen all diese Gifte war der exakte Gradmesser dafür, wie unzerstörbar jung und schön sie sich fühlte.

Die Illusion der Spontaneität wurde durch Karins festgesprayte goldene Lockenpracht und ihren kunstvollen schwarzen Lidstrich verdorben, aber Ritchie wusste, dass es keine Illusion war. Er war zu dem Fototermin im Park mitgekommen. Karin hatte ihr Kleid ausgezogen und es auf dem bereiften Laub am Rand der Parkstraße liegen lassen, weil sie Lust dazu hatte. Die Stylistin hatte die Hand gehoben, um sie davon abzuhalten, und dann gemerkt, dass es zwecklos war. Ritchie wusste, dass Karin die fehlende Wodkahälfte intus hatte. Mittendrin hatte sie die Flasche an den Hals gesetzt, sich mit dem Handrücken über den Mund gewischt, und als die Visagistin ihr Gesicht retten wollte, hatte sie den Kopf auf die Brust hängen lassen, gehustet, gelacht, gesagt: »Ich zieh das Ding aus«, war aufgestanden und hatte den Reißverschluss aufgezogen. In dem Moment war Ritchie aufgegangen, dass seine zukünftige Frau wilder war als er.

Heute schien es ihm, dass seine Frau ihn getäuscht hatte. Sie hatte ihn in dem Glauben gewiegt, er könne noch so verrucht sein, sie sei auf jeden Fall verruchter. In seinen Zukunftsvisionen war er der Normalo neben der wilden Rockröhre gewesen. Doch während er vor der Menge mit den Hüften wackelte und Songs ins Mikro spuckte und dabei innerlich mit den Renditen von Offshore-Ölfeldern beschäftigt war, dachte sie, wie sich herausstellte, an Kinder; sie dachte daran, während sie, auf die Gitarrensaiten eindreschend, massive Brocken aus der Luft hackte, in messerscharfer Harmonie mit ihm sang und die Lautsprechertürme zum Zittern brachte. Ritchie hatte sich nicht geändert; aber sie. Vor Jahren begann hinter ihrer Krawallfassade die Tugend hervorzulugen, und bald musste Ritchie hilflos mit ansehen, wie das Moralpodest seiner Frau aus den Tiefen aufstieg und an seinem vorbeizog und immer weiter stieg, bis sie turmhoch über ihm stand. Es war weniger so, dass sie sich von Coke, Cocktails, Sex mit hübschen Jungen wie Mädchen und Zigaretten lossagte, als dass sie das alles lässig abstreifte wie ausgetretene alte Schuhe. »Lass uns aufs Land ziehen«, sagte sie, und sie kauften ein Haus in Hampshire. Sie stand ihm zur Seite, schön, begabt, witzig, liebevoll, allein die Seine und Mutter seiner Kinder, und er verstand die Welt nicht mehr.

Karin kam ins Zimmer und lächelte ihn auf eine Art an, die Ritchie deutete als »Lass uns nicht reden, ja?«. Sie öffnete einen der Schränke und begann, ihre alten Kleider durchzuschauen. Die Bügel klickten an der Stange, und Ritchie spürte, wie die Wortlosigkeit sich aufblies, bis sie gegen die Zimmerwände drückte. Karin nahm sich ein kurzes Kleid mit kobaltblauen Pailletten und ein anderes mit schwarzen Perlen und warf sie aufs Bett. Sie holte einen Karton hervor, wühlte darin herum und kippte ihn aus. Gefärbte Federn, paillettenbesetzte Handschuhe und Hüte aus metallisch schillerndem Bast ergossen sich auf die gelackten Fußbodendielen. Sie kniete sich hin und durchstöberte ihre alten Schätze.

»Gehst du aus?«, fragte Ritchie. Karin schüttelte den Kopf, ohne aufzublicken. Sie enthedderte ein Halsband aus Jadeimitat von einem goldenen Plastikstirnreif mit blauen Plastiksteinen und warf den Stirnreif aufs Bett.

»Ich hab Ruby versprochen, Sachen zum Verkleiden für sie rauszusuchen. Ihre Freundin Deni kommt heute zum Spielen«, antwortete sie. »Ich muss Abendessen für sie machen. Vielleicht bleibt mir danach noch Zeit für ein paar Telefonate, bevor Denis Mutter sie abholen kommt und ich mir ihre Sorgen anhören muss. Wenn das erledigt ist, müssen Dan und Ruby ins Bett gebracht werden und vorgelesen bekommen. Ich glaube kaum, dass ich ausgehen werde.«

Wie jedes Mal, wenn seine Frau ihn daran erinnerte, wie sehr ihr Leben Dan und Ruby gewidmet war, kam Ritchie der Gedanke, sie zu fragen, warum sie so viel Zeit mit der Kinderbetreuung verbrachte, wo sie doch Milena dafür bezahlten. Er stellte die Frage nicht mehr, weil er nichts gegen Karins Antwort sagen konnte, dass Dan und Ruby ihr zu wichtig waren, um sie von einer anderen großziehen zu lassen. Wenn Karin das sagte, glaubte er es; warum auch nicht? Er liebte die Kinder genauso. Doch noch während er sich selbst die Antwort gab: Ja, natürlich, weil sie die beiden liebt, kam ihm ein zweiter Gedanke, dass es zu Karins schon lange laufendem Überlegenheits- und Vorwurfsspiel gehörte. Es war genial. Sie spielte die gute Mutter und bessere Erzieherin und beraubte ihn gleichzeitig seiner großen Stärke in der Familie, seiner Großzügigkeit, seiner Fähigkeit, die Bedürfnisse und Wünsche der Seinen zu erkennen und die Brieftasche zu zücken, um sie zu befriedigen. Anfangs bestanden diese beiden Bilder von Karin – als liebende Mutter und als gerissene Partnerin – in Ritchies Kopf nebeneinander, wobei das erste mehr Raum einnahm. Doch das Bild von Karin als liebender Mutter war so vordergründig und simpel, dass es ihn nicht besonders interessierte, wohingegen das Bild der gerissenen Karin provokant und faszinierend war und von Ritchie scharfsinniges Handeln verlangte. Folglich schob er das Bild der liebenden Mutter beiseite und drehte und wendete und prüfte lieber das Bild der gerissenen Karin, bis es zu einem natürlichen Teil seiner Vorstellungswelt wurde. Der Gedanke einer listigen, berechnenden Karin baute ihn auf. Für Ritchie bedeutete das, dass ihr wildes altes Ich nicht verschwunden war.

Karin legte die übrigen Kostümartikel wieder in den Karton zurück und verstaute ihn im Schrank. Ritchies Augen huschten zu dem arroganten Grinsen der jungen Karin an der Wand. Die zwanzig Jahre ältere Karin folgte seinem Blick. Sie verdrehte Kopf und Hals und betrachtete die großflächige Darstellung ihrer unsterblichen Frühzeit.

»Sie gleicht mir mit jedem Tag weniger«, sagte sie.

»Macht dir das was aus?«, fragte Ritchie.

»Nein, aber dir.« Karin kniff sich in den Handrücken und ließ dann los. Ein Grat blieb einen Moment lang stehen, bevor sich die Haut wieder glättete. »Es ist bloß Haut«, sagte sie. »Mit meinem eigentlichen Ich hat das wenig zu tun. Wenn es ein Jenseits gäbe, würde ich da nicht mit dir als Einundzwanzigjährigem zusammen sein wollen, fürchte ich.«

»Das schien schon damals nicht das wirkliche Du zu sein.« Ritchie ging zur Wand und strich mit dem Zeigefinger über den kleinen Bausch zwischen den Schenkeln der jungen Karin. Er hatte nicht anders gekonnt, als sich darin ein fantastisches Geheimnis vorzustellen, das er nicht zu fassen bekam, einerlei wie er grapschte.

»Schon damals hattest du eine pornografische Fantasie. Du kannst so kalt sein«, sagte Karin.

»Wie bitte? Ich versteh nicht, was du meinst.«

»Das tust du nie.«

»Alle in dieser Familie werfen mir vor, dass ich nichts verstehe, aber niemand in der Familie kann mir irgendwas erklären. Wie Dan heute. Warum muss er meine Gitarre nehmen, wenn wir ihm schon eine eigene gekauft haben?«

»Weil es deine Gitarre ist. Er will keine eigene Gitarre, er will deine Gitarre. Er will in die Sendung. Er will Teil deiner Welt sein. Die Kids in der Schule sagen ständig zu ihm, wenn das die Sendung von deinem Dad ist, warum lässt er dich dann nicht auftreten?«

»Er hat schon lange nicht mehr gefragt«, sagte Ritchie.

»Du hast ihm erklärt, er wäre zu jung.«

»Das stimmt ja auch.«

»Und was das Wort ›Nepotismus‹ bedeutet.«

»Also bitte!«

»Und erzählst ihm ständig, dass du keinen Vater hattest, der dir hätte helfen können.«

»Warum ist es für Dan so uninteressant, einen Großvater zu haben, der ermordet wurde? Wenn ich einen Großvater gehabt hätte, der ermordet wurde, hätte ich das cool gefunden. Ich hätte ständig darüber geredet.«

»Du *redest* ständig darüber. Und dein Vater wurde nicht ermordet. Er wurde exekutiert. Im Krieg. Er war Soldat.«

»Wenn das Krieg war«, sagte Ritchie, »dann ist alles Krieg.«

Als er zwei Stunden später nach London aufbrach, fragte Karin, warum die Arbeit so häufig sein Wochenende zerhacke. »Ich hoffe, du fickst nicht mit einer andern«, sagte sie.

Ritchie lächelte. »Wenn ich nicht bei diesen Sonntagabendsitzungen dabei bin, schwingt niemand die Peitsche, das weißt du doch. Es gibt keine andere«, sagte er. »Ich habe versprochen, es nicht wieder zu tun, und das halte ich auch. Das musst du mir glauben.«

Ritchie fand es das Letzte, dass Leute logen, um sich selbst zu schützen. Er log nur, um seine Familie zu schützen. Es gefiel ihm gut, wie ein paar falsche Worte seine Frau, seine Kinder und seine friedliche, gedeihliche Zukunft mit ihnen in diesem Haus vor den Dingen abschirmten, die er in London mit Nicole trieb.

»Ich kriege dich kaum mehr zu sehen«, sagte Karin.

»Du siehst mich ständig«, sagte Ritchie. Er wusste, dass sie es anders gemeint hatte, aber er hoffte, dass sein bewusstes Missverständnis sie davon abhielt, ihm zu erklären, wie. Er lächelte zaghaft, und sein Gesicht nahm einen sehnenden Ausdruck an.

»Nimm dich in Acht«, sagte Karin. »Wenn ich rauskriege, dass du lügst, werden die Anwälte über dieses Haus herfallen wie …«, ihr linker Mundwinkel ging auf eine Weise nach oben, die Ritchie liebte, »… Wikinger über ein Kloster.«

»Es gibt keinen Grund zur Sorge«, sagte Ritchie. »Ich betrüge dich nicht.« Taktvoll, dachte er, sparsam: weniger als hundert falsche Wörter am Tag, und er sorgte dafür, dass seine Familie sicher war.

5

Für seine Tête-à-Têtes mit Nicole hatte Ritchie eine Wohnung in einer Sackgasse in Limehouse gekauft, in der vierten Etage eines neuen Wohnblocks. Er fand einen Parkplatz in der Nähe, und als er am Autoschlüssel auf »Lock« drückte und die Lichter aufblinkten, kam ihm das ordinär vor, wie eine Aufforderung an Passanten, bei seinen schmutzigen Spielen oben in der Wohnung mitzumachen. Aber es waren nie Passanten auf der Straße. Obwohl abends die Fenster erleuchtet waren und die Häuser bewohnt wirkten. Einmal sah er auf einem Fensterbrett einen Kaktus, der in der Woche davor noch nicht dort gestanden hatte. Aber außer dem Makler, der ihm die Wohnung gezeigt hatte, hatte er sonst noch keine Menschenseele zu Fuß gesehen.

Karin hatte er erzählt, er brauche eine Absteige für die Tage, an denen er abends lang arbeiten und morgens früh wieder losmusste. Sie hatte ihn einiges gekostet, obwohl die Decken der Wohnungen niedrig waren, die Zimmer knapp bemessen und die Fenster klein. Vor dem größten Fenster war mit etwas Abstand ein Metallgeländer angebracht. Der Makler hatte es als »französischen Balkon« bezeichnet. Es sah aus wie ein Schutzgitter gegen das Eindringen des Pöbels.

Er hatte monatelang in der Küche Kaffeebohnen gemahlen und sich mit einer Espressokanne Kaffee gekocht, doch der Geruch wollte einfach nicht einziehen, und wenn er die Tür aufmachte, roch die Wohnung immer noch unbewohnt. Er sah Nicoles nackten Fuß mit dem Goldkettchen um die Fessel am Ende des Flurs um die Ecke verschwinden. Sie spielte gern mit ihm, wenn er kam. Huschte wie ein Kätzchen durch die Wohnung, mit flink trippelnden Füßen, und verharrte dann still irgendwo. Er hörte sie singen oder das leise Klingeln ihrer Armreifen. Manchmal ging er den Geräuschen nach, wie um sie zu jagen, und fand sie dann auf dem Bett oder in der Küche am Tresen lehnend, die Hände auf dem Rücken, ein nacktes Knie seiner Hand entgegengestreckt, und ihm in die Augen schauend, während er ihr den Rock hochschob.

Er stand im Flur und hörte, wie Nicole Türen und Schubladen knallte. Der Fernseher lief, leise zwar, doch er erkannte die Sendung an der Stimme des irischen Showmasters, dessen blökende Vokale durch das Gelächter des Publikums drangen.

Ich sollte jetzt Schluss machen, dachte Ritchie. Ihre fremde Anwesenheit in seinen vier Wänden erregte, erschreckte und verunsicherte ihn wie von Anfang an. Er erinnerte sich gut an den Moment, als er innerlich von dem Gedanken, dass er sie nicht haben konnte, umgeschwenkt war auf den Gedanken, dass sie ihm gehörte, wenn er wollte.

Nicoles Augen erinnerten Ritchie an seinen früheren Mitschüler Barney Parks, der dank eines Stipendiums auf der Privatschule gewesen war. Ritchie, Jules und Randeep konnten Barney Parks nicht einfach vorbeigehen lassen, wenn sie ihn in einem alten Blazer sahen, der ihm viel zu groß war. Respekt vor Barney Parks, es auf eine Schule zu schaffen, die sich seine Eltern nicht leisten konnten, aber man musste ihm beibringen, was es hieß, in der Öffentlichkeit lächerlich auszusehen. Die Lehrer erteilten ihre Lektionen und die Jungen genauso. Sie versperrten ihm den Weg, und Ritchie und Randeep hielten ihn fest, während Jules hinter ihn trat, den Blazer lüftete und seine Arme zusätzlich in die Ärmel schob, um zu demonstrieren, dass zwei Jungen darin Platz hatten. Das Dumme an solchen Aktionen war, dass Ritchie darunter litt, wenn das Opfer nicht einfach darüber lachen konnte, und da er sicher wusste, dass er gut war, konnte das nicht seine Schuld sein. Offensichtlich war die Welt voll von egoistischen Opfern, denen man mit ein bisschen Mobben beibringen musste, ihre Bestrafung stilvoller entgegenzunehmen.

Barney Parks lachte nicht. Barney Parks wehrte sich. Er war drahtig, und Ritchie musste fest zupacken. Beim Anblick des Widerstands in Barney Parks' starren, dunklen Augen, feucht von zurückgehaltenen Tränen, schoss Ritchie das Blut in den Kopf, und sein Gesicht brannte. Es war kein richtiger Widerstand. Barney Parks wollte, dass sie ihm das antaten. Barney Parks sagte nie etwas, er sah Ritchie nur direkt in die Augen. Sein Blick sagte, dass er angegriffen werden wollte, denn je heftiger sie mit ihm rangen, umso weniger würde er nachgeben; dass es einen Kern der Unangreifbarkeit und Eigenheit gab, den sie suchten, ohne es zu wissen – und wenn sie ihn noch so sehr verbogen und verdrehten und schließlich sogar zum Weinen brachten, zu diesem Kern würde er sie niemals vordringen lassen. Das zwang sie, es immer wieder zu versuchen, und das war es, was Barney Parks wollte. Ritchie geriet mächtig ins Schnaufen, ließ Barney Parks los, zog die rechte Faust zurück, schlug Barney Parks ins Gesicht und lief davon. Ritchie war damals zwölf gewesen. Barney Parks musste neun gewesen sein. Bei Nicole fühlte Ritchie dieselbe unechte Gegenwehr, denselben unechten Widerstand, aber er musste sie nicht schlagen. Er wusste, was er tun und wie er sie ansehen musste.

Ritchie machte ein paar Schritte. Er rief Nicoles Namen. Der Magen drückte ihn. Ich hätte die Mirabellen nicht essen sollen, dachte er. Nicole kam aus der Tür und ging auf ihn zu. Ihr Blick war distanziert. Sie sah ihn an, als würde sie ihn nicht kennen, so wie Mädchen ihres Alters, die nicht wussten, wer er war, ihn ansahen, wenn sie seinen taxierenden

Blick auffingen. Über Jeans und T-Shirt trug sie die leichte Leinenjacke, die er ihr gekauft hatte. Er streckte die Hände nach ihr aus, und sie ging an ihm vorbei, legte ihre Hand auf den Türknauf, drehte ihn, öffnete die Tür einen Spaltbreit und sah sich zu ihm um. Jetzt wollte er sie. Was war daran verwunderlich, dass ihn die Jugendfrische ihrer Haut so verlockte? Die Vorstellung, mit ihr Schluss zu machen, schien ihm von einem Verräter eingepflanzt worden zu sein.

»Musst du noch was einkaufen gehen?«, sagte er. Seine Trivialität erstaunte ihn, und doch musste er wiederholen: »Gehst du einkaufen?«

Nicole hob eine Hand und strich sich ihre vollkommen glatten, streng geschnittenen Haare mit den dunklen Strähnen im Blond aus dem Gesicht. Das goldene Uhrband hing schwer an ihrem noch fast kindlichen Handgelenk mit den feinen Sehnen, die Ritchie so gern streichelte. Sie hatte geschwind und zielsicher das Konto geleert, das er für sie eröffnet hatte; sie mochte keine billigen Sachen.

»Du musst mit meiner Mum reden. Sie sitzt im Wohnzimmer.« Nicole deutete mit dem Kopf den Flur hinunter.

Der Schreck durchbohrte Ritchie wie eine Nadel. »Wie hat sie es rausgekriegt?«

Nicole zog die Schultern ein und legte den Kopf schief. »Ich hab's ihr erzählt!« Sie sah ihn kopfschüttelnd an. »Redest du etwa nicht mit deinen Kindern? Sie hat von Anfang an über dich und mich Bescheid gewusst. Wie auch immer, jetzt ist sie hier, und sie muss mit dir reden.«

»Wo gehst du hin?«

»Nach Hause.« Sie kniff die Augen zusammen und wartete.

»Ich habe das Telefon verloren«, sagte Ritchie. »Deshalb habe ich nicht angerufen.«

»Ach ja«, sagte Nicole. Sie öffnete die rote Krokodillederhandtasche, die sie trug, und durchstöberte sie mit spitzen

Fingern. Sie fand ein Handy, den Zwilling zu seinem, das er verloren hatte, und gab es ihm.

»Brauchst du es nicht?«, sagte Ritchie.

»Ich habe es nur benutzt, um dich anzurufen«, sagte Nicole. Sie trat über die Schwelle und betrachtete ihn kurz. »Ich habe uns im Spiegel gesehen«, sagte sie. »Wir passen nicht zusammen.« Sie ging und knallte die Tür zu. Ihr Duft hing noch in der Luft.

Ritchie starrte das Guckloch an, drehte sich nach den Fernsehstimmen um, schloss seinen offenen Mund, drehte sich wieder zurück, rief Nicoles Namen, machte die Tür auf, sah die Lifttür zuklappen und schrie erneut ihren Namen. Er hatte das Gefühl, dass die Dinge irgendwie in der falschen Reihenfolge passierten.

6

Nicoles Mutter saß auf dem Sofa und sah fern. Sie saß mit dem Rücken zu Ritchie, als er ins Zimmer trat. Ihre schulterlangen, wasserstoffblonden Haare lagen auf der Lehne. Sie hatte die Schuhe ausgezogen, und ihre nackten Füße ruhten auf der Glasplatte des Couchtischs. Sie trank Rotwein und knabberte gesalzene Mandeln aus einem Schälchen. Der Showmaster machte einen Witz – der Ritchie entging, weil er auf die knallroten Zehennägel von Nicoles Mutter starrte, die sich mit den spielenden Füßen bewegten –, und sie stimmte in das Lachen des Publikums ein.

»Hallo?«, sagte Ritchie.

Nicoles Mutter blickte sich um, schluckte hastig die Mandeln hinunter, die sie kaute, stellte das Glas ab und stand auf. Sie strich ihren roten Rock glatt, sodass der Stoff, schien es Ritchie, Salz und Mandelfett abbekam.

»Entschuldigung«, sagte sie grinsend, ohne die Hände von den Hüften zu nehmen. »Louise. Nicole hat gemeint, ich sollte es mir gemütlich machen. Wo ist sie?« Sie schaute über Ritchies Schulter. Sie wirkte nicht überrascht, als er ihr sagte, dass ihre Tochter gegangen war.

»Gott!«, sagte sie. Sie trat zurück, ballte die Fäuste und schob sie sich zusammengelegt unters Kinn. »Ritchie Shepherd! Wie unglaublich, Ihnen so nahe zu sein! Ich war früher ein großer Fan von Ihnen.« Sie blinzelte mehrmals. Sie war aufgeregt und atmete hastig.

Ritchie forderte sie auf, sich wieder zu setzen, und wollte sich in den Sessel ihr gegenüber setzen, doch sie rief ihn zu sich und klopfte auf den Platz neben sich. Ritchie lachte, nahm sich ein frisches Glas und die Flasche und setzte sich zu ihr, allerdings in einem gewissen Abstand.

»Ich hab Sie im Hammersmith Palais gesehen, als ich zwölf war«, sagte sie. »Sie und Ihre Frau.«

»Damals war sie noch nicht meine Frau.«

»Gott, was hab ich für Sie geschwärmt!« Louise lachte. »Wenn Sie nicht mit Karin da gewesen wären, hätte ich versucht, in die Garderobe zu kommen. Ich war zu meiner Zeit so was wie ein Groupie.«

»Sie wären mir zu jung gewesen.«

Louise lächelte und blickte in eine Ecke. »Ach ja?«, sagte sie und wickelte Haarsträhnen um ihren Finger. Ritchie schluckte und lachte verhalten. Louise setzte eine strenge Miene auf. Sie zog die Schultern hoch und schob die Hände zwischen die Schenkel.

»Sie sind ein ganz Schlimmer, Ritchie«, sagte sie.

Ritchie roch Offerten, bevor sie gemacht wurden. Er fragte Louise, warum sie gekommen sei.

»Ach, Ritchie«, sagte sie. »Nicole kann nicht mit Ihnen weitermachen.«

Offenbar hatte Nicole etwas mit einem Fußballer aus der Jugendmannschaft der Queens Park Rangers angefangen. Bruce war achtzehn. Alle wussten, dass er in der ersten Mannschaft spielen würde, wenn die Saison losging. Er sei ein netter Junge, sagte Louise, sehr höflich und zuvorkommend, mit einem tollen Humor. Sie wisse, dass Ritchie das kränken musste; aber er habe gewusst, nicht wahr, dass es nicht ewig dauern konnte, jedenfalls solange er Karin nicht verlassen wollte.

Ritchie, dem es missfiel, wenn Leute, die seine Frau nur aus der Klatschpresse kannten, sie Karin nannten, stimmte zu. Ja, das habe er gewusst.

»Seit ihr Vater uns verlassen hat, und da war Nicole erst fünf, sind wir beide allein«, sagte Louise. »Wir sind echt wie zwei Mädels zusammen. Wir sind wie Schwestern, die besten Freundinnen. Wir erzählen uns alles. Und als sie sagte, dass sie was mit Ihnen hat, da war mir das schon ein bisschen komisch. Ich hab sofort gedacht, na ja, er ist verheiratet, und sie dürfte eigentlich noch gar nicht, na ja, mit fünfzehn und so, und sie hat doch nicht bei der Sendung mitgemacht, damit der Produzent sie sich aussucht und sagt: ›Die will ich, die sieht am besten aus, die nehm ich mir.‹« Louise streckte die Hand aus und legte sie an Ritchies Wange. »Ach, tut mir leid, Ritchie. Sie sind lieb zu ihr gewesen, wirklich, die ganzen Sachen, die Sie uns gekauft haben, und überhaupt. In ihrem Alter war ich auch kein Engel. Ich hab mit Männern geschlafen, die Ringe an allen möglichen und unmöglichen Stellen hatten.«

Ritchie stieß eine Art Lachfurz aus. Er grinste und schluckte. Seine Oberlippe klebte ihm an den Zähnen, und er löste sie mit der Zunge. Er glaubte nicht, dass er Nicole nicht wiedersehen würde. Alles, was Louise sagte, schien es Ritchie, betraf nur Louise; er musste nichts weiter tun, als den Kopf zu senken und sich durch Louise' Bedürfnisse zu pflügen, bis ans andere Ende, wo es keine Louise mehr geben würde.

Mit jedem Atemzug hob und senkte sich Louise' Brust mehr, und ihre Augen wurden dunkel und glänzend. »Eine Zeit lang war ich ein bisschen eifersüchtig auf Nicole«, sagte sie. »Ich dachte, ich bin doch der Fan von ihm. Ich bin in seinem Alter, ein gutes Stück jünger sogar. Ich bin Single, sehe nicht schlecht aus. Wenn er jemand für einen Seitensprung braucht, warum nimmt er nicht mich?«

»Wie schmeichelhaft«, sagte Ritchie.

»Wollen Sie mal sehen, was für ein großer Fan ich von Ihnen war?«, fragte Louise. Sie machte zwei Knöpfe ihrer Bluse auf, wandte Ritchie den Rücken zu und entblätterte ihre Schultern. Verdutzt erblickte Ritchie sein eigenes Gesicht und das seiner Frau, mit einer Tätowiernadel auf die reine weiße Haut einer Fremden gestochen, zwischen ihrem rechten Schulterblatt und dem waagerechten weißen Band ihres BH. Er stellte sich vor, wie die kleine Nicole in einer muffigen Wohnung in Acton Louise beim Ausziehen im Schlafzimmer zusah und nach diesen unauslöschlichen Gesichtern fragte. Würde mit Louise' Haut auch sein und Karins Bild altern, fragte er sich, oder würde Louise in fünfzig Jahren als alte Frau mit zwei Unsterblichen auf dem Rücken aus dem Leben gehen?

Ritchie legte die Hände auf Louise' Taille und rückte näher. Der Tätowierungskünstler hatte das Bild nach dem Cover ihres ersten Albums kopiert. Als Ritchie genau hinschaute, sah er, dass die Aufschrift mit dabei war. »The Lazygods – *Fountain.*«

»Das Cover war meine Idee damals«, sagte er und küsste das Tattoo. Louise lachte. Ritchie ließ die Zunge über das Tintenbild seines eigenen Gesichts spielen, schob die Hände in Louise' BH und drückte ihre Brüste.

Das Telefon in seiner Tasche, das Nicole ihm gegeben hatte, fing an zu vibrieren. Ritchie stand auf, schob Louise von sich und trat mehrere Schritte zurück, während er das Handy hervorholte. Entsetzt blickte er auf das Display. »Anruf Ritchie«, stand dort.

Louise drehte sich zu ihm um und beobachtete ihn mit hart gewordenen Augen. Nachdem seine Hände von ihr zurückgezuckt waren, hatte er sie beinahe geschubst. Ritchie sah, dass sie nicht recht wusste, ob sie wütend werden oder so tun sollte, als würde sie wütend, weil es zum Spiel gehörte. Sie zog ihren Rock zurecht und schlug geziert die Beine übereinander, verzichtete aber darauf, ihre Bluse zuzuknöpfen und sich den BH über die Brüste zu ziehen. Mit zur Seite geneigtem Kopf beobachtete sie Ritchie skeptisch. Das Telefon klingelte immer noch. Für Ritchies Gefühl klingelte es schon seit Minuten. Er verspürte den Drang, Louise zu fragen, was er tun solle. Er verachtete sich, weil er schwach genug war, daran überhaupt zu denken. Er stand regungslos da, leckte sich die Lippen, während das Handy in seiner schwitzenden Faust vor sich hin brummte, und starrte die Frau an, die er gerade beinahe genommen hätte. Er fühlte, wie er mit jeder Sekunde Sprachlosigkeit an Ansehen verlor. Die Härte in Louise' Augen ging in Spott über.

»Du siehst aus, als ob du mit dem Schlimmsten rechnest, Ritchie«, sagte sie. »Willst du nicht drangehen?«

»Nicht vor dir«, sagte Ritchie. Er hatte nicht barsch sein wollen, aber jetzt war es zu spät.

»Entschuldigung!«, sagte Louise und begann, sich die Bluse zuzuknöpfen. Das Telefon hörte zu klingeln auf.

»Der Zeitpunkt ist wirklich ungünstig«, sagte Ritchie, das Telefon weiter fest umklammert, während er bedauernd die Hände ausstreckte, ohne sich auf Louise zuzubewegen. »Ich muss mich darum kümmern.« Louise stand auf, und wie angeknipst führte sie allerlei ruckartige Übersprungshandlungen aus: hängte sich die Tasche über die Schulter, richtete sich die Haare, fasste sich an die Ohrringe, guckte auf ihr Telefon, biss sich auf die Lippe.

»Du bist ein viel beschäftigter Mann«, sagte sie. »Ich weiß nicht, woher du die Zeit für Nicole genommen hast, aber für mich hast du offensichtlich keine.« Ihr Mund verzog sich zu einem freudlosen Lächeln, und sie blinzelte. »Na dann, cheerio.«

»Mach's gut«, sagte Ritchie. Er schenkte Louise das breite Stets-zu-Diensten-Grinsen, mit dem er Leute anstrahlte, die er einmal gesehen hatte und bestimmt nie wiedersehen würde, und sie ging.

Ritchie setzte sich, wählte auf Nicoles Telefon sein verloren gegangenes Handy an und schloss die Augen. Nach zweimaligem Klingeln ging jemand dran. Er hörte gespanntes Atmen.

»Hallo?«, sagte er.

»Bist du das, Daddy?«, fragte Ruby.

»Oh«, sagte Ritchie. Er machte die Augen auf. »Hallo, mein Engelchen. Ja, ich bin's, Daddy. Dein Daddy ist dran. Wo bist du?«

»Ich bin im Bett«, sagte Ruby. »Und wo bist du?«

»In London.«

»Deine Stimme klingt so komisch.«

»Tatsächlich? Sag mal, Rubymaus, wo hast du das Telefon gefunden?«

»Im Garten.«

»Im Garten!«

»Im Gras.«

»Mmm.« Ritchie stand auf. »Was sagen denn Mummy und Dan dazu?«

»Sie wissen es nicht«, sagte Ruby. »Es ist mein Geheimnis. Ich habe es unterm Kopfkissen versteckt.«

»Was bist du doch für ein schlaues Mädchen«, sagte Ritchie. »Es ist nicht leicht, vor Mummy was zu verstecken, was?«

»Ich werde in der Pizzeria anrufen.«

»Für Pizza ist es zu spät, Schätzchen. Du musst jetzt schlafen. Wo ist Mummy?«

»Musik machen.«

»Und wo ist Milena?«

»In ihrem Zimmer.«

»Hat sie dir deine Gute-Nacht-Geschichte vorgelesen?«

»Ja.«

»Sie denkt also, du schläfst, was?«

»Ja.«

Ritchie war schon auf dem Weg zum Lift. Er fühlte sich leicht und stark und hellwach, wie vor einer schwierigen Sitzung mit Programmverantwortlichen des Senders.

»Rubyschatz«, sagte er, »das Telefon gehört Daddy. Ich habe es aus Versehen im Garten verloren.« Der Lift kam unten an. Die Tür ging auf, und er schritt auf die Haustür zu. »Hallo?«, sagte er. »Bist du noch da, Liebes?«

»Es gehört dir gar nicht!«, sagte Ruby. »Auf dem Display steht ›Nicole‹.«

Natürlich, sie haben ihr Lesen beigebracht, dachte Ritchie. Sie haben ihr die Unschuld genommen! Ihm zog sich die Kehle zusammen. Er wurde von zärtlichen Gefühlen für sein im Bett liegendes Töchterlein übermannt, wo ihre Füße gerade mal bis zur Mitte der Ponydecke reichten, ohne eine Vorstellung von den bösen Kräften der Bloßstellung, die von dem vergifteten Silberteil an ihrem Ohr gerufen wurden. Nur Ritchie konnte sie vor diesen grausamen Mächten retten. Sein Nasenrücken kribbelte vor Kummer und Zuneigung, als er ins Auto stieg.

»Bist du denn gar nicht müde?«, sagte er. Er fuhr los, das Telefon zwischen Schulter und Ohr geklemmt, wenn er schaltete.

»Nein.«

Es war nicht Ritchies Stärke, Krisen vorherzusehen, sondern sie zu bewältigen, wenn sie kamen. Er konnte Ruby dazu kriegen, das Fenster aufzumachen und das Telefon hinauszuwerfen; was aber, wenn sie hinausfiel? Er konnte sie auffordern, etwas Schweres zu nehmen und das Telefon in Stücke zu schlagen. Aber hatte Ruby etwas Schweres in ihrem Zimmer, und wenn, konnte sie es heben? Er konnte ihr beschreiben, wie sie die SIM-Karte herausnahm, aber wahrscheinlich würden ihre weichen kleinen Finger an der sperrigen Abdeckung über dem Akku scheitern, sie würde verzweifeln, würde weinen, und Karin würde es mitkriegen.

»Ruby, du weißt doch, dass du Daddys absolutes Lieblingsmädchen bist, nicht wahr?«, sagte er. »Ich möchte jetzt, dass du ganz doll tapfer und schlau bist und tust, was Daddy dir sagt. Willst du das für mich tun?«

»Okay.«

»Das Telefon, das du gefunden hast, ist nämlich wirklich sehr wichtig und besonders und geheim. Und wenn du ganz doll tapfer und schlau bist, bekommst du von mir, was du dir wünschst. Was wünschst du dir am allermeisten auf der Welt?«

»Ich will ins Fernsehen.«

»Ich kann dafür sorgen, dass du ins Fernsehen kommst, Schätzchen, na klar kann ich das. Und wenn du das willst, musst du nichts weiter tun, als das Telefon schlafen legen und unter deinem Kopfkissen verstecken, und am Morgen wird es verschwunden sein. Und – das ist sehr wichtig, das Wichtigste überhaupt, Schätzchen – du musst es geheim halten und darfst niemand erzählen, dass du das Telefon gefunden hast, nicht einmal Mummy oder Dan und auch niemand in der Schule oder der Oma oder Tante Bec oder sonst jemand. Verstehst du?«

»Ja.«

»Also leg jetzt das Telefon schlafen, Schätzchen, und versteck es unter deinem Kissen, und dann schläfst du ein.«

»Ich will eine Geschichte haben.«

Auf der Schnellstraße zur M25 erzählte Ritchie Ruby die Geschichte vom Löwen und der Maus: wie der Löwe die Maus nicht auffraß, als er von ihr geweckt wurde, und wie später die Maus den Löwen rettete, indem sie das Netz eines Jägers zernagte. Als er fertig war, fragte er Ruby leise, ob sie noch wach sei. Er fragte dreimal, jedes Mal leiser, und als er keine Antwort bekam, legte er auf und fuhr schneller.

Auf der Auffahrt zum Haus sah er, dass im Studio abseits des Haupthauses in einem alten Stallgebäude die Lichter brannten. Er parkte den Wagen dicht vorm Haus, trabte zum Haupteingang und ging zu Milena ins Zimmer, das am selben Flur lag wie die von Ruby und Dan. Milena saß im Trainingsanzug auf dem Sofa, die Knie angezogen, trank Tee und sah fern.

»Karin ist im Studio«, sagte sie. »Sie hat dich nicht zurückerwartet.«

Ritchie grinste. »Mir war nicht danach, über Nacht zu bleiben«, sagte er. »Sind die Kinder im Bett?«

»Ach, schon längst. Sie schlafen.«

»Wie ging's mit ihnen?«

»Gut. Dan wollte seine Nudeln nicht essen. Er meinte, Makkaroni schmecken ihm nicht wegen der Form, die sie haben.«

»Ich schau noch mal nach ihnen.«

Ritchie machte Milenas Tür hinter sich zu – sie war offen

gewesen – und ging in Rubys Zimmer. Ein mattes gelbes Nachtlicht brannte. Milena hatte alles vom Fußboden aufgelesen, Puppen, Bücher und Kostüme, und es zusammen in eine Kiste vor der Kommode gepackt. Unter dem Fenster war das Puppenhaus vorne aufgeklappt und einige der winzigen Möbel, die es enthielt, waren wild durcheinander auf Dans altem Tonka-Kipplaster gestapelt. Ruby hatte sich die Decke bis zur Taille heruntergeschoben. Ihr Mund war leicht geöffnet. Ritchie hörte sie atmen. Die Pinguine auf ihrem Schlafanzug schienen ihn herausfordernd anzustarren. Das Telefon war auf den Boden gefallen. Ritchie ging hin und hob es auf. Eine Diele knarrte vernehmlich unter seinem Fuß. Er hörte Karins Stimme. Sie sprach mit Milena. Er griff sich das Telefon, steckte es ein, beugte sich vor, strich seiner Tochter über den Kopf und küsste sie. Die Tür öffnete sich und Karin flüsterte ihm etwas zu.

Karin war misstrauisch, aber froh, ihn zu sehen. Sie legten sich zu Bett und schliefen miteinander. Der Gedanke, dass er Nicole betrog, indem er seine Frau liebte, gab Ritchie Kraft. Der Gedanke, dass es ihm gerade noch gelungen war, seine Familie vor einer schrecklichen Gefahr zu bewahren, machte ihn zärtlich. Für Ritchies Gefühl liebte er Karin kein bisschen weniger, nur weil er sich, während er in sie hineinstieß, in der Vorstellung erging, wie Louise und Nicole neben dem Bett saßen, ihm mit hochgeschobenen Röcken zusahen und die Hände zwischen den Schenkeln bewegten.

Ritchie und Karin schliefen ineinandergeschlungen ein, was sie normalerweise nicht taten, weil ihre Haare ihn kitzelten und seine Körperwärme sie wach hielt.

7

Am nächsten Tag war Ritchie vor acht in den Studios der Rika-Films. Am späteren Vormittag zitterten Panikwellen durchs Haus. Einer der Acts, eine Band von Vierzehnjährigen aus Rotherham, die sich The What nannte, hatte sich gegenüber dem ursprünglichen Probespiel derart rasant verbessert, dass alle im Team überzeugt waren, hereingelegt worden zu sein. In der aktuellen Form klangen die Kids für die Sendung zu professionell, und man hatte sie frühzeitig ins Studio bestellt, um sie dazu zu bringen, eine ähnlich hoffnungslose, sei es gespielte Vorstellung abzuliefern wie zuvor.

Gleichzeitig weigerte sich Lazz, Riggsys Komoderator, zur Arbeit zu erscheinen. Lazz hatte entdeckt, dass er in der Pannensammlung für die Weihnachtssondersendung, die bereits im Kasten war, nicht mit witzigen Patzern vor laufender Kamera vertreten war, weil er keine gemacht hatte. Sein Agent Midge teilte die Einschätzung, darin erweise sich Lazz' hochgradige Professionalität, meinte aber, sein Klient befürchte, das Fehlen von Szenen, die ihn kichernd, stammelnd oder im Kampf mit Requisiten und Tieren zeigten, könne auf einen Mangel an menschlicher Wärme schließen lassen und ihn damit seiner Fangemeinde entfremden, und falls im Script keine Schnitzer für ihn vorgesehen würden, beabsichtige sein Klient, exakt im Zehnminutentakt Fehler einzubauen, und zwar mit der kalten, hartnäckigen Entschlossenheit, für die er in der Branche berühmt war.

Während diese Krisen heraufzogen, tauchte unangemeldet eine Gruppe von BBC-Programmverantwortlichen im Studio auf – nur um mal ein bisschen zu plaudern und sich umzuschauen, hieß es.

Je besorgter und bleicher die Gesichter wurden, die aus den Türen schauten, als Ritchie vorbeiging, umso besser fühlte er sich. Das war seine Arbeit. Genau darin war er stark, angesehen und unerlässlich, und seine Leute erhofften sich zu Recht Führung von ihm, weil er sie durch diese verzwickten täglichen Schwierigkeiten hindurchmanövrieren würde wie eh und je. Er war der Produzent. Hier im Studio fühlte er sich auf eine Weise kompetent und zufrieden wie schon seit Monaten nicht mehr. Brauchte ein Mann mehr als die Arbeit und die Familie?

Nachdem er beinahe Sex mit ihrer Mutter gehabt hatte, hatte Nicole für Ritchie ihre Frische verloren. Richtigerweise, fand er, sollte die achtmonatige Affäre mit der Kleinen als etwas verbucht werden, das ihr passiert war. Es stimmte schon, dachte er, dass er mit dabei gewesen war, doch er wollte nicht egoistisch sein. Die Erinnerungen gehörten von Rechts wegen ihr, und jung, wie sie war, hatte sie sie nötiger als er. Er pflegte seine Erinnerungen gern in zwei Kategorien einzuteilen: Dinge, die ihm passiert waren, und Dinge, die anderen in seinem Beisein passiert waren. Für sein Empfinden war das ein Bestandteil der Großzügigkeit, die er an sich schätzte. Wenn er mit der Vergangenheit nichts mehr zu tun haben wollte, warum sollte sie dann nicht jemand anderen haben?

Ritchie schritt die Rampe zur Hauptbühne hinunter, wo die verkniffen dreinblickenden Jungs von The What, die Haare über den Augen, steif mit ihren Gitarren hin und her spazierten und über die Kabel stiegen. Paula fasste ihn von hinten am Ellbogen, sah ihn mit großen Augen an und sagte, Lazz sei immer noch nicht da, aber dafür sei Midge aufgekreuzt und spucke Gift und Galle. Ritchie legte ihr lachend die Hand auf die Schulter und meinte, sie solle sich keine Sorgen machen und Midge hereinschicken.

Midge spielte den Empörten. Ritchie ließ den Beleuchter kommen und sagte ihm, im Laufe der nächsten beiden Sendungen müsse er drei kleine Technikteile vom Lichtrigg wie zufällig auf die Bühne fallen lassen, während Lazz im Bild war. »Beim ersten Mal muss Lazz völlig konsterniert gucken, beim zweiten Mal etwas weniger, beim dritten Mal …« Ritchie riss Augen und Mund auf und warf die Hände in die Luft. »So bekommen wir geplante Spontaneität. Running Gag im Abspann. Brüllendes Gelächter.«

»Geplante Spontaneität«, wiederholte Midge. Er lächelte. »Witzig.«

Ritchie wandte sich an den Beleuchter.

»Such dir was Harmloses zum Runterwerfen aus«, sagte er. »Wir wollen ihn nicht verletzen.«

Der Beleuchter stand da, die Hände in die Hüften gestemmt, mit vorgeschobenem Unterkiefer den Blick auf den Boden gerichtet. Er schaute zu Ritchie auf. Seine Stimme zitterte. »Ich mach das schon mein Leben lang«, sagte er. »Ich arbeite ordentlich und bin stolz drauf. Willst du meine Personalakte sehen? Nur ein Unfall in fünfundvierzig Jahren.«

»Ach, komm, Jeff«, sagte Ritchie. »Das ist leichte Unterhaltung. Es geht nicht um Leben und Tod.«

»Ich hab das Licht für die richtigen Entertainer gemacht«, sagte der Beleuchter. »Die Profis. Heute, pah, Kinderkram, Amateurzeug und wer den größten Bockmist baut, das wollen die Leute sehen.« Er ging schimpfend davon.

»Bleib noch und hör dir die Band an«, sagte Ritchie zu Midge. Er forderte die Jungs auf der Bühne auf zu spielen, und sie schauten ihn durch ihre Fransen an. Sie schwangen ihre tief hängenden Gitarren zu der kleinen Gruppe herum, die vor den leeren Sitzreihen stand. Es gab eine schrille Rückkopplung, der Sänger zählte bis drei, und los ging's.

Der Bassist schlug einen drohenden Ton an. Der Gitarrist legte einen schnarrenden Akkord darüber, hielt ihn, hackte ihn ab und wiederholte ihn. Nach wenigen Takten drosch der Drummer kurz auf die Tomtoms und schlug dann auf Bass- und Snare-Drum einen stur durchgehaltenen Rhythmus. Die Monotonie, die zunehmende Lautstärke und das sich gegenseitig verstärkende Hämmern der Instrumente machten die Zuhörer förmlich nieder, sodass sie die Lösung der Spannung herbeisehnten und ihr mit klopfendem Herzen entgegenfieberten. Der Sänger griff sich das Mikrofon, packte fest zu, beugte sich vor, öffnete den Mund und schloss die Augen.

Ritchies Nackenhaare stellten sich auf, als die Stimme des Sängers das Studio füllte. Woher nahm ein Vierzehnjähriger das Selbstvertrauen, diese lang gezogenen Töne zu halten? Woher nahm er die Kraft? Wie kam ein junger Bursche in England zu diesem Schmerz in der Stimme und dann zu dem Mut, eine Band auf die Beine zu stellen?

Als Gitarre, Bass und Stimme plötzlich nach oben gingen, riss der Akkordwechsel ihn förmlich in die Höhe.

»Die sind gut«, sagte Midge Ritchie ins Ohr.

»Saugut«, sagte Ritchie. »Aber das kriege ich hin.«

Heftig applaudierend, bestieg er die Bühne und stellte sich zwischen die Jungs. Er war einen guten Kopf größer als der Größte von ihnen. Sie waren noch nicht ganz ausgewachsen, vermutete er, aber abgesehen davon wirkten sie unterernährt, überproportional groß die Ellbogengelenke an ihren spindeldürren weißen Armen. Hier und da sah er einen Gesichtszug zwischen den Fransen: eine ausgeprägte Adlernase, breite rote Lippen, dunkle Augen. Er fragte sie nach ihren Namen, und sie antworteten der Reihe nach. Dabei stießen sie kurze, zischende Lachlaute aus, und als der Drummer seinen Namen nannte, krümmten sie sich vor Lachen.

Ritchie deutete auf das Fender-Imitat des Gitarristen und streckte die Hände aus. »Darf ich mal?«, sagte er. Der Gitarrist nahm den Gurt von der Schulter, reichte Ritchie das Instrument, und der spielte mit Daumen und Zeigefinger einen Lazygods-Riff. Am Schluss schloss er die Augen, lehnte sich zurück und ließ den Mittelfinger auf dem Bund tremolieren. Er öffnete die Augen, nickte und forderte mit einem Blick den Drummer auf, dazuzukommen. Der Drummer starrte ihn an und rührte sich nicht.

»Das war wahrscheinlich vor eurer Zeit«, sagte Ritchie und gab die Gitarre zurück. »Wie viel Stunden am Tag probt ihr?«

Der Gitarrist sah den Sänger an. Sie zuckten die Achseln und sagten gleichzeitig: »Keine Ahnung.«

Ritchie verschränkte die Arme und blickte von einem Gesicht zum andern. »Als ihr euch hier beworben habt, was habt ihr da gewollt?«, fragte er.

Das Wort »gewinnen« ging murmelnd von Mund zu Mund.

»Das ist ein raues Gewerbe«, sagte Ritchie. »Wo ihr jetzt seid, war ich auch mal. Und ich sage euch, dass ihr Talent habt.« Er wartete und fuhr fort: »Damit haben wir ein Problem. Was unser Publikum will, ist eine Geschichte über Kids, die kein Talent haben, die nette Klamotten und ein bisschen Anleitung von Profis kriegen und dann in dem, was sie machen, von schlecht zu halbwegs okay aufsteigen. Unsere Botschaft ist, dass wir aus jedem was Besonderes machen können. Dass normale Leute gar nicht so schlecht sind, wie es scheint. Das hier ist keine Talentshow. Es ist eine Talentlosigkeitsshow. Deshalb sage ich euch gleich: Wir können euch nicht gewinnen lassen. Ihr seid zu gut. Ist das klar?«

Murmeln und Kopfschütteln unter den Fransen. Es ist, als ob man mit Sträuchern im Wind redete, dachte Ritchie.

»Ihr habt gezeigt, dass ihr gut genug seid, um so zu tun, als ob ihr es nicht bringt«, sagte Ritchie gewichtig. Er hieb mit der Faust in die Luft, um zu unterstreichen, wie ernst er es meinte. »Jetzt frage ich euch: Könnt ihr das noch mal machen? Habt ihr genug drauf, um Millionen am Bildschirm weiszumachen, ihr wärt eine Scheißband, und ihnen dann vorzuspielen, ihr wärt ein bisschen besser geworden?«

Die Jungs sahen sich an. »Wir sollen so tun, als wären wir Nieten, irgendwie«, sagte der Sänger.

»So tun, als wärt ihr Nieten, und dann vorführen, dass das richtige Tuning aus euch Leute machen kann, die definitiv keine Nieten sind, ohne jemand auf die Idee zu bringen, ihr hättet jemals Asse sein können.«

»Nieten, keine Nieten, keine Asse«, sagte der Sänger langsam. Etwas geschah mit dem Bassisten: Er krümmte sich, wie in den Magen gestochen, fuhr herum, sodass er Ritchie den Rücken zukehrte, und fiel auf die Knie. Ritchie fragte, was mit ihm sei.

»Machen Sie sich um den keine Sorgen, Mr. Shepherd«, sagte der Sänger. »Er kriegt so Anfälle. Wir können für Sie scheiße spielen.«

»Und dann ein bisschen besser werden.«

»Aye.« Der Sänger sah kurz zum Gitarristen hinüber, und der nickte, wie um ihn zu einem kühnen Schritt zu ermutigen. »Ein paar Lazygods-Sachen mögen wir ganz gern.«

Ritchie lachte. »Ich hab schon Jahre nicht mehr gespielt«, sagte er. Das Bild eines Revivals schoss ihm in den Kopf: er, Ritchie, älter, klüger, stark. Er, der tote und in Glastonbury wiederauferstandene Rockgott. Angebetet von einer bis zum Horizont wogenden Menge, einem mit schwingenden Armen besäten Feld.

»Wir wollen mit Karin spielen«, sagte der Sänger.

Ritchies Grinsen schmolz wie im Feuer schrumpelndes Plastik.

»Sie ist heute die Mutter von zwei kleinen Kindern«, sagte er.

»Singen kann sie noch«, sagte der Bassist.

»Wir haben sie voriges Jahr gesehen, wie sie einen Akustik-Gig gemacht hat«, sagte der Gitarrist.

Ritchie wandte sich ab und hob winkend die Hand. »Macht, was wir vereinbart haben, dann rede ich mit ihr«, sagte er. Er schritt auf die Treppe zu und beschloss, stattdessen von der Bühne zu springen. Am Rand zögerte er. Er sah sich plötzlich sich den Knöchel brechen, aber er konnte vor den Kids und Midge keinen Rückzieher machen. Er ging in die Knie, hob die Arme, schloss die Augen und sprang. Er stolperte beim Aufkommen und richtete sich rasch auf. Über die Schulter sah er, wie der Bassist abermals einen Anfall hatte.

Es war erst Mittag, stellte Ritchie fest, und mit Entschiedenheit und Köpfchen hatte er die Probleme gelöst, vor denen seine Mitarbeiter gezittert hatten. Er bot Midge an, ihn ins West End mitzunehmen; er wolle ohnehin in die Richtung, um Mutter und Schwester abzuholen.

»Die schöne Bec«, sagte Midge.

»Für einen kleinen Mann hast du ziemlich viel Testosteron in dir. Lass deine schmutzigen Pfoten von ihr.«

»Sie ist nicht mein Typ. Ich mag nur die Dünnen. Heißt das, sie ist frei?«

»Sie ist immer noch mit Val Oatman zusammen.«

»Was meinst du, war Val Oatman schon vorher verrückt und hat dann eine verrückte Zeitung gemacht, oder ist er verrückt geworden, als er anfing, eine verrückte Zeitung herauszugeben?«

»Er ist nicht der Richtige für sie«, sagte Ritchie. »Sie weiß über ihn nicht Bescheid.«

»Was Val Oatman treibt, weiß ich. Von Bec kann ich das nicht behaupten. Du?«, sagte Midge.

»Sie ist meine Schwester.«

»Aber sie hat sich in eine Welt begeben, von der du keine Ahnung hast.«

»Ich weiß, was sie macht.«

»Ach ja? Was mit winzigen Lebewesen, die in ihrem Blut schwimmen, und mit Paradiesvögeln? Könntest du es mir aus dem Stand erklären?«

Ritchie lachte und wechselte das Thema.

8

Zwei Tage zuvor hatte der Zeitungsherausgeber Val Oatman Bec einen Heiratsantrag gemacht, und sie, völlig überrumpelt, hatte Ja gesagt. Er überreichte ihr einen goldenen Ring mit einem Diamanten, umgeben von kleineren Rubinen, und sie nahm ihn zwischen den Daumen und die zerstochenen Fingerspitzen ihrer linken Hand und schaute ihn an, als bewunderte sie das kostbare Stück, bevor sie es zurückgab. Er musste sie drängen, ihn sich an den Finger zu stecken, und sie tat es. Es war ein grauenhaftes Gefühl, als der goldene Reif über die Haut ihres Knöchels glitt. Val teilte ihr liebevoll mit, es sei der Verlobungsring seiner verstorbenen Frau gewesen.

Sie blieben die Nacht über nicht zusammen. Sie verabredeten sich für den nächsten Tag. Als Bec in ihre Wohnung in Kentish Town kam, zog sie den Ring vom Finger, legte ihn in ein Kuvert und verstaute es nach langem Hin-und-her-Überlegen, welcher Platz wohl der sicherste wäre, im Gefrierfach ihres Kühlschranks. Sie erzählte niemandem von der Verlobung. Sie fühlte sich nicht glücklich, nur innerlich aufgepeitscht, wie nach einem Unfall.

Der seiner Frau nachtrauernde Val hatte Bec um Zuwendung gebeten, und die hatte sie ihm gegeben. Er hatte sie gebeten, mit ihm zu schlafen, und sie hatte es getan. Das hatte ihn offenbar auf den Gedanken gebracht, sie sei in ihn verliebt. Ich habe nichts dergleichen gesagt, dachte sie. Ich habe getan, worum er mich gebeten hat.

Sie fand, Wissenschaftler müssten ein gutes Zahlengedächtnis haben und sich zum Beispiel merken können, wie viele Male sie mit jemandem geschlafen hatten, trotzdem war sie mit dem Zählen durcheinandergekommen wie ein kleines Kind. Nach drei waren alle Zahlen »viele«. Solange sie die Zahl wusste, hatte sie Val auf Abstand halten können; sie hatte sie vergessen, und jetzt war der Mann, mit dem sie ein paarmal geschlafen hatte, ihr Verlobter.

Bec hatte in einer Reihe von Aufsätzen in wissenschaftlichen Zeitschriften eine neue Art der Malaria-Bekämpfung propagiert. Ihre Kollegen erklärten die Methode für unsicher. Einer nannte sie »barock«. Die Spielart davon, die sie in Tansania austesten durfte, war gegenüber ihrem ursprünglichen Vorhaben deutlich abgeschwächt. Als Val meinte, er wolle sie in ihrer Zeit dort besuchen, hatte sie das Ansinnen unkommentiert gelassen, und es wurde nichts entschieden. Aber als er ein paar Tage später darauf zurückkam, musste sie »Ja, natürlich« sagen. Sie wollte nicht, dass er runterflog, aber sie hatte nicht den Mut, es ihm zu sagen. Sie waren für den Sonntag vor ihrer Abreise in London verabredet, und es war nicht nötig, dass Bec Überstunden einlegte, doch als Val anrief, um Zeit und Ort auszumachen, sehnte sie sich plötzlich nach Hühnerblut und Mikroskopen und dem klinischen Alkoholgeruch im Labor. Sie lechzte danach, bis zum Umfallen zu arbeiten. Der Gedanke bereitete ihr Magenflattern.

»Ich kann dich nicht sehen«, erklärte sie Val. »Wir haben nicht genug Haemoproteus gemacht.«

»Ich weiß, was das ist«, sagte Val. Er könne sie Montag treffen, meinte er.

»Da esse ich mit Ritchie und meiner Mutter zu Abend.«

»Ich könnte dazukommen.«

»Es wird ein Familiengespräch.«

»Ich werde demnächst zu eurer Familie gehören.«

»Über den Mann, der Dad getötet hat.«

»Was sagt deine Mutter dazu, dass wir heiraten wollen?«

»Ich habe es noch niemandem erzählt.«

Sie hörte Val Luft holen. Er sagte: »Dann eben Dienstagabend. Bevor du fliegst.«

»Mir wird wohler sein, wenn ich erst mal ein paar Milliarden Parasiten gezüchtet habe.«

»Du arbeitest zu viel«, sagte Val, und als sie nicht antwortete, fügte er hinzu: »Solange es nur das ist. Ich rufe dich an. Auf dem Festnetz in der Arbeit.«

Bec hatte nicht das Gefühl, mit Männern Pech gehabt zu haben. Sie war dreiunddreißig; ihr Herz war einmal gehörig gebrochen worden, und die Bruchstelle, obwohl längst gekittet, würde immer zu sehen sein, aber es war die einzige. Es war in ihren Zwanzigern gewesen. Sie hatte in Sacramento drei Jahre lang mit Joel zusammengelebt, während sie ihren Doktor machte. Er ging mit, als sie eine Stelle in London antrat, sah sich um, kam nicht zurecht und kehrte in die Staaten zurück.

In dem Jahr nach der Trennung war ihr zumute, als hätte sie sich gegen ihren Willen in einen Kummerkübel verwandelt. Eine kalte, ätzende Brühe schwappte in ihr herum und brannte, wenn sie zum Licht zu streben versuchte.

Das war ihr erstes Jahr im Centre for Parasite Control. Sie war ein Zombie, konnte mechanisch agieren und kommunizieren, aber ihre Sinne zu nicht viel mehr gebrauchen, als zu zählen, zu messen und Daten einzugeben. Und genau das wurde im Centre von ihr erwartet. Als nach zwölf Monaten Farbe und Wärme wiederkehrten, stellte sie fest, dass ihre Aktien gut standen und man auf ihre Ideen hörte. Als Becs Forschungsleiterin Meena in Mutterschaftsurlaub ging, übernahm Bec die Vertretung. Sie betreute die Doktoranden, unterrichtete und bemühte sich um Alternativen zu Meenas obsessiver Beschäftigung mit parasitischen Würmern. Eines Tages, kurz nach ihrem siebenundzwanzigsten Geburtstag, hatte sie ihrer Mutter erzählt, dass sie nach Papua-Neuguinea wolle.

»Weißt du, wer außer Wissenschaftlern sonst noch so um die Welt hopst?«, sagte ihre Mutter. »Katholische Priester. Drei Jahre hier, zwei Jahre da. Du wirst keinen Mann finden, der bereit ist, dir ständig um die Welt zu folgen.«

»Ich bin nicht auf der Suche nach einem«, sagte Bec. »Du hast schon Enkel.«

»Warum unterstellst du mir immer selbstsüchtige Motive? Es geht mir um dich.« Ihre Mutter zog an einer Zigarette und nahm einen Schluck ayurvedischen Tee. Die Packung erwähnte sein Potenzial, das Karma positiv zu beeinflussen. »Du musst lernen, Einschränkungen im Leben hinzunehmen.«

9

Ein Professorenehepaar aus Stanford, Ornithologe und Entomologin, hatte Bec für Papua-Neuguinea angeworben, und zwar wegen ihres Aufsatzes über sexuelle Konflikte bei Parasiten, den Ruth Nickell als »verwegen« bezeichnete. »Es spricht sich Nick*ell*«, teilte sie Bec am Telefon mit. »Ich mache Insekten, er Vögel.«

Ihr Mann Franz war auf den übersetzten Aufsatz eines längst verstorbenen japanischen Parasitologen gestoßen, der im Zweiten Weltkrieg zu den japanischen Invasionstruppen auf Papua-Neuguinea gehört hatte. Darin stand beschrieben, wie eine Pioniereinheit, die ein Lager im Landesinnern errichtet hatte, gegen Malaria nahezu immun geblieben war, während ihr weiter unten im Tal die Soldaten zu Hunderten zum Opfer fielen. Der japanische Wissenschaftler entdeckte eine Stechfliege, die gleichermaßen das Blut von Menschen wie Paradiesvögeln saugte. Er mutmaßte, dass ein unbekannter Parasit von den Vögeln auf die Menschen übertragen wurde und dass dieser Parasit Immunität gegen den Parasiten verlieh, der Malaria verursachte. Bevor er weiterforschen konnte, wurden die Japaner angegriffen und von der Insel vertrieben. In den Wirren des Rückzugs büßte der Wissenschaftler seine Fotos, Zeichnungen und den Holzkasten mit den Blutproben der Soldaten ein.

Bec flog nach Australien und von dort nach Lae. Ruth holte sie ab und brachte sie zu dem Bungalow in der Kleinstadt, wo sie und ihr Mann eine Forschungsstation eingerichtet hatten. Sie fuhr schnell und überholte Busse und Lastwagen, wobei sie mit ihren knochigen Händen auf die Hupe drosch und die Lichthupe betätigte. Sie fragte Bec wie eine freundliche neue Zimmergenossin nach ihrem Leben und ihrer Familie aus, und als Bec den Tod ihres Vaters erwähnte, nickte Ruth und entgegnete darauf mit der Geschichte ihres erwachsenen Sohnes, der mit dem Gesetz in Konflikt geraten war, als wollte sie sagen: O ja, so einen haben wir auch. Ruths Aufmerksamkeit ging von der Straße zu Bec und wieder zurück, und ihr Pferdeschwanz schwang dabei hin und her wie ihre Brüste, die frei unter dem schlabberigen T-Shirt hingen, und das Anch-Zeichen, das sie an einer Schnur um den Hals trug.

»Mein Mann kann ein bisschen verschroben sein, aber unterschätzen Sie seinen Verstand nicht«, sagte Ruth. »Außerdem ist er toll im Bett.« Sie stieß ein quiekendes Lachen aus.

Am Stadtrand passierten sie ein wildes Gewirr von Hütten aus Bambus, Blech und alten Düngemittelsäcken, in Schlamm und Rauch versunken und wimmelnd von blähbäuchigen Kindern und ekelhaften sich mausernden Hühnern mit schmutzigem Federkamm auf dem Kopf.

»Sieht aus wie die Peripherie einer größeren Stadt«, sagte Bec.

»O Gott, ist das nicht deprimierend?«, sagte Ruth. »Diese armen Leute kommen aus den Bergen herunter und versuchen, in Niemandshausen Fuß zu fassen. Direkt aus dem Wald ins Gewimmel. Keine Toiletten, keine Schulen, keine Jagd.«

Franz war ein stämmiger, bierbäuchiger Bartträger, der zwischen dem Saum seiner sackartigen Kakishorts und den Rändern seiner Timberland-Schuhe melonendicke Waden zur Schau trug. Bec nahm sich vor, seinen Verstand nicht zu unterschätzen, doch nachdem er ihr die Hand gegeben hatte, wandte er sich ab, ohne etwas zu ihr zu sagen, nahm seine Frau mit an seinen Laptop und unterhielt sich murmelnd mit ihr, als ob Bec gar nicht da wäre.

Rot vor Verlegenheit, machte sie sich zu Fuß auf, die Umgebung zu erkunden, und blieb schließlich vor einer Hütte im Slum hängen, wo sie von einer Schar Kinder Pidgin-Ausdrücke lernte und die hässlichen Hühner der Siedlung abwehrte, die sich ihr auf den Kopf zu setzen versuchten. Nach einer Stunde machte Ruth sie ausfindig, zerrte sie ins Auto und erklärte sie für verrückt.

»Ich bin ja auch verrückt«, versicherte ihr Ruth und stieß zum Beweis ihr quiekendes Lachen aus. »Aber Sie haben dort nichts verloren. Da gibt es Ganoven, die bringen Sie wegen Ihrer Schuhe um.«

Mit ihrer mikrobiologischen Grundausrüstung, bestehend aus Feldmikroskop, Objektträgern und Lösungen in Pulverform, auf dem Rücken stapfte Bec mit den Nickells und ihren einheimischen Führern kurz darauf die Pfade zu den wolkigen Berggipfeln hinauf. Die erste Nacht in den Bergen verbrachten sie auf einer weiten grünen Wiese, die vom Waldrand sanft zu einem schnell dahineilenden Fluss abfiel. Die Führer schlugen die Zelte dicht beieinander auf: eines für sich, eines für Bec und eines für Franz und Ruth.

Als die Sonne unterging, nahm Ruth Bec beiseite. »Ich hoffe, Franz und ich werden Sie heute Nacht nicht am Schlafen hindern, wenn wir uns lieben«, sagte sie. »Wenn er in mir drin ist, kann ich mich nicht beherrschen. Ich bin ziemlich laut.«

Bec schaute über die Wiese, die sich über hundert Meter weit bis zum Waldrand erstreckte. »Wie dumm, dass die Zelte so dicht beieinanderstehen«, sagte sie.

»Rebecca, wir müssen auf Ihre Sicherheit achten«, sagte Ruth.

Bec lag in der Nacht schlaflos wach und wartete, doch sie hörte nur Insekten und Vögel. Sie nickte ein. Gegen Mitternacht wurde sie vom Schrei einer Frau geweckt. Sie hörte Ruth kreischen: »Oh! Wahnsinn!« Bec machte die Augen auf und wartete auf mehr. Nach einer Minute wurde die nächtliche Stille von lautem männlichem Schnarchen zerrissen.

Franz schnarchte in Schüben die ganze Nacht hindurch. Er verstummte gerade lange genug, dass Bec glaubte, er hätte aufgehört, doch kaum war sie an die Schwelle des Schlafs gelangt, sägte er wieder los.

»Ich hoffe, wir haben Sie nicht wach gehalten«, sagte Ruth am nächsten Morgen.

»Nach dieser Nacht weiß ich, dass Sie ihn wirklich lieben müssen«, sagte Bec.

»Es ist immer hart, wenn man allein mit zwei Turteltauben zusammen ist«, sagte Ruth und legte Bec die Hand auf den Arm. »Er ist ein Tier, aber lassen Sie sich ja nicht verlocken.« Sie zwinkerte.

»Ich werde kalt duschen«, sagte Bec.

»Ich denke, wir werden gut klarkommen miteinander«, sagte Ruth. »Heute werden wir Ihnen Blut in rauen Mengen beschaffen.«

Franz verhielt sich, als existierte Bec gar nicht. Er behandelte sie als Dauerkurzzeitbesucherin, immer gerade erst angekommen und immer auf dem Sprung, wieder zu verschwinden, wie eine Paketbotin, mit der es sich nicht lohnte, die kleinste Verbindung einzugehen. Er plante für alle das Programm und den Verlauf ihrer Route, und er überwachte Pete, den wichtigsten Führer und Dolmetscher. Er arbeitete mit ihnen die Liste der Dörfer und Vögel ab, die er vorher zusammengestellt hatte, und Ruth und Bec bestimmten in seinem Gefolge Insekten, nahmen Blutproben und befragten die Einheimischen, so gut sie konnten. Beim Frühstück und Abendessen sprach Franz mit Ruth oder Pete, blickte auf sein Essen und kratzte sich. Wenn Bec etwas sagte, reagierte er nicht. Wenn sie ihm eine Frage stellte oder etwas über die gemeinsame Arbeit sagte, verzog er das Gesicht und sah Ruth an, die dann für ihn antwortete.

»Sind Ihnen diese merkwürdigen Vögel aufgefallen, die die Leute im Slum halten?«, fragte Bec eines Abends.

Franz machte große Augen und nickte seiner Frau zu.

»Wir wollen Sie nicht verletzen, meine Gute«, sagte Ruth zu Bec. »Es gibt keine Vogelart auf diesem Planeten, die Franz nicht kennt. Wir belehren Sie ja auch nicht darüber, wie ein Plasmodium aussieht.«

Bec hatte den Eindruck, dass jedes Mal, wenn Franz eines seiner langen spätnächtlichen Satellitentelefonate mit den Anwälten, Bewährungshelfern oder Psychotherapeuten seines Sohns in den Staaten führte, er sich so positionierte, dass ihr gar nichts anderes übrig blieb, als alles mitzuhören, was er sagte, und zu erfahren, wie geduldig er war und wie besorgt um seinen Sohn. Nacht für Nacht hörte sie die gleichen Geräusche aus dem Nachbarzelt, einen Schrei der Ekstase von Ruth, gefolgt von Franz' Schnarchen. Einmal verließ sie mitten in der Nacht ihr Zelt, zog das Dutzend Heringe heraus, mit denen es festgemacht war, und schleifte es hundert Meter weit weg. Als sie am Morgen ihre Klappe aufzog und in die Sonne trat, stolperte sie über die Spannschnur des Nickellschen Zeltes, das in der Dunkelheit irgendwie hinterhergekommen war und sich ihrem angeschmiegt hatte.

»Franz«, sagte Bec beim Frühstück, während sie in den Müsliriegel biss, »haben Sie gemerkt, dass Ihr Zelt in der Nacht auf Wanderschaft gegangen ist?«

Franz schüttelte den Kopf und sah Ruth an. »Sicherheit geht vor, Rebecca«, sagte Ruth. »Wetten, wir finden heute diesen Fiebervogel?«

In den Bergen wurde Bec durchnässt, gedünstet und gestochen. Sie sagte sich, dass ihr Vater Schlimmeres durchgemacht hatte. Nachts stopfte sie sich Watte in die Ohren, und am Morgen, wenn es kühl war und sie die aufgehende Sonne zwischen den Baumstämmen schleichen sah wie ein Jäger, wenn die Luft von Gesang zirpte und keckerte und pfiff, war sie dankbar und froh, am Leben zu sein. Manchmal, wenn der Regen auf die Zeltplane trommelte, erinnerte sie sich an eine lang zurückliegende Episode mit Alex, einem Freund ihres Bruders, der sich anscheinend einmal in sie verliebt und dann aufgegeben hatte.

Sie erklommen Höhen und stiegen in abgeschiedene Täler hinab, sie stachen Unmengen von Urwaldvögeln, deren buntes Gefieder von den verschiedensten Vogelkrankheiten entstellt war, Nadeln in den Hals und erforschten ihr Blut, ohne etwas Neues zu finden. Bec nahm Hunderten von Papuas Blut ab und fand darin keinerlei fremdartige Parasiten. Keiner der Einheimischen gab Immunität gegen Malaria an, jedenfalls nicht über die Resistenz hinaus, die sie durch Erkrankungen in der Kindheit aufgebaut hatten. Es gab keine Spur von dem japanischen Stützpunkt, weder im Wald noch in den Erinnerungen der Bergbewohner. Franz strich infrage kommende Vogelarten und Gebiete auf seiner Karte, und Ruth schloss diesen oder jenen Blutsauger aus. »Der Kreis wird enger«, sagte sie.

Nach sechs Wochen unterbrachen sie die Feldforschung zum ersten Mal. Bec nahm Pete in den Slum mit und fragte die Bewohner, woher sie gekommen waren und warum sie sich kranke Vögel als Haustiere hielten. Anscheinend hatten die meisten von ihnen chronische Sehstörungen. Sie suchte die städtische Klinik auf und unterhielt sich mit dem Arzt. Sie wollte sich gerade dazu aufraffen, Ruth um ihre Begleitung zu bitten, wenn sie loszog, um von den Siedlern und ihren Vögeln Blutproben zu nehmen, als diese ihr mitteilte, sie müsse eine Zeit lang in die Staaten zurückkehren. Ihrem Sohn werde ein Bewährungsverstoß vorgeworfen, sagte sie, irgendein Quatsch wegen Fahren unter Drogen.

»Sie und Franz werden mich ersetzen müssen«, sagte sie. »Sie gruseln sich nicht vor Insekten, oder?« Sie legte die Hand an Becs Wange und streichelte sie mit dem Daumen. Eine Träne fiel ihr aus dem Auge. »So gescheit, so hübsch.«

»Mit wem soll ich ohne Sie reden?«, sagte Bec, ihrerseits den Tränen nahe.

»Ach, ich weiß, es wird schwer werden«, sagte Ruth. »Mein Mann hat so viel Charisma und so viel Charme. Widerstehen Sie der Versuchung, ja? Um meinetwillen? Wenn der

Drang kommt, sich ihm hinzugeben, sagen Sie sich einfach: Er ist Ruths Mann, Ruths Mann.«

Am nächsten Tag fuhr Ruth Franz und Bec an den Ausgangspunkt des Pfades, der sie in die Berge führen sollte. Pete und die Träger sollten in einem anderen Auto nachkommen, doch der Motor versagte. Ruth umarmte Bec und ihren Mann und kehrte um. Sie hatte vor, mindestens einen Monat fortzubleiben. Sobald sie außer Sicht war, wandte Franz sich Bec zu und grinste. Seine Augen leuchteten.

»Wir warten nicht auf die andern, ja?«, sagte er. »Was für ein herrlicher Tag zum Wandern.«

»Wo ist Franz?«, sagte Bec. »Wie sind Sie in seinen Körper gekommen?«

Franz lachte und setzte sich in Bewegung. »Sie wissen nicht, was Eifersucht ist, solange Sie Ruth nicht erlebt haben, wenn ein anderes Weibchen auf dem Balzplatz erscheint.«

»Ich bin kein anderes Weibchen«, sagte Bec keuchend, während sie ihren schweren Rucksack hinter ihm herschleifte.

»Alle Frauen sind Rivalen«, sagte Franz.

Sie stapften den schlammigen Pfad hinauf, der mit Steinen gespickt und von bemoosten Baumwurzeln zerfurcht war. Von schwelendem Ärger angefressen, ignorierte Bec die munteren Bemerkungen und Komplimente, die der neue Franz ihr zu ihrer Arbeit machte, mit der er, wie sie erfuhr, bestens vertraut war. Doch als sie auf der Wiese, wo sie in Becs erster Nacht in den Bergen kampiert hatten, eine Mittagspause einlegten, ließ sie ihn wissen, er sei der unhöflichste Mensch, der ihr je begegnet war. Er lachte und meinte, er freue sich, dass sie ihn außergewöhnlich finde.

»Warum ziehen Sie Ihr Hemd aus?«, fragte sie.

»Es sind fast fünfunddreißig Grad. Ich brauche Vitamin D. Sie sollten Ihres auch ausziehen.« Die Haare auf Franz' Rücken legten sich in flache Wellen wie Gerste im Wind.

»Und was sind das jetzt für Vögel in der Squattersiedlung?«, fragte sie, mit gekreuzten Beinen im Gras sitzend. »Wussten Sie, dass die Squatter nie in die Klinik gehen?«

»Weil sie kein Geld haben.« Franz legte sich auf die Seite, auf den Ellbogen gestützt, sodass sein dicker Bauch, halb straff, halb schlaff, nicht ganz bis zum Boden hing. Seine Brustbehaarung war stellenweise schneeweiß. »Herrje, ich will nicht über diese Scheißsquatter reden. Ich will was von Ihrer Malaria-Arbeit hören. Sex unter Parasiten. Wie suchen sich die weiblichen Gametozyten die Männchen aus, die sie haben wollen?«

»Die sie nicht wollen, weisen die Weibchen ab«, sagte Bec. »Um sich frei zu halten für den Richtigen.«

»Den Tüchtigen.«

»Klingt irgendwie verklemmt. Mir gefällt besser, wie die Vogelweibchen es machen: Sie checken die Männchen aus, sehen, wer den Größten hat, nicht wahr, und den nehmen sie dann aufs Korn.«

»Meinen Sie nicht, Vögel könnten an ihren Gespielen auf noch was anderes fliegen als die Größe der Schwanzfedern?«

»Sie denken an das süße kleine Leierschwänzchen mit der großen Persönlichkeit, nicht wahr, das süße kleine Leierschwänzchen, vor dem Sie niemals auch nur das kleiiiinste bisschen Angst haben müssen. Und was Sie in Wirklichkeit wollen, ist vielleicht der große böse Leierschwanz, der Mordskerl, der Ihnen auf dem Balzplatz zeigt, was Sache ist.«

»Vögel legen keine Treuegelöbnisse ab, um sie dann zu brechen.«

»Was verstehen Sie denn von Vögeln?«

»Genug, um zu wissen, dass wir von was anderem reden.« Sie schirmte sich mit der Hand die Augen ab und blickte zum Himmel auf. »Ich hoffe, Ruth hilft Ihrem Sohn aus der Patsche.«

»Sie sind so unglaublich prüde«, sagte Franz. »Das macht einen richtig an.« Er stand auf und wischte sich Grassamen und Insekten von den Shorts. »Wenn das System beschließt, ihn in die Pfanne zu hauen, dann haut es ihn in die Pfanne«, sagte er. »Kommen Sie, wir bauen die Zelte auf.«

Mit Pete und den anderen Führern war erst am Abend zu rechnen. Mit der Bemerkung, sie sei müde, zog sich Bec in ihr Zelt zurück und legte sich hin. Sie fragte sich, wie sie Franz' Anmache einen Monat lang aushalten sollte. Bald darauf hörte sie draußen das Gras rascheln, ein Schatten fiel auf die Zeltklappe, und der Reißverschluss wurde aufgezogen. Bec stemmte sich auf die Ellbogen und sah einen langen, voluminösen Penis in das orange Licht des Zeltinneren eintreten und dort einen Augenblick leicht wackelnd verharren, bevor sein Besitzer Anstalten machte, seinem Glied zu folgen.

»Oh«, sagte Bec.

Sich rasch aufsetzend, warf sie einen Blick auf die zwei Bücher, die sie mitgenommen hatte – *Zelda: A Biography* und Band 2 der Serie *World Class Parasites* (über die Geohelminthen). Sie griff sich das erste, hob es über den Kopf und donnerte ein halbes Pfund Zelda auf Franz Nickells schielenden Zyklopen. Es gab ein Geräusch, wie es ein Statist im Film macht, der einen Wachposten spielt und überraschend in den Rücken gestochen wird, und das geschlagene Organ zog sich zurück.

Bec wartete, und als sie das Schweigen nicht länger aushielt, trat sie hinaus. Franz stand zehn Meter entfernt mit dem Rücken zu ihr, bis zu den Knien in blühenden Kräutern, und betrachtete den Sonnenuntergang über dem Wald. Unter anderen Umständen hätte Bec ein Foto gemacht. Franz wirkte dort ganz natürlich und bescheiden, nackt vor der Sonne. Es war eine schöne Szene, bis auf eine Kleinigkeit.

»Franz«, sagte sie, trat aber nicht näher. Er antwortete nicht. »Franz«, wiederholte sie. »Alles okay mit Ihnen? Professor Nickle?«

»Nick*ell*«, sagte er, ohne sich umzudrehen.

»Professor Nick*ell*, da hängt ein Blutegel an Ihrem *Hintern.*«

Einige Wochen später, nachdem Bec das Nickell-Projekt verlassen und sich ein bisschen Stiftungsgeld für Ad-hoc-Forschungen im Slum erbettelt hatte, kam Ruth sie besuchen. Bec war aus der Villa der Nickells ausgezogen und logierte bei einer Geologin ein paar Straßen weiter. Ruth war freundlicher denn je. Sie hörte nicht auf, Bec zu berühren, strich ihr über Ellbogen, Schultern, Taille, Kopf. Ihr Sohn war weiterhin auf freiem Fuß.

»Gut gemacht«, sagte Bec.

»Ach, wir tun, was wir können. Ich musste zustimmen, dass sie ihm ein Medikament verpassen. Das soll verhindern, dass er sich in Schwierigkeiten bringt und selber Rauschmittel nimmt. Das kennt man ja schon, oder? In Amerika wird Droge mit Droge bekämpft. Alle wissen das, und wenn etwas allgemein bekannt ist, unternimmt niemand was. Und jetzt ist Mom wieder im Dschungel und versucht, irgendwas zu finden, damit Kinder in Mosambik lange genug leben, um kommerziell verwertbare Verhaltensstörungen zu entwickeln. Schade, dass Sie uns verlassen haben.«

»Finde ich auch«, sagte Bec. »Die Chemie, wissen Sie?« Sie war sich nicht sicher, was Franz Ruth über den Vorfall erzählt hatte.

»Und jetzt arbeiten Sie mit den Squattern«, sagte Ruth.

»Diese Vögel, die sie halten, sind kranke Paradiesvögel«, sagte Bec, freudig erregt, dass sie es jemandem erzählen konnte. »Die Squatter sagen, ihre Anwesenheit schützt sie vor Malaria. Sie sind aus den Bergen gekommen, und dort waren die Japaner. Ich glaube, das ist die Lösung. Ich wünschte, Sie könnten mir helfen.«

Bec hatte den Eindruck, dass Ruth gar nicht zuhörte.

»Viel Glück, meine Gute«, sagte Ruth, während sie mit den Wagenschlüsseln spielte. »Ich habe Ihnen so eine Chance gegeben. Ich fasse es nicht, dass Sie ihn abgewiesen haben. Ich bin so was von verliebt in den Mann. Ich kann es nicht mit ansehen, wenn er enttäuscht wird.«

»Ich habe mir gesagt: Er ist Ruths Mann. Der Anstand verbietet es, sich mit den Männern anderer Frauen einzulassen.«

»Wollen Sie damit sagen, mit mir stimmt irgendwas nicht?«, sagte Ruth, und ihre Stimme wurde ein bisschen lauter und schriller wie bei einem schlecht gelaunten Kind. »Was haben Sie sich bloß dabei gedacht, Ihren Anstand nicht zu vergessen? Wie konnten Sie ihm widerstehen?«

10

Die kranken Hausvögel im Slum, entdeckte Bec, gehörten zu einer Art, die sich Hausemann-Paradiesvogel nannte. Die Immunität des sie haltenden Squatterstammes gegen Malaria war ein Geheimnis geblieben, denn medizinische Betreuung war rar, und die Menschen hatten reichlich andere Krankheiten, darunter die chronischen Sehstörungen der Erwachsenen. Bec begegnete der Stechfliege des japanischen Wissenschaftlers in den Hütten massenweise. Was ihr fehlte, war nur noch der Parasit. Sie hatte sich einen Plan gemacht, Blutproben von den Squattern zu nehmen, doch dann wurde sie krank.

Eines Tages bekam sie Kopfschmerzen und zitterte vor Kälte, obwohl es in der Stadt heiß und schwül war. Sie nahm Paracetamol und ging zu Bett. Ein unheimlicher Fiebertraum quälte sie eine ganze Nacht hindurch, die ihr vorkam, als dauerte sie Wochen. Am Morgen pellte sie sich aus den feuchten Laken und stand auf. Aber ihr war so schwindelig, dass sie kaum stehen konnte. Sie trank zwei Gläser Wasser und nahm sich vor, im Krankenhaus anzurufen, doch nach dem Trinken ging es ihr besser, und als sie sich schließlich ans Mikroskop setzte, hatte sie nur noch eine verstopfte Nase und einen rauen Hals.

Sie untersuchte mehrere hundert Felder ihres eigenen Blutes und fand keinerlei Anzeichen von etwas Nichtmenschlichem. Am Abend kam das Fieber wieder. Sie ging mit vierzig Grad Temperatur zu Bett.

Bei Tagesanbruch wachte sie mit schwimmendem Kopf auf. Sie ließ sich aus dem Bett zu Boden gleiten und kroch auf Händen und Knien in den Teil des Hauses, den sie als Labor benutzte. Während sie Blut auf einen Objektträger strich, schlotterte ihr Körper vor Fieber, und sie presste die Handgelenke fest auf den Tisch, um sie ruhig zu halten. Ein Schweißtropfen lief ihr auf die Lippe, und sie leckte ihn ab. Sie bekam den Objektträger fertig, legte ihn auf den Mikroskoptisch und wurde ohnmächtig. Als sie aufwachte, waren Stunden vergangen. Ihr Kopf war klar, und sie hatte Hunger und Durst. Sie machte sich eine Kanne Kaffee und setzte sich ans Mikroskop.

Im dritten Feld sah sie, dass ein fremdes Wesen in eines ihrer roten Blutkörperchen eingedrungen war. Der Parasit war kleiner als das Plasmodium, das die lokale Abart der Malaria verursachte. Er sah wie eine Haemoproteus-Spezies aus, aber keine, die sie identifizieren konnte.

Das Fieber kam nicht wieder. Bec flog zu Tests und Beratungen mit anderen Wissenschaftlern nach Australien, und gemeinsam bekamen sie heraus, dass sie sich mit einer unbekannten Haemoproteus-Art infiziert hatte; dass der Parasit in ein Ruhestadium eingetreten und ein Hypnozoit geworden war. Die Ärzte rieten ihr zu Medikamenten, die den Erreger aus ihrem System schwemmten. Sie lehnte ab.

Bec schickte Einzelheiten ihres Fundes an diverse Kommissionen, und eines Tages bekam sie eine E-Mail mit der letzten Bestätigung, die ihr noch gefehlt hatte. Sie rief ihre Mutter an und erzählte ihr, dass sie eine neue Spezies entdeckt hatte.

»Das ist ja wunderbar, Schatz«, sagte ihre Mutter. »Wie sieht sie aus?«

»Man kann sie mit bloßem Auge nicht erkennen«, sagte Bec.

»Oh.«

»Man braucht dazu ein Mikroskop.«

»Vorige Woche habe ich eine Doku über Papua-Neuguinea gesehen. Sie haben dort ein neues Baumkänguru entdeckt. Es war so süß. Es hatte eine Frucht in den Pfoten und war dabei, sie zu fressen, wie ein kleiner Junge einen Apfel. Vielleicht findest du ja mal so etwas.«

»Ich habe sie nach Dad benannt«, sagte Bec. »Die Spezies wird Haemoproteus gregi heißen.«

»Wie?«

»Haemoproteus gregi. Von Greg. Wie Dad.«

»Dein Vater hat sich im Grunde nur für Hunde und Pferde interessiert. Und Fische wohl auch.«

Bec biss sich auf die Lippe. »Eine neue invasive Parasitenart findet man nicht jeden Tag«, sagte sie.

»Du hast einen Parasiten nach deinem Vater benannt?«, sagte ihre Mutter. »Wie konntest du so was tun?«

Bec hatte aufgehört, Malaria-Tabletten zu nehmen, und ließ Hand- und Fußgelenke und ihren Hals am Abend unbedeckt. Die Mücken labten sich an ihr, und sie bekam keine Malaria.

Als Bec nach London zurückkehrte, wusste das Centre nicht so recht, was es mit ihr anfangen sollte. Es verschaffte ihr Gelder, einen wichtig klingenden Titel und ein eigenes Labor, machte ihr jedoch klar, dass es sie nicht dabei unterstützen konnte, gesunde Menschen – kleine Kinder! – mit einem lebenden Parasiten zu infizieren, um einen anderen abzuwehren. Um zu demonstrieren, wie wirksam Haemoproteus gregi war, setzte Bec sich in das sichere, fensterlose Insektarium des Centre und ließ sich von der tückischeren afrikanischen Version der Malaria-Mücken stechen. Sie bekam davon lediglich eine laufende Nase, aber erregte den Zorn von Maddie, der Leiterin des Instituts.

»Seien Sie froh, dass Sie nicht in Quarantäne sind«, schimpfte Maddie. »Sie haben keine Ahnung, wozu dieses Ding imstande ist.«

»Die Malaria auszurotten«, sagte Bec.

»Schauen Sie sich Ihre Augen an.«

»Sie werden ab und zu ein bisschen trübe. Das ist gar nichts.«

Maddie erklärte ihr, es sei ethisch, politisch und medizinisch nicht zu vertreten, und so war Bec gezwungen, einen anderen Weg einzuschlagen und einen Impfstoff aus sorgfältig getöteten Parasiten herzustellen. Dieser Stoff war es, den ihre Gruppe sechs Jahre später in Afrika testete. Er wirkte so halb, aber das tat vieles.

Bec hatte Val kennengelernt, nachdem die Zeitung, die er leitete, sie zu ihrer Malaria-Arbeit interviewt hatte. Sie war von dem Artikel geschmeichelt, den der Reporter über sie und ihre Gruppe schrieb; die Fakten stimmten einigermaßen, auch wenn er die möglichen Erfolge und die Zahl der Leben, die sie vermutlich retten konnten, übertrieben hatte. Sie gefiel sich auf dem Foto. Die lächelnde Bec auf dem Bild wirkte wie ein Zwilling von ihr, flotter und hübscher, als Bec es jemals werden konnte, und gern bereit, der Schwester ein wenig zu helfen.

Sie kaufte sich die gedruckte Ausgabe, und während sie auf der Suche nach dem Bericht die Seiten umschlug, überflog sie die anderen Artikel. Sie gaben ihr das Gefühl, in einem Raum mit lauter verbitterten, verängstigten Leuten zu sein, die der Meinung waren, die Welt habe sich vor Langem schon in eine Hölle verwandelt und irgendwer anders sei daran schuld.

Als sie eine Einladung zu Vals »Best of Britain«-Party erhielt, ging sie hin. Sie mochte Partys; sie waren wie ein Leben in klein. Und als Val sie fragte, ob sie mit ihm essen gehen wolle, fand sie den Kontrast zwischen seiner Nervosität ihr gegenüber und der Nervosität seiner Journalisten ihm gegenüber prickelnd. Ja zu sagen schien das Risiko einer anderen Frau zu sein, etwas, das die Bec auf dem Bild machen und nicht bereuen würde. Es fiel ihr leicht, mit ihm etwas anzufangen und mit ihm zu schlafen, denn sie kam gar nicht auf den Gedanken, es könnte etwas Festes werden, und stellte sich vor, die Sache ließe sich eines Tages in einer beiderseits schmerzlosen Umkehrung ihres Zusammengehens wieder zurückspulen.

Val fuhr mit ihr an spektakuläre Orte: ein Hotel auf einer Insel in einem See in Italien, wo in dem ebenerdigen steinernen Bassin in ihren Zimmern Rosenblüten schwammen; ein Landhaus in Schottland im Besitz eines Lords, mit dem Val befreundet war; das British Museum am Abend, von irgendeinem Zillionär für einen Ball gemietet und mit goldenem und rotem seidenem Organza geschmückt. Es gefiel ihr, die Hand aus dem Bassin zu heben und die weichen roten Blütenblätter darauf zu sehen, sie staunte mit offenem Mund über das viele Gold und Rot, und das Haus des Lords stand voll mit knorrigen Artefakten aus Walnuss,

Eiche und Messing, die man anfassen konnte. Doch sie lernte den Krösus nicht kennen, mochte den Lord nicht leiden und fühlte sich in dem Inselhotel von den reichen Gästen verunsichert, die es zu bedauern schienen, dass sie das Maß ihres Hochgenusses nicht aufs Komma genau in ihrem Lächeln abzubilden vermochten. Val arrangierte diese Schaueinlagen für ihren Geschmack zu dicht hintereinander, ein protziges Wochenende jagte das nächste. Sie hatte das Gefühl, hastig ein Programm absolvieren zu müssen. Wenn Freunde die Vergnügungen, die Val sich für sie ausdachte, mit Vokabeln wie »glamourös« und »romantisch« belegten, verspürte sie einen Groll gegen ihn.

Seit sie mit Val zusammen war, zog sie sich schicker an und fühlte sich so ähnlich wie als kleines Mädchen, wenn sie zum Spaß mit dem Barett ihres Vaters oder in einem alten Minirock ihrer Mutter posiert hatte. Als sie sich eines Morgens im Haus des Lords in grüne Schaftstiefel, einen weißen Aran-Pullover, einen Tweedrock und eine gewachste grüne Jacke mit Kordkragen geworfen hatte, dazu eine kleine Kunstperlenkette, hatten ihre Gastgeber nicht erstaunt geguckt und sie nicht ausgelacht, obwohl die Nichte des Lords fast genauso gekleidet war, nur dass ihre Perlen vermutlich nicht neun Pfund neunundneunzig gekostet hatten.

Es wäre Bec lieber gewesen, Val hätte ihr zu der gelungenen Verkleidung gratuliert, statt ihr zu sagen, sie sehe umwerfend aus. Auf einer Gartenparty fand Bec, dass sie mit Abendhandschuhen, breitkrempigem Hut, um Taille und Unterarme geschlungenem hauchdünnem Schal und einer lächerlichen kleinen Satin-Clutch zu viel des Guten getan hatte. Das Ultraweiß ihres Kleides, die Plisseefalten, die A-Form! Aber Val und die anderen Gäste hatten ihr erklärt, sie sehe so und so aus, eines von diesen Wörtern, und sie war nicht die einzige Frau gewesen, die zur Gartenparty mit langen Handschuhen erschien. Auch Val war entsprechend herausgeputzt gewesen, im stilechten weißen Leinenanzug. Er war die perfekte Imitation eines imaginären früheren Archetyps. Entzückt von seiner Mimikry eines reichen älteren Amerikaners, der in London auf leger machte – dunkelblauer Blazer, hellblaues Hemd, Kakihose, Halbschuhe –, hatte sie ihm einmal erklärt, dass sein Kostüm ihr gefiel, ohne jedoch von ihm verstanden zu werden. »Was für ein Kostüm?«, hatte er gesagt.

Nachdem sie seinen Ring angenommen hatte, hatte er sie vor einem eleganten Dinner von Kopf bis Fuß gemustert und gesagt: »Celia wäre stolz auf dich.« Bec fragte sich mittlerweile, ob er sie weniger als Ersatz für seine Frau heiraten wollte, als um der Toten seine Reverenz zu erweisen. Wie seltsam, dachte Bec, dass sie und Val sich in so verschiedene Richtungen bewegt hatten, trotz ihrer Nähe: Während sie seine Gesellschaft als willkommene Abwechslung vom Labor genossen und sich gern in dem Gefühl gewiegt hatte, dass sie ihm half, über Celias Tod hinwegzukommen, war er auf eine passende Partnerin aus gewesen, eine Frau, die in einem Partykleid etwas hermachte, von ihrem Vater einen gewissen patriotischen Nimbus geerbt hatte und es offenbar in der Welt zu etwas brachte.

Sie hatte einfach nicht richtig aufgepasst. Er war kein Kirchgänger, aber ihr blieb verborgen, was für Unterredungen er mit Gott führte, wenn er allabendlich am Bett niederkniete, die Hände faltete, die Stirn auf die Daumenknöchel legte und ein, zwei Minuten schwieg. Sie hatte ihn danach gefragt. »Ich bete nur«, war seine Antwort. Es schien ihn in keiner Weise zu hemmen, wenn er zu ihr ins Bett kam.

Der Tod ihres Vaters, als sie neun war, und der Tod ihrer Liebe zu Joel, als sie sechsundzwanzig war, waren ihr jetzt mit dreiunddreißig immer noch präsent, weil beide die

Struktur ihres Seelenlebens grundlegend verändert hatten. Die monumentalen Überreste dieser Unglücksfälle nahmen wie selbstverständlich einen großen Raum in ihrer Gemütswelt ein. Sie beherrschten sie, und sie verstand nicht, wieso die Leute, mit denen sie tun hatte, den Eindruck erweckten, nicht in gleicher Weise von den Graten und Kratern ihrer Zusammenstöße mit dem Schicksal beherrscht zu sein. Sie war nicht die Einzige, die den frühen Tod von Vater oder Mutter oder das Ende der Liebe erlebt hatte, und sie konnte nicht ergründen, ob andere Leute ein System zur Rationalisierung von Katastrophen erfunden hatten, in das sie nicht eingeweiht wurde, oder ob sie nur gelernt hatten, sich weiszumachen, dass es keine weiteren Katastrophen geben würde.

Sie war auf der Suche nach geheimen Systemen. Ihr Verhalten außerhalb der wissenschaftlichen Welt kam ihr eher zufällig vor, und sie hoffte, in ihrer Zufallsgetriebenheit irgendwann auf eine Art Leitlinie für richtiges Verhalten zu stoßen, die andere sich ausgedacht hatten. Mithin war sie selbstbewussten Männern wehrlos ausgeliefert, machte aber die Entdeckung, dass sie diese am liebsten mochte, sobald ihre Pläne und ihr Selbstbewusstsein in sich zusammenfielen.

Die Forschungsassistenten luden sie zu Partys ein, und oft tauchte sie spätabends nach dem Labor in die Musik und das betrunkene Gerede eines fremden Wohnzimmers ein. Eines Morgens nicht lange nach ihrem dreißigsten Geburtstag stieg sie aus dem Bett, in dem sie die Nacht mit einem Mann verbracht hatte, den sie gerade erst kennengelernt hatte. Karl, oder vielleicht auch Carl, das erfuhr sie nie, hatte einen Schreibtisch unter dem Fenster in seinem Zimmer stehen. Auf dem Schreibtisch fand Bec ihr Shirt. Zerknüllt und auf links gedreht, lag es auf einem Stapel Ordner und Bücher. Als sie sich ihr Oberteil nahm, sah sie, dass auf dem Haufen ein Zettel mit einem hingekritzelten Raster lag, eine Liste von Mädchennamen mit vorangestellten Buchstaben und Symbolen. Bec zählte. Es waren fünfundzwanzig Namen. Sie drehte sich um und fragte C/Karl, ob das alle Frauen waren, mit denen er gegangen war.

»Alle Mädchen, mit denen ich geschlafen habe«, sagte C/Karl. »Seit ich mit dem Studium fertig bin.«

»Schreibst du jetzt meinen Namen dazu?«

C/Karl lächelte, stemmte sich auf einen Ellbogen und rieb sich mit dem Handballen die Augen. »Ich hatte Langeweile. Ich wollte wissen, wie viele es waren.«

»Aber warum hast du dir die Namen in dieser Form aufgeschrieben?«

»Machst du das nie?«, fragte C/Karl, als ob das eine Antwort wäre.

»Nein«, sagte Bec, setzte sich mit dem Rücken zu ihm auf die Bettkante und zog die Ärmel aus dem Shirt. »Was bedeuten die Symbole?«

C/Karl ruckelte näher und blickte widerstrebend auf den Zettel. »Welche?«, fragte er.

»Hier, dieses Blitzzeichen.«

»Das sind die Verrückten.«

»Von denen gibt es ziemlich viele.«

Jetzt, da sein System entdeckt war, fand er Freude daran, es zu erklären. »Ein Stern bedeutet, dass sie gut aussieht, ein H bedeutet heiratsfähig, und das F bedeutet, dass der Sex irre war. Der Smiley ist für die, mit denen ich Spaß hatte.«

»Was ist mit dem Pfundzeichen? Bedeutet das, sie haben Geld? Das Zeichen ist dir peinlich, stimmt's? Warum?«

C/Karl zuckte die Achseln, lächelte, kratzte sich am Schenkel und griff nach Tabak und Blättchen für eine Selbstgedrehte.

»Hast du einer der Heiratsfähigen einen Antrag gemacht?«

C/Karl schüttelte den Kopf, schüttelte das Streichholz aus

und kniff vor dem aufsteigenden weißen Zigarettenrauch die Augen zusammen. »Bin zu jung, um mich zu binden.«

Bec runzelte die Stirn. »Was ist mit der hier?«, sagte sie. »Dora. Stern Stern Stern, H, F F F, Smiley, Pfundzeichen. Klingt zu gut, um sie gehen zu lassen. Warst du in sie verliebt?«

C/Karl stieß ein leises, heiseres Lachen aus. »Blitz, Blitz, Blitz …«

»Verfolgst du ein Ziel? Ist das ein Wettstreit mit deinen Freunden?«

»Keine Fragen vor dem Frühstück«, sagte C/Karl und umfasste von hinten ihre Schultern. Seine Hände glitten über ihre Brüste, und sie beugte sich nach hinten und liebkoste seinen kahl geschorenen Kopf, warm wie etwas frisch Gebackenes. Sie zog ihm die Zigarette aus dem Mund und nahm einen Zug.

»Ich muss gehen«, sagte Bec.

»Weißt du wirklich nicht, mit wie vielen Männern du geschlafen hast?«

Bec sah ihn an, stieß eine Wolke aus und sagte, sie habe in dieser Woche schon drei Männer gehabt.

C/Karls Hände zuckten zurück, als würde der Kontakt sie verbrennen, und rutschte im Bettzeug seitwärts von ihr weg. Seine Augen wurden distanziert und hart. Als er die Hände über den Knien verschränkte, den Blick senkte und mit einer Art Lachen den Kopf schüttelte, wusste sie nicht, ob er abgestoßen oder neidisch oder bloß überrascht war.

Sie erzählte es einer Freundin. »Vier in einer Woche sind ziemlich viel«, meinte die Freundin. »Ich habe noch nie vier in einer Woche gehabt. Auch noch nicht mal zwei in einer Woche.«

»Das war das einzige Mal«, sagte Bec. »Ich brauchte Bestätigung. Aber trotzdem, wer sagt, dass es viel ist?«

Die Freundin schüttelte sich. »Das macht irgendwie die Vorstellung zunichte, es wäre was Intimes.«

»Ist das so eindeutig? Gibt es ein Gesetz? Gibt es eine Regel? Du würdest nicht sagen, es wäre viel, wenn ich gesagt hätte, ich hätte in einer Woche vier neue Bekanntschaften geschlossen.«

»Das wäre schockierend«, sagte die Freundin.

»Du bist also schockiert.«

»Du bist Wissenschaftlerin. Du suchst im Leben nach derselben Art von Sicherheit, wie du sie im Labor findest.«

»Du redest, als ob es Sicherheiten gäbe, als ob es eine eindeutige Regel wäre, dass es zu viel ist, mit vier Männern in einer Woche Sex zu haben, und es leuchtet mir nicht ein, dass das eindeutig sein soll.« Ihre Stimme war lauter geworden, und sie merkte, dass die Mütter mit Kleinkindern in dem Café zu ihnen herüberschauten. Sie und die Freundin steckten die Köpfe dichter zusammen.

»Und was ist mit seiner Liste?«, sagte Bec. »Er ist kein Wissenschaftler, er arbeitet in einem Schickimicki-Café und macht Dancetracks, und er stülpt der Welt sein Raster über wie ein System, nach dem man leben müsste.«

»Es war nicht als Theorie gedacht, oder?«, sagte die Freundin. »Er hat nur versucht, was in den Griff zu bekommen. Guck mal.« Sie stellte ihr iPhone an und flippte auf eine App, die ManRater hieß. Sie zeigte Bec, wie die Punktwertung funktionierte: plus zwei, wenn ein Mann lustig war, plus eins für je zwanzigtausend Pfund über dem Mindestgehalt, plus zwei, wenn er Kinder wollte, minus eins für jede bisherige Ehe nach der ersten, plus zwei für Körpergröße, plus zwei für einen Großen, plus drei für einen sehr Großen.

»Es synchronisiert sich mit deinen Kontakten«, sagte sie.

»Wie viel zählt Liebe?«, fragte Bec.

»Es gibt plus zwei, wenn er dich liebt, und plus eins, wenn du ihn liebst.«

»Ziemlich traurig, oder?«

»Stimmt schon, es senkt die Ansprüche.«

»Andererseits ist es nur ein Spiel, nicht wahr?«, sagte Bec. »Es kratzt nur an der Oberfläche.«

»An den meisten von uns ist nicht mehr als Oberfläche«, sagte die Freundin. Ihre Augen wurden groß und richteten sich auf Bec. »Damit was läuft, ist Oberfläche schon viel.«

»Hast du dafür was bezahlt?«, fragte Bec.

»Neunundfünfzig Pence«, sagte die Freundin, und darüber mussten sie lachen.

11

Am Sonntag fuhr Bec in der Frühe mit der U-Bahn in ihr Labor am Centre for Parasite Control. Durch die schmutzigen Metallrahmenfenster des alten Betonbaus sah man Jalousien mit schiefen Lamellen wegen der von unten schiebenden Topfpflanzen, Stöße verblasster Ausdrucke und alte Schnittmodelle, die das Wirken von Parasiten darstellten und deren Kunststoffteile in futuristischen Farben wie Teal, Creme, Zungenpink und Nierenbraun bemalt waren.

Im zweiten Stock zog sie sich einen knopflosen Laborkittel über das weiße Leinenshirt und die Jeans. In einem hermetisch abgedichteten Raum summten fünf Inkubatoren melodisch, grau und neu und größer als sie, und ihre Lichter leuchteten konstant. Sie waren die Belohnung für ihre Entdeckung.

»Warum stellen wir sie nicht in Daressalam auf, statt das Zeug hier zu produzieren und dann dorthin zu schaffen?«, fragte sie einmal.

Maddie erklärte ihr, die Afrikaner würden sie nicht ordentlich betreuen. Sie könnten die laufenden Kosten nicht bestreiten, sagte sie.

»Wir können sie bestreiten«, sagte Bec.

»Sie haben die Infrastruktur nicht«, sagte die Leiterin. »Ich vermute, Sie würden am liebsten das ganze Zentrum nach Tansania verlegen.«

»Da ist die Malaria«, sagte Bec.

Maddie sah sie an und schien lächeln zu wollen, dann beugte sie sich vor und flüsterte Bec ins Ohr: »Eines Tages werden die uns die Arbeit wegnehmen. Aber nicht, solange ich lebe.«

Bec zog Latexhandschuhe und Mundschutz an, nahm die Abdeckung von der Haube und stellte die Luftzufuhr an. Sie schloss den ersten Inkubator auf, zog eine Schublade heraus, nahm sich den nächsten Kolben und machte die Tür wieder zu. Mit einem Schnaufen pumpte der Apparat den Sauerstoff aus sich heraus. Bec brachte den Kolben zur Haube, sprühte Ethanol über die Handschuhe, öffnete den Kolben, entnahm mit einer Pipette Hühnerblut, gab es in ein Reaktionsgefäß und ließ es in der Zentrifuge rotieren. Sie tupfte Bluttröpfchen auf einen sauberen Glasobjektträger, strich das Blut dünn aus und trocknete es mit einem Föhn, dann fixierte sie den Ausstrich mit Ethanol, mischte eine Giemsa-Lösung an, färbte das Blut damit und ließ es ziehen. Sie zog die Handschuhe aus, warf sie in einen Treteimer, nahm eine sterile Stechhilfe und betrachtete ihre linke Hand. Seit Jahren stach sie sich wöchentlich, und ihre Fingerkuppen waren mit winzigen, vom getrockneten Blut schwarzen Löchlein übersät. Manchmal taten sie etwas weh.

Sie zog ein anderes Paar Handschuhe an, klemmte die Stechhilfe zwischen die Lippen, nahm einen frischen Objektträger in die Linke und einen in Alkohol getunkten

Wattebausch in die Rechte, streifte ihre Schuhe ab, setzte sich mit dem Rücken an einem Schrank auf den Linoleumfußboden und zog ihr linkes Bein an. Sie betupfte ihren kleinen Zeh, stieß mit der Stechhilfe hinein, legte den Objektträger auf die rote Blutperle, stand auf, machte einen Ausstrich und hüpfte zum Hahn, um ein Tropfglas mit Wasser zu füllen. Sie hüpfte zu den Objektträgern zurück, zählte bis zweihundert, spülte den Fleck mit Wasser ab und legte die Objektträger zum Trocknen auf eine Ablage.

Als sie gehört hatte, dass ihr Vater umgebracht worden war, hatte sie keinen Zweifel gehabt, dass er an der Einwirkung einer außermenschlichen Kraft gestorben war. Sie wusste, dass er Soldat war; man erzählte ihr, er sei gefangen genommen, gefoltert und von jemandem von »der anderen Seite« hingerichtet worden. Für sie klang es nicht so, als könnte die andere Seite zur Menschenwelt gehören. Die andere Seite war der Ort, wo die Schrecken warteten. Als kleines Kind hatte Bec am helllichten Tag unter Ängsten gelitten: dass beispielsweise der Traktorfahrer in seiner Kabine festsaß, weil die um den Pflug kreisenden Krähen ihn angriffen. Dass der Wind, der leise die Vorhänge bewegte, wenn er zum Fenster ihres Hauses in Dorset hereinwehte, immer stärker wurde, bis er die Familie und ihre Möbel an die Wände schmetterte. Dass aus dem Wasserhahn, wenn er abgestellt und die Öffnung frei und trocken und scheinbar leer war, etwas Furchtbares herauszufließen drohte, etwas, das kein Wasser war und keinen menschlichen Namen hatte.

Für sie war es ein Vorgehen gegen die andere Seite, als sie eines Tages das Prüfungszimmer betrat, in dem sie eine Zulassungskommission davon überzeugte, dass man sie Tropenmedizin studieren lassen musste. »Was wäre, wenn in den armen Ländern ein großes Raubtier wüten würde, Hunderttausende von zwei Meter großen unsichtbaren Ungeheuern, die den Babys die Köpfe abrissen?«, fragte die achtzehnjährige Bec die Kommission anklagend, die Wangen gerötet und die Stirn feucht von der Wärme des schweren Kostüms und der hochgeschlossenen Bluse, die sie trug. »Ich glaube, dagegen hätten wir schon längst was unternommen.«

»Was wäre, wenn in den reichen Ländern ein Raubtier wüten würde, das alten Leuten die Köpfe abriss?«, sagte einer der Professoren. »Sollten wir dagegen nicht etwas unternehmen?«

»Alte Leute sind nicht so wichtig«, sagte Bec. »Irgendwann muss jeder mal sterben.«

Die drei Professoren in der Kommission lachten wissend, als ob Bec in dem Moment eine von ihnen geworden wäre, als ob sie davon ausgingen, dass sie es nicht ernst meinte, dass sie nur auf die Schockwirkung aus war, damit sie ihnen in Erinnerung blieb.

Bec legte den Objektträger mit dem Hühnerblut auf einen Mikroskoptisch, gab zwei Tropfen Immersionsöl auf den dicken Ausstrich, stellte am Revolver das x-100-Objektiv ein und schaute durch das Binokular auf das indigoblaue Feld des gefärbten Serums. Es war voll von ihrem Parasiten H. gregi, dunkelblaue Pünktchen in den Hühnerblutzellen, die heranwuchsen, um getötet und zu Impfstoff verarbeitet zu werden. Sie zählte die Parasiten und Leukozyten, die sie erkennen konnte, schob den Objektträger ein paar My nach links und zählte wieder. Das machte sie hundertmal.

Als sie mit der Probe aus dem Inkubator fertig war, wandte sie sich ihrem eigenen Blut zu. Das gehörte nicht zum Programm, aber sie hatte gern ein Auge darauf, was H. gregi so in ihr trieb. Sie untersuchte Hunderte von Feldern; bei Feld 405 erblickte sie im Innern einer ihrer Zellen eine verschwommene Dunkelheit und pfiff sich einen Tusch. »Da bist du ja«, sagte sie. »Mein süßer kleiner Hypnozoit.«

Bec trödelte im Labor herum, aß Chips aus dem Automaten. Die Inkubatoren waren voll und die Daten notiert. Am frühen Abend rief Val an und meinte, es sei noch nicht zu spät, sie könnten sich durchaus noch sehen. Es war Bec sehr wichtig, dass sie Val nicht belog, doch es gab für sie keinen Grund mehr, im Labor zu bleiben. Während er redete, senkte sich zentnerschwer die Verpflichtung auf sie nieder. Sie spürte den Druck und wusste, dass sie entweder eine Möglichkeit finden musste, mehr Haemoproteus zu produzieren, oder ihn sehen.

Sie sah das Gesicht des Wachmannes, der auf seiner Runde durch das Sichtfenster in der Tür zu ihr hereinschaute, und dabei fiel ihr ein, dass im Keller noch Kisten mit anaeroben Kolben und Kerzentöpfen waren.

»Ich muss noch arbeiten«, erklärte sie Val.

»Es ist Sonntag. Du bist schon den ganzen Tag da«, sagte Val. »Wenn es noch mehr zu tun gibt, stell deine Gehilfen dazu an.«

Bec konnte den Wachmann bewegen, den Lagerraum aufzuschließen und mit ihr die Kisten nach oben zu tragen. Sie schnitt sie achtlos auf und ignorierte das Verbot, Messer zu verwenden. Sie nahm die anaeroben Kolben aus ihrer sterilen Verpackung und baute eine Reihe aus Kolben, Petrischalen, Kulturen und Pipette auf. Einen nach dem anderen füllte sie die Kolben mit dem vorbereiteten Inhalt der Schalen, kippte den Katalysator dazu und verschloss sie luftdicht. Sie verbannte alles außer der Arbeit aus ihrem Kopf. Als sie mit den Kolben fertig war, machte sie sich mit dem alten Bestand von Kerzentöpfen, die das Centre besaß, an die nächste Runde der Parasitenproduktion. Bec zündete eine Kerze nach der anderen an und stellte die Töpfe über sie, sodass sie den Sauerstoff verbrauchten und ausgingen, bis jede freie horizontale Fläche im Labor mit Gläsern und Kolben vollgestellt war. Das Labor roch nach verbranntem Wachs. Bec schaltete den Sauglüfter an und machte alle Lichter aus bis auf eine einzelne Leselampe auf dem Schreibtisch in ihrem Büro.

Es war Mitternacht. Die Lampe warf einen scharf umrissenen gelben Lichtkreis auf das gelackte helle Kiefernholz des Schreibtischs und das Heft von *Parasitology Today*, das Bec lesen wollte, und verbreitete einen größeren, trüberen Schein in der Dunkelheit, in die Bec mit einem Becher Pfefferminztee tappte. Sie setzte sich in den Polstersessel, löste ihre Haare, zog den Laborkittel aus, hüllte sich darin ein wie in eine Decke, zog die Beine an, las den ersten Satz eines Artikels, legte die Wange auf die verschränkten Arme und schlief ein.

12

Am nächsten Tag um sieben Uhr abends fuhr Ritchie am unwirtlichen Arbeitsplatz seiner Schwester vor, sah sie am Tor stehen und hupte. Sie machte die Wagentür auf. Er erkannte sofort, dass sie die Nacht im Labor verbracht hatte. Ungewaschene Frauen, selbst sein eigen Fleisch und Blut, weckten in ihm eine primitive Furcht. Instinktiv streckte er die Hand aus, um sie davon abzuhalten, sich neben ihn auf das neue Leder zu setzen, stieß ein erschrockenes Quäken aus und schob einen falschen Grund vor.

»Willst du nicht deine Tasche auf den Rücksitz legen?«

»Ist doch egal«, sagte Bec. Sie ließ sich auf den Beifahrersitz fallen und schob mit dem Fuß ihre Tasche in die Ecke. Kleinzeug klapperte darin. Ritchie vermutete, dass er in den kommenden Monaten das eine oder andere davon in den entlegenen Winkeln des Wagens finden würde; und wer konnte wissen, was sie dabeihatte, wenn sie am Ende eines Tages diesen Seuchenbau verließ?

»Neues Auto«, sagte Bec, froh, dass es ihr auffiel. Die Sitze, merkte sie, hatten eine andere Farbe.

»BMW«, sagte Ritchie. »Den Luxus hab ich mir gegönnt.«

»Schon okay«, sagte Bec.

»Von dem, was der kostet, könnten deine Afrikaner jahrelang in Saus und Braus leben.«

»Dann verkauf ihn«, sagte Bec.

Sie fuhren nach Süden. Das Auto dämpfte die Außengeräusche, sodass die vielen anderen Fahrzeuge ringsum in der Abenddämmerung von ihnen abzurücken schienen und sie leise von Ampel zu Ampel rollten. Der Zeitpunkt war günstig, fand Bec, um das Geheimnis zur Sprache zu bringen, zu dem sie gern seinen Rat gehabt hätte. Sie musste nichts weiter tun, als ihren Bruder über ein bestimmtes Detail aus der jüngeren Vergangenheit ihres realen Lebens zu informieren. Und trotzdem bedeutete es eine große Anstrengung, Ritchie das in dem gedämpften Schonraum seines Wagens zu erzählen. Ihr war, als müsste sie sich eine komplizierte Lüge zurechtlegen.

Als Ritchies und Karins Ehe noch explosiver gewesen war, hatte es Bec erregt mitzuerleben, wie ihre berühmten, schönen Verwandten, ihr Bruder und ihre Schwägerin, sich wie alte Sagenhelden bekämpften und wie dabei die akkumulierten winzigen Abdrücke schillerten, die Millionen von Augen und Kameras mit der Zeit auf ihren Körpern hinterlassen hatten. Ritchie hatte damals noch nicht begonnen, Gewicht anzusetzen. Seine Haare und Augenbrauen waren glatt und schwarz, seine Wangenknochen standen hervor, und die dunklen Augenringe waren noch ohne Falten, sodass es aussah, als raubten ihm Leiden den Schlaf, die nicht von dieser Welt waren, und nicht schreiende Babys. Inzwischen war sein Bauch dicker, und seine Augen waren tiefer zwischen die Lider und in die Runzeln darunter eingesunken.

Er bezauberte die Leute, indem er den Eindruck erweckte, er müsse eine qualvolle Erschöpfung überwinden, um mit ihnen zu sprechen.

»Was machen die jungen Entertainer?«, fragte sie. Sie mochte *Teen Makeover* nicht, und dennoch war die Erfindung und Produktion der Sendung eine Leistung ihres Bruders, die sie bestaunte. Ihre Fantasie tastete sich an die Komplexität der Sache heran, die Techniker, die Moderatoren, die selbstsüchtigen Teenager, die versessenen Eltern, die Journalisten, die Deadlines, die Werbeleute, und zuckte davor zurück. Sie verstand nicht, wie Ritchie noch Zeit für irgendetwas anderes hatte; sie wusste nicht, wie er es schaffte, nicht verrückt zu werden.

»Wir hatten eine Band aus dem Norden da«, sagte Ritchie. »Die Jungs waren gut.«

»Hast du eine Gitarre genommen und mitgespielt?«

»Wie kommst du denn darauf?«, sagte Ritchie. Bec stellte sich ihren Bruder gern vor, wie er mit einer Gruppe Teenager jammte, er aber empfand ihr entrücktes Lächeln, wie schon früher, als sie noch jung gewesen waren, als spöttisch: so als wäre es an einen Kreis unsichtbarer hoher und für ihn unerreichbarer Freunde gerichtet, die ihn erbärmlich fanden.

»Du hängst doch gern mit den Kids ab«, sagte Bec.

»Ich hänge nicht mit ihnen ab.«

»Solltest du aber … Reden wir jetzt über Dad?«

»Lass uns warten, bis Mum dabei ist.«

Bec senkte den Blick und polkte am Rand des Sitzes. Sie passierten die Kreuzung von M23 und M25 mit ihren verflochtenen Überführungen, deren grauer Beton im schwindenden Licht etwas grünlich Organisches bekam. Auf den hohen blauen Motorway-Schildern waren die weißen Pfeile, die Ausfahrten oder Fernziele anzeigten, dick und ordentlich, wie England. In dieser im Dunkeln sitzenden Bec mit ihrer halb gekämmten Mähne erkannte Ritchie die mürrische Jugendliche wieder, die jahrelang kaum den Kopf gehoben hatte, nachdem ihr Vater unter der Erde gewesen war.

»Ich weiß nicht, warum ich das Gefühl habe, dass ich dir absolut alles erzählen kann«, sagte Bec.

»Ich bin dein Bruder. Wie heißt es … *da waren's nur noch drei.*«

»Ich glaube, es liegt daran, dass du von einem Extrem ins andere gependelt bist. Von egoistischem Rotzlöffel zu gutem Sohn und liebem Bruder. Von koksendem und wild rumvögelndem Rockstar zu treuem Gatten und Vater.«

Sie hatte es lobend gemeint. Ritchie biss sich in die Backe, schmeckte Blut, vermischte es mit Speichel, schluckte es hinunter und räusperte sich dezent.

»Val hat mir einen Antrag gemacht«, sagte Bec. »Ich habe Ja gesagt, aber ich will ihn nicht heiraten.«

Eine Dynastie – der Gedanke gefiel Ritchie. Journalismus und Entertainment blutsverbunden – hörte sich gut an, wie Hüttenwerk und Herrenhaus in alten Zeiten, wann immer die gewesen waren. Dann stellte er sich vor, wie der durchtriebene, gebildete, skeptische Val Oatman ihm am Weihnachtstisch gegenübersaß und seine Macht vor der ganzen Familie infrage stellte. Niemals!

»Was willst du stattdessen tun?«, sagte er.

»Ihm sagen, dass ich es mir anders überlegt habe.«

»Dann mach das.«

»Das ist grässlich. Es kommt mir ungehörig vor.«

»Es ist normal«, sagte Ritchie. »Du hast mit ihm geschlafen, das ist doch schon mal was. Es wird ihn nicht freuen, aber so geht's im Leben. Er hat noch nicht die Westminster Abbey bestellt. Du bist eine freie Frau.«

Bec schwieg eine Weile. »Sag Mum nichts davon«, sagte sie. »Bin ich wirklich so frei? Wie denn, woher denn? Ich beobachte tagtäglich einzellige Organismen, die sich vermehren, fressen und sterben, und ich frage mich, wie ich auf einem Objektträger aussehen würde, achtzig Jahre zu einer Minute zusammengerafft.«

»Parasiten fahren nicht solche Schlitten«, sagte Ritchie und tätschelte das Armaturenbrett. Er fuhr links auf den Randstreifen, um seiner Schwester die Beschleunigung von null auf hundert vorzuführen.

13

Das Ausgehen der Triebwerke, das Aufschnappen der Sitzgurtschnallen und das Schaben des aus den Fächern gezogenen Handgepäcks, die überlauten Bedankungen der Crew und das knisternde Schweigen der Fluggäste, die im Gang darauf warteten, dass die Türen geöffnet wurden, dies alles hielt Stephanie Shepherd nicht davon ab, an ihrem Platz zu bleiben und ihr Ernährungstagebuch zu führen. Sie hatte nicht vor, sich wegen ihrer Kinder zu beeilen, und es verstimmte sie, dass sie nach London fliegen musste, um zwischen den Plänen ihres Sohnes, dem Anstandsgefühl ihrer Tochter und der Abwesenheit ihres Mannes zu vermitteln. Ritchie und Bec hatten beide einen festen Platz in ihrem Herzen, aber mehr und mehr erschienen ihr Sohn und Tochter wie die Unterbrechung von etwas unfassbar Schönem, deren harmonische Fortsetzung ihre Enkel waren.

Als das Flugzeug in Gatwick andockte, durchzuckte Stephanie die nervöse Befürchtung, die Kontrolleure würden an ihrem Pass etwas auszusetzen haben. Sie würden von ihr den »Grund für Ihren Besuch« wissen wollen. »Ich bin Engländerin. Ich bin hier zu Hause«, würde sie mit unsicherer Stimme sagen. Die Leute, die Pässe kontrollierten, waren noch nie nach ihrem Geschmack gewesen, wollte ihr scheinen, aber inzwischen waren sie weniger denn je nach ihrem Geschmack. Sie waren so gemischt. Sie hatte nicht gewusst, was sie zu den Unteroffiziersfrauen sagen sollte, als Greg noch gelebt hatte. In der Beziehung war sie eine schlechte Hauptmannsfrau gewesen. Aber wenn sie *damals* gewusst hätte, dass sie *heute* Geduld für jemanden würde aufbringen müssen, dessen Eltern in Karatschi geboren worden waren und der die Macht hatte, im Schein eines rätselhaften Apparats ihren Pass zu überprüfen, dann hätte sie sich bestimmt leichter damit getan, mit der Frau eines Oberfeldwebels aus einer Sozialwohnung in Plymouth Konversation zu machen.

Sie hatte einen Ratgeber über die Säftelehre offen auf dem Schoß liegen und das Ernährungstagebuch schräg darüber. Ihr Humoralpathologe hatte angeordnet, dass sie den Ratgeber und die Tabellen darin in Verbindung mit dem Tagebuch dazu benutzte, Blut, Schleim und Galle in einem ausgewogenen Verhältnis zu halten. Bei ihm hatte es ganz einfach geklungen, und die Nudeln, die sie im Flugzeug bekommen hatte, waren eindeutig »warm und feucht« gewesen. Aber war es eine Hundert- oder Zweihundert-Gramm-Portion gewesen? Wieso war in der Tabelle Orangensaft als »trocken« und Schokoladeneis als »warm« aufgeführt? Wenn Kohl »warm und trocken« und Mayonnaise »kalt und feucht« war, war dann Krautsalat vollkommen ausgewogen, sodass man davon so viel essen konnte, wie man wollte?

Stephanie war sich sicher, dass sie ihren Körper verstand und dass sie jetzt, erst jetzt, nach ungeheuren Anstrengungen und umfassenden Nachforschungen in Monatszeitschriften und im Internet, kurz vor dem Punkt war, sagen zu können, dass sie vollkommen gesund war. Zum ersten Mal in ihrem Leben, mit vierundsechzig, konnte sie anfangen zu leben.

Sie wollte furchtbar gern wissen, was ihre Tochter von der humoralen Ernährung hielt, aber war sich nicht sicher, wie sie die Sprache darauf bringen sollte. Sie kannte die Miene, die ihre Tochter machte, wenn sie etwas missbilligte. Wie, fragte sich Stephanie, sollten Wissenschaftler Fortschritte machen, wenn sie sich gegen neue Ideen verschlossen?

Stephanie lebte in Spanien, seitdem ihr Sohn in den Augen der Welt zu Glanz und Ruhm gelangt war. Mit zweiundzwanzig war Ritchie von mehreren schwindelerregend hohen Geldbeträgen überschüttet worden und hatte Stephanie ungefragt ein Haus in Spanien gekauft. Bec war da schon in Cambridge; Stephanie nahm das Geschenk mit Freuden an und zog um. Nach Gregs Ermordung hatte sie aus Dorset fortgewollt. Sie konnte die Schlucht am Ende ihres Gartens und das ferne Rauschen des Wassers nicht leiden, das sich mit Musik abschwächen, aber niemals ganz abstellen ließ. Sie konnte es nicht leiden, wie die Krähen aus den Bäumen in der Senke aufstiegen, sodass es von den Fenstern des Hauses aussah, als wallten sie aus der Erde auf.

Ihre Freunde heutzutage waren ausgewanderte Briten. Mit der Zeit, ohne es zu merken, hatte sie sich ihrer Art zu denken angeglichen. Sie hatte vergessen, dass sie nach Spanien gezogen war, weil sie einsam war, sich langweilte und die Sonne mochte. Inzwischen glaubte sie, dass sie Großbritannien nicht aus eigenem Antrieb verlassen hatte, sondern zur Flucht gezwungen worden war, weil es heruntergekommen war und immer mehr verfiel. Immigranten, raffgierige Bürokraten, Sozialisten, arbeitsscheue Schmarotzer, unmoralische Prominente, kulturlose Neureiche, Perverse und Verräter zankten sich über das, was noch übrig war. Ihre Informationsquelle war Vals Zeitung – sie ließ sich die Druckausgabe liefern. Die Entdeckung, dass der Herausgeber ihres Lieblingsblattes um ihre Tochter warb, erfüllte sie mit dunklen Vorahnungen, so als wäre der Astrologe der Zeitung mit einem Horoskop in der Hand vor ihrer Tür erschienen und hätte den Namen ihrer Zweitgeborenen erfragt.

14

Der Grenzer, der sich Stephanies Pass ansah, war irgendein Asiate, vermutete sie, und als er sie anlächelte, ihr den Pass zurückgab und einen schönen Abend wünschte, dachte sie traurig daran, wie ihre marokkanische Haushälterin Shada jetzt allein in den Hügeln über Málaga saß, statt dass sie gemeinsam zu Abend aßen. Stephanie schritt forsch durch den Zoll und erblickte Bec und Ritchie am anderen Ende hinter der Absperrung. Als Ritchie sie winken sah, hob er den Kopf über eine imaginäre Menschenmenge. Becs Grinsen war vielleicht das Einzige, was die Frau mit dem Mädchen verband, das Stephanie großgezogen hatte. Mit einem Blick prüfte Stephanie, ob die anderen Abholer schauten. Sie sollten wissen, dass dies ihre Kinder waren.

Bei Becs Umarmung stieg ihr aus den Kleidern der Tochter ein muffiger Geruch in die Nase. Becs Haare waren fettig, und sie trug eine hässliche Brille mit dicken Gläsern.

»Du hättest dich für deine Mutter ruhig ein bisschen hübsch machen können«, sagte sie, und als sie zurücktrat, ohne Becs Schultern loszulassen, fühlte sie, wie sich der Körper ihrer Tochter anspannte. Bec machte sich los, nahm die Brille ab, steckte sie in ihre Handtasche und fuhr sich mit den Fingern durch die Haare.

»Sie wird nicht mit nach Petersmere kommen«, sagte Ritchie.

»Ich habe vor Afrika noch zu viel zu tun«, sagte Bec. »Ich hatte keine Zeit, mich umzuziehen.«

»Du musst meinetwegen nicht die Brille absetzen«, sagte Stephanie. »Trag sie nur, wenn du sie brauchst.«

»Meine Augen sind in Ordnung«, sagte Bec. »Ich habe nur kurz unscharf gesehen, als wir vom Motorway kamen, weiter nichts. Wie war dein Flug?« Sie lächelte, und Stephanie dachte: Oh, ich bin ihr wichtig.

»Keine Klagen«, sagte Stephanie. Sie nahm Becs Hand und sah Ritchie an. Sie wollte den Blicken der Ankömmlinge und den starrenden Augen der Chauffeure entkommen, die Schilder mit Namen vor dem Bauch hielten.

»Wir werden im Carter's Arms essen«, verkündete Ritchie. Er blieb stehen, damit Schwester und Mutter zu ihm aufschließen konnten, und blickte von einem Gesicht zum anderen. »Hinterher fahren wir nach Hause. Alle freuen sich schon auf dich.«

»Warum kommen Karin und die Kinder nicht mit zum Essen?«

»Weil wir über Ritchies Film reden müssen«, sagte Bec.

»Ach ja.«

»Wir *müssen* nicht«, sagte Ritchie ernst.

»Aber deshalb ist sie doch da«, sagte Bec.

»Sprich nicht als ›sie‹ von mir, Schatz«, sagte Stephanie und übertönte Becs »Entschuldige, Mum« mit der Frage an Ritchie, ob das Carter's Arms ein Pub sei.

»Das Essen dort ist hervorragend. Natürlich nicht so gut, wie du es gewohnt bist«, sagte Ritchie.

»Solange sie nur viele verschiedene Gerichte haben«, sagte Stephanie.

»Ach, du hast eine neue Ernährungart!«, sagte Bec. Ihr munterer Ton ließ Stephanie hoffen, doch dann dachte sie: Es kümmert sie nicht mehr, was ich tue.

»Humoralpathologie«, sagte Stephanie so nervös, dass Bec es nicht hörte.

Ritchie ging mit Stephanies Koffer voraus, und die Frauen folgten. Jeder für sich schritten sie hintereinander aus dem Terminal zum Wagen. In dem dünnen nördlichen Sommerabendlicht fiel Stephanie ringsumher die Blässe auf, blasse Gesichter, blasse Blätter und blasser Beton, und eine kalte Brise griff sie durch die dünne Bluse an. Sie hätte ihren Kindern gern erzählt, dass sie sonst um diese Zeit ihre abendliche Schwimmrunde drehen würde, dass Shada für sie unter der Pergola einen Gin Tonic bereitstehen hätte, aber wenn sie ihr herrliches Leben in Spanien pries, konnte sie sich hinterher nicht mehr so gut über die Grausamkeit ihres aufgezwungenen Exils beklagen.

»Ich bin schon seit Jahren nicht mehr in einem Pub gewesen«, sagte Stephanie am Tresen des Carter's Arms, verwirrt über die Verbindung von weißen Tischdecken und biertrinkenden, rotbackigen Jungen und über fantasievolle Empfehlungen von Markknochen und Queller auf der eng beschriebenen Tafel mit der Speisekarte. »In Spanien gehe ich natürlich nicht in die englischen Pubs.«

Als Stephanie Bec auf Val ansprach, wurde die Frage beantwortet, allerdings nicht mit Äußerungen wie vielleicht »wunderbar« oder »treffe ihn morgen«, sondern mit einem plötzlichen Abstand zwischen ihnen und einer Bedrücktheit, die Bec anscheinend für sich behalten wollte. Von der Panik erfasst, dass sie ihre Tochter verlor, sagte Stephanie: »Die Humoralpathologie schlägt bei mir gut an. Zum ersten Mal im Leben fühle ich mich rundum wohl. Hast du schon mal davon gehört?«

Bec betrachtete die glänzend braun gefärbten Haare ihrer Mutter, die enthaarte Oberlippe, die gezupften Augenbrauen, die weichen Fältchen an den Mund- und Augenwinkeln, den um den Hals geschlungenen Seidenschal, das Sehnen in den blauen Augen. »Du siehst fantastisch aus«, sagte sie. »Du bist nie krank.«

»Die Kopfschmerzen, die Schlaflosigkeit, die ständige Müdigkeit? Die Gliederschmerzen? Die Verdauungsstörungen?« Sie drehte den Kopf zur Seite. »Die Falten.« Sie wedelte mit den Fingerspitzen andeutend über die Wange.

»Du bist fünfundsechzig«, sagte Bec.

»Vierundsechzig, wenn ich bitten darf.«

»Und du fühlst dich jetzt gesünder als früher mit siebzehn?«

»Ich glaube nicht, dass ich diesem Vergleich etwas abgewinnen kann«, sagte Stephanie. »Es kann lange dauern, zu einer gesunden Lebensweise zu finden.«

»Die lassen sich ständig neue Sachen einfallen, die man versuchen soll.«

»Man könnte meinen, du gönnst mir mein Glück nicht«, sagte Stephanie. »Siehst du, was du machst? Schau.« Sie strich sich mit dem Zeigefinger über die Stirn. »Falten.«

»Wenn du dich jetzt schon ein bisschen damit abfinden würdest, würde es dir später nicht so schwerfallen«, sagte Bec.

Ihre Mutter starrte sie mit zitterndem Kopf an, als sollte sie sich ja nicht unterstehen, deutlicher auszusprechen, was sie mit »später« meinte, und Bec wurde rot. »Was ist Humoralpathologie?«, fragte sie. »Heißt das, dass man die ganze Zeit lachen muss? Schau, Ritchie hat einen Platz für uns gefunden.«

Sie begaben sich in die holzgetäfelte Nische. Hinter dem Tresen tauchten große Flammen den Küchenbereich in rotgelbes Licht. Stephanie erzählte Bec von dem Buch, das sie als Lebensratgeber benutzte und das von den vier Körpersäften handelte, Blut, Schleim, schwarzer und gelber Galle, und von den vier Temperamenten, sanguinisch, phlegmatisch, melancholisch und cholerisch.

»Das ist mittelalterliche Medizin«, sagte Bec.

»Es ist noch älter. Die Humoralpathologie geht auf die Griechen zurück«, sagte Stephanie wohlgefällig. »Die Weisheit der Alten war groß.«

»Sie wussten nicht, dass das Herz Blut pumpt. Sie glaubten, Zahnschmerzen kämen von Würmern. Sie starben an ansteckenden Krankheiten, ehe sie dreißig waren.«

»Mein Humoralpathologe darf gern eine Meinung dazu haben, was für meine Gesundheit am besten ist.«

»Warum nicht gleich auf Strom verzichten, wenn du schon mal dabei bist?«

»Niemand will auf irgendwas verzichten, Schatz. Du musst es nicht persönlich nehmen, wenn jemand mal anderer Meinung ist als du. Dass meine Schwarzgallewerte erhöht sind, heißt noch lange nicht, dass ich nicht ins Internet gehen kann. Da bin ich überhaupt erst auf die Humoralpathologie gestoßen.« Sie lächelte und drückte die Hand ihrer Tochter. »Ich bin so stolz auf dich.«

»Das sind wir alle«, sagte Ritchie. Er setzte sich neben Stephanie und legte seinen Arm auf die Rückenlehne der Sitzbank. Die beiden saßen Bec gegenüber. Wenn Stephanie sich vorbeugte, um etwas zu sagen, beugte Ritchie sich mit vor. Mit einem Zittern in der Stimme sagte Stephanie: »Wir sind stolz auf dich, aber ich sehe nicht ein, dass ich jung sterben soll, bloß weil nur eine Art Wissenschaft offiziell erlaubt ist.«

»Mum«, sagte Bec. »Um jung zu sterben, ist es für dich schon zu spät.«

»Bec!«, sagte Ritchie und legte den Arm um seine Mutter. »Du bist stark. Du wirst uns alle überleben.«

»Viele Wissenschaftler haben zu deiner Infektion eine

andere Auffassung als du«, sagte Stephanie und schlug die Augen nieder.

»Es ist keine Infektion. Ich stelle mich als Wirt für einen gutartigen Parasiten zur Verfügung, der gegen Malaria schützt.«

»Es gefällt mir nicht, dass du dieses Ding in dir hast, und es gefällt mir nicht, dass du es nach deinem Vater benannt hast. Ich weiß nicht, ob ich besorgt oder empört sein soll.«

Der Wein kam, und Ritchie schlug vor, dass sie auf Becs Erfolg in Afrika anstießen. Er bemühte sich, wenig zu sagen, den Eindruck zu erwecken, dass er zuhörte, und Mutter und Schwester zufrieden zu stimmen. Trotzdem war es wichtig für ihn zu fühlen, dass er die Zügel in der Hand hielt. Bec und Stephanie merkten es gar nicht mehr. Er hatte Autorität akkumuliert, als hätte er von allen Leuten, die für ihn arbeiteten, einen kleinen Teil der Seele gefressen. In ihrem Labor besaß Bec mittlerweile ebenfalls Macht, aber sie hatte sich diese Autorität nicht angezogen. Sie hatte ein Dutzend Leute unter sich, aber es war ihr peinlich, ihnen Anweisungen zu geben oder sie zu tadeln, ja selbst sie zu loben. Die Unterordnung ihrer Mitarbeiter unter ihren Willen war ihr zuwider. Sie spürte, dass diese ihr einen Teil von sich darbrachten, und traute sich nicht, das anzunehmen.

Ritchie wartete, bis er seine Schale Rhabarbercreme vor sich stehen hatte, um ihnen zu erzählen, was er vorhatte, und um ihren Segen zu bitten. Vier Monate zuvor hatte er an Colum O'Donabháin geschrieben, den Henker von Greg Shepherd, seinem und Becs Vater, Stephanies Mann. Er wollte einen Dokumentarfilm über die Tötung drehen und ihn vor der Kamera interviewen. O'Donabháin war seit ein paar Jahren aus dem Gefängnis heraus, lebte in Dublin und schrieb zurück, er habe nichts dagegen. Er hatte als

Anführer einer Fraktion marxistischer Republikaner Captain Shepherd ergriffen, als dieser sich gerade mit einem Verräter in ihren Reihen treffen wollte, hatte den Engländer zusammengeschlagen, damit er den Namen des Verräters preisgab, und als dieser ihnen nichts sagte, hatte er ihn erschossen. Bec war damals neun, Ritchie fünfzehn.

Er beobachtete seine Schwester. Vor dem Glanz ihrer Augen und der Röte ihrer Wangen fühlte er sich plump und erdenschwer. Sie tut interessiert, dachte er.

»O'Donabháin ist heute ein alter Mann«, sagte er. »Er hat lange im Gefängnis gesessen. Er lebt mit seiner Mutter in einer Sozialwohnung und schreibt Gedichte. Ich habe die Sache mit Dad nie verwunden, und ein Film über eine Begegnung mit O'Donabháin gäbe uns die Chance, einen Schlussstrich zu ziehen, und ihm, an der Familie etwas wiedergutzumachen.« Er schlug mit der Faust in die Luft wie am Vormittag, als er The What überredet hatte, schlecht zu spielen. »Ich möchte das nicht ohne eure Rückendeckung tun. Sagt mir, was ihr denkt.« Er sah, wie seine Mutter, die mit gesenktem Kopf und gefalteten Händen hin und her geschaukelt war, zu Bec aufschaute. Die setzte an, den Mund aufzumachen. »Du zuerst, Mum«, sagte Ritchie.

»Oh«, sagte Stephanie, die lieber gehört hätte, was Bec dachte, bevor sie sich selbst festlegte. Ihre Tochter hatte so feste Überzeugungen, was richtiges und falsches Handeln betraf, dass Stephanie sich oft gern nach ihr richtete. Ritchies Behauptung, er habe Gregs Tod nie verwunden, erstaunte sie. Ihrer Erinnerung nach stimmte das nur insofern, als er durch den Tod seines Vaters frühzeitig von einem störrischen, rebellischen Rüpel zu einem warmherzigen, großzügigen Mann geworden war, der für seine Familie sorgte. Es war viel eher Bec gewesen, die mit dem Verlust nicht fertig geworden war, die sich mit der Kante eines heißen Löffels Linien ins Handgelenk brannte, alle Leute anschrie und sich stundenlang bei Regen in die Schlucht verzog.

Stephanie wusste nicht, was es schaden sollte, wenn Ritchie seinen Film machte. Ihr war nach dem ersten Mann noch ein zweiter an einer Herzkrankheit gestorben. Sie vermisste Greg weniger, als dass sie das Gefühl der Ungerechtigkeit hasste, das sein Tod ihr hinterlassen hatte. Fünfundzwanzig Jahre waren vergangen; eine neue Generation war herangewachsen. Lange bevor Greg getötet worden war, hatte sie sich vorgestellt, wie es wäre, wenn er starb, und er war so viel weg gewesen, so vergnügt zu seinen Waffen und seinen ungemütlichen Nachtlagern abgezogen, dass er schon ein wenig im Voraus gestorben war.

»Solange *ich* den Mörder nicht treffen muss«, sagte sie. »Solange ich den Film nicht sehen muss … wüsste ich nicht …«, sie sah wieder Bec an, »… was ich dagegen haben sollte. Was meinst du?«, fragte sie ihre Tochter.

»Vielleicht würde Dad heute auch Gedichte schreiben, wenn er noch lebte«, sagte Bec. »Ich verstehe nicht, was Schlussstrich bedeuten soll. Worunter wird der gezogen, wenn du das machst? Wenn dieser Mann an der Familie etwas wiedergutmachen will, dann sollte er es auch vor der Familie tun, nicht vor Millionen Fremden im Fernsehen. Das ist keine Wiedergutmachung. Das ist Entertainment.«

»Es ist kein Entertainment«, sagte Ritchie geduldig, »es ist kathartisch.«

»Es ist eine Fernsehsendung, oder? Du nimmst irgendwas aus deinem Leben, was intim und persönlich ist, und machst eine Fernsehsendung daraus. Das ist nicht richtig. Geh ihn besuchen, rede mit ihm, freunde dich mit ihm an, nimm ihm die Beichte ab, was du willst, es ist mir egal, aber du darfst keinen Film daraus machen.«

»Du hast uns nicht gefragt, als du deine Infektion nach Dad benannt hast.«

»Es ist keine Infektion«, sagte Bec. »Haemoproteus gregi ist ein gutartiger Parasit.«

»Sie werden sich in Afrika nicht bei dir bedanken, wenn du die Malaria heilst und alle Kinder dann Brillen mit flaschenglasdicken Gläsern tragen und gegen Bäume laufen.«

Stephanie lachte und hielt sich den Mund zu.

»Wenn du das machst«, sagte Bec, »dann ist das so, als hätte Dad im Leben nichts Wichtigeres gemacht, als zu sterben.«

15

Als Bec sich tags darauf nach der Arbeit zu Hause für Val umzog, wählte sie ein paar von den leichten Freizeitsachen aus, die sie nach Afrika mitnehmen wollte: einen langen Cheesecloth-Rock, ein schwarzes Top mit Spaghettiträgern, eine leichte schwarze Bluse und schwarze Sandalen. Bevor sie ging, öffnete sie das Gefrierfach des Kühlschranks, nahm das Kuvert mit dem Ring heraus und steckte es in ihre Handtasche.

Die Platanen vor dem Restaurant saßen voll mit Staren, und ihr Gezwitscher war in der warmen Abendluft lauter als der Verkehr. Bec wartete auf der Straße, zögerte den Moment hinaus, wo sie aus dem Sonnenschein treten musste. Sie blinzelte zu dem aprikosengelben Himmel empor und lauschte, wie das Flattern und Piepsen des Schwarms alle winkligen Stellen an den ungleichen Fassaden in der Straße in Instrumente verwandelte, die rostigen Dachrinnen und gesprungenen Giebelfelder und die dunklen Ritzen zwischen den Ziegeln. Sie holte tief Atem und ging eine Treppe in einen fensterlosen, klimatisierten Keller hinab.

Val war noch nicht da. Bec setzte sich auf einen Hocker an der Bar und rollte und glättete den weißen Papieruntersetzer, auf den ihr Weinglas gestellt worden war. Ihr Herz klopfte heftig. Der Tresen bestand aus einer schweren schwarzen Steinplatte mit Glimmerpünktchen, kalt an den Händen, und die Wände waren schwarz. Winzige Lichter beleuchteten rote Nischen. Junge Kellner, alle in Schwarz, mit gegelten Haaren und Lackschuhen, stellten ihr ein Schälchen mit Wasabi-Snacks hin und schlugen ihr die hohe Karte mit einem kleinen Speisenangebot auf großformatigem Papier auf. Bec wollte gern, dass Val rasch kam, doch als er ihre Schulter berührte und sie begrüßte, war es zu früh.

Val, klein, dunkel und schlank, mit grauen, leicht vorstehenden Augen, sah aus, als könnte er ein in die Jahre gekommener Stierkämpfer sein. Er war ruhig und wachsam, umsichtig, adrett, maßvoll in seinen Leidenschaften, achtsam in dem, was er aß, geizig mit seiner Zeit, von gerader Haltung. Bec bemerkte, er sehe gut aus, und als sie es aussprach, wurde ihr der Mund trocken und das Blut schoss ihr ins Gesicht und wieder hinaus, als hätte er sie dabei ertappt, wie sie Gift in sein Getränk träufelte.

Val schaute auf Becs Cheesecloth-Rock und die Sandalen, auf den BH-Träger unter dem Träger des Tops. »Hattest du keine Zeit, zu Hause vorbeizufahren und dich umzuziehen?«, fragte er.

Er setzte sich auf den Hocker neben ihr und sah ihre nackte linke Hand.

»Wo ist der Ring?«, fragte er.

Bec öffnete ihre Handtasche, nahm das Kuvert heraus und gab es Val. Es war ein schlichter weißer Briefumschlag, wie er in Schreibwarenhandlungen im Fünfzigerpack verkauft wird. Er war an den Rändern knittrig und feucht, wo das Eis aus dem Gefrierfach auf dem Papier geschmolzen war. Val nahm ihn, klappte ihn auf, blickte hinein, schob die Unterlippe vor, schloss das Kuvert, faltete es einmal und steckte es in die Innentasche seines Jacketts. Er stützte einen Ellbogen auf die Theke und verschränkte die Finger. Seine Schultern bebten. Er konnte Bec nicht in die Augen sehen.

»Ich habe mich schlecht benommen«, sagte Bec. »Es tut mir leid.«

Val blickte auf und schluckte. Einen Moment lang wirkte er unsicher. Es stand ihm.

»Als ich dich kennenlernte, waren so viele Leute um dich herum und haben um deine Aufmerksamkeit gebuhlt, und trotzdem sahst du einsam aus«, sagte Bec. »Sie schauten zu dir auf, oder sie beneideten dich, oder sie hatten Angst vor dir, und trotzdem warst du einsam. Du hast an einem Verlust getragen, und ich habe dich dafür bewundert, wie du versucht hast, es zu verbergen. Du warst …«, sie suchte nach einem Wort für einen Mann, der sich vor Kummer verzehrt, aber nicht danach süchtig wird, auch nicht nach dem Mitleid anderer, und der dem Leben treu bleibt, »… würdevoll.«

»Sprich weiter«, sagte Val. Bec sah, wie seine Unsicherheit überfror. Ihr fiel ein, wie gern er von seinen jugendlichen Kindern erzählte. Er fand mehr über sie zu sagen, als erzählenswert war, so als wollte er der Versuchung widerstehen, sie mit Anekdoten über Berühmtheiten zu beeindrucken, die er kannte. Offenbar hatte Val sie die ganze Zeit auf ein Leben gemeinsamer Verantwortung vorbereitet, auf ein gemeinschaftliches Leben mit den stillen, ausweichenden Kindern, die gerade durch Vals Entschlossenheit, sie nicht zu verwöhnen, verbunden mit der extrem sporadischen, in Schüben kommenden Aufmerksamkeit, in gewisser Weise doch verwöhnt worden waren. Er war von Anfang an davon ausgegangen, dass sie auf die Ehe zusteuerten, und die Kinder waren vielleicht ebenfalls davon ausgegangen und ebendeshalb so still und ausweichend gewesen.

Ihre Augen glitten auf den Knoten von Vals Krawatte. Es hatte ihr Vergnügen bereitet, seine Krawatten beiseitezuschieben, den zweiten Hemdknopf zu öffnen und mit der Hand über seine Brust zu streichen. Die Erinnerung kam ihr wie eine Geschichte vor, die ihr erzählt worden war, nicht wie etwas, das sie getan hatte.

Ihr war, als schaffte er es durch schlichtes Anstarren und vollkommene Reglosigkeit, dass sie den Mund nicht mehr aufbekam und kaum atmen konnte. Das Wissen, dass der Tod in Vals Haus eingebrochen war und seine Frau langsam umgebracht hatte und dass er nicht zusammengeklappt war, sondern seine Kinder behütet hatte, hatte ihr Interesse an ihm geweckt und ihr ein Gefühl der Verwandtschaft gegeben. Sie hatte nicht den Eindruck, dass sie dem Tod gut begegnet war, als er ihre Familie früh heimgesucht hatte. Sein Kummer hatte sie gefesselt und seine machtergreifende Art hatte sie gereizt. Es befriedigte ein Bedürfnis nach Unterwerfung. Als sie mehrere Monate zuvor in einem halbdunklen Zimmer vor ihm gekniet und ihn in den Mund genommen hatte, hatte sie gefühlt, wie Macht, Gnade und Erniedrigung sie durchströmten und in einem einzigen köstlichen Strom zusammenflossen.

Eine Kellnerin kam, um ihnen zu sagen, dass ihr Tisch bereit war.

»Wir werden ihn nicht brauchen«, sagte Val. »Ich nehme eine Flasche Mineralwasser, still, kein Eis, keine Zitrone.« Er wandte sich Bec zu. Sie sah sich in seinem Gesicht gespiegelt: eine kalte, harte, unbedeutende Frau.

»Es war nicht recht von dir, den Ring meiner Frau zu nehmen, wenn du mich gar nicht heiraten wolltest«, sagte Val.

»Es war nicht recht«, sagte Bec dankbar. »Ich hätte Nein sagen sollen. Ich war ein Feigling. Ich wollte dich nicht verletzen. Ich habe nicht nachgedacht.«

Val zupfte seine Bügelfalte glatt. »Weißt du noch, wie du mir von deinem Vater erzählt hast?«, sagte er. »Wie du mir erzählt hast, dass er starb, obwohl er am Leben geblieben wäre, wenn er irgendeinen Scheiß verraten hätte, und dass seine Kinder mehr als die meisten andern Leute darauf achten müssten, richtig zu handeln? Hier.« Er reichte Bec eine Serviette, und sie wischte sich die Tränen vom Gesicht. »Jetzt kannst du mich hassen, damit mache ich dir die Sache zu leicht.« Er stand auf, schien weggehen zu wollen, dann setzte er sich wieder und zog seinen Hocker näher zu Bec heran.

»Du hast sechs Monate lang zu allem Ja gesagt, was ich gefragt habe«, sagte er. »Du hast einen anderen kennengelernt, und du hast nicht den Mumm, es zuzugeben.«

»Ich habe niemanden kennengelernt. Ich habe vorher Ja gesagt, weil du mich gefragt hast und weil ich dich gern glücklich machen wollte. Ich habe zum Heiraten Ja gesagt, weil ich Angst bekam, als du deinen Ring aus der Tasche zogst mit dem ganzen Gewicht, das daran hängt.«

»Du hast Mitleid mit mir gehabt.«

»Wie du es sagst, klingt Mitleid wie ein Schlag ins Gesicht.«

»Das wäre besser gewesen«, sagte Val.

»Ja, das sehe ich ein«, sagte Bec. »Du hast nie von Liebe gesprochen. Es hat mir gefallen, dass du nicht mit dem Wort um dich geworfen hast, wie so viele es tun. Aber weil du mir nicht gesagt hast, dass du mich liebst, vielleicht habe ich deshalb geglaubt, es wäre in Ordnung, wenn ich dich nicht liebe.«

Mit Vals Gesicht geschah eine Veränderung. Seine Gesichtsmuskeln spannten sich, sein Blick wurde hart, und sein Mund verzog sich hasserfüllt.

»Du bist wirklich eine moderne Engländerin, was?«, sagte er mit barscher, fremder Stimme. »Eine Atheistin, die von Liebe faselt, eine Hedonistin, die mit ihren guten Werken unter den Armen angibt, eine arrogante Intellektuelle, die meint, die Wissenschaft hätte für alles eine Lösung, eine, die keine Ahnung hat vom Leben einfacher, anständiger, hart arbeitender Menschen. Du ziehst von einer Party zur andern, von einem Mann zum andern, ohne einen Gedanken an Familie, Treue, Bindung. Wie viele Männer hast du gehabt? Zwanzig? Fünfzig? Wie viele kommen noch? Eines Tages wirst du trocken und allein aufwachen und dich fragen, warum dein Haus so still ist, warum keine Kinder da sind.« Er trank einen großen Schluck Wasser, und das Glas vor dem Mund verstärkte noch den Eindruck seiner vorstehenden Augen und der Wut, die von ihm Besitz ergriffen hatte.

Der Schock, den seine Worte ihr versetzten, mobilisierten Becs Lebensgeister zum Widerstand, als ob sie plötzlich um ihr Leben kämpfen müsste, und sosehr ihr Blut toste und ihr Herz hämmerte, war ihr Verstand klar. »Du hättest mich bitten können, dich zu heiraten, bevor du die Hand zwischen meine Beine geschoben hast«, sagte sie. »Du hättest mich bitten können, dich zu heiraten, bevor du mich geküsst hast. Du redest, als ob es Regeln gäbe, nach denen ich zu leben hätte, aber wenn es welche gibt, dann kennst du sie so wenig wie ich. Ich wünschte, es gäbe so was wie ein moralisches Fundament, auf dem ich stehen oder das ich in die Luft sprengen könnte, wenn es mir nicht gefällt, aber es gibt keines.«

Vals Augen wurden weicher, und er entspannte sich, als hätte der Dämon, der ihn besessen hatte, seinen Körper verlassen und die bewusste Erinnerung an die Äußerungen mitgenommen, zu denen er seinen Wirt gerade veranlasst hatte. »Das kann es geben, Liebes«, sagte er. »Werde meine

Frau, die Mutter meiner Kinder, und du kannst auf diesem moralischen Fundament stehen: Tradition, Recht und Gesetz, die Zehn Gebote.«

Er hatte noch nicht ausgeredet, da war Bec schon dabei, sich zu erheben. »Ich bin nicht die Richtige«, sagte sie. Sie hielt ihm die Hand zum Abschied hin. Er rührte sich nicht. Sie sagte: »Leb wohl. Es tut mir leid, dass ich so einen schweren Fehler begangen habe.«

16

Einen Monat später lud Val Ritchie in sein Büro zum Mittagessen ein. Im Fahrstuhl nach oben bedauerte es Ritchie, dass er niemanden mitgenommen hatte. Er schob sich das Ansteckschild für Besucher in die Jacketttasche. Man stellte sein Team danach zusammen, gegen wen man antreten musste, dachte er. Manchmal war es besser, man stellte sich allein; man strahlte Vertrauen und Selbstbewusstsein aus. Doch es gab Situationen, da wollte man jemanden an der Seite haben; dabei war nicht wichtig, was der Partner machte. Wenn er sich mit einem gerissenen Kerl treffen musste, den er nicht leiden konnte, und sich nicht sicher war, worüber sie reden würden, dann hatte Ritchie manchmal ganz gern einen zweiten Körper auf seiner Seite des Tisches, einfach als verstärkende Masse.

Die Fahrstuhltür öffnete sich, und eine Frau empfing ihn. Sie lächelte und ging zügig über den Flur voraus. Ihre Schritte machten hier auf dem dicken Teppichboden der Vorstandsetage keine Geräusche. Das Gebäude war ein Stahl-, Beton- und Glasturm aus den Achtzigerjahren, aber in diesem Stockwerk waren die Wände mit alter Eiche getäfelt und mit Gemälden behängt, die – wen darstellten?

Frühere Herausgeber? Solange es nicht darum ging, Bec zu einem Sinneswandel zu bewegen, dachte Ritchie, konnte nichts schiefgehen; irgendwas würde schon dabei herausspringen.

»Bitte sehr«, sagte seine Empfangsdame und öffnete eine Hälfte der Flügeltür.

Ritchie trat ein, und die Tür schloss sich hinter ihm. Der Raum war zum größten Teil von einem langen, schmalen Walnusstisch eingenommen, blank poliert und dunkel glänzend. Val saß am hinteren Ende und telefonierte. Zwei Plätze waren dort gedeckt, dazu Wasserflaschen, Gläser, eine Obstschale und ein Korb mit Brötchen. Als Ritchie auf ihn zuging, stand Val auf, stellte den Stuhl mit der freien Hand zurück und machte Anstalten, das Gespräch zu beenden, wobei er Ritchie mit kurzem Augenaufreißen eine Begrüßung signalisierte. Die langen Wände des Zimmers hatten die gleiche dunkle Eichentäfelung wie der Flur. Statt Gemälden der Herausgeber hingen hier gerahmte Zeitungsseiten. Die kurzen Zimmerwände waren überraschenderweise Fenster – vom Boden bis zur Decke klares Glas mit eloxierten Metallrahmen. Durch die Scheibe an Vals Ende des Tisches sah Ritchie die Tower Bridge, die kabbelige Brühe der Themse und die graugelben Wolken, die der böige Septemberwind tief über London trieb.

Val legte das Handy beiseite, gab Ritchie die Hand und sagte, er hoffe, es mache ihm nichts aus, wenn sie zu zweit im Sitzungssaal aßen. Val wirkte so gut gelaunt, gesprächiger und witziger, als Ritchie ihn je erlebt hatte, und so interessiert an dem O'Donabháin-Film, dass Ritchie sich entspannte. Val äußerte sich taktvoll und offen über seine Schwester. Gleich zu Anfang sah er Ritchie mit eingezogenem Kinn an, als hätte er Mühe, etwas zu schlucken, und sagte, Ritchie wisse wahrscheinlich, dass er und Bec sich getrennt hätten; und Ritchie sagte, ja, seine Schwester habe es ihm aus Tansania gemailt, und es tue ihm leid. Val sagte, er hoffe, es gehe Bec gut in Afrika, sie sei eine bemerkenswerte Frau, und was auch immer zwischen ihnen beiden geschehen sei, er werde sich davon nicht sein Mittagessen mit Ritchie Shepherd verderben lassen.

Ein junger Mann in weißem Kellnerkittel und Schürze kam mit einem Rollwagen herein und tranchierte ihnen ein Hühnchen, und eine Kellnerin bot Wein an. Sie wurden allein gelassen. Val senkte den Kopf über seinen Teller und schnitt einen kleinen Streifen Hühnerbrust mit einer sägenden Bewegung durch, die Ritchie affektiert fand.

»Wird das jetzt die letzte Staffel Ihrer Sendung?«, fragte Val, während er aufschaute und sich das Fleisch in den Mund schob.

Ritchie spürte, wie er innerlich hohl wurde, doch er lachte. »Ich habe in den letzten sechzig Sekunden nicht mehr in meine Mails geschaut«, sagte er. »Die Quote lügt nicht. Die wären verrückt, wenn sie sie absetzen würden.«

Val nickte, kaute fertig und nahm einen Schluck Wasser. Ritchie legte Messer und Gabel ab, lehnte sich zurück und beobachtete ihn.

»Ich habe nichts dergleichen gehört«, sagte Val. »Sie werden bestimmt Feinde haben. Oder?«

»Ich habe eine Strategie«, sagte Ritchie. Er griff wieder zum Besteck und machte sich daran, ein Stück knusprige Hühnerhaut um die Zinken der Gabel zu wickeln. »Gib niemandem einen Grund, dich zu hassen.«

»Feinde in der BBC, meine ich. Die meinen könnten, aus kommerziellen Gründen Kinder gegeneinander auszuspielen sei keine gute Verwendung der Rundfunkgebühren.«

»Das ist nicht das Ziel von *Teen Makeover*«, sagte Ritchie heiter. »Sehen Sie das so?«

»Sie sind denen weit voraus«, sagte Val. »Dieses Filmprojekt, das Sie verfolgen, ist ein kühner Schritt. Vielleicht der Anfang einer neuen Karriere. Sie haben das ja schon einmal gemacht. Den Kurs gewechselt. Spekulationen provoziert. Und die Sache durchgezogen, was man von den meisten anderen nicht behaupten kann.«

Was will er?, fragte sich Ritchie, während er das Lob genoss. Er hatte die Lazygods erst abgeblasen, nachdem drei Alben hintereinander gefloppt waren, aber in seiner Erinnerung sah das anders aus. Seiner Ansicht nach hatte er die Musik sein gelassen, als seine Kreativität ihn in eine andere Richtung zog, obwohl Produzenten und Kritiker ihm zuredeten, weiter Platten zu machen.

»Ihr Vater war ein wahrer britischer Held. Solche sollten wir öfter feiern«, sagte Val.

»Es liegt mir daran, sein Andenken zu ehren«, sagte Ritchie und fragte sich, ob das Mädchen vielleicht mal bald Nachtisch brachte.

»Ehre. Das ist genau das Wort. Dass der Kerl, den er nicht preisgeben wollte, offenbar ein mieses Stück Scheiße war, ändert daran gar nichts. Er war loyal. Nicht kleinzukriegen.«

»Ja«, sagte Ritchie mit einem achtungsvollen Stirnrunzeln für die Leiden seines Vaters. »Es wird mir schwerfallen, O'Donabháin in die Augen zu schauen und mir klarzumachen, was er getan hat, aber –«

»Ist er Katholik?«, fragte Val.

»Wer? O'Donabháin?« Ritchie wunderte sich über die merkwürdige Frage. »Ich weiß nicht. Vermutlich.«

»Einer von diesen katholischen Sozialisten, nehme ich an«, sagte Val lächelnd.

»Ja«, lachte Ritchie. Er wusste nicht, worauf Val hinauswollte. »Er schreibt Gedichte.«

»Sie werden ihn doch nicht vor der Kamera welche vorlesen lassen?«

Auf die Möglichkeit war Ritchie noch gar nicht gekommen. »Natürlich nicht«, sagte er.

In dem eintretenden Schweigen beobachtete Ritchie, wie Val alle Essensreste auf dem Teller, noch den winzigsten Krümel, mit dem Messer auf die Gabel kratzte und dort zu einem festen Klumpen zusammenpresste, als ob das Gespräch erst dann weitergehen könnte, wenn der Teller sauber war.

»Katholische marxistische Nationalisten. Was für ein elender Blödsinn«, sagte Val. »Er ist ein Lumpenhund, den man nie wieder auf freien Fuß hätte setzen sollen.« Er blickte auf. Seine Augen waren freundlich und interessiert. »Was ist mit Ihnen, Ritchie? Woran glauben Sie?«

Ritchie lachte, merkte, dass das keine angemessene Reaktion war, blickte zum Fenster hinaus und sagte: »Fair Play.« Ihm fiel wieder ein, was er an Val Oatman nicht leiden konnte. Man musste immer gewahr sein, dass der Mann einen moralisch volltextete. Wenn man ihn ließ, langweilte er einem die Ohren ab.

»Wenn es nur einen großen Schiedsrichter am Himmel gäbe, der den Finger hebt, wenn jemand ein Foul begeht, so, oder, Ritchie?«, sagte Val. Er klappte Messer und Gabel zusammen wie eine Schere und ließ sie auf dem Teller liegen, die Spitzen auf Ritchie gerichtet. Er platzierte die Fäuste beiderseits des Tellers. »Vielleicht glauben Sie ja, dass es den gibt.«

»Ich bin Agnostiker«, sagte Ritchie schroff. »Wäre ein Kaffee zu viel verlangt?«

»Keineswegs«, sagte Val.

Er stand auf, ging zur Tür und rief hinaus. Unterdessen ließ Ritchie den Blick über die gerahmten Zeitungsseiten an der Wand gegenüber schweifen. Er sah jetzt, dass an dem von ihm entfernten Ende des Raumes ein Blatt ohne Rahmen hing, einfach ein Ausdruck oder die Fotokopie einer Zeitungsseite, mit Klebstreifen an der Wand befestigt. Es kam ihm bekannt vor, war aber schwer zu erkennen; es sah aus wie ein Feature, das Vals Zeitung zur Zeit der Band über Ritchie und Karin gebracht hatte. Ritchie war durch Ruhm nicht mehr zu überraschen, aber es war unwahrscheinlich, dass Val den Artikel als Willkommensgruß dort hingehängt hatte.

Val kam mit der Kellnerin zurück. Ritchie sah, dass es keinen Nachtisch gab. Val setzte sich nicht, sondern blickte im Stehen auf Ritchie und das Einschenken des Kaffees. Er hatte die Hände in den Taschen. Er stand im Licht, das zum Fenster hereinkam.

»Es muss ganz bequem sein als Agnostiker, nehme ich an«, sagte er.

Ritchie rührte verdrossen seinen Kaffee um, während die Kellnerin ging. Nicht mal einen Keks!

»Aber wer hält Ihnen den Spiegel vor, wenn Sie etwas Unrechtes tun? Woher wissen Sie überhaupt, was unrecht ist?«

»Diese Seiten«, sagte Ritchie mit einem Nicken zur Wand. »Nach welchen Kriterien hängen die da?«

»Kommen Sie, schauen Sie sich die Seiten genauer an«, sagte Val. Ritchie stand auf und folgte Val zu einer Titelgeschichte mit einer Schlagzeile über längst vergangene Olympische Spiele. Ein Sportler stand mit einer Goldmedaille in der Hand freudig vor der Kamera.

»Jetzt drehen Sie um«, sagte Val.

Ritchie nahm die gerahmte Seite vorsichtig von der Wand. Sie war so an den Ecken aufgehängt, dass sie ohne Weiteres umgedreht und mit der Rückseite nach vorn wieder angebracht werden konnte. Auf der Rückseite stand ein anderer Artikel. Er handelte von demselben Sportler, aber einige Jahre später. Diesmal enthielt die Schlagzeile statt der Worte »Olympischer Ruhm« die Worte »Betrug« und »Dopingskandal«. Ritchie wollte die zweite Seite wieder zur Wand kehren, doch Val sagte: »Lassen Sie. Schauen Sie sich die nächste an.«

Die nächste Seite zeigte ein berühmtes Model auf einem roten Teppich, wie sie sich mit einem breiten Lächeln, das ihre Wangenknochen betonte, der Kamera zuwandte und die Arme dabei nicht ganz von dem Hollywoodstar löste, der ihr Lebensgefährte war. Er war in den Hintergrund abgedrängt und sah das Model verlangend an, als begriffe er, dass er mit ihr schlafen und sie heiraten und sie lieben und doch durch nichts das besondere Etwas bekommen konnte, das sie besaß und er gern gehabt hätte. Ritchie drehte den Rahmen um. Auf der Rückseite war ein noch größeres Bild des Models, eine körnige Vergrößerung, die dennoch unerwartet tiefe Falten in ihrem Gesicht zum Vorschein brachte, während sie krumm über einem mit weißem Pulver bestreuten Spiegel hing, einen Strohhalm in der Nase.

Der dritte Rahmen, den nur noch ein weiterer von der Seite mit dem Artikel über Ritchie und Karin trennte, enthielt einen Bericht über einen älteren englischen Rockstar, der für seine christlichen Anschauungen berühmt war. Als Ritchie ihn umdrehte, zitterten ihm die Hände.

»Zu viel Koffein, Ritchie«, sagte Val.

Die Rückseite des Artikels über den christlichen Rockstar war leer, eine glatte, dunkle Holzfläche. Ritchie strich mit der flachen Hand darüber.

»Manche Leute hören einfach ihr Leben lang nicht auf, das Rechte zu tun«, sagte Val. »Ich kann mir nicht vorstellen, dass je etwas auf diese Rückseite kommt.« Er lächelte Ritchie an und drehte den Rahmen wieder um, sodass die leere

Seite nicht mehr zu sehen war. »Warum schauen Sie nicht einfach weiter? Ich muss einen Anruf tätigen.«

Ritchie beobachtete, wie Val ans andere Ende des Raumes ging, sein Handy nahm, wählte und dann so leise zu reden anfing, dass man nichts verstehen konnte. Er kehrte Ritchie den Rücken. Ritchie schritt schnurstracks zum Ausdruck des Artikels über ihn und Karin. Auf dem Fußboden darunter, sah er, stand eine gerahmte Titelgeschichte über einen Politiker, als wäre der Ausdruck gerade erst anstelle des normalerweise dort hängenden Artikels hingeklebt worden. Ritchie überflog den Ausdruck, doch er kannte ihn noch von damals vor zwanzig Jahren auswendig, als er erschienen war. Er blickte verstohlen zu Val hinüber, der immer noch telefonierte. Ritchie hob das Papier ein kleines Stück von der Wand ab, bog mit kurzem Lippenlecken die Ecke hoch und neigte den Kopf, um zu sehen, ob auf der anderen Seite etwas stand.

»Ach, ziehen Sie das Ding von der Wand ab, ich habe es erst heute Morgen hingehängt«, rief Val und fuhr mit seinem Telefongespräch fort.

Ritchies Herz hämmerte. Er zupfte an dem Bogen, und der löste sich von der Wand. Er drehte ihn um.

Ritchie hatte einmal auf dem Rücksitz eines Wagens gesessen, dessen Fahrer auf einer Schnellstraße in Schottland bei hoher Geschwindigkeit die Kontrolle verlor. Der Wagen war aus der Spur ausgebrochen, über den Grünstreifen in der Mitte und die zweispurige Fahrbahn mit Gegenverkehr hinweg und die Böschung auf der anderen Seite hinuntergeschossen. Letztlich wurde niemand verletzt, aber in den Sekunden des Ausbrechens war sich Ritchie bewusst gewesen, dass dies der Tod sein konnte. Er schrie und fluchte nicht. Für sein Gefühl beschleunigte sich sein Herzschlag kaum. Was er von diesen Momenten in Erinnerung behalten hatte, war die heftige Neugier, mit der er sich fragte, was für Leiden wohl genau auf ihn zukamen. Er wollte alles bewusst erleben, alles sehen, was es von der Landschaft zu sehen gab, in die es ihn schmettern würde, und von den Bewegungen der diversen metallenen Hochgeschwindigkeitskästen, die gleich zusammenstoßen würden. Er war sich bewusst, dass in seinem Inneren ein anderer Ritchie kauerte, der sich vor Angst fast in die Hose machte, aber dieser Ritchie war gefangen in dem erdenfernen anderen Ritchie, dem schüchternen, gespannten, neugierigen kleinen Jungen, der vollkommen ergriffen war von der Verehrung seines neuen Helden, des eigenen Schicksals. Und dennoch war am Ende die Angst stärker gewesen, denn seiner ganzen Neugier zum Trotz hatte Ritchie nicht mitbekommen, was geschah. Er hatte nie die vielen einzelnen Elemente zusammensetzen können, die Geschwindigkeit der entgegenkommenden Laster, ihr lautes Hupen, das Quietschen der Reifen, die Worte des Fahrers und der anderen Beifahrer, die Zahl der Kreiseldrehungen, den genauen Punkt, an dem der Wagen an der Straßenkante nach unten kippte und auf die Bäume zusauste. Jetzt bekam Ritchie die Worte auf der Titelseite vor sich nicht auf die Reihe. Er sah seinen eigenen Namen in der Schlagzeile:

SHEPHERD

Dann in derselben Schlagzeile:

KINDERSEX

Seine Augen eilten voraus zum ersten Absatz des Artikels, und er sah »verhört« und »Beschuldigungen«. Er las das Wort »Beschuldigungen« mehrere Male. Er kehrte zum Anfang zurück.

VERHAFTET

Der bekannte TV-Produzent und frühere Lazygods-Leadsänger Ritchie Shepherd

Korrekt, dachte er.

Shepherd, 40, bekam Besuch von der Kriminalpolizei

War er vierzig? Wie alt das aussah, gedruckt. »Die Kriminalpolizei«, was für eine komische Bezeichnung.

in seiner 2,5-Millionen-Villa in Hampshire

Drei Millionen Pfund hatte er bezahlt, null Finanzierung, und das war noch ein Schnäppchen gewesen. Geschmacklose Leute wohnten in Villen. Er war nicht geschmacklos.

SHEPHERD
WEGEN
KINDERSEX
VERHAFTET

Ja, dachte er. Das steht wirklich da! Wie merkwürdig!

wo er mit seiner Frau Karin Olsson, früher ebenfalls Star der Lazygods, und zwei gemeinsamen Kindern wohnt.

Wer war dieser Mann, dieses Monster, der Kinder hatte und sich an einem Kind verging? Das durfte man ihm nicht durchgehen lassen, dachte Ritchie.

> Shepherd, Sohn des ermordeten Helden Captain Greg Shepherd vom Sondereinsatzkommando, wurde auf das Polizeirevier Paddington Green in London gebracht und über Nacht dabehalten.

Wie sehr sich der Vater dieses Mannes für ihn schämen würde. Dieser Shepherd war er. Aber noch nicht ganz.

»Mit der Schlagzeile bin ich mir nicht sicher«, sagte Val, der neben ihn getreten war. »Die Leute könnten denken, es ginge um einen, der Schafe hütet. Das würde natürlich die Perversen anziehen und damit die Leserschaft vergrößern. Was meinen Sie?«

Ritchie sah sich um. Val hob das Kinn, lächelte und zog die Augenbrauen hoch.

»Wollen Sie das veröffentlichen?«, sagte Ritchie.

»Schauen Sie.« Val deutete auf eine Stelle direkt unter dem Titelkopf der Zeitung. »Da steht kein Datum.« Er sah Ritchie stirnrunzelnd an. »Es wundert mich, dass Sie das fragen. Sie sind doch gar nicht wegen Kindersex verhaftet worden. Oder doch? Haben wir uns eine Story durch die Lappen gehen lassen?«

»Das ist *außerordentlich geschmacklos*«, sagte Ritchie.

»*Ich verstehe nicht*«, sagte Val. »Wollten Sie das sagen? Dass Sie nicht verstehen, warum wir das gemacht haben?«

»Ich könnte mir zwei Gründe denken, und beide sind inakzeptabel.«

»Fahren Sie fort.« Val lächelte immer noch, und seine Stimme war sanft und freundlich.

»Ein Grund wäre illegal.«

»Oh, interessant. Darauf kommen wir noch zu sprechen, ja? Und der andere?«

»Ein Witz.«

»Ein Witz!« Val nickte und sah sich um. Er trat einen Schritt zurück, wandte Ritchie den Kopf wieder zu und starrte ihm in die Augen.

Val hob die Stimme und schrie, ja brüllte plötzlich so laut, dass Ritchie kaum glauben konnte, dass dieses Brüllen aus dem Mund eines Menschen kam. »Hast du eine Vorstellung davon, was Recht und Unrecht ist, Ritchie?« Ritchie sah ihn an. »Ich habe dich was gefragt, du mieses Arschloch! Kennst du den Unterschied zwischen Recht und Unrecht?«

Ritchies Mund klappte von selber auf.

»Natürlich kenne ich den«, sagte Ritchie. »Sie müssen mir nicht –«

»Untersteh dich, mir zu sagen, was ich tun und lassen soll, du elendes verficktes Stück Hundescheiße. Du fettes Arschloch. Du erbärmlicher, talentloser Wichser. Weißt du, was du tun solltest, wenn du mit mir redest, Arschloch? Auf den Knien solltest du liegen. Hat sie sich vor dir hinknien müssen, du hundsgemeines verficktes kinderschändendes Arschloch? Hat sie sich vor dir hinknien müssen, dass deine dicke verfickte Wampe über ihr hing? Was muss einer für ein Stück Scheiße sein, wenn er es nötig hat, ein Kind zu zwingen, ihm einen zu blasen?«

»Moment mal«, krächzte Ritchie, und zu seinem Erstaunen bewirkten die Lautstärke von Vals Stimme, die schreckliche Festigkeit seines Blicks und die Unflätigkeit seiner Sprache, dass er geschwächt, buchstäblich geschwächt wurde, sodass seine Glieder ganz schwerelos wurden und sein Körper schlotterte, statt sich zur Verteidigung zu straffen. Als das Erstaunlichste und Absurdeste überhaupt passierte und Val auf ihn zutrat und ihm mit dem Handrücken fest ins Gesicht schlug, da wirkte das gar nicht erstaunlich und absurd, auch nicht die Tatsache, dass Ritchie zu Boden sackte und dort halb liegen, halb sitzen blieb.

»Fragen Sie sich, warum ich diese Macht über Sie habe. Na los, frag dich das, du Arschloch«, sagte Val und schaute auf ihn nieder. »Weshalb kann ich Sie schlagen, und Sie wehren sich nicht mal, abgesehen davon, dass Sie ein mieser Feigling sind, der kleine Mädchen schikaniert, damit sie Sex mit ihm haben? Weil Sie ein Unrecht begangen haben, deshalb. Jetzt kennen Sie den Unterschied. Ich sehe genau, dass Sie sich selbst bemitleiden. Sie bilden sich ein, andere Leute würden Sie auch bemitleiden, stimmt's? Seht euch nur den armen kleinen Ritchie an, wie er eine Abreibung von diesem *bösen* Zeitungsfritzen bekommt. Seht nur, wie er verfolgt wird, wie seine Privatsphäre verletzt wird. Sie waren das, Ritchie. Sie haben das getan.« Vals Stimme wurde leiser. »Wenn einer an nichts glaubt, wenn er nicht glaubt, dass höhere Mächte über ihn richten, dann passiert genau das. Sie glauben nicht an Gott, und wenn Sie betrügen und lügen und kleine Mädchen schikanieren, dann gibt es niemanden, der Sie bestraft. Es gibt nur mich.« Er zog seine Krawatte straff und strich sie glatt. »Machen Sie nur, stehen Sie auf. Seien Sie tapfer. Das muss für Sie eine grässliche Erfahrung gewesen sein. Mr Oatman kann ziemlich aufbrausend sein.«

Das Brennen im Gesicht machte Ritchie den Kopf frei. Der sanfte Ton, den Val plötzlich anschlug, und sein wieder freundlich gewordener Blick taten so wohl, dass er regelrecht dankbar war. Ihm war fast nach Weinen zumute. Selbstmitleid erfüllte ihn.

»Warum müssen Sie so ein moralinsaures Arschloch sein?«, sagte er.

Val lachte. »So ist's recht. Kommen Sie, setzen Sie sich. Ich habe nicht viel Zeit, aber lassen Sie uns über die Sache reden.« Er knüllte die Seite zusammen, ging zum Tisch hinüber und leerte die Obstschale aus. Orangen und Nektarinen rollten über die Platte und fielen auf den Fußboden.

»Schauen wir mal, wie gut die Rauchmelder sind«, sagte er. Er zog ein Feuerzeug aus der Tasche, legte das zerknüllte Papier in die Schale und zündete es an. Es fing sofort Feuer und brannte mit hell lodernder Flamme. Nach wenigen Sekunden lagen nur noch schwarze Flocken in der Schale.

Val schaute zur Decke auf. »Keine Sprinkler. Wenn es hier brennen würde, würden wir alle umkommen«, sagte er fröhlich.

»Das willst du …, das wollen Sie nicht wirklich bringen?«, sagte Ritchie.

»Wie ich schon sagte, glaube ich, können wir keine Geschichte bringen, die nicht der Wahrheit entspricht. Sie sind nicht verhaftet worden.«

»Sie wissen, was ich meine.«

»Ich habe nur noch fünf Minuten, Ritchie. Nehmen wir mal an, ich weiß, dass Sie eine Fünfzehnjährige gefickt haben. Nehmen wir an, ich bringe die Story. Sie werden verhaftet, Sie werden vor Gericht gestellt, Sie werden öffentlich gedemütigt, Sie kommen ins Kittchen, Ihre Ehe geht in die Brüche, Sie müssen mit Ihrer Frau um das Besuchsrecht für die Kinder kämpfen, Sie verlieren die Villa, die BBC schasst Sie, und von da an sind Sie für das Fernsehen tabu; Sie haben Ihre Karriere mit Teenagern gemacht, aber jetzt dürfen Sie nicht mal mehr in ihre Nähe kommen, und im Erwachsenenfernsehen nimmt kein Mensch Sie ernst; Ihr Film kommt nicht zustande, weil der Mann, der Ihren Vater getötet hat, ein guter Familienvater ist und nicht von einem Kinderschänder interviewt werden will; und … tja, Ritchie, wie es dann weitergeht, weiß ich nicht. Wollten Sie etwas sagen?«

»Ich bin kein Kinderschänder. Unterstehen Sie sich, so was zu mir zu sagen.«

»Wie gesagt, meine Zeit ist knapp. Danach werden Sie sich vermutlich mit Konzerten durchzuschlagen versuchen.

Aber so talentiert als Musiker waren Sie eigentlich nie, nicht wahr? Karin war die Songschreiberin, wegen der sind die Leute gekommen. Jetzt stellen wir es uns einmal anders vor. Stellen wir uns vor, ich weiß, dass Sie eine Fünfzehnjährige gefickt haben, und ich schreibe nichts darüber, und ich sage nichts der Polizei. Damit würde ich ein Verbrechen vertuschen. Wir würden gegen das Gesetz verstoßen, Ritchie.« Er hielt inne und betrachtete Ritchie, als wünschte er sich, er wäre nicht da.

»Was wissen Sie schon darüber«, sagte Ritchie, »was passiert oder auch nicht passiert ist.«

»Wie schön, dass Sie sich da nicht sicher sind«, sagte Val. »Das gefällt mir. Das gibt mir das Gefühl, ich tue das Richtige. Ich setze klare Grenzen. Ich helfe Ihnen, den Punkt zu erkennen, an dem Sie in Schwierigkeiten geraten sind. Aber Sie wissen natürlich, was Sie getan haben.«

»Sie haben mich hergebeten.«

»Die Zeiten sind schlecht für die Zeitungsbranche«, sagte Val. »Wir kämpfen ums Überleben. Wir können es uns nicht leisten, eine gute Story auszulassen. Es sei denn, wir bekämen dafür eine andere Story.«

»Und worüber zum Beispiel?«

»Über Ihre Schwester.«

Ritchie presste mit den Fingerspitzen die Tischkante. Er konnte Val nicht in die Augen schauen.

»Hier geht es um Sie und Bec«, sagte er.

»Ich weiß nicht, was Sie damit sagen wollen.«

»Lassen Sie Bec in Ruhe«, sagte Ritchie. »Sie hat nichts Unrechtes getan. Sie hat niemand was angetan. Sie ist ein guter Mensch.«

»Freut mich zu hören«, sagte Val. »Bei mir hat sie die Supersau rausgelassen. Hat sie Ihnen gesagt, dass wir verlobt waren?«

»Nein.« Dass seine Fähigkeit zu lügen zurückkehrte, stärkte Ritchie. »Ein derart schäbiges Verhalten können Sie sich nicht leisten«, sagte er.

»Schön zu hören, dass Sie loyal sind«, sagte Val. Er beugte sich vor, verschränkte die Arme auf dem Tisch und senkte die Stimme. »Wenn Bec so gut ist, wie Sie behaupten, dann hat sie von uns beiden nichts zu befürchten.«

»Von uns beiden?« Ritchie legte die Stirn in Falten. »Wollen Sie etwa –«

»Halt!«, sagte Val scharf. »Halt!« Er lächelte. »Ich weiß natürlich nicht genau, was Sie sagen wollten, aber ich könnte das wohl nicht machen, nicht wahr, wenn ich nicht etwas über Sie wüsste, das Sie vor der Öffentlichkeit verborgen halten wollen. Geben Sie zu, dass es so etwas gibt?«

»Keineswegs.«

»Gut. Das ist gut. Nun ja, ich kann es nicht sicher sagen, aber ich gehe davon aus, dass uns im nächsten Jahr eine gute Story fehlen wird. Nur eine. Und wenn wir die eine nicht kriegen, dann müssen wir eben die andere nehmen, die wir in Reserve haben.«

»Und wenn Sie diese eine kriegen, dann wandert die Reserve in den Mülleimer.«

»Ja, vermutlich. Wenn wir die eine in den nächsten zwölf Monaten kriegen.«

»Um Gottes willen«, sagte Ritchie.

»Um wessen willen?«, sagte Val und hielt sich die Hand ans Ohr.

»Um Gottes willen, meine *Schwester*! Sie ist mein eigen Fleisch und Blut!« Während er das sagte, von der Wahrheit der Worte überzeugt, regte sich in ihm ein Gefühl des Entsetzens und der Scham wie ein Küken im Ei, das im Begriff war auszuschlüpfen. »Sie ist keine Prominente. Sie ist nicht … von öffentlichem Interesse.«

»Noch nicht«, sagte Val. »Bringen Sie mir, was Sie können, Ritchie. Sie sind in keiner starken Position.« Er erhob sich. »Ich habe die Namen Ihrer Kinder recherchiert. Es hat mich erstaunt, dass Ihre Tochter Ruby heißt. Ich dachte, Ihr kleines Mädchen hieße Nicole.«

»Machen Sie, was Sie wollen«, sagte Ritchie. »Ich werde nicht Ihr Zuträger und Spion in meiner eigenen Familie sein.«

Er fuhr zur Arbeit ins Studio zurück und überschüttete dort bis sieben Uhr abends seine Mitarbeiter mit übermäßiger Freundlichkeit und Zornausbrüchen. Sie merkten, dass er nicht zuhörte, egal was zu ihm gesagt wurde. Auf der Fahrt nach Petersmere kam zum Wind noch Regen hinzu. Er presste seine letzten Worte an Val an sein Herz wie ein Geschenk, das er nach Hause brachte.

Die Bäume heulten im Sturm, als Ritchie aus dem Auto stieg. Hell und ruhig brannte im Haus das Licht in jedem der robusten weißen Fensterrahmen. Er hatte die Schlüssel vergessen, und während er sich in den Hauseingang schmiegte und darauf wartete, eingelassen zu werden, klatschte ihm eine Regenbö auf den Rücken. Karin öffnete die Tür, dicht gefolgt von Ruby im Schlafanzug, barfuß und noch nicht ins Bett zu kriegen, und er trat ein in die Wärme und den leckeren Geruch nach Abendessen. Er nahm Ruby auf den Arm, und während er sie an den Tisch trug, lagen ihre Handgelenke kühl an seinem Hals. Als er sich später ganz kurz einmal von Frau und Kindern entfernte, schickte er Val eine SMS. »Handeln Sie nicht voreilig«, schrieb er.

ZWEITER TEIL

17

Von Alex Comrie, dem Drummer in Ritchies erster Band, hatte es geheißen, er sei irgendwie genial, wenn auch nicht als Trommler. Doch den Takt hielt Alex gut, und es war Ritchie unbegreiflich, wie er am Schlagzeug ein ganz solides Rhythmusgefühl haben und gleichzeitig nicht die Bohne tanzen konnte. Beim Tanzen machte Alex aus seinem schlaksigen Körper eine schmale Röhre, indem er die Arme anlegte und die Beine zusammenkniff, und wenn er seinen Körper zur Musik bewegen sollte, wedelte er nur mit den Händen, pickte mit seiner Schnabelnase und watschelte rasch durchs Zimmer wie ein zum Meer eilender Pinguin.

Mit siebzehn kam er nach London, aufs King's College, und zwar von einer strengen monoethnischen Gesamtschule in Schottland, wo die Lehrer plissierte schwarze Roben trugen und die Kinder für kleine Vergehen bestraften, indem sie ihnen mit speziell angefertigten Lederriemen auf die Hand schlugen. Alex' Mutter Maureen, eine zugezogene Engländerin aus der Mittelschicht, war sich nicht sicher, wie sie das aufnehmen sollte: mit Entsetzen über die Brutalität oder mit Befriedigung, weil ihre Söhne einem schmerzhaften eingeborenen Initiationsritus unterzogen wurden wie die Sateré-Mawé im Amazonasgebiet, wo die Jungen, hatte sie gelesen, als Männlichkeitsprobe Handschuhe überziehen mussten, die mit stechenden Ameisen vollsaßen. Doch nur der jüngere und umgänglichere ihrer beiden Söhne, Dougie, bekam den Riemen zu spüren. Alex hätte liebend gern das Brennen des Leders in der Hand gefühlt und die Anerkennung, die damit einherging, aber er war bei den Lehrern zu beliebt, um in den Genuss dieser Grausamkeit zu gelangen. Er wurde von den Mitschülern akzeptiert und besaß eine eigentümliche Intensität, auf die der schüchterne, schwarzromantische Teil der Weiblichkeit flog, aber bei den Schuldiscos blieb er sitzen, und er lernte nie Fußballspielen.

Die Band, Gorse, bestand nur wenige Monate. Eigentlich hieß sie Gauze, »Mull«, aber als Ritchie Karin kennenlernte, beim Kauf von Gitarrensaiten in der Charing Cross Road, verstand sie ihn falsch und erklärte ihm, wie gern sie die gelben Blüten mochte. Von dem Moment an behauptete Ritchie, die Band habe immer schon Gorse geheißen, »Ginster«, und glaubte selbst daran. Sie spielten in Pubs und auf Unipartys, bis Ritchie das Studium abbrach und mit Karin die Lazygods gründete. Alex, für Ritchies Empfinden von allen Ex-Gorsies der mit dem geringsten Talent zum Musiker, war der Einzige, mit dem er in Kontakt blieb.

Alex war mit den Stöcken so geschickt wie jeder beidhändige Junge mit toleranten Eltern, einem eigenen Zimmer und überschüssiger Energie, der zum zwölften Geburtstag ein Schlagzeug geschenkt bekommen und *Top of the Pops* und *Whistle Test* geguckt hatte. Als er aufs College ging, um Molekulare Zellbiologie zu studieren, hatte er das Schlagzeug mitgenommen, denn er wollte sich nicht auf die Rolle des linkischen Autisten festlegen lassen, nur weil er ein naturwissenschaftliches Fach gewählt hatte. Konnte seine Entscheidung, nach den Atomstrukturen des Lebens zu forschen, indem er menschliche Moleküle zerlegte und wieder zusammensetzte, bei ihm selbst dazu führen, dass er lebensunfähig wurde? Er sah, wie aus seinen Kommilitonen engstirnige Fetischisten winzigster Spezialgebiete wurden, und fragte sich, ob ihm das auch so gehen würde. Er klinkte sich in den Puls einer Rockband ein, um zu beweisen, dass das Schicksal ihm anstelle von Leidenschaften keinen Datensatz eingepflanzt hatte.

Bei Tag trieb ihn der Affe der Neugier auf seiner Schulter zu Zeitschriften, Gleichungen und Algorithmen. Er lernte. Er überflügelte seine Kommilitonen und Lehrer. In seinem Kopf wurde die menschliche Zelle zu einem Ort, deren inneren Aufbau er durchstreifen konnte wie eine Welt. Bei Nacht, mit der Band, erhob er Anspruch auf ein Rebellenherz und einen Vagabundengeist, die Eigenschaften, mit denen Künstler geboren waren, meinte er. Er drosch auf die Felle ein, bis ihm der Schweiß den Rücken hinunterlief und die Handgelenke schmerzten.

Auf dem Dutzend kleiner Gigs, die die Gorse spielten, wurde vorne an der Bühne heftig gemosht, während im Hintergrund Alex mit seinem Falkenprofil die Felle und Becken malträtierte und der pink gefärbte Mopp seiner glatten schwarzen Haare vor seiner Stirn im Viervierteltakt wippte, aber er konnte sich nicht so in der Musik verlieren wie Ritchie. Man meinte, dass er sich der Musik völlig hingab, dass das Leben, das sein Herzschlag maß, und das Leben, das durch die Musik entstand, für die Dauer eines Auftritts ein und dasselbe wurden, aber es war nicht so. Er konnte seinen Verstand nicht abstellen. Er konnte nicht einfach *sein*. Er zweifelte und fürchtete wie jeder Achtzehnjährige, doch er betrachtete seine Zweifel und Ängste, als gehörten sie jemandem, der ihm einerlei war. Die Studentenkneipen brannten lichterloh vor *Sturm* und *Drang*, und er brannte mit, aber bei ihm träufelte *wie* und *warum* darauf und kühlte die Glut des Scheiterhaufens.

Er saß einem Missverständnis auf. Die Trennung in ihm war nicht die zwischen Wissenschaftler und Künstler, sondern zwischen konzentriert und zerstreut. Wenn er die ganzen versprengten Lichter seiner Aufmerksamkeit bündelte und sie auf eine Frau richtete, war sie gebannt. Später musste sie feststellen, wie leicht er innerlich abwanderte. Mit den Jahren machten Alex' Freundinnen, wenn sie mit seinem Arm um die Schultern spazierengingen und erzählten, die unangenehme Erfahrung, dass ihre Zuneigung plötzlich auf einer Stufe stand mit solchen flüchtig auftauchenden Fragen wie der Verbreitung beinloser Tauben, der Bedeutung von Buchstaben auf Gullydeckeln, der sozialen Relevanz von Kordsamt oder der veränderten Gestaltung von Kfz-Kennzeichen. Falls die Beziehung das überstand, machte die Frau die Entdeckung, wie selbstverständlich Alex, wenn ihm danach war, das Zusammensein mit ihr auf das rein Funktionale reduzierte, damit er sich auf den kippligen Bogen biomathematischer Bausteine konzentrieren konnte, den er im Kopf konstruierte. Er arbeitete am besten, wenn ein kleiner Teil seines Verstandes mit einer gleichmäßigen, eingespielten körperlichen Tätigkeit beschäftigt war, mit dem Radeln auf einer bekannten Strecke etwa oder mit Fingerschnippen. Das Trommeln verschaffte Alex nie die temporäre Persönlichkeit des selbstvergessenen Künstlers, die er sich erhoffte, aber als koordinierte Form des Zappelns half sie ihm denken.

Nach Ritchies Weggang hielten sich die Gorse noch ein paar Wochen. Das Studium fraß Alex viel Zeit weg, und er hörte auf zu üben und verließ dann die Band. Ritchies Aufstieg zum Ruhm war steil. Die beiden Männer hätten sich aus den Augen verloren, wenn Ritchie nicht die Verbindung gehalten und wenn Alex nicht Bec kennengelernt hätte.

Alex war fünfundzwanzig und hatte gerade seine Promotionsurkunde bekommen, Bec war sieben Jahre jünger und hatte ihr Studium in Cambridge angefangen. Ritchie machte sie nebenbei miteinander bekannt, ohne sich mehr dabei zu denken, als dass allgemeines wissenschaftliches Gelaber bestimmt so prompt zwischen ihnen fließen würde wie Strom durch ein angeschlossenes Kabel. Er vergaß, dass seine Schwester kein Schulmädchen mehr war. Er spürte bei anderen eine gewisse Erregung und war doch blind für das Interesse der Männer an seiner achtzehnjährigen Schwester. Die Wahrnehmung, die er von ihr hatte, hinkte mehrere Jahre hinter der leibhaftigen Bec her. Unbewusst nahm er die Fülle ihrer Brüste und die Rundung ihrer Hüften als eine Art späte Kinderkrankheit wahr, Geschwülste, die sich an der Vierzehnjährigen gebildet hatten und irgendwann zurückgehen würden, bis sie wieder vierzehn war. Er übertrug sein fehlendes sexuelles Interesse an ihr großzügig auf die restliche Männlichkeit.

Als sie mit siebzehn einmal im T-Shirt losziehen wollte, hatte er sie darauf hingewiesen, dass sie sich von Karin Armreifen ausleihen konnte, und weil sie so verständnislos guckte, hatte er gebrabbelt: »Heute geht doch keine mehr mit nackten Armen vor die Tür.« Die Narben an ihrem Handgelenk würden die Leute nervös machen, dachte er. Die Leute würden sie für eine halten, die sich ritzt, und sich fragen, ob das vielleicht in der Familie lag.

Der bittere Geruch ihrer verbrennenden Haut, begleitet von einem starken, klaren und unzweideutigen Schmerz, hatte der kleinen Bec das Herz erleichtert, als sie wütend mit ihrem Vater haderte, weil er gestorben war und sie zwang, ihn in der Einsamkeit seiner letzten Stunde zu bemitleiden. Sie kriegte früh mit, dass es ein perverses Vergnügen bereiten konnte, junge Haut zu verschandeln. Aber die Narben waren nicht tief oder schartig, als sie zu studieren anfing, und auch nicht so auffällig, wie sie Ritchie erschienen. Bec registrierte kaum, dass sie da waren; ihr ordentliches Aussehen war ihr peinlicher als die Tatsache ihrer Existenz.

Alex hatte sich gewundert, dass er zu der Party eingeladen wurde, mit der die Lazygods die Veröffentlichung ihres zweiten Albums *Windfallen* feierten. Im Laufe der letzten sieben Jahre hatte er seine Erinnerungen an den jungen Ritchie von einst dem Star angeglichen, zu dem sein Freund geworden war. Er hätte, fand Alex, Ritchies Talent von Anfang an erkennen müssen. Er hatte Ritchie als selbstbewusst, energisch und großzügig im Gedächtnis. Wenn ihm außerdem seine mittelmäßige Stimme, sein schrummelndes Gitarrenspiel und seine Schwierigkeiten mit dem Schreiben von Songs einfielen, dann schien es ihm, dass er, Alex, mit seinem Urteil danebenliegen musste und nicht die Millionen, die *Fountain* gekauft hatten. Als Alex das regelmäßige Trommeln aufgab, um ein biomathematischer Entdeckungsreisender durch die unerforschte menschliche Zelle zu werden, und Ritchie das Studium an den Nagel hängte und einen Plattenvertrag bekam, schien es ihm, nun wären sie in Welten eingetreten, zwischen denen es keine Überschneidungen geben konnte. Auch wenn Ritchie ihn noch so oft anrief, ihn in Interviews erwähnte oder ihn bei Ereignissen wie der Plattenpremiere zum Zusammensein mit anderen Musikern einlud, rechnete Alex stets mit dem Abbruch des Kontakts.

Die Party war in einem neuen Luxushotel am Hyde Park. Alex betrat die Lobby mit knielöchrigen Jeans, Chucks, T-Shirt und schwarzem Jackett. Das war in jungen Jahren sein üblicher Aufzug als Drummer gewesen, und mit dem Stil zog er jetzt, da er Dr. Comrie war, Zellbiologe, wissenschaftlicher Mitarbeiter am King's College mit eigenem Büro und eigenen Lehrveranstaltungen, die Blicke der Studenten auf sich, wie er meinte. Das T-Shirt war ein Primal-Scream-Relikt, auf dem die schwarzen Augen der *Screamadelica*-Maske blassgrau und das Rot drum herum blassrosa geworden waren. Das Jackett war neu. Ein paar

Monate lang war er auf dem Campus mit einem Button am Revers herumgelaufen, auf dem »Isn't life RNA-ic?« stand, aber kurz bevor er das Haus verließ, hatte er ihn gegen den alten Button aus Gorse-Tagen ausgetauscht, »I Am Nico«.

Hoffnung durchschoss ihn, als das schöne Mädchen am Eingang seinen Namen auf der Liste der geladenen Gäste fand und ihn in die Bar des Metropolitan durchwinkte, in den Glanz der Gäste und das Dröhnen der Gespräche. Sein Name war einer von Hunderten auf einem Stück Papier, und doch fühlte er sich den Musikmachern zugezählt. Er hatte sich für die Kaste der Zellbiologen entschieden, und sie hatten ihn aufgenommen, aber er war von seinen Kollegen enttäuscht. Ach, dachte er, und sein Herz schlug höher, könnten die Musiker doch nur die wilde Schönheit der submikroskopischen Meere erkennen. Könnten sie doch nur verstehen, dass ihre Lieder von Liebe, Tod und Leid durch die Inkarnation in Adenosintriphosphatase nichts an Bedeutung verloren.

Während er mit Daumen und Fingerspitzen den feuchten Beschlag an einem Glas verrieb, registrierte er die Äußerlichkeiten im Raum, als läse er stupide die Zutatenliste auf einer Müslipackung durch: flaumige Kinne, gegelte Locken, stöckelwehe Waden, Sonnenbrillen, tätowierte Kalligrafien, nackte Schultern, dicke Ringe. Im ganzen Raum kannte er nur Karin und Ritchie, die sich mit dem Gitarristen und Songschreiber einer Band unterhielten, die einen Hit nach dem anderen landete und die letzte Nummer eins erst vor zwei Monaten gehabt hatte; erst der Tod einer Prinzessin hatte sie von den Titelseiten verdrängt. Fest entschlossen, sich nicht darum zu scheren, was der berühmte Freund seiner berühmten Freunde von ihm hielt, gesellte sich Alex zu ihnen, und Ritchie und Karin begrüßten ihn und stellten ihn dem berühmten Noel vor.

»Warum redest du ständig davon, wie sehr du die Beatles liebst?«, war das Erste, was Alex mit unbeabsichtigter Bissigkeit zu Noel sagte. »Auf die Art wirst du nur danach beurteilt, wie gut andere vor dir waren.«

Noels struppige Augenbrauen hoben sich ein My.

»Alex sagt, was er denkt«, sagte Ritchie.

Noel lachte. »Und was machst du so?«, sagte er.

Alex bekam einen trockenen Mund, trank ein paar Schluck Champagner und ärgerte sich, weil er mit einem Promi vertraut getan und versucht hatte, ihn zu beeindrucken, weil es ihm nicht gelungen war, weil der ihn ignorierte, weil er überhaupt gekommen war.

Ein Mann und eine Frau, die Alex nicht kannte, traten zu der Gruppe. Alex wurde nicht vorgestellt und starrte auf den Fußboden. Die sechs Paar Füße bildeten einen Kreis, der ihn an die Zellmembran erinnerte. Er beobachtete, wie die anderen zehn Füße Millimeter um Millimeter von seinen abrückten, wie der Kreis sich öffnete, um ihn auszustoßen wie ein Vesikel voll Abfallmolekülen, das von der Phospholipidschicht abprallt, und wie er sich vor seinen außen stehenden Füßen wieder schloss. Schultern waren vor seinen Schultern, sperrten ihn aus.

Das Ballett der Proteine begrübelnd, ging er davon und vergaß, dass er sich geärgert hatte. Er wollte sich hinsetzen und nachdenken. Vor einer Bank, die im Bogen an der hinteren Wand verlief, fiel ihm das Gesicht einer jungen Frau ins Auge, und er erinnerte sich an die gierige Hoffnung, die er beim Betreten der Bar empfunden hatte. Die Frau neigte ihre rosigen Wangen und ihre schulterlange, schwarz gewellte Haarpracht einem Mann in Anzug und Krawatte zu. Es missfiel Alex, dass er nicht der Mann war, der angehört und angelächelt und mit großen, dunklen Augen angeschaut wurde. Der Mann, fand Alex, war zwar besser gekleidet als er, aber sah ihm ansonsten ziemlich ähnlich, und sie hatte ihn offensichtlich gerade erst kennengelernt. Eifersüchtiges Bedauern durchzuckte ihn, dass er sie nicht als Erster gesehen hatte.

Da stand Ritchie neben ihm und sagte: »Komm, ich stell dir meine Schwester vor. Sie hat's auch mit Wissenschaft.« Er führte Alex zu ebenjener Frau, die er angegafft hatte, sagte, sie heiße Bec, und nahm den anderen Mann mit.

Bec lächelte Alex auf eine zutraulich wirkende Art an, und ihm war sofort schwindlig, als wäre er auf die Aussichtsplattform eines hohen Gebäudes getreten und merkte plötzlich, dass die erwartete Absperrung zwischen ihm und der Aussicht nicht da war.

»Brillant«, sagte er.

»Was ist brillant?«, sagte Bec und legte den Kopf schräg.

»Nach meiner Gesprächstheorie musst du, wenn du jemand kennenlernst, einfach sagen, was dir als Erstes in den Kopf kommt, und das zur Diskussion stellen. Wenn die andere Person nicht darüber reden will, ist das ihr Problem.«

»Ich habe, glaube ich, noch nie jemand kennengelernt, der eine Gesprächstheorie hat. Das heißt, dir ist als Erstes ›brillant‹ in den Kopf gekommen?«

»Das Erste, was mir in den Kopf kam, war die Frage, wie sich die Merkmale quantifizieren lassen, die den anderen Leuten hier sagen, dass wir keine Rockstars sind. Und dann hatte ich die Eingebung, ich sollte die andere Person dazu kriegen zu sagen, was *sie* denkt. Das fand ich eine gute Idee, und das ist mir dann einfach rausgerutscht.«

Bec dachte nach. »Wir könnten Stars sein«, sagte sie. »Ich konnte früher mal *Just Can't Get Enough* auf der Blockflöte spielen.«

Alex entnahm ihren Augen die Botschaft, dass er ihre Aufmerksamkeit nicht erschöpfen konnte. Sie ist bereit, alles ernst zu nehmen, dachte er und demonstrierte die Attraktivität seiner Persönlichkeit, indem er eine halbe Stunde lang ohne Unterbrechung auf sie einredete. Er resümierte seine berufliche Laufbahn, hechelte seine Familie durch und teilte ihr seine Ideen über die Evolution der mehrzelligen Organismen mit. Es lief gut, fand er; ihre hochgezogenen Augenbrauen verrieten Interesse, die Art, wie sie die Arme verschränkte, deutete auf Konzentration hin. Sie unterbrach ihn mit der Frage, ob er wisse, wo die Getränke seien. Alex versprach, ihr ein Glas Wein zu holen, und als er von der Theke zurückkam, sah er sie nicht mehr. Sie schien weggeholt worden zu sein.

In den Tagen danach quälte er sich mit der Frage, was er getan hatte, um sie abzuschrecken, und überlegte, wie er sie erreichen konnte. Sie war jung, aber er war nur sieben Jahre älter. Er bekam von Ritchie ihre Postanschrift, weil er ihr angeblich einen Artikel versprochen hatte, und schrieb ihr einen fünfseitigen Brief, in dem er Punkt für Punkt alles schlechtmachte, was er ihr erzählt hatte, soweit er sich noch daran erinnern konnte. »Was meine Familienmitglieder betrifft«, schloss er mit einer, wie er fand, nett bescheidenen Geste, »so sind sie natürlich völlig uninteressant.«

Sie antwortete nicht. Ihm war, als hätte er von der Existenz eines ganz neuen Raumes erfahren – einer zusätzlichen Dimension oder eines neuen Kontinents oder einer von anderen Gesetzen regierten menschlichen Zelle –, den er erforschen musste, doch dieser Raum befand sich unbegreiflicherweise nur in einer einzigen Person, und an die kam er nicht heran. Und sie hatte ihm gegenüber so *offen* gewirkt. Sie habe kein Telefon, sagte Ritchie; er werde ihr zu Weihnachten ein Handy schenken. Alex vermutete, dass Cambridge ihr eine Mailadresse zugewiesen hatte, und schickte Mails an r.shepherd und b.shepherd und becshepherd und shepherd.r und ein Dutzend andere @cam.ac.uk mit der Frage, ob sie sich mal treffen könnten. Er bekam eine unwirsche Ablehnung von einem Professor Shepherd bei den klassischen Philologen, und eine Woche später schrieb Bec ihm, er sei der erste Mensch, der sie je angemailt hatte. Es tue ihr leid, dass sie seinen Brief nicht beantwortet habe, sie sei sehr beschäftigt, und sie hoffe, es gehe ihm gut.

Was praktisches Liebeswerben anbelangte, schien es Alex, so verlangte die Gesellschaft unterm Strich, dass man etwas Überraschendes tat, das gleichzeitig nicht gänzlich abwegig war. Als Mittel zu Becs Verführung bot sich die Musik an. Er würde ihr zeigen, dass er auf der Klaviatur der Gefühle so gut spielen konnte wie jeder Dichter.

Er fuhr den alten Wagen seiner Mutter, einen kleinen weißen Peugeot mit einer Delle an einer Ecke, die er bekommen hatte, als sie ihn beim Transport von Amazonas-Indianern zum One Earth Festival in Stonehaven beim Zurückstoßen einen niedrigen Poller rammte. Er kaufte sich einen Stadtplan von Cambridge und fuhr hin, um Becs Bude auszukundschaften. Der Zufall wollte es, dass sie ein Zimmer in einem Haus mit großem Vorgarten hatte, gut eingewachsen von Bäumen, Sträuchern und sonstigem serenadenfreundlichem Laubwerk.

Er recherchierte auf Excite den Termin des nächsten Vollmonds, einen Donnerstag Mitte Oktober. Um zehn Uhr abends packte er seine Klamotten ins Auto und fuhr von London zu Becs Wohnsitz, wo er kurz vor Mitternacht eintraf. Die Wolkendecke über der Stadt war dicht und vom Mond kein Schimmer zu sehen. Der Herbst hatte die Nachtigallen vertrieben und die Rosen dahingerafft. Die Blätter waren gefallen, und die verbliebenen waren spärlich und gelb.

Stück für Stück holte Alex sein Schlagzeug aus dem Wagen und lehnte die einzelnen Teile auf dem Bürgersteig an die niedrige Mauer, die den Garten umschloss. Es war wenig Verkehr auf der stillen Straße, in der viele Studenten wohnten. Alex pfiff, summte, schnalzte mit der Zunge, schnippte mit den Fingern und trieb seine in alle Richtungen davonstiebenden Gedanken mit dem Asda-Jingle zusammen: *»All the prices are low / Whenever you go / That's Asda price.«* Wie in der Fernsehwerbung der Supermarktkette klopfte er auf seine Hosentasche und stellte sich das Klimpern der Münzen vor, die er mit den tollen Asda-Preisen gespart hatte. Zu Fuß und zu Rad kamen Studenten vorbei und schwadronierten betrunken. Sie bemerkten die Drums auf der Straße, sahen ihn an und zogen weiter. Sobald die Straße leer war, wuchtete er das nächste Stück über die Mauer. Nach und nach schaffte er so das zerlegte Schlagzeug in den Garten, Snare, Bass, Ride, Ständer, Fußmaschine und Hocker, schaute sich ein letztes Mal um und sprang hinterher.

Er fand eine dunkle Stelle unter einer Kastanie, teils durch Sträucher von der Straße und dem Pfad zur Haustür abgeschirmt, aber mit freier Sicht auf die oberen Fenster. Er baute das Schlagzeug auf und bekam ganz kalte Finger, als er die Fußmaschine ins feuchte Laub drückte, um festen Boden dafür zu haben. Er war fast fertig und schleppte gerade den Hocker an, als er auf dem Pfad Stimmen und Schritte hörte. Er sah zwei Frauen zum Hauseingang gehen. Eine davon, bekleidet mit einem alten Mantel und einer Schirmmütze, war Bec. Alex erstarrte und fühlte, wie sein flatterndes Herz durchzudrehen begann.

Bec blieb stehen, wandte sich ihm zu und spähte in die Dunkelheit. »Wer ist da?«, sagte sie.

»Was ist los?«, sagte ihre Freundin, eine kleine, schmale Blondine, die Hände in den Taschen eines zugegurteten Regenmantels vergraben.

»Da ist jemand im Gebüsch.«

»Wir sollten reingehen«, sagte die Freundin und fasste Bec am Ellbogen.

»Wer ist da?«, wiederholte Bec.

Alex fragte sich, ob er stundenlang so stillstehen und unentdeckt bleiben konnte.

»Wir sollten reingehen«, sagte die Freundin, »sonst werden wir noch vergewaltigt.«

»Ich tu euch nichts«, sagte Alex. Die Frauen kreischten auf und taumelten zurück. Alex trat ein paar Schritte vor, damit sie ihn sehen konnten, und seine Schuhspitzen glitten zischend durch das feuchte Laub. »Ich tu euch nichts«, sagte er abermals.

»Was machst du hier?«, sagte Bec.

»Sie kennt mich«, sagte Alex zu der Freundin.

»Du hast ein Schlagzeug dabei«, sagte Bec.

»Ich geh rein. Ist das okay?«, sagte die Freundin.

»Er kennt meinen Bruder«, sagte Bec, und die Freundin verschwand im Haus. Bec verschränkte die Arme und trat zu Alex und seinem aufgebauten Schlagzeug.

»Dafür musst du ewig gebraucht haben«, sagte sie.

Alex zuckte die Achseln und schluckte. Sein Kopf enthielt großartige Gedanken, die Bec gefallen würden, aber er bekam sie nicht durch den schmalen Spalt seines Mundes gezwängt.

»Trommeln allein ist nicht gerade meine Lieblingsmusik«, sagte Bec.

»Andere Instrumente spiele ich nicht«, sagte Alex. Ein Regentropfen fiel auf seine Wange.

»Aber mein Zimmer ist auf der andern Seite vom Haus«, sagte Bec. Sie steckte die Hände in die Taschen und guckte über die Schulter zur Tür, als hoffte sie, jemand würde sie holen kommen. Ein starker Regen prasselte inzwischen auf die Blätter über ihnen und um sie herum.

»Horch«, sagte Alex. Er trat zurück und ging neben den Drums in die Hocke. Er winkte Bec. »Horch.«

Sie trat dazu und kauerte sich in sicherem Abstand hin.

»Hörst du?«, sagte Alex. Der Regen trommelte auf das Fell der Snare-Drum.

»Klingt wie Regen auf einem Zelt«, sagte Bec.

»Hörst du das Becken? Geh mal dicht mit dem Ohr ran.«

Bec legte ein Ohr an den Rand des Beckens und lauschte. Die Regentropfen klingelten leise auf dem schimmernden Metall.

Alex nahm einen einzelnen Trommelstock und begann mit dem stumpfen Ende sachte auf die Bass-Drum zu pochen. Bec hörte dem Klappern des Regens auf der Snare-Drum zu, dem Klingeln des Beckens und dem leisen, tiefen Bumm der großen Trommel. Das Wasser lief Alex in Strömen über die Stirn. Becs Mütze war klatschnass. Sie stand auf. Alex erhob sich umgehend.

Bec küsste ihn auf den Mund. Ein warmer, weicher Spalt öffnete und schloss sich wieder. »Gute Nacht«, sagte sie, drehte sich um und ging.

Alex rief ihr nach, sie solle warten. Bec lief die letzten Schritte, trat ins Haus, machte die Tür hinter sich zu. Alex drückte die Klingel, hämmerte mit der Faust an die Tür und rief durch den Briefschlitz ihren Namen. Niemand machte auf.

Bald darauf wurde Alex von einem Forschungslabor in Baltimore angeworben. Als er vier Jahre und mehrere Freundinnen später nach London zurückkam, um am Imperial College zu arbeiten, lebte Bec mit Joel in Sacramento. Als Bec ihrerseits nach London zurückkehrte und Joel sie verließ, war Alex mit Maria zusammengezogen, einer Frau, die im Gesundheitsamt arbeitete. Er war sicher, dass die dunkle und geduldige Maria, die seine obskuren Gedankengänge detektivisch nachverfolgte und es sich zur Aufgabe gemacht hatte, ihn zu erziehen, die richtige Frau für ihn war. Er sah sich mit ihr zusammen alt werden und dachte nur noch selten an Ritchies Schwester. Sein Schlagzeug stand jahrelang in einem unbenutzten Zimmer, anfangs noch einsatzbereit unter einer Staubschicht und dann, als das Zimmer renoviert wurde, in Kisten verstaut.

Alex inserierte das Schlagzeug bei eBay, und der Käufer kam eines Abends in einem Lieferwagen vorbei, um es abzuholen. Es war ein kleiner, eifriger, muskulöser junger Australier mit Pferdeschwanz, der breitbeinig ins Haus stolzierte. Der Umschlag mit dem Geld schaute ihm aus der Tasche seiner Jeans. Ein Ride-Becken schimmerte in Alex' freier Hand, als er ihn hereinbat. Er schaute über die Schulter des Käufers zum blauen Himmel und den Bilderbuchwolken empor und sagte, es werde wohl nicht regnen, wie es aussah.

»Herrlicher Tag heute, Kumpel«, sagte der Käufer zwinkernd und mit der Zunge schnalzend. »Kann ich mal 'nen Blick drauf werfen?«

Alex führte ihn zu dem aufgebauten Schlagzeug und händigte ihm das Becken aus. Der Käufer stoppelte sich durch ein paar kurze Breaks. Er stand auf, ballte die Faust mit den Stöcken darin und reichte Alex das Geld. »Gekauft«, sagte er.

»Ich würde mich gern noch verabschieden«, sagte Alex und begab sich zum Hocker.

»Aber bitte sehr«, sagte der Käufer.

Fünf Minuten später kam Maria, um ihnen zu sagen, sie sollten mit dem Radau aufhören, und sah Alex schweißgebadet auf die Snare und die Tomtoms eindreschen, als wollte er zu etwas auf der anderen Seite durchbrechen. Der Käufer schrie ihr ins Ohr: »Der Typ ist ja irre!« Alex warf Maria einen schrecklichen Blick zu, und sie schlug die Hände vor den Mund. Er sah sie an, als ob jemand gestorben wäre und sie beide Schuld hätten.

18

Wenn Alex sich Maria zuwandte, verhieß seine Intensität ein ganz außerordentliches Lebensprogramm, das sie bis an ihr Ende kaum abarbeiten konnten, sosehr auch die Welt der Medizin sein Gehirn mit Beschlag belegte. Er widmete sich Maria, wenn es ihm gelegen kam, recht häufig zwischen drei und fünf Uhr morgens oder unmittelbar nach Abschluss eines Projekts auf einem Blitzurlaub von Mittwoch bis Mittwoch. Warum nicht jetzt? Du hast doch gesagt, wir sollten mal was zusammen machen.

Wenn er mit ihr darüber sprach, was ihn interessierte, seine Arbeit zum Beispiel oder die Frage, ob die Menschheit noch in der Entwicklung begriffen war, oder seine Überzeugung, dass er in der Londoner Innenstadt mit dem Fahrrad überall schneller hinkam als mit der U-Bahn, dann leuchteten seine Augen mit dem Feuer eines Propheten. Für die Anliegen anderer Menschen, ihre etwa, konnte er nicht dieselbe Begeisterung aufbringen. In Gesellschaft verbreitete er sich über ihre Vortrefflichkeit, aber sein Lob war allgemeiner Art. Er interessierte sich für Maria nur so lange, wie er kein echtes Interesse an ihren Interessen aufbringen musste.

Die Tiefen der zytoplasmatischen Welt, die er allein in seinem Kopf erforschte, waren ihr unter den Schichten der Fachbegriffe unzugänglich, sie rang mit den Definitionen der Definitionen und fand nur immer weitere Wörter, die sie nachschlagen musste. Trotzdem war sie gern mit ihm im Haus zusammen, wenn er arbeitete. Er war verlässlich und zutraulich, wenn er sich unter der Oberfläche aufhielt. Sie fühlte, dass sie, und nur sie, seine Luftzufuhr regelte.

Sie versuchte, ihn zu verändern, und entdeckte, dass ihr das im Kleinen gelang. Sie konnte nicht verhindern, dass er seine Gedankenlücken mit Fetzen aus alten TV-Erkennungsmelodien und Werbejingles füllte – »*Up in the valley of the Jolly Green Giant* … und jetzt *Ho, ho ho!*« –, aber sie kriegte ihn dazu, nicht in der Öffentlichkeit zu singen, jedenfalls nicht, wenn sie dabei war. Sie erklärte ihm, er trommele bei anderen Leuten zu viel mit Händen und Stiften und Bestecken auf dem Tisch herum, und er solle aufhören, jeden Teller mit Snacks, der in seine Reichweite gestellt wurde, mit zwanghafter Gründlichkeit leer zu futtern, und er gewöhnte sich all das mit einer unheimlichen Sanftheit ab, die ihr schmeichelte. Beherzt begab sie sich auf das Feld der sexuellen Verhaltensregelung. Er war, fand sie, ziemlich gut mit seinen langen, starken Händen und seinem pummeligen Pimmel. Das hakennasige Gesicht vor ihrem hatte eine verwirrende Grandezza, ähnlich dem Jugendbild eines großen alten Mannes, bevor er berühmt wurde. Aber sie schlug Alex vor, mit ihr zu sprechen, während sie sich liebten. Er fasste das als Vorwurf sexueller Inkompetenz auf und grämte sich zwei Tage lang schweigend, bevor er ihr erklärte, sie solle sich jemand anders suchen, einen, der ordentlich ficken und tanzen konnte. Maria sah den Zusammenhang nicht und besänftigte und verführte ihn, und von da an sagte er Sachen zu ihr, während er mit ihr spielte und in ihr drin war, erst schüchtern immer dasselbe, dann übersprudelnd. Maria fand, dass es zwischen ihnen so lief, wie es nach ihrer Vorstellung zwischen Eltern laufen musste, bevor sie Eltern wurden. Fünf Jahre, nachdem sie zusammengezogen waren, sprach sie das Thema an, Kinder zu haben, nicht als abstrakte Idee für die unbestimmte Zukunft, sondern als ein Projekt, für das jetzt, da sie Mitte dreißig waren, der Zeitpunkt gekommen war.

»Meinst du?«, sagte Alex. »Kann sein.« Er runzelte die Stirn, kratzte sich an der Nase, hob den Zeigefinger und lächelte. »Clathrin! Das ist das Protein, das ich gesucht habe. Gib mir fünf Minuten.« Sie hörte die Stufen knarren, als er singend ins Arbeitszimmer hinaufsprang. *»It's Marvel-ous – less fat too! Bom-bom-bom.«*

Eines Winterabends gingen sie zum Bahnhof Farringdon, nachdem sie in einem Restaurant in Clerkenwell gegessen hatten, und kamen an einer Schlange blasser junger Leute vorbei, die vor einem Club anstanden. Ein paar trugen altmodische Pelzmützen und bodenlange Mäntel vom Trödler, aber die meisten schützten ihren klapperdürren Körper nur mit einer einzigen Schicht Leder, Netz, Samt, Polyester oder Schottenstoff vor der Kälte. Den Rest der Welt schienen sie auszublenden; es gab nur den Club, das Anstehen und die anderen.

»Lass uns reingehen«, sagte Alex.

»Das ist kein Laden für mich«, sagte Maria. »Ich bin nicht dafür angezogen. Für Leute über dreißig ist das nichts.«

»Ich würde gern sehen, was da drin los ist.«

»Gerammelt voll mit jungen Schickis, die tanzen, einen Drink zu ergattern versuchen, aufeinander abfahren, Posen einnehmen und sich gegenseitig ins Ohr schreien, um sich Gehör zu verschaffen.«

»Lass uns mal schauen. Wir sind auch Leute.«

»Ich will nach Hause«, sagte Maria und hakte sich bei ihm ein. »Wir gehören da nicht zu. Die lassen uns gar nicht rein.«

»Wer sagt denn, dass wir nicht dazugehören? Warum?« Alex entzog ihr seinen Arm und stellte sich an das Ende der Schlange. Maria blieb stehen und beobachtete ihn eine Weile; er blickte nicht in ihre Richtung. Sie ließ ihn zurück und wurde zwei Stunden später von dem Geräusch des Taxis wach, das ihn nach Hause brachte.

»Haben sie dich reingelassen?«, fragte sie, als er zu ihr ins Bett stieg.

»Irgendwann«, sagte er schmollend und wollte nicht mit ihr reden.

Über die Jahre registrierte Alex die Vergrößerung seiner Sippe mit distanziertem Interesse. Als sein Bruder Dougie zum ersten Mal Vater wurde, brachte Alex das in seinem Kopf mit Dougies finanzieller und emotionaler Leichtfertigkeit zusammen. Als sein Cousin Matthew und seine Frau Lettie anfingen, in stetiger Folge Nachkommen zu produzieren, sprach Alex mit wissenschaftlicher Neugier darüber: Was bewegte religiöse Familien dazu, mehr Kinder in die Welt zu setzen als andere? Hieß das, dass religiöse Menschen einen evolutionären Vorteil gegenüber Nichtgläubigen wie ihm und Maria hatten?

»Komm, setzen wir das Comeback der Heiden in Gang«, sagte Maria hoffnungsvoll. Alex lachte nur und wackelte mit dem Knie.

Alex war mit der Aura des Erfolgs groß geworden, die seinen Onkel Harry umgab. Harry war ein Humangenetiker, der entdeckt hatte, dass die meisten Menschen ein paar Immunzellen mit regelmäßig wiederkehrenden gutartigen Mutationen hatten, die aus den mutierten Lymphozyten erstklassige Krebsjäger machten. Genau diese Mutationen machten sie auch angreifbar; die mutierten Zellen, von Harry »Expertenzellen« genannt, tauchten hin und wieder im menschlichen Stoffwechsel auf und wurden von ihren Genossen so gnadenlos fertiggemacht wie einsame Genies von mittelmäßigen Rivalen. Harrys brillante Tat – er wollte sie gern als brillant begreifen, eine Folge perfekter blitzartiger Degenstöße, obwohl fünfzehn Jahre hartnäckiger Arbeit von ihm und seiner Forschungsgruppe darin steckten – war die Entdeckung, wie man die Expertenzellen aufspürte, bevor sie zerstört wurden, sie dem Körper entnahm, mit genetischen Manipulationen ihre Widerstandsfähigkeit erhöhte, sie millionenfach kultivierte und wieder einsetzte. Er war kurz davor, eine seltene Krebsart zu heilen, dann pausierte er eine Weile, und ohne es zu merken, hörte er nie mehr auf zu pausieren.

Harry hoffte und rechnete doch nicht damit, dass sein gescheiter Neffe ihm auf dem Weg in die Biowissenschaften folgen würde, aber Alex folgte ihm, und das mit großem Erfolg. Er besaß die Brillanz, die Harry gern gehabt hätte, und erwies sich als mathematischer Akrobat, der Molekülfaltungsformeln im Kopf durchspielen konnte, ein kontrollierter und doch extravaganter Träumer.

Alex machte es sich zur Aufgabe zu entdecken, was Harry niemals hatte erklären können, nämlich warum die Expertenzellen sich so verhielten. Mit Schreibstift und Maus und Hirn tauchte er tief in den Körper ein, in die Zellen, aus denen er bestand, in die Organellen im Innern der Zellen – das dampfende Mitochondrium, die sich pfannkuchenartig stapelnden Bänder des endoplasmatischen Retikulums und des Golgi-Apparats, die kryptischen Bündel der Zentriolen –, in die Moleküle in deren Innern und in die Atome, aus denen die Moleküle bestanden. Er chattete und skypte dann auch, als das aufkam, stundenlang mit einem bulgarisch-amerikanischen Kollegen in der Schweiz, Thomas, der von der Choreografie der Proteine Computeranimationen machte. Eines Tages disputierten sie beim häuslichen Skypen gerade über eine ausgefallene Bindungssequenz, als eine kleine dunkle Gestalt hinter Thomas' Rücken durch die Szenerie aus schmierigen alten Pizzaschachteln, Papierbergen und ungespülten Kaffeetassen huschte, die Alex sich sonst zu übersehen bemühte.

»Was war das?«, sagte er.

»Definiere«, sagte Thomas.

»Ein Lebewesen ist hinter dir durchs Zimmer gegangen, vom Eindruck her ein großer flugunfähiger Vogel.«

Thomas blickte über die Schulter. »Margarita!«, rief er. Ein wachsbleiches Mädchen von ungefähr sechs Jahren mit kohlschwarzen Haaren und Augenbrauen und schokoladeverschmiertem Mund trat ins Bild, ein ausgestopftes Einhorn im Arm.

»Das ist Margarita«, sagte Thomas. »Meine Tochter.«

»Hallo, Margarita«, sagte Alex. »Ich bin Alex.« Sein Blick wanderte von Thomas, bierbäuchig, unrasiert, ungewaschene graue Zotteln und ein schlabberiges T-Shirt von undefinierbarer Farbe, zu der alles umwertenden neuen Person, an deren Erzeugung er anscheinend beteiligt gewesen war.

»Sag Hallo, Margarita.«

Margarita verbog sich und drehte das Gesicht weg.

»Ich würde dir gern die Hand geben, Margarita«, sagte Alex. »Aber ich bin in London, und mein Arm ist nicht so lang, dass er bis in die Schweiz reicht. Und ich will nicht den Bildschirm deines Daddys kaputt machen, indem ich die Hand durchstrecke.«

Verlockt von der Aussicht auf Scherben, wandte Margarita sich um und merkte, dass der Mann mit der großen Nase Quatsch machte. Sie lief weg.

»Meine Mutter passt in der Küche auf sie auf«, sagte Thomas.

»Ich wusste gar nicht, dass du Kinder hast«, sagte Alex.

»Nur Margarita.«

»Ich wusste auch nicht, dass du mit jemandem zusammen bist.«

»Ich war mal ein paar Monate verheiratet. Ich sehe Margarita immer mittwochs.«

»Wenn ich in Genf war, hast du nie erwähnt, dass du eine Tochter hast.«

»Kinder sind einfach nicht dein Ding«, sagte Thomas, »deswegen.«

Alex drückte auf den roten Knopf, der das Gespräch beendete, riss das Computerstromkabel aus der Wand und stand auf. Er knackte mit den Fingern. Es erschien ihm in dem Moment unglaublich, dass er fünfzehn Jahre lang die Zelle erforscht, sich zum Spezialisten für das Räderwerk des Lebens gemacht und sich gegrämt hatte, dass er von der Parade des menschlichen Daseins ausgeschlossen war, ein fremder Beobachter, der sich Notizen über die vorbeitanzenden Zigeuner, Fiedler und Bänkelsänger machte und dem dabei die einfache Erkenntnis entgangen war: dass Männer und Frauen Kinder haben konnten. Ein Kind, sinnierte Alex, stach Tanzen, Musik und Anstehen aus. Man war drin. Mit einer Familie war man der eigentliche Baustoff des Lebens; man war der Reisende und die Straße in einem. Es war eines, über Evolution zu reden, aber Kinder waren der Weg, daran teilzuhaben. Wenn das Leben die Party war, waren Kinder die After-Party, und was einem dahin im Weg stand, war allein die Natur: die große Rausschmeißerin. Es überwältigte Alex, dass Ritchie nicht ein Ion vom anderen unterscheiden konnte und unter Evolution verstand, dass man einen krummen Rücken bekam, wenn man in den Zwanzigern zu lange über einen Laptop gebeugt saß, und doch hatte er das alles instinktiv begriffen und hatte schon einen Sohn.

»Du hast recht mit Kindern«, simste er Maria. »Komm sofort nach Hause und lass uns loslegen.«

19

Als Alex klein war, las ihm sein Onkel Harry gelegentlich aus einem Manuskript mit selbst geschriebenen Kindergeschichten vor, die er *Geschichten des Lebens* nannte. Er sprach davon, es zu veröffentlichen. Der Held des Buches war ein vor Jahrmilliarden entstandener einzelliger Organismus, der sich durch viele Abenteuer und seltsame Begegnungen zu einem Menschen entwickelte. Eine der Geschichten handelte davon, wie das Mitochondrium erstmals in diesen Helden eindrang, den Ahnen aller Männer und Frauen. Der zehnjährige Alex verstand nicht, was das Mitochondrium war, als er seinen Onkel zum ersten Mal das Wort sagen hörte, aber es gefiel ihm sehr, und bei der Vorstellung, einen Jahrmilliarden alten Ahnen zu haben, fühlte er sich gewaltig. In der Schule ermahnte er jeden, der auf dem Spielplatz hinfiel und blutete, nicht das Mitochondrium ausfließen zu lassen.

»Vor langer, langer Zeit«, las Harry, »vor vierzig Millionen Großvätern, war dein Ahne, die einzelne Zelle, groß und schwach und langsam, aber sein Nachbar, das kleine Mitochondrium, war voller Energie. Und das Mitochondrium sagte zur Zelle: ›Lass mich in dich rein und in dir leben, dann mache ich dich stark, und deine Nachkommen werden unzählbar viele werden.‹ Und die Zelle sagte: ›Was ist der Haken dabei?‹ Und das Mitochondrium sagte: ›Ich werde dir Energie geben, aber wenn ich Energie mache, werde ich ein bisschen Gift in dich einfüllen, und das wird dich altern lassen, und du wirst sterben.‹ Und die Zelle sagte: ›Was heißt altern? Was heißt sterben?‹ Und das Mitochondrium sagte: ›Das ist dein Ende. Aber noch nicht gleich, davor wirst du so viele Kinder haben, dass dir dein Ende nicht leidtun wird.‹ Und die Zelle ließ das Mitochondrium ein, und sie vermehrten sich zusammen in den fruchtbaren Meeren der jungen Erde, unter der jungen Sonne.«

Einmal ging ein Verband von sechzig Billionen Nachfahren dieser ersten Zelle, ein Verband namens Alex Comrie, nach Kalifornien, wo ein Wissenschaftler in einem Labor ihm erklärte, dass die Mitochondrien in den menschlichen

Zellen und die Toxine, die sie bei ihrer Arbeit produzierten, schuld daran waren, dass die Menschen alt wurden.

Er zeigte Alex ein Präparat, ein schwarzes Pulver, das sich mit diesen Toxinen verband und sie unschädlich machte. Unsterblichkeit nicht, nein, aber, schloss der Wissenschaftler aus der Arbeit an Würmern und Mäusen, ziemlich nahe dran. Der Wissenschaftler vergewisserte sich, dass sie nicht beobachtet wurden, und sagte zu Alex: »Probier mal, nur zu. Nimm ein bisschen mit dem Finger. Aber sag es niemandem.« Alex leckte einen Tupfer des adstringierenden Pulvers und ging. Und abgesehen von der Entdeckung, dass er an einem Abend, aber nur einem, fünf Bier trinken konnte, ohne pinkeln zu müssen, hatte das Pulver keine Wirkung. Mit fast vierzig erschienen bei ihm die ersten Falten, und wie bei allen anderen, nicht schneller oder langsamer, wurde seine Haut rauer und seine Haltung schlaffer. Aber als er nach der Pulverprobe zum ersten Mal Granatapfelkerne aß, merkte er, dass sie die gleiche gerbsaure Adstringenz hatten, und das erwähnte er Maria gegenüber.

Bald darauf fing sie an, frische Granatäpfel zum Frühstück zu essen. »Vielleicht klappt's damit«, sagte sie. »Vielleicht klappt's damit« war ihrer beider Slogan in dieser Zeit, als die Ärzte, die sie gründlich testeten, an keinem von ihnen etwas Auffälliges feststellen konnten und der dritte IVF-Zyklus ergebnislos verlief. »Vielleicht klappt's damit« galt für alles, eine Fliege verschlucken, Sex in einem Hotelgarten, versehentlich gesalzenen Tee. Granatäpfel. Alex hatte sich gefragt, ob »Vielleicht klappt's damit« im Fall von Granatäpfeln Befruchtung oder nicht alt werden bedeutete; und einmal hatte er Maria gefragt, ob sie lieber ein Kind haben oder ewig leben würde, und Maria sagte: »Sowohl als auch.«

Nach dem IVF-Debakel schlug Maria eine Adoption vor. Oder, da es ihm so wichtig sei, ein Kind zu haben, sagte sie, könnten sie auch die Eier einer anderen Frau nehmen oder das Sperma eines anderen Mannes.

»Es muss unseres sein«, sagte Alex.

»Es wäre unseres«, sagte Maria.

»Nicht von Natur.«

»Aber du bist doch Wissenschaftler, du machst medizinische Forschungen«, sagte Maria, die vor Verzweiflung rot anlief und sich die Worte mühsam unter Tränen abrang. »Alles, was du da tust, ist nicht natürlich. Wie kannst du in die Natur eingreifen, damit Leute nicht sterben, und nicht eingreifen, damit sie geboren werden?«

»Warum muss ich immer der Rationale sein?«, sagte Alex. »Weil ich Wissenschaftler bin? Das ist doch Schematismus. Das ist bigott.«

Er wusste, dass er der Unfruchtbare sein konnte, was aber, dachte er, wenn das Problem bei Maria lag? Im Herzen verglich er sie heimlich mit seinen früheren Freundinnen und stellte sich vor, wie es wohl gewesen wäre, wenn er stattdessen bei einer von ihnen geblieben wäre und inzwischen einen kleinen Jungen oder ein kleines Mädchen hätte.

Er verfolgte Becs Arbeit in den Fachzeitschriften. Er fand Bilder von ihr im Internet, und beim Starren auf die bunten Pixel meinte er zu empfinden, wie er fünfzehn Jahre zuvor empfunden hatte, ohne die tröstliche Illusion von damals, dass er bestimmt andere wie sie kennenlernen würde, die ihr wahres Ich und ihre Oberfläche zur Deckung brachten.

Er wurde vierzig, als er sich dem Abschluss seiner Forschungsarbeit näherte, seiner Erklärung für das Verhalten von Harrys Expertenzellen, die andere, praktischer ausgerichtete Wissenschaftler dafür benutzen konnten, Leben zu verlängern. Seine Kollegen und Harry meinten, wenn er es schaffte, würde ihn das berühmt machen und die Medizin revolutionieren. Alex lachte und sagte, er hoffe, die Schönheit der Lösung werde mehr wert sein als ihre Nutzanwendung, und sie fanden ihn eitel oder glaubten an einen Witz.

Er hatte gelesen, dass Bec sich selbst infiziert hatte, um ihre Hypothese zu überprüfen, und wollte eine Frau wie sie an seiner Seite haben. Er versuchte zu ergründen, womit sie ihn während ihrer kurzen Bekanntschaft so tief beeindruckt hatte, und gewann – er wusste nicht, wie – das sichere Gefühl, dass sie einen weiten Horizont hatte. Als sich diese Vorstellung einmal in ihm festgesetzt hatte, machte er die Entdeckung, dass Leute, die er kennenlernte, selbst junge Leute, es offenbar fertigbrachten, ihr Bewusstsein mit einer Handvoll Gedanken restlos zu füllen. Sie schienen froh darüber zu sein, als ob es ihr Ziel gewesen wäre, mit minimalem Aufwand so schnell wie möglich ihre inneren Schränke anzufüllen und die Fenster dichtzumachen. *Fertig!* Bec, da war er sich sicher, wollte nicht fertig sein.

Als er seine Theorien dem Abschluss entgegentrieb und die Architektur der menschlichen Zelle resümierte, bewunderte er die klare Sprache, mit der Bec in einem Aufsatz in *The New England Journal of Medicine* beschrieb, wie ihr Parasit in eine menschliche Blutzelle gelangte. Es war, als gondelte seine Zelle gemütlich durch den mikroskopischen Kosmos, nur um von Becs Haemoproteus getroffen zu werden, der durch ihre Membran fetzte wie ein irrläuferischer Asteroid und sie aus der Bahn warf.

20

Durch das Schaufenster, zwischen den roten und weißen Strichen der Buchstaben, die die Worte UNISEX HAIRDRESSER ergaben, sah Harry Comrie, wie Erkin mit gefalteten Händen und gebeugten Schultern allein in seinem

Laden stand und die Stelle anstarrte, wo Wand und Fußboden aufeinandertrafen. Als Harry die Tür aufmachte, löste er die Klingel aus und holte Erkin ins Hier und Jetzt zurück. Der Friseur lächelte, schüttelte ein Handtuch aus und wies Harry den Stuhl.

Erkin war ein schmaler, kurzbeiniger Mann in einem blauen Kittel, mit tief liegenden Augen und einem zerfurchten Gesicht, das ihm ein Aussehen gab, als hätte er tragische Ereignisse durchstanden, obwohl er ein Leben lang Friseur in Nordlondon gewesen war. Sein Laden war ein Tempel der Aufgeräumtheit. Abgegriffene Utensilien aus antikem Plastik und zerkratztem Stahl waren um das Desinfektionsmittel ausgebreitet wie Memory-Karten. Ein warmer Geruch von gewaschenen Haarwurzeln hing in der Luft, und obwohl es noch früh am Tag war, lagen bereits Haarbüschel auf den abgewetzten Linoleumfliesen unter der Fußbank.

Erkin legte Harry einen dunklen Umhang um, trat zurück und begegnete Harrys Blick im Spiegel. Es kam Harry so vor, als wäre sein Kopf abgetrennt und sorgfältig auf einen verhüllten Baumstumpf gestellt worden. Ein amerikanischer Freund hatte ihm einmal gesagt, er sehe wie David Hume aus. Das achtzehnte Jahrhundert war eine Zeit der Fairness gewesen, fand Harry, wo jeder Philosoph, ob mit Glatze, schütterem Haar oder Zotteln, eine Perücke trug. Harry überlegte, wie sein fleischiges, dicklippiges, vierundsechzigjähriges Gesicht in Marmor verewigt aussehen würde. Die Kuratoren waren zu kleingeistig, um von selber auf die Idee einer Büste zu kommen. Er würde sie ihnen einpflanzen müssen.

»Es soll alles ab«, sagte er zu Erkin.

Erkin nahm Harrys Kopf zwischen die Fingerspitzen und neigte ihn hin und her, sodass das Licht auf dem breiten, kahlen Oval der Kopfhaut seines Kunden tanzte. Weiße

Haarkringel standen über Harrys Ohren ab und liefen, vermutete er, wild den Nacken hinunter über den Kragen.

»Soll ich Stufe eins machen, Sir, oder soll ich sie ganz abrasieren?«

»Nehmen Sie den Rasierer. Ich fange noch mal von null an.«

»Das machen viele Herren wie Sie, Sir. Ab einem bestimmten Alter sieht es besser aus. Ich habe schon erlebt, wie Männer mit wenig Haaren hereinkamen und mit gar keinen Haaren hinausgingen und dabei zehn Jahre jünger aussahen.« Er nahm Harry die Goldrandbrille ab und legte sie neben das Waschbecken. Er holte die Haarschneidemaschine vom Haken, steckte einen Aufsatz auf, hielt die Maschine hoch und stellte sie an. Er fragte Harry, ob er sich sicher sei.

»Machen Sie«, sagte Harry. Mit wenigen Strichen schnitt Erkin ihm zu beiden Seiten die weißen Locken ab. Besser so, dachte Harry und widerstand dem Impuls, auf die Knie zu gehen und die abgefallenen Haare aus der dunklen Masse auf dem Boden zu retten.

»Ihr freier Tag heute, Sir?«, erkundigte sich Erkin, die Stimme über das Brummen der Haarschneidemaschine hebend. Harry fühlte, wie ihm die Haare im Nacken entfernt wurden. Der Vormittag war schon halb vorbei.

»Ich bin der Boss«, sagte Harry. »Ich gehe zur Arbeit, wann es mir passt. Mein Job ist es, nachzudenken, und im Augenblick denke ich nach, also arbeite ich. Cogito ergo laboro.«

»Ich wollte Ihnen nicht zu nahetreten, Sir.«

»Ehrlich gesagt, habe ich gestern Abend auch ziemlich getankt.«

»Eine Feier, Sir?«

»Es wurde viel gelacht und gesungen.«

»Ein bisschen Geselligkeit ist was Schönes, Sir.«

»Ich war allein.«

Physisch allein, dachte Harry. Er hatte Alex seine Diagnose mitgeteilt, und dann hatte er alle am Telefon gehabt, seinen Sohn und seine Schwiegertochter, seine älteste Enkelin, seinen Bruder, seine Schwägerin. Als Maureen schließlich an den Apparat kam, war er stockbetrunken gewesen. Er konnte sich nicht erinnern, was er zu ihr gesagt hatte. Sie hatte nicht lange reden können. Sie hatte nicht geweint, das wusste er noch; sie war stoisch geblieben. Vielleicht hatte sie ja später um ihn geweint. Die Vorstellung gefiel ihm.

Erkin drehte den Stuhl herum, löste mit dem Fuß eine Sperre und führte Harrys Kopf nach hinten, bis sein Nacken sich in die Aussparung des Waschbeckens schmiegte. Er ließ warmes Wasser über Harrys Kopf laufen, wusch die verbliebenen Stoppeln, spülte sie aus, schlug den Kopf in ein Handtuch ein, drehte Harry wieder zurück und schäumte ihn ein. Er griff sich ein Rasiermesser und machte sich ans Werk.

»Darf ich fragen, was Sie beruflich machen, Sir?«, sagte er.

»Ich leite ein medizinisches Forschungsinstitut. Das Belford Institute. In St John's Wood.«

Erkin trat von seiner Arbeit zurück und betrachtete seinen Kunden, das schaumige Rasiermesser in der Hand. »Sind Sie Harry?«, sagte er.

»Richtig.«

»Ich weiß nicht, warum ich Sie nicht erkannt habe.« Lächelnd nahm Erkin die Arbeit wieder auf. »Sie sind schon ein paarmal hier gewesen.«

»Bin ich. Und ich kenne Ihren Namen.«

»Harry, ja, Professor. Ich weiß nicht, wie ich das vergessen konnte.« Er stieß sich mit der Hand, die das Rasiermesser hielt, an die Stirn. »Mein Gedächtnis. Und Sie kennen mich.«

»Erkin.«

»Stimmt.« Er schüttelte den Kopf. »Ich sollte mich erinnern, denn wir haben uns über meine Tante unterhalten.«

»Speiseröhre, nicht wahr?«

»Oh, Professor!« Erkin deutete mit dem Rasiermesser auf Harrys Spiegelbild. »Sie beschämen mich. Sie erinnern sich an alles. Und da fällt mir ein, dass ich Ihrem Institut eine Spende versprochen hatte, und die habe ich nie gemacht.«

»Wir haben mit Speiseröhren nichts zu tun.«

»Nein, aber ...« Erkin legte die Stirn in Falten. »Das gehört doch alles zusammen, mit zum Kampf oder wie man es nennen will, nicht wahr?«

»Ja!«, sagte Harry. »Ja! Genau!« Unter dem Umhang ballte er aufgeregt die Fäuste.

»Meine Tante, sie ist inzwischen gestorben. Schrecklich, schrecklich.« Erkin sog die Luft durch die Zähne ein, schüttelte den Kopf und machte ein paarmal ts-ts. »Die Frauen trifft es härter, wenn ihnen die Haare ausfallen. Und dann konnte sie nicht mehr richtig schlucken, nicht wahr? Bevor sie krank wurde, aß sie immer gern Auberginen, gebraten und mit Knoblauch und Olivenöl püriert, aber am Ende konnte sie das Zeug nicht mehr sehen. Alle in der Familie machten ihr Auberginen und kamen damit an, und sie musste sich bedanken und etwas davon essen. Sie war eine freundliche Seele, aber am Ende musste sie so viele Medikamente nehmen. Meine Mutter hielt ihr die Schüssel, während sie sich erbrach, und sagte: ›Ach, diese Ärzte mit ihren schrecklichen Medikamenten‹, und meine Tante sagte: ›Nicht die Ärzte sind schuld, sondern eure elenden Auberginen!‹«

Harry fing an zu schwitzen.

»Jetzt weiß ich's wieder, Sie hatten eine Heilmethode gefunden«, sagte Erkin. »Deshalb hatte ich meine Tante erwähnt, glaube ich. Sie sind ein berühmter Wissenschaftler, stimmt's?« Er lachte, als ob ihm das Wort »Wissenschaftler« peinlich wäre.

»Es gibt keine berühmten Wissenschaftler mehr«, sagte Harry. »Vor dreißig Jahren habe ich etwas über Zellen herausgefunden, und zehn Jahre später haben wir es an einem bestimmten Krebs getestet. Die Heilquote war hoch. Aber es war nur *eine* Krebsart von vielen.«

»Vorsicht, Sir. Wenn Sie so gut wären, den Kopf still zu halten.«

»Nur *eine* mickrige kleine Krebsart. Ein paar hundert Fälle im Jahr. Und die vielen großen Krebse lachen uns weiterhin aus. Wissen Sie, was ich meine?«

»Sie würden gern alle Formen von Krebs heilen, und Sie haben nur eine geheilt.«

»Ja«, sagte Harry knapp. Erkin hatte genau begriffen, was er hatte sagen wollen, doch aus dem Mund des Friseurs hörte es sich an wie ein Scheitern.

»Wenn für einen die Zeit gekommen ist, dann ist die Zeit gekommen, nicht wahr?«, sagte Erkin. »Es liegt in Gottes Hand.« Harry zischte. Erkin schob ihm gerade den Kopf nach vorn, um ihn zwischen den Nackenfalten zu rasieren, und hörte es nicht. »Ich bin kein sehr guter Muslim. Ich trinke und rauche und gehe nur am Feiertag in die Moschee. Und meine Tante, die hielt das sowieso alles für Quatsch. Aber am Ende, nicht wahr, kann man sich nicht verstecken. Gott trifft seine Entscheidung, und man kann nichts dagegen tun.«

»Blödsinn!«, sagte Harry. Er spürte einen Stich im Nacken.

»Ahh!«, sagte Erkin. Er legte das Rasiermesser hin, tränkte einen Wattebausch mit Alkohol und drückte ihn auf den Schnitt. »Nur ein kleiner Ritzer, Sir. Sie haben mich erschreckt, als Sie so geredet und den Kopf bewegt haben.«

»Sie sind zu fatalistisch«, sagte Harry milde. Er konnte Muslime nicht mit demselben skeptischen Eifer attackieren wie Christen, womit er sich, erkannte er traurig, der Bigotterie schuldig machte.

Erkin spülte und trocknete seinen kahl geschorenen Schädel. »Mein Neffe Alex versteht meine Arbeit besser als ich«, sagte Harry. »Er wird das Werk weiterführen. Eines Tages werden wir verstehen, wie er funktioniert, der ganze menschliche Apparat, und Mittel und Wege finden, einen alten Körper so gut wie neu zu machen. Verlieren Sie nur nicht den Glauben. Wir werden noch Wunder erleben. Ich habe gestern mit Alex gesprochen, und er hat mir Fantastisches über seine Arbeit erzählt. Er hat wirklich die Einfachheit im Herzen der Dinge gefunden.« In seinem Gesicht im Spiegel sah Harry die Miene eines lügenden Kindes, das mit dem Reichtum seiner Eltern prahlt.

Erkin nahm Harry den Umhang von den Schultern und gab ihm ein Erfrischungstuch. Er reichte Harry die Brille und hielt den Handspiegel hoch, damit Harry seinen Hinterkopf inspizieren konnte. Harry setzte die Brille auf, musste sich aber nicht von hinten sehen. Von vorn reichte. Einerlei, was er von Erkin verlangte, der Friseur würde ihm nicht widersprechen und ihm erklären, es sei eine gute Entscheidung, und viele Herren entschieden sich genau so, und es sehe gut aus. Jetzt nach getaner Tat, wo der Schädel einmal rasiert war, sah Harry damit nicht sauber, schnittig und jünger aus. Und mit seinen entblößten Höckern und Adern sah er auch nicht wirklich büstentauglich aus. Er sah aus wie ein alter Reservist, einer vom letzten Aufgebot, das noch mobilisiert wird, wenn der Krieg schon so gut wie verloren ist. Er sah aus wie ein Sträfling, einer von vielen, Menschenmaterial für wissenschaftliche Experimente: halb ausgeschlachtet, zur letzten Phase bereit.

Harry hatte sich aus dem Stuhl erhoben, und Erkin stand mit dem Rücken zu ihm an der Kasse. Harry bückte sich, hob eine seiner weißen Locken aus dem Haufen am Boden auf, steckte sie schnell in die Jackentasche und richtete sich auf. Erkin sah ihn an. Harry hatte sich schnell bewegt und war sich nicht sicher, ob Erkin ihn beobachtet hatte.

»Wie gehen die Geschäfte?«, fragte er den Friseur.

»Gut«, sagte Erkin misstrauisch. »Keine Sorge, es wächst wieder nach.«

21

Die Mittagszeit war vorbei, als Harry das Institut erreichte. Die Dame am Empfang blickte ihn mit großen Augen an, nahm das Telefon und sagte in den Hörer: »Er ist da«, als ob er das gar nicht hören würde. Seine Assistentin Carol wartete vor seinem Büro auf ihn, und als sie ihn sah, schlug sie die Hand, die nicht auf dem Türknauf lag, auf den Mund.

Der Raum roch nach Whisky. Die Flasche Macallan stand offen auf dem Schreibtisch, wie er sie am Abend zurückgelassen hatte. Er hatte nur die Hälfte getrunken. Der Brief, den er aus dem Krankenhaus mitgebracht hatte, lag noch da. Er hatte den Mitarbeitern nicht erklärt, warum er sich im Büro eingeschlossen und zu trinken begonnen hatte, doch bevor er ging, hatte er eine Kopie des Briefes gemacht, »Bitte Terminkalender nach März schließen, komme morgen evtl. später« darauf gekritzelt und auf Carols Tastatur gelegt.

»Sie hätten das Glas spülen können«, sagte er.

»Wir wussten nicht, wo Sie waren«, sagte Carol. »Sie sind nicht zur Zehnjahresfeier erschienen.«

»Ach, dieser Patient, der schon so lange weiterlebt«, sagte Harry.

»Ihr Telefon war abgestellt. Sie waren heute Morgen nicht zu Hause.«

»Ich habe auswärts gefrühstückt. War beim Friseur.«

»Das wussten wir nicht. Wir dachten, wir sollten alles unberührt lassen für den Fall, dass die Polizei kommt.«

»Ist der Patient schon wieder weg?«

»Er isst mit den Mitarbeitern im Sitzungssaal eins zu Mittag. Er war enttäuscht, dass Sie nicht bei der Präsentation waren. Aber er meinte, er hätte Verständnis dafür.«

»Sie haben es dem Patienten erzählt? Gibt es noch irgendjemand, der es nicht weiß? Hat mein Tumor mehr Freunde auf Facebook als ich?«

»Ach, Harry.«

»Wir müssen uns neu aufstellen«, sagte Harry mit entschlossener Pose. »Das Institut arbeitet zu planlos. Wir haben zu viele Forschungsgruppen. Wir sind hier, um Krebs zu kurieren, aber wir machen nur Murks und wetteifern darum, wer die verkorksteste Maus produziert. Ich möchte, dass alle Projektleiter heute Nachmittag zu einer Sitzung zusammenkommen.«

»Amir hat angerufen«, sagte Carol. »Er hat gesagt, Sie sollten morgen mit Ihrer Behandlung anfangen.«

»Wenn erst mal die Arbeit meines Neffen erscheint, wird das ordentlich für Wirbel sorgen. Wir müssen gerüstet sein.«

»Amir hat gesagt, je früher Sie anfangen, umso besser. Er hat gesagt, es bedeutet acht Monate statt sechs.«

Harry fuhr sich mit der Hand über den ungewohnt kahlen Schädel, und anstelle der restlichen Haare fühlte er Haut, die seit frühesten Kindertagen nicht mehr nackt gewesen war. Seine Mutter hatte eine seiner ersten Locken in einem Kuvert aufgehoben, und nach einem halben Jahrhundert waren die Haare noch blond gewesen. Wo waren sie hingekommen, als sie starb? Zu ihren alten Briefen? Oder auf die Müllkippe, als das alte Haus ausgeräumt worden war?

»Hier drin riecht es wie in einer Schnapsbrennerei«, sagte er. »Wie heißt der Patient?«

»Shane.«

Im Erdgeschoss blieb Harry vor der Tür mit dem Schild »Sitzung« stehen. Er presste das Ohr ans Holz, lauschte dem ernsten Stimmengewirr und passte auf, ob er seinen Namen heraushörte. Er trat ein. Die Leute im Raum verstummten und blickten ihn an. Sie hatten Pappteller mit dreieckigen Sandwiches in der Hand, die wie mit einer braunen Paste zusammengeklebt waren. Graue Gesichter erhoben sich aus der gepflegten Langeweile, Hände hielten Weingläser mit Orangensaft und Mineralwasser. Inmitten der Schar rundschultriger Wissenschaftler mit ausgebeulten Jacketts sah Harry einen Fremden stehen, groß, schlank, braun gebrannt, glänzende schwarze Haare, elegantes lila Hemd; er war etwa Ende dreißig.

»Shane, nehme ich an«, sagte Harry. Er gab dem Patienten die Hand. Shane lächelte und blickte Harry in die Augen. Er trug in einem Ohr einen goldenen Stecker, und seine wohlgeformten Fingernägel reflektierten das Licht. Er hatte ansprechende Gesichtszüge und einen intelligenten Ausdruck. Dass ich den gerettet habe, tut mir nicht leid, dachte Harry.

»Wir mussten ohne Sie anfangen«, sagte Robert, Harrys Stellvertreter, wobei er ein halb verzehrtes Sandwich hob und senkte, wie um damit einen Fisch darzustellen. Er fuhr sich mit der Zunge über die Schneidezähne und betrachtete stirnrunzelnd Harrys Haarlosigkeit. »Schön, Sie zu sehen. Wir hatten schon Suchtrupps ausgeschickt.«

Zwei Dutzend Institutsmitarbeiter lachten nervös und mitfühlend, und Harrys Augen glitten über ihre Gesichter. Er betrachtete Shane neugierig und nahm Robert am Ellbogen. »Kommen Sie doch heute Nachmittag bei mir vorbei,

Bob«, sagte er. »Ich habe ein paar Ideen. Wir müssen mit dem Institut eine neue Richtung einschlagen.«

Robert schob zustimmend die Lippen vor. »Klingt gut«, sagte er. »Warum warten wir nicht Ihre erste Behandlungsrunde ab? Sie haben erst gestern davon erfahren.«

»Ich entscheide, wann ich mich behandeln lasse.«

»Ihr Sohn ist unterwegs nach London. Er wird bald hier sein. An die Arbeit können Sie später noch denken. Sie müssen Zeit mit Ihrer Familie verbringen, mit Ihren Freunden.«

Robert sagte noch mehr in der Art, und Harry hörte nicht mehr zu. Er sah Shane an und fragte ihn, ob er gern den Institutspark besichtigen würde. Shane griff sich eine lederne Sporttasche und folgte Harry nach draußen.

Vor Jahren hatte Harry dem Kuratorium einmal Geld abgeluchst, um hinter dem Gebäude einen kleinen Park anzulegen. Ein ungepflegter Rasen mit Hecke war abgetragen und durch eine strahlenförmige Anlage aus Säulen, Rankgerüsten und Pergolen ersetzt worden. Wegen der Pflanzen hatte er Maureen zurate gezogen. Weinreben hatten sich um die Gerüste gewunden, und auf den Wegen standen in festen Abständen Emailletöpfe mit Rosmarin und Lavendel. Robert hatte ihm erklärt, es sei eine Verschwendung öffentlicher Gelder.

»Sie sollten es mal im Frühling sehen«, schwärmte Harry dem Patienten vor. »Wenn die Reben blühen, ist es wirklich ein schöner Anblick. Schauen Sie.« Er wog eine fast reife Weintraube in der Hand. »Mit den Kosten hätten wir das Gehalt eines Forschers bestreiten können, aber Menschen zu retten reicht nicht aus. Die Welt, für die man sie rettet, muss es auch wert sein.« Er warf Shane einen verstohlenen Blick zu. Der Patient hatte einen katzenartigen athletischen Gang, eine Aura der Souveränität und Kraft. In Harrys Kopf regten sich alte Hoffnungen. Wenn die Expertenzellen nun mehr vermochten, als nur den Krebs zu besiegen? Wenn sie ihre Empfänger jung und stark machten?

»Sie sind es selber, oder?«, fragte er. »Sie sind der Patient? Manchmal schafft es der Patient nicht, und für ihn kommt ein Verwandter.«

Shane bleckte lächelnd seine weißen Zähne. »Ich bin es selber. Vor zehn Jahren diagnostiziert, mit Expertenzellen behandelt, vollständige Genesung, kein Rückfall. Ein Wunder.«

»Das Wort behagt mir nicht.«

»Ich wäre sonst schon lange tot.«

Harry setzte sich auf eine Bank. Shane setzte sich neben ihn. Sie sahen einer Amsel zu, die mit dem Schnabel Splittbröckchen vom Weg schnippte.

»Sie wirken ziemlich fit«, sagte Harry. »Wie alt sind Sie?«

»Ich werde einundvierzig. Ich mache Sport. Ich fühle mich irgendwie verpflichtet, was für meinen Körper zu tun.« Er nestelte am Henkel der Tasche. »Hätte ich wahrscheinlich ohnehin getan.«

»Frau und Kinder?«

»Ich lebe mit meinem Freund zusammen.«

»Aha!«, platzte Harry heraus.

Eine Bewegung im zweiten Stock des Instituts fing ihre Blicke, und sie sahen eine Gestalt im weißen Kittel, die mit einem Kolben in der Hand an einem Fenster vorbeischlurfte.

»Die Geliebte meines Stellvertreters«, sagte Harry im Plauderton, auf das Fenster deutend. »Sie spioniert uns nach, um sicher zu sein, dass wir nicht den Lavendel des Steuerzahlers stehlen.«

»Man hat mir davon erzählt«, sagte Shane. »Von Ihrer Diagnose. Zur Erklärung, warum Sie nicht anwesend waren.«

»Mmm.«

»Es tut mir leid. Ich hoffe, man wird etwas für Sie finden, so wie Sie etwas für mich gefunden haben.«

»Mein Neffe Alex …« Harrys Gedanken rasten, und er vergaß, was er hatte sagen wollen. Er fragte Shane, was er beruflich mache.

»Mode«, sagte Shane.

»Ausgezeichnet«, sagte Harry, der in der Vorstellung lebte, etwas von Kleidung zu verstehen.

»Ich habe nach der Behandlung gleich wieder zu arbeiten angefangen.«

»Das freut mich.«

»Ich entwerfe Luxusmäntel für Hunde.« Shane öffnete die Tasche und nahm eine Handvoll Leder und Metall heraus. »Den habe ich für Ihren Jack Russell gemacht. Es ist ein Geschenk für Sie beide.«

»Für meinen Jack Russell?«

»Ich habe die Größe geschätzt, aber wenn er nicht passt, ändere ich ihn um.« Er legte das Kleidungsstück zwischen ihnen auf der Bank aus. »Das Rückenstück, wir nennen es den Sattel, ist aus Ziegenleder, und die Sternembleme sind aus Messing. Die Seitenstücke sind handgenäht, und unten wird er mit diesen Elastanriemen umgeschnallt.«

»Das ist ja unglaublich«, sagte Harry.

»Nur ein kleines Dankeschön.«

»Verstehe ich das richtig«, sagte Harry, »im ganzen Land gibt es Dutzende von Hunden, die ohne handgemachte Luxusmäntel rumlaufen würden, wenn wir Ihnen nicht das Leben gerettet hätten?«

»Auf der ganzen *Welt*.«

Harry wendete den Mantel in seinen Händen, rieb mit dem Daumen über die verschiedenen Materialien. Er hörte die Stimmen eines Mannes und einer Frau und Schritte im Kies. Durch die Säulen und Weinblätter sah er Carol mit seinem Sohn auf sich zukommen. Er spürte Matthews Mitleid aus dreißig Meter Entfernung.

Sein Sohn hatte es schon als Junge verstanden, ihn auf die Palme zu bringen, indem er ihn dafür bedauerte, dass er nicht glauben konnte. Matthew hatte seinen Vater mit traurigen Augen angesehen und ihn bemitleidet, und Harry hatte geschrien, er sei auch ohne Jesus glücklich und zufrieden, worauf Matthew sich grämte und den Kopf schüttelte und meinte, er könne nicht glücklich und zufrieden sein, wenn er schreie, und Harry seinen Sohn fragte, wo er das geschickte Verdrehen von Emotionen gelernt habe. Waren seine hebräischen Propheten verkappte Psychoanalytiker, die nur warteten, bis sie ihre Stunden berechnen konnten? Darauf bemitleidete ihn Matthew noch mehr. Jetzt, da Harry krank war, wurde der alte Mann in die Sänfte des Bedauerns gesetzt, die sein Sohn für ihn bereithielt, seit er vierzehn war.

Harry hatte seinen Sohn fast ein Jahr lang nicht mehr gesehen. Er legte Matthews Geduld negativ aus. Ihm schien, Matthew wartete still und bescheiden darauf, dass sein Vater in die Hölle kam, und so hing Matthew in seiner Erinnerung über ihm wie ein unheimlicher Schatten. Doch der besorgte Mann im zerknitterten Anzug, der jetzt auf ihn zukam, die Krawattenenden auf fünfundzwanzig nach sieben stehend und Sorgenfalten um die Augen, war sein Sohn. Harry wehrte nicht ab, als Matthew sich vorbeugte und ihn in die Arme schloss. Die Kraft seines Sohnes überraschte ihn. Es schien Jahre her zu sein, dass er zum letzten Mal umarmt worden war und die Wärme eines anderen Körpers an seinem gefühlt hatte. Eine Unterhaltung zu viert begann: Vorstellungen, Krankheiten, englische Unbeholfenheiten. Während er redete, fragte sich Harry, warum er das Christentum nicht schlicht als ein Gebrechen aufgefasst hatte, mit dem sein Sohn geschlagen war, ob er wollte oder nicht, wie Stottern oder Hinken. Wenn er, Harry, sich so sicher fühlte, dass Matthews Religion eine Lüge war, wie konnte es dann sein, dass er sich vom Mitleid seines Sohnes einwickeln ließ? Er sollte seinerseits Matthews Wahnvorstellungen in Mitleid ersäufen.

Es kam ihm in den Sinn, seinem Sohn zu sagen, dass es schön war, ihn zu sehen, aber er dachte: Später, das kann ich immer noch machen. Er soll es sich erst mal verdienen.

»Du siehst müde aus«, sagte er.

»Ich bin um sechs aufgestanden, um herzukommen«, sagte Matthew. »Was ist mit deinen Haaren passiert? Hast du mit der Behandlung schon angefangen?«

Harry strich sich über die Kopfhaut. »Ich wollte Ballast abwerfen. Wie geht's meinen Enkeln?« Ihm schien, dass sich Matthews Augen bei der Frage ein ganz klein wenig verengten. Wie kann mein Sohn mein Feind sein, wenn er noch ein Kind ist?, dachte er. Sie hatten bittere Worte gewechselt, und doch war er froh, dass Matthew gekommen war. Sein Sohn war ihm vertraut. Wieder dachte er daran, Matthew zu sagen, dass es schön war, ihn zu sehen. Aber warum es aussprechen, er wusste ja, dass es stimmte. Er ließ seine Hand in die Jackentasche gleiten und befühlte die Locke.

»Lettie und die Kinder lassen dich lieb grüßen«, sagte Matthew.

Shane sagte, für ihn werde es Zeit, gab allen die Hand, bedankte sich noch einmal bei Harry, wünschte ihm alles Gute und ging. Harry, Carol und Matthew sahen ihm mit dem Gefühl hinterher, dass mit diesem Mann, den sie alle nicht kannten, der Freundlichste und Liebenswürdigste unter ihnen sie verlassen hatte. Carol sagte, sie wolle auch gehen, weil »Sie beide sich sicher viel zu erzählen« hätten.

»Wieso haben Sie ihm erzählt, ich hätte einen Hund?«, fragte Harry sie.

»Ich finde, Sie sollten einen Hund haben«, sagte Carol. »Sie sollten dieses große Haus nicht allein bewohnen.«

»Ich habe eine Haushälterin«, sagte Harry. »Ich werde eine Pflegerin bekommen. Irgendwann wird es nur noch das Haus geben.«

»Sie sollten sich einen netten Hund besorgen«, sagte Carol. »Einen Jack Russell. Ich kenne einen, schon stubenrein. Shane hat mir gefallen. Er wollte Ihnen einen Mantel schenken. Ich wusste, er wäre enttäuscht gewesen, wenn ich gesagt hätte, dass Sie keinen gebrauchen können.«

»Und jetzt habe ich die Bescherung.« Harry hielt das Geschenk hoch, das leise klirrte.

»Er machte einen netten Eindruck«, sagte Matthew.

»Er verdankt Harry sein Leben«, sagte Carol. Sie zitterte; sie trug eine dünne Bluse, und es war ein grauer Septembertag.

»Gehen Sie, gehen Sie«, sagte Harry.

»Ein Korb ist auch dabei«, sagte Carol im Fortgehen über die Schulter.

Matthew setzte sich neben seinen Vater.

»Freust du dich, dass er noch lebt?«, sagte Harry. »Shane, der Hunde-Couturier?«

»Selbstverständlich.«

»Deinen Leuten zufolge erwartet ihn die ewige Verdammnis in der Hölle, wenn er stirbt, wegen Sodomie.«

»Sprich jetzt nicht davon, Dad«, sagte Matthew.

»Ich dachte, es wäre interessant.«

»Du redest ständig darüber, was andere Leute glauben, statt dich selbst zu fragen, ob du ein gutes Leben führst«, sagte Matthew. »Wir diskutieren nicht in einem fort über Religion wie die Atheisten. Wir denken gar nicht daran. Wir leben einfach.«

Ich habe ihm eine Chance gegeben, dachte Harry. Er ist so empfindlich. »Ich will nicht, dass du meinen Enkeln das

Denken abgewöhnst.« Er hob die Stimme. Sein Ärger und die Freude darüber, seinen Sohn zu sehen, flossen in eins zusammen. Das Grundgefühl war jetzt Nostalgie. Er wollte, dass Matthew blieb und sich bereitwillig verspotten ließ und dass er dann seinen Vater wieder umarmte. Aber der Junge war stolz.

»Ich könnte am Wochenende in den Norden kommen«, sagte Harry.

»In deinem Zustand solltest du nicht reisen.«

»Der Arzt hat nichts davon gesagt, dass ich nicht reisen könnte.«

»Bei uns ist zurzeit wahnsinnig viel los. Es ist unglaublich, was für ein Programm die Kinder schon haben.«

»Gib mir einen Termin.«

»Ich muss mit Lettie darüber reden.«

»Warum bist du hergekommen?«

»Du bist mein Vater, und du bist mir wichtig, trotz allem.«

»Wie großmütig von dir.«

»Am Telefon klangst du erschrocken.«

»Ich war nicht erschrocken. Ich war betrunken. Bist du sicher, du weißt, was dir wichtig ist? Dir und Lettie ist es wichtig, das Haus zu bekommen. Wenn ich euch wichtig wäre, würdet ihr mich meine Enkel sehen lassen.«

»Das ist eine Frage des Vertrauens.«

»Du vertraust deinem Vater nicht?«

»Du hast gesagt, du gehst mit Chris und Leah in den Zoo, und hast sie einen zweistündigen Film über die Inquisition sehen lassen.«

»Ich konnte nicht ahnen, dass er *realitätsgetreu* sein würde.«

»Du hast Peter ein Pfund für jede Ungereimtheit versprochen, die er in der Bibel findet.«

»Wenn du mich schon wieder angreifen willst, nur weil ich deinen Kindern ein wenig die Augen öffnen möchte, dann kannst du gleich nach Hause fahren.«

»Auf dem Weg hierher dachte ich: Er kann das als Liebeszeichen deuten oder aber als Streitgrund. Es gäbe überhaupt kein Problem, wenn du uns annehmen würdest, wie wir sind. Und selbst wenn nicht, solltest du zulassen, dass ich mich um dich kümmere.«

»Bist du im Ernst der Meinung, dass Shane nach seinem Tod unendlich lange gefoltert wird, nur weil er für sein Vergnügen einem anderen Kerl das Hemdchen lüftet?«

»Das ist der Weg, für den er sich entschieden hat«, sagte Matthew. »Ich sage nicht, dass ich ihn verstehe. Wenn es nach mir ginge, würde ich jeden retten.«

»Ich habe ihn schon gerettet!«, sagte Harry und wedelte mit dem Mantel seines nicht existierenden Hundes vor dem Gesicht seines Sohnes herum. »Ich habe diesen Mann gerettet. Nicht Gott. Ich!«

22

Alex flog über den Nukleus einer menschlichen Zelle, richtete den Blick auf die Schäfte der Mikrotubuli, die auf die ferne, zitternde Hülle um den zytoplasmatischen Ozean zustrebten, dann wieder zurück auf die gewundenen Grate des Golgi-Apparats mit den Schwärmen der glitzernden Proteine, die sich alle mit dem Austreten zusammenzogen, als ob sich Millionen offener Hände zu Fäusten ballten. Er tauchte in sie ein, und jedes Protein enthüllte sich als eine Form auf der Kippe zwischen Leben und Chemie, ein Gebilde von äußerster Feinheit und Präzision, und er zählte die Umläufe der Atome, wie sie sich drehten und vereinigten, Klick um

Klick um Klick. Er nahm das Geschehen teils visuell wahr, wie durch trübes, von Sonnenstrahlen erhelltes Wasser, teils als biomathematische Werte und teils über die materielle Mnemotechnik unter seinen Fingerspitzen. Es kostete ihn große Anstrengungen, dorthin zu gelangen, und er konnte es nicht lange halten – kürzer als sonst in dieser Zeit, in der sich in der Welt außerhalb seines Kopfes so viel veränderte.

Auf der Schwelle von Alex' Arbeitszimmer stand Maria und beobachtete ihn. Er saß gebeugt mit dem Rücken zu ihr und machte mit dem Kugelschreiber in seiner Linken jähe, kurze Striche, die nicht nach Schreiben aussahen. Mit der Rechten griff er sich eine Reihe von Gegenständen auf seinem Schreibtisch, drehte sie in der Hand, stellte sie um: eine Kindergießkanne, einen Spielzeughahn, zwei ineinander verschlungene Holzringe, eine Eieruhr, einen aufziehbaren Delfin. Vor ihm, um ihn herum und auf seiner Computertastatur lagen verstreut die bunten Kugeln und Metallstäbe eines Molekülmodells.

Während er wieder an die Oberfläche kam, sang er, ohne es zu merken, einen Werbejingle: »*Imagine for a moment / Real fruit as chewy as Fruitella.*« Dann erst bemerkte er Maria.

Sie sagte: »Ich habe eine Idee: Wir könnten uns trennen und uns andere Partner suchen, solange wir noch jung genug sind.«

Alex' Stirn legte sich in Falten, und er lächelte und lehnte sich in ihre Richtung. »Ich sehe die Vorteile dieser Lösung, und ich sehe drei Dinge, die dagegensprechen«, sagte er. »Erstens würdest du mir fehlen. Zweitens –«

»Ich wünschte, du würdest aufhören, Plädoyers zu halten, wenn ich mit dir zu reden versuche«, sagte Maria. »Und ich mag diesen Gesichtsausdruck nicht. Kannst du mir nicht mal deine Aufmerksamkeit schenken, ohne immer dieses Geiergesicht aufzusetzen? Lächelnd und stirnrunzelnd zugleich.«

»Du willst dich gar nicht trennen?«, sagte Alex.

»Du offensichtlich schon.«

»Du hast damit angefangen.«

»Ich wollte sehen, was du denkst. Jetzt weiß ich es.«

Die Einsicht, dass er seine Liebste gerade verletzt hatte, schmerzte Alex mehr als die Möglichkeit, die Entscheidung irgendwann einmal zu bedauern. Er ging gern auf Marias Vorschlag ein, sie sollten weiter zusammen in Marias Haus in Mile End wohnen wie schon die vergangenen acht Jahre, im selben Bett schlafen, Sex haben wie gewohnt, bis einer von ihnen jemand anderen fand. Das würde es leichter machen, sagte Maria. Sie wären nicht einsam, und es war allgemein bekannt, dass Leute mit Partnern für andere attraktiver waren als Alleinstehende.

Ein Monat der Ruhe und des Friedens verging unter diesen Bedingungen, als hätten sie damit etwas gelöst, und Alex verlor seine Bahn durch die Untiefen und Engen der Zelle und fand sie dann wieder. Doch als er die Rohfassung seiner Arbeit fertig hatte und sie an die Kollegen am Imperial College und an Harry schickte, um zu erfahren, was sie davon hielten, hatte er den Eindruck, dass es um ihn und Maria schlechter stand als vorher. Sie hatten immer noch kein Kind und keine Aussicht auf eines. Die Theorie, sich Gemeinsamkeit, Zärtlichkeit und Solidarität zu schenken, während sie darauf warteten, dass einer von ihnen vom Blitzschlag der Liebe getroffen wurde, war gut, aber was bedeutete sie in der Praxis? Er hatte den Verdacht, dass Maria gar nicht richtig suchte. Seit er mit ihr zusammen war, hatte er Frauen kennengelernt, die ihm gut gefielen, aber wollte er wirklich den Rest seines Lebens mit ihnen verbringen? Die meisten dieser Frauen fielen in die Kategorie »Liebe nicht ausgeschlossen«, aber wie, fragte er sich, sollte er »Liebe nicht ausgeschlossen« zu Maria mit nach Hause bringen? »Ich hab eine kennengelernt, in die ich mich vielleicht verlieben könnte. Gib mir eine Woche Frankreich mit ihr, und wenn es gut geht, komme ich nicht zurück; wenn nicht, dann bis Sonntag.«

Er fragte sich, ob Maria ihm die Erlaubnis zum Lügen und Betrügen gegeben hatte oder ob sie nur herausfinden wollte, ob er den Mumm hatte, sie zu verlassen, und kam zu dem Schluss, dass es weder noch war. Hätte er sich vorher mit Frauen anfreunden können, ohne ihr Misstrauen zu erregen, dann war jetzt jede neue Freundin, die er erwähnte, eine potenzielle Geliebte, eine Bedrohung. Sie hatte ihm die Illusion der Freiheit gegeben und hielt ihn dadurch nur fester umklammert.

Auch mit seinem Geld war er nicht klug umgegangen, erkannte er. Maria hatte ihm das von Anfang an gesagt. Er gab es aus und verlieh es und investierte nichts. Er fand sich zu gut bezahlt. Sein Gehalt kam jeden Monat aufs Konto, und es erschien ihm viel. Er hatte nicht gedacht, dass es ihr wichtig sein könnte, bis er ihr erzählte, dass er seinem Bruder seine gesamten Ersparnisse geliehen hatte, einhundertzwanzigtausend Pfund, damit der seine Spielschulden begleichen konnte. Wie wütend sie gewesen war, als ob er sie beide beraubt hätte. Sie hatte recht, vermutete Alex. Sie hatte recht damit, an die Zukunft zu denken, keine Rücksicht auf Freundesbrüder zu nehmen, die sich selbst in Schwierigkeiten brachten, das eigene Geld zusammenzuhalten, damit die gemeinsamen Kinder sicher, wohlgenährt, gut ausgebildet, am Licht und im Grünen aufwachsen konnten. Der Ausdruck in ihren Augen, als er es ihr erzählte – sie hatten gerade mit der IVF angefangen –, der hatte es in sich gehabt: wild wie eine Tiermutter, deren Männchen gerade ihr Junges gefressen hatte. Und doch, schien es Alex, war es bloß Geld. Er zahlte Maria jeden Monat Miete und hatte nie einen Anteil am Haus verlangt; sie hatte es von sich aus nie angeboten.

Einer aus dem Kuratorium des Belford Institute bat Alex, bei der Gästeliste für Harrys vorweihnachtliche Abschiedsfeier zu helfen. Als er sein Kontingent fast voll hatte, rief er Ritchie an und bat um Becs E-Mail-Adresse.

»Sie ist in Afrika«, sagte Ritchie.

Alex überlegte noch einmal, was er gesagt hatte, ob er vielleicht unhöflich gewesen war. Er musste Ritchie in einem schlechten Moment erwischt haben, dachte er.

»Ich würde sie gern zu einer Party im Dezember einladen«, sagte er. »Es wird hauptsächlich Wissenschaftlervolk da sein.«

Schweigen am anderen Ende der Leitung, ehe Ritchie zögernd sagte, seine Schwester werde am zehnten aus Tansania zurückkommen.

»Perfekt«, sagte Alex.

»Wissenschaftler geben tatsächlich Partys?«, sagte Ritchie.

»Doch, ja.«

Nach einem weiteren langen Schweigen rückte Ritchie mit der Adresse heraus.

»Wie geht's ihr?«, sagte Alex.

»Viel Arbeit.«

»Sonst alles in Ordnung?«

»Bec ist mir sehr wichtig.«

»Habt ihr Streit?«

»Wir stehen uns näher denn je, um es genau zu sagen. Sie ist ein besonderer Mensch. Sie macht eine wichtige Arbeit. Ich will nicht, dass sie …« Er sprach nicht aus, was er nicht wollte.

»Sollte ich ihren Freund mit einladen?«

»Sie hat keinen Freund. Keine Zeit.«

Alex' Herz schlug schneller. »Sie war doch mit einem Zeitungsherausgeber zusammen«, sagte er.

»Nein, nein. Das ist vorbei, seit Langem schon, aus und vorbei, mit dem hat sie nichts mehr zu tun. Hat nicht gepasst.

Jetzt gibt es für sie nur noch den Impfstoff. Sie legt ein paar Tage in London ein, dann geht's wieder für lange Zeit nach Afrika. Ich glaube kaum, dass sie Zeit für Partys haben wird. Frag sie erst gar nicht. Wirklich, Alex, lass es am besten sein. Hör mal, ich muss los, aber wir sprechen uns bald mal, ja?«

23

Harry hatte sich mit der selbstsicheren Ausstrahlung eines Großstädters auf den kleinen Alex gestürzt, ein ungeduldiger, skeptischer Londoner, der durch das kleingeistige Dornengestrüpp einer schottischen Provinzstadt trampelte, um zu der seltenen Orchidee seines hochbegabten Neffen zu gelangen. Er trug rosa Hemden mit weißem Kragen, bekam mitten in der Nacht Anrufe aus Amerika und verbreitete eine dichte Wolke aus Aftershave, Cognac und Tabak in Alex' schlecht beheiztem Zuhause mit seinen dicken Steinmauern und beschlagenen Fensterscheiben. Alex' Eltern hatten im Wohnzimmer ein verstimmtes Klavier stehen, auf dem nur Harry spielte. Wenn er zu Besuch kam, setzte Harry sich am Abend daran, und dann spielte er Jazz, ließ die Asche von seinem Stumpen auf die Tasten fallen, sang mit brüchiger Stimme und schaute über die Schulter Alex' Mutter an. Alex verabscheute Jazz. Zu der Zeit gab es für ihn nur The Smiths. Aber manchmal, wenn Harry unten etwa *It's the Rhythm In Me* sang und seine breiten Finger die tiefen Tasten bearbeiteten, stahlen sich die Klänge in Alex' Zimmer, und dann konnte er nicht widerstehen und musste seine Stöcke nehmen und mitspielen.

Harry erklärte Alex, dass es kein Geheimnis gab, das die Wissenschaft nicht aufklären werde. Naturwunder zu bestaunen sei gut und schön, sagte er, aber das sei kein

Ersatz dafür, sie zu verstehen. Er kam samstagmorgens mit dem Schlafwagen aus Euston und nahm Alex und Dougie auf Spaziergänge in den Grampians oder an der Küste von Angus mit, wo er ihnen, je nachdem, was ihnen begegnete, Vorträge hielt über die Genetik der Heideblumen, die Prismenhaftigkeit des Regenbogens und die natürliche Auslese am Beispiel des Hasenfells, das im Winter weiß wurde. Er schmähte die Kirchen der Gegend als Monumente, die man der Ignoranz gesetzt habe, und demontierte eine Reihe von stummen, unsichtbaren Gegnern, die die Existenz Gottes beweisen wollten, in so lauten und schneidenden Reden, dass die grasenden Schafe erschrocken aufschauten und näher zusammenrückten. Die Spaziergänge endeten immer mit der Suche nach Dougie, der sich absetzte, während Harry Alex' eingehende Fragen beantwortete, und, wenn man ihn fand, dabei war, mit den Fingern Stichlinge zu fangen, die Felsen mit Vogelbeeren zu beschmeißen oder Steine über die Wellen flitzen zu lassen.

In Alex' fünftem Highschool-Jahr lud Harry ihn ein, eine Woche nach London zu kommen und bei der Familie zu wohnen. Am Vorabend seiner Fahrt nach Süden sah Alex seinen Onkel im Fernsehen angeregt über seine Arbeit plaudern, darüber, wie er den Körpern von Krebspatienten Zellen entnahm, deren Gene veränderte und sie wieder einsetzte. Er war nicht wie die anderen Wissenschaftler, die Alex sonst im Fernsehen sah, steif, nervös und argwöhnisch. Harry lachte, lehnte sich in seinem Sessel zurück und brachte den Interviewer mit einer schlagfertigen Erwiderung zum Verstummen. Er erschien Alex als ein Meister des Lebens, der den Willen anderer Menschen so mühelos formte, wie er die Moleküle mischte, die bestimmten, wie lange sie lebten. Als Alex jedoch mit Harrys Frau Jenny und seinem Sohn Matthew am Abendbrottisch saß, war sein Onkel angespannt und schroff. Tante Jenny war eine korpulente, trübsinnige Frau, die hinter dem Vorhang ihrer langen, von krausen weißen Strähnen durchsetzten schwarzen Haare selten etwas sagte und nie lachte. Am ersten Abend trug Matthew, der in Alex' Alter war, ein T-Shirt mit dem Aufdruck »Jesus starb für unsere Sünden« in dicken roten Lettern. Er hatte ein klobiges keltisches Kreuz am Lederband um den Hals hängen und versuchte, sich einen Bart wachsen zu lassen. Vor dem Essen fragte er Alex, ob er das Tischgebet sprechen wolle, und Harry fuhr seinen Sohn an: »Ich hab dir doch gesagt, dass dein Cousin Atheist ist.«

»Stimmt das?«, fragte Matthew Alex.

»Ich glaube schon«, sagte Alex.

»Du musst Jesus in dein Leben lassen«, sagte Matthew, schlug die Augen nieder und griff sich ein Stück Brot.

»Warum sollte er?«, sagte Harry, und zu Alex: »Hör nicht auf Matt, dem haben sie das Gehirn gewaschen.«

Jenny schaute von einem Gesicht zum anderen und ließ ein Winseln hören wie ein gequältes Tier.

Matthew faltete die Hände, senkte den Kopf, schloss die Augen und sagte: »Lieber Gott, wir danken dir –«

»Einen Schluck Wein, Alex?«, sagte Harry, stand auf und hielt seinem Neffen die Weinflasche hin, nicht ohne sie vernehmlich an Gabel und Teller klirren zu lassen.

»– für Speise und Trank, die du uns heute gegeben hast. Amen.«

»Abrakadabra«, murmelte Harry.

»Ich nehme einen Schluck«, sagte Alex.

Jenny seufzte, schniefte und sagte ganz leise mit piepsiger Stimme: »O Gott.«

Harry begleitete Alex lange auf seinem Werdegang, bei seinem Masterabschluss, seiner Doktorarbeit und weiter, und schluckte jedes Mal seine Gefühle hinunter, wenn der Neffe mehr von seiner Arbeit verstand als Harry selbst. Allerdings fand er, dass seinem Neffen das Durchsetzungsvermögen fehlte. Alex' kontemplative Art, die träumerisch und entrückt wirkte, und seine schwärmerischen Anwandlungen, die so unvorhersehbar waren, schienen ihm für die Arbeit im Team ungeeignet zu sein und ihn als Führungskraft unbrauchbar zu machen. Doch als Alex mit Ende zwanzig aus Amerika nach London zurückkam, nach vorauseilenden Gerüchten aus der Johns Hopkins University, die Doktoranden würden ihn schon den »großen Meister der Zellfunktion« nennen, suchten andere Forscher seines Fachgebiets ihn auf und hörten sich an, was er zu sagen hatte. Sie steckten bis zum Hals in Stipendienanträgen, Slideshow-Präsentationen, Sitzungen, Gremien, Konferenzen, Komitees und dem zermürbenden Londoner Konkurrenzhedonismus, und ein Mann, der anscheinend nichts tat, als zu denken, schreiben, lehren und hin und wieder wunderliche philosophische Thesen aufzustellen, kam ihnen vor wie ein vom Himmel gefallener Visionär, noch bevor sie seine Theorien überhaupt zur Kenntnis genommen hatten. Seine schottische Herkunft verlieh ihm ein Flair der Andersartigkeit, auf das die Londoner Wissenschaftler, aus Großstädten aus aller Welt zusammengeströmt, reagierten, als hätte er dort oben von einem besonderen Wasser getrunken. Es wurde gemunkelt, dass Alex sich als Kind selbst Mathematik und Zellchemie beigebracht habe.

In den zehn Jahren nach der Rückkehr seines Neffen hatte Harry Alex' Renommee als Führungsstärke missverstanden und seine Autorität in wissenschaftlichen Dingen mit Autorität in der Menschenführung verwechselt. Jetzt, da seine Diagnose ihm nur noch kurze Zeit zu leben ließ, versteifte er sich darauf, seinen Posten an seinen Neffen weiterzugeben. Er führte am Institut eine Kampagne, um sicherzugehen, dass das Kuratorium bei aller Ablehnung des Nepotismus doch alles tun würde, um Alex als seinen Nachfolger zu gewinnen. Er traf auf keinen großen Widerstand. Das Kuratorium was sich einig, dass Alex als Erster dafür infrage kam.

Die Kuratoren ließen Harry wissen, ihres Erachtens sei seine Krankheit schrecklich ungerecht.

»Keinen Krebs zu kriegen ist genauso ungerecht«, sagte Harry. »Aber darüber beschwert sich niemand.«

24

Vor dem U-Bahnhof Whitechapel, unter der gestreiften Markise eines Gemüsestands, strich eine vollverschleierte Frau mit den Fingern, die aus Sittsamkeit in schwarzen Handschuhen steckten, über die höckerige Schale einer Bittermelone. Der Händler beobachtete sie. Er hatte seine Lederjacke bis zum Hals zugezogen und die Hände tief in den Taschen stecken und scharrte und stampfte mit eisigen Füßen. Die Markise flatterte im Wind, und der Rettungshubschrauber knatterte am Himmel zum Dach des Royal London Hospital. Der Gemüsehändler rechnete nicht damit, dass die Frau seine Waren kaufte. Sie war eine Melonenstreichlerin; sie wollte seine Aufmerksamkeit auf ihre Finger lenken, denn sie wusste, dass, je mehr sie ihre Haut verbarg, ihn das umso mehr anmachte.

Sein Blick schweifte zum U-Bahn-Eingang, wo ein kleiner Hund erschien, angezogen wie ein Gladiator. Dicht an seinem Ohr rief ein bulliger junger Muslimprediger in schwarzer Armyjacke, Flecktarnhose, Springerstiefeln und frisch gewachsenem erstem Vollbart in einem fort: »Dem Tod läuft keiner davon!« Ein paar halbwüchsige Koranschüler standen in einer Traube am Rand des Bürgersteigs, dünn, nervös und großäugig wie Rehe, in knöchellangen Kutten, Parkas und gehäkelten weißen Gebetsmützen. Der Prediger, der sich so postiert hatte, dass jeder, der die Whitechapel Road zum Krankenhaus überqueren wollte, an ihm vorbeimusste, verteilte ein Flugblatt, gedruckt auf dem Inkjet der Madrasa.

»Dem Tod läuft keiner davon!«, brüllte er. Ein glatzköpfiger alter Kafir im Mohairmantel und mit fleischigem, birnenförmigem Gesicht schritt großspurig auf ihn zu. Der Prediger blickte auf das Tier, das der Kafir an der Leine führte, einen kleinen weiß-braunen Hund mit nietenbesetzter Lederjacke.

»Ich laufe nicht davon«, sagte der Kafir, der dem Prediger fast die Nasenspitze ins Gesicht gestoßen hatte, während dieser von dem Hund abgelenkt gewesen war. »Meinst du, ich würde dieses Leichenhaus betreten, wenn ich Angst vor dem Tod hätte?« Er deutete mit dem Kopf auf den schmutzigen gelben Backsteinbau des Krankenhauses und marschierte darauf zu.

»Dann hör dir an, was ich zu sagen habe, Bruder!«, rief der Prediger ihm nach. Wie keck der Kafir auf ihn zugekommen war, dachte er, und wie armselig er jetzt von hinten aussah, einsam und allein mit seinem aufgemotzten Köter an der Seite.

Der Prediger wandte sich wieder den Scharen zu, die sich aus dem U-Bahn-Maul ergossen. »Dem Tod läuft keiner davon!«, schrie er, und ein hochgewachsener Kafir sah ihn durchdringend an und nahm im Vorbeigehen eines seiner Flugblätter mit. In seinen Augen erkannte der Prediger etwas von dem alten Glatzkopf von vorher. Sahen sie langsam alle gleich aus? »Massig gebeutelte Kafirn heute«, sagte er, und die Koranschüler kicherten, wiederholten das Wort »gebeutelt« und tänzelten auf der Bordsteinkante.

Alex faltete das Flugblatt zusammen, das der Prediger ihm gegeben hatte, überquerte die Straße, trat durch den Portikus des Krankenhauses und fragte an der Rezeption nach Harry, der an diesem Vormittag hier einen Termin haben sollte. Man könne ihm leider nicht helfen, war die Antwort: »Patientenschutz«.

Alex sah sich in dem fast leeren Warteraum um und trat dann durch die Schwingtür am anderen Ende in einen kleinen öffentlichen Garten mit einer Bank, einer Handvoll kümmerlicher Bäume und einer Bronzestatue auf einem hohen Sockel. Überragt war der Garten von braunen, mit Netzen bespannten Krankenhausgebäuden. Er war verkrampft und vor Ärger halb blind.

Tief in einem Winkel der menschlichen Zelle hatten Alex' Schweizer Kollegen eine Gruppe von Enzymen entdeckt, deren Sinn und Zweck ihm nach zehn Jahren Arbeit aufgegangen war: Sie waren Zeitzähler, die die Geschwindigkeit der Veränderungen auf der mikroskopischen Ebene maßen. In dem Aufsatz, der in *Nature* erscheinen sollte, benutzte er dafür den Begriff Chronase-Komplex. Harrys Expertenzellen, stellte Alex fest, funktionierten nicht deshalb, weil sie das verschiedenartige Aussehen der Krebszellen erkannten; sie registrierten, dass Krebszellen in der falschen Geschwindigkeit operierten, und bestimmten ihnen den Tod. Damit eröffneten sich der Medizin neue Welten, aber es war die Feinheit des chemischen Mechanismus, an der Alex seine Freude hatte, und die Vorstellung, dass jeder Mensch sechzig Billionen Uhrwerke in sich trug, die so kleine Zeitspannen maßen, wie keine Maschine von Menschenhand das vermochte. Er schloss den Aufsatz mit der Überlegung ab, dass der Organismus bei der Zeugung nicht unbedingt auf null zurückgesetzt werde; dass die Zählung möglicherweise ohne Unterbrechung seit dem Moment fortlaufe, in dem die Evolution vor ein oder zwei Milliarden Jahren in Gang gesetzt worden war. Damit lehnte er sich schon ziemlich weit zum Fenster hinaus. Jetzt wollte Harry, der eine frühe Fassung gelesen hatte, ihn dazu bewegen, sich noch weiter hinauszulehnen. Für sein Empfinden hatte Harry sich an seiner Innenwelt vergriffen.

Maria hielt Alex vor, dass er zu viel Zeit in dieser Welt verbrachte. Er führe kein normales Erwachsenenleben, meinte sie; wenn er mal aus sich herauskomme, dann nur als Kind, angezogen von einem banalen neuen Reiz, einer bunten Farbe, einem auffälligen Muster oder einer eingängigen Melodie, oder als sorgengeplagter alter Mann, bis ins Mark erschüttert von einem Gefühl, das ihm wie das Ende der Welt erschien: Liebe, Zorn, Eifersucht, Nachwuchswunsch. »Ich weiß nicht, mit wem du dich nach mir zusammentun wirst«, sagte sie, »aber wenn sie gern deine Aufmerksamkeit hätte, sollte sie immer ein Kazoo und ein Gewehr griffbereit haben.«

»Das ist Arbeit«, hatte Alex gesagt. »Ich forsche. Ich werde dafür bezahlt, dass ich geistesabwesend bin.«

Alex setzte sich auf die Bank und faltete das Stück Papier auf, das der Prediger ihm gegeben hatte. Die Menschen sterben nicht an Diabetes, las er, oder an Ertrinken; sie sterben deshalb, weil die von Allah zugemessene Lebenszeit abgelaufen ist. Der Traktat zitierte den Koran: »Wenn ihre Zeit (*adschal*) gekommen ist, dann können sie sie auch nicht um eine Stunde hinausschieben, noch können sie sie vorverlegen … Wo auch immer ihr seid, der Tod ereilt euch doch, und wäret ihr in hohen Burgen.«

Alex schaute auf. Ein junger Mann in einer Satin-Bomberjacke ging unter den Bäumen in die Hocke und versuchte, mit einem Feuerzeug die losen Fäden am Saum seiner Jeans zu verbrennen, aber es ging nicht an. Er stand auf, spazierte zu der Statue hinüber und fragte jemanden, den Alex nicht sehen konnte, ob er sein Feuerzeug leihen könne. Ein kleiner Hund kläffte, und ein Jack Russell, angezogen wie ein römischer Soldat, kam hinter dem Sockel hervor und sprang auf Alex zu.

»Gerasim!«, schrie eine Stimme, und Harry erschien, brennende Zigarre und Leine in der einen Hand, Feuerzeug in der anderen. Er gab das Feuerzeug dem jungen Mann, und der Geruch von Zigarrenrauch und schwelender Baumwolle verbreitete sich im Garten. Der Hund kam zu Harry zurückgetrottet, und der steckte sich die Zigarre zwischen die Lippen und hielt seinem Neffen die Leine hin.

»Leg ihm mal die Leine an, Alex, ja? Ich kann mich nicht bücken.« Er blickte sich um, als sähe er seine Umgebung zum ersten Mal. »Sie haben mich ins falsche Krankenhaus geschickt. Ich sollte in Barts sein.« Er hatte sichtlich abgenommen.

»Ich habe dich gesucht«, sagte Alex.

»Es ist nicht das Rauchen, das einem zur Sucht wird, es sind die ständigen Krankenhaustermine. Wenn man mal damit angefangen hat, kann man nicht mehr aufhören.«

»Ich habe heute Morgen einen Anruf bekommen«, sagte Alex.

»Guck dir mal das an«, sagte Harry. Er führte Alex zu dem Sockel und zeigte ihm ein Bronzerelief. »Das ist Königin Alexandra«, sagte er und deutete auf das Abbild einer Frau mit Korsett und Haube, die sich über einen Patienten beugte, die Hände in einem Muff. »Weißt du, was das ist?« Er tippte mit dem Finger auf die Darstellung eines fassähnlichen Gebildes mit davon abgehenden teleskopartigen Röhren. Krankenschwestern setzten die Röhren an den Köpfen von Patienten an. »Das ist eine Finsen-Lampe. Sie haben damit Hauttuberkulose behandelt. Alexandra schenkte ihnen 1900 eine, die erste in Großbritannien. Dieser Finsen, nicht wahr, hat dafür den Nobelpreis bekommen, da war er erst zweiundvierzig. Nicht viel älter als du. Du guckst so säuerlich. Was wolltest du gerade über den Anruf sagen?«

»Ich habe heute Morgen einen Anruf vom Herausgeber von *Nature* bekommen.«

»Er ist ein Freund von mir.«

»Er sagte, du hättest ihm erzählt, ich würde mich zieren. Ich würde die Bedeutung meiner Arbeit vertuschen, ich würde nicht wirklich damit herausrücken wollen.«

»Der Kolumbus der menschlichen Zelle«, sagte Harry. »Er bricht auf, um Indien zu finden, und er entdeckt eine neue Welt. Aber er besteht weiter darauf, in Indien gelandet zu sein.«

»Er hat geredet, als wollte ich ihn um einen Knüller betrügen. Er sagte, du hättest ihm erzählt, ich hätte ein Mittel gegen das Altern entdeckt und wäre nur zu schüchtern, es auszusprechen. Ich wünschte, das hättest du nicht getan. Ich habe geschrieben, was ich schreiben wollte, und ich habe es dir nicht gezeigt, damit du es hinter meinem Rücken verdrehen kannst.«

»Dein Aufsatz erklärt, warum Zellen sterben. Menschen bestehen aus Zellen. Ergo erklärst du, warum Menschen alt werden und sterben.«

»Ich tue nichts dergleichen.«

In Harrys Augen glitzerte Furcht. »Du stellst nur die Verbindung nicht her zwischen deiner Entdeckung und der Verlängerung der menschlichen Lebenszeit. Es ist alles da! Du hast es selbst geschrieben! Du verbindest die Punkte nicht.«

»Ich versuche nicht, die menschliche Lebenszeit zu verlängern«, sagte Alex. »Sie ist auch so schon lang genug.«

»Meine nicht«, sagte Harry.

»Ich will verstehen, wie alles zusammenhängt«, sagte Alex. »So wie du es mir immer gesagt hast.«

Harry deutete auf seinen Unterleib, wo sein Tumor saß. »Ich hab vom Verstehen die Nase voll«, sagte er. »Es ist Zeit einzugreifen.«

»Aus meiner Arbeit ist nichts herauszuholen, was dir in deinem Zustand helfen würde, dazu muss man erst noch mal zehn Jahre im Labor rackern.«

»Was ist los mit dir? Willst du nicht die Kranken heilen? Warum sollten wir nicht zweihundert Jahre alt werden?«

»Unser Leben wird nie so lang sein, dass wir damit glücklich sind«, sagte Alex. »Wir können nur ewig leben, wenn wir uns sukzessive ersetzen lassen.«

»Können wir uns alle ersetzen lassen?«

Alex' Wangen brannten. »Ich arbeite daran«, sagte er.

»Du hast mir erzählt, du hättest den Schlüssel zur Unsterblichkeit gefunden.«

»Ich habe mich hinreißen lassen. Ich habe gesagt, ich hätte den Schlüssel zur Unsterblichkeit *gesehen*, nicht ihn *gefunden*.«

»Selbst ein Wiesel täte sich schwer, durch dieses semantische Loch zu schlüpfen. Du dachtest, du sagst mir mal was Nettes, weil ich dir erzählt habe, dass ich demnächst ins Gras beiße. Du dachtest, ich nibbele ab, bevor ich deinen verdammten Aufsatz gelesen habe.« Harry setzte ein zuckersüßes Lächeln auf und neigte den Kopf. »Du könntest doch an deinen Aufsatz noch eine letzte Bemerkung anhängen, nur einen Wink mit dem Zaunpfahl: ›…und vermag, den menschlichen Alterungsprozess zu verzögern oder aufzuheben.‹ Laufen deine Erkenntnisse nicht genau darauf hinaus?«

»Vielleicht, wenn der ganze Planet eine Generation lang an nichts anderem arbeiten würde.«

»Du tust so, als würde Ruhm dir gar nichts bedeuten, aber ich weiß, dass du stolz bist«, sagte Harry.

»Hörst du denn nie auf zu lavieren?«, sagte Alex.

»Ich kann nicht anders«, sagte Harry. »Stark sein zu wollen, nach Vorteil und Ruhm zu streben, das sind natürliche Instinkte. Die Menschen werden damit geboren. Sie machen Menschen erst zu Menschen. Dadurch merken sie, dass sie in die Welt gehören.«

»Ich bin nicht wie du.«

»Ich denke nur laut«, sagte Harry milde. »Was auch geschieht, du entscheidest immer noch selbst. Was die menschlichen Instinkte betrifft, so hat man sie entweder oder man hat sie nicht. Ich dachte immer, du wolltest im großen Rhythmus des Lebens mitschwingen und kein Sonderling sein. Es liegt an dir. Warum nicht Ruhm erlangen? Warum nicht König sein?«

Gerasim ließ ein hohes, durchdringendes Kläffen hören, und Harry beruhigte ihn.

»Er will immer im Mittelpunkt stehen«, sagte Harry. »Na komm, ein letzter Gefallen. ›Und vermag den menschlichen Alterungsprozess zu verzögern oder aufzuheben.‹«

»Wenn *Nature* das bringt, werden die Zeitungen schreiben: ›Wissenschaftler finden den Jungbrunnen.‹ Und ich habe ihn nicht gefunden, und ich will nicht ewig leben.«

»Ein ewiges Rentnerdasein wäre verdammt lang«, sagte Harry und zog scharf an Gerasims Leine. »Aber ich bin noch nicht mal fünfundsechzig. Ich bin zu jung, um zu sterben.«

25

Am selben Abend in einem Dorf im Wald südlich von Iringa, einen halben Tagesmarsch von der nächsten Asphaltstraße entfernt, war der dreijährige Sohn von Batini, Becs Haushälterin in Tansania, krank. Keuchend und schlotternd und

Töne wie ein Vogel ausstoßend, lag Huru auf einer Decke auf einem Bettgestell aus Holz und Rohr. Seine Haut war feucht und heiß, und seine Augen waren glasig. Batini war nicht bei ihm; sie war mit Bec am anderen Ende des Landes.

Hurus Vater hatte Batini bald nach der Geburt des Jungen in der Stadt sitzen lassen und war mit ihm in sein Heimatdorf zurückgekehrt. Er heiratete eine andere Frau. Batini schickte Geld und besuchte ihren Sohn, wenn sie konnte, wohl wissend, dass Eshe, die Stiefmutter, Huru mit argwöhnischen Augen betrachtete. Eshe hatte eigene Kinder. Sie sei nicht böse, erzählte Batini Bec, nur eine unwissende Frau vom Lande, die glaubte, Huru sei von den Dämonen der Stadt mit Kälte geschlagen. Hurus Vater nahm das Geld, das Batini für den Jungen schickte, und vertrank und verjuxte es mit Barmädchen, statt sich in Mbeya nach Arbeit umzuschauen, wie er eigentlich sollte.

»Warum lässt dein Ex Huru nicht bei dir leben?«, fragte Bec, als Batini ihr die Geschichte erzählte.

»Er hat seinen Sohn lieber hungrig bei sich zu Hause als wohlgenährt bei mir«, sagte Batini. »Seine Großmutter Akila, die Mutter meines früheren Mannes, liebt Huru. Sie hilft ihm.«

Das Dorf gehörte eigentlich nicht zu den Orten, die Bec für ihre Impfstoffversuche ausgewählt hatte, aber es lag von diesen nicht weit entfernt, und so hatte sie es mit in die Liste aufgenommen. Sie war sechs Monate zuvor mit Batini und dem Impfteam dort gewesen und hatte den Sohn ihrer Haushälterin kennengelernt. Huru weinte nicht, als die Nadel ihn pikte. Das Gefühl, verraten zu sein, huschte kurz über sein Gesicht, und er drückte den Daumen seiner Mutter. Bec lernte die Stiefmutter kennen. Eshe erwies sich als zierliche, hübsche junge Frau, knapp einundzwanzig, die neben Huru zwei eigene kleine Kinder zu versorgen hatte.

Bec gegenüber verhielt sie sich freundlich und unterwürfig; Batini begegnete sie abwehrend.

»Der Impfstoff wird die Kinder nicht völlig schützen«, erklärte Bec Eshe mithilfe von Batini, die übersetzte. »Sie müssen unter Netzen schlafen, und ihr müsst ständig nach den Netzen sehen.«

Das Dorf hatte keinen Handyempfang. Die nächste Möglichkeit war auf einem Hügel, der zu Fuß über die Waldstraße zwei Stunden entfernt war. Nachdem Huru erkrankt war, sagte die Familie Batini erst Bescheid, als die Krämpfe so schlimm wurden, dass seine Großmutter ihn dem traditionellen Heiler wegnahm und zu Fuß zur nächsten Klinik trug. Batini bekam den Anruf mitten in der Nacht, als Akila ihn schon ein Drittel des Weges getragen hatte und auf dem geliehenen Telefon der erste Signalbalken erschien. Bec, die eigentlich nach London fliegen wollte, wurde um zwei Uhr nachts vom Jammern ihrer Haushälterin geweckt. Bec weckte ihrerseits einen der Fahrer, und gemeinsam brachen sie und Batini zur Klinik auf.

Die Fahrt dauerte sieben Stunden. Die Frauen unterhielten sich in der Dunkelheit und mussten die Köpfe ganz dicht zusammenstecken, um sich über dem Lärm zu verstehen, den der Wagen auf dem rauen Teerbelag machte.

Akilas SMS-Nachrichten informierten Batini darüber, dass Hurus Vater sich irgendwo im Norden aufhielt. Huru habe Degedege, simste Akila, aber durch den Heiler sei es nicht besser geworden, deshalb habe sie den Jungen in die Klinik gebracht.

»Sie sagt, es ist Degedege, nicht Malaria«, sagte Batini im Auto zu Bec und fuchtelte hilflos mit dem Telefon.

»Sie haben ihn zum Heiler gebracht?«, fragte Bec. »Der Heiler hat Elefantendung verbrannt und solche Sachen? Kräuter?«

»Ich weiß nicht.« Batini schniefte und lehnte sich mit der Schläfe ans Fenster. »Sind Degedege und Malaria dieselbe Krankheit?«

Bec antwortete nicht, und Batini schaute sie an und sagte: »Ist Degedege Malaria?«

»Ja«, sagte Bec.

Batini schlang mit leisem Wimmern die Arme um sich und krümmte sich zusammen. Bec legte ihrer Haushälterin die Hand auf den Rücken.

»Es war richtig von Akila, ihn zur Klinik zu bringen«, sagte sie.

»Es ist zu weit weg«, sagte Batini dumpf mit dem Gesicht im Schoß.

Später schlief Bec neben Batini ein, die Wange an ihre Rippen gelehnt, und träumte, dass sie einen Jungen bei Nacht durch einen Wald trug. Der Mond beleuchtete ihren Weg und ließ die Schlaglöcher und losen Steine auf der Fahrbahn deutlich hervortreten. Am Horizont flackerten Blitze, und die Vogeltöne, die aus dem Mund des Kindes kamen, wurden leiser, bis sie sie über dem Klatschen ihrer Flipflops auf der Piste kaum mehr hören konnte. In ihrem Traum bekam Bec es mit der Angst zu tun, tauchte die Hand in einen Bach und versuchte, den Jungen zu bewegen, an ihren nassen Fingerspitzen zu nuckeln. Er wollte nicht nuckeln, und sie befeuchtete seine trockenen, klebrigen Lippen. Er bewegte den Kopf, fing an zu husten und machte den Mund auf, und Bec sah einen Schnabel aus seinem Hals hervorkommen und danach die glitzernden Augen und den Kopf und Hals eines Reihers. Sie wachte mit pochendem Herzen auf.

Es war Tag. Die Sonne war noch nicht lange aufgegangen, und das weiche goldene Licht auf ländlichen Betonmauern und Blechdächern und Bananenbäumen ließ es Bec unvorstellbar erscheinen, dass jemand, der noch gelebt hatte, als sie im Dunkeln eingeschlafen war, gestorben sein konnte.

Sie lobte den Fahrer dafür, dass er wach geblieben war, und er sagte, das sei doch gar nichts und sie hätten die Klinik schon fast erreicht. Ein seltsames hohes Geräusch war zu hören. Bec drehte sich um und sah, dass es von Batini kam, die sich in der Ecke des Wagens zusammengekauert hatte, das Gesicht in ihren Tüchern verborgen. Bec berührte ihre Schulter, und Batini hob den Kopf und schaute sie an. Der Mund in dem nassen Gesicht stand offen, und heraus kam ein stetiges hohes Stöhnen. Sie sagte ein paar Worte in Swahili und schlug sich mit dem Telefon auf den Schenkel. Sie warf das Telefon auf den Boden des Autos und schrie und wand sich heftig hin und her, drosch mit den Fäusten auf die Rückseite des Fahrersitzes ein und versuchte, mit Händen und Zähnen ihr grobes Baumwollkleid zu zerreißen.

26

Als Bec im Dorf ihren Teller mit dem Leichenschmaus leer gegessen hatte, Ugali mit Eintopf, war es dunkel. Sie ging den Fahrer suchen. Im Schein der Petroleumlampen, der durch die Fenster fiel, folgte sie dem ausgetretenen Weg zwischen den Häusern. Über dem Lärmen der Frösche und Insekten lag abendliches Stimmengemurmel, und durch die Haustüren drangen Rufe, Lachen, Klagen, Töpfeklappern, Radiomusik. Sie erspähte den weißen Umriss des großen Autos und den Fahrer, der am Vorderreifen in der Hocke saß und sich mit zwei einheimischen Männern unterhielt, die im Schneidersitz neben ihm saßen. Eine Hand fasste ihre. Es war Batini.

»Wir müssen uns reinigen«, sagte sie.

»Ich muss fahren«, sagte Bec. »Kommst du mit, oder bleibst du länger?«

»Wir müssen uns reinigen«, sagte Batini und zog dabei sacht an Becs Hand.

»Jetzt?«

»Nach einem Begräbnis sind wir unrein.«

Batini führte Bec auf einem Pfad unter den Bäumen und zwischen hohen Gräsern in ein Röhricht, das höher war als sie beide. Der Boden gab unter den Füßen nach, Schlamm quoll zwischen den Zehen auf, und das Wasser stieg über die Knöchel. Sie gelangten durch das Röhricht in ein Flussbecken, das vom gelbroten Halbmond beschienen wurde. Sie zogen sich aus und legten ihre Sachen vorsichtig auf den Schilfhalmen ab. Bec stieß sich ins Wasser ab und schwamm, die Füße über den schlammigen Boden streifend, bis sie die Mitte des Beckens erreichte. Batini stand hüfthoch im Wasser und besprengte sich Bauch und Brüste. Sie watete ans Ufer zurück und zerteilte hinter sich das Mondlicht auf dem Wasser. Bec folgte ihr zu einem umgestürzten Baumstamm dicht am Rand des Beckens. Nackt und triefend saßen sie nebeneinander. Das Holz war vom Sitzen ganz glatt gescheuert.

»Du bist so weiß«, sagte Batini, als sie auf Becs Schenkel neben ihren blickte.

»Es tut mir so leid um deinen Sohn.«

»Sie haben keinen Verstand«, sagte Batini. »Du hast ihnen gesagt, der Impfstoff würde sie nur halb schützen. Du hast ihnen gesagt, sie sollten Netze benutzen. Es ist nicht deine Schuld.«

Es war Bec noch gar nicht in den Sinn gekommen, jemand könnte meinen, sie wäre schuld. Sie fühlte, wie ihr Herz einen Sprung vom Rand des Abgrunds tat, hinaus in die Dunkelheit.

»Vielleicht ist es doch meine Schuld«, sagte sie. »Was nützt ein Impfstoff, der nur halb wirkt?«

Sie lauschte den Fröschen. Es waren so viele, die reinste Blaskapelle: Hunderte von schrillen Piepern wie Pikkolo- und Blockflöten, Scharen von Tenorfröschen wie Klarinetten und Trompeten und eine Handvoll von Fagotten und Tuben. Diese Frösche müssen ja riesig sein, dachte sie. Gorillagroß.

Batini sagte: »Wo sind deine Kinder?«

»Ich habe keine Kinder«, sagte Bec. Das weißt du doch, dachte sie.

»Wo ist dein Mann?«

»Ich habe keinen, wie du weißt.«

»Warum nicht? Du bist schön und gesund und gebildet.«

»Muss ich Kinder haben?«, fragte Bec.

»Natürlich«, sagte Batini.

»Sagst du mir noch mal, warum?«

»Es macht Freude.« Batini senkte den Blick und bewegte auf ihrem Schoß die Finger hin und her, als spielte sie mit den Falten eines imaginären Rockes.

»Wirst du wieder heiraten?«, sagte Bec.

»Ja«, sagte Batini, »nächsten Monat.«

»Herzlichen Glückwunsch.«

»Ich werde den Bruder meines zweiten Mannes heiraten.«

Später verließ Bec das Dorf und brach mit dem Fahrer nach Daressalam auf. Unterwegs gerieten sie in einen Wolkenbruch, und es wurde unmöglich, durch die Windschutzscheibe noch etwas zu erkennen. Der Fahrer hielt am Straßenrand. Das Auto schien unter der Wucht des Wassers zu schaukeln. Im Licht der Blitze, die durch die Dunkelheit und die Sintflut schnitten, sah man das Wasser sich wie aus Kübeln durch die Äste der Bäume und die wogenden Wedel eines Maniokfeldes ergießen. Ein Donnerschlag krachte am

Himmel, Becs Telefon zirpte, und das Display verströmte ein freundliches gelbes Licht. Ritchie fragte sie per SMS, wann sie nach Hause komme. Bec rief ihn an, und als er abnahm, als sie das Telefon ans Ohr drückte und sich den Finger ins andere steckte, war er deutlich und nahe.

»Was dröhnt da so? Stehst du neben einem Flugzeug?«, sagte Ritchie.

»Es regnet«, sagte Bec. »Ich bin auf dem Weg zum Flughafen. Kannst du mich hören? Ich werde morgen Nachmittag in London sein. Hallo?«

»Ich bin da.«

»Ich dachte, wir wären getrennt worden. Es war so lange still.«

»Ich habe nachgedacht.«

»Der Impfstoff wirkt nicht. Meine Kollegen halten mich für eine Sklaventreiberin, und ich glaube, ich sollte hierbleiben … Hallo? Ich glaube, ich sollte nicht zurückkommen. Ritchie?«

»Vielleicht hast du recht«, sagte Ritchie.

»Dass du das sagst, hätte ich nicht erwartet. Bist du gerade mitten in irgendwas drin? Es gibt so lange Pausen.«

»Das ist der Satellit«, sagte er. »Was du tust, ist wichtiger, als sich in London zu amüsieren. Es wäre egoistisch von mir, wenn ich deine hedonistische Seite unterstützen würde.«

»Sonst hast du mir immer gesagt, ich sollte hedonistischer sein.«

»Das war falsch.«

»Mum erwartet mich.«

Die Pause war so lang, dass Bec sich sicher war, sie wären getrennt worden. Der Regen ließ nach. Sie hörte Ritchies Stimme wieder, und es lag ein kindlicher Ernst darin, als ob es Themen gäbe, für die er ein kleiner Junge werden musste, um sich ihnen zu stellen.

»Ich habe in letzter Zeit öfter darüber nachgedacht«, sagte er. »Es spricht vieles für ein ruhiges Leben, ein einfaches, bescheidenes Leben.«

»Dann hätte ich dir keine Geschichten zu erzählen.«

Holte Ritchie zischend Luft?

»Das wäre nicht so schlimm, wenn du dabei mit deiner Arbeit vorankommen würdest«, sagte er.

»Ich werde dir nicht erzählen, was heute passiert ist.«

»Was ist passiert?«, sagte Ritchie nervös und wie aus der Pistole geschossen.

»Du hast gesagt, du wolltest meine Geschichten nicht hören.«

Ritchie wartete mehrere Herzschläge lang. »Erzähl«, sagte er mit einer eigentümlichen Gespanntheit.

»Der Sohn meiner Haushälterin ist an Malaria gestorben.«

»Oh«, sagte Ritchie. »Wie schrecklich.« In dem »Wie schrecklich« schwang das richtige Maß an Respekt und Mitgefühl, aber das »Oh« schien aus einem anderen Gespräch zu kommen. Ihr Bruder klang erleichtert oder enttäuscht, dass es nicht etwas anderes gewesen war.

27

Der Fahrer setzte Bec bei Tagesanbruch am Flughafen ab. Nach dem Start schlief sie ein und wachte erst auf, als sie schon im Landeanflug auf Heathrow waren. Beim Verlassen des Flugzeugs verschwamm ihr auf einmal alles vor Augen. »Nicht jetzt«, flüsterte sie. Aber H. gregi griff ihre Augen an, und sie musste im Gang stehen bleiben, während die anderen Fluggäste sie umströmten, dunkle Rümpfe mit Anhängseln, die durch einen Lichtsturm wirbelten. Sie wich zurück und lehnte sich an die Wand.

Die Symptome waren folgende: ein stechender Schmerz hinter der Stirn, ein starker Juckreiz in den Augen, das optische Bild der Welt in ein Schneetreiben zersplittert und dahinter Schwärze. In Momenten wie diesem, da sie auf dem Flughafen im Transitkorridor plötzlich die Blindheit befiel, fühlte sie sich als in sich abgeschlossene eigene Welt, allein im Universum und Sitz von Millionen winzigster Lebensformen, die um die Herrschaft über sie und über einander kämpften.

Sie zeichnete die Vorfälle auf und konnte kein Muster und keinen gemeinsamen Auslöser von H. gregis Attacken finden. In der Folge ihrer Entdeckung war es zu einer Aufteilung der wissenschaftlichen Beute gekommen. Bec war dem Einsatz des Haemoproteus gegen Malaria nachgegangen; die Nickells und andere hatten sich auf den Slum gestürzt, der in ihrer Nachbarschaft lag, und versucht, die Symbiose Mensch-Vogel-Parasit zu erforschen, ohne sie zu verändern. Die Fremden suchten nach Kräften zu verhindern, dass der Parasit in sie hineingelangte, und wenn es doch passierte, nahmen sie rasch Medikamente, um ihn wieder loszuwerden. Sie fürchteten um ihre Augen. Ein paar der älteren Slumbewohner hatten dauerhafte Netzhautschäden und saßen bei sich in der Tür, kauten Betel und versuchten, vorbeilaufende Kinder am Arm festzuhalten, um jemanden zum Reden zu haben. Bec vermied es, daran zu denken.

Ihres Wissens war sie der einzige Mensch in der nördlichen Hemisphäre, der H. gregi seinen Körper als Inkubator zur Verfügung stellte. Es bedurfte keiner besonderen Anstrengung, die zahlreichen Avatare ihres Vaters zu pflegen, nur dieser gelegentlichen Durchhalteproben; sie musste sie nicht füttern oder streicheln. Sie tat nicht mehr, als sie zu zählen und die Krisen zu protokollieren. Es hatte wenig mit dem Impfstoff zu tun. Ihre Kollegen meinten, sie habe keinen stichhaltigen wissenschaftlichen Grund, infiziert zu bleiben, wie sie es hartnäckig bezeichneten. Der Parasit gedeihe in vitro und werde in Laboren auf der ganzen Welt erforscht. Sie fanden, dass sie halsstarrig ein irrsinniges Risiko einging, nur um recht zu behalten und ihren Willen durchzusetzen. Sie sagte sich, dass der Tod geimpfter Kinder weniger schwer zu tragen war, wenn sie ihr Augenlicht riskierte; doch die Vorstellung, es zu verlieren, war schrecklich. Die letzte Meldung aus Papua-Neuguinea war, dass der Übergang von temporärer zu bleibender Blindheit plötzlich sein konnte. Es gab Tage, an denen sie daran dachte, ihren Körper von den Parasiten zu befreien, doch sie schritt nie zur Tat. Schließlich tragen sie Dads Namen, dachte sie. Wie könnte ich die Einzigen in der Familie umbringen?

Um drei Uhr nachmittags konnte sie wieder sehen und nahm die U-Bahn vom Flughafen nach Hause. Als sie am Leicester Square umstieg, merkte sie, dass ein in ihren Knochen zitternder wild gewordener Kompass auf den Bahnsteig Richtung Süden statt Richtung Norden zeigte, und so fuhr sie zum Centre of Parasite Control.

Sie hatte kaum das Licht in ihrem Büro angeschaltet, da knallte schon Mosi, der Ugander, der H. gregis Gene sequenzierte, die Türklinke herunter, trat ein und brüllte in einem Freudencrescendo ihren Namen. Bec umarmte den breit grinsenden Mann stürmisch, doch als sie zurücktrat und ihn in der frischen Willkommensstimmung ansah, wirkte er unsicher. Er fragte sie, ob Maddie wisse, dass sie wieder da war, und Bec sagte, sie wisse es nicht. Mosi fragte, warum sie ihren Heimflug mehrmals verschoben habe.

Von Mosi benachrichtigt, kam die Direktorin zu Bec ins Büro, schloss die Tür, küsste sie und fragte, ob sie sich setzen dürfe. Ihr hageres altes Gesicht hatte eindrucksvoll klare Schatten unter den Wangenknochen und Augenbrauen, und ihr silbernes Haar war streichholzkurz geschnitten. Die bunten Glaskugeln, die Hals und Ohren schmückten, sahen aus, als hätte eine Untergebene sie ihr angehängt, um sie zu besänftigen.

»Hat man Sie doch noch ins Flugzeug gesetzt«, sagte sie.

»Ich hatte immer vor, zu Weihnachten nach Hause zu kommen«, sagte Bec.

»Um Freunde und Verwandte zu besuchen. Sie werden nach Spanien zu Ihrer Mutter fliegen.«

»Ja.«

»Ihr Bruder und seine Familie werden dort sein.«

»Ja, so ist es.«

»Freunde sehen, ausgehen, Partys, tanzen, Neuigkeiten austauschen. Spaß haben. Sie haben in Afrika hart gearbeitet, viel Stress hat sich aufgebaut, und jetzt haben Sie sich drei – sind es drei? – Wochen der Ruhe und Entspannung verdient.«

Bec leckte sich die Lippen und nickte. »Vielleicht zwei«, sagte sie.

»Und stattdessen sind Sie hier im Büro.« Maddie nahm die oberste Zeitschrift von dem Haufen vor Bec. »Und lesen etwas über … Toxoplasma. Oh! Die Nummer zum hundertjährigen Jubiläum!« Sie warf das Heft über die Schulter und deutete mit dem Kopf auf Becs Gepäck. »Sind Sie überhaupt schon zu Hause gewesen?«

Bec schüttelte den Kopf.

»Wann haben Sie sich das letzte Mal die Haare gewaschen, wenn ich fragen darf? Sie sehen aus, als wären sie durch den Regen gelaufen.«

Bec strich sich durch die Haare, blieb an einem verfilzten Knoten hängen und wühlte in ihrer Handtasche nach einer Bürste. »Ich bin gestern vor dem Flug schwimmen gegangen«, sagte sie. »Nach einer Beerdigung.«

Maddie setzte sich auf ihre Hände, schaukelte vor und zurück und betrachtete den Fußboden.

»Wer ist gestorben?«, sagte sie.

»Der kleine Sohn meiner Haushälterin.« Becs Gesicht war beim Bürsten hinter einem dichten Haarvorhang verschwunden.

»Woran ist er gestorben?«

»Malaria.«

»Wie alt?«

»Drei.«

»Geimpft?«

»Ja.«

»Und jetzt glauben Sie, dass Ihre Arbeit gescheitert ist. Sie glauben, dass fünfzig Prozent Schutz vor Malaria ein ziemlich schlechter Ertrag ist für die Mengen von Geld und Zeit, die wir dafür ausgegeben haben, aus Ihrem Parasiten etwas Brauchbares zu machen.«

Bec warf ihre Haare zurück, hörte auf zu bürsten und sah Maddie an.

»Vielleicht glauben Sie, dass Sie die ganze Zeit recht hatten und dass wir Kinder mit lebendem Haemoproteus infizieren sollten. Aber das konnten wir uns nicht erlauben, nicht wahr? Wie geht's Ihren Augen?«

»Gut, danke.«

»Wann war Ihr letzter Anfall?«

»Es sind keine Anfälle«, sagte Bec. »Ich habe heute Nachmittag ein paar Minuten lang ein bisschen verschwommen gesehen.«

»Vielleicht sind Sie der Ansicht, dass das alles hier«, Maddie breitete die Arme aus und bekribbelte die Luft dazwischen mit den Fingern, »falsch verwendetes Geld ist. Vielleicht glauben Sie, dass Europa und Amerika seinerzeit die Malaria ja auch ohne Impfstoff losgeworden sind, den reiche

Ausländer zusammenpanschen. Das habe ich früher auch geglaubt. Ich habe geglaubt, es gäbe eine unendliche Zahl von falschen Maßnahmen und nur eine richtige, und die müsste ich finden. Ich habe geglaubt, mein alter Boss wäre ein widerlicher Kompromissler und politischer Taktierer.«

»Wissen Sie wirklich noch, was Sie damals geglaubt haben?«, sagte Bec.

»Wie ich höre, hat heute jemand aus dem Belford Institute für Sie angerufen. Er wollte wissen, ob Sie die Einladung für die Party heute Abend bekommen hätten.«

»Es ist eine Party zu Ehren eines Mannes, den ich nicht kenne. Sein Neffe hat mich eingeladen. Er ist ein Freund meines Bruders.«

»Gehen Sie hin?«

»Natürlich nicht.«

Maddie schob ihre Unterlippe vor, fummelte an ihrem Halsband herum und legte den Kopf schräg. »Sie findet in diesem neuen Hochhaus an der London Bridge statt«, sagte sie. »Sie werden einen Blick über die ganze Stadt haben. Die Leute werden trinken und tanzen. Früher haben Sie das gern getan. Deshalb sind Sie doch gekommen, oder? In den vergangenen paar Monaten haben Sie nicht gearbeitet, sondern geschuftet. Man könnte meinen, Sie täten für irgendwas Buße. Was haben Sie denn zu büßen? Sie haben überhaupt nichts Unrechtes getan. Hören Sie auf, sich wie eine durchgedrehte calvinistische Schreckschraube zu benehmen. Fahren Sie nach Hause, machen Sie sich schick und gehen Sie aus.«

»Ich will nicht ausgehen.«

»Ihre Haushälterin würde nicht wollen, dass Sie trauern. Es reicht, wenn sie trauert. Sie haben dort lange genug gearbeitet, um zu wissen, wo Sie sich Ihre Schuld- und Mitleidsgefühle hinstecken können.«

»Es ist keine Selbstbestrafung«, sagte Bec. »Für mich wäre es eine Strafe, wenn ich zu den Leuten gehören müsste, die in London herumrasen, von Sex und Liebe und Ehe schwadronieren und nicht die blasseste Ahnung haben, wovon sie reden.«

Bec besaß eine Eigentumswohnung in Kentish Town, drei Zimmer im Souterrain. Ritchie hatte angeboten, ihre Hypothek zu tilgen, und sie hatte abgelehnt. Sie schob mit der Tür den Postberg im Flur zurück, und die ungeheizte Luft schlug ihr kalt und mit einem Hauch von Feuchtigkeit an die Wangen. Noch in Gedanken mit den Sachen beschäftigt, die Val ihr gesagt hatte, als sie sich trennten, hatte sie vergessen, den Abfall wegzubringen, und die Küche stank nach vergammelten Bananenschalen. Auch den Kühlschrank hatte sie nicht ausgeräumt. Was dort grün sein sollte, war braun, und was braun sein sollte, war grün. Eine Tasse Kaffee, die sie vor dem Weggehen halb leer getrunken hatte, hatte sich mit einem hellen Pelz überzogen, und an der Decke im Bad hingen Spinnennetze. Sie machte den Wäschepuff auf, um ihre schmutzigen Sachen hineinzuwerfen. Er war schon voll; als sie den Deckel abnahm, wurde die Spannungsenergie in dem zusammengedrückten Haufen frei, und zerknüllte Strümpfe und Hosen hüpften auf den Fußboden.

Das Telefon klingelte. Es war Val. Sie nahm nicht ab, sondern horchte, was er auf den Anrufbeantworter sprach.

»Hallo, Rebecca«, sagte Val. »Du bist wieder da, wie ich höre. Ich habe neulich daran denken müssen, dass du sagtest, es gebe kein moralisches Fundament, und da dachte ich: Sie hat recht! Ich sollte eins legen! Irgendjemand muss ja dafür Sorge tragen. Frohe Weihnachten!«

Ärgerlich machte sich Bec an den Knöpfen ihrer Jeans zu schaffen. Woher wusste er, dass sie in London war, fragte sie sich. Sie pfefferte ihre Sachen auf den Boden, duschte, wusch sich die Haare und machte sich ausgehfertig. Neugierig betrachtete sie im Spiegel, wie sich ihre rot angemalten Lippen bewegten, während sie mit H. gregi sprach.

»Diese Schönheit nützt weder dir noch mir«, flüsterte sie. »Von mir aus kannst du mich blind machen.«

28

Am selben Abend ging Ritchie in Soho aus. Er vermutete, dass Bruce Heemingthwaite dankbar sein würde, wenn er ihn einlud, sich »mit ein paar von uns« (wie er es in der E-Mail ausdrückte, die Paula in seinem Namen schickte) auf ein paar Drinks in einem seiner Clubs zu treffen, und er vermutete richtig.

»Echt schön, dich mal wiederzusehen«, sagte Bruce zum dritten Mal, beugte sich vor und boxte Ritchie an die Schulter. Ritchie grinste und blickte Midge an, der neben ihm saß. Midge beklopfte und berieb sein Feuerzeug und starrte ins Leere. Am anderen Ende des Tisches unterhielten sich Fred und Art leise.

»Klar, ich hab Scheiße gebaut, das geb ich selber zu«, sagte Bruce. Ein betrunkenes Lallen stahl sich in seine Stimme, und Ritchie zogen sich die Muskeln zusammen. »Aber eins ist wirklich klasse, wenn du mal so was durchmachst im Leben: Du findest raus, wer deine wirklichen Freunde sind, nicht wahr? Verstehst du, was ich meine, Midge?«

Midge zog die Augenbrauen hoch, nahm sein Bier in die Hand und richtete erneut den Blick auf den Punkt in der Ferne, den er davor schon anvisiert hatte. Er nahm einen Schluck und stellte behutsam das Glas ab.

»Fred!«, rief Ritchie. Sie saßen dicht zusammen auf einer Eckbank und zwei Stühlen. Es spielte keine Musik im Club, aber sie mussten die Stimmen heben, um sich über die lauten Gespräche der anderen Leute hinweg zu verstehen. »Fred! Du siehst aus, als hätten sie dir den Schlips amputiert und vergessen, dich wieder zuzunähen.«

Fred befingerte den offenen Kragen seines gestreiften Hemdes. Er war direkt aus dem Büro gekommen. »Ich hab ihn mitnehmen dürfen«, sagte er. »Hier.« Er holte die zusammengerollte Krawatte aus der Jackentasche und hielt sie Ritchie hin. »Du siehst aus, als brauchtest du einen Spender.«

»Er braucht eher eine Hemdtransplantation«, sagte Art.

»Ritchie hat auf seinem Spenderausweis ein Sonderangebot stehen«, sagte Midge. »Nämlich: ›Im Fall meines Todes möchte ich, dass mein Fett zur Speisung der Hungrigen verwandt wird.‹«

»Du hast einen Spenderausweis?«, sagte Ritchie.

»Scheiß drauf«, sagte Midge. »Ich lass mich lieber zu Hundefutter verarbeiten.«

»Steht da nicht drauf, dass du deinen Schwanz den russischen Netballmädels stiftest?«

»Nur für eine Nacht!«

»Gesichtstransplantat«, warf Bruce in das abebbende Gelächter ein.

»Was?«, sagte Midge und blickte ihn mit leicht geöffnetem Mund und gerümpfter Nase an.

»Ach, nichts.«

»Ich dachte, du hättest gesagt, du wolltest ein Gesichtstransplantat«, knurrte Midge in sein Bier. »Wann fangen sie an, Persönlichkeiten zu transplantieren? Bedarf gibt's genug.« Eine Weile sagte niemand etwas. Ritchie bestellte die nächste Runde.

»Kriegst du gut Aufträge?«, fragte Art Bruce.

»Ja! Ja. Na ja, eigentlich nicht«, sagte Bruce und schaute auf den Fußboden. Er zwang sich, den Kopf zu heben und

Art anzugrinsen. »Es war schon immer so, dass es eine Weile dauert, bis man sich wieder aufrappelt, was? Die kalten Schultern, die Scheidung.« Er warf einen Seitenblick auf Ritchie, der sich mehrmals mit der Rechten über Mund und Kinn strich. »Die Produzenten, die würden mir eine zweite Chance geben, aber so Typen wie ihr, nicht wahr, die stellen sich quer.«

»Meine Zeitung nicht«, sagte Art.

»Genau, Bruce, mach halblang«, sagte Midge. »Art arbeitet für ein Schwulenblatt. Bei denen haben Pädophile immer das Recht auf eine Gegendarstellung.«

»Okay«, sagte Ritchie und erhob beide Hände. »Bruce hat dafür bezahlt, okay? Midge, das war daneben.«

Bruce befingerte das Kruzifix an der Goldkette, das aus dem V-Ausschnitt seines Sweaters hing. Mit funkelnden Augen beugte er sich zu Midge vor und sagte: »Ich weiß noch gut, wie wir hier gesessen haben und du mit den kleinen Thai-Huren angegeben hast, die du in Chiang Mai vernascht hast. Du hast gesagt: ›Sind sie nicht weiß, macht's keinen heiß.‹«

Ritchie nahm Bruce am Arm, zog ihn von der Bank, ging mit ihm nach oben an die Theke und bestellte ihm einen Drink.

»Tut mir leid, Ritchie«, sagte Bruce. »Ich hab schon wieder Scheiße gebaut.«

»Du hast es nicht leicht gehabt, Kumpel, das wissen wir«, sagte Ritchie.

Bruce nickte und presste die Lippen zusammen. Tränen stiegen ihm in die Augen und rollten ihm über die Wangen. Er wischte sie mit dem Ärmel ab.

»Warte hier, ich bin gleich wieder da, dann reden wir«, sagte Ritchie.

»Ich will kein Mitleid«, sagte Bruce.

»Ich weiß.«

»Ich bin gut. Die Sachen, die ich früher gemacht hab, da bin ich gut drin.«

»Ich weiß.«

»Durch das, was passiert ist, hab ich mehr Tiefe gekriegt. Du könntest mich gebrauchen.«

»Da reden wir drüber. Warte hier, ich bin gleich zurück.«

Ritchie ging nach unten zu den anderen. »Wieso musstest du dieses Arschloch einladen?«, sagte Midge.

»Es ist lange her«, sagte Ritchie. »Fünf Jahre, nicht wahr?«

»Vier«, sagte Fred.

»Es geht nicht darum, was er gemacht hat«, sagte Midge. »Ich hab –«

»Was hast du?«, sagte Art. »Ich nicht.«

»Ich kann mich nicht mal mehr erinnern, wie alt sie war«, sagte Ritchie.

»Fünfzehn«, sagte Fred. »Und weißt du, was mit ihr passiert ist?«

»Stimmt«, sagte Art. »Dieser Kolumnist, wie heißt er noch mal, bei dem ist sie gelandet.«

»Haben die nicht geheiratet?«

»Das gehört sich nun wirklich nicht. Mit neunzehn heiraten!«

»Ich hab sie einmal gesehen. Unglaubliches Gerät. Beine bis hier.«

»Sich an so einen Arsch wegzuschmeißen.« Die Köpfe steckten dicht zusammen.

»Bruce' Fehler war nicht, dass er mit einer Fünfzehnjährigen gefickt hat ...«, sagte Fred.

»Ich dachte, du wärst Anwalt?«

»... sondern, dass sie in der Sendung war.«

»Wie hieß die noch mal?«

»Irgendein bescheuerter Name.«

»*The Ugly Show.*«

»Er hatte so eine bescheuerte Art, es auszusprechen.«

»*The You-Glee Show.*«

»Frohsinn, weiß Gott.«

»So ein Vollidiot.«

»Das ist es nicht«, sagte Midge. »Nicht dass er ein kleines Mädchen fickt, sondern dass er so dämlich ist, sich erwischen zu lassen. Deswegen schämt er sich. Deswegen ist er so am Arsch. Ich kann Entertainer nicht ausstehen, die zu scheißblöd sind, um ihre schmutzigen Angewohnheiten unter dem Teppich zu halten.«

»Sollen wir ihn sitzen lassen?«, sagte Ritchie.

»Hä?«, sagte Midge.

»Lasst uns ins Canaan gehen. Wir lassen ihn einfach hier sitzen.«

Fred lachte. Art stimmte ein. Midge grinste Ritchie verschmitzt an und stand auf. »Na, dann los«, sagte er.

Sie machten sich auf, und Ritchie wartete noch auf die Rechnung. Als er bezahlt hatte, ging er nach oben, blieb in der Tür stehen und beobachtete halb verborgen, wie Bruce allein an der Theke saß, auf dem Hocker zusammengesunken, den Kopf gesenkt, vor sich ein leeres Glas. Bruce hob den Kopf und schaute sich um, und Ritchie trat rasch aus dem Blickfeld und auf die Straße hinaus zu den anderen.

Es nieselte. Das Canaan war nur zwei Straßen weiter, und die vier Männer marschierten in breiter Front auf dem Bürgersteig, laut frotzelnd und unverhohlen den Mädchen in Stöckelschuhen nachschauend, die sie dazu zwangen, sich an ihnen vorbeizuquetschen. Ritchie registrierte sie im Canaan, und als sie saßen, war es, als hätten sie das Zeppo gar nicht verlassen – die gleichen Eckbänke, das Leder nur in einem anderen Rotton, die gleichen Drinks, alles genauso, nur ohne

Bruce. Jetzt, da sie zu viert waren, unterhielten sie sich in der Runde. Sie erzählten sich von ihren Kindern und ihren Frauen, ihren Häusern, ihren Hobbys. Sie waren ernst, und der Konkurrenzdruck war niedrig. Es schien, als hätte das Ausstoßen von Bruce das Bedürfnis nach Ruhe und Frieden geweckt. Auf dem Weg zum Canaan war Ritchie stolz gewesen, eine Gruppe von selbstherrlichen Bramarbassen anzuführen, und jetzt war er stolz, der Mittelpunkt einer Gruppe richtiger Kerle zu sein, die ihn mit ihrer Aufgekratztheit und ihren harmlosen Prahlereien von ihren Wochenendabenteuern an seine Freunde in der Schule erinnerten. Doch sein Anliegen fraß an ihm.

»Er ist nie an dich herangetreten, oder, Fred?«, sagte Ritchie.

»Wer?«

»Bruce.«

»Ich komme jetzt nicht ganz mit …«, sagte Fred kühl. Er nahm einen großen Schluck Wein.

»Die Zeitung, die die Sache aufgedeckt hat, wollte die nicht so einen Deal mit ihm machen? Wir bringen es nicht, wenn du uns den Dreck lieferst, den der und der am Stecken hat, so eine Geschichte?«

»Das wäre Erpressung, nicht wahr?«, sagte Art.

»*Innocente!*«, sagte Midge, auf ihn deutend.

»Es wäre Erpressung«, sagte Fred. »Ich wüsste nicht, warum er an mich hätte herantreten sollen.« Ritchie konnte hören, wie der Anwalt in ihm seine Stimme übernahm. Es war, als ob sich am Rand eines Teichs Eiskristalle bildeten.

»Das ist doch dein täglich Brot, oder?«, sagte Midge.

»Anwaltsgeheimnis«, sagte Fred und versuchte zu grinsen, doch das Eis wurde dicker. Er verbarg seinen Mund hinter dem Glas.

»Sie können es so formulieren, dass es sich nicht wie Erpressung anhört«, sagte Midge. »Du weißt, worauf sie hinauswollen, aber vor Gericht würde es nicht standhalten.«

»Klingt so, als wäre dir das schon passiert.«

»Ich habe viele Klienten. Reden tun sie alle gern«, sagte Midge. »Unterm Strich lässt sich zweierlei sagen. Erstens, sie können das Wasser nicht halten. Zweitens, das Land ist voll von Hetzern und Petzern.«

Fred lachte vor sich hin.

»Denunzianten«, fuhr Midge fort. »Leute, die einen verkaufen. Renommiermösen. Paparazzi. Infohändler. Fotohandys. Ein Schweinesystem wie die Stasi. Was glaubt ihr, wie ein Polizeistaat funktioniert? Ich geb euch einen Tipp: Es ist nicht die Polizei. Passt auf eure Freunde auf. Das halbe Land ist bereit, die andere Hälfte zu verpfeifen.«

Ritchie sagte zu Fred: »Mal angenommen, Bruce wäre zu dir gekommen und hätte gesagt: ›Hör mal, ich ficke mit dieser Fünfzehnjährigen, und jetzt ist es rausgekommen, und sie werden es groß auf der Titelseite bringen, wenn ich ihnen nicht den Dreck von jemand anderem liefere.‹ Was würdest du sagen?«

Fred stellte langsam sein Glas auf dem Tischset ab, drehte es um hundertachtzig Grad und schaute sich dabei zu. Alle schauten ihm zu. Er blickte auf. »Ich würde sagen, ich nehme dreihundert Pfund die Stunde«, sagte er.

Midge und Art gickelten.

»Ich bin neugierig«, sagte Ritchie.

»Ich bin nicht im Dienst«, sagte Fred.

»Du bist Anwalt. Anwälte sind immer im Dienst«, sagte Ritchie.

»Danke«, sagte Fred. »Willst du einen kostenlosen Rat?«

»Nein, ich würde dir lieber dreihundert Pfund geben.«

»Willst du einen kostenlosen Rat?«

»Na, dann mach schon.«

»Wenn man nicht erwischt werden will, bumst man am besten gar nicht erst wild in der Gegend rum.«

»Du musst nicht so reden, als ob das mein Problem wäre«, sagte Ritchie.

»Der Rat ist gut, Fred, aber dann hätte ich vier Dutzend Heilige unter Vertrag, Scheiß noch eins«, sagte Midge. »Bei zehn Prozent, nur von Musterknaben, kriegst du kein Haus in Frankreich finanziert.«

»Anwälte!«, sagte Ritchie zu Midge. »Du lädst sie nach Feierabend zu einem Drink ein, und ehe du gucken kannst, zitieren sie dir aus dem Strafgesetzbuch und stellen es dir in Rechnung.«

Fred witzelte, Fernsehproduzenten versuchten immer, aus einer guten Unterhaltung schlechtes Reality-TV zu machen. Niemand lachte. Fred sah Art an, und der wandte den Kopf ab. Fred stand auf.

»Gehst du?«, sagte Midge. »Tschüs.«

Ritchie betrachtete Midge und verabscheute ihn, seine Cleverness, seine maßgeschneiderten Sachen, schwarzer Anzug, weißes Hemd und goldene Krawatte, seine Fähigkeit, sich seines Stands in der Welt absolut sicher zu sein und sich über jeden anderen Stand zu mokieren. Doch obwohl er Midge verabscheute, wollte er ihn als Freund behalten.

»Du wirst daraus keinen Artikel machen, oder?«, sagte Ritchie zu Art.

»Bis jetzt hast du noch nichts Interessantes gesagt«, sagte Art.

Ritchie und Midge sahen sich an.

»Du hast mich eingeladen«, sagte Art.

»Stimmt«, sagte Ritchie mit einem Blick in sein leeres Glas.

»Ich hol uns noch eine Flasche«, sagte Art.

»Neinein, neineinein«, sagte Ritchie und hielt die Hand hoch. »Ich mache das.« Er rief den Kellner und bestellte, dann sagte er zu Art: »Du hast den armen Bruce ziemlich schroff behandelt.«

Art runzelte die Stirn. Er sagte: »Es war deine Idee, ihn dort sitzen zu lassen, und er«, er nickte in Midges Richtung, »hat ihn ein Arschloch genannt.«

»Er«, sagte Midge. »Wie liebenswürdig.«

»Aber du bist mitgegangen, oder?«, sagte Ritchie zu Art. »Was meinst du? Wenn du der Journalist gewesen wärst und die saftigen Infos über unseren Bruce bekommen hättest? Hättest du sie benutzt?«

»Solche Storys sind nicht mein Metier«, sagte Art. »Ich schreibe politische Artikel für ein seriöses Blatt.«

»Schreibt sterbenslangweiliges Zeug für ein sterbenslangweiliges Blatt«, sagte Midge.

»Ach, komm«, sagte Ritchie. »Ihr seid doch alle gleich. Ihr kriegt was Schmutziges über einen populären TV-Promi geliefert, der auf ein gieriges, raffiniertes kleines Luder reingefallen ist, das sein Glück gar nicht fassen kann, eine, die genau weiß, was sie tut, und wo die Mutter oder beide Eltern wahrscheinlich von vornherein eingeweiht sind … da würdest du doch nicht zögern, oder? Du würdest ihn in die Pfanne hauen, nicht wahr, du würdest sein Leben zerstören?«

»Sie war fünfzehn!«, sagte Art.

Ritchie verschränkte die Arme, lehnte sich auf seinem Sitz zurück und wandte sich Midge zu. »Sie sind alle gleich«, sagte er.

»Alle gleich«, sagte Midge.

»Aber vielleicht«, sagte Ritchie zu Art, »würdest du ihn ja nicht sofort zerreißen?«

»Hörst du mir überhaupt zu, wenn ich was sage?«

»Jetzt reg dich nicht auf, wir reden doch nur. Ich würde drauf tippen, dass du ihn nicht sofort zerreißt. Vielleicht würdest du die Info als Druckmittel benutzen, um noch saftigere Sachen aus ihm rauszuquetschen. Hier.« Er hielt die Flasche über Arts halb leeres Glas.

»Nein, ich hab genug, danke.« Er räusperte sich. »Ich sollte mich auf die Socken machen.« Er stand auf, leckte sich die Lippen und zog sich umständlich sein Jackett an.

»Du bist doch nicht beleidigt, oder?«, sagte Ritchie und sah ihn mit großen Augen an.

»Nein, nein.«

»Wir haben doch nur ein bisschen Spaß gemacht.«

»Ich weiß.«

»Auch wenn du ein treuloser kleiner Saftarsch bist, der seine eigene Schwester für eine Story verkaufen würde.«

»Genau«, sagte Art und versuchte zu grinsen. Er rang sich ein Lachen ab. »Ihr seid auch zwei richtige Arschlöcher.«

»Das ist aber nicht sehr nett, so was zu sagen«, sagte Midge ernst.

Art wurde bleich im Gesicht. Er schien nach einer schlagfertigen Erwiderung zu suchen und begnügte sich dann damit, Midge fest in die Augen zu starren. Midge erwiderte seinen Blick und fragte, ob etwas nicht stimme. Art ließ die Schultern sinken, winkte mit halb erhobener Hand und ging davon. Ritchie rief ihm noch nach, seine Frau zu grüßen.

Als er fort war, saßen sie eine Weile schweigend da.

»Wie geht's Karin?«, sagte Midge.

»Das hast du schon mal gefragt. Wie gesagt, gut.«

»Scheiße, du bist echt schräg drauf, Ritchie.«

»Zu viel Arbeit.«

»Weißt du was«, sagte Midge mit gedämpfter Stimme.

»Ich hätte Lust, mir 'ne Prise Schnee reinzuziehen. Hast du welchen?«

»Könnte welchen besorgen«, sagte Ritchie.

Midge hielt Ritchie am Handgelenk fest, bevor er seinem Dealer simsen konnte. »Ich geh los«, sagte er. »Ich kenne einen Typ hier in der Nähe. In zehn Minuten bin ich wieder da.«

Ritchie blieb allein auf der Bank sitzen, vor sich das Aufgebot schmieriger leerer Gläser. Er drehte sich um. Eine Frau im schulterfreien schwarzen Kleid saß an der Theke. Ritchie stand auf, trat neben sie und sagte »Hallo«. Er wollte ihr einen Drink spendieren und ihr davon erzählen, wie er seinerzeit mit Bono und David Bowie im Hammersmith Palais ein Konzert gegeben hatte. Die Frau sah ihn an, wandte sich ab, hob einen Finger und fing den Blick des Barmanns auf.

»Mr Shepherd«, sagte der Barmann. »Haben Sie möglicherweise vergessen, dass bei uns ungebetene Annäherungen an andere Gäste strikt untersagt sind?«

Ritchie entfernte sich von der Theke, eine Hand ausgestreckt, um die Wand auf Sicherheitsabstand zu halten, nachdem er sich die Schulter daran gestoßen hatte. Er schloss sich in einer Toilette ein. Ein Schild über dem Becken wies darauf hin, dass Gäste, die im Lokal beim Drogenkonsum erwischt wurden, Hausverbot bekamen. Ritchie holte etwas in Alufolie Verpacktes aus der Tasche, legte es auf den Spülkasten und wickelte es aus. Er nahm eines der dunkelbraunen Stücke aus der Folie, setzte sich auf den Toilettendeckel, schloss die Augen und presste sich die Schokolade an den Gaumen.

29

Harry hatte sich einen witzigen Wortwechsel zu seinem Krebs ausgedacht. Er stellte sich vor, dass jemand Fremdes ihn fragte, was er beruflich mache, und er antwortete, er leite ein Krebsforschungsinstitut, worauf der Fremde weiter fragte, was für einen Krebs sie erforschten, und er sagte: »Nicht die Art, die ich habe. Ich beneide Leute, die *den* Krebs haben. Wenn es ein entsprechendes Gebot gibt, dann verstoße ich dagegen. ›Du sollst nicht begehren deines Nächsten Krebs.‹«

Aber kein Fremder stellte je die Fragen, die Harry sich ausgedacht hatte. Ihm blieb nichts anderes übrig, als die Situation zu beschreiben, und bevor er zum Witz kam, erschienen auf dem Gesicht seines Gegenübers drei O: zwei runde Augen und ein aufgerissener Mund. Das konnte Harry nicht ertragen. Er wollte, dass der Krebs und er als Figuren in einem alten Schwank angesehen wurden, »Der Krebs und der Chemikus«, ähnlich der Geschichte vom Bauern, der nachts an einer Kreuzung auf halbem Weg zwischen seinem Haus und der Hölle mit dem Teufel wettet, wer der Klügere ist. Die drei O zollten dem Tod Respekt. Er kam sich vor wie einer, der einen Freund vorstellt, der einen Prominenten kennt. Der Krebs war es, mit dem die Leute reden und dem sie Insider-Informationen entlocken wollten. »Ach, Sie kennen den Tod! Wie ist er denn so?«

Harrys frühere Frau lebte in Neuseeland. Sie war in das Land ihrer Vorfahren zurückgezogen und hatte Harry erklärt, es sei ein Fehler von ihm gewesen, sich an die erste von ihm geschwängerte Frau zu binden, offenbar habe er frühzeitig einen komplizierten Punkt auf seinem Programm abhaken wollen, um sich seinen anderen Prioritäten zuzuwenden; und

Harry hatte ihr nicht widersprochen und auch nicht versucht, sie aufzuhalten. Seine nachehelichen Liebschaften waren mit Ende fünfzig langsam ausgelaufen. Nach der Erfahrung mit der erschütternden Munterkeit einer Erotik-Masseuse hatte er sich abgewöhnt, für weibliche Gesellschaft zu zahlen. Nachts war niemand da, von dem Harry einen Beischlaf und ein offenes Ohr fordern konnte. Der einzige warme Körper im Haus war seiner.

Er wachte auf, wenn die ersten in Heathrow landenden Flugzeuge aus Asien die Nacht zerrissen. In diesen Momenten war es weniger sein eigenes Schicksal, das ihm Angst machte, als ein einfacher ungeheurer Größenunterschied. Ein Bild davon, wie die Erde als deutliches türkisblaues Pünktchen über die riesige gelbe Sonnenscheibe zog, verfolgte ihn und wurde zum Auslöser eines wiederkehrenden Anfalls, bei dem ihm im Angesicht des Unerkennbaren schwindlig wurde. Im Tageslicht wurde die Angst zum Hintergrundsummen der Unruhe wegen einer bevorstehenden wichtigen Reise, die er gegen seinen Willen unternehmen musste. Immer wieder meinte er, packen zu müssen, bis ihm einfiel, dass er gar nicht verreiste.

Chemo- und Strahlentherapie hatte er hinter sich. Eine Operation konnte ihm nicht helfen, und er hatte noch eine Schonfrist, bevor die Palliative interessant wurden. Es gab keine krebsspezifischen Aufgaben, mit denen er sich hätte beschäftigen können. Im Institut beobachtete er eine gut gemeinte Verschwörung zum Abbau seiner Verpflichtungen. In Garnisonen, die sich aufs Gefecht vorbereiteten, hatte er gelesen, beschäftigten die Offiziere die Soldaten mit sinnlosem Drill und Paraden, um sie zu ermüden und abzulenken; was aber taten die Offiziere? Harry hatte gedacht, es könnte ihn amüsieren, Anordnungen für seine eigene Beisetzung zu treffen, aber auch das taugte nicht. Er hatte seinen eigenen Grabstein bestellt, den Stein, die Typo und den Text bestimmt. Man konnte das online machen, fand er heraus. Er hatte es lustig gefunden, sich

Harry Comrie, Krebsforscher
Bei Mäusen hat's geklappt

in schwarz glänzenden Lettern tief in eine Platte aus rosigem schottischem Granit meißeln zu lassen. Eine Woche später wachte er mit rasendem Herzen und brennendem Gesicht in der Gewissheit auf, dass er zwölfhundert Pfund bezahlt hatte, um zu seinem Gedenken auf Erden einen wissenschaftlichen Insiderwitz auf einem Friedhof in Surrey zu verewigen. Gleich am nächsten Tag rief er den Steinmetz an, halb in der Hoffnung, die Auskunft würde lauten: »Ich glaube, der Stein ist noch nicht fertig. Ach nein, er ist doch schon fertig.« Aber die Frau im Büro erklärte ihm, mit der Arbeit werde erst begonnen, wenn der Kunde beerdigt sei. Wenn man den Stein zu früh aufstellte, bestehe immer die Gefahr der Bodensenkung. Man müsse das Grab erst eine Weile ruhen lassen.

Wenn er über den Tod lachte, fand Harry, zeigte er damit, dass er sich nicht davor fürchtete, und wenn er der Aussicht, alles zu verlieren, mit Unbekümmertheit begegnete, verhielt er sich damit so vornehm, wie er es gern sein wollte. Und doch, fragte er sich, was hieß es, aus dem Tod einen Witz zu machen? War es vornehmer, seine Tapferkeit zu beweisen, indem man über sich selbst lachte, oder den Witz auf die Spitze zu treiben, indem man dem Tod ein Schnippchen schlug, sodass der Tod am Ende dumm dastand?

Häufig kam ihm in den Sinn, dass in einem Kühlraum im Institut seine eigenen Zellen, von denen man ihm zehn Jahre zuvor eine größere Menge entnommen und, genetisch modifiziert, eine Kultur angelegt hatte, bei minus einhundertfünfzig Grad eingetütet und etikettiert in einem Planer-Einfriergerät in einer CryoStor-Lösung schwammen. Eine Probe war ihm damals ins Blut infundiert worden, um zu beweisen, dass sie sicher waren, und sie hatten bei ihm nicht die geringste Wirkung gezeigt. Sie zielten auf eine andere Krebsart ab. Es gab keinen wissenschaftlich stichhaltigen Grund, warum sie einen soliden Tumor stärker beeinflussen sollten als eine Injektion Orangensaft, und trotzdem gingen sie Harry nicht mehr aus dem Kopf. Der Krebs war seiner; die Zellen waren seine, einerlei was die Anwälte des Instituts dazu meinten; warum sollte er die beiden nicht miteinander verbinden? Es war gewissermaßen eine Familienzusammenführung.

Harry erinnerte sich, wie sehr er daran gezweifelt hatte, dass die Expertenzellen die erhoffte Wirkung zeigen würden. Meistens im Leben war die Wirkung anders als erwartet. Und doch *hatten* sie bei diesen Patienten gewirkt. Harrys Gehirn legte sich eine pseudologische Beweisführung zurecht, die Unsinn war, das wusste er, aber die ihn dennoch ansprach.

Sie ging so: Ich hatte damit gerechnet, dass die auf die eine Krebsart zugeschnittene Behandlung fehlschlagen wird, sie hatte aber Erfolg. Ergo wird, wenn ich bei einem anderen Krebs mit einem definitiven Fehlschlag der Behandlung rechne, etwas Besseres herauskommen als ein definitiver Fehlschlag. Eins besser als definitiv fehlschlagen ist eventuell Erfolg haben.

Mit diesem Gedankengang erlag Harry der Versuchung. Das gestand er sich auch ein, aber nicht, dass er auch der Hoffnung erlag.

30

Ein breiter Strom Tee mit Milch schien durch London zu fließen. Ab und zu funkelte die Sonne auf der Oberfläche, und dann sah man, dass der Fluss in Wirklichkeit aus Geld bestand und seine Farbe dem Sediment der aufgeweichten Scheine verdankte, die von den Geldbergen Eurasiens abgewaschen wurden. In den Windungen vor der City und Canary Wharf wurde der Fluss in seinem mächtigen Lauf zur Mündung in der Schweiz gefiltert und gereinigt, und dem an den Ufern zurückbleibenden fruchtbaren Mammonschlamm entsprossen Wolkenkratzer. Der höchste wuchs aus einer Golfdollarablagerung nahe der London Bridge. Sein Betonkern, der in jeder Blickrichtung über die Skyline hinausstieß, schien über Nacht siebzig Stockwerke hoch aus dem Boden getrieben worden zu sein.

Harry gefiel es, London in die Höhe schießen zu sehen. Als altem Mann bereitete es ihm eine väterliche Genugtuung zu verfolgen, wie menschliche Großtaten Himmel und Horizonte einnahmen, als wäre er, wenn er dem Schwingen der Kräne und dem Gießen des Betons von der Seitenlinie zujubelte, an der gemeinschaftlichen Zeugung der Zukunft beteiligt. Jedes Richtfest war ein persönlicher Triumph. Die architektonische Kühnheit ließ sein altes Herz höherschlagen, der Heldenmut, der mit wild hingehauenen Strichen das Stadtbild veränderte.

Er verstand seine Assistentin Carol nicht, als sie ihm erzählte, sie habe im höchsten Hochhaus eine Etage für seine Party gemietet. Die Erscheinung des Gebäudes, seine Glasverkleidung und das schrittweise Aufleuchten seiner Lichter waren für ihn wie Gesten, die die Hand des Fortschritts machte. Er hatte vergessen, dass leibhaftige Menschen dahinterstanden. Carol hatte das Hochhaus eines Tages bemerkt, sich gedacht: Wo kommt das denn her?, beschlossen, es würde Harry gefallen, und mit ein paar Telefonaten den Termin festgemacht.

Nicht lange vor Weihnachten, um acht Uhr abends, zweihundertvierzig Meter über London, kamen die ersten Gäste aus den Aufzügen und schlenderten zu den Glasfenstern des Bankettsaals, um das Meer der strahlenden Straßenlaternen und Fenster zu bestaunen, die aus der Dunkelheit stachen. Eine zerzauste Wolke von der Länge eines Straßenblocks schob sich an ihnen vorbei über die Stadt, und sie genossen die Gottähnlichkeit ihres Standorts. Nach einer Weile hatten sie sich daran gewöhnt und fanden es nicht mehr interessant, und sie wandten sich einander zu. Eine zehnköpfige Swingband spielte, alle in weiße Smokings gekleidet, und eine dicht gestaffelte Schar von Champagnerflaschen frisch aus dem Kühler rauchte auf einem langen Tisch, an dem polnische Jungen und Mädchen in weißen Hemden und schwarzen Westen zum Einschenken bereitstanden. Weitere junge Polen, die mit dem Bus aus beengten Quartieren im äußersten Westen gekommen waren, zogen Frischhaltefolien von Platten mit Kanapees, die Puppenhausversionen berühmter Speisen darstellten: fünf Zentimeter lange Hotdogs, Zigaretten, die sich als knusprige Ente in Minipfannkuchen herausstellten, und teuflisch scharfe Klümpchen Perlhuhn-Tikka, rot gewürzt und schwarz gebraten, in Tonschälchen von Okarinagröße.

Der Leiter der Finanzabteilung an Harrys Institut hatte gemurrt, als Carol ihn um das Geld für die Party anging. Er war es gewohnt, fünfzig Pfund für Wein und Snacks abzuzweigen. Er sah ein, dass Harry »ein führender Wissenschaftler« war, aber er fand es ziemlich mies, dem verachteten Buchhalter die Verantwortung dafür zuzuschustern, wie luxuriös das Abschiedsfest des Chefs werden durfte. Was würde das Kuratorium sagen? Soweit er wusste, wurde das Institut von öffentlicher Hand und Wohlfahrtsverbänden finanziert, damit es den Abschied der Bürger aus dieser Welt verzögerte, nicht damit es die Hinscheidenden mit einer großen Sause ihres Weges schickte.

Der Leiter der Finanzabteilung zupfte sich an der Unterlippe, beschrieb mit dem Cursor nachdenkliche Kreise über Harrys Gehaltstabelle und merkte, dass er dasselbe grummelnde Pflichtgefühl schon früher im Jahr verspürt hatte, als er Tausende an Mutterschaftsgeld für eine Forschungsleiterin ausgespuckt hatte, die, wie er wusste, gar nicht daran dachte, nach der Geburt ihres Babys weiterzuarbeiten. Wenn Harry, mit dem höchsten Gehalt am Institut, nun schwanger statt tödlich krank geworden wäre, was dann? Der Leiter der Finanzabteilung gab die Zahlen ein und starrte entsetzt auf den Bildschirm. Wie viel mehr ihn das kosten würde! Er löschte »Mutterschaftsgeld« und tippte »Sterbegeld« ein. Er sah sich schuldbewusst um und buchte für Harrys Abschiedsfete ein Zehntel des Betrags, den er ihm als junge Mutter gezahlt hätte. Sogleich war er von seiner Großzügigkeit ganz gerührt und schickte Carol eine E-Mail.

Harry erachtete es als knauserig und erklärte Carol, er werde den Betrag, den das Institut beisteuerte, aus der eigenen Tasche verdreifachen. Er fand, bescheidene öffentliche Bedienstete wie er hätten die Pflicht, fürstliche Empfänge zu geben. »Soll ich etwa wie ein Mönch leben, nur weil ich nicht der Direktor eines Ölunternehmens bin?«, fragte er. Ein amerikanischer Kollege brummte etwas über den Krieg gegen den Krebs. »Ach«, sagte Harry, »wenn Sie wüssten, wie viel Champagner der Premierminister im Krieg über das offizielle Kontingent hinaus gebechert hat, während unsere tapferen Jungs gefallen sind! Churchill wusste«, sagte Harry,

»dass ein Leben ohne Überfluss, ohne die große Geste die größte Vergeudung überhaupt war.«

Zwei tief dekolletierte junge Frauen in High Heels und dunklen Strumpfhosen und etwas Gold hier und da, eine Medienassistentin beim Wellcome Trust und eine Freundin mit nicht mehr als einem Stellenwunsch, erschienen auf der Party; befürchteten, zu förmlich gekleidet zu sein; befürchteten, sich von vielen möglichen Events einen *lahmen* ausgesucht zu haben; waren erleichtert vom Plärren der Posaunen, dem Schrubben eines Kontrabasses, den bunten Farben, nackten Schultern, schicken Jacketts, Perlen auf Haut, dem Dröhnen der Gespräche; merkten, dass niemand sie kannte; wurden nervös; bekamen kalten Champagner angeboten; lächelten den süßen Kellner an; nippten; spürten es auf der Zunge prickeln; fühlten sich toll in der großen Stadt; sahen London leuchtend unter sich liegen; traten an das große Fenster; wurden schwindlig von der Höhe; nahmen größere Schlucke; meinten übereinstimmend, es sei, als flögen sie über London; sahen die blinkenden Lichter eines Flugzeugs, das auf dem City Airport landete; fanden es irre, von oben darauf zu schauen; bemerkten helle Inseln im Lichtermeer; erkannten die City, Canary Wharf, das O2, Stratford, wo die Olympischen Spiele gewesen waren; zogen sich vom Fenster zurück; bekamen etwas zu essen angeboten; beugten sich vor, um sich häppchengroße Pizzen in den Mund zu schieben, sodass ihre Ohrringe wackelten und glitzerten; erregten die Aufmerksamkeit zweier Männer.

Ein einsamer Geologe von Mitte vierzig, der mit seinem Leben unzufrieden war, versuchte, mit der Arbeitslosen ein Gespräch anzuknüpfen; wurde beschieden, sie versuche, Mittel für ein Multimedia-Pilotprojekt aufzutreiben, das in der Öffentlichkeit mehr Verständnis für die Wissenschaft schaffen solle; erwog, ihr zu sagen, dass das Zeitverschwendung war; fand sie jung, hübsch; versuchte, sie mit Klatsch über Harry zu beeindrucken; ließ sie wissen, dass Harry seinen Sohn nicht zum Fest eingeladen hatte; wurde gefragt, welcher denn Harry sei; zeigte ihn ihr, wie er im stahlblauen Anzug, mauve Hemd und rosa Binder am Champagnertisch stand, einen Halbkreis von Leuten um sich, und vor und zurück wippte, Hände in den Taschen, gleichzeitig lachend und redend; bekam von der Medienassistentin gesagt, wie gut Harry aussehe; sagte ihr, er habe abgenommen, bis zum Frühling werde er tot sein; faszinierte die Frauen unabsichtlich durch die beiläufige Selbstverständlichkeit, mit der er das sagte; merkte nicht, dass sein Freund sich vernachlässigt fühlte.

Der Freund, ein gut aussehender junger Journalist vom *New Scientist*, der sich nicht in Schale geworfen hatte, durchquerte unter einem Vorwand den Raum; gesellte sich zu einer amerikanischen Biologin, die sich mit einem Schriftsteller unterhielt, der in einem vergessenen Bestseller das Ende der Welt vorhergesagt hatte; fragte die Biologin, ob sie extra für die Party aus Amerika angereist sei; wurde für nassforsch und banal befunden; bekam die Auskunft, sie sei gekommen, um ein gut gelebtes Leben zu feiern; sagte, er habe gehört, Harry habe seinen Sohn nicht eingeladen; hörte von dem Schriftsteller, dass Harrys Neffe Alex anwesend war, zur Rechten des großen Mannes; trat zurück, um andere mit in den Kreis zu lassen; hörte jemanden fragen, ob es stimme, dass Alex Harrys Nachfolger im Institut werden sollte; bejahte das; holte sein iPhone aus der Tasche; sagte, er wolle sich vergewissern, dass das Wort »Nepotismus« von dem lateinischen Wort für Neffe kam; wurde verspottet und bekichert.

Die Biologin entfernte sich von der Gruppe und sah sich ratlos im Raum um: Wohin ging man im siebzigsten Stock, wenn man rauchen wollte? Der Lärm strengte sie an, und

Harrys Ortswahl enttäuschte sie. Sie war über Schanghai gekommen. Das Hochhausduell, dachte sie, würde London nicht gewinnen. Sie erkannte Alex in der Menge, ein hochgewachsenes Energiebündel mit einer Haifischflossennase und großen, beredten Händen, das mit liebenswürdiger Vernunft jemand Ahnungsloses niederwalzte.

Eine Frau betrat den Raum mit zerstreuter Zielstrebigkeit, als wäre die Party ein Korridor, den sie durchlaufen musste, um anderswohin zu gelangen. Sie war Anfang dreißig und hatte schulterlange schwarze Haare, deren dicht gewellte Strähnen ihr Gesicht einfassten. Braun gebrannt, intelligente schwarze Augen, ein Hauch natürlicher Röte auf den Wangenknochen, die noch unter der Bräune sichtbar war. Sie trug ein indigoblaues Kleid, pflaumenblaue Strumpfhosen und schwarze Pumps und war für den modernen Schick zu vollschlank: ein präfotografisches Ideal von Kurven über und unter einer schmalen Taille, eine Fülle, die in Bewegung leicht war, aber, auf einem Bild festgehalten, schwer wirken konnte. Ein Kellner trat mit Champagner auf einem Tablett an sie heran.

Die Biologin fragte den Journalisten, ob er sie kenne.

»Die gut aussehende Frau da? Rebecca Shepherd. Malaria-Forscherin.«

Die Biologin wollte sie ansprechen, bemerkte aber, dass Harrys Neffe sie hatte eintreten sehen und sie bereits begrüßen ging.

31

Bec blickte auf. Ein großer Mann mit braunen Augen stand vor ihr und meinte, sie müsse ihn kennen, doch sie erkannte ihn erst, als er sagte, dass er Alex Comrie sei. Sie sah an ihm vorbei in den Raum. »Warum trägt dein Onkel so bunte Sachen?«, sagte sie.

»Er glaubt, seit er krank ist, sei sein Gesicht interessant geworden. Stark genug für Farben.«

»Er sieht nicht krank aus. Er sieht glücklich aus.«

»Er steckt voller Medikamente und Lebenskraft. Er hat sich durchaus nicht damit abgefunden.«

»Niemand findet sich damit ab«, sagte Bec.

Gestern, erinnerte sie sich, war das Grab kaum groß genug für Huru gewesen, und Batini hatte lange gebraucht, um ihn sorgfältig in das Loch zu drücken, mit der gedankenlosen Genugtuung einer Mutter, die Stullen in die Pausenbrotdose eines Kindes quetscht.

Alex sagte: »Er weniger als die meisten anderen. Er hat großen Anteil an dem, woran ich gerade arbeite, und er möchte, dass ich den letzten Satz in meinem Aufsatz abändere und behaupte, ich hätte herausgefunden, wie die Menschen ewig leben können.«

»Und, hast du's getan?«, sagte Bec.

»Es ist eine Theorie. Die Werte sind schwer zu bewähren, wenn es komplex wird. Wenn man sie in die Praxis umsetzen wollte, brauchte man für jede Person einen Computer so groß wie Wales.« Sie hört zu, dachte er. Sie merkt bestimmt die Unsicherheit in meiner Stimme. Die Zeit hatte wenig Spuren an ihr hinterlassen, seit sie sich das letzte Mal gesehen hatten, und sie wirkte so offen wie damals. Er fühlte das Verlangen, ihre Haare beiseitezuschieben und die Lippen auf ihren Hals zu pressen. Ich komme nicht an sie ran, dachte er. Im Zustand absoluter Konzentration auf Bec erkannte er, dass eine Traurigkeit sie ablenkte. Er wollte sie zum Lächeln bringen, merkte aber, dass er nicht aufhören konnte, über sein Problem mit Harry zu schwafeln. »Es ist nicht die Komplexität, die uns daran hindert, jahrhundertelang zu leben«, sagte er und fühlte, wie seine Zunge bei jedem L lederartig lappte. »Um wirklich unsterblich zu sein, müssten wir vergessen können, dass wir das ganze Theater schon kennen. Um jung zu sein, darf man noch nicht lange auf der Welt sein.«

Bec lachte, und Alex, der ihr bei den letzten Worten ein wenig wie ein Prediger vorgekommen war, lachte auch, obgleich er nicht wusste, worüber sie eigentlich lachten.

»Du kennst das ganze Theater noch nicht«, sagte sie.

»Manchmal kommt es mir so vor«, sagte Alex. »Und dann lerne ich jemand kennen und werde daran erinnert, dass das nicht stimmt.«

Bec musterte ihn. Sie wollte nicht wahrhaben, dass er sie meinen könnte, denn dann hätte sie sich genauer an seine absonderliche Aktion in Cambridge erinnern und die ungeheure zeitliche Distanz auf die Waagschale legen müssen, die zwischen damals und heute vergangen war, ihr ganzes Erwachsenenleben. Zu spät, dachte sie, ich weiß, dass es so ist.

»Dein Onkel glaubt bestimmt nicht, dass du dir irgendwas aus dem Ärmel schüttelst, damit er ewig lebt«, sagte sie. »Er möchte, dass du seine Arbeit und deine Arbeit zusammenführst, damit er weiß, wenn er stirbt, dass er etwas Bleibendes hinterlassen hat.«

»Er hat bereits etwas Bleibendes hinterlassen. Er ist unsterblich. Er hat einen Sohn. Er hat vier Enkelkinder, und das nächste ist schon auf dem Weg. Er ist Teil einer ununterbrochenen Familienlinie, die bis zum ersten Eukaryoten vor einer Milliarde Jahren zurückreicht.«

»Wir gehören alle dieser Familie an«, sagte Bec. »Wir Eukaryoten sind das Salz der Erde.«

»Einige von uns lassen unseren Teil der Linie abreißen«, sagte Alex. »Sich mit einem anderen Eukaryoten zusammenzutun und sich selbst zu ersetzen, das ist die einzige Art, wie man ewig leben kann. Man kann nicht vergessen, deshalb schafft man stattdessen einen Ersatz, und der alte stirbt, und weiter geht die Fahrt für die nächste Milliarde Jahre.«

Bec hörte aufmerksam zu. Er äußerte Selbstverständlichkeiten mit einem solchen Nachdruck, dass sie nicht mehr selbstverständlich wirkten. Sie konnte sich kaum erinnern, wie er damals auf Ritchies Party gewesen war; sie hatte einen Eindruck von Eifer, Schüchternheit und Arroganz zurückbehalten. Das deckte sich nicht mit dem Alex, der vor ihr stand. Eifrig war er immer noch, aber die anderen Eigenschaften hatten sich verloren. Ein Wille trieb ihn. Das machte ihn stark. Sie merkte, dass ihr Schweigen ihn beunruhigte. Er beobachtete sie genau, als könnte sie jeden Moment davonlaufen. Er hatte ansprechende Hände, dachte sie, und er trug keinen Ring. Bec hatte seit Val keinen Mann mehr gehabt. Es wäre nett, sich von ihm halten zu lassen, einander zu berühren; warum nicht? Sie war frei.

Sie bat Alex, ihr zu zeigen, wer Harrys Sohn war, und Alex erzählte ihr, dass Vater und Sohn sich nicht verstanden. Matthew sei religiös, sagte er, und es gebe ein Zerwürfnis; er sei nicht gekommen.

»Wie steht's mit deinem Ersatz?«, sagte Bec. »Deiner Reproduktion?«

»Ich habe keinen«, sagte Alex. »Wir haben's versucht. Die Ärzte konnten weder bei mir noch bei meiner Ex etwas feststellen. Wir sind immer noch nur zwei.«

»Das war taktlos von mir, nicht wahr? So was zu fragen.«

»Du kannst mich alles fragen, was du willst«, sagte Alex. »Ich werd's dir beantworten.«

»Eins hat mich neugierig gemacht. Diese Frau, die du deine Ex nennst. Ist sie deine Ex, oder ist sie es nicht?«

»Wir haben uns getrennt, aber wir leben noch zusammen.«

»Und ihr schlaft miteinander.«

»Bis auf Weiteres.«

»Diese Arrangements hauen nie hin«, sagte Bec ungeduldig. Sie griff sich zwei Gläser Champagner von einem Tablett, das die Runde machte, und reichte eines Alex. »Entweder man bleibt zusammen, oder man trennt sich. Keine Frau wird mit dir ins Bett gehen, solange du nicht Single bist.«

»Wie prompt doch jede Frau einem erklärt, was keine Frau tun wird.«

Bec errötete, wandte ihren Blick den Leuten zu, die zu tanzen begonnen hatten, und sagte zu Alex: »Hättest du Lust, mit mir zu tanzen?«

»Ich kann nicht tanzen.«

»Wie kann das sein, ein Drummer, der nicht tanzen kann?«

Alex wurde rot. »Das weißt du noch«, sagte er.

»Das passiert einer Frau nicht jeden Tag, dass jemand mitten in der Nacht ein Schlagzeug vor ihrem Fenster aufbaut.«

»Selbst dir nicht?«

Bec lachte. »Du hast schnell aufgegeben. Ich war erst achtzehn, vergiss das nicht. Ich dachte, ich finde dich vielleicht am nächsten Morgen zitternd vor der Haustür. Komm tanzen.«

Auf einmal wurde Bec am Arm gefasst, und tropische Wolkenfarben schoben sich in ihr Gesichtsfeld. »Dr. Shepherd!«, sagte Harry. »Ich habe Ihren letzten Aufsatz gelesen! Er war wunderbar, sehr klug. Wenn sie doch bloß noch DDT sprühen würden! Was halten Sie von Dietrichs und Knapheims Arbeit über DDT?«

»Die habe ich nicht gelesen«, sagte Bec.

»Natürlich haben Sie das!«, dröhnte Harry mit einem Piratengrinsen.

»Ich habe noch nicht mal davon gehört.«

»Unsinn, darüber reden wir später. Sie müssen für die Nachfeier mit nach Hause kommen. Siehst du?«, sagte er zu Alex und deutete mit dem Daumen auf Bec. »Davon rede ich. Infiziert sich selbst mit einem hundsgemeinen Parasiten, um das Problem anzupacken. Das ist Mut.« Er wandte den Kopf wieder Bec zu. »Hat er Ihnen von seinem letzten Meisterstück erzählt? Absolut genial, und er zieht nicht die Konsequenz! Es ist zum Mäusemelken! Schauen Sie!« Er breitete die Arme aus. »Schauen Sie sich das an!« Er deutete auf die unter ihnen liegende Stadt. »Hätte man dieses Hochhaus vor fünfzig Jahren bauen können? Fortschritt! Tatkraft! Wenn es nach Alex ginge, würden wir immer noch in Höhlen leben und mit fünfundzwanzig sterben.«

»Ich war gestern auf einer Beerdigung«, sagte Bec. »Er hat in einem Haus aus Lehmziegeln gelebt und ist mit drei gestorben.«

Alex begriff, dass dies die Traurigkeit war, die ihre Aufmerksamkeit von ihm abzog, und fragte, was geschehen sei, und Bec sagte, sie sollten sich keine Gedanken machen; sie wolle nicht darüber reden.

»Schau«, sagte Alex. Er deutete aus dem Fenster auf eine perspektivisch verkürzte Hauptverkehrsstraße, auf der die Autos in einer Lichterprozession dahinglitzerten. Tausende von gleichen weißen Lichtpartikeln schoben sich westwärts auf das Stadtzentrum zu, und genauso viele gleiche rote Lichtpartikel bewegten sich ostwärts davon weg. »Nimm mal an, das ist dein Blutkreislauf«, sagte er zu Harry. »Näher kommen wir als Wissenschaftler nicht heran. Wenn wir sehen, dass die Autos stehen bleiben, was können wir von hier oben unternehmen? Wie können wir sie dazu bringen, weiterzufahren?«

»Ich bin heilfroh, dass du nicht mein Arzt bist.«

»Hier, wo wir stehen, da steht auch der Arzt. Er kommt nicht nach unten, und er kriegt das Ganze nicht zu fassen.

Er sieht, wie die Stadt altert. Hochhäuser stürzen ein. Der Verkehr kommt ins Stocken. Gebäude schießen an Stellen in die Höhe, wo sie nichts zu suchen haben. Die Medizin ist so weit gekommen, und trotzdem, wenn wir verhindern wollen, dass die Stadt stirbt, ist es noch heute, noch heute das Beste, auf einen Stadtteil Bomben zu werfen, um den Rest zu retten. Und selbst wenn es uns gelingt, Agenten in die Stadt einzuschleusen und zu helfen, ohne etwas zu zerstören, kann das so viel Schaden wie Nutzen bringen, weil wir nicht wissen, welche Bahn jeder Bürger in jedem Moment verfolgt und wie sie alle zusammenhängen. Angenommen, wir finden heraus, dass jeder in der Stadt, der eine rote Mütze trägt, verrückt geworden ist und die Wasserversorgung der Stadt sabotiert. Wir müssen also irgendwie in die Stadt gelangen und sämtliche Rotmützen einschläfern, damit die Wasserversorgung gesichert ist. Aber dann finden wir heraus, dass diese rotmützigen Saboteure, die an den Wasserleitungen herumpfuschten, auch diejenigen waren, die die ganze Stadt mit Brot belieferten. Wir haben also die Stadt vor der Vergiftung gerettet, aber jetzt müssen wir verhindern, dass sie verhungert.«

»Sehen Sie, wie er mich behandelt, in meinem Zustand?«, sagte Harry zu Bec.

»Du hast noch etliche Monate«, sagte Alex.

»Alex«, sagte Harry und legte sich die Hand aufs Herz. »Tu einem sterbenden Mann einen Gefallen. Schreib den Satz dazu. Hilf mir. Hilf dir selbst. Gib der Welt Hoffnung. Rebecca, überzeugen Sie ihn.«

Forschungsthemen lösten bei Bec den Drang aus, die Party zu verlassen und sofort eine Schicht im Labor einzulegen. Sie stürzte den Rest ihres Champagners hinunter. »Wäre das so schrecklich?«, sagte sie zu Alex.

»Wenn ich einwillige, wird er mich gleich um das Nächste bitten«, sagte Alex.

»Du hältst mich wirklich für einen alten Saftsack. Vertrau deinem Onkel.« Er zählte die Worte an den Fingern ab. »Und – vermag – den – menschlichen – Alterungsprozess – zu – verzögern – oder – aufzuheben. Neun kurze Wörter. Schlag ein.« Er streckte die Hand aus, und Alex schlug ein.

32

Als sie schließlich hinausgeworfen wurden, nahmen Harry und Alex diejenigen, die noch nicht heimgehen wollten, zu Harry nach Hause mit. Am Fuß des Hochhauses stiegen sie in schwarze Taxis und fuhren nach Norden über den Fluss.

In den Sechzigern, als Harry und sein Bruder Lewis, Alex' Vater, studierten, erbten sie Geld von ihrer Großmutter. Es waren fünftausend Pfund für jeden, ein Betrag, der den Reichen mickrig und den Armen riesig erscheint und denen dazwischen so dazwischen. Die Brüder wuchsen in Derby auf, wo ihr Vater bei Rolls-Royce Düsentriebwerke konstruierte. Beide mochten die Stadt nicht und gingen weg, sobald sie konnten. Lewis' Derby war ein endloses Meer rauchgeschwärzter Häuser, ein hektischer, wuselnder Ring städtischer Modernität. Er zog nach Schottland und wurde Landarzt in Brechin. Für Harry war Derby von jeher zu ländlich mit dem Moos überall in den Rissen im Pflaster und den Sträuchern, die aus den Rinnsteinen wuchsen. Für ihn war es Provinz, praktisch selbst nur ein Dorf, und er konnte gar nicht früh genug nach London kommen. Er nahm mit seinem Erbe eine Hypothek auf ein heruntergekommenes Reihenhaus in Islington auf, an einem der Plätze zwischen der Upper Street und der Liverpool Road, mit vier Etagen, ausgebautem Dach und einem langen, schmalen Garten.

Er und Jenny verfugten die schwarzen Ziegel, ersetzten die zweihundert Jahre alten Fenster, schliffen und lackierten die hölzernen Dielen, rissen die Dreißigerjahre-Tapeten ab, verputzten die Wände neu und strichen sie weiß, richteten das Dach, brachen Trennwände heraus, machten aus dem Dachgeschoss eine Bibliothek und legten den Garten neu im japanischen Stil an, mit Bambus, Kies und einem kleinen Teich. Harry hoffte, das Haus zu einem Treff für Intellektuelle, Revolutionäre und Künstler zu machen, einer Anlaufstelle für die diskutierfreudigen Großstadtratten Nordlondons. Er stellte sich vor, wie später einmal in Biografien das Haus am Citron Square als der Ort erwähnt wurde, »wo die Comries ihre notorischen Partys gaben«. Er stellte sich vor, wie der Begriff »Citron-Square-Set« geprägt wurde. Er stellte sich einen bestimmten Menschentyp vor: attraktiv, mager, aufgekratzt, stilvoll in alte Klamotten gekleidet, schlagfertig, literarisch und wissenschaftlich gebildet. »Schau dir mal die beiden an«, würden neidische Wadenbeißer sagen. »Wollen einen auf Citron Square machen.«

Aber niemand kam. Die Comries konnten nicht den Brennstoff liefern, der das Interesse ehrgeiziger Intellektueller angefacht hätte: freie Getränke und Drogen, mühelos zu verführende junge Leute, Kontakt zu denen, die bereits reich und berühmt waren. Harry weigerte sich, das einzusehen, und beschuldigte seine Frau, seine Akademie der fröhlichen Aufklärung mit ihrer Trübseligkeit und Schüchternheit zu profanieren. Es frustrierte ihn, dass er Jenny nicht wie ein Haus renovieren, ihre Kleider aussuchen und ihr Energie geben konnte, und er warf ihr Achtlosigkeit vor, weil sie nichts dagegen unternommen hatte, dass Matthew vom Christuskult verführt wurde.

Es reichte Harry nicht aus, sein Heil in der Arbeit zu suchen, und er verbrachte lange Wochenenden bei der Familie seines

Bruders in Schottland. Trotzdem verletzte es seinen Stolz, als Jenny ihm kurz nach Matthews Auszug von zu Hause mitteilte, dass sie sich scheiden lassen wolle. Im heimischen Neuseeland eröffnete sie eine Galerie, in der sie Tierskulpturen aus Treibholz mit aufgeklebten Muscheln verkaufte. Als sie weg war, stellte Harry fest, dass sie ihm fehlte beziehungsweise dass ihm etwas fehlte. Er blieb allein mit dem Haus und seiner riesengroßen Unzufriedenheit zurück. Mit den Jahren erkannte er, dass die Unzufriedenheit ihn antrieb, und er begann sie zu nähren. Einige Jahre vor seiner Diagnose bekam er den Order of the British Empire verliehen.

Harry führte Bec durchs Haus, während Alex den anderen etwas zu trinken einschenkte. Harry zeigte ihr den Weinkeller und ließ die Hand über die Reihen dunkler Glaskreise schweifen, die in dem kühlen, dunklen Raum unter der Straße ruhten. »Damit habe ich Jahre zugebracht«, sagte er. »Ich bin jeden Herbst nach Bordeaux gefahren, ich habe die Namen sämtlicher Chateaux auswendig gewusst, ich habe Weinzeitschriften abonniert und bin zu Verkostungen gegangen. Voriges Jahr um diese Zeit hatte ich tausend Flaschen. Selbst wenn ich jetzt jeden Tag zwei Flaschen kippen würde, könnte ich sie nicht alle austrinken, bevor ich sterbe. Mittlerweile schaffe ich kaum eine halbe Flasche, bevor mir kotzübel wird. Ich kann Partys und Dinners geben, wie jetzt, aber es gibt noch so viel zu tun, bevor ich abtrete, und ich werde schnell müde.« Er strich über die Flaschenböden. »Mein Sohn trinkt nicht.«

»Sie könnten sie verschenken«, sagte Bec.

»Hätten Sie sie gern?«, sagte Harry.

Bec wurde rot. »Ich meinte nicht an mich«, sagte sie.

»Sie und Alex könnten sie zusammen trinken.«

»Wir haben nichts miteinander. Er hat eine Lebensgefährtin.«

»Er wird sie verlassen. Sie mögen ihn gern.«

»Er erklärt einem laufend irgendwas.«

Harry nahm eine Flasche aus dem Regal und las das Etikett. Er zeigte sie Bec mit großen Augen, biss sich dabei auf die Unterlippe, als ob es ein Zaubertrick wäre, und sagte: »Ist das das Jahr, in dem Sie geboren wurden?« Bec nickte. »Ich glaube, wir sollten ein Glas davon trinken. Sie sind der Meinung, dass professionelle Welterklärer wie wir uns mit unseren Erklärungen auf die Arbeitszeit beschränken sollten. Alex kann zuhören, wissen Sie. Als Junge stellte er mir immer Fragen, und wenn ich ihm eine Antwort gab, hörte er zu und merkte sie sich.«

»Was für Fragen?«

»Woraus bestehen Steine? Können Vögel auf dem Rücken fliegen? Ist es besser, glücklich zu sein als gut?«

»Ich wüsste gern, wie Sie die letzte beantwortet haben.«

»Es kommt nicht darauf an, glücklich zu sein, sondern Glück zu haben. Wir stehen uns nahe, Alex und ich. Näher, als Matthew mir ist. Das Blut ist nicht entscheidend. Was zählt, sind die inneren Bindungen, meinen Sie nicht? Alex begreift nicht, dass es für Kinder gut ist, viele Väter zu haben. Er denkt, was die Elternschaft betrifft, muss man sich der Evolution beugen. Er sagt, er wird nie wieder eine IVF mitmachen. Ich persönlich denke, dass Darwin der IVF applaudiert hätte. Wenn wir anfangen zu fordern, dass die Menschen sich natürlich fortpflanzen, wo kommen wir da hin? Wir Menschen haben der Evolution ganz gut gezeigt, wo es langgeht, als wir anfingen, das Feuer zum Braten zu benutzen.«

Sie gingen nach oben. Ein Dutzend Leute saß in dem von Kerzen erleuchteten Wohnzimmer. Kerzenlicht brachte Menschen dazu, sich auf den Boden zu setzen und die Stimme zu senken. Ein Geruch nach heißem Wachs und vergossenem Wein lag in der Luft, und aus einem Lautsprecher in der Ecke dudelte ein leises Trompetensolo. Eine Flamme krümmte sich und flackerte durch den Luftzug, den Alex' gestikulierende Hände verursachten. Bec trat an ihn heran und berührte ihn an der Schulter. Er hörte auf, zu reden und herumzufuchteln, und blickte gespannt zu ihr auf.

»Ich muss gehen«, sagte sie. Sein Gesicht wurde lang. Er stand auf und bat sie zu bleiben.

»Ich bin müde«, sagte sie. »Im Flugzeug zu schlafen ist kein richtiger Schlaf.«

Sie wartete, um sich von Harry zu verabschieden. Obwohl er gerade erst aus dem Keller gekommen war, erzählte er schon wieder eine Geschichte über einen Disput, den er einmal mit einem russischen Biologen über die Evolution der Organe im Körper gehabt hatte.

»Ich sagte: ›Was, Sie glauben, die Leber hätte sich aus einem Parasiten entwickelt?‹, und er sagte: ›Ja, ja.‹« Harry zupfte sich an einem imaginären Bart und machte einen übertriebenen russischen Akzent nach. »›Und die Nieren?‹ ›Warum nicht?‹ ›Und das Gehirn, das Auge?‹ ›Aber ja doch.‹ ›Die Lunge?‹ ›Entwickelte sich auch parallel und kam zum Körper dazu.‹ ›Was ist mit dem Herzen?‹« Harry boxte in die Luft und ließ seinen Russen plötzlich leidenschaftlich werden. »›Oh, das Härrz hat *geschlaggen quär!*‹«

Harrys Zuhörer lachten, und Bec gab ihm einen Abschiedskuss, und Harry quetschte ihr die Hand. Alex folgte ihr zur Haustür und sagte, er werde mit ihr gehen, und sie sagte, er solle bei Harry bleiben; sie werde die letzte U-Bahn bekommen.

»Ich möchte heute Nacht bei dir sein«, sagte Alex.

»Das geht nicht, solange du das Bett noch mit einer anderen teilst.«

»Ich werde sie verlassen.«

»Tu es nicht meinetwegen.«

»Ich rufe sie sofort an. Ich gehe nie wieder zurück.« Alex nahm sein Telefon. Bec hielt ihre Hand über die von Alex und drückte das Telefon weg.

»Nein«, sagte sie.

Alex fragte, ob er sie am nächsten Tag sehen könne, und Bec antwortete, sie fliege zu Weihnachten nach Spanien und anschließend zurück nach Afrika. Alex presste ihr die Information ab, dass sie den Zehn-Uhr-Zug von Paddington zum Flughafen nehmen wollte, und sagte, er könne sie vorher treffen. Bec sagte, sie halte das für keine gute Idee.

»Schreib mir«, sagte sie. Sie hatte schon den Mantel an. Sie machte die Tür auf und stand mit den Händen in der Tasche auf der Schwelle, sah Alex an. Er wollte gerade auf sie zutreten, als eine Frau erschien und ihm zurief, sein Onkel verlange nach ihm. Während er abgelenkt war, sagte Bec Tschüs und machte sich auf den Weg zur Station Angel.

Alex fand Harry hustend und kopfschüttelnd in einem Sessel im Wohnzimmer vor. Mehrere Leute um ihn herum wollten gern ihre Hilfsbereitschaft beweisen, aber wussten nicht, was sie tun sollten; sie schienen Schlange zu stehen, um ihn anzufassen. Er hatte ein Glas Wasser in der einen Hand und ein beflecktes und zerknülltes weißes Baumwolltaschentuch in der anderen. Das Licht brannte, und der Raum stank nach Zigarrenrauch. Ein ausgedrücktes Zigarillo lugte über den Rand eines Aschenbechers.

»Wir haben uns unterhalten«, sagte Harry. Seine Stimme war heiser und schwach. »Wir finden, jetzt, wo du der Institutsleiter bist, solltest du mich ein paar von diesen Zellen haben lassen, nur um zu sehen, was passiert.«

»Lass uns ein andermal darüber reden. Du solltest zu Bett gehen.«

»Warum musst du so verdammt negativ sein?«, sagte Harry. »Weißt du, was dein Problem ist? Du hältst zu viel vom Tod. Du meinst, wir können nicht gegen ihn an.« Er begann zu husten.

»Na ja, er macht das schon länger«, sagte Alex.

»Ich dulde nicht, dass du so redest! Gerade jetzt, wo es *flutscht!* Wir sind dabei, den Durchbruch zu schaffen! Wir sind fast da, und du tust nichts anderes, als allen zu erzählen, dass wir nie ankommen werden.« Harry hustete erneut. Er hob die Stimme, als hustete jemand anders, den er übertönen wollte, und durch die Anstrengung hustete er noch mehr. »Du gibst dich so unangreifbar, so selbstzufrieden, so gern bereit, in die Arbeit der anderen Löcher zu picken«, krächzte er, am hochgehusteten Schleim würgend, »und dabei bist du derjenige, der sich nicht traut. Leute wie du mit ihren Sprüchen: Wir werden niemals auf dem Mond landen, wir werden niemals wissen, wie das Universum entstand, wir werden Krebs niemals heilen. Wir werden immer nur an der Peripherie herumkratzen.« Er beugte sich vor und vergrub das Gesicht im Taschentuch. Alex kniete sich neben ihn und sagte, er solle aufhören zu reden. Harry lehnte sich zurück, wischte sich den Mund, wurde abermals von einem langen, gurgelnden Hustenanfall geschüttelt, der sich anhörte, als würgte er an einem Schwert, und schrie Alex an: »Du bist ein Feigling! Fürchtest den Tod! Ein elender Feigling!«

33

Alex rief Harrys Arzt an, der meinte, er solle sich keine Sorgen machen. Alex stand im Wohnzimmer, wo die Kerzen im hellen Licht aussahen wie Gäste, die nicht merkten, dass es Zeit war zu gehen. Die Koryphäen der Zellbiologie hatten sich an dem Abend mit Harrys Wein betrunken. Keiner von ihnen verstand viel von Medizin, doch Alex hatte vor, zu gehen und es ihnen zu überlassen, sich um seinen Onkel zu kümmern. Die Belohnung, die er dafür haben wollte, dass er Harry das Unsterblichkeitszugeständnis gemacht hatte, war ein kurzer Urlaub von der Pflege. Er ging nach unten, nahm seinen Mantel vom Haken und trat hinaus an die frische Luft. Während er die Reihenhäuser entlangschritt und nach einem Taxi Ausschau hielt, genoss er eine Weile lustvoll die Sünde, einen kranken alten Verwandten sich selbst zu überlassen, und dachte an Becs Worte: »Das geht nicht, solange du das Bett noch mit einer anderen teilst.« Es war, als hätte sie ihm gesagt, was er tun sollte.

Zu Hause in Mile End, wo er schon so lange lebte, sah er alles mit dem ganz neuen Gedanken an, dass er im Begriff war, sich davon zu verabschieden. In der Küche hörte er das Flackern und Brummen der angehenden altmodischen Neonröhre, als wäre es ein Lied aus ferner Vergangenheit und nicht etwas, das er erst am Morgen gehört hatte. Wie ein Gespenst starrte er den schmutzigen Becher an, den Maria stehen gelassen hatte, bekannt und doch ganz anders, ohne dass er sich physisch im Geringsten verändert hatte. Es war der schwarze Kaffeebecher, den er sich aus Schottland mitgebracht hatte, als er als Student nach London kam. Gestern noch war er etwas gewesen, das sich als Behältnis für Kaffee anbot, wenn er in den Schrank langte. Jetzt war er ein Gegenstand, den man mitnahm oder für immer verlor. »Nimm ihn, es ist deiner«, würde Maria sagen.

Früher hatte er Maria haben wollen. Wohin war das Wollen gegangen? Bestimmt, dachte er, zu den ganzen anderen Dingen, die sie hatten. Wenn man einen Menschen liebte, war Haben gleich Sein; irgendetwas anderes zu lieben war nur Haben. Er hatte Maria früher mal haben wollen, und jetzt wollte er Bec. Er wollte sie besitzen und sich nicht davon ablenken lassen, irgendetwas anderes haben zu müssen.

Im Wohnzimmer war Marias Decke auf dem Sofa ausgebreitet, wo sie gelegen und ferngesehen hatte. Die Polster zeigten noch den Abdruck ihres Körpers. Eine angebrochene Flasche Wein und ein Glas standen auf dem Tisch. Von Zimmer zu Zimmer schlendernd, zögerte Alex den Moment hinaus, in dem er zu Bett gehen und sich neben sie legen würde. Langsam stieg er die Treppe nach oben, und was er tun wollte, kam ihm wie Mord vor.

Maria schien zu schlafen, während er sich auszog, ohne das Licht anzumachen. Als er vorsichtig neben ihr ins Bett kroch, nahe genug, um die Wärme ihres Rückens und den Geruch ihres Haars wahrzunehmen, kam Bewegung in ihren Körper, und ohne sich umzudrehen, sagte sie: »Wie war's?«

»Es war ein richtiger Staatsakt. Herzliche Reden. Wir haben ihn groß verabschiedet.«

»Hast du nette Frauen kennengelernt?«

»Ritchie Shepherds Schwester war da.«

»Ist sie Single?«

»Ja.«

»Hast du sie geküsst?«

»Nein.« Er wollte es ihr erst am Morgen sagen, sofern sie ihn nicht jetzt dazu nötigte, und mit klopfendem Herzen wartete er auf die nächste Frage aus der Dunkelheit. Doch es kamen keine weiteren Fragen. Bald hörte er Marias Atem tiefer und rauer werden, als hätte sie beschlossen, dass durch die Schlafgemeinschaft mit ihm die Gefahren des Tages gebannt waren.

Alex wurde früh wach. Es war noch dunkel. Er stand auf, zog sich an und ging nach unten. Die Gebote der Ehre hatten sich ihm über Nacht herauskristallisiert, und während er darauf wartete, dass Maria herunterkam, traten sie ihm so klar und so willkürlich wie ein Duellreglement vor Augen. Er konnte Bec nicht haben, ohne Maria zu verlassen, und deshalb musste er Maria verlassen. Er würde ihr offen sagen, dass er sie verließ. Und er musste es ihr jetzt sagen, weil er nicht warten konnte. Aber er durfte sie nicht wecken, um es ihr zu sagen. Sie musste von selbst aufwachen. Und wenn er es ihr gesagt hatte – das kam ihm am allerschwersten vor, aber er war sich sicher, dass es sich so gehörte –, musste er ihr das letzte Wort gewähren.

Er saß fußwippend in der Küche und beobachtete die große Uhr an der Wand. Er stand auf, stellte sich dicht davor und beobachtete, wie der Minutenzeiger über den Abstand zwischen den Strichen kroch. Er putzte sich die Zähne und stellte die Zahnbürste in den Metallbecher zurück, der neben dem von Maria stand. Er starrte die zwei einander zugeneigten Zahnbürsten an, die eine rot, die andere blau, dann nahm er seine und steckte sie sich in die Tasche, sodass die rote allein in ihrem Becher zurückblieb.

Um Viertel vor neun hörte er Maria die Treppe runtersteigen und das Rascheln ihres Morgenmantels im Flur. Sie warf ihm einen Blick zu, als sie in die Küche kam, und trat an die Arbeitsplatte.

Sie streifte Latexhandschuhe über, um ihre Hände zu schützen, nahm sich einen Granatapfel und schnitt mit einem Sägemesser mehrfach in die Schale. Sie brach den Granatapfel auf und fing an, die Samen herauszuklauben und auf einen Teller zu legen.

Alex stand auf. »Es gibt etwas, das ich dir sagen muss«, sagte er.

»Dann sag es«, sagte Maria.

»Du kehrst mir den Rücken zu.«

»Ich kann dich hören.«

»Ich möchte nicht mehr hier wohnen.«

»Ihretwegen?«

»Ich mag sie, deshalb muss ich gehen.«

»Du magst sie? Du meinst, du bist auf sie scharf? Willst sie haben?«

»Wir haben darüber geredet, dass es einmal so kommen musste.«

»Das heißt, du gehst jetzt zu ihr?«

»Sie reist heute Morgen ab. Sie erwartet mich nicht. Ich glaube nicht, dass ich sie noch erwische. Sie nimmt den Zug nach Heathrow um zehn.«

Er wartete darauf, dass Maria etwas sagte, dass sie das letzte Wort hatte, und während er sich noch wunderte, wie er es wagen konnte, ihr derart wehzutun, fing er an, sie für ihr Schweigen zu hassen. Es war zehn vor neun, und er wollte los. Er merkte an der Beharrlichkeit, mit der Maria ihm weiter den Rücken zukehrte, und an der Ruckartigkeit ihrer Bewegungen, dass sie kurz vor dem Weinen war. Die einzigen Geräusche in der Küche waren das Ticken der Uhr und Marias Auspulen des Granatapfels. Das leise Reißen, mit dem ihre Finger die Samenkammern voneinander trennten, klang für Alex, als ob sie ihr Herz in Stücke risse.

»Dann gehst du besser«, sagte Maria.

»Es tut mir leid.«

»Sag nicht so was. Du bist bis jetzt anständig gewesen. Verdirb das nicht, indem du lügst. Sag gar nichts mehr. Geh einfach. Ich hab verloren, und du kannst nichts daran ändern.«

Alex ging zu ihr und legte die Arme um sie. Sie drehte sich um und kauerte sich an ihn, erwiderte aber die Umarmung nicht. Er fühlte ihre Tränen an seinem Hals, ihren zitternden Körper. Er spürte ein Unbehagen unter den Rippen, als ob eine Katze sein Herz anstupste und beschnupperte und es zwischen den Pfoten drehte. Es würde sich eigentlich gehören zu weinen, dachte er, aber die Tränen wollten nicht kommen. Er löste die Arme von ihr und verließ das Haus.

34

Es war neun Uhr. Alex schob eine Stahlklemme über sein rechtes Hosenbein, schloss das Rad auf und fuhr unter einem Himmel, der Regen verhieß und von Flugzeugen dröhnte, von Mile End gegen einen steifen Westwind an.

Er beschleunigte zwischen den Kirschbäumen und den dicht an dicht stehenden kleinen Reihenhäusern in der Lichfield Road, erhob sich vom Sattel, stemmte sich in die Pedale, schoss am Heck eines zurücksetzenden weißen Lieferwagens vorbei und zwang ihn zu bremsen, raste zwischen Reihen im Stau stehender Autos über den Fußgängerübergang in der Grove Road und durch das Tor in den Mile End Park, zischte so dicht an zwei Schulmädchen mit weißen Kopftüchern vorbei, dass sie aufschrien, stieß auf den Kanalweg, kam gerade unter die Eisenbahnbrücke, als der Schnellzug nach Ipswich sie überquerte, scheuchte heftig klingelnd eine Frau mit Kinderwagen zur Seite, flitzte geduckt unter der Roman Road hindurch, vorbei an im Wasser kämpfenden Blesshühnern, den Buckel im Kanalweg an der Einmündung des Hertford Canal hinauf und mit einem Affenzahn und einem heftigen Stoß an der Bremsschwelle auf der anderen Seite hinunter, preschte zwischen einen Mann im Trainingsanzug und seinen Pittbull, unter der Betonbrücke der Old Ford Road mit ihren Schablonengraffiti hindurch, die Auffahrt zum Schleusenwärterhäuschen hinauf und weiter den westwärts fließenden Kanal entlang, vorbei an den Kastanien des Victoria Park und der Reihe der Narrowboats, die eingehüllt in ihre eigenen Rauchwolken dalagen. Er duckte sich unter einem Ast hindurch, den zwei Bootsbewohner aus dem Park als Brennholz anschleppten, jagte sein Rad durch die schummerige schmale Passage unter der Approach Road, ließ mit dreißig Stundenkilometern die von Tauben wimmelnde Mare Street Bridge hinter sich, zwang einen anderen Radler zu einem scharfen Ausweichmanöver auf den dünnen Rasenstreifen und flog unter der Lea-Valley-Bahnlinie hindurch.

In der langen offenen Kurve Richtung Broadway Market senkte er den Kopf und sprintete an den Gerippen der leeren Gasometer am anderen Ufer vorbei. Er tauchte an der Goldsmiths Row unter der Brücke hindurch, sauste weiter zur Schleuse, die Steigung hinauf, mit dem Rauschen des Wehrs in den Ohren um den Holzbalken des Schleusengatters herum und hinauf auf die Gerade. Die losen Betonplatten des Kanalwegs wackelten unter seinen Rädern, und er raste über drei dicke weiße Striche und das aufs Pflaster gemalte Wort »SLOW«. Sein lautes Klingeln tönte durch das Dunkel zwischen dem Backsteinbogen der Queensbridge-Road-Brücke und dem grünen Wasser. Er passierte die aufs Mauerwerk gemalte Reklame für Ron's Eel and Shell Fish und die stählerne Bogenbrücke der East London Line. Im Süden erhoben sich die Hochhäuser der City. Er beschleunigte, um vor einem anderen Radler das Sperrgitter vor der Schleusenauffahrt zu erreichen, schlängelte sich hindurch, trat in die Pedale und nahm die steile Steigung auf Straßenniveau, ohne herunterzuschalten. Er fuhr einem Range Rover dicht vor die Schnauze, hetzte durch die Verengung der Danbury Street und um den kleinen Verkehrskreisel und dann mit erhöhtem Tempo an den Gärten auf dem Weg zur Goswell Road vorbei, wo er in die

Busspur einschwenkte. Die alte Uhr auf ihrer Säule zeigte zwanzig nach neun an.

Am Bahnhof Angel war die Ampel grün, und Alex bog mit Karacho in die Pentonville Road ein, schlug Haken um haltende Busse, wechselte wild die Spuren, stieß mit den Enden der Lenkstange an Autoseiten. Er erklomm den Hügel, sah vor sich die lange Abfahrt nach King's Cross, ging mit einem Ruck hinüber in die Busspur, senkte den Kopf, unterstützte die Schwerkraft mit zusätzlichem Strampeln, bis der Fahrtwind sein Gesicht peitschte. Kurz vor dem Bahnhof der Thameslink-Linie wurde er von Bussen und Schranken eingekeilt. Er sprang vom Rad, hob es über ein Geländer, warf es krachend auf die andere Seite, kletterte hinterher, stieg wieder auf und eilte halb fahrend, halb rollernd auf dem Bürgersteig weiter, einen Fuß auf dem Pedal, den anderen tretend und bremsend am Boden.

Neun Uhr dreißig zeigte die Uhr am Bahnhof King's Cross an und die Uhr hoch darüber im großen roten Turm von St Pancras desgleichen. Alex strampelte an der British Library vorbei. Es fing zu regnen an. Um ihn herum jaulten Sirenen. Er fuhr steil hinab in den Tunnel am U-Bahnhof Warren Street, ächzend am anderen Ende wieder hinauf, und wusch! brach er durch die Membran, die Ost- von Westlondon trennte. Er passierte die ersten weißen Crescents der Superreichen. Neun Uhr sechsunddreißig zeigte die Uhr auf dem Landmark Hotel an. Er stürmte am Western Eye Hospital vorbei, überfuhr die rote Ampel, bog in die Harrow Road ein, schoss zwischen einer Taxischlange und der hohen Betonkonstruktion des Westway dahin, nahm die Brücke über die Gleise und geriet in den Strom schwarzer Taxis Richtung Paddington Station. Er schnitt einem älteren Ehepaar den Weg ab, das auf die Taxischlange zusteuerte, und als sie ihren Gepäckwagen bremsten, rutschte ein Koffer herunter und kreiselte wie ein Curlingstein auf Alex' Hinterrad zu, und er wich aus und fuhr zwischen den grauweißen Säulen in den Bahnhof und an der Statue von Brunel vorbei in den Lärm eines abfahrenden West Country Express und den Dieselgeruch unter dem hohen Hallengewölbe. Seine Reifen glitten weich über die beigen Fliesen, Passagiere sprangen zur Seite, Kaffee wurde verschüttet, Schreie schollen zu den Deckenträgern empor, und Alex fuhr mit Klingelingeling vorbei an McDonald's, WH Smith, Ladbrokes, der West Cornwall Pasty Co. und Costa Coffee, um die Ecke, durch die Fahrkartenkontrolle, wo ein Polizist mit erhobener Hand einen Schrei ausstieß, dem man gefälligst gehorchte, doch Alex gehorchte nicht, bis er die gelbe Schnauze des nächsten Zuges nach Heathrow sah, zur Uhr an der hinteren Wand aufblickte, anhielt und von seinem Rad abstieg. Ihm blieben noch sechzehn Minuten.

Schwer atmend, erhitzt und mit hämmerndem Herzen und kribbelnden Beinen ging er den Zug entlang und schaute durch die Fenster und über die Schulter für den Fall, dass sie hinter ihm kam. Während er den ganzen Zug abschritt, ohne sie zu sehen, musste er daran denken, wie eifersüchtig er am Abend zuvor gewesen war, als er sie mit anderen Männern tanzen gesehen hatte, und wie ihm, als sie beim Abschied auf der Treppe vor Harrys Haus gezögert hatte, der Gedanke gekommen war, dass sie sich von ihm einen Grund erhoffte, nicht zu gehen. Er drehte sich um und sah, wie sich am anderen Ende des Zuges eine Frau, die Bec sein konnte, beeilte, noch einzusteigen. Er rannte zurück und sah sie durch die Scheibe an einem Fensterplatz sitzen. Sie erblickte ihn, lächelte verwundert und stand auf. Pfiffe ertönten, und als Alex und Bec zur Zugtür gelangten, war diese geschlossen und ließ sich nicht mehr öffnen.

»Ich habe Maria verlassen!«, schrie Alex durch die Scheibe. Bec schüttelte den Kopf und deutete auf ihre Ohren. Sie nahm ihr Telefon, drückte Ziffern und hielt das Display an die Scheibe. Alex wählte die Nummer und Bec meldete sich.

»Ich habe Maria verlassen«, sagte Alex.

»Ich hoffe, nicht meinetwegen«, sagte Bec.

»Nur deinetwegen.«

»Das hättest du nicht tun sollen. Ich habe dir nichts versprochen; ich bin keine Beziehungsbrecherin.«

»Die Beziehung war schon zerbrochen.« Er legte die Hand auf die Scheibe.

Bec schüttelte den Kopf. »Ich werde dir schreiben«, sagte sie. Der Zug setzte sich in Bewegung, und Alex stieg auf sein Rad und fuhr nebenher, immer noch mit dem Telefon am Ohr und weiter mit ihr redend.

»Halt an!«, sagte Bec ins Telefon. Der Zug verließ den Bahnhof, und sie verlor ihn aus den Augen.

Alex war verstummt. Bec fragte sich, ob er den Zug gejagt hatte, bis er über das Ende des Bahnsteigs hinausgesegelt war. Wie verloren er da ausgesehen hatte mit der Hand auf der Scheibe. Sie hätte ihm die Tür aufgemacht, wenn sie gekonnt hätte. Sie wartete darauf, dass er wieder anrief; er rief nicht an.

Es gab keine Nachrichten oder verpassten Anrufe für sie, als sie landete, und sie schickte ihm eine SMS: »Ich WERDE dir schreiben.« Unverzüglich simste er zurück: »Was wirst du schreiben?«

35

In den Tagen, nachdem Val ihm gedroht hatte, wachte Ritchie nachts stöhnend auf und tastete nach Karin, oder sie schüttelte ihn aus dem Schlaf. Sein eigenes Stöhnen zu hören, halb wirklich, halb geträumt, fand er schlimmer als die Geißel, die es verursachte. Karin wollte wissen, was er geträumt hatte. Als er sich erinnern konnte, gab er ihr eine abgeschwächte Version der Gräuel, verschwieg allerdings die zerstückelten Leichen von ihr und den Kindern, an einer Straßenecke neben den Mülltonnen zu einem ordentlichen Haufen gepresst und mit Schnüren umwickelt wie alte Zeitungen. Oder das Grauen kam ohne konkrete Gestalt, und er fühlte sich einer unbarmherzigen Kraft ausgeliefert, die so allmächtig wie formlos war.

Am schlimmsten waren die Nächte, in denen er angenehm oder gar nicht träumte, erinnerungslos aufwachte und dann spürte, wie die Angst vor der Bloßstellung in ihm Gestalt annahm; es war, als bliebe sie ihm in der Kehle stecken wie eine Schachtel mit spitzen Ecken.

Nach und nach weichte die Säure der Zeit die Ecken auf. Mit jedem Monat, der nach dem Treffen mit Val ins Land ging, ließ die Stärke des Eindrucks nach, obwohl dasselbe Vergehen der Zeit, schien es ihm, unweigerlich den Augenblick näher brachte, in dem er als Schwindler und Sexualverbrecher entlarvt und ihm seine Familie, sein Zuhause und seine Arbeit genommen wurde.

Ritchie trank. Eine Flasche starker Rotwein und drei Finger Whisky waren die normale abendliche Ration. Dazu erging er sich in Vorstellungen, wie Val sterben könnte. In den ersten Wochen nach dem Treffen mit dem Zeitungsmann näherte er sich in zaghaften Schritten dem Gedanken an Mord an. Er wünschte, Val würde nicht existieren; er hasste Val; Val hatte es nicht verdient zu leben; wie viel besser, er wäre tot! Aber wie ihn auf eine Weise töten, bei der absolut garantiert war, dass Ritchie niemals damit in Verbindung gebracht wurde? Es war unmöglich. Val war bis obenhin voll Blut, und das überbevölkerte England war bis obenhin voll Zeugen. Und wenn sich nun herausfinden ließe, wann Val irgendwo im Ausland Urlaub machte, wo man billig und anonym einen Killer anheuern konnte? Die Karibik vielleicht. Ohne zu wissen, ob Val je in die Karibik fuhr, tippte Ritchie die Worte »Barbados« und »Killer« bei Google ein und drückte auf Enter. In dem Sekundenbruchteil, den die Suchmaschine für die Ergebnisse brauchte, erkannte er, dass er sich selbst belastet hatte. Das Projekt, einen anderen Menschen zu ermorden, und sei er auch so abscheulich wie Val Oatman, war zu komplex und zeitraubend. Es glich zu sehr dem gestaltlosen Grauen seiner diffuseren Albträume.

Eines Abends beim Essen fragte Karin ihn, was los sei, und er merkte, dass er die Augen fest zugekniffen und die Zähne gebleckt und zusammengebissen hatte, weil ihm aufgegangen war, dass er demnächst einen Mörder treffen würde, O'Donabháin, und ohne dass er es verhindern konnte, war der Gedanke in ihm aufgestiegen und so dicht an die Oberfläche gekommen, dass er beinahe die Form der gesprochenen Worte annahm: Er könnte es tun. Er ist mir einen Gefallen schuldig, nachdem er Dad getötet hat. Die Grimasse, die er vor Karin und den Kindern zog, war das Mindeste, was er herauslassen musste. Lieber wäre er aufgestanden und hätte die Decke angeheult. Noch lieber wäre er mit einem Satz aus sich selbst herausgesprungen wie ein Mann, der vor einer Giftschlange wegspringt. Es war ihm unerträglich, dieser Ritchie zu sein.

Von da an beschränkte er sich auf Fantasien, in denen Val einen Herzanfall hatte oder einen Autounfall oder in einem Flugzeug saß, das abstürzte. Es war unwahrscheinlich, aber so was passierte. Warum sollte es Val nicht passieren? Eines Abends vor dem Zubettgehen stieg Ritchie die Stufen zu seinem Atelier hinauf, und statt das Licht anzuschalten, zündete er eine Kerze an. Im Schein der Flamme kniete er sich auf den Boden, faltete die Hände, hob das Gesicht und flüsterte:

Vater unser,
der du bist im Himmel,
geheiligt werde dein Name.
Dein Reich komme.
Dein Wille geschehe,
wie im Himmel, also auch auf Erden.
Erlöse uns von dem Bösen.
Erlöse uns von Val.
Denn dein ist das Reich
und die Kraft
und die Herrlichkeit
in Ewigkeit.
Amen.

Er stand auf und blies die Kerze aus. »Danke«, fügte er in der Dunkelheit noch hinzu.

Entgegen seinen Befürchtungen war Rubys Forderung, ins Fernsehen zu kommen, eine Nuss, die zu knacken ihm Spaß machte. Ritchie vergaß, dass Ruby ihn mit ihrem Wissen um das Telefon dazu erpresst hatte, gegen seinen Willen zu handeln. Als intime Angelegenheit, als Chance, seiner Familie zu zeigen, wie geschickt und effektiv er bei Rika-Films Belohnungen, Entschiedenheit und Überzeugungskraft einsetzte, konnte er dem Projekt etwas abgewinnen. Er überredete die zuständigen Redakteure für das O'Donabháin-Projekt, einen Titelsong von ihm mit aufzunehmen. Er erklärte Ruby, statt bei *Teen Makeover* dabei zu sein, wo sie doch noch gar kein Teen war, und mit anderen Leuten zusammen aufzutreten, könne sie in einem speziellen Video solo singen, einen speziellen Song über ihren Opa, der im Fernsehen und im Internet kommen werde, vielleicht sogar im Kino!

Er hatte Karin noch nie so geliebt, und sie war noch nie so gut zu ihm gewesen. Es war, als wüsste sie, dass er Sorgen hatte und dass sie besser nicht nachfragte. Sie brachte ihre Tage mit den Kindern zu und die Abende teils mit ihnen, teils mit Ritchie und teils im Studio im Stallgebäude. Es gab Zeiten, in denen er sich fragte, wo es mit ihr und der Musik hinging; in denen er an die Tage zurückdachte, als sie noch zu dritt gewesen waren, die Musik, Karin und Ritchie. Aber der Gedanke, dass Karin und die Musik mehr miteinander zu tun haben könnten als die eine wie die andere mit ihm, war unerträglich, und Ritchie konnte ihn nicht ernst nehmen. Karin kam samstags immer zu Familienausflügen an die Küste oder in den Wald mit. Da saßen sie Seite an Seite am Strand, die Knie angezogen, und sahen zu, wie Dan und Ruby am Meeresrand tollten, Karin tief in Gedanken, während Ritchie sie beobachtete und eine Weile seine Ängste vergaß.

»Was denkst du?«, fragte Ritchie dann.

Karin sah ihn an und lächelte. »Allerlei«, sagte sie. Und Ritchie, der nur nach ihrer Zuwendung gelechzt hatte, war froh, dass sie ihm nichts Genaueres zu sagen versuchte.

Die Weihnachtstage in Spanien waren ungestört verlaufen. Bec war guter Laune gewesen und hatte viel Wein getrunken, damit sie, sagte sie, der Versuchung zu arbeiten widerstand.

Sie hatte Lust, spätabends mit ihm und ihrer Mutter auf der Terrasse zu sitzen und über die alten Zeiten zu sprechen. Sie verbrachte viel Zeit damit, zu simsen, und als er sie fragte, wer am anderen Ende war, lachte sie und sagte, das werde sie ihm später erzählen, doch das tat sie nie. Im neuen Jahr flog sie nach Afrika zurück.

Ritchie markierte sich die E-Mails, die Bec aus Tansania schickte, um sie auf jeden Fall zu beantworten, doch er tat es nicht, und sie rutschten auf der Liste der unbeantworteten nach unten. Das Eintreffen der Mails beunruhigte ihn mehr als deren Inhalt. Der Gedanke, dass seine Schwester in einem fernen Land war, unberührt und abgeschottet unter bedürftigen Afrikanern, war tröstlich, so als wäre Bec sicher in einem Kloster eingesperrt. Jede Mail erinnerte ihn daran, dass sie keineswegs weit weg war. Solange Bec sich in Afrika aufhielt, war sie ihm lieb. Wenn er sich eine heimkehrende Bec vorstellte, hörte er eine Kakofonie zorniger Männerstimmen, die Sätze schrien wie: »Ich liebe meine Schwester!« »Bec ist ein guter Mensch!« »Meine Schwester ist einer der feinsten Menschen, die ich kenne!« Bei dem Gedanken an Becs Rückkehr erkannte er, dass er sie niemals verraten konnte und dass sie immer zu redlich und zurückgezogen sein würde, um verraten werden zu können. Er hatte nie das Gefühl, dass es einen Unterschied zwischen diesen beiden Gewissheiten gab; und seine Gedanken wandten sich wieder der Hoffnung zu, Val werde sterben.

Eines Morgens nach einer Nacht, in der er wenig geschlafen hatte, fuhr Ritchie nach London, die Augen vor Kopfschmerzen immer wieder zupressend und aufreißend. Als er in die südlichen Vororte gelangte, hörte er im Radio Alex' Stimme. Eine Schlagzeile darüber, dass britische Wissenschaftler angeblich im Verständnis der menschlichen Lebenszeit einen Durchbruch erzielt hatten, war im ersten

Teil von Ritchies Fahrt mehrmals verlesen worden, aber erst, als er Alex im Interview hörte, begriff er, wer der hauptverantwortliche Wissenschaftler war. Soweit Ritchie es verstand, hatte es irgendetwas mit Krebsbehandlung zu tun. Ritchies Stimmung hob sich, und sein Kopf wurde ein wenig klarer, als Alex' deutliche, selbstsichere Stimme den Wagen füllte.

Der Interviewer sagte: »Zum jetzigen Zeitpunkt hilft die Behandlung, von der Sie reden – und man darf, glaube ich, mit Recht von einem Durchbruch sprechen –, nur Leuten, die an einer ziemlich seltenen Krebsart leiden, nicht wahr?«

»Das ist richtig«, sagte Alex. »Aber was diese jüngste Entdeckung so aufregend macht, ist die Möglichkeit eines ähnlichen Verfahrens bei anderen Krebsarten. Wir möchten keine Erwartungen schüren, dafür ist es noch zu früh, aber jetzt, wo wir anfangen, den Chronase-Komplex nach und nach zu verstehen, könnte die Therapie mit Expertenzellen in der Medizin spielverändernd wirken.«

»Und nicht nur bei Krebs? Weil Ihre Forschung ja auch ein paar erstaunliche Ideen dazu beinhaltet, wie dieses Verfahren, wenn das das richtige Wort ist, Menschen tatsächlich ermöglichen könnte, länger zu leben – erheblich länger?«

»Haha!«, schrie Ritchie und trommelte mit beiden Händen auf das Lenkrad ein.

»Das ist noch eine äußerst entfernte Möglichkeit«, sagte Alex. »Wir müssen in unserer Arbeit einen Schritt nach dem anderen tun und damit anfangen, den heutigen Kranken über fünfzig zu mehr Jahren bei guter Gesundheit zu verhelfen.«

»Alex Comrie –«

»Es darf auf keinen Fall vergessen werden, dass unser Erfolg die Bestätigung der bahnbrechenden Arbeit von –«

»Alex Comrie –«

»– Harry Comrie ist, der vor fünfundzwanzig Jahren die Eigenschaften der Expertenzellen entdeckte.«

»Professor Alex Comrie, wir danken Ihnen für das Gespräch.«

Alex war in den Nachrichten. Er war im Fernsehen. Vals Zeitung hatte ihn als Titelgeschichte auf der ersten Seite gebracht – »Wissenschaftler entdeckt Jungbrunnen« lautete die Schlagzeile –, und überall im Internet tauchte Alex' Name auf.

Ritchie freute sich, dass es Menschen wie Alex gab, selbst wenn seine eigenen Lebensumstände ihm nicht erlaubten, ein so guter Mensch zu sein wie sein Freund, ein so guter Mensch, wie er gern gewesen wäre. Ritchie fand, dass er, Ritchie, das Pech hatte, die Realität des Lebens zu kennen, die Tatsache, dass ständig Leute versuchten, einen in die Pfanne zu hauen, und man sie manchmal seinerseits in die Pfanne hauen musste. Er fand es tröstlich zu wissen, dass es im Leben auch anständige, hart arbeitende, aufopferungsvolle Genies wie Alex gab, der hinter den Mauern seines Instituts gute Werke tat und das Feuer der Erkenntnis hütete wie ein Abt in seinem Kloster, wie Bec auf Nonnenart in Afrika.

Wenn sie bloß nicht zurückkäme, dachte Ritchie.

Ritchie begriff die Beschränktheit von Alex' Mitteln als den Preis, den dieser für die große Ehre der Redlichkeit zahlte, und seinen eigenen Erfolg als Entschädigung dafür, dass er damit gestraft war, lügen und betrügen zu müssen. Alles, was Alex getan hatte, seit er im College sein Drummer gewesen war, erschien ihm auf geradezu lehnsherrliche Art als Tribut. Jetzt aber wurde sein weltfremder Freund mit seinen verkopften Notizen rund um die Uhr auf der ganzen Welt zitiert. Ich hoffe, es verdreht ihm nicht den Kopf, dachte Ritchie. Er hat ja keine Ahnung, wie böse Menschen wie Val sind, dass sie Leute nur deswegen berühmt machen, um sie später zu vernichten, sie und ihre Familien. Alex' Lebensgefährtin Maria fiel ihm ein; ein Glücksgriff von Alex, sich die zu angeln! Die beiden hatten ja überhaupt keine Vorstellung von der Gefahr, in der sie jetzt schwebten, da sie aus der Versenkung gekrochen waren.

Er rief Alex von seinem Büro aus an und gratulierte ihm.

»Ich hätte nicht so dick auftragen sollen«, sagte Alex.

»Quatsch«, sagte Ritchie. »Du bist der geborene Medienmensch.«

»Wo habe ich bloß diesen Ausdruck ›spielverändernd‹ her? Ich habe nur Harrys wegen so dick aufgetragen«, sagte Alex.

»Du denkst zu viel«, sagte Ritchie, der keine Ahnung hatte, wer Harry war.

»Hat Bec dir erzählt, dass ich sie demnächst besuche?«, sagte Alex.

Ritchie fühlte ein Prickeln hinter den Ohren.

»Was?«, sagte er.

»Ich fliege nach Tansania, deine Schwester besuchen. Hat sie's dir erzählt?«

»Mit Maria?«

»Maria und ich haben uns vor drei Monaten getrennt.«

»Gott.«

»Ja, ich weiß.«

»War es …?«

»Es ging einfach nicht mehr.«

»Ich hatte ja keine Ahnung.«

»Wir sind immer noch Freunde.«

»Warum fährst du nach Afrika?«

»Warum nicht?«, sagte Alex. »Du hast uns miteinander bekannt gemacht.«

»Was hast du vor?«, sagte Ritchie barsch. »Sie hat verdammt viel zu tun, klar?«

»Ritchie, ist was mit dir?«

Ritchie versagte die Stimme.

»Ich weiß nicht, was du mit ›vorhaben‹ meinst«, sagte Alex. Er lachte verlegen. »Sie hat mich eingeladen.«

»Verdammte Scheiße, Alex, ich weiß wirklich nicht, ob du das tun solltest«, sagte Ritchie und beendete das Gespräch. Er zitterte. Er schaltete das Telefon aus, warf es auf seinen Schreibtisch, griff sich den Stapel Zeitungen, stopfte sie in den Papierkorb und trat den Papierkorb durchs Zimmer, wo er die Glastür einer Vitrine mit seinen Auszeichnungen zerbrach.

36

An seinem ersten Tag als Nachfolger seines Onkels und Direktor des Belford Institute kam Alex mit einem lädierten Fuß angehumpelt, nachdem sein Fahrrad in Paddington vom Bahnsteig gesegelt war. In E-Mails erzählte er Bec, er sei der Leiter einer kleinen Gruppe gut bezahlter Leute geworden, die in endlosen Meetings Urteile über die harte Arbeit und die guten Ideen von schlecht bezahlten Leuten fällten.

Bec simste ihm: »Das nennt sich Management.«

Als Alex sich um Harrys Stelle bewarb, hatte er das Institut aus den Erzählungen seines Onkels im Kopf. Die Krebsforscher in Harrys Geschichten waren immer im Kampf, immer an vorderster Front – es gab keine anderen Fronten. Es gab Schlachten, Siege, Fortschritte, Durchbrüche; es gab Waffenarsenale und Munitionslager, es wurden Messer gewetzt und Vögel abgeschossen. Es gab Ruhm, Opfergeist, Heldenmut. Es gab Glauben, Credo, Häresie, Blasphemie, Frevel, Schisma. Es gab heilige Grale. In seinem Bewerbungsschreiben an das Kuratorium sprach Alex leidenschaftlich vom Belford Institute, als ob die Wissenschaftler ein Elitetrupp soldatischer Heiliger wären. Aber die Kuratoren erkannten das Institut, von dem er sprach, nicht wieder. Sie hielten das alte Institut aus Harrys Erinnerungen, das Alex beschrieb, für das neue Institut, das er nach seinen brillanten

Plänen zu schaffen gedachte. Nach ihrer Ansicht war das Haus zu einem zusammengewürfelten Haufen inkompatibler Forschungsteams verkommen, deren Mitglieder mehr Zeit damit verbrachten, sich gegenseitig zu bespitzeln und schlechtzumachen, als mit den Entdeckungen aufzuwarten, die sie gern gemacht hätten, Entdeckungen, bei denen die Leute, wie sie sich untereinander erzählten, von ihrem Frühstückskaffee aufschauen. Sie nahmen an, Alex wusste, dass Harry nach den frühen Triumphen ein Bürokrat geworden war, und kein guter. Aber Alex wusste es nicht, bevor er die Stelle antrat, und musste feststellen, dass seine erste Aufgabe darin bestand, bei einer Sitzung des Gartenbauausschusses den Vorsitz zu führen.

Alex erkannte, dass die Kuratoren davon beeindruckt waren, wie der Schluss seines Aufsatzes um die Welt gegangen war. Er hatte vorgehabt, ihnen zu sagen, dass er es Harrys wegen so formuliert hatte und dass es ihm peinlich war, wie diese wenigen Worte die Wahrnehmung des Aufsatzes verzerrten. Doch als er dem Halbrund bedeutender Gremienwühler unter dem Porträt des alten Lord Belford gegenübersaß, erkannte er, dass es zu spät war. Er konnte diesen letzten Satz nicht in Zweifel ziehen, ohne seine ganze Arbeit in Zweifel zu ziehen, und dafür war er zu stolz. Er bemerkte, dass einige der Kuratoren bei seinem Einstellungsgespräch Kopien des Artikels in Val Oatmans Zeitung vor sich liegen hatten, samt der absurden Schlagzeile. Wenn er die Wahrheit wieder zu Ehren bringen wollte, blieb ihm nichts anderes übrig, als sich selbst mithilfe derselben Medien anzugreifen, durch die er aufgebaut worden war. »›Habe mich geirrt‹, sagt ›Jungbrunnen‹-Biologe.« »›Bedaure‹, sagt ›Unsterblichkeits‹-Verkünder.«

Eines Tages bekam er einen Anruf von Val Oatman, dem zu Ohren gekommen war, sagte er, dass Alex mit der Berichterstattung über seine Forschungen nicht glücklich sei. »Sie hätten uns Bescheid sagen sollen«, sagte Val. »Wir nehmen solche Sachen sehr ernst, wissen Sie.«

»Ich wusste, dass es popularisiert werden würde. Aber ich dachte, Sie würden es etwas überlegter popularisieren.«

»Sie sind jetzt eine wichtige Persönlichkeit«, sagte Val. »Unsere Leser möchten mehr über Sie erfahren. Alle interessieren sich für die Wissenschaft, wenn es darum geht, wie lange sie leben werden.«

»Und warum haben Sie geschrieben ›Wissenschaftler entdeckt‹ statt ›Wissenschaftler entdecken‹? Wie stehe ich jetzt vor meinen Mitarbeitern da? Es standen noch andere Namen auf diesem Aufsatz außer meinem.«

»Wir möchten wissenschaftliche Koryphäen unterstützen«, sagte Val. »Wir haben mit Ihren PR-Leuten darüber gesprochen. Die sind Feuer und Flamme. Sie möchten Ihre Arbeit weiter voranbringen, versteht sich, aber Sie dürfen nicht vergessen, dass Ihre Ideen hundertmal eher Gehör finden, wenn Sie prominent sind.«

»Ich will nicht prominent sein«, sagte Alex.

»Wir kleinen Schreiberlinge haben die Pflicht, Sie zu überzeugen. Der Mann auf der Straße kennt keine Wissenschaftler mehr mit Namen. Das kann nicht gut sein. Kommen Sie doch nächste Woche zum Essen zu mir.«

»Da bin ich in Urlaub.«

»Wo fahren Sie hin?«

»Nach Afrika«, sagte Alex und wusste nicht, warum er die Frage beantwortete, obwohl er Val lieber erklärt hätte, das gehe ihn nichts an.

»Schön. In welchen Teil?«

Alex wollte es ihm nicht sagen, und trotzdem tat er es wieder. »Tansania.«

»Jemand besuchen?« Alex blieb stumm, bis Val sagte: »Hallo?«

»Ich bin mir nicht sicher, ob …«, begann Alex.

»Ich habe eine Bekannte in Tansania«, sagte Val. »Eine Wissenschaftlerin. Rebecca Shepherd.«

»Wussten Sie, dass ich sie besuchen fahre?«

»Woher sollte ich das wissen?«

»Wussten Sie es?«, sagte Alex nachdrücklich. Er wurde unsicher. »Ich weiß, dass Sie beide …«

»Das war einmal«, sagte Val. »Keine Sorge. Ich wollte mit Ihnen ins Gespräch kommen. Ich wollte Ihnen sagen, dass man sich dafür interessiert, was Sie tun.«

»Als Wissenschaftler.«

»Selbstverständlich. Wir unterhalten uns, wenn Sie wieder da sind.«

Am Anfang und Ende jedes Tages im Institut kam Alex in der Eingangshalle an einer Skulptur vorbei, deren Anschaffung Harry beim Kuratorium durchgedrückt hatte. »Ein Wissenschaftler kann genauso gut öffentliche Gelder für Kunst ausgeben wie ein toskanischer Gauner im Kardinalshut«, sagte er. Das Werk, verkleinert gegenüber dem ursprünglichen Entwurf des Künstlers, nach dem es eine Flugzeughalle gefüllt hätte, hieß *Reason IV*. Die Ausführung, wie sie nun dastand, war schulterhoch und glich einer metallicroten Bowlingkugel auf einem wurmkotähnlichen, hart gewordenen Teighaufen.

Alex wollte zu Bec fliegen, sobald es nur irgend ging, aber Harry, bei dem er eingezogen war, verlangte, wenn er sich schon »nach Afrika verkrümeln« wolle, müsse er ihm erst noch eine Infusion mit Expertenzellen verabreichen. Alex weigerte sich. Harry quengelte, trotzte, schmollte, spielte den Gleichgültigen und bebte vor Entrüstung. Das Gefühl, eine Therapie vorenthalten zu bekommen, die ihm von Rechts wegen zustand, wie er meinte, belebte ihn, und Alex hielt es für möglich, dass die Verweigerung der Medizin seinem

Onkel mehr half, als sie ihm zu geben. Aber das hätte geheißen, ein Leben durch Groll zu verlängern. Und wenn er nach Tansania flog, ohne Harry zu geben, was er wollte, würde sein Onkel ihm das nicht verzeihen.

Alex erklärte sich bereit, die Zellen aus dem Gefrierschrank des Instituts zu besorgen und sie Harry zu verabreichen, aber nur unter zwei Bedingungen: Harrys Sohn Matthew musste seine Zustimmung geben, und Harry musste, wenn es zu Ende ging, Matthew zu sich lassen, wie dieser es wünschte.

»Warum lässt der Penner mich nicht meine Enkel sehen?«, sagte Harry.

»Du weißt, warum.«

37

Alex entschied, dass er persönlich mit Matthew reden musste, selbst um den Preis, seine Afrikareise zu verschieben. Er fuhr mit dem Zug nach Norden. Lettie holte ihn vom Bahnhof ab.

Sie war zweiundvierzig Jahre alt und im achten Monat schwanger, was, sagte sie, als Alex ihr gratulierte, ein Wunder sei. Aus dem Mund der großen, schwergewichtigen Frau mit kurzen, ergrauenden Haaren hörte sich »Wunder« wie »Unfug« an; sie sah müde aus. Noch während Alex sie auf die Wange küsste, drehte sie sich um und ging voraus zum Auto. Ihre Bewegungen drückten Pflichtgefühl aus, als wäre sie offiziell beauftragt, Alex zu einer Konferenz abzuholen.

Alex' Wahrnehmung dieses Umstands war durch Liebe gedämpft, eine vorauseilende Liebe, die, stellte er fest, auch Vierzigjährige überfiel. Er war überzeugt davon, dass Bec ihm gehören würde, und obwohl er es kaum erwarten konnte, zu ihr zu kommen, verstimmte es ihn nicht, von Matthews Familie aufgehalten zu werden. Für sein Gefühl lag das

Ribble-Tal auf seinem Weg zum Indischen Ozean. In seinem Bauch brodelte die Liebe, und Leute wie Lettie waren nur Staffagen am Rand der Straße, die ihn zu Bec führte. Nichts, was vor Afrika passierte, konnte ihm etwas anhaben, da war er sicher; er war mit Liebe gewappnet.

Matthews Kinder waren alle im Schulalter. Die sechzehnjährige Rose mit ihren drei Silberreifen am Handgelenk, die als Beobachterin am Rand stand und Abstand zu den anderen hielt; der zwei Jahre jüngere Peter, der sich immer mit dem Zeigefinger die Brille hochschob; Leah, eine zwölfjährige Gefühlsnudel, glücklich, wenn alle beisammen waren, unglücklich, wenn sich zwei ihrer Geschwister stritten und sie nicht mit beiden gut Freund sein konnte; und der kleine Chris. Ihr Vater war ein hohes Tier im Grafschaftsrat von Lancashire. Er hatte seinen eigenen Parkplatz vor dem Referat für Bildung und führte dort die Geschäfte in einem strahlend weißen Hemd und wechselnd zwischen einem halben Dutzend Krawatten, vier Anzügen und zwei Kaffeebechern. Sein Schreibtisch war breiter als sein Besitzer lang.

Die Familie wohnte in einem alten Pfarrhaus am Rande des Fenns, wo die Weiden schon mit Riedgras durchsetzt waren. Beide Eltern waren in der Gemeinde aktiv; mit ihren zwei Autos sausten sie ständig auf den schmalen, krummen Straßen zwischen Preston, Clitheroe und Longridge hin und her.

Auf der Fahrt zum Haus hielt Alex das zähe Gespräch am Laufen, indem er Fragen nach der Familie stellte, während Lettie sich stur auf die Straße konzentrierte. Er fragte nach Rose.

»Sie ist stinksauer, dass sie mir jetzt, wo sie sechzehn ist, ab und zu mal die Kinder beaufsichtigen soll«, sagte Lettie. »Wir hatten einen Streit, weil ich *dich* heute Abend abhole.«

»Ich hätte ein Taxi nehmen können«, sagte Alex.

»Schon gut«, sagte Lettie und hieb heftig mit der Handkante auf den Blinker.

»Harry geht's besser, als die Ärzte erwartet haben«, sagte Alex.

Lettie schüttelte die Schultern, als täten ihr plötzlich die Muskeln weh.

»Heißt das, er wird wieder?«, sagte sie.

Durch Lücken in der Feldhecke hatte Alex im Vorbeifahren kurze Blicke auf gesunde, beleibte Schafe. »Ein paar Wochen mehr«, murmelte er. »Wann geht's mit dem Lammen los?«

»Mit Bauerndingen kenne ich mich nicht aus«, sagte Lettie. »Ich bin nicht vom Land.«

Alex bekam für die Nacht das kleine Zimmer von Chris. Freundlich und ernst zeigte der Junge Alex sein Reich. Ein Plakat mit einem napoleonischen Kriegsschiff darauf, dessen Kanonen gerade eine kolossale Breitseite abfeuerten, und mit menschlichen Körpern, die von einer Explosion auf dem feindlichen Schiff in die Luft flogen, hing an einer Wand zusammen mit »Jesus Loves Me«-Stickern. Das sei die Schlacht von Trafalgar, klärte Chris ihn auf. Er werde später zur Navy gehen.

Als er allein war, setzte Alex sich auf die Steppdecke, die mit Bildern von Seemannsknoten bedruckt war. Das Bett war klein. Wenn er sich beim Schlafen nicht einrollte, würden seine Füße am Ende herausragen. Das Zimmer roch nach Milch. Er schickte Bec eine Mail und legte sein iPhone auf den Schreibtisch. Draußen war es dunkel. Ein Windstoß ließ plötzlich das Fenster klappern. Das Rütteln des hölzernen Rahmens wirkte dringend und persönlich, als ob jemand hereinwollte.

Dielen knarrten. Matthew stand in der Tür, dunkel und adrett, die schwarzen Augenbrauen wie kleine Pelze. Er trug noch Anzug und Krawatte aus dem Büro. Sie lächelten sich an und umarmten einander. Während Alex seinen Cousin hielt, dachte er: Früher haben wir das nicht gemacht, jetzt machen wir es.

»Der große Wissenschaftler«, sagte Matthew. »Welche Ehre.«

»Schön, dich zu sehen. Sie lassen dich lange arbeiten im Amt.«

Matthew hatte die Angewohnheit, im Gespräch kurz zu stocken, bevor er seinerseits etwas sagte, mehr, glaubte Alex, damit seine Gesprächspartner Zeit hatten, sich zu fragen, ob sie etwas Falsches gesagt hatten, als um sich selbst zu überlegen, was er sagen wollte.

»Ich bin im Moment nicht gut angesehen«, sagte Matthew. »Die jungen Muslime sagen, ich sei ein Islamhasser, die weißen Rassisten halten mich für zu feige, um zuzugeben, dass ich ihrer Meinung bin, und die Linken sehen in mir einen Fundamentalisten. Ich bin nur ein Staatsbeamter. Ich bin sicher, der Teufel freut sich, dass wir uns einbilden, wenn wir Schulmädchen verbieten, ihre Gesichter zu verschleiern, würde uns das vor seiner Macht bewahren.«

Matthew fragte nach Maria, und Alex erzählte ihm, dass sie sich getrennt hatten, und Matthew guckte bestürzt und strich mit den Augen über Alex' lächelndes Gesicht, während er ihm seine Worte fragend wiederholte. Alex bejahte und machte sich klar, dass Matthew nicht wissen konnte, warum er über die Trennung von Maria glücklich zu sein schien.

»Ja«, sagte Alex und schlug aus Respekt für die Verlassene die Augen nieder. »Es hat nicht geklappt mit uns.«

Matthew sagte, das tue ihm leid. Er sagte die Worte wie im Takt, als zählte er die Jahre ab, die sein Cousin und Maria zusammen gewesen waren. Alex wollte ihm begreiflich machen, dass es nichts zu bedauern gab, dass es das Beste war.

»Ich habe jemand anders kennengelernt«, erklärte er.

»Oh«, sagte Matthew. »Verstehe.«

»Es lief gütlich«, sagte Alex.

»Das freut mich zu hören«, sagte Matthew.

»Wir waren uns in allem einig.«

»Gut, dass ihr keine Kinder habt, denke ich mal«, sagte Matthew.

Peter kam die Treppe herauf und meldete, es sei Zeit zu essen.

Alex hatte den Eindruck, dass Matthew eine eigentümliche Autorität über seine Familie ausübte, ohne Einschüchterung, ohne Druck oder Drohen. Alle folgten ihm, seiner leisen Stimme, seinen Schweigephasen, seinem ruhigen Blick, seiner Sicherheit und seinen Gewohnheiten. Er lebte nach der Bibel, doch es war nicht die Bibel, die ihm Autorität verlieh. Es gab in ihm ein unerschöpfliches, unerschütterliches Reservoir der Gewissheit, dessen Vorhandensein alles stabilisierte, und in dieser Stabilität und Gewissheit lebten die sechs, bald sieben, fleißig, bescheiden, bewundernswert. Dennoch sprach Matthew vom Bösen, als lebte der Satan nur eine kurze Autofahrt entfernt jenseits des Fenns. Wann hielt Matthew in diesem friedlichen Heim Frau und Kinder dazu an, gegen den Teufel zu kämpfen? Beim Frühstück? Und was war das Schlachtfeld? Die Freunde, die sie hatten, die Bücher, die sie lasen? Die Kinder waren draußen im Leben. Ihre Schulen waren in keiner Weise von der Welt abgeschnitten. Wenn Matthew glaubte, dass Gott und der Teufel sich in dieser Stadt bekämpften, wie hielt er es dann aus, seine Familie dem auszusetzen?

Die ganze Mahlzeit über gab Lettie Alex Essen auf, ohne ihn anzusehen, und machte dazu Bemerkungen wie, er sei »wahrscheinlich feineres Essen gewohnt da unten im Süden«.

»Du bist jetzt berühmt«, sagte Matthew zu Alex, als sie aufgegessen hatten. »Du warst im Frühstücksfernsehen, habe ich gehört.« Rose blickte auf. Die anderen Kinder waren gegangen.

»Tatsächlich?«, sagte Alex.

»Ich bin stolz auf dich«, sagte Matthew. »Im Ernst. Wir beten für dich. Dein Heiland hat sich nicht von dir abgewandt, und er leitet dich in deiner Arbeit.«

»Ich fühle mich nicht geleitet«, sagte Alex.

Matthew senkte den Kopf, dann sagte er mit Wärme in der Stimme: »Du rettest Leben. Der Töpfer ist Herr über den Ton.«

»Wer?«

»Der Töpfer. Das ist aus der Bibel. Römer neun.«

»Krebs ist der Ton.«

»Nein, *du* bist der Ton.« Matthew buffte seinen Cousin an die Schulter, als wäre dieser ein nettes, aber begriffsstutziges Kind. »Gott ist der Töpfer.«

»Ach so.«

»Wofür ist er berühmt?«, sagte Rose. Sie stand auf, um die Wasserkaraffe zu füllen, und lehnte sich krumm über das Spülbecken, als sträubte sie sich gegen die Körperlänge, die ihr aufgezwungen worden war. Sie schien nur aus Ellbogen und Schultern und Ungeduld zu bestehen.

»Das gehört sich nicht, so ›er‹ zu sagen«, sagte Matthew. »Wenn du eine Frage an meinen Cousin Alex hast, stell sie ihm selbst.«

»Wofür bist du berühmt, Alex?«, sagte Rose und warf sich dabei die Haare aus der Stirn, legte den Kopf schief in den Nacken und grinste.

»Fürs Atomezählen«, sagte Alex. »Ich versuche herauszufinden, warum sie in die eine und nicht in die andere Richtung gehen.«

»Wie Opa.«

»Ich trete in seine Fußstapfen.«

»Wie geht's meinem Vater?«, sagte Matthew.

»Da gibt es etwas, das wir besprechen sollten«, sagte Alex.

»Du kommst mit einem Anliegen. Hervorragend. Dann haben wir viel zu reden.«

»Allerdings«, murmelte Lettie, wobei sie in einem fort eine Gabel auf dem Tisch herumdrehte.

»Darf ich aufstehen?«, fragte Rose.

»Natürlich, Schatz«, sagte Lettie. »Bringst du bitte um halb zehn die Bibeln?«

Rose kicherte und fragte, ob Alex an ihrer Bibelstunde teilnehmen werde. Sie sahen ihn an, und er sagte, ja, schon, wenn es ihnen nichts ausmachte, einen Ungläubigen dabeizuhaben. Sie beteuerten, so seien sie nicht.

Nachdem Rose gegangen war, erklärte Alex Matthew und Lettie, was Harry wollte.

Matthew beugte sich vor, die Hände flach auf dem Tisch. »Das heißt, diese Zellen nützen ihm nichts und sie schaden ihm nichts?«

»Es sind seine eigenen Zellen, genetisch ein klein wenig behandelt, es gibt also keine Probleme mit dem Immunsystem«, sagte Alex und machte bei »behandelt« eine unbestimmte Handbewegung. »Er hat dieselbe Zelllinie schon mal vor fünfzehn Jahren injiziert bekommen, als er testen wollte, ob sie ungefährlich sind, und da hatten sie keinen Effekt. Seit der Zeit liegen sie im Kühlgerät. Eine Infusion von ein paar Millionen dieser Zellen wird an seinem Zustand nicht das Geringste ändern. Sonst würde ich es nicht machen.«

»Ein paar Millionen hört sich viel an«, sagte Lettie.

»Der menschliche Körper hat sechzig Billionen Zellen«, sagte Alex und hielt die Hände auseinander, als wollte er die Größe eines mächtigen Fischs demonstrieren, den er gefangen hatte.

Matthew sagte: »Wenn sie ihm nicht helfen und ihm nicht schaden, warum will er sie dann haben?«

»Es ist seine Art zu beten«, sagte Alex. »Sein Versuch, die Hoffnung zu systematisieren.«

Lettie schnalzte mit der Zunge und schnaufte.

»Beten heißt, um Gottes Vergebung und Gnade zu bitten«, sagte Matthew. »Aber daran glaubt mein Vater nicht. Dies ist eher so, wie wenn ein Spieler den Würfel anbläst, damit er die Zahl kriegt, die er haben will.«

»Das ist ein guter Vergleich«, sagte Alex.

»Wenn du damit aus Nettigkeit sagen willst, dass Harry so abergläubisch ist wie wir, dann wär's mir lieber, du würdest die Nettigkeit lassen«, sagte Lettie.

»Er ist klug genug, um zu wissen, dass das Ende nahe ist«, sagte Alex, »und hat genug Angst, um sich an die Hoffnung zu klammern, er könnte vielleicht noch ein paar Minuten mehr herausschlagen.«

»Er ist stolz.« Matthew grübelte einen Moment. »Ich habe nichts dagegen, von mir aus kann er diese Zellen haben. Muss ich irgendwas unterschreiben?«

»Es ist eine informelle Vereinbarung«, sagte Alex. »Ich brauche nichts Schriftliches, solange ich weiß, dass du einverstanden bist.« Er spürte die Macht, die er als Bote aus der Hauptstadt hatte. Aus dem Boilerschrank drang ein leises Bullern, und die Gasflammen sprangen an. »Er will dich sehen«, sagte Alex, »auch wenn du ihn die Kinder nicht sehen lässt.«

Matthews Augen wurden weit. »Hast du ihn überredet?«, sagte er.

»Ist doch egal. Er will dich sehen. Er will, dass du ihn zu Hause besuchst, wenn du es einrichten kannst, und bei ihm bist. Er will deine Hilfe.«

»Das ist ein ziemlicher Gesinnungswandel«, sagte Lettie.

»Er macht's nicht mehr lange«, sagte Alex.

Matthew schüttelte leicht den Kopf und senkte den Blick, dann schaute er Alex an. »Ich will die Kinder nicht von Dad fernhalten, wenn er stirbt«, sagte er. »Aber was soll ich tun? Er hat schon so oft sein Versprechen gebrochen. Immer hat er versucht, sie allein abzupassen, in den dunklen Winkeln seines Hauses, und ihr Herz gegen den Heiland einzunehmen. Als wir das letzte Mal da waren, habe ich ihn in der Waschküche dabei erwischt, wie er Leah fragte, warum Gott sich die Mühe hätte machen sollen, die Dinosaurier zu erschaffen, wenn er sie doch nur wieder töten und ihre Knochen vergraben wollte, bevor die ersten Menschen auftauchten.«

»Hat das Leah erschüttert?«

»Das ist es nicht«, sagte Lettie. »Er sagt, er will den Verstand der Kinder vor der Religion retten, aber ihm geht's nur darum, Matthew eins auszuwischen, weil er Christus gefunden hat.«

»Er weiß, dass du die Kinder nicht nach London fahren lässt«, sagte Alex. »Nächsten Monat hat mein Dad Geburtstag, und Harry wird bei uns in Schottland sein. Bei der Gelegenheit könnten wir alle zusammenkommen. Die ganze Familie, auf neutralem Territorium.«

Rose kam mit einem Stapel Bibeln herein und teilte sie aus.

»Richter«, sagte Lettie.

»Richter«, sagte Matthew, und sie schlugen die Stelle auf. »Lettie, wie wär's, wenn du anfängst?«

Alex hatte die Bibel, die ihm gereicht worden war, beim Buch der Richter aufgeschlagen, erstes Kapitel. Er wusste nicht, was von ihm erwartet wurde. Lettie begann zu sprechen. »Im Buch der Richter«, sagte sie, »sehen wir eine Gesellschaft im Aufruhr nach dem Tod Josuas. Die Menschen können nicht mehr zwischen Gut und Böse, Richtig und Falsch unterscheiden. Sie beten falsche Götter an. Sie haben keinen festen Bezugspunkt außer ihren egoistischen Interessen. Sie erliegen ihren krankhaften Begierden, der Faszination von Gewalt und Grausamkeit gegen andere, dem Lechzen nach Luxus und nach Genüssen, die sie gar nicht brauchen. Und warum auch nicht? Es gibt nichts, glauben sie, was sie daran hindern könnte. Sie glauben nicht, dass jemand ihre Verfehlungen sieht und etwas dagegen hat. Deshalb bestraft Gott sie, und zu allererst bestraft er sie durch die Folgen ihres Handelns. Sie schauen auf die Gier und Gewalt und Gemeinheit um sie herum und verzweifeln.«

Während Lettie sprach, war sie von einer Leidenschaft ergriffen, die ihre Stimme veränderte, sie lauter, sicherer machte. Starke Worte in ihrem Mund hemmten sie nicht.

Als Matthew fortfuhr, klang auch seine Stimme verändert. Er sagte, was sie heute um sich herum sähen, sei eine Gesellschaft wie die nach Josua. Junge Leute, die sich betranken, Drogen nahmen, Liebe mit Pornografie verwechselten und sich gegenseitig mit Messern abstachen. Eltern, die sie nicht aufhalten konnten, weil sie selbst nicht mehr wussten, was richtig und was falsch, was gut und was böse war. Die Menschen suchten nach Antworten, aber statt sich Jesus zuzuwenden und der Bibel, die so klare moralische Leitbilder gebe, mixten sie sich armselige Cocktails aus verschiedenen Religionen zusammen, ein bisschen Christentum, ein bisschen Hinduismus, ein bisschen Islam, Buddhismus, Schamanismus. Es sei nicht das erste Mal, dass Großbritannien eine Zeit der Zweifel und der Verstocktheit vor der Wahrheit Gottes durchlaufe, sagte Matthew, und es werde nicht das letzte Mal sein, aber das Buch der Richter zeige uns, dass der Kreislauf der Generationen zwangsläufig eine Umkehr bringe, zurück zum Glauben.

Er fragte Rose, was sie denke. Sie sprach für ein junges Mädchen mit großer Entschiedenheit. Alex erkannte, dass sie ihren Eltern deren eigene Worte zurückgab, verkürzt und zusammengefasst.

»Was ist mit dir, Alex?«, sagte Matthew.

Alex, der seit Kindertagen nicht mehr in der Bibel gelesen hatte, hatte während der Ausführungen der anderen die ersten Kapitel des Buches der Richter überflogen. Er konnte keinen Zusammenhang sehen zwischen dem, was Lettie und Matthew beschrieben, und den Worten auf der Seite; in dem Text, den er las, waren die Israeliten und ihr Gott ein sadomasochistisches altes Ehepaar, das nur durch ihre gemeinsame Mordlust von der Scheidung abgehalten wurde.

»Gott und die Juden scheinen sich zu hassen«, sagte Alex.

»Man darf das nicht wörtlich nehmen«, sagte Matthew. »Es geht um die Unterordnung unter Gottes Gesetz.«

»Es sind schon viele Gangstersachen drin, Dad«, sagte Rose. »Wenn Ehud dem dicken König in den Bauch sticht oder wenn Jaël dem Sisera einen Pflock in den Kopf hämmert.«

»Darum geht es nicht«, sagte Matthew.

»Du hast mich das nicht lesen lassen, als ich kleiner war, wegen der Sprache.« Sie blickte von Gesicht zu Gesicht und hob ihr Kinn wie zur Abwehr eines Angriffs, der gar nicht erfolgt war. »Warum bekommen wir nicht einfach gesagt, wie wir uns verhalten sollen, wie in anderen Büchern auch?«

Matthew und Lettie verschränkten im selben Moment die Arme. Mit einer schweren Kopfdrehung sah Lettie ihren Mann an.

»Was für andere Bücher?«, sagte er.

»Ach, egal«, sagte Rose und sprang mit der Frage »Darf ich gehen?« auf und zur Tür hinaus.

»Es ist die Schule«, sagte Lettie. »Zu multikulturell. Sie verbringt zu viel Zeit mit denen.« Sie wandte sich Alex zu. »Wenn ihr Kinder hättet, du und Maria, wüsstest du, wie schwer es ist.«

Matthew schloss die Finger um ihr Handgelenk, und sie zog gegen seinen Griff an, weniger um freizukommen, als um Widerstand zu zeigen; er hielt ihr Handgelenk recht fest. »Du musst sie lenken. Du musst ihnen den Unterschied zwischen Recht und Unrecht zeigen. Dazu brauchst du eine Grundlage. Ich weiß, du hältst das alles«, sie hob die Bibel hoch, »für sehr dumm, aber wie willst du sonst das Leben erklären?«

»Es gibt keine Erklärungen«, sagte Alex. »Es gibt keine Antworten, und es gibt keinen Sinn. Es gibt nur das Leben.«

Lettie lachte. »Würdest du das deinen Kindern erzählen, wenn sie mit ihren Fragen zu dir kämen? Dass es keinen Sinn gibt, keine Antworten? Ich wette, Maria sieht das anders.«

»Maria und ich sind nicht mehr zusammen«, sagte Alex. »Wir haben uns getrennt.«

Lettie sah ihn mit Erstaunen und einer Spur von Entsetzen an, als hätte er etwas Schmutziges in ihr Haus eingeschleppt, das nicht mehr wegzuwischen war.

»Es hat nicht geklappt mit uns«, sagte Alex. »Wir haben uns gütlich getrennt.«

»Aber ihr wart so lange zusammen«, sagte Lettie.

Alex zuckte die Achseln und konnte nicht verhindern, dass ein Lächeln sich in sein Gesicht stahl, was Letties Entsetzen noch vermehrte.

»Er hat jemand anders gefunden«, murmelte Matthew.

»Du hattest eine Affäre?«, sagte Lettie.

»Nein!«, sagte Alex, dem das Lächeln vergangen war. Lettie hatte sich, soweit er sich erinnern konnte, nie etwas aus Maria gemacht. »Nein, es war ihre Idee.«

Lettie sah ihn ungläubig an. »Es war Marias Idee, dass du dich in jemand anders verliebst? Wieso sollte sie das wollen?«

»Lettie«, sagte Matthew. Alex wurde puterrot, und sein Herz bummerte.

»Entschuldige«, sagte Lettie. »So was passiert, ich weiß, aber es klingt so leichtfertig.« Sie sagte es, als hätte sie vergessen, dass sie ihre Gedanken laut aussprach. Er wollte sich verteidigen, aber er konnte ihnen nicht erzählen, wie er sich geschämt hatte, von Maria wegzugehen, nachdem er vor ihren Augen darüber gegrinst hatte. Sätze wie »So geht's im Leben« oder »So was passiert ständig« fielen ihm ein, und er wusste, dass sie ihm aus irgendeinem Grund im Haus seines Cousins nur schief über die Lippen kommen würden.

Lettie stand auf, eine Hand auf dem Bauch, eine Hand auf der Stuhllehne, bemüht, die Stuhlbeine nicht über den Holzboden zu kratzen. »Du und diese neue Freundin, ihr werdet also Harrys Haus übernehmen«, sagte sie zu Alex. »Oder vielleicht könnt ihr es ja auch irgendwie verkaufen.« Sie drehte sich um, um den übrig gebliebenen halben Brotlaib wegzupacken, und sagte etwas, wovon Alex nur die letzten zwei Wörter verstand, nämlich: »... zwei Millionen.«

»Sprich nicht so«, sagte Matthew zu Lettie, als ob er ein Kind zurechtwiese. »Das kann er nicht machen.« Er sah Alex an. »Du weißt nicht, worüber wir reden, nicht wahr? Hast du dich je gefragt, was aus dem Haus meines Vaters wird, wenn er stirbt?«

»Du erbst es, nehme ich an.«

»Er hat es testamentarisch dem Institut vermacht. Er hat von einem Anwalt einen Vertrag aufsetzen lassen, wonach das Institut nur eins damit anfangen kann, und zwar den Direktor dort unentgeltlich wohnen zu lassen. Dich, mit anderen Worten. Wie die Dinge stehen, wirst du das Haus meines Vaters in Besitz nehmen, wenn er nicht mehr ist.« Matthew wandte sich Lettie zu. »Er wirkt wirklich überrascht.« Zu Alex sagte er: »Es wäre mir lieb, du würdest Dad nicht wissen lassen, dass du es weißt. Er hat mir erklärt, dass er es aus Prinzip machen will.«

»Du hast ihn gesehen?«

»Ich hatte ihn nicht mehr gesehen, seit er vor vier Monaten die Diagnose bekam, deshalb bin ich nach London gefahren. Er hat mich nicht ins Haus gelassen. Wir haben in der Tür gestanden und geredet. Er hat gesagt: ›Die alten Intellektuellen in London sterben, und die jungen können es sich nicht leisten, hier zu wohnen.‹«

»Ich werde ausziehen«, sagte Alex.

»Das musst du nicht.«

»Ich werde ausziehen, sobald ich zurück bin. Und du wirst ihn wiedersehen und dich um ihn kümmern. Er wird seine Meinung ändern.«

»Es ist ungerecht«, sagte Lettie. »Du hast keine Familie.«

»Lettie«, sagte Matthew.

Kopfschüttelnd sagte Lettie, sie gehe zu Bett. Matthew stand auf, entschuldigte sich bei Alex, sagte Gute Nacht und folgte seiner Frau.

Alex war nur einen Moment allein in der Küche, dann kam Rose und begann, die Spülmaschine einzuräumen. Er bot an zu helfen.

»Schon gut«, sagte Rose, auf eine Art lächelnd, als wäre die Vorstellung absurd, dass er bei der Hausarbeit irgendetwas tun könnte, außer im Weg zu stehen. Alex blieb sitzen und sah ihr bei der Arbeit zu. Woher hat sie die Grazie?, fragte er sich. Von Lettie?

»Wozu lebt man dann überhaupt?«, sagte Rose, während sie die Teller in den Korb schob. Sie drehte sich um und verschränkte die Arme. »Du hast gesagt, es gibt keine Erklärungen, keine Antworten und keinen Sinn.«

»Du hast vor der Tür gelauscht.«

»Also, wozu?«

»Es gibt kein Wozu im Leben«, sagte Alex. »Und trotzdem leben wir.«

»Das ist nicht sehr überzeugend.«

Alex stand auf und fing an, mit den Armen auf und ab zu schlagen. Rose schüttelte den Kopf und lachte, und Alex sagte: »Das Erste, was du fühlst, wenn du auf die Welt kommst, ist Zeit. Zeit, verstehst du?« Er sah sich um und kniff die Augen zusammen, als könnte er die Zeit im Gesicht spüren wie den Wind, als könnte er sie riechen. »Alle um dich herum bewegen sich durch die Zeit und verändern sich. Das ist die Reise, in die du hineingeboren wirst. Du wirst im Flug geboren. Du fliegst durch die Zeit, wie auf einer großen Wanderung.« Während er sprach, trabte er um den Küchentisch und schlug schwer mit den Armen, als ob er ein müder Vogel wäre. »Und dann, auf deiner Wanderschaft, gebierst du selbst die Nächsten.« Ohne den Flug um den Tisch zu unterbrechen, machte er mit einem Flügel eine kuriose Geburtsbewegung.

»Ich hoffe, es ist jemand da, der das Ei auffängt«, sagte Rose.

»Komm mit! Folge mir! Komm mit!« Rose seufzte, schüttelte den Kopf und schlurfte mit den Händen in den Taschen hinter ihrem Onkel her um den Tisch. »Nimm deine Flügel aus den Taschen!«, sagte Alex. »Flieg! Und wenn dein Kind sich einmal nach dir umschaut und fragt: ›Wo hat diese Reise angefangen?‹, dann erinnerst du dich, dass du diese Frage auch einmal gestellt und nie eine Antwort bekommen hast. Du hast nie herausgebracht, wo die Reise hingeht. Aber wenn du stirbst, würdest du lieber weiterfliegen. Und die anderen um dich herum, deine Kinder und deine Freunde, der große Schwarm, sie fliegen weiter.«

»Wenn du Kinder hast.«

»Deine Sturheit ist ein erstklassiges Kauterisierungsmittel.«

»Ich weiß nicht, was das heißt.« Rose war verstimmt. »Schlau sein ist nicht alles, weißt du. Die Menschen sind nie schlau genug, um selbst zu erkennen, was Recht und Unrecht ist. Das müssen sie von einer höheren Macht gesagt bekommen.«

»Ist das die Meinung deiner Eltern?«

»Schon, aber sie sind nicht streng genug«, sagte Rose. »Ich habe einen Freund, der ist Muslim, und der hat mir erzählt, dass es alle tausend Jahre eine neue Religion geben muss, weil die alte lax wird und die Vorschriften aufweicht. Also gab es die Juden, und die wurden lax, und es gab die Christen, und die wurden lax, und jetzt gibt es die Muslime.« Ihre Augen leuchteten. »Erzähl Mum und Dad nicht, dass ich das gesagt habe.«

Später in Chris' Zimmer rief Alex Bec an, obwohl er wusste, dass es in Tansania lange nach Mitternacht war. Er war sich sicher, dass sie nicht drangehen würde, aber dann war er doch enttäuscht. Er wollte ihr erzählen, was geschehen war: dass er sich das Lachen nicht verkneifen konnte, wenn er an sie dachte, und dass er vergessen hatte, dass es so aussah, als wäre Maria ihm ganz egal, obwohl das überhaupt nicht stimmte; auch von Harrys boshaftem Vermächtnis wollte er ihr erzählen. Er wollte jemanden zum Zuhören haben, der seine Beschämung in etwas Gutes verkehrte. Das Telefon klingelte vor sich hin, und alle paar Rufsignale gab es ein Klicken in der Leitung, als ob Bec dranginge, aber es waren nur irgendwelche Interferenzen im Kosmos. Die Liebesvorfreude, die Alex empfunden hatte, war dahin, und er zweifelte an allem. Was für ein Arschlochverhalten, wegen Maria zu grinsen; wie idiotisch zu sagen, er hätte »jemand anders gefunden«, wo Bec doch keinerlei Versprechungen gemacht und sie noch nicht mal Händchen gehalten hatten. Er fing an, über die Zeilen in den SMS nachzudenken, die sie ihm geschickt hatte, Zeilen, die er so viele Male gelesen und so zärtlich gefunden hatte, und auf einmal fielen ihm zu jedem Satz von ihr andere, nüchternere Lesarten ein. Der Gedanke, er könnte nach Daressalam fliegen und in Bec nur eine gute Bekannte haben, wenn er zwei Wochen später zurückflog, lief ihm eiskalt durch den Körper.

Beim Ausziehen stieß er sich den Kopf am Lampenschirm. Er knipste das Licht aus, legte den Kopf auf das elastische Kissen und lauschte dem Klappern des Fensters und dem Klopfen der Regentropfen an der Scheibe. Warum, dachte er, bewunderte Matthew seine medizinische Arbeit, wenn er doch bloß den Eingang der Seelen in den Himmel verzögerte, indem er die Leute am Leben hielt? Warum liebten die Gläubigen die Heiler, die sie von der Schwelle des ewigen Lichts zurückholten? Harry starb ohne Hoffnung auf das Paradies, aber Alex wusste, dass Matthew, wenn er eines Tages dem Alter und den tödlichen Krankheiten ins Auge sah, sich nicht weniger hartnäckig ans Leben klammern würde als sein Vater.

38

Irgendwas an Becs Prinzipien fand Ritchie zum Kotzen. War sie wirklich die Güte selbst? Wenn sie so gut war, warum hatte sie dann im Leben so viele Männer abgeklappert? Sie hatte kaum mit Val Schluss gemacht, da war sie schon mit Alex zugange. Vor langer Zeit hatte sie einmal ihre Mitschuld daran gestanden, dass ihr Vater ihm am Abend vor seinem letzten Einsatz dieses Grauensvieh ins Zimmer gesetzt hatte. Das böse gelbe Auge des grausamen Vogels, die ausgebreiteten Flügel und die höllischen Schatten, die sie an die Wand warfen, der dolchartige Schnabel! Der Schrei schien aus dem Schädel des Vogels zu kommen, auch wenn es seine eigene Kehle war, die ihn ausstieß.

Zum ersten Mal kam Ritchie der Gedanke, dass er, wenn er zu suchen beschlösse, bestimmt entdecken würde, dass auch seine Schwester Dreck am Stecken hatte. Sie kam ohnehin schon mit ihren Problemen zu ihm. Natürlich würde ich das niemals tun, dachte er.

Es fing an, ihn zu ärgern, dass seine Schwester im Elfenbeinturm ihrer Heiligkeit als Malaria-Heilerin nie erfahren würde, wie standhaft er zu ihr gehalten hatte und was für ein schreckliches Schicksal ihm als Lohn für seine Standhaftigkeit von ihrem Exgeliebten drohte. Es war ungerecht, dass er, Ritchie, so leiden musste, wo es doch Bec war, die Val damit aufgebracht hatte, dass sie erst seinen Heiratsantrag annahm und es sich dann anders überlegte. Sie würde das Opfer nie zu würdigen wissen, das ihr Bruder brachte, um sie vor den Folgen ihres eigenen Egoismus zu schützen. Dies war die Frau, die sich als oberste Hüterin des Andenkens ihres Vaters präsentierte, und dabei wollte sie, dass die Welt ihn vergaß, und er wollte, dass die Welt sich erinnerte!

Dann sei es eben so, dachte Ritchie. Wenn es ihm aufgetragen war, einzusehen, dass es nobler war, mit O'Donabháin Frieden zu schließen, sei's drum. Wenn er das heimliche Opfer bringen musste, seine Schwester nicht zu verraten, von ihm aus. Gott mochte sein Zeuge sein: Er handelte richtig. Und wenn er schon ein Märtyrer sein musste, warum sollte er es sich nicht noch schwerer machen? Warum sollte er Val nicht helfen, einen Umstand auszuräumen, der Becs öffentlicher Entlarvung hinderlich war: ihre mangelnde Berühmtheit? Als Ritchie mitgekriegt hatte, dass Alex und Bec sich gerade in dem Moment zu verlieben schienen, da Alex durch seine Forschungsarbeit einen Hauch von Berühmtheit erlangte, hatte er instinktiv versucht, seine Schwester und seinen Freund voneinander fernzuhalten, dafür zu sorgen, dass Bec sicher und unbekannt blieb. Doch er, Ritchie, würde der Märtyrer für seine Schwester sein, deshalb war das gar nicht mehr nötig. Er würde ihr und Alex helfen, zusammen zu sein. Er würde sie unterstützen. Er würde bei ihrer Hochzeit singen, wenn sie wollten. Wenn Bec weder zu gut noch zu unbekannt war, um Gegenstand eines großen Skandals zu sein, dann stand zwischen ihr und der Schande nur noch ihr Märtyrer-Bruder, der seine Güte verbergen und unerkannt bleiben würde, der heimliche Philanthrop, der Wohltäter der ewig Undankbaren. Er würde sie nicht verraten, aber nicht weil er nicht konnte, sondern weil er nicht wollte.

Ritchie hatte sich durchaus nicht mit Entlarvung, Gefängnis, Schande und Scheidung abgefunden, aber er hatte Angst, Hilfe bei den Anwälten und Mittelsleuten im Showbusiness zu suchen, die seine Probleme eventuell beheben konnten. Er sah sich nach einem anderen Opfer um, einem Feind mit einem Geheimnis, den er ans Messer liefern konnte. Er wusste, dass Lazz hinter der Bühne kokste, wenn die Proben für *Teen Makeover* liefen und »gefährdete junge Menschen« nur wenige Meter entfernt waren, aber Lazz war kein Feind. Trotz seiner Kälte war Lazz ein Star, ein goldener Stern an Ritchies Himmel, und Ritchie brachte es nicht über sich, die empfindlichen Zacken dieses Sterns abzubrechen.

Die letzte Hoffnung, die ihm blieb, war der Film über den Mörder seines Vaters. Ritchie spürte, dass es eine kryptische Art gab, Dunkelheit zu verbuchen, dass die Öffentlichkeit bereit war, eine gewisse Aufrechnung und Aufrundung zwischen den Spalten zu tolerieren, wenn es um Sünde und Leiden ging. Ein berühmter Filmregisseur zum Beispiel konnte Posten aus der Spalte »Leiden« – Eltern in Auschwitz, Frau ermordet – nehmen und sie in die Spalte »Sünden« übertragen – eingestandene Vergewaltigung einer Dreizehnjährigen. Das war akzeptabel, weil die Posten auf mysteriöse Weise offenbar alle unter denselben Oberbegriff »Dunkelheit« fielen, etwas, das verdaulicher und allgemeinmenschlicher war als Niedertracht, Unerschütterlichkeit, Bosheit oder Selbstbeherrschung. Unterm Strich wurde keine Dunkelheit eingenommen und keine Dunkelheit ausgegeben: Es gab nur Dunkelheit. Ritchie glaubte, dass sein Interview mit dem Killer seines Vaters eine Art ausgleichende Dunkelheit über ihn breiten würde, die sein Fehlverhalten bei Nicole in den Augen der Gesellschaft ziemlicher und verzeihlicher machte, und zwar auf jeden Fall, ob die Gesellschaft nun von dem Film berührt oder abgestoßen wurde.

Nichts von alledem würde seine Familie zusammenhalten, wenn die Sache herauskam, und das lastete schwer auf Ritchies Herz und nötigte ihn weiter, zur Flasche zu greifen.

39

Als Alex aus Lancashire zurückkam, fuhr er ins Institut, öffnete mit seinem Passwort die Einfriergeräte im Keller und entnahm einen Beutel mit den genetisch modifizierten Zellen seines Onkels. Er fuhr mit dem Taxi zum Citron Square und hatte es so eilig, in Harrys Zimmer zu kommen, dass er drei Stufen auf einmal nahm. Judith, die Pflegerin, die seinen Onkel jetzt betreute, kam mit einem Infusionsständer hinterher. Sie schob Gerasim aus dem Zimmer und ließ ihn vor der Tür winseln.

Harry lag mit einem Kissenaufbau unter Kopf und Schultern halb aufrecht auf dem Bett. Er trug eine schwarze Weste und ein weißes Hemd mit aufgekrempelten Ärmeln. Er war frisch rasiert. Der Duft des Rasierwassers, mit dem er sein Kinn eingerieben hatte, war ein olfaktorisches Veto im Junggesellenmief des überhitzten Zimmers, einem intensiven Geruch nach alten Büchern, jahrzehntelang getragener Wolle und sorgfältigen Waschungen. An der Wand über Harrys Kopf hing ein verblasster Druck von *Raleighs Kindheit*, der in seiner Jugend im Haus seiner Eltern in Derby gehangen hatte.

Alex stampfte mit seinen Stiefeln über die knarrenden weißen Dielen. Er ließ Harry eine orangefarbene Sainsbury-Einkaufstüte in den Schoß fallen. Das dünne Plastik knisterte, als die Falten sich glätteten. Harry blickte in die Tüte und nahm einen Ein-Liter-Plasmabeutel heraus, der mit einer klaren Flüssigkeit gefüllt war. Er drehte ihn hin und her. Das Ding fühlte sich kalt an, und darauf stand sein Name in seiner eigenen Handschrift von vor fünfzehn Jahren.

»Sainsbury«, sagte er. »Liebes Lieschen. Mein genetisch modifiziertes Ich sollte eher ein Waitrose-Artikel sein.«

Alex hängte den Beutel an den Infusionsständer. Auf dem Tisch neben Harrys Bett tickte eifrig ein aufziehbarer Reisewecker in einem stoffbespannten Blechgehäuse. Der Weckzeiger stand auf halb acht. Neben dem Wecker lag ein Hornkamm mit einer herausgebrochenen Zinke vor einem silbergerahmten Foto von Harry und seinem Bruder, Alex' Vater, als Jungen am Strand von Filey, mit ausgebleichten Haaren und kleinen Brustwarzen, die Zähne weiß von der sonnengebräunten Haut abstechend, die Augen in der blendenden Sonne zusammengekniffen. Je mehr sich Harrys Zustand verschlechterte, umso näher schienen ihm die alten Dinge zu rücken.

Alex und Judith wuschen sich die Hände, zogen sich Latexhandschuhe an und bereiteten die Infusion vor. Judith stach mit der Schlauchspitze in die Kochsalzlösung, drehte die Klemmen zu, schloss den Beutel mit Zellen an, hängte Beutel und Leitungen an den Ständer und ließ Kochsalzlösung in die Tropfkammer fließen. Alex setzte sich aufs Bett, riss ein steriles Katheterpäckchen auf und hob Harrys Hand an. Er betupfte eine Stelle, und Judith führte den Katheter ein. Sie schob die Leitung in das Katheterröhrchen und ließ die Lösung einlaufen. Alex stand auf, öffnete die Klemme an der Leitung vom Zellbeutel und regelte den Durchfluss. Der Beutel begann sich in Harry zu entleeren.

Wie seltsam es wäre, dachte Harry, wenn es etwas bewirken würde; wenn seine Muskeln wieder Substanz bekämen, seine Haut rosig und straff, seine Stimme kräftig würde, wenn sein Krebs zurückginge, seine Eingeweide blank und frei würden und er essen, reden, laufen, singen und lachen könnte, Fleisch essen und Tabak rauchen.

»Du hältst mich für einen Spinner«, sagte er. »Du weißt, dass es mir nichts nützen wird.«

»Wer weiß, was es dir letztes Mal genützt hat?«, sagte Alex. »Wer weiß, was für Krankheiten du nicht bekommen hast?«

Alex wachte in der Nacht davon auf, dass jemand in sein Zimmer kam. Er knipste das Licht an, und Harry setzte sich auf seine Bettkante. Er war in Schlafanzug und Morgenmantel und hatte ein Glas Wein in der Hand. Alex fragte, wie spät es sei, und als er es aussprach, ging ihm auf, dass er eigentlich hatte fragen wollen: »Wie alt bin ich?«

»Ich konnte nicht schlafen«, sagte Harry.

»Wie fühlst du dich?«

»Hervorragend.«

»Verändert?«

»Der Fluss läuft nicht zweimal um denselben Fuß. Was dagegen, wenn ich hier schlafe?«

»Ja.«

Harry stürzte einen Schluck Wein hinunter. »Du bist egoistisch. Und morgen, verdammt, fährst du nach Afrika.«

»Du brauchst mich hier nicht. Du hast jetzt Judith, und Matthew wird immer mal bei dir reinschauen und ich auch. Wenn ich wiederkomme, werde ich eine Weile ausziehen. Ich miete mir eine Wohnung in der Nähe.«

Harrys Mundwinkel ging nach unten, und er blickte in sein Glas. »Matthew hat gepetzt, nehme ich an. Er hat dir das mit dem Haus erzählt. Haben diese Christen nicht irgendein Gebot, das ihnen verbietet, ihre Eltern zu verpfeifen? Ich werde meinen Entschluss nicht ändern. Wenn er mich dazu bewegen will, vermache ich dir das Haus direkt.«

»Ich würde es nicht nehmen.«

»Kinder sind anders, als du denkst«, sagte Harry. »Er ist mehr von mir und seiner Mutter enttäuscht als ich von ihm. Er ist mein Sohn, und ich habe den Willen, das Kind zu bestimmen, das ich am liebsten mag, und das bist nun mal du. Es hätte Dougie sein können. Es hätte irgendwer von der Straße sein können.« Er blickte auf, gab Alex die Gelegenheit, etwas zu sagen, und als Alex nichts sagte, blinzelte er nur und fuhr fort. »Du hast Kinder – wer weiß? Du behandelst sie wie Prinzen und Prinzessinnen, du mummelst sie abends in weichen Betten ein, du gibst deinen letzten Penny für sie aus, du bringst ihnen alles bei, was du weißt, du liebst sie und sagst ihnen, wie wunderbar sie sind, und sie werden zu Lügnern und Huren und Dieben. Sie verraten dich. Oder du haust ihnen die Hucke voll, lässt sie arbeiten, wenn sie sechs sind, lässt sie hungern, beschimpfst sie, sagst ihnen, aus ihnen würde doch nie was werden, und sie machen das als ihr Studium durch. Sie blühen und gedeihen. Sie beherrschen die Welt.«

40

Bec schickte einen Wagen, der Alex in Daressalam vom Flughafen abholte. Er hatte auf dem Nachtflug von London nicht geschlafen. Auf dem Weg zu der Villa, in der Becs Team einquartiert war, schmerzten ihm die Augen und ihm drehte sich alles. Auf den Straßen nahm er wie gedämpft Dieselschwaden, kreuz und quer fahrende Motorräder, gleißendes Licht und schwarze Schatten wahr. Das Gefühl, dass die Reise zu Ende war, erzeugte in ihm eine aufgeputschte, hohle Wachheit.

Sie war beschäftigt. Sie empfing ihn mit einem zerstreuten Lächeln und einem Kuss auf beide Wangen, dann unterhielten sie sich mit unbeholfener Förmlichkeit in ihrem vollgestopften Büro. Der schwere alte Schreibtisch – ein antikes Stück aus Kolonialzeiten, vermutete er – beeindruckte ihn, die lackierte dunkle Wuchtigkeit, und vor Enttäuschung verkleinerte er seinen neuen Ruhm und Einfluss vor sich selbst und fantasierte sich zu Becs Seelenzustand ein passendes Bauwerk, riesengroß, aristokratisch und befestigt, in das er sich zufällig verirrt hatte und wo man ihm bestimmt rasch auf die Schliche kam. Ihre ganze neoimperiale Wohn- und Arbeitssituation in Afrika, großes Projekt, Forscherteam, einheimische Mitarbeiter, berühmter und einflussreicher Bruder in England, frühere Liebhaber, und sie, die Herrin im Innern, über alles erhaben. Batini kam, um ihm sein Zimmer zu zeigen. Bec sagte, sie sei um vier fertig, und er zog mit seinem Gepäck ab, um zu schlafen.

Bec hatte gehofft, bis zu Alex' Ankunft mit dem Impfstofftest fertig zu sein; sie hatte sich auf ihn gefreut. Dann aber waren doch Dörfer übrig, wo noch Fragebögen auszufüllen und Wiederholungsimpfungen zu machen waren. Als er in ihrem Büro erschien, blass und müde von der Reise, und seine langen Beine ausstreckte, zitterten ihr die Nerven, wenn es denn die Nerven waren. Der schlaflose Flug hatte ihm die zappelige Unruhe genommen, und sie sah einen matten, vergrübelten Mann, gepeinigt von zu viel emotionaler Algebra. Er sah sie mit einer völlig unverhohlenen Direktheit an, fand sie, als ob sie die Natur persönlich wäre.

Auf der Fahrt zu den Dörfern fiel es Bec schwer, sich zu konzentrieren, obwohl sie eigentlich vorgehabt hatte, über die Daten im Laptop nachzudenken. Notwendige Pflichten hatte sie nach Möglichkeit auf frühere und spätere Tage verlegt und es so eingerichtet, dass die anderen Forscher in den Distrikten unterwegs waren, damit sie und Alex einen Abend für sich hatten. Für die übrige Zeit hatte sie Prospekte über Safaris und den Kilimandscharo für ihn gesammelt. Warum, fragte sie sich, hatte sie ihm das nicht erzählt? Und warum war sie im Büro hinter dem hässlichen alten Schreibtisch stehen geblieben, als ob sie ein Vorstellungsgespräch mit ihm führte?

Er musste geglaubt haben, sie hätte Angst vor ihm oder wollte ihre Autorität demonstrieren. Sie wusste, dass er nicht zu vergnüglichen Wanderungen und Abendessen gekommen war oder um Bilder von Zebras auf seine Facebook-Seite zu stellen, die er nie anrührte. Sie suchte nach der Erinnerung, die der völlig ausgelaugte, hartnäckig sein Ziel verfolgende Alex in ihr anstieß. An ihren Vater, wie er am Ende eines Arbeitstages die Schlucht von heruntergefallenen Ästen geräumt hatte? Oder an Ritchie? An Joel, wie er auf der Heckklappe eines Wagens saß, den Kopf zwischen den Knien, nachdem er beim Geländelauf in Crystal Springs keine Platzierung erreicht hatte? Oder an ihren Lieblingsstich von Don Quijote in der alten Ausgabe im Haus ihres Großvaters? Das ist er, dachte sie, dieser leidende, hoffende Ritter.

Ehe sie nach ihrer Rückkehr Alex aufsuchte, fragte sie Batini nach ihrer Meinung zu den Ohrringen, die sie sich ausgesucht hatte, und Batini diskutierte die Frage sehr ernst mit ihr.

Alex wachte erfrischt in einem fremden Bett auf. Es war spät am Nachmittag, vermutete er. Über ihm hing ein Metallring mit einem aufgerollten Moskitonetz. Von dort aus, wo er lag, konnte er einen rautenförmigen Ausschnitt des Himmels sehen, ein schwach eingedunkeltes Gelb, das eigentümlicherweise trotz seiner Gleichförmigkeit Tiefe hatte. Seine Verstimmung vom Morgen hatte er vergessen. Er erinnerte sich, dass Bec distanziert gewirkt hatte, schaute auf sein Telefon, sah, dass es nach fünf war, wusch sich eilig und zog seine neuen Leinensachen an.

Er fand sie in einem Rohrsessel auf der Veranda, auf ihn wartend, wie es schien. Der Abendchor der Vögel und Insekten setzte gerade zum Konzert an, und von der Straße quäkten die Mopedhupen. Hinter den Bäumen am unteren Ende des Gartens nahm der Betonrohbau eines halb fertigen Mietshauses im Licht der untergehenden Sonne eine weiche Spinnwebfarbe an. Bec drehte sich ihm zu und stand auf, und ihre Augen und Ohrringe funkelten im letzten Tageslicht. Sie hatte die Haare hochgesteckt. Sie begann zu sprechen, und Alex hörte die Wörter, aber machte sich gar nicht erst die Mühe, die Bedeutung zu erfassen von »wie hast du geschlafen tut mir leid dass ich dich nicht aufgeweckt habe aber du sahst so friedlich aus es ist wahrscheinlich zu spät für den Markt aber unten am Hafen gibt es ein nettes Lokal wo wir vor dem Essen etwas trinken können«.

»Klingt doch gut«, sagte er. Beim Waschen und Anziehen hatte er sich vorgesagt, dass er ihr ein Kompliment zu ihrem Aussehen machen musste, einerlei wie sie aussah. Aber jetzt, da sie vor ihm stand, kam ihm alles, was er hätte sagen können, billig und deplatziert vor. Wenige Wochen zuvor hatte er gesagt bekommen, er sei ein Leviathan der Wissenschaft, hatte selbstbewusst live im Radio und auf internationalen Nachrichtenkanälen geredet und auf Konferenzen vor mehreren hundert Teilnehmern Vorträge über zelluläre Zeitmessung gehalten. Trotzdem war im Moment die Erinnerung an seine Sprachlosigkeit und Unentschlossenheit damals im Regen in Cambridge stärker.

»Lass uns ein Weilchen hier sitzen«, sagte er. Er zog sich einen zweiten Sessel heran, und sie setzten sich einander so dicht gegenüber, dass seine Knie beinahe den Saum ihres kirschblütengemusterten Baumwollrocks berührten. Sie stellten sich gegenseitig Alltagsfragen, bis sich eine dicke Blase ungesagter Dinge zwischen sie schob.

»Was ist es eigentlich an einem anderen Menschen, das ihn dir bekannt erscheinen lässt, bevor du ihn überhaupt kennst?«, sagte Alex. »Es muss etwas im Aussehen sein, nehme ich an, in der Art, sich zu bewegen. Irgendwas Kleines. Ich wüsste nicht, wo ich gelernt haben sollte, darauf zu achten.«

»Dann wäre da noch das, was er sagt«, sagte Bec.

»Ja, und das, was er tut, aber davor gibt es eine andere Sprache. Du liest sie, ohne zu wissen, dass du sie liest. Die Schrift ist hauchfein. Die Augen sind einen Millimeter größer oder kleiner, eine Idee leuchtender.« Alex führte Zeigefinger und Daumen vor sein Auge und spähte durch die Lücke, als ob sie ein Nadelöhr wäre. »Das Lächeln, der Kopf, ihre Haltung.«

»Ach, es ist eine Frau!«

»Diese Bewegungen, diese Größenverhältnisse – sie sind zu winzig und komplex, man kann sie nicht messen.«

»Würdest du das wollen?«

»Schönheit hilft.«

»Da haben wir's.«

»Aber das ist es nicht. Was darin verschlüsselt ist und wie du es liest, das ist es.«

»Gib mir ein Beispiel.«

»Mir fällt dabei eine Frau ein. Sie ist attraktiv, wie es der Zufall will, und klug, aber das ist es nicht. Schon bevor ich sie kennengelernt und überhaupt mit ihr gesprochen hatte, habe ich irgendwie gesehen, dass sie offen denkt. Du hörst Leute von ›Offenheit‹ reden, ›ich bin offen für neue Erfahrungen‹ und so weiter, und damit meinen sie bloß, dass sie in der Mauer um sich herum eine kleine Luke öffnen und kurz mal einen Blick hinauswerfen.« Er legte die Handballen zusammen, klappte die Finger auseinander und mimte jemanden, der hinausschaute. »Diese Frau ist anders. Sie denkt wirklich offen. Und echte geistige Offenheit ist beängstigend.«

Bec lächelte. »Du meinst, diese Frau kennt keine Grenzen.«

»Die kennt sie bestimmt. Aber ich glaube, sie verlässt sich nicht darauf, es sei denn, sie hat sie selbst gesetzt und erprobt.«

»Wie du sie darstellst, ist diese Frau eine, die sich eine Bahn durch die Wildnis ihres eigenen Gehirns bricht.« Sie lachte.

»Du scheinst sie zu kennen«, sagte er.

Bec wollte sagen, dass Alex sah, was er sehen wollte, aber sie zögerte. Weniger, weil es nett war, was er über sie sagte, als weil es ihr gefiel, dass er eine Vorstellung auf sie übertragen wollte, die er sich gebildet hatte. Alex nutzte diesen Moment, um sich vorzubeugen und sie zu küssen, und sie erwiderte den Kuss, und bevor sie von einem der Fahrer unterbrochen wurden, der fragen kam, ob sie das Auto brauchten, wurden die Grillen eine Zeit lang vom Knirschen Hunderter geflochtener Rohrstängel übertönt.

Sie gingen aus und betranken sich ein wenig, und Bec erklärte ihm, wie wenig Zeit sie nach dieser Nacht für ihn erübrigen könne. »Ich bin fast fertig, aber hier und da flattern noch Fransen«, sagte sie. »Ich dachte, du könntest auf eine Safari gehen. Ich weiß nicht, ob du dich für Löwen interessierst.«

»Blasierte Viecher«, sagte Alex. »Selbstgefällig.«

»Es gibt Zebras.«

»Zu retro, zu Achtzigerjahre.«

»Leoparden.«

»Leoparden sind klüngelig. Könnte ich nicht mit dir mitkommen? Ich könnte dein unbezahlter Praktikant sein. Meine Stärken liegen mehr in der Theorie als in der Praxis. Aber vielleicht interessieren sie sich ja da draußen auf dem Land für Quantentheorie und Proteinfaltung.«

»Wir könnten dich vermutlich irgendwo reinquetschen«, sagte Bec. »Dr. Katanga braucht einen Hiwi.«

Später fuhren sie die Küste hinauf und gingen an einem stillen Strand spazieren. Die wenigen versprengten weißen Lichter landeinwärts schienen nichts mit menschlichem Leben zu tun zu haben. Ihre Füße sanken leicht im feuchten Sand ein, und die Dunkelheit über dem Meer war warm, makellos. Bec schnitt sich den nackten Fuß an einer weißen Muschel und blutete und legte Alex die Hand auf die Schulter, damit er ihr das Gewicht abnahm und sie sich humpelnd und hüpfend fortbewegen konnte. Sie legte sich lachend in den Sand, und er leckte ihr das Blut vom Fuß und spuckte die Sandkörner aus. Sie spazierten durch die Dunkelheit, und das Wasser schwappte um ihre Knöchel, und Bec zog die Luft ein und sagte, es tue weh. Weiter draußen in der Dünung hob und senkte sich ein einzelnes rotes Licht am Mast eines Fischerbootes, und sie hörten das ferne Tuckern des alten Motors. Sie beobachteten das Auf und Ab des Lichts, ein Rhythmus in der Leere.

»Ich bin froh, dass du gekommen bist«, sagte Bec.

Nach ihrer ersten Nacht zusammen fiel Bec ein seltsames Zeitempfinden auf, bei dem ihre Erinnerung in zwei Teile zerfiel: in die Erinnerung an das, was geschehen war, und das, was es bedeutete. Sie erinnerte sich an Einzelheiten. Sie erinnerte sich an seine Augen, die Wallung in ihrer Brust, seine Lippen, weicher, als sie aussahen, seine Rückenmuskeln, wie sie sich unter ihrer Hand streckten, seine Fingerspitzen, den Augenblick, als er in sie hineinstieß, ihr Luftschnappen, ihr Lachen, als sie kam, einige der Sachen, die er sagte. Nichts davon war die Erinnerung an das, was es bedeutete: den Anbruch einer Zeit, in der sie für immer mit Alex zusammen sein würde, wenn sie nichts dagegen tat.

Eines Nachts sprang im Hof draußen vor der Villa der Generator an. Alex drehte den Kopf und sah, dass Bec neben ihm schlief. Ihre Lippen bewegten sich, und sie flüsterte leise, so leise, dass er nichts verstand und nur den dunklen Saum von Dingen ahnte, die er nicht kannte, und von Erfahrungen, die er nicht teilen konnte, weil sie schon geschehen waren. Ihr Flüstern musste demselben Quell entsteigen wie das in den Nadelstichen an den Fingerspitzen getrocknete Blut, die Narben an ihrem Handgelenk und die mikroskopisch kleinen Wesen in ihren Adern, denen gegenüber er eine komische Rivalität empfand. Wenn glücklich sein hieß, dass man Glück hatte, wie Harry sagte, dann war sein Glück so fest mit der Frau neben ihm verwachsen, dass er sich nicht vorstellen konnte, jemals wieder Glück zu haben, wenn er sie jetzt verlor.

Er wollte mit ihr zusammenbleiben, und er wollte ein Kind mit ihr haben. Ein Teil von ihm war sich bewusst, wie viel Unglück ihn erwartete, wenn er, was ziemlich wahrscheinlich war, zwar das eine, nicht aber das andere haben konnte, und trotzdem gelang es ihm, diesen Teil von dem Teil seines Bewusstseins abzukapseln, der Pläne machte.

Bis zur Abreise aus London war er dermaßen mit öffentlicher Anerkennung überschwemmt worden, dass er eine Zeit lang seine Chronase-Komplextheorie in alle Ewigkeit dahinrollen und sich von Generation zu Generation vererben sah wie eine Gengruppe, wie ein virtuelles Kind. Aber Afrika beeindruckte ihn mit seiner Jugend und seiner Entschlossenheit. Er sah die tägliche Flut der Kinder in Uniform zur Schule und wieder nach Hause gehen und wollte daran Anteil haben. Durch Bec hätte er Tag und Nacht mit der Malaria konfrontiert sein müssen, doch er war seltsam blind für die Krankheit und den Hunger, die Grausamkeit des täglichen Existenzkampfs, den Stumpfsinn der Armut. Für Alex war Tansania ein blühendes Land. Aus dem fetten, verwöhnten, vergreisenden Norden nach Afrika zu kommen und Bec zu finden war, wie aus der Welt der Wissenschaftler auf Ritchies Party zu kommen und sie unter den Musikern zu finden. Sie war seine Führerin zwischen den Welten.

Bec schlug die Augen auf, lächelte ihn an, streckte sich wie eine Katze und zog sich dabei mit den Füßen das Laken vom Körper. Sie sah, dass er an etwas dachte, die Stirn leicht gerunzelt wie im Begriff, ein Urteil zu fällen.

Sie war verblüfft, wie sicher sie sich fühlte, und hatte Lust, ihr Wohlgefühl etwas anzukratzen, es auf die Probe zu stellen. »Lass mich raten«, sagte sie. »Du denkst gerade: ›Der Sex mit ihr hat mir so gut gefallen, dass ich es gleich noch mal mit einer anderen machen möchte, nur um sicherzugehen, dass sie die Beste ist.‹«

Er lachte, aber die Nachdenklichkeit kam zurück.

»Und wenn du und ich nun nicht mehr mit anderen schlafen würden?«, sagte Alex. »Im ganzen Leben nicht mehr?«

Bec ließ sich den befremdlichen Gedanken in seiner Extremheit durch den Kopf gehen. Sie besann sich, wie befremdlich es war, dass er ihr befremdlich vorkam. Die meisten ihrer Freundinnen hatten ihren Partnern dieses Versprechen gegeben. Sie wurde nicht gern daran erinnert, dass sie ungewöhnlich war. Seit Joel, seit Papua-Neuguinea arbeitete sie länger als sonst jemand um sie herum, und wenn ihr danach zumute gewesen war, hatte sie den Sex mitgenommen, der sich geboten hatte; seit Val war der Sex weggefallen. Wenn der Impfstofftest demnächst beendet war, würde sie nach London zurückkehren: Würde sie dort wieder die Nächte im Labor verbringen? Sie hatte sich insgeheim verraten gefühlt, als ihre feministischen Freundinnen, gerade die glühendsten Verfechterinnen von Unabhängigkeit, Polyandrie, Selbstbestimmung, mit einem Mal kopfüber in die permanente, monogame Häuslichkeit gesprungen waren. Der Verrat war nicht, dass sie sprangen, sondern dass sie sich nie zu der Entscheidung bekannten, so als ob die Gründung eines gemeinsamen Hausstands ein außergewöhnlicher Zufall wäre, aus dem sie das Beste machten.

Sie glitt mit der Hand über Alex' Rückgrat, drückte den Zeigefinger leicht in jeden Wirbel, als ob sie einen nach dem anderen zählte. »Müsste ich dann deine Arbeit lesen?«, sagte sie. Die hypothetische Möglichkeit auch nur zu diskutieren kam ihr wie ein Schritt in Richtung Einwilligung vor.

»Ach, das hast du noch nicht?« Er war enttäuscht.

»Du kennst auch nicht die Namen sämtlicher Parasiten.«

»Stell mich auf die Probe«, sagte Alex.

»Was ist der berühmteste Parasit?«

Alex hob den Kopf von Becs Brust. »Die Queen.«

»Der Kuckuck«, sagte Bec. »Er legt einem anderen Vogel sein Ei ins Nest und kriegt die Kinderaufzucht umsonst. He, nicht aufhören, das ist schön.«

Das Moskitonetz schwankte, als Alex sich aufsetzte und sie scharf ansah. Eine Seite seines Körpers wurde von den Sicherheitsscheinwerfern im Garten angeleuchtet, deren

Licht durch die Jalousie drang. »Vielleicht hätten diese anderen Vögel sonst keine Küken«, sagte er.

Eines der Dörfer, in die Alex als Helfer mitkam, war eine prosperierende, hässliche Ansammlung kubusförmiger Lehmziegelhäuser, an denen der fleckige weiße Putz abbröckelte. Als sie sich zum Schulhaus begaben, vergoldete die Abendsonne die Wangen der Dorfbewohner und reflektierte von den rostfreien Stellen der Dächer. Die Luft roch nach frisch angezündeter Holzkohle. Bec schaute über die Schulter und sah Haji Katanga eine Schachtel mit Fragebögen und ein paar Meter hinter ihm Alex in weißem Hemd, hellgrauen Jeans und staubigen Stiefeln vorsichtig ein Tablett mit Impfstoffgläschen tragen, die frisch aus dem Kühlgerät kamen. Er zog auf der Straße zwischen den Häusern ein verwackeltes V aus Kindern, Hunden und Hühnern hinter sich her. Den Blick hielt er auf die Gläschen gerichtet, damit er sie auch ja nicht umkippte, und Bec sah, dass er davon fasziniert war, wie die aufsteigenden Eisdunstfähnchen die rot werdende Sonne fingen. Sein Kopf neigte sich tiefer und tiefer, und er ging immer langsamer, bis er stehen blieb und die Kinder und Hunde sich um ihn scharten, voller Neugier, was seine Aufmerksamkeit erregte. Sie sah, wie er ihr Interesse allmählich registrierte; angeregt zu erklären versuchte; sich erinnerte, was er eigentlich tun sollte; aufmunternd zu ihr herüberblickte; den zerfledderten Zug rotwangig weiterführte.

»Dr. Katanga, Ihr Assistent bummelt«, sagte sie zu Haji.

Haji schaute sich um und sah Bec dann kopfschüttelnd an. »Man kriegt heute kein gutes Personal mehr«, sagte er.

Später blickte sie von der Schlange der Kinder und Mütter auf und erkannte in der Ferne Alex mit einer Gruppe älterer Jungen um eine hohe Dorftrommel stehen. Sie zeigten ihm, wie man sie spielte, und er schüttelte den Kopf, unterbrach sie, hielt zwei Stöcke hoch, die er gefunden hatte, und vollführte einen Schlagzeugwirbel, und sie schüttelten den Kopf und unterbrachen ihn und schlugen die Trommel mit den Händen, und er schüttelte den Kopf und unterbrach sie und immer so weiter.

Während der letzten Wochen des Impfstofftests wandten sich Becs Gedanken der Zukunft zu, und sie stellte fest, dass Alex darin enthalten war und dass ihr das gefiel. Es war Luxus, im Geruch der Liebe nackt Haut an Haut mit einem Mann zu liegen, der nicht nur wusste, was sie meinte, wenn sie über die basolaterale Domäne der Leberzellmembran klagte, sondern ihr auch versichern konnte, dass ihre Arbeit sich lohnte.

»Es ist wie ein episches Gedicht«, sagte er eines Nachts und wippte dabei leicht vor Begeisterung, wie er es sich mit wachsender Unbefangenheit ihr gegenüber angewöhnt hatte. »Auf der einen Seite die Menschheit und Haemoproteus, auf der anderen die Moskitos und Malaria-Parasiten.«

»Wer ist der Anführer?«, sagte Bec.

»Du. Mit Rosshaarhelm auf dem Kopf und deine mächtige Spritze schwingend, drehst du dich auf deinem herrlichen schwarzen Ross zu den Schlachtreihen um, die sich beiderseits von dir erstrecken, und befiehlst dem Trompeter, zum Angriff zu blasen. Verdammt, ein Spion im Lager! Hast du das gehört?« Er wandte sich hin und her, klatschte die Hände in der Luft zusammen, schaute, ob er die Mücke erwischt hatte, und schlug abermals nach dem pulsenden Sirren, das zu ihnen unters Netz gedrungen war.

»Hast du dein Malarone genommen?«, sagte Bec.

»Werde ich nicht dadurch immun, dass ich mit dir schlafe?«

»Nein. Du bist nicht der Erste, der das sagt«, sagte Bec, am Laken zupfend. Unwillkürlich zuckte ihr Mund, und ihr Blick richtete sich nach innen auf die Erinnerung an eine einwöchige Affäre mit einem kenianischen Immunologen vor Jahren. Alex merkte es und ließ sich unwillig auf das Bett zurückfallen, und sie schmiegte sich an ihn und legte ihm die Hand aufs Herz. »Aber du kannst der Letzte sein.«

»Das hört sich wie ein Versprechen an«, sagte Alex, auf einen Haken gefasst.

»Wenn du mich dann noch haben willst«, sagte Bec. »Ich bin nicht einfach.«

»Einfach ist billig«, sagte Alex. Sie hat auch Val das Versprechen gegeben, dachte er; ist das der Haken?

Bec spürte seinen Zweifel. »Es ist ja nicht so, dass mich jemand mit einem Ring überrumpelt und ich ihn nehme«, sagte sie. Sie fühlte sich aufgefordert, eine Zusage in Worte zu fassen, eine schlichte, feierliche und bindende Form, aber die Gesellschaft, der sie angehörte, wollte ihr scheinen, hatte dem alten Stück, das Frauen und Männer miteinander aufführten, Text und Rollen weggenommen, ohne neue als Ersatz zu liefern. Sie hatte daher die Freiheit, ihr Gelöbnis zu improvisieren, und Freiheit, verstand sich, war etwas Gutes, aber wenn eine moderne, freie Frau ein aufrichtiges und lebensveränderndes Versprechen abgeben musste, griff sie als Erstes zu irgendeinem antiquierten Klischee. Dabei kam es ihr unnötig vor; sie hatte das Gefühl, dass alles längst entschieden und sie bereits ein Paar waren.

»Ich muss etwas sagen«, sagte sie, und ihre Stimme versagte kurz. »Ich will mit dir zusammenbleiben. Warte, das ist schwach.« Sie legte den Zeigefinger nachdenklich auf die Lippen. »Ich *werde* mit dir zusammenbleiben. Wie klingt das?«

Alex schluckte, fasste sie an den Schultern und blickte ihr in die Augen, als wollte er sie ganz und gar verschlingen und neu erschaffen. Auch er hatte das Gefühl, nach der richtigen

Antwort in einem improvisierten Sakrament zu suchen. »Ja, ich liebe dich«, sagte er.

»Aber?«

»Aber ›Ich liebe dich‹ ist mir zu wenig. Es reicht nicht. Ich möchte mehr sagen. Ich möchte dir meine Treue schwören.« Er guckte, als rechnete er damit, ausgelacht zu werden, doch Bec presste sich an ihn, schob ihm die Zunge in den Mund und legte ihm die Schenkel um die Hüften.

Nicht lange, bevor Alex nach London zurückkehren musste, konnte Bec sich für einen Tagesausflug nach Sansibar freinehmen. Früh am Morgen standen sie am Pier und warteten auf die Fähre. Es gab nur wenige andere Passagiere. Eine Familie saß auf einer Kofferpyramide, die Kinder oben auf der Spitze Ausschau haltend, die Eltern auf dem Sockel kauernd; ein junger Mann, dessen kurzärmeliges Hemd offen über der nackten Brust hing, hockte an der Ecke des Piers und blickte aufs Meer hinaus; zwei amerikanische Missionare mit Schirmmützen und knielangen Shorts, Kamerariemen über der Brust, unterhielten sich über ihre Heimatstadt. Bec saß auf einem hohen Poller und Alex neben ihr auf dem Boden, den Kopf auf der Höhe ihrer Knöchel, und ließ die Füße über die Kante baumeln. Kein Wind wehte. Das Wasser war wie türkisblaue Milch. Die Horizontlinie war im Dunst nicht zu sehen. Alex blickte zu Bec auf, die mit der Hand die Augen abschirmte und nach etwas zu suchen schien. Er hatte sich am zweiten Tag einen Sonnenbrand geholt, und Gesicht und Hals waren mit hochschützender Sonnencreme eingeschmiert.

»Was hast du mit der Sonne laufen?«, sagte er. »Sie liegt den ganzen Tag auf dir, und deine Haut bleibt doch makellos, und sobald ich mich ihr aussetze, macht sie mich fertig.«

Bec sprang vom Poller ab und setzte sich neben Alex. »Du bist echt eifersüchtig, was?«

»Du pflegst gehobenen Umgang.«

»Mit wem?«

»Na, mit der Sonne zum Beispiel. Und mit Ritchie.« Er lachte zum Zeichen, dass er es nicht ernst meinte, und zeigte damit, dass er es ernst meinte.

»Er ist mein Bruder! Und dein Freund!«

»Er wollte nicht, dass ich herkomme.«

»Er ist besorgt um mich. Und besitzergreifend. Er spielt bei mir gern die Vaterfigur.«

»Du bist auf eine vornehme Schule gegangen.«

»Eine miese Privatschule, auf der Offizierstöchter lernen sollten, gute Ehefrauen zu sein. Sie konnten es nicht fassen, dass ich Wissenschaftlerin werden wollte.«

»Du hattest ein Verhältnis mit einem Zeitungsmacher.«

»Aber du hast herausgefunden, wie man es schafft, dass die Menschen ewig leben«, sagte Bec und legte ihm den Arm um die Schulter. »Wenn jemand gehoben ist, dann du.«

»Ich habe gesagt, es sei theoretisch möglich, weil Harry das wollte, und jetzt habe ich den Rummel am Hals.«

Bec setzte die Sonnenbrille auf. »Ist das besser?«, fragte sie.

Alex trommelte mit beiden Händen auf der Kante des Piers. »Schau, Pelikane«, sagte er und sang: *»Mr Sheen shines/ Umpteen things clean.«*

»Was ist?«, sagte Bec.

»Nichts.«

»Du hast einen von deinen Jingles gesungen.«

»Ich wüsste gern, warum du mit Val gegangen bist«, sagte Alex. Er wandte sich von den Pelikanen ab und sah Bec in die Augen.

»Er war attraktiv – und mächtig«, sagte Bec. »Am Anfang stand Neugier – und Sex. Ich dachte, ich wäre nett zu einem Mann, der seine Frau verloren hatte, aber ich glaube, ich habe mir schmeicheln lassen. Und mich aushalten lassen. Er hatte viel zu bieten, was das Aushalten und Schickmachen betraf. Ich dachte, er wäre ein freundlicher Mensch, aber das stimmt nicht. Er war nur freundlich zu *mir*. Ich hätte wissen sollen, dass der Ton seiner Zeitung von ihm kam, aber das habe ich erst kapiert, als ich ihm den Ring zurückgab.«

»Du wolltest ihn heiraten?«

»Ich war dumm.«

Alex sah sich abrupt um, als ob er von einem Insekt gestochen worden wäre. Er tat es aus dem Drang heraus, etwas mit Gewalt ins Wasser zu werfen, aber es war nichts in Reichweite.

»Warum war er freundlich zu dir?«

»Er wollte eine neue und passende Frau haben.«

Sollte ich fragen, ob ich passend bin?, überlegte Alex. »Er könnte dich trotzdem geliebt haben«, sagte er, und Bec gab keine Antwort.

Ein dünner Gischtstreifen erschien in dem Dunst Richtung Sansibar. »Er hat mich angerufen, bevor ich gefahren bin«, sagte Alex. »Er sagte, er wolle mich unterstützen, es gebe nicht genug berühmte Wissenschaftler. Ich hatte das Gefühl, er wusste, dass ich dich besuchen fahre, ich kann mir nicht vorstellen, woher.« Beim Reden fiel ihm ein, dass Vals Zeitung den lautesten und hysterischsten Artikel über seine Befunde gebracht hatte; die übrigen Medien hatten daraus die Stichworte übernommen.

»Hat er über mich gesprochen?«, fragte Bec.

»Er hat dich als Freundin bezeichnet.«

»Das ist vermutlich okay. Ich habe ihn schlecht behandelt, und zack«, sie schnalzte mit den Fingern, »sind bei ihm die Sicherungen durchgebrannt. Er hat nur noch Sentenzen abgelassen. Es stimmt, ich weiß nicht, wie man sich benimmt. Wer weiß das schon? Das heißt noch lange nicht, dass ich den Unterschied zwischen Richtig und Falsch nicht kenne. Mein Dad ist nicht in die Kirche gegangen und hat uns Gott nicht aufgedrängt, und trotzdem wusste er gut genug, wie man richtig handelt, um sich …« Sie wollte sagen, »sich umbringen zu lassen«, war aber noch nicht so weit, nicht einmal vor Alex.

Die Fähre kam, ein Tragflächenboot ohne Außendeck. Von innen sahen sie durch die Fenster nichts als helles, diesiges Azurblau. Die Crew ließ auf dem kleinen Bildschirm vor den Sitzplätzen einen alten Sylvester-Stallone-Film laufen und stellte den Ton der Lautsprecheranlage ohrenbetäubend laut.

Als Bec und Alex in Sansibar ausstiegen, wartete am Pier eine Menschenschlange auf die Rückfahrt nach Daressalam, und dazwischen tummelte sich eine Schar zierlicher, misshandelt aussehender Katzen mit räudigem Fell und fehlenden Augen. Während er auf die Wartenden zuging, betrachtete Alex die schimmelgeschwärzten Fassaden von Stone Town und stellte sich vor, ein Sklave zu sein, der zu Sultans Zeiten zum Verkauf hergebracht wurde. Da fasste Bec ihn am Ellbogen.

»Der Mann da im grünen Polohemd!«, zischte sie. »Nicht hinschauen! Ich will nicht mit ihm reden. Er darf mich nicht sehen.«

Alex riskierte einen flüchtigen Blick und tat sein Bestes, um die sich duckende Bec mit seinem Körper zu verdecken. Die Bedrohung ging von einem dickbäuchigen, kahl rasierten Europäer mit Sonnenbrille und Bart aus, der eine kleine Ledertasche über der Schulter hängen hatte und konzentriert auf ein iPad starrte. Er blickte auf.

»Er guckt in unsere Richtung«, sagte Alex aus dem Mundwinkel. »Wenn du dich nicht so bescheuert bewegen würdest, hätte er dich nicht bemerkt.«

»Mach, dass er wegguckt«, sagte Bec, die so vorgebeugt ging, dass ihr Oberkörper parallel zum Boden war.

Ohne den Schritt zu verlangsamen, bückte sich Alex, hob eine der Katzen am Nacken auf und warf sie im flachen Bogen vor den bärtigen Mann. Das empört schreiende Tier flog durch die Luft, landete weich auf den Füßen, hockte sich auf die Hinterbeine und leckte sich ungerührt weiter zwischen den Beinen. Alex und Bec steuerten mit schnelleren Schritten auf den Kai zu, da hörten sie hinter sich eine Stimme rufen: »Rebecca? Dr. Shepherd?«, und fingen an zu laufen. Im Zotteltrab liefen sie in Stone Town ein, verfolgt von kleinen Jungen, die Getränke und Rosen und Stadtführungen feilhielten. Bec blieb in einer Gasse neben einer alten Holztür mit Messingziernägeln stehen und lehnte sich an die Wand.

»Er hat mich erkannt«, sagte sie über dem Lärm der Straßenjungen, die nach ihren Unterarmen griffen und ihnen mit chinesischen Waren vor dem Gesicht herumfuchtelten.

»Ich bin sicher, es wird nicht die Hauptmeldung in den Abendnachrichten von Sansibar sein.«

»Ich habe erst gemerkt, wie still es war, als du die Katze geworfen hast.«

Ein Stück weiter fanden sie ein zum Hotel umgebautes Kaufmannshaus und setzten sich mit einem Bier in den Schatten der Hofarkaden. Ein winziger Brunnen spie und plätscherte in der Mitte des Hofs, und alle paar Minuten strich der lichte Schatten eines Taubenschwarms über den besonnten Bereich.

»Sein Name tut nichts zur Sache«, sagte Bec, als Alex fragte, vor wem sie davongelaufen waren. »Er ist vom Karolinska-Institut. Ein Gespräch mit ihm hätte ich nicht ertragen. Er war einer der Forscher, die verhindert haben, dass ich mein Vorhaben mit H. gregi in die Tat umsetze.«

»Verhindert?«

»Du weißt, was ich meine. Er ist in Zeitschriften dagegen Sturm gelaufen, auf Konferenzen. Er war einer der Anführer.«

»Du hast mir gesagt, die WHO und die tansanische Regierung hätten dich vom Lebendversuch mit dem Parasiten abgehalten.«

»Unter dem Einfluss dieser Meckerer.«

Ich verstehe, warum Harry dich mochte, dachte Alex. Er sagte: »Was ist mit dem Thema Augen?«

Bec wühlte ungeduldig in ihrem Rucksack und knallte ein Tablettenfläschchen auf den runden Mosaiktisch, sodass er hin und her schwankte und sein Eisengestell auf den Steinplatten rumpelte. »Ich habe H. gregi jetzt seit sechs Jahren in mir, die Population ist stabil, und meinen Augen geht es gut. Ich kriege hin und wieder einen Schub, mehr nicht. Falls ich ihn jemals loswerden muss, nehme ich eine Woche lang zweimal täglich diese Pillen, und er ist weg.«

»Warum nimmst du sie nicht gleich?«

Steif und mit schmalen Augen starrte Bec ihn an, als glaubte sie, er spielte sein Unverständnis nur.

»Er ist nach meinem Vater benannt«, sagte sie.

Die Erwiderung »Nur deswegen?« wanderte von Alex' Gehirn zu seinem Mund, doch er sagte nur: »Natürlich.«

41

Am Vorabend von Vaters letztem Einsatz war Ritchie bei Tisch denkbar schlechter Laune gewesen, erinnerte sich Bec. Die Fransen bis über die Augen und die Gabel rechtwinklig in der Faust, hatte er sich das Essen in den Mund geschaufelt. Als Bec sich später beim Einbruch der Dunkelheit auf ihrem Zimmer die Wanderschuhe zuschnürte, hatte sie Ritchie »Faschist!« schreien und seine Tür zuknallen hören.

Sie streifte das Nachthemd über ihre Sachen und machte das Fenster auf. Die Luft roch nach Kastanienblüten, und das Rauschen des Flusses drang von der Schlucht am Fuß des Gartens zu ihr herauf. Sie legte sich mit einem Buch ins Bett, aber sie konnte nicht lesen. Draußen ertönte ein Eulenruf, und ein Plastikkästchen flog zum Fenster herein und kullerte über den Boden. Bec sprang aus dem Bett, schnappte es sich und huschte wieder unter die Decke. Sie machte das Kästchen auf. Es hatte einen Spiegel im Deckel wie ein Schminkset und drei Töpfchen mit Creme, schwarz, grün und braun. Sie hörte ihre Mutter kommen, klappte das Kästchen zu, versteckte es und zog sich die Decke fest um den Hals. Die Mutter schaute zur Tür herein und fragte, ob sie den Vater gesehen habe, und als Bec verneinte, meinte die Mutter, sie müsse jetzt schlafen. Sie küsste Bec, machte das Licht aus, ging hinaus und schloss hinter sich die Tür.

Bec starrte in die Dunkelheit vor dem Fenster. Je genauer ihre Augen die schwachen Schwarz- und Braunschattierungen wahrnahmen, umso mehr gewann das leere Viereck Substanz und Form. Was ihr wie eine bloße Öffnung in die Sommernacht erschienen war, bauschte und verfestigte sich zu einer Gestalt, als würde die Luft gerinnen. Zwei körperlose Augen öffneten sich, deren Weißes so hell war, dass es zu leuchten schien wie der Mond. Sie schwenkten durch den Raum und blieben an Bec haften. Ein paar Zentimeter unterhalb der Augen blitzten zwei Zahnreihen auf, teilten sich und ließen eine Stimme durch.

»Du hast dich nicht getarnt«, sagte ihr Vater.

»Ich hatte keine Zeit«, sagte Bec. Sie stand auf und kam mit dem Kästchen zum Fenster.

»Du musst mit der Dunkelheit verschmelzen wie ein Panther«, sagte ihr Vater, nahm Bec das Kästchen aus der Hand und machte es auf. Durch das Fenster tupfte und rieb er seiner Tochter Tarncreme aufs Gesicht.

»Und die Augen?«, sagte Bec.

»Ein Panther hat auch keine schwarzen Zähne. Wir müssen unserer Beute eine Chance geben.«

Nachdem er Becs Gesicht und Hände zu seiner Zufriedenheit dunkel gefärbt hatte, hob ihr Vater sie aus dem Zimmer und setzte sie im Blumenbeet unter dem Fenster ab. Am anderen Ende des Hauses sah Bec das graue Licht des Fernsehers schwächer und heller werden.

»Alles klar?«, sagte ihr Vater. »Weißt du die Regeln noch?«

»Kein Geräusch machen. Niemanden zurücklassen.«

»Und?«

»Das war's.«

»Sehr gut. Wenn wir den Wilderer finden, wartest du, während ich mich von hinten an ihn anschleiche.« Becs Vater hob eine kleine Pfeife hoch, die er an einer Schnur um den Hals hängen hatte, und blies hinein. Es gab einen dünnen, traurigen Ton. »Sobald du diesen Ton hörst, klatschst du in die Hände und schreist, um unseren Freund zu erschrecken, und dann schnapp ich ihn mir. Los geht's.«

Bec folgte ihrem Vater durch den Garten, hinten zur Pforte hinaus und den Fußweg am Rand der Schlucht hinunter. Als sie die Kiefern an der Weggabelung rochen, gingen sie rechts in den dichten Wald hinein, der zu beiden Seiten des Flüsschens in dem tiefen, schmalen Einschnitt im Hügel wuchs. Immer näher an den Fluss heran führte der von alten Wurzeln gerippte und von den Resten der Hasenglöckchen des Frühlings gesäumte Weg. Bec trat auf einen Zweig, und sie und ihr Vater blieben stehen. Ihr Vater blickte sich um, und Bec wusste, dass sie einen Fehler gemacht hatte, doch ihr Vater zeigte zum Himmel. Als Bec aufschaute, sah sie die Milchstraße wie einen wilden Wirbel, der dort oben erstarrt war.

Der Weg verlief jetzt knapp über dem Wasser. Der Vater signalisierte Bec, sich auf alle viere niederzulassen, und sie krochen bis zu einer hohen, dicken Wurzel, die den Pfad querte. Sie versteckten sich dahinter und hoben die Augen über den Rand. Vor sich sahen sie mehrere Becken, die der Fluss sich gegraben hatte, mit Binsenbüscheln und teils unter Wasser stehenden Erlen. Bec folgte dem ausgestreckten Finger ihres Vaters und sah zwanzig Meter entfernt ihre Beute im Flachwasser still auf einem Bein stehen, den Kopf in die Schultern gezogen, der Schopf vor dem Wasser gezackt und der lange Schnabel abstehend wie der Schirm einer Mütze. Der Vater sah Bec an, deutete auf sie, deutete auf sein Ohr, deutete auf die Vogelpfeife, deutete wieder auf sie, mimte Klatschen und Rufen und hielt den Daumen hoch. Bec hielt ihrerseits den Daumen hoch. Ihr Vater blickte sie an und zwinkerte leicht. Nur einen Moment. Er presste die Lippen zusammen, kniff sie kurz in die Wange, stand auf und verschwand lautlos zwischen den Bäumen.

Bec beobachtete den Reiher. Wie konnte er so lange regungslos auf einem Bein im kalten Wasser stehen? Schlief er? Wartete er auf einen Fisch? Sie gähnte. Sie durfte nicht einschlafen. Sie hatte gehört, dass Soldaten, die auf der Wache schliefen, erschossen wurden. Das würde ihr niemals passieren, wenn sie dafür erschossen wurde. Ihr war kalt, und sie wünschte, sie könnte auf- und abspringen. Sie wollte so geduldig sein wie der Reiher, so unsichtbar wie der Panther und so tapfer wie ihr Vater. Er hatte Nächte ungeschützt im Schnee und im Dschungel verbracht, mit Männern, die er »die Kameraden« nannte. Bec wollte gern ein Kamerad sein, auch wenn sie nicht genau wusste, was ein Kamerad war.

Sie hörte den Vogelruf ihres Vaters. Sie stand auf, klatschte in die Hände und schrie: »Reiher! Flieg weg, Reiher!« Der Reiher klappte seine großen Flügel aus, hüpfte träge in die Luft und strich über das Wasser zum anderen Ufer, wo er zwischen den Bäumen verschwand. Bec lauschte. Sie hörte nichts als das Rauschen des Wassers. Konnte ihr Vater einen Fehler gemacht haben? Konnte ihm etwas zugestoßen sein? Wenn er nun auf den Steinen am Rand des Flusses ausgerutscht war und sich ein Bein gebrochen hatte? Wie sollte sie ihn finden?

»Dad!«, schrie sie. »Dad!« Nach dem zweiten Schrei hörte sie seinen Vogelruf. Ein paar Minuten später berührte etwas ihre Schulter, und sie war nicht überrascht, sie wusste, dass er es war.

»Er ist entwischt«, sagte sie.

Ihr Vater hob ein Netz an, das in seiner rechten Hand baumelte. Etwas zappelte wütend darin. »Nein«, sagte er.

Bec fragte, wie er ihn gefangen habe.

»Eines Tages zeige ich es dir«, sagte ihr Vater.

Sie gingen zum Haus zurück. Der Vater hielt Becs Hand. Sie fragte ihn, ob sie einer von seinen Kameraden sei.

»Du bist mein bester Kamerad«, sagte ihr Vater.

»Und Ritchie?«

»Er ist mein bester Sohn.«

»Du hast doch nur einen!«

»Was für ein Glück, dass er der beste ist.«

»Hast du ihn jemals nachts mitgenommen, einen Reiher fangen?«

»Ritchie ist nachts nicht gern im Wald«, sagte ihr Vater. »Er tarnt sich nicht gern.«

»Hast du ihn gefragt?«

»Dein Bruder wird bekommen, was er haben will. Er wird eines Tages reich sein.«

»Darf ich ein böses Wort sagen?«

»Wenn es einen guten Grund gibt.«

»Er hat mir gesagt, reiche Leute seien Drecksäcke.«

»Da hast du's«, sagte ihr Vater. »Er interessiert sich jetzt schon für sie.«

Sie kamen zum Haus. Statt Bec wieder zum Fenster ihres Zimmers hineinzuheben, ging der Vater mit ihr vorne herum, wo sie sahen, dass oben bei Ritchie noch Licht brannte. Sie hörten ihn auf der Gitarre klimpern.

»Sollen wir den Reiher zu Ritchie ins Zimmer lassen?«, fragte ihr Vater.

Bec überlegte. Wenn sie das taten, konnte ihre Mutter entdecken, was geschehen war. Sie konnte ihren Mann und ihre Tochter mit schwarz-grüner Kriegsbemalung im Gesicht ertappen und ihm böse sein, weil er sie in seiner letzten Nacht alleingelassen und sich mit Bec verschworen hatte, und ihr, weil sie auf Reiherjagd gegangen war, obwohl sie eigentlich schlafen sollte, und ihre Mutter angelogen hatte. Wenn ihr Vater dagegen den Reiher an einem sicheren Ort versteckte oder ihn einfach fliegen ließ, dann konnten sie zurück ins Haus schlüpfen und sich heimlich waschen, ohne erwischt zu werden. Und doch war sie wahnsinnig neugierig, was Ritchie tun würde, wenn plötzlich ein großer grauer Vogel mit langem scharfem Schnabel in seinem Zimmer herumflatterte.

»Ja«, sagte sie, und ihr Vater nickte, nahm das Netz mit dem zappelnden Vogel zwischen die Zähne und begann an der Hauswand emporzuklettern, indem er die Kappen der Schuhe und die Fingerspitzen in die Mauerspalten schob. Ein paar Minuten später hörte sie Ritchie schreien.

Während die Familie abgelenkt war, säuberte sie sich das Gesicht und ging zu Bett, und als ihr Vater schließlich kam, um ihr einen Gutenachtkuss zu geben, schlief sie schon. Sie sah ihn nicht lebend wieder. Ritchie erzählte ihr, dass der Vater bei seinem Aufbruch in aller Frühe den Reiher mitgenommen hatte, um ihn in einem anderen Teil des Landes freizulassen.

Einen Monat später lernte Bec auf der Beerdigung ihres Vaters die Kameraden kennen. Einige sahen gut aus, waren aufmerksam und still, wie ihr Vater, wie der Reiher. Sie hielten sich bevorzugt am Rand der Menge auf. Andere gefielen ihr gar nicht, Männer mit kurz geschorenen Haaren und breiten Brustkästen, vor Heimlichkeit platzend in feschen Uniformen, die sie offensichtlich kaum je trugen. Sie verstand, dass dies nicht die Männer waren, die ihren Vater getötet hatten. Zornige Iren sollten das getan haben. Die Kameraden und die Iren standen auf entgegengesetzten Seiten. Sie waren Feinde. Sie bekämpften sich in dem Land überm Meer, in Nordirland. Das war ihr gemeinsamer Kampfplatz, und die Kameraden waren von dort hierher nach Dorset gekommen, um Becs Vater für sich zu beanspruchen. Sie glaubten, dass sein Tod ihnen gehörte, und deshalb gehörte er zu diesem Kampfplatz überm Meer, und das gefiel Bec nicht. Die Kameraden standen um ihre Familie herum. Ihre Mutter sah schön aus in Schwarz, und die Kameraden fürchteten sich vor Schönheit, denn die war zu stark für sie und schüchterte sie ein. Aber Ritchie, der sich die Haare geschnitten hatte und seit dem Tod ihres Vaters netter und freundlicher geworden war, war von der Nähe der Marines fasziniert. Ihm schien es leichtzufallen, sich mit ihnen zu unterhalten, und umgekehrt ebenso, und Bec sah, dass ihr Bruder ohne Weiteres ein Kamerad werden konnte. Als die erste Erde auf den Sarg fiel, merkte sie erst richtig, dass er hohl war, eine Holzkiste mit ihrem Vater darin, anders als vorher, als die Marines ihn auf den Schultern getragen hatten. Kurz keimte in ihr die Hoffnung auf, dass der Tod manchmal doch nicht das Letzte war, was einem passierte, wenigstens nicht bei jedem. Dass manche Leute vielleicht ein Weilchen lebten, dann starben, dann wieder ein bisschen lebten. Warum nicht? Aber sie wusste schon, dass das nicht sein konnte.

Als sie irgendwann studierte, wusste sie sehr viel mehr darüber, was Leute wie ihr Vater und die Kameraden taten. In der Bibliothek eignete sie sich den Wissensstoff am sichersten an, wenn sie ihre Träume mit dem, was sie las, in Verbindung bringen konnte, und ihre Erinnerungen hefteten sich an die Wissenskörnchen auf den Seiten. Als sie erstmals den Lebenszyklus des Parasiten studierte, der Malaria verursacht, erschien es ihr tapfer, wie die Parasiten, von einer Mücke in das riesengroße, feindliche, unbekannte Territorium des menschlichen Körpers geworfen, sich tagelang in der Leber versteckten, sich tarnten, damit sie als menschlich durchgingen, und sich an den Phagen vorbeischummelten, die auf dem Weg zum Herzen Wache standen. Wie gefährlich und schwierig die Reise der Parasiten zum Herzen doch war, durch das Herz hindurch in die Lungen, immer flussaufwärts, gegen den Blutstrom. Wenn sie an ihr Ziel gelangten, begannen sie mit ihrer Arbeit, und das große, mächtige, unendlich komplexe System, das sie infiltriert hatten, dieser menschliche Körper, wurde dadurch krank und vielleicht sogar zerstört. Die Parasiten töteten die Welt um sich herum; doch zu töten war nicht ihr Ziel. Ihr Ziel war nur, zu leben und sich zu vermehren.

42

Ritchie war gerade in einen Joey-Santiago-Riff vertieft, seine Fingerkuppen brannten, da stürzte ein dämonisches Etwas ins Lampenlicht, und er fiel halb, halb sprang er vom Stuhl. Er schrie auf, duckte sich und schützte sich mit der Gitarre, aber die Bestie mit den Raubtieraugen und dem dolchartigen Schnabel war überall gleichzeitig, an der Decke, am Fußboden, an sämtlichen Wänden. Ritchie konnte nicht sagen, wo die Flügel aufhörten und der Schatten anfing. Als ihm gerade dämmerte, dass ein riesiger Vogel in sein Refugium eingedrungen war, schrie er abermals auf und prallte mit dem Rücken gegen die Tür, den Gitarrenkorpus an den Unterleib gedrückt. Hinter dem Vogel stand dessen teuflischer Herr und Meister in Gestalt eines Mannes mit schwarz-weiß gesprenkelter Haut im offenen Fenster und starrte ihn an.

Ritchie hörte auf zu schreien, presste sich zwei Tränen aus den Augen und sank in die Hocke. Aus Furcht wurde Zorn, und er packte die Gitarre am Hals und schmetterte sie mit einem kolossalen Splittern und Krachen auf den Boden: seine erste.

»Rock and roll«, sagte Ritchies Vater. »Du machst zu viel Lärm. Jetzt wird deine Mutter kommen. Ich wollte mit dir reden.« Er blickte in die Ecke, wo der verängstigte Reiher sich versteckte, ging hin und brach ihm den Hals. Er klemmte sich den toten Vogel unter den Arm und trat auf den Fenstersims.

»Sag Bec, ich hätte den Reiher fliegen lassen«, sagte er. »Kümmer dich um die Frauen. Wir reden, wenn ich wieder da bin.« Und damit verschwand er.

Im Flugzeug nach Dublin fünfundzwanzig Jahre später wanderten Ritchies Gedanken zum Tod des Reihers, wie er ihn sich über die Jahre halb bewusst ausgeschmückt hatte. Es gab zwei Dinge, die er wusste und Bec nicht, und diese Tatsache befriedigte ihn. Zum einen, dass seine Schule doppelt so teuer gewesen war wie Becs. Zum andern, dass sein Vater den Reiher getötet hatte. Nichts, was er seinen Vater je hatte tun sehen, und nichts, was er ihn hatte sagen hören, hatte ihn derart beeindruckt wie die Ruhe und Selbstverständlichkeit, mit der dieser dem Vogel in genau dem Moment den Hals umgedreht hatte, als sein Fortleben zur Belastung wurde. Man konnte, schien es Ritchie, viele Tausend Bücher lesen und doch nie eine solche Lektion darin erhalten, was es hieß, goldrichtig zu handeln, männlich und stolz in genau dem

Moment, in dem Großzügigkeit komplett in Schonungslosigkeit umschlägt. In dem Moment rechtfertigt die Tat sich selbst; aber ein Moment zu früh und sie ist Grausamkeit, ein Moment zu spät und sie ist Schwäche.

In der Ankunftshalle des Dubliner Flughafens wählte Ritchie die Telefonnummer, die er bekommen hatte, und traf kurz darauf einen rotgesichtigen Mann, der für seine kurzen gegelten Stachelhaare zu alt aussah. Mike arbeitete mit Colum O'Donabháin im Gemeindezentrum. Er brachte Ritchie zu einem Auto mit dem ersten Anflug von Rost am Radlauf.

»Kamera nicht dabei?«, sagte Mike, als sie einstiegen. Das Auto roch nach Hund.

»Wie ich schon in meinen Briefen erklärt habe«, sagte Ritchie, »ich dachte, beim ersten Mal ist es besser, es bleibt bei der Eins-zu-eins-Situation.«

»In den Dokumentarfilmen ist das immer der große Moment, nicht wahr? Das erste Zusammentreffen.« Mike bot Ritchie eine Zigarette an und zündete sich eine an. »Das ist ein schwerer Tag für Sie, Mr Shepherd.« Er machte das Fenster auf und blies den Rauch in die feuchte Luft hinaus. »Was rede ich da? Was zum Teufel verstehe ich schon vom Filmemachen, was? Aber so Dokumentarfilme mag ich gern.«

Ritchie hatte bis zwei Wochen vor dem geplanten Treffen mit O'Donabháin gewartet, um sich zu überlegen, welche professionelle Hilfe er für seinen ersten eigenen Film benötigen würde. Als ihm schließlich klar wurde, dass sechs Jahre Erfahrung mit Unterhaltungsfernsehen im Studio einen in den Augen eines großen Senders schwerlich dafür qualifizierten, in die Welt hinauszuziehen und eine Geschichte zu verfilmen, war es zu spät. Er hatte Zeit gehabt, mit ein paar Regisseuren essen zu gehen, und sich überlegt, einen von ihnen mitzunehmen, aber er hatte ihnen nicht getraut. Sie waren zu eifrig gewesen. Wollten wissen, was es so an Shepherd'schen Familienvideos gab. Sie hatten den Film zu ihrem eigenen machen wollen.

»Fahren wir?«, sagte er. O'Donabháins Freund hatte den Schlüssel ins Zündschloss gesteckt, aber nicht umgedreht. Er lehnte sich rauchend zurück. War er auch ein Terrorist?, dachte Ritchie. Ist er immer noch einer?

»Ich kenne Colum O'Donabháin jetzt seit zwanzig Jahren«, sagte Mike. »Sie kenne ich nicht. Sie müssen für sich selber sorgen, und ich muss auf ihn aufpassen. Deshalb muss ich fragen: Sie sind nicht auf Rache aus, oder?«

»Nein«, sagte Ritchie. »Das habe ich in meinen Briefen erklärt.«

»Sie wollen ihn nicht demütigen oder ihm noch mal den Prozess machen?«

»Nein.«

Mike ließ den Wagen an und fuhr los. »Norddublin. Bequem zum Flughafen«, sagte er und lachte. »Die Bewährungshelfer meinen, er ist ein Erfolg.«

»Tatsächlich?«

»Arbeitet im Gemeindezentrum, sorgt für seine alte Mutter, schreibt Gedichte. Sie meinen, er ist eine Erfolgsgeschichte, die Schwachköpfe.«

»Ist er nicht resozialisiert?«

»Na klar ist er sozialisiert. Er ist sozialisiert bis zum Gehtnichtmehr. Haben Sie seine Gedichte gelesen?«

»Noch nicht«, sagte Ritchie. Er hatte einen Blick hineingeworfen, aber sie hatten ihm nicht viel gesagt. Es war darin nirgends ums Menschentöten gegangen, soweit er sagen konnte; viel um Mütter und das Meer.

»Hier«, sagte Mike. Er öffnete das Handschuhfach, nahm ein dünnes Buch heraus und gab es Ritchie, der den braunen Einband erkannte, den Holzschnitt einer Möwe und den Titel, *Ergebung*. Aus dem Buch ragte ein Busfahrschein hervor. Ritchie schlug es an der markierten Stelle auf und sah ein Gedicht, das »Die Knarre« hieß.

»Colum meinte, Sie sollten das auf jeden Fall lesen, bevor Sie ihn treffen«, sagte Mike.

Die Knarre

Schwer in der Tasche, kalt erwärmt von der Hand
war sie auf dem Jahrmarkt bei mir.
Ich hatte sie zum Tee und Abendbrot dabei.
Nachts hatte sie keinen eigenen Platz,
wenn ich schlief, lag sie ihrerseits irgendwo
und schlief gut, vielen Dank.
Man konnte nicht sagen, dass sie schön war.
Doch gewiss, sie gehörte zu mir.
Sie verstecken lag mir so fern
wie sie wegwerfen.
Zwanzig Rothmans, und da
schrie die Frau an der Kasse:
»Heilige Mutter Gottes!
Lieber Herr Jesus,
Satan!
Der Junge hat eine Knarre!«
Ich floh aus McGinty's News and Tobacco.
Der Himmel war bronzen.
Glockenbronze von Parnell Road bis Ballybough.
Der Himmel begann zu klingen.
Seither weiß ich immer, wo sie ist.
Kein Schlaf, kein Schlaf, die Knarre spritzt zum Himmel.

Ritchie klappte das Buch zu und legte es auf das Armaturenbrett. Sie waren vom Motorway abgebogen und fuhren durch eine Sozialbausiedlung.

»Was halten Sie davon?«, sagte Mike.

»Ich hab's nicht verstanden«, sagte Ritchie.

»Dann sind wir schon zwei«, sagte Mike. »Wohlgemerkt, er ist stolz auf dieses Buch, also sagen Sie es ihm nicht.«

Sie parkten vor einer einstöckigen weißen Doppelhaushälfte. Mike stieg aus. Ritchie konnte sich nicht bewegen. Sein Herz hatte zu rasen begonnen, als der Wagen anhielt, und er war so entsetzt wie fassungslos, dass er sich vorsätzlich in diese Lage gebracht hatte. Erst jetzt, unmittelbar vor der Begegnung mit dem Mann, der seinen Vater getötet hatte, wurde ihm klar, dass er sie in der Vorstellung immer schon wie im fertigen Film gesehen hatte, wo O'Donabháin allein war und Ritchie die Kamera, den Cutter und das Publikum auf seiner Seite hatte. In diesen vorgestellten Begegnungen war alles, was Ritchie nicht gefiel, herausgeschnitten worden.

Bis zu diesem Moment war ihm der Tod seines Vaters wie etwas erschienen, das er, Ritchie, geerbt hatte. Jetzt erkannte er, dass dieser Tod immer noch seinem Vater gehörte, dass sein Vater sich den Besitz mit O'Donabháin teilte und dass Ritchie nicht einfach aufkreuzen und ihn dem Henker seines Vaters abnehmen konnte. Er, Ritchie, war nur der Sohn und Erbe; O'Donabháin war dabei gewesen.

Mike beugte sich herab und schaute ins Auto. »Das ist das Haus«, sagte er. »Sie werden erwartet.«

Ritchie stieg aus. Ob Mike merkte, dass er zitterte? Ein paar Jugendliche gegenüber beobachteten ihn und redeten und lachten.

Ritchie folgte Mike auf dem Plattenweg zu der Ornamentglastür und klingelte. Sie hörten das Tappen gedämpfter Schritte, hinter den Wirbeln im Glas erschien eine verschwommene Gestalt, und die Tür ging auf. O'Donabháins alte Mutter, einen Pullover mit V-Ausschnitt über dem Kleid, musterte Mike und Ritchie, trat an die Treppenseite zurück und deutete den Flur hinunter. Sie sollte mich dafür um Vergebung bitten, dass sie ein Monster zur Welt gebracht hat, dachte Ritchie, doch er sah nur Abscheu in ihrem Gesicht.

Colum O'Donabháin stand in dem niedrigen Wohnzimmer neben den Flammen eines künstlichen Kohlenfeuers vor einem blauen Veloursessel, die Hände an den Seiten. Auf dem Couchtisch stand ein leerer Glasaschenbecher, daneben ein halbes Dutzend dünner Taschenbücher auf einem Stapel, mit bunten Klebezetteln markiert. Durch den Kontrast zwischen der Schummerigkeit des Zimmers und der Helligkeit des grauen Tageslichts, das durch die Panoramafenster hinter O'Donabháin einfiel, war sein Gesicht schwer zu erkennen.

Mike stellte sie einander vor und schaute dabei mit zunehmender Nervosität von einem zum anderen; sie standen unbewegt und starren Blicks da. Als er fertig war, wartete er.

»Nehmen Sie Platz, Mr Shepherd«, sagte O'Donabháin mit einer Geste auf ein Sofa mit Fransendecke gegenüber dem Feuer. Ritchie setzte sich an das von O'Donabháin fernste Ende des Sofas. Er hatte immer noch seinen Regenmantel an. O'Donabháin nahm eine Zeitung, die Ritchie am Druck nicht erkannte, vom Sessel, warf sie auf den Boden und setzte sich.

»Kann ich euch beide jetzt allein lassen?«, sagte Mike. Ritchie und O'Donabháin sahen ihn an, und O'Donabháin nickte. Mike ging hinaus, und als er die Zimmertür zumachte, schabte der Zugluftstopper über die synthetischen Fasern des türkisblauen Teppichbodens. Das Schloss schnappte zu.

Ritchie und O'Donabháin saßen lange da, ohne etwas zu sagen. Ritchie betrachtete O'Donabháin. O'Donabháin blickte ins Feuer. Ritchies Augen hatten sich an das Licht gewöhnt. O'Donabháin trug ein zu enges, graubraunes altes Polohemd mit rotem Kragen.

Er hob den Kopf und blickte Ritchie direkt an. »Wie kann ich Ihnen helfen, Mr Shepherd?«, sagte er. Seine Stimme war fest. Er hält sich für einen Priester, einen Richter, dachte Ritchie. Keine Spur von der Bescheidenheit, die Ritchie von O'Donabháin erwartet hatte, echt oder gespielt. Keine Traurigkeit; kein Gewissen. Ritchie starrte auf O'Donabháins feiste Hände und dicke Unterarme, nackt und mit weißen Flaumkringeln behaart, immer noch kräftig, und dachte daran, wie sein Vater gegrinst hatte, wenn er Ritchie mit dem Anfang einer Geschichte hinhielt und Ritchie schrie: »Komm schon, erzähl!«, und er dachte an das gerichtsmedizinische Gutachten und wusste, dass dies die Hände waren, die seinen Vater nackt ausgezogen hatten, dies die Muskeln, die das Seil, mit dem er an den Stuhl gefesselt war, so fest gezogen hatten, dass sein Vater davon blutete. Dies war die Hand, die sich zur Faust geballt und seinem Vater zwei Dutzend Mal an den Kopf geboxt, den Kiefer gebrochen, fünf Zähne ausgeschlagen und eine Schädelfraktur beigebracht hatte, als er gefesselt, nackt und wehrlos gewesen war. »Komm schon, spuck aus!« Es ist dieselbe Hand. Es ist derselbe Mann, dachte Ritchie. Gefängnis, Gedichte, Alter, es hatte alles nichts zu bedeuten. Es ist derselbe Mann. Dies waren die Arme, die seinen Vater gefoltert hatten, und dies waren die Finger, die ihm eine Pistole an die Schläfe gehalten und den Abzug gedrückt und ihn erschossen hatten.

Ritchie fühlte, wie Hass auf O'Donabháin sich in ihm ausbreitete, ihn aufblähte. Sein Hass auf O'Donabháin, sein Wunsch, ihn buchstäblich zerschmettert zu sehen, die Knochen zerbrochen und das Fleisch zerquetscht und die Überbleibsel den Schweinen zum Fraß vorgeworfen, wurde so stark, dass er kaum noch Luft bekam. Er stand auf und kehrte dem Mann, dessentwegen er nach Irland gekommen war, den Rücken zu, ballte die Fäuste.

»Ist Ihnen nicht gut, Mr Shepherd?«, sagte O'Donabháin.

»Ich dachte nicht, dass ich Sie so sehr hassen würde«, sagte Ritchie langsam, ohne sich umzudrehen.

»Ich habe mich in der Tat gefragt, ob Sie mit der Absicht herkommen, mich zu töten«, sagte O'Donabháin. »Und ich dachte: ›Warum nicht? Soll's der Junge doch probieren, wenn er will.‹«

Ritchie drehte sich schwer atmend um. Dass O'Donabháin zu ihm aufsah, erleichterte ihn irgendwie. Vielleicht waren O'Donabháins Augen ein bisschen weiter geworden.

»Natürlich könnten Sie mich dann nicht mehr in Ihrem Film bringen«, sagte O'Donabháin.

»Hätten Sie sich gewehrt?«, sagte Ritchie.

»Wenn Sie mich zu töten versucht hätten? Oh, sicher hätte ich mich gewehrt. Ich möchte doch nicht, dass Sie ins Kittchen kommen, weil Sie mich umgelegt haben.«

Ritchie setzte sich hin, überlegte, begann zu sprechen, zögerte und sprach weiter.

»Ich hab gedacht, Sie wären anders«, sagte er.

»Wie denn?«

»Sie wirken nicht bestraft.«

»Geschlagen, meinen Sie?«

»Ich meine, was ich gesagt habe. Bestraft.«

»Ich habe nie begriffen, was das bedeutet, um ehrlich zu sein. Falls Sie ›erniedrigt‹ meinen – ich war bestraft, lange bevor ich eingebuchtet wurde. Dafür haben die Priester und die Royal Ulster Constabulary und die Zeit in Long Kesh gesorgt. Falls Sie meinen: ›Hat sich die Gesellschaft gerächt?‹ – ich kann nicht mehr im Norden leben. Ich bin mit siebenundzwanzig ins Gefängnis gekommen und mit zweiundfünfzig raus. Andererseits gibt es Leute, für die ein kleines Zimmer mit einem Bett drin, einem Fernseher und einem Pott zum Pissen der Himmel wäre.«

»Das habe ich nicht gemeint«, sagte Ritchie.

O'Donabháin blickte ins Feuer und wartete. »Sie meinen Reue«, sagte er.

Ritchie sagte nichts.

O'Donabháin sah Ritchie in die Augen. »Ich habe für eine Sache gekämpft. An die glaube ich immer noch. Ans Kämpfen weniger. Ihr Vater und ich, wir waren damals Soldaten.«

»Er war Soldat. Sie waren ein Folterknecht.«

»Die hatten eure Jungs auch. Ich war bloß ein Amateur.« Er neigte den Kopf ein wenig, und was Ritchie in dem Moment in O'Donabháin erspähte, war weder der anfängliche Trotz noch die Zerknirschung, die er erwartet hatte. Die Flut des Hasses, die ihn überspült hatte, ebbte ab.

»Ich war wütend auf Ihren Vater«, sagte O'Donabháin mit lauterer Stimme, als ob er immer noch wütend wäre. »Dass er den verdammten Helden spielen musste, nur um ein Stück Scheiße zu schützen, das unsere Zelle in Derry verpfiffen hatte und uns ohne Bedenken zwei Wochen später zwei britische Polizisten ans Messer lieferte. Der spielte beide Seiten gegeneinander aus, und das wussten wir und Captain Shepherd auch. Der Dreckskerl, dessen Namen er uns nicht geben wollte, war es nicht wert. Es war, als wollte ich Ihrem Vater helfen, und er ließ es nicht zu. Kennen Sie das, wenn man manchmal an etwas zieht und es löst sich nicht, und Sie werden irre und schlagen um sich und hauen alles kaputt? Es war eine Operation. Ich wollte aus jemand die Wahrheit rausholen, und es war, als wollte ich einen Zahn ziehen, und er kam nicht raus. Ich vergaß, dass ich es mit einem Menschen zu tun hatte.«

Ritchie beugte sich vor, mit beiden Händen den Rand des Sofapolsters knetend.

»Wir waren noch nicht so weit, wir drei. Wir waren auf keiner Ebene so weit. Keiner von uns hatte je zuvor ein Verhör geführt. Keiner von uns war je zuvor einem wie Ihrem Vater begegnet. Wo würden drei irische Taigs je an einem Tisch mit einem feinen englischen Pinkel sitzen, der auf einer Privatschule und in Cambridge gewesen war?«

»Oxford«, sagte Ritchie. Sein Mund war trocken.

O'Donabháin holte tief Atem. »Was ich sagen will, ist, wenn wir ihn nicht entführt hätten, wären wir ihm sozial nie begegnet.«

»Haben Sie deswegen Albträume?«, sagte Ritchie.

»Nein. Das ist nicht die Antwort, die Sie haben wollten, nicht wahr?« O'Donabháin verschränkte die Arme und blickte zur Decke, dann beugte er sich zu Ritchie vor und sprach wieder leise.

»Bevor wir ihn schnappten, als ich schon wusste, was wir vorhatten, lieh mir jemand einen Film auf Kassette. Es war ein französischer Film über die Résistance – *Armee im Schatten,* kennen Sie den? Da gibt's eine Szene drin, wo die von der Résistance, einer von denen hat die andern verpfiffen, wo sie den in ein Haus bringen, und sie müssen ihn ausschalten. Aber keiner von ihnen hat so etwas je getan. Sie diskutieren die Sache vor dem Mann, den sie gleich kaltmachen werden, und er muss dasitzen und sich das anhören.« O'Donabháin packte die Sessellehnen und schüttelte den Kopf. Kamen ihm Tränen? Ritchie konnte es nicht erkennen.

»Das war vor fünfundzwanzig Jahren«, sagte O'Donabháin. »Der Mann, der ich damals war, ist mir heute fremd.«

Seine Augen waren trocken, aber die Vorstellung, sie hätten nass sein können, zeigte Ritchie abermals, dass es möglicherweise etwas in Colum O'Donabháin gab, das er annehmen konnte. Wenn der Mann geweint hätte, dachte er, wäre ich zu ihm gegangen und hätte ihm die Hand auf die Schulter gelegt.

»Haben Sie das Gedicht gelesen?«, sagte Colum.

»Ja«, sagte Ritchie.

»Was halten Sie davon?«

»Interessant.«

Colum schüttelte den Kopf. »Man kann eine Tat begehen«, sagte er, »eine schlechte Tat, und man weiß, dass man es getan hat, aber niemand sonst weiß es, es ist privat. Und wenn es öffentlich wird, dann heißt das nicht nur, dass alle wissen, was man getan hat. Sondern man begreift selbst erst richtig, was man getan hat, wenn man weiß, dass alle andern es wissen. Als ich damals zum Zeitungskiosk ging, wusste ich, dass ich zwei Tage zuvor jemand zusammengeschlagen und erledigt hatte. Aber erst als ich die Schlagzeilen in den Zeitungen sah, begriff ich, was ich eigentlich getan hatte.«

»Ich weiß, was Sie meinen«, sagte Ritchie.

»Tatsächlich?«, sagte Colum und sah Ritchie verwundert an.

Ritchie wurde rot und leckte sich die Lippen. »Ich möchte gern diesen Film machen«, sagte er langsam. »Ich kann Ihnen natürlich kein Geld bieten.« Er verstand jetzt, was er in Colum gesehen hatte. »Ich kann Ihnen Vergebung bieten.«

»Meinen Sie, die will ich?«, sagte Colum.

»Ja«, sagte Ritchie. Je mehr sich das Wort »Vergebung« in seinem Kopf festsetzte, umso leichter wurde ihm.

»Meinen Sie, Sie sind befugt, mir zu vergeben?«

»Wenn ich nicht, wer dann?«

»Ihr Vater kann es nicht mehr tun«, sagte Colum. »Bleibt nur noch Gott.« Er legte den Kopf schief und schaute auf den Teppich. »Was für ein tapferer Idiot Ihr Vater doch war. Er hat uns nicht einmal gebeten, ihn nicht zu töten, und wissen Sie«, er sah zu Ritchie auf, und wieder hatte Ritchie das unangenehme Gefühl, dass Colum und sein Vater sich vertraut gewesen waren, »wenn er uns nur den Namen gegeben hätte, den wir haben wollten, hätten wir ihn vielleicht laufen lassen. Er hat unsere Gesichter nicht zu sehen bekommen.«

»Wären Sie bereit, vor laufender Kamera so mit mir zu reden?«, sagte Ritchie.

»Wir haben über Vergebung gesprochen«, sagte Colum. »Das ist das, was ich Ihnen bieten kann.«

»Ah, aber das sollte kein Tauschhandel sein, nicht wahr? Würden Sie mir nur vergeben, wenn ich bei Ihrem Film mitmache?«

Colum unter allen Umständen zu vergeben kam Ritchie wie kühles Wasser in der Wüste vor. »Doch«, sagte er und empfand dabei eine Genugtuung, die ihn erstaunte. Er stand auf, trat vor Colum und hielt ihm die Hand hin. »Ich vergebe Ihnen«, sagte er. »Ich vergebe Ihnen, Colum.«

Colum erhob sich nicht, aber er legte seine Hand in die Ritchies. Ritchie drückte und schüttelte sie. Ich tue es wirklich, dachte er. Das ist real. Ich vergebe dem Mörder meines Vaters. Ich tue etwas Gutes. Ich halte die Hand, die meinen Vater getötet hat.

Colum ließ los, und Ritchie setzte sich dicht neben ihn auf die Sofalehne. »Der Film wäre anderthalb Stunden lang«, sagte er. »Sie und ich im Gespräch; Sie im Interview; ich im Interview; Archivbilder. Wir müssten diese erste Begegnung nachstellen.«

»Was ist mit Ihrer Mutter?«, sagte Colum.

»Was soll mit ihr sein?«

»Was ist mit Ihrer Schwester?«

»Was soll mit ihr sein?«

»Wir haben ihm nichts genommen als seine Waffe«, sagte Colum. »Ihrem Vater. Wir haben weder seine Brieftasche genommen noch den Inhalt. Wir haben einen Blick hineingeworfen. Ein Bild von Ihnen vieren war darin, der ganzen Familie. Ich war überrascht, es dort zu finden, wo er doch undercover war. Es wäre nicht richtig, das ohne die Frau und Tochter Ihres Vaters zu tun.«

»Vielleicht sind die zwei noch nicht so weit.«

»Es macht mir nichts aus zu warten.«

»Vielleicht werden sie Ihnen nie vergeben.«

»Dann wird es keinen Film geben.«

Ritchie hob den Daumen und nagte am Nagel.

»Was war das Letzte, was er gesagt hat?«, fragte er.

»Er sagte – als er wusste, was gleich kommen würde, sagte er: ›Sagt ihnen, dass ich am Schluss keine Angst hatte.‹«

»Und dann haben Sie ihn erschossen?« Plötzlich quollen Tränen aus Ritchies Augen.

»Ja.«

»Was haben Sie gesagt, bevor Sie ihn erschossen haben?«

»Ich habe gar nichts gesagt. Ich habe ihm einfach die Waffe an den Kopf gesetzt und ihn erschossen.«

43

Auf der Veranda vor der Küche von Becs Villa hackte Batini am späten Nachmittag Zwiebeln und Auberginen für das Abendessen. Sie hatte die Fußböden gewischt, die Betten neu bezogen und die schmutzige Bettwäsche dem Wäschereidienst mitgegeben und dann die Messer geschliffen. Im Vorhof um die Ecke hörte sie einen Hund winselnd gähnen und das Haupttor zum Anwesen zuklappen. Sie erkannte die über den Hof schlurfenden Schritte ihrer Schwester, und Zuri kam um die Ecke und begrüßte sie.

»Koch weiter«, sagte Zuri auf Swahili mit einer scheuchenden Bewegung zu Batini, als die Begrüßung erledigt war. »Ich mache uns Tee. Ich konnte nicht anrufen, mein Guthaben ist alle. Was kochst du?«

»Curry.«

»Wo hast du das gelernt?«

»Von der früheren Haushälterin.«

»Dann mögen sie das wohl?«

»Einer von ihnen ist ein Pakistani aus England.« Sie zuckte die Achseln. »Die englischen Engländer mögen es auch.«

Zuri rümpfte die Nase und setzte sich mit jähem erschöpftem Ausatmen auf einen Hocker an der Tischecke. Sie ruckelte verächtlich am Tisch und legte den mächtigen Ellbogen darauf, sodass er nicht mehr wackelte.

»Du solltest dir das von deinem Mann richten lassen«, sagte sie. »Wo ist er?«

»Arbeit suchen. Die Chinesen haben eine Fabrik aufgemacht.«

»Hast du noch welche von den Keksen? Warum kann er hier keinen Job kriegen? Eines der Autos fahren?«

»Er kann nicht fahren. Dabei brauchten sie einen Fahrer. Alle müssen als Fahrer einspringen, sogar sie.« Sie setzte den Wasserkessel auf und warf das gehackte Gemüse in einen breiten, flachen Topf.

Zuri fischte ein Tütchen mit Kürbissamen aus dem Plastikbeutel, den sie mithatte, und fing an, sie zu essen und die Schalen auszuspucken. »Ich dachte, sie wäre blind«, sagte sie.

»Nicht ständig«, sagte Batini unsicher.

»Hat sie nicht derzeit einen Mann?«

»Alex«, sagte Batini. Sie lachte. »Er ist nur zu Besuch.« Sie hörte auf, das bratende Gemüse umzurühren. »Er will mir immer beim Spülen helfen.« Sie hielt sich die Schürze vor den Mund und krümmte sich vor Lachen. Zuri beschleunigte ihren Samenverzehr.

»Er hat eine große Nase wie ein Schnabel«, sagte Batini.

»Lass das Essen nicht anbrennen.«

Batini wandte sich wieder dem Topf zu. »Ich kann sie hören. Sie sind in dem Zimmer über mir.«

»Eh.« Zuri verstand. »Und sie ist dreiunddreißig, und kein Mann, keine Kinder? Und vermutlich hat er auch keine Frau und keine Kinder, was? Wie alt ist er?«

»Älter. Mindestens vierzig.«

Zuri schüttelte den Kopf. »Was haben die? Hat es was mit dem Klima da zu tun?«

Batini stellte das Gas ab, verschränkte die Arme und baute sich vor Zuri auf. »Ich mag Bec«, sagte sie. »Sie muss keine Kinder haben. Warum sollte sie? Sie hat ein eigenes Haus und ein dickes Gehalt. Ich würde auch gern so leben. Warum nicht?« Sie legte sich eine Hand auf den Bauch und gestikulierte mit der anderen. »Ich sage zu meinem Mann: ›Wo ist das Kondom?‹, und er sagt: ›Wenn du willst, dass ich eins benutze, musst du das Kondom besorgen‹, und ich sage: ›Du bist der Mann, du benutzt es, also besorgst du es auch, du besorgst dir ja auch deine Unterhosen und T-Shirts selbst und benutzt sie, warum sollte ich dir deine Kondome aussuchen?‹ Natürlich hat er nie welche.«

Zuri neigte den Kopf zur Seite und hob die Augen zum Himmel, bis Batini zu reden aufhörte und die Flammen neu anzündete.

»Tja, jetzt bist du schwanger«, sagte Zuri befriedigt, und einen Moment später, während Batini ärgerlich am Boden des Topfes kratzte, fügte sie hinzu: »Du sprichst sehr gut von ihr, obwohl ihr Impfstoff anscheinend nicht wirkt.«

»Sie hat nie behauptet, dass er völligen Schutz bieten würde«, sagte Batini. Es gab ein Zischen aus dem Topf, als Tränen in das heiße Öl spritzten. Sie wischte sich mit dem Handrücken die Nase und schniefte. »Ich will jetzt nicht an Huru denken.«

Ein Krachen von Metall auf Metall und brechendem Glas kam von der Straße draußen. Rufe und Schreie ertönten und unablässiges Hupen. Batini und Zuri liefen zum Tor und sahen, dass einer der großen weißen Toyotas des Impfstoffprojekts frontal gegen die Mauer einer Nachbarvilla geprallt war. Bec hielt immer noch das Lenkrad umklammert. »Tut mir leid, tut mir leid«, wiederholte sie in einem fort. Zwei Ärzte bemühten sich, die Hintertüren aufzubekommen und auszusteigen, und auf dem Sitz neben Bec war Alex vornübergesackt, die Stirn auf dem Armaturenbrett.

44

Becs Sehstörung kam plötzlich, war total und kurz. Sie sah noch gut, als sie das Tempo verlangsamte, um in das Anwesen einzubiegen, gar nicht mehr, direkt bevor das Auto die Mauer rammte, und gleich darauf fast wieder normal, als sie sich zum Beifahrersitz wandte, wo sie den leblos dahängenden Alex erblickte und das Blut, das stetig über den gewitterwolkengrauen Kunststoff kroch. Gar nicht so viel Blut, dachte Bec. Dann dachte sie: Ich habe ihn getötet. Sie legte ihm die Hand auf die Schulter.

»Ist er tot?«, sagte sie. Haji hatte sich bereits aus dem Fond herausgearbeitet und inspizierte Alex' Kopf, als Bec losschrie, sie müssten ihm helfen. Sie hatte beide Hände auf seiner Schulter und meinte, unbedingt irgendetwas unternehmen zu müssen, drücken, ziehen, stützen. Ihr kam der verrückte Gedanke, dass die Wärme ihrer Berührung ihn ins Leben zurückbringen konnte, und gleichzeitig sagte eine fremde, entrückte Stimme in ihr: So, Bec, jetzt bist du für Alex' Tod verantwortlich; von nun an nichts mehr als Reue.

Sie fühlte ihn seufzen und sich regen, und er sagte deutlich: »Au.«

»Oh, Gott sei Dank«, sagte Bec.

»Vorsichtig, junger Mann«, sagte Haji, den es zu Becs Verwunderung nicht zu überraschen schien, dass ihr Freund von den Toten zurückgekehrt war. Alex nahm den Kopf vom klebrigen Armaturenbrett. Becs erster Eindruck war, dass sein Gesicht kaputt war, und bei der grässlichen Vorstellung wurde sie ruhig. Sie zog Feuchttücher aus einem Spender und begann, sein Gesicht abzuwischen, und erkannte, dass es nicht so schlimm war, wie es aussah. Haji hielt ihr Handgelenk fest und sagte, sie solle warten, und fragte Alex, wie er sich fühle.

»Wie fühlst du dich?«, sagte Bec, als ob sie es als Erste gesagt hätte. Um das Auto hatte sich eine Menschenansammlung gebildet; so etwas Spannendes hatten die jüngeren Kinder noch nie erlebt.

»Dieser Gregi«, sagte Alex benommen und lehnte sich nach hinten. »Der würgt dir immer wieder eine rein.«

»Tut mir leid. Tut mir leid«, sagte Bec.

Haji nähte ihn in der Küche mit drei Stichen. Batini, Zuri und Bec sahen zu, wie er Nadel und Faden durch die Haut an Alex' Stirn führte und die Wunde mit einer Kompresse, Mull und Pflaster verband. Als es getan war und der Arzt zurücktrat und Alex Bec angrinste, wobei eine Augenbraue den Rand des Pflasters aufwarf, hörte sie auf, sich auf die Lippe zu beißen.

»Tut mir leid«, krächzte sie, ganz klein im Schatten ihres gigantischen Egoismus.

»Ich hätte mich anschnallen sollen«, sagte Alex.

»Du hättest tot sein können«, sagte Bec.

Ihre Bindung an ihre innere Haemoproteus-Kolonie war ihr noch nie so irrational erschienen. Sie war kindisch, der selbstverliebte Tick einer freiheitsgierigen Frau. Ihr wurde bewusst, wie hart ihr Vater über jemanden geurteilt hätte, der die Gruppe in Gefahr brachte, nur um einen Gefallenen zu ehren.

Am Abend schüttelte sie die Flasche mit dem Antiparasitikum vor Alex' Nase und erklärte ihm, sie werde jetzt anfangen, es zu nehmen. Aber sie fing an diesem Abend nicht damit an und auch nicht am nächsten, als Alex nach Hause flog. Sie hatte es vor, kam aber bei der Abwicklung des Tests nicht dazu, und als sie Anfang Februar nach London zurückkehrte und Alex zu ihr in die Wohnung zog, war der Verschluss der Flasche noch unaufgebrochen.

Nur zwei Wochen vergingen zwischen Alex' Abreise aus Tansania und Becs Rückkehr nach London, aber für Alex waren sie eine Wüste, denn er vermisste sie sehr und war durch seine neue Tätigkeit und den Abschluss seiner Arbeit am Chronase-Komplex der Zuflucht seines üblichen submikroskopischen Herumbummelns beraubt. Er pendelte zwischen dem trostlosen Byzanz des Belford Institute, wo er feststellen musste, dass der Anführer einer Fraktion sein Forschungsteam zu einem Angriffstrupp mit dem einzigen Ziel umgebildet hatte, die Arbeit seiner amerikanischen Rivalen zu diskreditieren, und dem Citron Square, wo Harry missmutig dem Ende entgegenging und sich einerseits über Vernachlässigung beschwerte und andererseits in Ruhe gelassen werden wollte.

Insofern blieb Alex Zeit, zu grübeln und sich die epischen Gedanken zu machen, die ihn und Bec und das Kind, das sie haben würden, in dieselbe Geschichte einbaute wie die Milliarden Jahre alte Vergangenheit und Zukunft des Lebens und der Erde. Während er im Eiltempo singend durch London strampelte oder mit seinen Teelöffeltrommelwirbeln auf Kaffeetassenrändern seine Institutskollegen dazu trieb, zwischen den Zähnen scharf die Luft einzuziehen, verknüpfte er Bilder miteinander, das Bild einer konkreten kleinen Handschuhhand, der seiner Tochter, im Zoo von ihm gehalten, während er ihr die Stärken und Schwächen sämtlicher Tiere erklärte, und das Bild einer grenzenlosen Wolke von Menschen, die auf eine ewig sinkende Sonne zuflogen wie Löwenzahnsamen im Wind, als ob die zwei Bilder ein und dasselbe zeigten.

Seit dem Wechsel vom Imperial College ans Belford Institute stach Alex die Fertilität von Wissenschaftlern ins Auge, die weniger im Rhythmus des Lebens zu schwingen schienen als er, linkische, gehemmte, fettleibige, unsportliche, schwerfällige Männer und Frauen, die seines Erachtens schlechtere Chancen haben sollten als er, von der fortpflanzungsfreudigen Natur begünstigt zu werden, und die dennoch Kinder hatten, zwei, drei, fünf, und Teil des Ganzen waren. Vielleicht, dachte er, war es ihm nicht vergönnt, Teil des Ganzen zu sein, und wenn er starb, würde seine Chronase-Uhr ein für alle Mal stehen bleiben. Aber mit Bec hatte er noch eine Chance bekommen zu beweisen, dass es nicht so war.

Alex sah, dass es Hindernisse gab. Er sah, dass Bec, die verhütete, vielleicht keine Kinder wollte; dass sie vielleicht nicht schwanger wurde; dass es für sie vielleicht zu früh war. Er war unsicher. Er erinnerte sich an schwierige Gespräche mit Maria. Er wusste nicht, wie er es zur Sprache bringen sollte.

Im Februar, wenige Wochen, nachdem Bec nach London zurückgekehrt und Alex bei ihr eingezogen war, brachten sie Harry nach Schottland zum siebzigsten Geburtstag seines Bruders Lewis, Alex' Vater. Als Alex am Vorabend ihres Fluges nach Norden vom Institut nach Hause kam, traf er Bec auf dem Fußboden des Wohnzimmers neben einer großen Kiste an, auf der das Apple-Logo prangte. Sie saß in schwarzen Leggings und einem Norwegerpullover im Schneidersitz auf dem Laminat und bemühte sich, zwei bunt gestreifte Geschenkpapierbögen übereinanderzulegen. Durch die Verandatür hinter ihr beschien das letzte blaue Abendlicht den verrosteten Grill und die vergammelte Hängematte im Garten.

Zwei Tage zuvor hatten sie Lewis zum Geburtstag einen antiken Globus gekauft. Alex kniete sich neben Bec und verdrehte den Kopf, um die Angaben über den Laptop zu lesen, den die Kiste anscheinend enthielt. »Ziemlich generös für meinen alten Dad«, sagte er.

Bec hob die Kiste an, schob den Doppelbogen darunter, wickelte ihn darum und begann, ihn mit Klebstreifen zu befestigen. »Er ist für Batini«, sagte sie. »Sie hat mir eine SMS geschickt und mich gebeten, ihr einen Laptop zu besorgen. Sie will einen Kurs belegen. Sie haben inzwischen schnelles Internet in Daressalam.«

Alex hielt die umgeschlagenen Laschen des Geschenkpapiers an den Enden der Kiste fest, während Bec einen Klebstreifen darüber zog. Sie begann, einen Bogen Packpapier zu entrollen.

»Haji ist in der Stadt«, sagte sie. »Er kommt später vorbei, um ihn abzuholen. Er nimmt ihn mit zurück. Gib mir mal die Schere.«

Alex schob Bec sacht die Schere in die Hand. »Ein Haufen Mac für einen kleinen Schoß«, sagte er.

Bec unterbrach ihre Arbeit und sah ihm in die Augen. »Ja, es ist auch Schuld mit dabei«, sagte sie. »Als ihr Sohn starb, war sie nicht da, um zu helfen. Die Großmutter trug den Jungen mitten in der Nacht gut fünfzehn Kilometer über die Berge zur Klinik, aber als sie ankamen, war er schon tot. Wir hatten ihn geimpft, und ich hatte Batini gesagt, dass es etwas Gutes ist, obwohl er nur halb immunisiert war. Wir sagen den Leuten immer, dass sie ihre Kinder weiter nachts unter Netze legen und die in Schuss halten müssen, aber wenn eine Gruppe toller internationaler Mediziner mit einem Impfstoff ankommt und den ihren Kindern verabreicht, denken sie: Ach, jetzt sind sie geschützt, ich kann mir die paar Shilling für das Permethrin sparen. Würde dir das nicht auch so gehen?«

Sie wandte sich Alex zu und nagte an ihrem Daumennagel. »Mittlerweile hat sie den Bruder ihres verstorbenen Mannes geheiratet und ist schon schwanger von ihm. Mich kostet es sechs Jahre und mehrere Zehntausend Pfund Zuschuss von anderen, den Doktor in Parasitologie zu machen, ich trecke durch Papua-Neuguinea und finde eine neue Spezies, ich überrede jede Menge Leute, Millionen von Pfund und Jahre ihres Lebens für einen Malaria-Impfstoff zu investieren, und am Ende kann ich Batinis Jungen nicht retten. Und wenige Monate später hat sie ein Baby, ohne ein Quäntchen Wissenschaft. Es ist die älteste Medizin, die es gibt. Du verlierst ein Kind, du machst ein neues. Versuchst, den Malaria-Parasiten mit seinen eigenen Mitteln zu schlagen. Er reproduziert sich, du reproduzierst dich auch.«

»Na, auf geht's«, sagte Alex.

»Oh«, sagte Bec, die nicht vorgehabt hatte, dafür, oder für sonst etwas, zu plädieren. Beim Sinnieren über die Ironie von Batinis Situation war ihr gar nicht der Gedanke gekommen, dass sie genauso gut Batini sein konnte, wie Batini Batini sein konnte. Als kompetente Engländerin in Afrika, die sich der unüberbrückbaren Kluft zwischen sich und den Afrikanern peinlich bewusst war, hatte sie auf einmal zufällig eine Möglichkeit gefunden, sie zu überbrücken.

»Das ist kein Ersatz«, sagte sie. »Menschen können nicht ersetzt werden.«

Alex fiel ein, dass er morgens, wenn er den Kühlschrank aufmachte, regelmäßig Becs Flasche mit Antiparasitikum in einem der Türregale sah, zwischen dem Senf und der Mayonnaise, der Verschluss noch unberührt.

»Die Menschen lassen sich so manches einfallen, um ihre Lieben unter den Lebenden zu halten«, sagte er vorsichtig. »Kinder. Erinnerungen. Namen.«

»Machst du das absichtlich?«, sagte Bec.

»Was?«

»Dass du da hinfasst.« Sie streckte den Finger aus, und Alex merkte, dass er an der kleinen Narbe kratzte, die ihm von dem Unfall am Kopf geblieben war. Er wurde rot und verneinte.

»Du und Maria, ihr habt euch ordentlich ins Zeug gelegt, was?«, sagte Bec.

»Na ja, In vitro ist nicht, wie wenn du zum Zahnarzt gehst.«

»Warum willst du unbedingt Kinder haben?«

»Wir sind nicht verpflichtet, Gründe zu haben.«

»Das stimmt«, sagte Bec. »Ich habe dir versprochen, dass ich meinen Haemoproteus aus der Welt schaffe, und das werde ich halten. Ich fange morgen an. Nur versteh, dass er nichts verhindert. Nicht im medizinischen Sinne. In keinem Sinne.«

»Gut.«

»Sei nicht eifersüchtig auf ihn.«

»Das wäre dumm. Bloß weil er nach deinem Vater benannt ist.«

»Du bist nicht verpflichtet, Gründe fürs Kinderwollen zu haben, das ist richtig, aber gibt es einen Grund?«

»Ich möchte, dass wir Teil des Ganzen sind«, sagte Alex.

»Von welchem Ganzen? Der Gesellschaft?«

»Der Zeit.«

45

Am Morgen, an dem ihre Söhne eintreffen sollten, war Alex' Mutter Maureen im Garten mit Mauern beschäftigt. Sie wollte eine Rasenbank mit Ziegeleinfassung haben, die sie zum Frühling mit Kamille bepflanzen konnte. Im dünn werdenden Gras kniend, blickte sie prüfend zum Himmel, während sie eilig mit Kelle und Wasserwaage zu Werke ging. Sie hatte zu viel Mörtel angemischt. Die Vorstellung, dass der ungenutzte Mörtel hart wurde und weggeworfen werden musste, war ihr unangenehm. Man konnte ihn nicht bei der Gemeinde zur Wiederverwertung abgeben, wie so vieles. Vergangene Woche war sie durch ganz Brechin geradelt, um eine Stelle zu finden, wo man eine Uhrenbatterie abgeben konnte, und war auf die gleichgültige Höflichkeit gestoßen, mit der man harmlose Alte behandelte. Schließlich schickte sie die Batterie an den chinesischen Hersteller zurück, verbunden mit Vorschlägen, wie man es besser machen konnte. Das Porto hatte fünf Pfund betragen.

Sie steckte voller Ideen, wie man alles Mögliche besser machen konnte. Die Organisationen, denen sie angehörte, die lokalen Grünen, die Mearns Alliance for Justice in Sri Lanka, Paint Against Poverty und Women for Fairness in Farming, hätten sie gern als Vorsitzende nominiert und zu Konferenzen geschickt. Sie lehnte ab. Sie wollte, dass die Welt ein Meeresgarten ohne Waffen und ohne Grenzen wurde, kreuz und quer durchzogen von Bahngleisen, Radwegen und Segelschiffen, mit Windrädern und Sonnenkollektoren in bescheidener Zahl als Energielieferanten und einem globalen Netzwerk kleiner Gemeinden, die organisch wirtschafteten, Feste feierten und allerlei selbst Hergestelltes austauschten. Doch wenn sie sich vorstellte, wie sich diese

Welt der realen Welt aufdrücken ließ, den lebendigen Menschen, die sie kannte, mit allen Schwächen und Vorurteilen, die ihr Leben ausmachten, dann sah sie, dass die Verwirklichung ihrer Utopie genau die Kriege, Grausamkeiten und Leiden mit sich bringen würde, die sie eigentlich beenden sollte. Ihr Leben lang hatte sie sich schuldig gefühlt, dass sie zu essen hatte, während andere hungerten, dass sie studiert hatte, während andere überhaupt keine Schulbildung bekamen, und dass sie sich Reisen gönnte, um ihre Neugier zu befriedigen. Als faktisch atheistische Kirchgängerin mit gaianischen Tendenzen nahm sie sich die menschliche Bosheit, nachzulesen im *Guardian*, im *Observer* und im *New Internationalist*, allwöchentlich reumütiger zu Herzen als eine Kapelle voll katholischer Sünder.

In letzter Zeit hatte sie den Eindruck gewonnen, dass ihre Schuldgefühle etwas Widersinniges hatten. Sie arbeitete schon lange nicht mehr Teilzeit als Geschichtslehrerin und hatte reichlich Zeit. Warum die Rasenbank nicht selber machen? Aber nahm sie damit einheimischen Maurern vom Fach nicht die Arbeit weg? Wenn sie jemand dafür anstellte, speiste sie damit nicht die kapitalistische Konsummaschinerie, die das Leben auf der Erde zerstörte? Für Maureen stand fest, dass die Meere, Wälder und Tiere der Welt am ehesten gerettet wurden, wenn die Menschen restlos ausstarben, aber wer sollte dann Gärten anlegen? Es würde mehr Wale geben, aber wer würde sie preisen?

Für Maureen war der Besuch so vieler Familienmitglieder auf einmal ein Feiertag. Die abseitigen Probleme ihrer Söhne würden sie von den brennenden Fragen ablenken, die sie normalerweise bedrängten: die Not der Palästinenser, das Leid der Frauen in Afghanistan, Menschenrechte in Eritrea. Sie hatte die Nacht zuvor nicht schlafen können, weil sie ständig daran denken musste, wie es dem Mädchen in der

Fabrik in China gehen würde – es musste ein Mädchen sein, da war sie sich irgendwie sicher –, wenn sie den Umschlag mit der Batterie und Maureens Beschwerdebrief auf Englisch öffnete. Da sie ihn nicht verstand, würde das Mädchen Hilfe suchen; würde von ihrem Vorgesetzten gezwungen werden, aus eigener Tasche eine Übersetzung zu bezahlen; würde einen zweiten Job annehmen müssen, um die entstehenden Schulden zu begleichen; würde mit der Miete in Verzug geraten, sich mit ihrem Mann entzweien, ihre Kinder verlieren und entweder auf den Strich gehen oder sich in den zähflüssigen, schmutzigen Strom werfen, der bestimmt durch die Stadt floss. Das alles wäre Maureens Schuld.

Gegen derartige tagtägliche Gewissenskrisen nahmen sich die Sorgen ihrer Kinder als der reine Luxus aus, etwa Alex' obsessiver Wunsch, ein Kind zu haben, weswegen er, schien es, sich von der völlig untadeligen Maria getrennt hatte. Alex und Dougie aufzuziehen war gut und schön gewesen, eine Form selbstloser Selbstsucht; Maureen hatte sie ganz gern in ihrem Leben gehabt. Aber wenn sie keine Kinder gehabt hätte, wäre es auch gut gewesen. Sie kannte kinderlose Männer und Frauen, die auf einem turbulenten Floß voller Freunde, Neffen und Nichten durchs Leben trieben, und bekinderte Paare, die unter Sinnlosigkeit litten, sobald ihre Kinder aus dem Haus waren. Alex war nicht einsam. Er hatte Freunde, hatte Sex, verliebte sich. Warum, fragte sie sich, wollte er unbedingt ein Baby haben? Maureen fand, dass man den Kinderlosen einen Orden verleihen sollte. In der Sowjetunion, hatte sie gelesen, wurden Mütter, die zehn oder mehr Kinder hatten, mit einem Orden ausgezeichnet. Heldenmütter wurden sie genannt. Was für ein Held würde Alex sein? Es gab im Englischen kein Wort für einen Vater oder eine Mutter ohne Kinder. Sie waren wie Waisen, nur umgekehrt.

Maureen gab nicht gern zu, dass ihr zweiter Sohn Probleme hatte. Wenn ja, dann hatte Dougie so viele, dass sie sein Element waren, sein nährendes Milieu. Harry war es, der sich darüber aufregte, was mit Dougie passiert war, aber ihres Erachtens konnte eigentlich nicht davon die Rede sein, dass etwas *passiert* war.

Maureen setzte den letzten Ziegel, klopfte ihn mit dem Kellengriff in die Waage und kratzte den Mörtelrest ab. Sie stand auf, trat zurück und erkannte, dass sie in der Planung einen Fehler gemacht hatte. Sie hatte die Zeichnungen in einem Buch über mittelalterliche Gärten gefunden, und als sie sich für einen Platz entschieden und mit dem Bau begonnen hatte, hatte sie zwei Leute vor sich gesehen, die an einem Sommertag auf der fertigen Bank saßen und sich unterhielten wie die auf dem Stich im Buch dargestellten höfischen Liebenden. Eine der beiden war sie selbst, die Hände auf den sonnenwarmen Ziegeln, von Blumenduft und Bienengesumm umgeben. Die andere Person, wurde ihr jetzt klar, war Harry, und nach dieser Woche würde er nie wieder zu Besuch kommen. Er würde nie mit ihr auf der Bank sitzen, die sie aus Ziegeln und Erde und Kamille anlegte.

Sie schritt rasch zum Haus, bekam schließlich nach mehreren wackligen Versuchen die Gummistiefel von den Füßen und ging weiter, ohne auf das Bellen des Hundes Erasmus zu achten, ohne auf irgendetwas zu achten. Sie begab sich nach oben und stieg die ausziehbare Stahlleiter empor, die ins Dachgeschoss führte.

Der vor einer Boxkamera sitzende Lewis wandte den Blick vom Objektiv und sah, wie seine Frau mitten im Raum dem Boden entstieg. Er fasste den Fernauslöser fester und beobachtete argwöhnisch, was sie wohl vorhatte.

»Sie werden bald hier sein«, sagte Maureen. »Du solltest dich fertig machen.«

»Worin bestünde das Fertigsein?«, fragte Lewis.

»Dass deine Hände nicht nach Chemikalien riechen.«

Er sah, wie unfriedlich ihr Gesicht war, ließ das Auslöserkabel fallen und rollte auf seinem Stuhl zu einer Werkbank voller Plastikfläschchen. Er hielt eines hoch und schüttelte es. »Recyceltes Fixiermittel«, sagte er anerkennend. »Damit geht's genauso gut wie mit dem alten.« Sie starrte ihn verständnislos an und ging.

Lewis rollte zurück zu den auf den Boden gezeichneten weißen Kreuzen, die seine Selbstporträtposition markierten, und bückte sich, um das hingefallene Auslöserkabel aufzuheben. Er kam nicht hin; er müsste auf die Knie gehen, aber wie sollte er es dann schaffen, sich wieder aufzurappeln?

Ihm grauste vor dem Großeinkauf. Er schätzte Frieden und Klein-Klein und fand es erträglich, das zu sein, was er seit dem Ende seiner Tage als Arzt war, einer von schrecklich vielen weißhaarigen alten Männern in Fleecejacken, die sich auf der Hauptstraße herumtrieben und archaische Pflichten erledigten wie Briefe aufgeben und Zeitungen kaufen. Er war niedergelassener Arzt geworden, weil ihm der Gedanke gefiel, einen Patienten nach dem anderen zu behandeln. Jetzt stand ihm der Schrecken ins Haus, seine Familie als Horde empfangen zu müssen. Harry mit seiner lauten und scharfsinnigen Art würde kommen, zum letzten Mal. Sein evangelikaler Neffe Matthew würde mit seiner Frau und seiner Heerschar von Kindern kommen. Sein verträumter Sohn Alex würde kommen und eine neue Frau mitbringen, die nach einem blendend hellen Geisteslicht klang. Harrys Krebsforschung kam Lewis abseitig und effekthascherisch vor, obwohl er selbst genug onkologische Gräuel gesehen hatte und er einmal einen Patienten zu Harrys Versuchen geschickt hatte; der Patient hatte lange genug gelebt, um noch dement zu werden. Nein, nicht das, dachte er. Lebenslange ärztliche Erfahrung hatte

Lewis gelehrt, dass die wahren Geißeln des schottischen Landlebens Einsamkeit, Rückenschmerzen, sexuelles Einerlei, Völlerei, Trunksucht, Faulheit und Infantilismus waren.

Und Dougie würde kommen; aber Dougie war okay, da konnte Harry sagen, was er wollte.

Lange dachten alle, es gehörte zum Spiel, wenn ein gescheiter, fröhlicher, liebenswerter Mittelschichtsjunge auf die Uni ging und das Gegenteil von dem tat, was er eigentlich tun sollte. Alle wussten, dass »eigentlich« alles andere als »eigentlich« bedeutete. Man gab vor zu glauben, dass man fleißig studieren, sparen und für die Zukunft vorsorgen musste; man gab vor, gegen diese fiktiven Vorschriften zu verstoßen, indem man Vorlesungen schwänzte, Arbeiten zu spät abgab, ordentlich einen draufmachte, sich verschuldete und den Eindruck erweckte, dass man nur im Augenblick lebte. Es wurde geradezu von einem erwartet, dass man den Rebellischen spielte, bevor man sich still darein fügte, dass man eigentlich doch genau das tun musste, woran man einst zu glauben vorgegeben hatte. Zwei Semester vergingen, bevor deutlich wurde, dass Dougies Rebellion echt war. Er tat wirklich nichts, obwohl er fünf Kriminalromane die Woche verschlang, statt Philosophie zu studieren, wie er eigentlich sollte. Er hatte wirklich sein ganzes Geld verprasst und machte kräftig Schulden. Er war ein echter Außenseiter; kein Außenseiter, der eine feste, verlässliche Gruppe von Außenseiterfreunden hat, sondern ein Außenseiter, der überhaupt keine Freunde hat. Keine Freunde zumindest in seiner Zeit an der Universität von Edinburgh. Erst als er ausstieg, ein Mädchen schwängerte – sie trieb ab –, nach Glasgow zog, sich eine Stelle als Postbote suchte, ein Kind bekam, noch ein Kind von einer anderen Frau bekam, heiratete und sich scheiden ließ, erst da gewann er Freunde, die zu ihm hielten und schworen, dass er ein feiner Kerl war.

Für Harry bedeutete das, dass etwas passiert war. Etwas war schiefgegangen. Er war ein Vertreter der Aufklärung, glaubte an Gleichheit und Leistungsgerechtigkeit. Er wollte, dass den intelligenten Armen zum Studium verholfen wurde und die Gescheitesten aus der Mittelschicht die dummen Kinder der Reichen aus dem Weg räumten. Es war ihm nie in den Sinn gekommen, Gleichheit und Leistungsgerechtigkeit könnten bedeuten, dass sein eigener Neffe Postbote wurde.

»Ich glaube an die soziale Mobilität«, sagte er. »Aber nur nach oben, nicht nach unten.«

Maureen sagte, Dougie sei nach wie vor derselbe. Die Welt brauchte Leute, die Briefe zustellten, und es war keine Schande, Postbote zu sein. Es war eine nützliche Tätigkeit. Wenn es auf der Welt eines Tages wirklich gerechter zuginge, wäre ein Studienabschluss nichts Erbliches mehr. Dougie, sagte Maureen, war vielleicht als Ehemann gescheitert, aber er war ein guter Vater. Er liebte seine Töchter.

Doch Dougie fiel ihr in den Rücken. Er war überzeugt, dass alle in der Familie ihn für einen Versager hielten, und das machte ihn selbstbewusst. Weil er sicher war, dass niemand sich darum scherte, was er sagte oder tat, nahm er sich das Recht heraus, zu sagen und zu tun, was ihm gefiel, ohne auf den Gedanken zu kommen, das könnte jemanden verletzen.

46

Es nieselte, als Alex, Bec und Harry in einem Mietwagen vom Flughafen Aberdeen bei Lewis und Maureen eintrafen. Die feinen Tropfen legten sich auf sie wie Aerosol, und Becs Schuhe sanken in den verschwenderisch großen Bruchsteinen der Auffahrt ein, die wie Strandkiesel glänzten. Das alte Haus stand auf der Kuppe eines zur Straße abfallenden Rasenhangs, umgeben von Rhododendren und Kiefern. Es war aus grauen Steinblöcken gemauert, und das Fensterglas war schwarz und leblos. Alex öffnete die Haustür, und sie betraten den gefliesten Windfang, wo Reihen von Stiefeln und Jacken, ein Sack Kartoffeln, ein tragbarer Generator, eine Reproduktion von Leonardos Vitruvianischem Menschen, Kälte und Stille sie empfingen. Die innere Tür ging auf, und Wärme, Geräusche und Gerüche schlugen ihnen entgegen: Alex' Eltern, ein bellender Red Setter, die Pfoten auf den Bäuchen der Gäste, mit dem Schwanz wedelnd, mit den Klauen auf den Fliesen klackend und um ihre Fesseln hechelnd.

Es roch nach Hühnerbrühe und harzigem Rauch, und aus einer vom Flur abgehenden Tür drang Bec das Knacken brennender Kiefernscheite ans Ohr. Sie kniete sich hin und vergrub ihre Hände in dem üppigen Halsfell des Hundes.

»Harry schläft im Wagen«, sagte Alex. »Er fing an, uns die Stellen zu zeigen, wo wir früher immer wandern waren, und ich glaube, es hat ihn müde gemacht.«

»Oh!«, sagte Maureen und trottete los, um nach ihm zu sehen.

Harry wurde ins Bett gebracht und Alex nach Montrose geschickt, um Dougie abzuholen, der aus Glasgow kam, und Rose, die vor ihrer übrigen Familie anreiste. Lewis und Maureen fuhren einkaufen. Bec blieb allein in dem Zimmer zurück, in dem sie mit Alex untergebracht war.

An einer Wand hing ein Schwarzweißfoto von Vorfahren aus dem neunzehnten Jahrhundert. Ein weicher lila Teppich schluckte ihre Schritte und dämpfte das Knarren der Dielen darunter. Es roch nach Aschestaub und getrockneten Blumen. Auf der Innenseite der Tür klebte ein handgezeichneter Fluchtplan mit Anweisungen wie »Im Notfall Gong schlagen«. Bec blickte sich um und sah auf der Kommode einen Essensgong stehen. Sie tippte ihn mit dem Fingernagel an, und der Klang zitterte durch das Zimmer und hallte lange nach. Auf der einen Seite des Bettes, neben der Lampe, befanden sich eine Kerze in einem Halter und eine Schachtel Streichhölzer. Auf der gegenüberliegenden Seite lag neben einem Wecker ein altmodischer Polizeiknüppel mit einer ledernen Schlaufe. Bec hob ihn auf. Ihre Finger passten in die Riefen am Griff, und sie fühlte sein Gewicht. Sie sah sich um. Die Tür war halb offen. Harry schlief im anderen Teil des Hauses. Sie hatte die Autos mit Alex, Maureen und Lewis darin abfahren hören. Den Hund Erasmus hatte sie zuletzt gesehen, wie er sich auf einer Decke am Feuer niederließ.

Bec ging zum Gong hinüber, holte aus und drosch mit dem Schlagstock so fest darauf, dass er von der Kommode fiel. Draußen im Flur hörte sie es mehrmals rumsen und jemanden fluchen. Sie eilte an die Treppe und sah einen Mann im glänzenden Anzug, der auf dem Treppenabsatz hingefallen war und sich gerade wieder aufrappelte. Er blickte zu ihr auf. Er hatte eine Matte langer, leicht fettiger blonder Haare, die ihm über den Kragen fielen. Seine Augen waren erstaunlich dunkeltürkis.

»Amazonen mit Keulen«, sagte er. »Das können sich die Alten nicht ausgedacht haben.«

Bec wurde bewusst, dass sie den Schlagstock über der Schulter erhoben hatte. Sie senkte ihn. »Alles okay?«, sagte sie. »Mir war danach, den Gong zu schlagen.«

»Das hab ich gemerkt. Mir scheppern jetzt noch die Ohren. Ich bin übrigens Dougie. Vermutlich haben die Alten nichts gesagt. Ich bin ihr Sohn, der erfolglose. Wer bist du?«

Seine Art, ihr direkt in die Augen zu schauen, war ihr unangenehm, und sie wandte den Blick ab. Dougies Anzug war aus schwach reflektierenden silbergrauen Kunstfasern.

Das Revers franste an den Rändern aus. Die obersten zwei Knöpfe seines gelben Hemdes waren offen, und die Kragenspitzen verschwanden in seinen blonden Locken.

»Alex ist dich abholen gefahren«, sagte sie. »Ich sollte ihm Bescheid sagen, dass du hier bist.« Sie ging ins Zimmer, um ihr Telefon zu holen, und Dougie folgte ihr und setzte sich aufs Bett, während sie telefonierte.

»Ich hab nicht damit gerechnet, dass ich abgeholt werde«, sagte Dougie. Die Art, wie er dabei die Augen aufriss, erinnerte Bec an die Grundschule. Genauso hatten manche Jungen geguckt, wenn sie dem Lehrer erklärten, dass sie nichts angestellt hatten.

»Er kommt«, sagte sie.

»Ich brauch dringend 'ne Kippe«, sagte Dougie. »Du bist also Ärztin oder so was?«

»Ich mache medizinische Forschungen. Hat Alex dir nichts von mir erzählt? Wir leben seit zwei Monaten zusammen.«

»Auch so 'ne Blitzgescheite. Und ich dachte, er hätte was mit 'ner Kleinen in Afrika. Aber du bist das also, ach so!« Dougie lachte. Es klang ansteckend, und Bec lachte mit. »Da hätte ich doch glatt ins Fettnäpfchen treten können, hm? Ich will dir was sagen, ihr beiden, ihr seid wie so ein Agentenpärchen aus den Comics, aus Hollywood. Nur dass ihr Bazillen jagt statt Verbrecher. Tolle Sache. Ich könnte nie …« Dougie schüttelte den Kopf und klatschte sich an die Stirn. Er fischte ein Päckchen Silk Cut aus der Tasche und bot Bec eine an. Sie lehnte ab.

»Ist es ihnen recht, wenn du im Haus rauchst?«, sagte sie.

»Ah, da hast du recht.« Einen Moment lang blickte er düster auf die Zigarette, die er zwischen den Fingern zwirbelte, dann leuchtete sein Gesicht auf. »Hättest du Lust, auf ein Glas mit in die Stadt zu kommen? Da gibt's eine kleine Kneipe, die ist gar nicht so schlecht.«

»Lieber nicht«, sagte Bec.

Dougie stand auf, die unangezündete Zigarette im Mund und mit einem Plastikfeuerzeug gestikulierend, während er weiterredete. »Ich wette, die haben dir nicht mal was zu trinken angeboten, hm? Ganz nette Leutchen, die Alten, aber sie haben einen englischen Begriff von Gastfreundschaft.«

Er führte Bec ins Wohnzimmer und suchte umständlich mit ihr eine Flasche aus dem Getränkeschrank aus. Jedes Mal, wenn sie sagte, es sei egal oder ja, die Flasche sei genau richtig, schlug er eine andere Kombination vor. Schließlich gingen sie mit einer Packung Orangensaft, zwei Gläsern, einer Flasche Wodka, einem Löffel und einer Schüssel Eis nach draußen und stellten alles auf eine Gartenbank.

Die Brüder waren hochgewachsen, beide gleich groß; Dougie hatte mehr Muskeln, breitere Schultern. Die Nase sah aus, als wäre sie mal gebrochen gewesen. Beim Reden warf er die Haare zurück und verlagerte das Gewicht von einem Fuß auf den anderen. Wenn Bec sprach, hielt er sich still. Es war kaum zu glauben, dass Dougie und Alex verwandt waren, und unbegreiflich, dass zwei Brüder, die im Abstand weniger Jahre geboren und auf dieselben Schulen gegangen waren, so unterschiedlich sprachen. Alex' Aussprache war ganz leicht gefärbt, und er rollte das R, aber ansonsten unterschied sie sich kaum von Becs südenglischem Tonfall. Bei Dougie musste sie sich konzentrieren, um ihn zu verstehen.

»Mein Bruder hat ums Verrecken zur herrschenden Klasse gehören wollen«, sagte Dougie. »War nie so mein Ding. Ich bin eher so der Mann von der Straße. Nichts für ungut, man trifft halt seine Wahl. Meine Familie gehört zu dem ganzen kolonialen Klüngel hier.«

»Es gibt hier einen kolonialen Klüngel?«

»Na klar. Ich will gar nichts gegen sie sagen, sind gute Leute. Und du bist auch 'ne Gute, seh ich sofort. Ich bin kein Revolutionär oder Nationalist oder so, dafür hab ich nicht genug auf dem Kasten. Ich sage nur, das Genie Alex und der Prophet Matthew und die Alten: Ich bin nicht von ihrem Schlag, und sie sind nicht von meinem Schlag. Es gibt Orte, da kann ich hingehen und sie nicht, und umgekehrt genauso.«

»Was sind das für Orte, wo du hingehen kannst und sie nicht?«, fragte Bec.

»Schlechte Orte«, sagte Dougie. »Bist du sicher, dass du keine Kippe willst?«

»Lieber nicht«, sagte Bec. Sie hatte mit zwanzig zu rauchen aufgehört.

»Du willst eine«, sagte Dougie. Er steckte ihr eine Zigarette zwischen die Lippen und zündete sie an, und Bec zog einmal, zweimal.

Ein Auto bog in die Auffahrt ein, und sie ließ die Zigarette fallen und stellte den Fuß darauf. Aus irgendeinem Grund, den sie nicht verstand, war ihr, als hätte sie etwas Verbotenes getan, von dem Alex nichts wissen sollte.

»Er ist seit fünfzehn Jahren Postbote in Glasgow, aber er hat so zu sprechen begonnen, kaum dass er dort hingezogen war«, sagte Alex später. »Der Akzent ist künstlich. Er hat ihn sich zugelegt und hält dran fest.«

Alex hatte Bec nicht erzählt, dass er die Schulden seines Bruders beglichen und die Pfändung seiner Wohnung verhindert hatte. Es schien sie nicht zu interessieren, wie viel Geld Alex hatte. Als er bei ihr einzog, bot er an, Miete zu zahlen; sie grinste und sagte: »Von mir aus.«

Er hatte seinem Bruder das Geld nicht schenken wollen, und als Dougie es nach zweimaliger Ablehnung annahm, hatte er versprochen, es zurückzuzahlen. Mittlerweile sah Alex, wie unwahrscheinlich es war, dass Dougie das von einem Postbotengehalt jemals konnte, mit zwei kleinen Kindern von zwei verschiedenen, von ihm getrennt lebenden Frauen, die beide eigentlich Unterhalt kriegen müssten. Alex wusste, dass er Dougie die Sorgen abnehmen und ihm das Geld schenken konnte. Manchmal nahm er sich vor, das zu tun. Aber was würde Dougie dann davon abhalten, zu den Buchmachern, den Kredithaien und den abenteuerlichen Projekten zurückzukehren? So blieb die Schuld denn bestehen, und niemand wusste davon außer dem Gläubiger und dem Schuldner.

Während des ganzen Abendessens zog Dougie Becs Aufmerksamkeit auf sich und versuchte, sie zum Lachen zu bringen. Als Bec und Alex zu Bett gingen, zwinkerte Dougie ihnen zu und fing an, *Get It On* zu singen, wobei er *»bang a gong«* betonte, indem er wie mit Skistöcken wedelte und mit dem Kopf wackelte, als ob er locker wäre.

Später kam Bec im T-Shirt aus dem Bad und stellte sich vor den nackt auf dem Bett liegenden Alex. Er hob die Hand und berührte sie. Bec hob den Schlagstock an und fühlte seine Schwere und Länge. Sie hatte noch nie etwas anderes in sich gehabt als Männer und ihre eigenen Finger, hatte sich nie ein Spielzeug gekauft, damit das Eigentliche dagegen nicht an Wirkung verlor, wofür ihre Freundinnen sie hänselten. Der Schlagstock war glatt, schwer, aus einem schwarzen Hartholz.

»Soll ich damit konkurrieren?«, sagte Alex.

»Nein, nein«, sagte Bec, legte den Stock hin und nahm Alex in die Hand. »Es ist ein kaltes, totes, hässliches Ding, und du bist lebendig.«

Später lagen sie in Gegenposition nackt auf den Decken und schaukelten sich fast vom Bett, Alex mit der Zunge zwischen Becs Beinen und Bec mit seinem Schwanz im Mund, und die Tür ging auf. Sie hörten eine Mädchenstimme »'tschuldigung!« sagen, und die Tür ging zu. Zwischen Öffnen und Schließen der Tür schien Bec eine lange Pause zu sein, als ob der Schock, den Rose dadurch erlitt, dass sie ihren Onkel und ihre Quasi-Tante im Gästezimmer ihrer Großeltern in gegenseitiger Soixante-neuf-Mundbearbeitung sah, doch von der Neugier übertroffen worden wäre.

47

Am nächsten Morgen durfte Lewis zu seinem Geburtstag allein im Dachgeschoss bleiben, während die anderen Pilze suchen gingen. Es war Februar, aber mild, und Maureen sagte, sie wisse eine Stelle, wo die Woche zuvor Schafporlinge erschienen waren. Auf dem Waldspaziergang galoppierte Erasmus voraus, während Maureen Arm in Arm mit ihrem Schwager ging. Im Schlamm auf dem Weg glänzte das Nass in der lauwarmen weißen Sonne, und Schichten verrotteter brauner Blätter quietschten unter ihren Füßen wie Seetang. Dougie knipste dem Hund eine Leine an, und die beiden zerrten sich gegenseitig vorwärts: Dougie zog Erasmus von erschnupperten Verlockungen weg, Erasmus riss ihn aus Revanche weiter.

Alex trabte düster gestimmt neben Mann und Hund her. Der Anblick am Morgen von Becs immer noch unberührter Flasche mit Antiparasitikum in ihrem offenen Kulturbeutel war ihm aufs Gemüt geschlagen.

»Wie in alten Zeiten, hm?«, sagte Dougie. »Du und ich draußen mit Onkel Harry. Den Geheimnissen des Universums heiß auf der Spur.«

»Harry wird nicht noch einmal herkommen. Wir sind jetzt Harry, du und ich und Matthew. Wo sind die neuen, die jungen Alexe und Dougies?«

»Lieber Himmel, ein neuer junger Dougie, das würde den ganzen Gutmenschen den Rest geben.«

»Du konntest deine Kinder nicht mitbringen, ich habe keine, und Matthew erzählt seinen, dass Gott die Erde in sieben Tagen erschuf. Es ist, als würde die Aufklärung hier in Brechin zu Ende gehen.«

»Es ist unglaublich –«, sagte Dougie.

»Ja«, sagte Alex erregt.

»Es ist unglaublich, wie sehr du dich wie Harry anhörst.«

Rose passte sich Becs Tempo an, und die beiden fielen außer Hörweite der anderen zurück. Rose hatte die Haare in einem Haarnetz, und sie trug ein langes Kleid unter ihrer wasserdichten Jacke. In ihrem Aufzug sah sie aus, dachte Bec, wie eine junge chassidische Jüdin. Vor ihnen sah sie die Brüder im Gespräch, Dougie bemüht, Erasmus zu bändigen. Sie sah Alex' Hände hochkommen und in der Luft einen Kreis beschreiben und seinen Mund auf- und zugehen.

»Und die menschliche Zelle ist wie eine Welt in sich …«, untertitelte sie.

»Ich hab dich und Onkel Alex gestern Nacht gesehen«, sagte Rose, ohne Bec anzuschauen, die Taschen ausgestellt von den geballten Fäusten.

»So?«, sagte Bec. »Ich dachte mir doch, ich hätte jemand reinkommen hören.«

»Ich hab versehentlich die falsche Tür aufgemacht. Hast du denn gar keine Angst, dass du in die Hölle kommst?« Rose wandte sich ihr zu. Ihre Augen waren ganz schmal vor Erregung.

»Warum sollte ich in die Hölle kommen?«, sagte Bec.

»Weil du mit Onkel Alex Unzucht treibst.« Rose blieb stehen und sah sie an. Sie hatte etwas bewusst Provozierendes. »Ich weiß schon, warum du und Onkel Alex zusammen seid«, sagte sie. »Ihr bildet euch ein, es gibt kein Gut und Böse, immer heißt es: ›Ach, es kommt ganz drauf an, wie man es sieht‹, bla bla bla. Ich verstehe nicht, wie das geht, dass ihr so lange schon durchkommt in der Welt, ohne Schwierigkeiten zu kriegen. Der Teufel muss etwas Schreckliches für euch vorgesehen haben.«

»Es gibt keinen Teufel«, sagte Bec.

»Ha! Ich hab ihn gesehen.«

»Tatsächlich?«

»Im Traum, meine ich«, sagte Rose hastig, als hätte sie behauptet, jemand Prominentes persönlich zu kennen, und müsste sich dafür entschuldigen. »Er ist so groß wie ein Haus, mit Augen wie rote Ampeln und Krallen wie Messer und einem Halsband aus Kinderschädeln.« Ihre Augen waren starr nach vorn gerichtet, und die Worte flossen ihr von den Lippen. »Das ist die einzige Möglichkeit, die Leute daran zu hindern, dass sie sündigen und böse sind und Unfrieden stiften. Sie sind zu gierig und fies, um zu tun, was Gott von ihnen will, wenn sie keine Angst vor der Hölle haben. Ihr solltet euch fürchten. Wenn ihr sterbt und in die Hölle kommt, dann schneiden sie euch die Finger und Zehen einzeln ab, und sie ziehen euch mit einem rostigen Messer die Haut vom Leib, und sie tauchen euch in einen See aus kochendem Salz –«

»Rose, hör auf!«, sagte Bec, legte ihr die Hände auf die Schultern und schüttelte sie leicht. Rose verstummte und stapfte weiter den Weg entlang, Kopf und Schultern gesenkt. Bec ging neben ihr und versuchte, sich zu erinnern, ob sie mit sechzehn auf ihre Mutter gehört hatte. Und wenn nicht, was bedeutete dann »Kinder erziehen«?

»Jedenfalls hast du ausgiebig hingeguckt«, sagte sie. »Muss ein interessanter Anblick gewesen sein.«

»Er ist viel älter als du«, sagte Rose ausweichend.

»Findest du sieben Jahre viel?«

»Jaaa!«, sagte Rose und zog den Vokal über drei Töne, hoch-tief-hoch. Sie war kurz vergnügt und dann gleich wieder bedrückt. »Warum wollen sie das einem immer in den Mund stecken?«

»Gute Frage«, sagte Bec. »Und warum lassen wir sie?«

»Wir wollen, dass sie glücklich sind«, sagte Rose leise und fragte Bec schnell, wann ihr erstes Mal war.

»Ich war vierzehn, und er war siebzehn«, sagte Bec. »Ich habe mich eines Nachts auf einer Weide in Spanien von ihm ausziehen lassen. Er sagte ständig, er würde mir was zeigen, bis ich dann splitternackt dastand und immer noch darauf wartete. Er war nicht gerade der Hellste. Ich glaube, was er mir zeigen wollte, war meine eigene Nacktheit, weil er sie so gern sehen wollte. Es ist ihm gar nicht in den Sinn gekommen, dass ich *ihn* nackt sehen wollen könnte. Es war ein ziemliches Gemurkel. Es passierte halt. Es war ein *erstes Mal.*« Sie wartete und sagte dann: »Und bei dir?«

Rose ließ nicht erkennen, dass sie eine Antwort auf die Frage in Erwägung zog. »Schade, dass du und Onkel Alex in alle Ewigkeit in der Hölle braten werdet«, sagte sie. »Wenn ihr bereuen und Jesus als euren Heiland annehmen würdet, kämt ihr vielleicht noch mal davon.«

»Wo hast du so reden gelernt?«

»Im Bibelcamp«, sagte Rose. Sie blieb stehen, beugte sich dicht zu Bec herüber und flüsterte: »Ich hab einen Freund, aber das darfst du niemand sagen.« Sie fasste Bec am Unterarm, riss die Augen auf und zischte durch die Zähne: »Das musst du versprechen.«

Vor ihnen schaute Dougie hinter einem Baum hervor, winkte, zeigte auf etwas und verschwand. Im nächsten Moment preschte Erasmus los und führte sie durch Brennnesselgestrüpp zu einem Eschen- und Eichenstand. Maureen flitzte am Fuß der Bäume umher, pflückte Pilze und legte sie in einen Korb.

Dougie hockte versonnen vor einem dicken, besonders dunklen bräunlichen Pilz, die Augen halb geschlossen, eine Zigarette hoch im Mundwinkel, als wäre seine Lippe an einem Bolzen hängen geblieben.

»Was hast du gesagt, wie der heißt?«, sagte er.

»Schafporling«, sagte Maureen.

»Schafporling. Noch ein bisschen dunkler, und er könnte Schwarzschafporling heißen«, sagte Dougie und pflückte ihn. »Der Pilz meines Lebens.«

Maureen ermahnte ihn, in der Nähe der Pilze nicht zu rauchen. Dougie warf seinen Fund in ihren Korb, und mit einem solchen jungenhaften Eifer, dass die Erde nur so von den Sohlen seiner Stadtschuhe flog, kraxelte er plötzlich eine schmale Böschung hinauf, wo Alex gerade dabei war, Harry vorsichtig auf eine Decke zu setzen, die er auf einen umgefallenen Baum gelegt hatte. »He, Onkel Harry!«, schrie er. »Erzähl uns noch mal, wie Charlie Darwin die ganzen Tiere in die Arche gekriegt hat.«

»Wenn du so gut aufgepasst hättest wie Alex, als wir vor dreißig Jahren in diesen Wäldern waren, dann könntest du heute auch dort stehen, wo er ist, statt Kataloge austragen zu müssen.«

»Das Streber-Gen hab ich nie gehabt, Onkel Harry«, sagte Dougie. »Weihnachtskarten bring ich auch.«

Die Stimmen der Männer klangen dünn und klar zwischen den Bäumen. Alex rief Bec zu, er werde gleich herunterkommen und ihr zeigen, wie man richtig Pilze suchte.

»Wir lassen dir nur die giftigen übrig«, rief Bec zurück. Ihre Wangen und ihre Nasenspitze waren vor Kälte gerötet, und beim Reden kamen Dunstwölkchen zwischen ihren Lippen hervor. Alex wurde sich des Geruchs von Moos und

Mulch und nasser Rinde in der beißenden, kalten Luft bewusst, während Rose zwischen den Baumwurzeln emsig herumstöberte, und er dachte an die Wärme von Bec am Morgen in seinen Armen und schämte sich für seinen Pessimismus.

»Wenn ihr Zauberpilze findet, gehören sie mir«, sagte Dougie. Alex beobachtete, wie Bec den Blick auf ihn richtete.

Harry sagte zu Dougie: »Du hast zum Geburtstag deines Vaters nicht mal eine deiner Töchter von der jeweiligen Mutter loseisen können?«

Dougie warf seine Zigarette weg und steckte die Hände in die Taschen des alten Parkas, den er sich von Lewis geliehen hatte. »Dem Alten ist das egal, er will bloß seine Ruhe.«

»Hast du es überhaupt versucht?«, sagte Alex.

»Bedaure, Einstein«, sagte Dougie. »Hab leider kein Kind für dich bestellen können. Vielleicht versuchst du nächstes Mal, eins von deinen zu organisieren.«

Die Frauen unterhielten sich gerade über die Essbarkeit eines ohrenförmigen Pilzes, den Rose an einer Eiche entdeckt hatte, und bekamen das Gespräch an dem liegenden Baumstamm nicht mit. Bec hörte ein Blätterrauschen, und Alex kam mit bleichem Gesicht und wütender Miene zu ihr und sagte, er habe etwas vergessen. Er müsse zum Haus zurück. Sie fragte, ob sie mitkommen solle, und er sagte, das sei nicht nötig, bis später; und weg war er.

Dougie blickte oben vom Baumstamm verlegen auf die Frauen hinab; in den Fingern zuckte eine frische Zigarette.

»Hast du etwas zu deinem Bruder gesagt?«, sagte Maureen.

»Nein«, sagte Dougie. Harry drehte sich ihm zu und zog die Brauen hoch, und Dougie sagte: »Wir haben über Kinder geredet. Vielleicht hat er was in den falschen Hals gekriegt. Warum hört irgendwer auf das, was ich sage? Ich werd ihm nachgehen.« Er marschierte hinter seinem Bruder her, und als er aus dem Wald heraus und das Haus noch drei Kilometer weg war, ging ihm auf, dass der restliche Tag bestimmt angenehmer verlaufen würde, wenn er sich zwischendurch ein Weilchen in Brechin ins Caffè Nero setzte und sich einen Whisky-Mini in einen schwarzen Kaffee goss. Er ging quer über die Felder zur Stadt.

Im Wald waren Bec, Rose und Maureen damit beschäftigt, zwischen Flechten und Laubmatsch nach dem kühlen Samt der Pilzhüte zu tasten. Die Pilze kamen mit einem leichten Ruck aus dem Boden wie ein ausgezogenes einzelnes Haar.

Bec wusste, wie viele Freundinnen Alex vor Maria zu seinen Eltern mitgebracht hatte; und vielleicht hatte Maureen Maria ja gern gemocht. Was sollten Eltern schließlich tun, wenn ihr Sohn im Laufe von zwanzig Jahren ein halbes Dutzend Frauen zu Hause anschleppte und ihnen jede als die Frau vorstellte, die er liebte? Keine Frage, eigentlich mussten sie gar nichts tun, sie mussten nur »echt locker« damit umgehen. Doch es war die Mutter, die das Bett abzog und die Laken wusch, wenn die gerade aktuelle Frau wieder gegangen war. Wenn Maria nicht »die Richtige« gewesen war, mochten sie zu Recht denken, warum sollte es Bec dann sein?

»Ich liebe deinen Sohn«, sagte sie zu Maureen.

»Gut«, sagte Maureen, wandte sich ihr mit ernstem Blick zu und nickte einmal, als ob Bec ein kleines Mädchen wäre, das gerade angekommen war und ihr erklärt hatte, es habe unaufgefordert sein Zimmer aufgeräumt. Bec fühlte sich auf die spezielle Art lächerlich, wie wenn man eine tiefe, schwierige, seltene Wahrheit, auf die man selbst gekommen ist, aus fremdem Mund als Gemeinplatz wiederholt hört.

Maureen blickte über Becs Schulter mit einem Lächeln nach oben, das unverkennbar aus einer Zeit stammte, als sie und der Adressat noch jünger gewesen waren. »Geht's dir gut, Harry?«, rief sie. Bec hatte ihn völlig vergessen, so untypisch still hielt er sich auf seinem Baumstamm. Die gezielte Wärme in Maureens Stimme, nachdem sie eben noch so reserviert gewesen war, schob Bec in die Ecke der Außenstehenden.

»Erinnerst du dich noch an die alte Esche? Das kleine Naturwunder?«, sagte Harry. »Steht die noch?«

»Lass uns nachschauen gehen«, sagte Maureen, stellte ihren Korb ab und ging zu ihm hinauf. Als Bec das nächste Mal guckte, waren die beiden fort.

Während Bec die letzte Schachtel füllte und in einem Rucksack verstaute, fing Erasmus zu bellen an. Rose lachte und meinte, er habe ein Eichhörnchen entdeckt. Bec sah den Hund tiefer im Wald unter einer Kiefer. Er stand auf den Hinterbeinen, die Vorderpfoten am Stamm, und beobachtete, mit dem Kopf wackelnd, etwas, das sich in den Zweigen bewegte. Sie sagte zu Rose, sie werde Harry und Maureen suchen gehen, und stieg die Böschung hinauf.

Hinter dem umgestürzten Baum wuchsen Gruppen von Stechpalmensträuchern. In der Ferne hörte Bec das Rauschen von Wasser, und ohne zu überlegen, begann sie, sich geräuschlos zu bewegen, wie ihr Vater es ihr beigebracht hatte. Am Rand der zweiten Stechpalmenreihe fiel das Gelände sanft ab und war hier und da mit jungen Birken bestanden, deren Laub den moosigen Boden dünn bedeckte. Am Fuß des Hangs waren zwei Eschenstämme durch einen dicken Ast verbunden, der irgendwie eingewachsen war, und dicht daneben waren Harry und Maureen, regungslos, die Arme umeinander geschlungen. Harry saß zusammengesunken auf einem Baumstumpf, und Maureen stand mit gebeugten Schultern vor ihm, die Lippen fest auf die spärlichen Stoppeln auf Harrys Kopf gepresst.

Bec ging dahin zurück, wo sie den Rucksack stehen gelassen hatte.

»Sie kommen«, sagte sie zu Rose. »Wir gehen schon mal vor.«

Bei der Rückkehr traf sie Alex im Gästezimmer an. Er kauerte am Fußende des Bettes auf dem Boden und starrte auf ihre Flasche mit Antiparasitentabletten.

»Ich bin ausgerastet«, sagte Alex. »Ich war sauer.«

»Hab ich gesehen.«

Er erzählte ihr, was zwischen ihm und Dougie vorgefallen war. »Ich bin zurückgekommen mit dem sicheren Gefühl, dass ich irgendwas Radikales mit diesen Tabletten anstelle«, sagte er. »Ich dachte, ich könnte sie aufmachen und dir welche ins Essen tun.«

»Interessante Idee.«

»Ich dachte, ich könnte sie in der Küchenmaschine meiner Mum zermahlen. Ich bin bis zur Küche gekommen, und als ich überlegte, welches Messer ich nehme, kam mir der Gedanke, dass es vielleicht doch nicht die beste Art ist, damit zu verfahren.«

Bec nahm die Flasche. Der Verschluss war unbeschädigt. Sie drehte den Deckel auf, riss die Folie ab, schüttete sich zwei rot-schwarze Kapseln in die Hand, rollte sie wie Würfel hin und her, schob sie sich in den Mund und schluckte sie. Sie zuckte die Achseln. »So«, sagte sie. »Siehst du?«

Am Mittag stahl sich ein nach Zigaretten und Pfefferminzbonbons riechender Dougie ins Haus, und kurz darauf fuhr ein geräumiger Siebensitzer vor und spie die Comries aus Lancashire aus. Die Kinder stürzten durch die Eingangstür, und als Lettie wenige Minuten später nachkam, sah sie Harry in einem Sessel im Flur sitzen, das Jackett auf den Rippen hängen, den Mund zu einem lippenlosen Lächeln verzogen, die Arme um Leah und Chris, während er ihnen etwas zumurmelte. Lettie rief ihre Kinder, sie traten schuldbewusst von Harry zurück, und sie befahl ihnen, im Garten spielen zu gehen.

»Meine Liebe, wir haben uns über das Meer unterhalten«, sagte Harry. »Was kann ich jetzt noch für einen Schaden anrichten? In meiner Grabstelle haben sich die Würmer schon die Lätzchen vorgebunden.«

»Ich habe dich ewig nicht mehr gesehen«, sagte Lettie zu Harry. Sie drehte ihr Kind so, dass sein Kopf auf ihrer Schulter lag, von seinem Großvater abgewandt.

»Das muss der kleine Gideon sein«, sagte Harry. »Lass mich mal einen Blick auf den Schlingel werfen.«

»Ach, dem gefällt's ganz gut hier oben. Wie geht es dir?«

Harry lachte keuchend. »Bisschen schlechter als mit Windpocken.«

»Es tut mir leid, dass du so leiden musst.«

»Das ist nett von dir.«

Lettie sprach langsam und vorsichtig, mit flatternder Stimme. »Ich bete jeden Abend für dich. Ich wünsche dir, dass du wieder gesund wirst. Du nutzt Matthews Liebe aus. Du kannst dir nicht einfach die Enkel nehmen und die Eltern zurückstoßen.«

»Dass ich den Kindern wünsche, die Vorstellung von Gott als einen wunderbaren Mythos zu begreifen, ist nicht der Grund, weshalb du mich hasst.«

»Ich hasse dich überhaupt nicht.«

»Du hasst mich, weil ich euch nicht das Haus vermache. Du würdest es irgendwie ermöglichen, dass ich Zeit mit den Kindern verbringe, wenn ich mein Testament ändern würde.«

»Was du nicht tun wirst.«

»Meine Liebe, es ist mein Eigentum.«

Matthew kam herein und umarmte vorgebeugt seinen Vater.

»Ich wollte Lettie gerade fragen, ob ich meinen neuen Enkel einmal halten dürfte«, sagte Harry.

Matthew sah seine Frau an. »Ich wüsste nicht, warum nicht«, sagte er.

Lettie legte Gideon in die zitternden Arme des alten Mannes. Aber statt loszulassen, ließ sie sich lieber näher an ihren Schwiegervater heranziehen, sodass sie immer noch Gideons winziges Köpfchen hielt und seine Füße berührte, als Harry den Kleinen vor der Brust wiegte und ihm ins Gesicht sah. Augen und ein vages Zappeln, mehr war vor lauter schützenden Fingern von dem Kind nicht zu erkennen. Liebkost, drangsaliert und verwirrt begann Gideon zu schreien, und Lettie nahm ihn und schuckelte ihn und schlurfte murmelnd davon.

»Es war schwer, sie zum Mitkommen zu bewegen«, sagte Matthew.

»Wir haben uns ganz gut vertragen«, sagte Harry.

Punkt zwei am Nachmittag waren alle versammelt außer Lewis. Bec erbot sich, ihn holen zu gehen, und sie bekam den Weg ins Dachgeschoss gezeigt.

Als sie die Füße auf die oberen Sprossen der Leiter setzte und den Körper durch die Luke schob, roch sie Chemikalien und hörte das Surren eines Abzugsgebläses. Lewis stand in Hemd und Krawatte hinter einer Werkbank mit Reihen von Fläschchen und Becken. Er hatte die Ärmel aufgekrempelt und inspizierte ein Foto mit der Lupe. Vor ihm befand sich ein Stapel Abzüge, und weitere lagen verstreut auf einer mit grünem Stoff bespannten und flach gestellten Staffelei. Die Oberlichter waren verdunkelt und die Werkbank von einem einzelnen grellen Lichtkegel von der Decke beleuchtet. In der Dunkelheit an den Rändern des Raumes konnte Bec eine Boxkamera auf einem Dreifuß und Regale mit Alben in der gleichen roten Bindung ausmachen.

»Zeit«, sagte Lewis. Er ließ die Lupe sinken, legte den Abzug hin und sah Bec an. »Zeit, zum Essen zu kommen, das wolltest du mir doch sagen.«

Bec stieg von der Leiter und trat mit den Händen in den Taschen an die Werkbank. »Dein Labor riecht anders als meines«, sagte sie.

Der Abzug, den Lewis so ausgiebig betrachtet hatte, sah sie, war ein Farbfoto seines eigenen Gesichts, auf dem jede Falte, jedes Haar, jede Runzel und jede Pore in hoher Auflösung genau zu erkennen war.

»Von heute Morgen«, sagte er. Er durchkämmte den Stapel der Abzüge und zog einen heraus. »Von vor einer Woche. Schau.« Er deutete auf eine Falte in seiner Wange. »Siehst du, dass sie tiefer geworden ist, in nur einer Woche?«

Bec betrachtete die beiden Fotos eingehend, konnte aber keinen Unterschied erkennen.

»Schau es dir dadurch an«, sagte Lewis und reichte ihr die Lupe.

»O ja«, sagte Bec, die die Falten immer noch nicht unterscheiden konnte. »Jetzt sehe ich es. Bemerkenswert.« Sie blickte über die Schulter und sah, dass auf dem Rücken der roten Bände in den Regalen Daten in Gold aufgeprägt waren.

»Darf ich?«, fragte sie. Sie zog eines der Alben mit der Aufschrift »April–Juni 1997« heraus und blätterte sich durch Seiten mit Fotos von Lewis' Gesicht, alle im selben Abstand vom Objektiv aufgenommen, im selben Licht. Im Verfliegen der Wochen verzog sich die Haut, aber sie sah ihn nicht altern.

»Wie weit geht das zurück?«, sagte sie.

»Ungefähr fünfzig Jahre«, sagte Lewis. »Ein Foto pro Tag. Ich werde einen Aufsatz schreiben, aber ich möchte noch etwas länger daran arbeiten.« Er nahm sein Jackett von einer Stuhllehne und schlüpfte hinein.

»Du siehst elegant aus«, sagte Bec.

Lewis nahm ihr das Album aus der Hand und blätterte darin herum. »Es geht nicht nur in eine Richtung«, sagte er. »Hier.« Er zeigte ihr zwei aufeinanderfolgende Seiten. »Man kann sehen, dass ich von Dienstag zu Mittwoch eigentlich jünger geworden bin.«

»Mmm«, sagte Bec. Sie konnte es nicht sehen.

»Im Ganzen bleibt die Richtung dieselbe«, sagte Lewis. Er klappte den Band zu, blickte verlegen, dann schien er Mut zu schöpfen und beugte den Kopf näher an Bec heran. »Ich wollte es sehen. Ich hätte auch fotografieren können, wie Bäume wachsen, aber es ist nicht dasselbe.«

»Oder deine Kinder«, sagte Bec.

»Das wäre nicht fair gewesen«, sagte Lewis ernst. »Es ist schon schwer genug, den Unterschied zu verkraften zwischen dem Ich, das man selbst kennt, und dem Ich, das die anderen sehen. Ich will Alex oder Dougie nicht ihr drittes Ich zeigen, das Ich, das die Zeit sieht. Die Zeit und niemand sonst.«

Er blickte Bec schräg von unten an. In dem Moment ähnelte er Harry. »Alex ist mehr wie seine Mutter, weißt du.«

»Tatsächlich? Er hat auch seine Welten.«

»Harry hat genauso viel für seine Erziehung getan wie ich.«

»Du hast mehr Zeit mit Dougie verbracht?«

»Ich habe mehr Zeit in der Praxis verbracht«, sagte Lewis. »Mehr Zeit hier im Dachgeschoss.«

48

Bei dem Gedanken an Essen wurde Harry schlecht. Ein Schluck Wein brannte sich durch ihn hindurch. Er merkte, wie Lewis sehnsüchtig darauf wartete, dass die quälende Geselligkeit ein Ende hatte und er wieder die Leiter zu seinem Atelier hinaufsteigen konnte. Nachdem Lewis die Geschenke und Karten geöffnet, sich bei allen bedankt und ihr Lächeln mit seinem Glas pariert hatte, brachte Harry einen Toast auf seinen Bruder aus, doch er war nicht mit dem Herzen dabei. Er verhaspelte sich und schloss murmelnd. Die Schweigephasen wurden länger. Die Kinder beugten sich über ihr Essen, und wenn Harry, Bec oder Alex das Wort an sie richteten, sahen sie ihre Eltern an. Lettie schüttelte dann den Kopf; Matthew flüsterte seiner Frau ins Ohr und nickte, und die Kinder reagierten mit verlegenen Worten.

Rose rümpfte die Nase, kaum dass das Hauptgericht, ein gebratenes Spanferkel, seinen Weg vom Backofen zum Tisch antrat. Ihr Großonkel attackierte das Tier mit dem Tranchiermesser, sodass die knusprige Haut beim Durchstoßen ein Geräusch wie brechendes Eis machte, und sie schob ihren Stuhl zurück und drehte den Körper zur Seite. Als Lewis ihr Fleisch auf den Teller legen wollte, schüttelte sie den Kopf, hob die Hände und sagte, sie dürfe kein Schweinefleisch essen.

»Doch, darfst du«, sagte Peter mit vollem Mund.

»Wir scheinen hier unterschiedliche Lehrmeinungen zu haben«, sagte Harry.

»Rose, du musst es nicht essen, wenn du nicht möchtest«, sagte Matthew mit harter Stimme.

»Was ich möchte, ist nicht der Punkt«, sagte Rose. »Der Punkt ist, dass ihr alle in die Hölle kommt und ich nicht.«

Leah spuckte einen Klumpen halb gekautes Schweinefleisch aus. »Ich will nicht in die Hölle«, sagte sie und fing leise zu weinen an.

»Du liebe Güte«, sagte Maureen. »Ist das denn so schlimm?«

»Es steht in der Bibel«, sagte Rose triumphierend.

»Du kennst die Heilige Schrift nicht besser als dein Vater«, sagte Lettie.

»Ich kann genauso gut lesen wie er«, sagte Rose.

»Touché!«, sagte Harry.

»Wir unterhalten uns später darüber«, sagte Matthew zu seiner Tochter. »Jesus sagt, dass wir essen können, was wir wollen.«

»Aber im Alten Testament steht es anders. Man kann nicht das eine glauben und das andere nicht.«

»Komme ich jetzt in die Hölle, Mum?«, sagte Leah. »Ich habe Schweinefleisch gegessen.«

»Natürlich nicht, mein Schatz«, sagte Lettie. »Christus hat uns ein neues Gesetz gegeben.«

»Ich komme nicht in die Hölle«, sagte Peter, während er sich den Mund mit Schweinefleisch vollstopfte und seiner Schwester demonstrativ ins Gesicht kaute.

Sie zuckte zurück. »Kommst du doch«, sagte sie. »Du wirst in alle Ewigkeit in der Hölle braten, und jeden Tag werden Dämonen dich zerschneiden und dich langsam auffressen, und am nächsten Tag wirst du wieder ganz sein, und dann fängt es von vorne an und geht ewig so weiter.«

Leah heulte auf und lief um den Tisch in die Arme ihrer Mutter.

»Da spielt sich ein richtiges Schisma ab«, sagte Harry.

»Bleib bei dem, was du verstehst, Dad«, sagte Matthew.

Lettie sagte: »Warum willst du nur, dass die Familie deines Sohnes unglücklich ist?«

»Ich beobachte lediglich«, sagte Harry. »Es ist faszinierend.«

»Wer keine Liebe schenkt, bekommt auch keine Liebe und endet allein«, sagte Lettie.

Einer nach dem anderen nahmen sie wahr, dass hinter Leahs leisem Weinen ein anderes Geräusch, ähnlich, aber stärker, anschwoll, ein Schniefen und Schluchzen. Etwas Außerordentliches geschah mit Becs Gesicht; ihre Augen waren zusammengekniffen und verquollen, und ihr Mund war heruntergezogen wie bei einer Maske in einer griechischen Tragödie. Es ging sehr schnell; ihr ganzes Gesicht glänzte von Tränen. Während der Tisch verstummte, wurde Bec immer lauter. Ihre Schultern zuckten, und sie fing an, in großen Zügen die Luft einzuatmen und sie mit Schmerzensschreien auszustoßen, sodass den Kindern das Blut aus dem Gesicht wich und die anderen auf ihren Stühlen erstarrten.

Alex half Bec auf die Beine und brachte sie aufs Zimmer. Sie weinte eine Stunde lang, erst auf dem Bett sitzend, die Knie an die Brust gepresst, dann liegend und zusammengekrümmt wie ein Embryo, während die Schmerzenslaute abebbten. Alex hielt sie, doch anfangs war sie hart, steif; es war, als ob sie ihn gar nicht wahrnähme. Je leiser ihr Weinen wurde, umso weicher wurde sie, bis sie sich schließlich an ihn schmiegte.

»Er stirbt«, sagte sie.

»Er lebt in Laboren überall auf der Welt. Das ist dein Werk.«

»Er stirbt in mir.«

Alex versuchte, seinen Arm, der ihm eingeschlafen war, unter ihr herauszuziehen, und sie sagte: »Habe ich dich gequetscht?«

Während Alex den Arm schüttelte, um das Blut wieder zum Fließen zu bringen, versicherte er ihr, er werde ihn weiter benutzen können, und Bec gab einen leisen Laut von sich, vielleicht ein letztes Schluchzen, vielleicht ein Lachen.

»Hält die Frau fest, damit sie nicht weggeschwemmt wird«, sagte sie.

»Kam mir vor wie eine Monsterwelle.«

»Aus heiterem Himmel!«, sagte Bec in geradezu unheimlichem Plauderton, und Alex hatte das Gefühl, dass sie wirklich an Deck eines Schiffes gewesen waren und dass er seine Liebste umklammert gehalten hatte, damit das Wasser sie nicht packte und mitriss, und dass jetzt alles gut war.

Bec hockte sich im Schneidersitz auf das Bett, musterte ihre Finger und zupfte mit äußerster Konzentration an ihrer Nagelhaut, als gäbe es dort lose Hautfetzen, die sich einfach nicht abreißen ließen. »Jetzt weißt du, wie ich war, als mein Vater starb.«

Alex sah ihr beim Zupfen zu. Die Haare hingen ihr ins Gesicht. »Hast du es deswegen getan?«, sagte er.

Bec blickte auf, und Alex schien es, als taxierte sie ihn aus großer Ferne.

»Ich wollte tapfer sein«, sagte Bec.

»Das warst du«, sagte Alex. »Du bist das Risiko eingegangen zu beweisen, dass du mit diesen Parasiten leben kannst, und es hat nicht geklappt. Das ist keine Schande.«

»Das ist nicht tapfer«, sagte Bec. »Tapfer ist, wenn du dich auf die mechanistische Seite des Lebens einlässt, ohne der Idee abzuschwören, dass es nicht friss oder stirb sein muss, töten oder getötet werden, ficken oder verrecken.«

»Reden wir über Parasiten oder Menschen?«

»Beides.«

»Aha«, sagte Alex kleinlaut. Es warf ein schlechtes Licht auf ihn, musste er zugeben, dass solche Gedanken bei Bec ihn erstaunten.

»Macht dir das niemals Angst?«, fragte sie.

»Eine Maschine, die sich Erbarmen vorstellen kann, ist keine Maschine.«

»Mir macht es Angst. Eben das war die Tapferkeit. Mit erbarmungslosen kleinen Wesen sich den Lebensraum zu teilen und sie zu akzeptieren. Das ist jetzt vorbei.«

»Du bist immer noch voller Bakterien.«

Bec lächelte, zog die Nase hoch und streichelte seine Wange. »Du bist wahnsinnig taktvoll.«

Alex sagte: »Es gibt nur eine Art von Wesen, mit denen du den Lebensraum teilen kannst und die von dir lernen können, was Erbarmen ist.«

Viel später, als Alex unter der Dusche war, nahm sie die Packung mit Antibabypillen, drückte die Tabletten aus dem Blister und legte sie unten auf dem Fensterrahmen in einer gleichmäßigen Reihe aus.

Als Alex mit einem Handtuch um die Taille aus dem Bad kam, kühlte die kalte Luft sofort die Wassertropfen auf seiner Brust ab. Bec stand mit verschränkten Armen am offenen Fenster. Sie beobachtete ihn, wie er die leere Verpackung nahm, sie betrachtete und zu Boden fallen ließ. Er kniete sich hin, drückte den Zeigefinger in den Daumen und schnippte eine der Pillen aus dem Fenster in die Dunkelheit. Bec kniete sich neben ihn, und schnippend arbeiteten sie sich von beiden Seiten aufeinander zu, bis keine Pille mehr übrig war.

Unten ertönte ein Schrei.

»Aia, das hat wehgetan«, sagte Dougie. »Womit schießt ihr da?« Eine Zigarette glomm auf, und sie hörten, wie er Rauch ausblies.

»Antibabypillen«, sagte Bec.

»Die sind eigentlich für was anderes gedacht.«

49

Harry war ein paar Wochen im Hospiz und kam dann nach Hause in die Pflege von Judith. Alex war oft da, und Matthew schaute vorbei, wann immer er konnte. Er nahm sich ganze Tage frei für die Fahrt von Lancashire.

Harry verlor allen Appetit. Er ernährte sich von geschälten Orangenschnitzen, lauwarmer Suppe und schwachem Tee. Judith wusch ihn und half ihm auf die Toilette; manchmal übernahmen das Alex und Matthew. Seine Pisse wurde schwarz und seine Kacke weiß. Seine gelb werdende Haut juckte wie wahnsinnig. Das Weiße in seinen Augen sah aus wie helles Eidotter. Er nahm Morphium; es war nie genug.

Sie lasen ihm vor, und während des Vorlesens rollte sich Gerasim zusammen und schlief auf einer Decke an der Tür. Harry mochte am liebsten Conan Doyle und Stevenson. Er hörte sich Louis Prima und Nat Gonella an. Wenn Matthew nicht zu sehr drängte, erzählte er von seiner Kindheit in Derby und von Matthews Mutter. »Sie sagte, sie habe Depressionen«, sagte er, »aber sie war bloß schüchtern.« Dougie kam, Bec kam und Rose mit einem englischen Kopftuch. Sie erzählte ihm, sie habe sein Buch über die Evolution gelesen und er irre sich, und wenn er gekonnt hätte, hätte er darüber gelacht. Sie gab ihm zum Abschied einen Kuss auf die Stirn und hinterließ einen faustgroßen Blumentopf mit einer Pflanze, an der, sagte sie, demnächst eine rote Chilischote wachsen werde.

Harry ließ sich das Bett näher ans Fenster rücken. Jeden Morgen beäugte er das kleine Büschel glänzender grüner Blätter im Topf. Mit seinen verschrumpelten Fingerkuppen stupste er an die Stelle, wo die Blätter vom Stängel abgingen. Als Judith eines Tages ins Zimmer trat, saß Harry mit tränenverschleierten Augen aufrecht im Bett und brachte kein Wort heraus. Er deutete auf die Pflanze. Eine rötliche Chilispitze lugte aus ihrer Knospe heraus.

Es gab Zeiten, da war er sich sicher, dass der Tod bevorstand, und man versammelte sich, und er starb nicht. Draußen im Flur hörte er sie dann »falscher Alarm« murmeln. Er fand die Kraft, die Schublade aufzuziehen, in der der Schlüssel zu seiner Zimmertür lag, und ihn in die Brusttasche seines Schlafanzugs zu stecken. Er veranlasste, dass Judith ihm eine bestimmte Flasche Wein aus dem Keller holte, sie mit einer Karte, die er ihr diktierte, in einer Schachtel verpackte, sie einwickelte und »Für Bec« darauf schrieb. Der Chili auf dem Fensterbrett wurde röter und größer.

Eines Freitagabends, an dem Matthew erwartet wurde, ging Judith Tee kochen und ließ Harry allein. Er hob die Decken an und setzte die Füße auf den Boden. Seine Beine waren nicht mehr zu gebrauchen; wenn er aufstand, würden bestimmt seine Knochen zusammenklappen, so sein Gefühl. Außerdem tat es weh. Trotzdem wollte er es versuchen. Er stützte sich mit den Händen auf der Bettkante ab und stemmte sich mühsam in die Senkrechte. Als er stand, versuchte er, seine Knie durchzudrücken. Vielleicht half eine Vorwärtsbewegung. Er versuchte, einen Fuß vorzusetzen, ohne ihn anzuheben, und fiel hin. »Au.« Mit seitlich schiebenden Beinen und ziehenden Händen schleifte er sich zur Tür. Kopf und Körper fühlten sich sonderbar an, als ob sie sich ausdehnten und zusammenzogen. Er hatte Zweifel, ob er es zum Bett zurück schaffen würde.

Er gelangte zur Tür, die Schlafanzughose auf die Schenkel heruntergestreift, von scheußlichen Schmerzen durchschossen, und konnte erst beim vierten Versuch den Schlüssel aus der Tasche ziehen. Er kniff ihn zwischen die Lippen und krallte sich an die Türfüllung, um sich auf die Knie zu ziehen.

Er nahm den Schlüssel aus dem Mund und schob ihn ins Schloss. Seine ersten Versuche, ihn zu drehen, schlugen fehl. Als er ihn mit beiden Händen fasste, schaffte er es und hörte das Schloss einrasten. Er sank auf seinen knochigen Hintern, den Rücken an die Tür gelehnt.

Judith kam zurück und wollte herein. Ein mühseliges Gespräch entspann sich, bei dem er sie seinen Namen rufen hörte, aber sie nicht verstand, wie er ihr sagte, dass jedes Rütteln an der Tür war, als würden ihm Nägel in den Rücken getrieben. Er hörte sie telefonieren; sie ging weg. Er glitt in einen Traum, in dem sein Körper, an Hand- und Fußgelenken an eine hohe Stange gebunden, das Banner einer Armee war, das im starken Wind flatterte, während das Heer eine Serpentinenstraße bergauf zu einer fernen Stadt marschierte.

Er erwachte von Klopfen und den Stimmen von Matthew und Alex, die auf der anderen Seite der Tür seinen Namen riefen und beratschlagten, ob sie sie aufbrechen sollten. »Nicht«, sagte er, aber aus seiner Kehle kam nur ein ganz schwaches Krächzen. Ihm war, als ginge es mit ihm zu Ende. Auf jeden Fall fiel es ihm schwer, seinen Kopf zu halten. Das war der Moment, in dem er sich vorstellen konnte, es zu bereuen, wie er seinen Sohn behandelt hatte, der doch seit Lewis' Geburtstag ihm gegenüber nur Güte, Geduld und Toleranz an den Tag gelegt hatte, und sich zu wünschen, er hätte seinerseits mehr Gegenliebe aufgebracht; zu bedauern, dass er ihm und seinen Kindern nicht das Haus vererbt hatte.

Jedes Mitwissen eines anderen um die Tapferkeit, die er bewies, indem er dem Tod allein gegenübertrat, bedeutete, dass er nicht allein war und somit weniger tapfer. Das war der einzig wahre Mut, dachte Harry, dem Tod allein gegenüberzutreten und nach niemandem zu schreien, nicht zu winseln und nicht zu zagen, sein Menschsein zu bejahen, indem er akzeptierte, dass er von einem Moment zum andern von etwas in nichts überging.

Doch er hörte Gerasim an der Tür kratzen. Es war, als wollte sich das Dasein zu ihm durchwühlen, als scharrte sich das Leben durch das Holz, als fetzte es durch das schlaffe Fleisch auf seinen Rippen, um seinen Platz in ihm zu behaupten, als führte sein Hund eine rastlose, trompetende, sich überschlagende Kolonne all dessen an, woran er sich erinnerte und das er geliebt hatte. Und ihm ging wieder auf, dass ein Leben, dessen einziger Zeuge man selbst ist, gar kein Leben ist und dass, selbst wenn die einzige Liebesberührung, die du je empfängst, das erste Kosen der Mutter bei deiner Geburt ist, sie dennoch alle Mühen der Welt wert ist. Harry versuchte, sich zu bewegen, doch es war zu spät. Er konnte die Tür nicht mehr öffnen. Der Tod traf ihn nicht erschrocken, sondern beschäftigt an, völlig von dem Versuch beansprucht, seinen Entschluss zu ändern.

DRITTER TEIL

50

Es fiel Ritchie leicht, darüber hinwegzusehen, dass ihm der Skandal mit der Zeit immer näher rückte, solange er nichts weiter tun musste, als das stumme Zählen des Kalenders zu ignorieren. Als die Schneeglöckchen sprossen und die Krokusse sich in buntem Gelb und Violett um die Wurzeln der Bäume scharten, gelang es ihm, sie nicht wahrzunehmen. Als die Narzissen kamen, war es schon schwieriger. Als er schließlich eines Morgens beim Aufwachen feststellte, dass es draußen schon hell war, dass ein Flaum von Knospen und Blüten die Konturen der Zweige verwischte und dass die Vögel ihm in sein weißes, unrasiertes Gesicht weniger sangen als jubilierten, musste er sich damit abfinden, dass es Frühling geworden war. In dem Moment, als er da im Schlafanzug in der Küchentür stand, schien es ihm, dass dieser Morgen der Anbruch eines einzigen langen, schrecklichen Tages war, der drei Monate dauerte, und dass mit dem Abend die ewige Schande kam.

Der Wechsel der Jahreszeit fiel mit seiner Erkenntnis eines Wechsels zusammen, der seine Schwester betraf. Sie entwickelte sich zu einer schillernden Person der Öffentlichkeit, die sich dem Ruhm gefährlich näherte. Ende März erfuhr er von seiner Mutter, dass Bec und Alex umzogen. Stephanie war überrascht, dass er nichts davon wusste. Als sie ihm von dem großen Haus in Islington erzählte, das Alex' Onkel, als er starb, dem Institut als Wohnsitz des amtierenden Leiters und seiner Familie hinterlassen hatte, sprich, Alex und Bec, da neidete Ritchie ihnen ihr Glück. Er fand es ungerecht, dass er wie der Teufel hatte arbeiten müssen, um sich sein Kapitalistenanwesen in Hampshire leisten zu können, während seine Schwester zu großstädtischem Luxus gelangte, ohne den Finger krumm zu machen. Ritchie setzte sich nicht mit Alex und Bec in Verbindung. Warum hätte er das tun sollen? Es war an ihnen, ihm ihre Neuigkeiten zu berichten. Sollte er vielleicht darum betteln? Wenn sie nicht mit ihm sprechen, ihm nicht einmal eine Mail schicken wollten, dann sollten sie doch in ihrem großkotzigen neuen Schuppen versauern. Er würde sie nicht mit der Nase darauf stoßen, mit welcher Großherzigkeit er sich weigerte, Bec zu verraten.

Doch zu Ritchies Empörung fand er trotzdem keine Ruhe vor ihnen. Eines Tages tauchte seine Schwester wegen ihres Malaria-Impfstoffes in sämtlichen Medien auf. Die Spritze war anscheinend ein Erfolg gewesen. Ritchies Erachtens war es einer Wissenschaftlerin nicht würdig, überall zu posieren und dozieren, im Fernsehen, im Radio, im Internet, in den Zeitungen. Den Weisen geziemte Bescheidenheit, fand er. Sie hatten hart gearbeitet in ihren düsteren Laboren, hatten über langwierigen Berechnungen und Reagenzgläsern und Formeln und solchem Kram geschwitzt, und sie hatten gute Arbeit geleistet. Sich in der Öffentlichkeit zur Schau zu stellen, wie sie es taten, war ungehörig. War Bec überhaupt klar, fragte sich Ritchie bekümmert, wie flüchtig der Ruhm war? War ihr klar, dass ihr Bild nur deswegen auf der Titelseite so vieler Zeitungen erschien, weil sie gut aussah? Es ärgerte ihn, dass am Tag, als die Sache publik wurde, die BBC-Webseite die Malaria-Geschichte vordringlicher behandelte als das Drama von *Teen Makeover*, wo inzwischen nur noch drei Kandidaten übrig waren. Er verstand nicht, warum keiner der Berichte über Bec erwähnte, dass sie Ritchie Shepherds Schwester war.

Ritchie schickte Bec einen Blumenstrauß mit einer Karte, auf der stand: »Du bist berühmter als ich!!!« Sie rief an und bedankte sich. Er freute sich, von ihr zu hören. Ihm schien, dass er sie so gern mochte wie eh und je. Er wurde sentimental und nostalgisch, und sie redeten über den ersten Urlaub, den sie nach dem Tod des Vaters mit ihrer Mutter gemacht hatten: wie merkwürdig es ohne ihn am Strand gewesen war, wie tapfer sie beide in die Wellen gesprungen und in der kalten Nordsee geschwommen waren. Ritchie erinnerte sich, wie erleichternd es für ihn als Fünfzehnjährigen gewesen war, das Erwachsenwerden, mit dem er zu kämpfen hatte, zu verdrängen und an der Kindheit seiner kleinen Schwester teilzuhaben, mit ihr im Wasser zu spielen, als ob er ein Junge in ihrem Alter wäre. Er hatte jetzt so warme, so familiäre Gefühle für Bec, dass er sie zu fragen wagte, ob sie sich ihren Widerstand gegen seinen Film noch einmal überlegen wolle.

»Wie war es, ihm zu begegnen?«, fragte Bec. »Colum O'Donabháin.«

»Anfangs habe ich ihn gehasst«, sagte Ritchie. »Aber als ich ihm vergeben habe, habe ich mich besser gefühlt. Heiler.«

»Heiler?«

»Ja.«

»Der Schlussstrich, von dem du gesprochen hast.«

»Ja.«

»Meinst du, dass ich dasselbe tun sollte? Dem Mann vergeben, der Dad ermordet hat?«

»Ihm vergeben heißt nicht, ihn reinzuwaschen. Ich glaube, es hat ihn getroffen, dass ich ihm vergeben habe.«

»Du meinst also, ich sollte ihm vergeben, um ihn zu bestrafen. Hört sich nicht sehr vergebend an.«

Ritchie hielt sich das Telefon für einen leisen Fluch vom Mund weg und sagte dann zu Bec: »Wenn du es über dich brächtest, ihm in irgendeiner Form zu vergeben, wäre das eine gute Sache.«

Später brachte seine Assistentin Ritchie ein Exemplar von Vals Zeitung und machte ihn auf eine Doppelseite mit der Überschrift »Das Traumpaar der Wissenschaft« aufmerksam. Auf einem großen Foto saßen seine Schwester und Alex, gestylt und herausgeputzt, auf so etwas wie einer samtbezogenen Chaiselongue und grinsten selbstgefällig in die Kamera. Sie sahen beinahe königlich aus, fand Ritchie. Er brachte es nicht über sich, den Text zu lesen. Die über die Seiten verteilten kleineren Fotos sagten ihm mehr als genug darüber, was für einen Blödsinn sich Vals Reporter aus den Fingern gesaugt hatten. Da war die heilige Rebecca, natürlich in Weiß, wie sie sich über ein großäugiges afrikanisches Kind beugte. Da war der heilige Alex in einem Laborkittel von derselben unvermeidlichen Engelsfarbe, wie er vor einem Patienten stand, der zu ihm aufschaute, als ob Alex ihm das Leben retten würde, was ja stimmen mochte, aber trotzdem. Heilige, fand Ritchie, sollten verborgen und bescheiden bleiben, bis der Tag ihres Märtyrertodes kam. Und Bec und Alex waren keine Heiligen. Ritchie müsste nur ein klein wenig nachbohren, da war er sicher, und schon würde er auf ihre andere Seite stoßen. Die Art, wie Val seine Schwester erhöhte, um sie besser stürzen zu können, war diabolisch, und doch hatte das Ganze etwas, das er zum Lachen fand: wie naiv sie war und gar nicht ahnte, dass sie diese Berühmtheit ihrem Bruder zu verdanken hatte. Nachdem Vals Zeitung die Legende von Bec und Alex in die Welt gesetzt hatte, zogen andere nach.

Ritchie dachte an Selbstmord als Ausweg. Aber Situationen, in denen er zu Schaden kommen konnte, hatte er immer gescheut, Bahnsteigkanten, das bloße Vorhandensein von Rasierklingen im selben Zimmer. Er hatte Angst vor Schmerzen; er fürchtete Verwicklungen, er fürchtete Furcht, er fürchtete das Gefühl, das er haben würde, wenn er sich die Handgelenke aufgeschnitten hatte und zusah, wie das Blut aus den Schnitten ins Badewasser quoll, oder wenn sich die Schlinge um seinen Hals zusammenzog. Er dachte daran, Karin alles zu beichten und sie zu bitten, ihm zu verzeihen, um der Kinder willen und der Erinnerung an ihr gemeinsames Glück, an das Gute, das sie verband. Aber das waren keine Vorsätze. Ritchie erging sich nicht deshalb in Vorstellungen, wie er sich umbringen oder wie er gestehen würde, was er getan hatte, weil er das ernsthaft in Erwägung zog. Es war eine persönliche Kunst, eine Form, seine Absichten in einer edleren Strömung aufzulösen und bei dem, was er in Wirklichkeit tun würde, ein besseres Gewissen zu haben. Aber er wusste nicht, was er tun würde, und die Frist, die Val ihm gesetzt hatte, lief in nur zwei Monaten ab.

Anfang Mai hörte Ritchie, dass Val verrückt geworden war. Zunächst waren es Gerüchte in Pubs und Clubs. Dann gab es Anekdoten im Internet und Gefrotzel in *Private Eye*. Val habe, hieß es, an alle redaktionellen Mitarbeiter der Zeitung, an den gesamten Verwaltungsrat und an den Eigentümer eine Mail des Inhalts geschickt: »Wann habt ihr Scheißkerle zuletzt zum allmächtigen Gott gebetet?« Einem anderen Gerücht nach hatte er in einer Sitzung den Nachrichtenredakteur angespuckt und gewettert, seine Schergen seien scheinheilige Säcke, die auf Kosten des Blattes hurten, logen und betrogen. Ausgelöst wurde sein Wutausbruch von einer Ausgabe der Zeitung, die auf der einen Seite das lasche Vorgehen der Regierung gegen Sexualstraftäter anprangerte, die sich an Kindern vergingen, und zugleich in einem anderen Artikel auf derselben Seite darüber spekulierte, wie viel

Geld eine fünfzehnjährige Tennisspielerin als professionelles Model verdienen würde. Dem Artikel war ein Bild beigefügt, das der Fotograf nur am Boden liegend und zwischen die Beine des Mädchens zielend aufgenommen haben konnte. Es gab Meldungen, Val und die Zeitung hätten sich »in gegenseitigem Einvernehmen« getrennt. Dann versiegten die Meldungen. Ritchie hörte sich diskret um, ohne seine Gier nach genaueren Informationen durchblicken zu lassen, und fand heraus, dass Vals Verhalten die Grenze zur Geisteskrankheit überschritten hatte. Er war eingeliefert worden. Er saß in einer Anstalt.

Nachdem es Ritchie die ganze Zeit gelungen war, Vals körperlichen Angriff auf ihn zu verdrängen, konnte er jetzt gefahrlos darüber nachsinnen. Als Tat eines Verrückten leuchtete er ein, ebenso Vals eigenartiger Einfall, von sich selbst in der dritten Person zu sprechen. »Mr Oatman kann ziemlich aufbrausend sein«, hatte Val gesagt. Das Gefühl, begnadigt worden zu sein, machte Ritchie ganz schwach und weinerlich. So viele Morgen war er in diesem Albtraum erwacht, und jetzt stellte sich heraus, dass es der Traum eines Kranken gewesen war. Ritchie wusste, dass die Person, die ihn verraten hatte – vielleicht Nicole selbst, vielleicht Louise –, ihn jederzeit wieder verraten konnte. Er vermutete, dass Val anderen gegenüber geplaudert hatte. Doch weil er es sich so sehr wünschte, begann er zu hoffen, dass er nicht entlarvt wurde. Auf einer Party lernte er zufällig den neuen Herausgeber kennen, der einen anständigen Eindruck machte. Bei Journalisten konnte man natürlich nie wissen, aber er war freundlich, normal. Es war, als ob es Val nie gegeben hätte. Ritchie trank weniger und ging mit Bec und Alex in einem netten Restaurant in Clerkenwell essen. Er behielt einen kühlen Kopf, brachte sie zum Lachen, erwähnte den O'Donabháin-Film nicht und stellte sich vor, dass er Bec mit der Zeit einfach durch Freundlichkeit herumkriegen konnte.

Die Staffel von *Teen Makeover* schloss mit einem großartigen Finale ab; der Gewinner war ein niedlicher vierzehnjähriger Junge, den sie in einen schön geschnittenen Anzug gesteckt hatten, ein kuhäugiger Bursche mit Brötchenarsch, roten Lippen und einer Stimme wie Karamell. Das Publikum im Studio, schien es Ritchie, war hervorragend ausgewählt worden nach Intelligenz, Enthusiasmus und gutem Aussehen, und die neuen Richtlinien, die er für die Garderobe der Leute erlassen hatte, verliehen der jubelnden, hüpfenden Masse aus Zähnen, Haaren und schlanken Körpern eine Ausstrahlung von hysterischer Adrettheit, die der BBC bestimmt gefiel. Fünf Millionen sahen zu. Eine Million gab ihr Votum ab. Auf der Party hinterher wich Ritchie kaum von Karins Seite. Er stand im innersten der konzentrischen Ringe der Macht und des Ruhms, wo die Leute an sie herantraten, als wären sie König und Königin, und Ruby und Dan spielten um sie herum mit Lazz und Riggsy wie Prinzen und Prinzessinnen von königlichem Geblüt.

Ein paar Tage später hatte Ritchie Besuch von Midge. Sie kickten mit Dan einen Fußball herum und gingen nach oben. Ritchie wollte Midge einen seltenen Willie McTell vorspielen, aber Midge konnte nicht still sitzen. Er langte ständig in seinen T-Shirt-Ärmel und kratzte sich an der Schulter. Er zog die Nase kraus und runzelte die Stirn, als hätte er eine Brille auf, die nicht passte.

»Schon mal was von der Moral Foundation gehört?«, fragte er Ritchie.

»Elektropop aus den Achtzigern«, sagte Ritchie. Er saß neben dem Plattenspieler am Boden, umgeben von Covern und Vinylplatten. »Hier ist eine, die er als Red Hot Willie Glaze aufgenommen hat.«

»Die Moral Foundation«, sagte Midge. »Das ist eine Webseite. Die Ficker spielen die Online-Geheimpolizei für Promis. Bist du sicher, dass du noch nie davon gehört hast? Jeden Sonntag um sechs Uhr morgens melden sie einen Skandal. Sie machen das jetzt seit Wochen. Jeden Sonntagmorgen ist irgendwo im Land eine arme Sau vor Tagesanbruch auf den Beinen, drückt auf seinem Browser auf ›Aktualisieren‹ und wartet darauf, Zeuge zu werden, wie sein Leben zerstört wird.«

Ritchie schob die Unterlippe vor, neigte die Platte und beobachtete, wie das Licht sich in den Rillen mit Blind Willies Stimme brach. Er wollte Midge nicht zuhören. Er wollte sich dem kratzigen Geheul eines längst verstorbenen trunksüchtigen Gitarristen zuwenden, der seine Sorgen und seine Sünden in ein Mikrofon gesungen und dann die Augen geschlossen hatte. Er wollte Unglücksgeschichten mit klarem Ausgang, vom Tod beendet. Aber Midge hörte nicht auf zu reden.

»Der Ex deiner Schwester steht dahinter. Val Oatman. Er ist die graue Eminenz.«

»Ich dachte, er ist in der Klapsmühle«, sagte Ritchie.

»Da kommt man heute nicht mehr hin«, sagte Midge. »Die kommt zu dir nach Hause. Du wirst nicht mehr in die Klapsmühle eingeliefert. Du nimmst sie ein, dreimal am Tag vor dem Essen. Ich weiß nicht, ob er tatsächlich je den Verstand verloren hat. Hast du ernsthaft noch nie davon gehört? Alle Welt redet darüber. Auf die Art ist der ManU-Spieler letzte Woche aufgeflogen.«

Die Vorgehensweise der Stiftung, erklärte ihm Midge, sah so aus, dass sie eine Zielperson kontaktierte und ihr mitteilte, ein bestimmter Tag sei für eine Enthüllung vorgesehen – »Sie oder eine Ihnen nahestehende Person betreffend«.

»So drücken die sich aus«, sagte er. »Aber sie sagen dir nicht, worin die Enthüllung besteht oder wen es trifft, ob du es bist oder dein Partner oder dein Kind, Gott bewahre. Und sie sagen: ›Möchten Sie uns Informationen geben?‹ Sie haben ein komplettes System, die Ficker. Mit einem meiner Klienten haben sie die Nummer abgezogen.«

»Lazz?«

»Das werde ich dir nicht verraten. Je weniger du weißt, umso besser. Aber ja, einer meiner Klienten hat den Anruf bekommen. Er oder sie hat eine Leiche im Keller. Wer nicht? Sie waren verdammt clever. Sie sagten nicht genau, was sie wussten, aber sie machten genug Andeutungen, dass er oder sie Schiss hatte, es darauf ankommen zu lassen. Stört's dich, wenn ich hier drin rauche?«

»Ja«, sagte Ritchie. »Trink noch ein Bier. Was hat er gemacht?«

»Oder sie.«

»Oder sie.«

»Was er gemacht hat? Er hat jemand anders verpfiffen, was denkst du denn?«

»Klingt nach Erpressung.«

»Es ist anscheinend eine Grauzone. Es kommt ganz darauf an, wie konkret sie werden.«

»Er hat doch nicht etwa einen anderen von deinen Klienten verpfiffen?«

»Wofür hältst du mich, verdammt? Nein, natürlich nicht.«

Zwei Wochen später war Ritchie früh am Morgen allein im Büro, als er auf dem Handy von einer nicht angezeigten Nummer angerufen wurde.

»Mr Shepherd?« Die Frau hatte einen leichten Essex-Akzent. Sie klang sehr selbstbewusst. »Hier spricht Maggie von der Moral Foundation. Wären Sie vielleicht einen Moment zu sprechen?«

»Nein«, sagte Ritchie.

»Wir werden Sie weiter anrufen, Mr Shepherd, bis Sie Zeit haben.« Die Frau stockte kurz, dann fuhr sie fort. »Sind Sie über die Arbeit der Stiftung im Bilde, Mr Shepherd?«

»Nein.«

»Wir sind eine gemeinnützige Organisation, die gegründet wurde, um die Öffentlichkeit auf das unmoralische Verhalten von Prominenten aufmerksam zu machen.« Sie sprach rasch und ohne jede dramatische Betonung wie eine Flugbegleiterin bei einer Sicherheitsansage.

»Sie sind ein frömmlerischer, pharisäischer Sauhaufen von Müllwühlern und Dreckschleudern.«

»Sie sind also über unsere Arbeit im Bilde.«

»Was wollen Sie?«

»Haben Sie Papier und einen Kugelschreiber zur Hand, Mr Shepherd? Ich hätte gern, dass Sie sich ein paar Dinge aufschreiben. Das erste ist ein Datum. Es ist der achtundzwanzigste Februar nächsten Jahres. Haben Sie sich das notiert, Mr Shepherd?«

»Warum zum Teufel sollte ich? Für wen halten Sie sich eigentlich?«

»Es ist wichtig, dass Sie sich das Datum merken, Mr Shepherd. An dem Tag, um sechs Uhr morgens, werden wir auf unserer Webseite Informationen über unmoralisches Verhalten Sie oder eine Ihnen nahestehende Person betreffend veröffentlichen. Es wird Sie oder jemand anders betreffen, aber nicht beide. Verstehen Sie?«

»Und wenn ich nun gar nichts Unrechtes getan habe?«

»Ich bin nicht befugt, mit Ihnen zu diskutieren, was Sie vielleicht getan haben oder nicht, Mr Shepherd. Ich setze Sie lediglich davon in Kenntnis, dass am achtundzwanzigsten Februar –«

»Gibt es nicht ein Gesetz, nach dem man das Recht hat zu erfahren, wessen man beschuldigt wird?«

»Wenn Sie etwas Unrechtes getan haben, Mr Shepherd, werden Sie wissen, worum es sich handelt. Wenn Sie ein anständiger und rechtschaffener Mann sind, haben Sie nichts zu befürchten.«

»Kann ich mit Val sprechen?«

»Mr Oatman nimmt keine Anrufe entgegen, Mr Shepherd.«

»Sagen Sie mir, was Sie über mich schreiben wollen.«

»Ich bin nicht befugt, mit Ihnen zu diskutieren, was Sie vielleicht getan haben oder nicht, Mr Shepherd. Ich kann Ihnen nur empfehlen, sich auf unserer Webseite Fälle von namhaften Persönlichkeiten anzuschauen, die wir in der Vergangenheit bei sündigen Handlungen ertappt haben. In Ihrem Fall kann ich Ihnen nur ein hypothetisches Beispiel für etwas geben, das wir von Ihnen wissen könnten. Beispielsweise könnten wir wissen, dass Sie Sex mit einem Kind hatten, das in Ihrer Sendung auftrat. Aber ich muss betonen, dass das ein hypothetisches Beispiel ist.«

»Wenn Val so heilig ist, warum maßt er sich dann an, Urteile über andere zu fällen, als ob er Gott persönlich wäre? Ist das nicht auch eine Sünde?«

»Das müssten Sie Mr Oatman selber fragen, Mr Shepherd.«

»Kann ich mit ihm sprechen?«

»Mr Oatman nimmt keine Anrufe entgegen. Ich muss Ihnen einen Code geben, Mr Shepherd.«

»Was für einen Code?«

»Könnten Sie ihn sich notieren, Mr Shepherd? Es ist sehr wichtig. Er lautet A35ZX47. Das ist Ihr Code.«

»Warum sollte ich mir Ihren beschissenen Code notieren?«

»Bitte keine Schimpfworte, Mr Shepherd, es wird Ihnen nichts nutzen. Sie sind nicht verpflichtet, sich den Code aufzuschreiben. Aber Sie müssen Ihre Identität verifizieren, falls Sie doch gern die Sicherheit hätten, dass die Stiftung die Überwachung Ihrer Person einstellt, indem Sie uns Informationen über die moralischen Verfehlungen einer anderen, Ihnen nahestehenden Person geben.«

»Nämlich über wen?«

»Bedaure, ich kann Ihnen nur ein hypothetisches Beispiel geben«, sagte Maggie. »Ein hypothetisches Beispiel wären etwa prominente Geschwister. Ein Bruder oder eine Schwester.«

»Ich weiß, was Geschwister sind, Sie hochnäsige Kuh«, sagte Ritchie.

»Bitte keine Schimpfworte, Mr Shepherd. Das passt nicht zu Ihrer Stellung.«

»Sie wissen genau, dass ich keinen Bruder habe.«

»Möchten Sie, dass ich den Code wiederhole, Mr Shepherd?«

»Ihr seid die Sünder! Ihr! Ihr wollt mich dazu kriegen, dass ich meine Schwester verrate, um mich selbst zu retten. Sie können Val ausrichten, dass ich nicht mitspiele. Schreibt doch über mich, was ihr wollt. Wir sehen uns vor Gericht wieder.«

»Möchten Sie, dass ich den Code wiederhole, Mr Shepherd?«

»Sagen Sie ihn mir, wenn Sie wollen, es spielt eh keine Rolle«, sagte Ritchie und schrieb ihn sich auf.

51

Bec war sich in diesem Frühling gar nicht bewusst, glücklich zu sein. Sie merkte es nur dann, wenn eine ihrer Freundinnen ihr sagte, sie sehe glücklich aus, oder wenn ein Mann auf der Straße sie neugierig beäugte und ihr klar wurde, dass sie mit einem Lächeln im Gesicht herumlief.

Ihr Bericht über den Test des Malaria-Impfstoffes wurde veröffentlicht, und obwohl sie ihn immer noch für einen Fehlschlag hielt, schienen alle anderen der Meinung zu sein, es sei eine lohnende Sache, Kleinkinder halb zu immunisieren. Mehrfachimpfstoffe, das war der Hit; sie würden sich ergänzen. Melinda Gates rief an, um ihr zu gratulieren. Vertreter von Impfstoffherstellern und Wichtigtuer von der WHO drängelten sich in ihren Terminkalender.

Das Centre organisierte Dutzende von Interviews, und einige Tage lang meldeten sich alte Freunde, zu denen der Kontakt eingeschlafen war, und schrieben in Mails, sie hätten sie auf einer Webseite oder in einer Zeitschrift gesehen oder sie im Radio gehört. Alex, dachte Bec, musste nie in den Supermarkt gehen und auf ein Regal voll Zeitungen mit seinem Gesicht auf jeder Titelseite blicken wie sie. Bec verstand nicht, warum sie nicht ein Foto eines traurigen afrikanischen Kindes nehmen konnten, wie sie es sonst taten. In jedem Interview erklärte Bec den Journalisten, sie sollten mit den Tansaniern reden. Sie schrieben sich die Telefonnummern und E-Mail-Adressen von Issa, Mosi und Mbita auf, aber falls sie sie kontaktierten, wurde nichts, was sie sagten, je veröffentlicht.

Alex erzählte Bec, die Vertragsklausel in Harrys Testament sei dermaßen raffiniert formuliert, dass das Haus leer stehen würde, falls sie nicht darin wohnten. Ihnen schien nichts übrig zu bleiben, als einzuziehen.

Matthew räumte alles aus bis auf den Wein, den Harry den neuen Bewohnern vermacht hatte. Eine Flasche steckte in einer an Bec persönlich adressierten Kiste. *Chateau Lynch Bages, Grand Cru Classé, Pauillac*, Jahrgang 1972. Auf einer beiliegenden Karte stand:

Meine liebe Bec, ich wollte gern, dass du den probierst. Die Lese war im selben Jahr, in dem mein liebster Sohn geboren wurde. Ich wünschte, ich könnte ihn mit dir zusammen trinken. Wenn Bande geknüpft werden, dann für mich bitte lieber mit Wein als mit Blut. Dein entschwundener Herzensonkel in spe,
Harry

Sie las die Karte mehrere Male, faltete sie zusammen und verstaute sie an einem sicheren Ort, ohne sie Alex zu zeigen. Sie fragte ihn, in welchem Jahr Matthew geboren worden war.

»1971. Warum?«

»Dann ist er also ein Jahr älter als du? Ich wollte es nur mal wissen.«

Alex' und Becs Besitztümer zerstreuten sich rasch im Haus. Ihre Bücher nahmen kaum ein Viertel der Regale ein, und sie hatten keine Vorhänge. Die Kahlheit der Zimmer gefiel ihnen, ihre spärliche Habe verteilte sich in einem Haus weißer Wände und nackter Dielen, deren Versiegelung sich abrieb.

Sie gewöhnten sich daran, dass Tageslicht, Dunkelheit und Lampenlicht in ihrem Wechsel die Räume in einer Weise ausfüllten, wie es ihre wenigen Möbel nicht vermochten. Sie stellten das Bett, das sie aus Becs Wohnung mitgebracht hatten, in Harrys großes Wohnzimmer im Erdgeschoss und verbrachten einen Großteil ihrer Wochenenden darin. Sie kamen sich vor, als hätten sie das Haus einer reichen Familie besetzt, die jeden Moment zurückkommen konnte. Samstagmorgens im Bett stellten sie sich vor, wer gleich hereingeplatzt kommen würde. Ein sonnengebräunter, weißhaariger Mann, der nach Moschus roch, sagte Bec. Im schwarzen Anzug, mit schwarzer Krawatte und Sonnenbrille, sagte Alex.

Autohandschuhe an den Händen, einen Jagdstuhl unterm Arm. Er klappt den Stuhl auf, setzt sich darauf, streift in aller Ruhe die Handschuhe ab.

»Wobei er uns die ganze Zeit beobachtet«, sagte Bec.

»Natürlich. Dann holt er ein goldenes Zigarettenetui aus der Tasche, entnimmt eine Zigarette, zündet sie sich mit einem goldenen Feuerzeug an, zieht tief und stützt die Hände auf die Knie.«

»Hätte er die Beine übereinandergeschlagen?«

»Ich glaube schon. Ein dicker Goldring an der Zigarettenhand. Und dann würde er sagen, mit italienischem Akzent …«

»Ficken Sie, per favore!«

»Nein, nein«, sagte Alex. »Er würde sagen: ›Seien Sie bitte so gut und warten Sie auf meine Frau, sie schaut so gern fremden Eindringlingen beim Ficken zu. Sie parkt nur gerade noch den Wagen.‹«

Aber sie waren keine Eindringlinge, und sie waren nicht arm. Zusammen verdienten sie mehr als hundertfünfzigtausend Pfund im Jahr. Die Familie, auf die sie in Wirklichkeit warteten, wusste Bec, war ein langer Mann Anfang vierzig und eine rotbackige Frau, ungefähr sieben Jahre jünger, mit leichtem Übergewicht und einem Baby im Arm.

Was dem Haus für Becs Gefühl fehlte, solange sie noch nicht angefangen hatten, es mit ihren eigenen Kindern zu bevölkern, waren Menschen. Sie diskutierten darüber, ob sie einem vielversprechenden Studenten ein Zimmer abtreten sollten, als Alex eine SMS von Dougie bekam, der fragte, ob er bei ihnen unterkommen könne, solange er in London nach einem Job suchte. Wie Alex ihr die Sache vortrug, schien er mit ihrer Ablehnung zu rechnen, aber Bec freute sich. »Wir bringen ihn in Matthews altem Zimmer unter«, sagte sie. »Wir können uns ein Gästebett besorgen.«

Mai und Juni waren warm, die Luft still und der Himmel klar, wenn es langsam Tag wurde und die Platanen und Kastanien auf den Straßen und Plätzen und in den Parks ihre Blätter entfalteten. Den Menschen, die am heißen Nachmittag im Gras schliefen, drang das Dröhnen der Flugzeuge und des Verkehrs an die Ohren wie die Meeresbrandung, die fern vom Ufer an ein Riff schlug. Cafés und Pubs expedierten Tische und Gäste nach draußen, und im ganzen fraktalen Netz der Reihenhäuser roch es nach heißem Asphalt, Feueranzündern und bratendem Fleisch. Jungsgruppen walzten hemdlos mit Getränkedosen und Fußbällen in den Park und beobachteten verstohlen, wie Mädchen ihren BH aufhakten, um sich den Rücken zu bräunen. Das Aufstöhnen von Cricket- und Tenniszuschauern schwappte aus offenen Autofenstern, und die HiFi-Anlagen asiatischer Jungs in winzigen aufgerüsteten Autos brachten die Stadt zum Beben, als zupften Daumen auf schlaff gespannten Saiten. Mit der Sonnenwendzeit kamen in den Köpfen der alten Leute in London Erinnerungen an hundert Jahre Sommerlieder auf sämtlichen Kontinenten nach oben. Fahnen hingen schlaff am Mast, und die Stadtkulisse mit Türmen, Zinnen, Kirchen und Riesenrad hüllte sich in mythischen Dunst. Schöne fremde Gesichter tauchten auf, die man im Freien nur zu sehen bekam, wenn die Sonne schien.

Eines Sonntagnachmittags mieteten Alex und Bec ein Fahrrad für Dougie, und zu dritt radelten sie am Kanal entlang nach London Fields, um sich mit zwei Schulfreundinnen von Bec zu treffen. Sie saßen im Kreis um ihr Picknick herum, aßen und tranken Wein, und die im Gras liegenden Räder bildeten einen äußeren Kreis. Scharen anderer Ausflügler und Fahrräder waren auf der weiten Wiese verteilt. Manche hatten Fleisch in Alugrillschalen mitgebracht, und mit den Rauchsäulen, die hier und da aufstiegen, sah der

Park wie der Hof einer Karawanserei aus. Sie redeten, bis die Schatten länger wurden. Alle um sie herum unterhielten sich, als wäre es das bestimmende Kennzeichen ihrer Existenz, dass sie sich gegenseitig ihr Leben, ihre Befindlichkeiten, ihre Erinnerungen und Träume erzählten. Wo gingen diese ganzen Gespräche hin, wenn sie starben, fragte sich Bec? Lernten und entwickelten sich die Leute, wenn sie an diesen Sommertagen stundenlang dasaßen und schwatzten? Zogen sie irgendwelche Schlüsse? Bei einigen der Gruppen im Park – vielleicht ihrer eigenen – war die Unterhaltung nur eine Art Summen, während die wirkliche Musik in den Augen, dem Licht und den Körpern spielte. Ihre Freundinnen streckten sich in ihren Sommerkleidern aus und warfen die Haare zurück, und Alex antwortete ihnen mit Lächeln und Stirnrunzeln, mit Vorbeugen und Gesten der Hand, ohne je den Strom des Sichhabens zu unterbrechen, der zwischen ihr und ihm floss. Aber Dougie flirtete nicht mit Becs alleinstehenden Freundinnen, wie sie erwartet hatte, und versuchte auch nicht, sie mit seiner extremen Selbstironie zu beeindrucken. Er legte eine unerwartete Begabung zur Schüchternheit unter Fremden an den Tag, und Bec fragte sich, wie es kam, dass er sich ihr gegenüber so selbstbewusst verhalten hatte.

Sie stiegen auf ihre Räder und fuhren zum Broadway Market, wo sie sich auf die Bordsteinkante setzten und Bier tranken, dann gingen sie in einen Club in Shoreditch. Da es früh war, stand vor dem Club noch keine Warteschlange, und sie setzten sich an den Rand der leeren Tanzfläche. Nach einer halben Stunde fing die Musik an, die Lichter begannen sich zu drehen und Farbflecken auf den Boden zu malen, und der Saal füllte sich. Alex und Dougie standen ein wenig abseits. Bec sah, dass Dougie Alex um etwas bat und Alex ablehnte. Dougie schien die Ablehnung lustig zu finden. Er sagte noch etwas; es schien ein Witz zu sein, oder vielleicht bat Dougie noch ein weiteres Mal, denn Alex schüttelte den Kopf und blickte in seinen Drink, als schämte er sich. Ein Song lief an, den Bec mochte, und sie versuchte, Alex auf die Tanzfläche zu ziehen. Er lachte und widersetzte sich.

»Mir wär's rockig genug, wenn du mich in deinen Armen wiegen würdest«, sagte er. Er unterhielt sich mit einer von Becs Freundinnen, während Dougie, Bec und die andere Freundin in die tanzende Menge eintauchten. Dougie jedoch konnte nicht eintauchen, er stach heraus, und er legte es darauf an. Er trug ein kurzärmeliges Hemd, das er bei Oxfam aufgegabelt hatte, weiß mit Vogelmuster, drei Knöpfe offen, und tanzte mit seitlich ausgestreckten Armen und Hüftschwung, als wollte er sich zum Limbo zurückbiegen, wobei er seine langen blonden Haare ruckartig hin und her schleuderte. Mit Daumen und Fingern machte er Schnippbewegungen, ohne wirklich zu schnippen. Er hatte etwas von einem geschlagenen Helden, es war, als ob er mit einer verlorenen Liebe im Kopf tanzte. Bec beugte sich dicht an Dougies Ohr, damit er sie über der Musik verstand, und fragte, ob er gern etwas zu trinken hätte. Er roch nach Schweiß und Seife.

»Ich wär dran«, sagte Dougie. »Aber ich bin blank.«

»Hast du grade versucht, dir was von Alex zu pumpen?«, fragte Bec.

»Aye«, sagte Dougie. »Schon okay. Um die Wahrheit zu sagen, steh ich bei ihm schon in der Kreide und bin ein bisschen im Verzug.«

Bec drückte Dougie zwanzig Pfund in die Hand, und er meinte, er werde ihr das Geld zurückzahlen, sobald er einen Job gefunden habe.

Zu dritt radelten sie um ein Uhr nachts nach Hause, als es auf den Straßen von Kneipengängern wimmelte. Bec fuhr voraus. Sie passierte eine Gruppe magerer Männer in engen

Hosen und Pork-Pie-Hüten. Sie drehten die Köpfe, blieben stehen und schauten ihr nach. Ihr Kleid wehte auf und entblößte ihre blanken Beine, und einer der Männer brüllte ihr etwas hinterher, beugte sich zurück und deutete auf sein Geschlechtsteil. Der hinter ihm ankommende Alex riss ihm den Hut vom Kopf und trat in die Pedale. Bec hörte den Lärm, und als sie sich umsah, kam Alex mit einem Pork-Pie-Hut auf dem Kopf wie wild angestrampelt und schrie: »Fahr! Fahr!« Ein Mann sprintete hinter ihm her, bis Dougie als Nachhut ihm ein Bein stellte und der Verfolger der Länge nach hinschlug. Sie fuhren auf der City Road bis Angel und drehten mehrere Runden um den Citron Square, bevor sie ins Haus gingen. Alex und Bec fuhren Hand in Hand nebeneinander, Bec mit dem gestohlenen Hut auf dem Kopf, während Dougie freihändig hinterherradelte, in die Hände klatschte und sang: »Das Traumpaar der Wissenschaft, das Traumpaar der Wissenschaft, de-rarara, de-rarara.«

Sie gingen ins Haus und lümmelten sich um den Küchentisch. Dougie schenkte allen einen Schnaps ein, den keiner von ihnen trank.

»Da ist ein Schachspiel aufgebaut«, sagte Dougie. »Sammelt sich der Staub drauf.«

»Das in deinem Zimmer? Das hat früher Matthew gehört. Ist das Einzige, was er hiergelassen hat.«

»Mein Spiel ist eher Billard«, sagte Dougie.

»Früher hast du Schach gespielt«, sagte Alex. »Du hast mich immer geschlagen.«

»Kann ich mich nicht dran erinnern«, sagte Dougie.

»Jedes Mal hast du mich geschlagen.«

»Das war Matty-Boy.«

»Du warst das. Ich habe nie begriffen, wie die Königin zu den Bauern steht«, sagte Alex. »Sind das ihre Soldaten, ihre Diener oder ihre Kinder?«

»Ihre Kinder«, sagte Dougie. Er fuhr sich mit den Fingern durch die Haare. »Ein großer Stall Kinder. Es ist eine große Familie.«

»Und treu ergeben«, sagte Alex. »Immer bereit, ihr Leben für die Eltern zu lassen.«

»Wenn die Bauern Kinder sind«, sagte Bec, »dann ist der König nicht der Vater. Er ist so schwach. Er muss krank sein oder sehr alt. Er macht so kleine, unsichere Schritte, immer nur einen auf einmal. Die Königin ist, glaube ich, viel jünger und sieht sehr gut aus, und sie zieht immer los und lässt den König allein. Sie redet dem König ein, dass es zu seinem eigenen Schutz ist, und vielleicht redet sie sich das ja selbst ein, aber ich glaube, sie macht das, damit sie mehr Zeit mit ihren Liebhabern verbringen kann.«

»Ihren Liebhabern?«, sagte Alex. »Du meinst die Springer?«

»Das hätten die gerne!«, sagte Bec. »Die sind viel zu sehr in sich selbst verliebt und in ihre tollen Winkelzüge, als dass die Königin sich für sie interessieren würde. Und die Läufer interessieren sie auch nicht. Die Läufer haben nur Sex im Sinn.«

»Weil sie wie kleine Penisse aussehen?«, sagte Alex.

»Ich glaube, die Königin liebt die Türme«, sagte Bec. »Sie mag sie, weil sie stark, direkt und geduldig sind. Sie sind zuverlässig, aber sie sind trotzdem geheimnisvoll, weil man nicht leicht an sie herankommt, und sie sind umkämpft, weil sie dem König treu ergeben sind.«

»Es sind zwei«, sagte Alex. »Wie entscheidet sie sich für einen?«

»Vielleicht muss sie das gar nicht«, sagte Bec. Nach kurzem Schweigen lachten alle drei.

Bec nahm den Hut ab und gab ihn Alex. Er drehte ihn um und lächelte. »›Bedeutender Wissenschaftler stiehlt Hut‹«, sagte er. »Ich muss morgen den ganzen Tag Bewerbungsgespräche führen.« Er ging zu Bett. Bec meinte, sie werde bald nachkommen. Sie hörten ihn leise singen, während er die Treppe hinaufstieg: *»A Mars a day / Helps you work, rest and play.«*

»Wie kommt's, dass du so gechillt bist für 'ne Intelligenznudel?«, sagte Dougie. »Ich an deiner Stelle, weißte, allein der Gedanke, für andere Leute Entscheidungen treffen zu müssen und ihnen Druck zu machen, wenn sie nicht von selber wollen? Könnt ich nie. Und wenn's dann auch noch um Leben und Tod geht. Ich krieg kaum mein eigenes Leben auf die Reihe irgendwie, und du hast noch andere Leute am Hut: kein Gedanke.«

»Das ist bei deinem Bruder genauso.«

»Aye«, sagte Dougie. »Aber er ist keiner, der sich den Arsch abtanzt. Bei Alex läuft alles übers Reden.«

»Er hat mir heute Abend den Hut geangelt.« Bec überlegte, wie sie es Dougie sagen sollte, dass die Art, wie seine Augen ihre suchten, ihr unangenehm war, ohne das Wort »unangenehm« zu gebrauchen.

»He, ich sage nicht, dass er mir nicht total überlegen wäre. Natürlich ist er der bessere Mensch.«

»Du kennst ganz gewiss nicht alles, was es an ihm zu kennen gibt.«

Dougie stand auf, ging um den Tisch, legte Bec die Hand auf die Schulter, und als sie aufschaute, weil sie nicht wusste, was er vorhatte, versuchte er sie auf den Mund zu küssen. Bec drehte ihr Gesicht weg, stand auf und trat einen Schritt zurück.

»Nein«, sagte sie.

»'tschuldigung«, sagte Dougie. Er guckte bedrückt und erschrocken. Er setzte sich und ließ den Kopf hängen, sodass die Haare sein Gesicht verdeckten.

»Versteck dein Gesicht nicht«, sagte Bec. »Warum hast du das gemacht? So betrunken bist du nicht. Du weißt, dass ich deinen Bruder liebe.«

»Tut mir leid«, sagte Dougie. Er blickte auf. »Ich bin so ein verdammtes Arschloch. Das weiß jeder. Die Alten müssen es dir gesagt haben. Alex muss es gesagt haben. Es ist immer dasselbe. Wenn jemand Nettes mir helfen will und mir den kleinen Finger gibt, will ich mir immer die ganze Hand grapschen und mir nehmen, was mir gar nicht zusteht. Ich bin einfach ein elender Loser, Bec. Ich hätte nicht herkommen sollen. Ich geh meine Sachen packen.«

»Hör auf, dich selbst zu bemitleiden«, sagte Bec. »Damit kommst du hier nicht durch, dass du mir erzählst, du wärst ein Loser, oder dass du davonläufst. Du weißt, dass ich deinen Bruder liebe, nicht wahr?«

»Aye.«

»Und du weißt, dass er mich liebt.«

»Aye.«

»Weißt du, dass wir versuchen, ein Kind zu bekommen?«

»Nein, wusst ich nicht, aber das ist fantastisch, Bec, fantastisch, ich freu mich echt für euch.«

»Und warum hast du dann versucht, mich zu küssen?«

»Weil ich ein Arschloch bin.«

»Das ist keine Antwort.«

Dougie hob den Kopf und verengte mit einem Anflug von Stolz die Augen. »Warum? Wenn ich dich geküsst hätte und wäre in derselben Nacht gestorben, dann wäre mein Leben etwas wert gewesen. Darum.«

»Du bist echt ein Penner.«

»Ich weiß.«

»Es ist eine unglaubliche Beleidigung, zu denken, ich würde –«

»Aye, aber Bec, das ist genau der Haken. Ich denke nicht.

Das ist schon immer mein Problem gewesen. Lass gut sein, ich geh meine Sachen packen.«

»Du willst also davonlaufen?«

»Ich kann nicht hierbleiben, wenn mein Bruder erfährt, dass ich versucht habe, seine … dich rumzukriegen.«

»Willst du denn weg?«

Dougie schüttelte den Kopf.

»Ich habe dich gern im Haus. Aber du musst dich anständig aufführen. Du glaubst doch nicht, ich hätte dich irgendwie ermutigt, oder?«

»Nein.«

»Du bist witzig, du siehst nicht schlecht aus, und du bist nicht so dumm oder so widerlich, wie du tust. Diese Stadt ist voll von alleinstehenden Frauen.«

»Das weiß ich selber. Du bist ein gutes, großherziges Mädel. Du würdest mir jede Frau auf der Welt gönnen, nur nicht dich.«

»Wenn du so redest, musst du gehen.«

»Aye«, sagte Dougie und legte den Kopf in die verschränkten Arme.

»Kopf hoch!«, sagte Bec. Dougie gehorchte. »Wenn du versprichst, nie wieder auch nur daran zu denken, mich so anzumachen, kannst du hierbleiben, und ich werde Alex nichts sagen. Kannst du mir das versprechen?«

»Gefällt mir nicht, wenn du meinetwegen ein Geheimnis vor Alex hast«, sagte Dougie.

»Mir gefällt es auch nicht. Vielleicht benimmst du dich ja besser, wenn du es auf dem Gewissen hast. Was meinst du? Verspricht du es?«

»Aye«, sagte Dougie.

Bec ging nach oben, zog sich aus und stieg zu Alex ins Bett. Als sie sich an ihn schmiegte, wurde er wach und sagte »Hallo«. Bec fuhr mit den Fingern über seine Brust, über seinen Bauch und wie ziellos weiter nach unten. Sein Schwanz war schon hart, als sie ihn berührte; er zuckte leicht.

»Wie wär's, wenn wir uns eine Weile nicht mehr betrinken?«, sagte sie.

52

Alex fand keinen triftigen Grund für das Unbehagen, das ihm Dougies Anwesenheit im Haus bereitete. Alles, worauf er kam, konnte es nicht sein. Nichts, was er sich denken konnte, führte weiter. Wenn es als natürlich galt, dass man sich unbehaglich dabei fühlte, unter einem Dach mit seinem Bruder zu leben, dessen Verhalten verantwortungslos war und der einem einen Haufen Geld schuldete, das er nie würde zurückzahlen können, so vermutete Alex doch, dass es überhaupt nicht natürlich war; es war auch einmal natürlich gewesen, Diebe zu hängen, Frauen zu schlagen, Atheisten zu töten, behindert geborene Kinder zu ersticken und Homosexuelle zu diskriminieren. Er betrachtete Dougie mittlerweile als einen Menschen, der die besondere Gabe hatte, immer wieder verziehen zu bekommen. Einen Teil des Hauses einem Mann zu überlassen, den er gar nicht dahaben wollte, kam Alex wie die Buße vor, die er dafür leistete, dass er das Erbe überhaupt angenommen hatte, und er erinnerte sich, wie viel Zeit Harry in Brechin verbracht hatte, als er noch ein Kind gewesen war.

Als Matthew die Besitztümer seines Vaters aus dem Haus ausräumte, war er Alex gegenüber kühl und gelassen gewesen. Alex hatte gesagt, es tue ihm leid, Harry habe einen Fehler gemacht.

»Dad hat getan, was er tun wollte. Er hat seinen Wunsch verwirklicht«, sagte Matthew.

Alex sagte sich, dass er und Bec das Haus nur für ein oder zwei Semester übernehmen würden. Die Tatsache, dass es noch einen dritten Bewohner gab, ließ den Schritt provisorischer erscheinen. Er wollte das Haus nicht mit neuem Besitz anfüllen. Die Stadt außerhalb seiner Mauern wirkte überfüllt, und wenn er nach Hause kam, war ihm, als beträte er eine Lichtung in einem verwucherten Wald, einen Fleck, der offen, hell und sicher war. Nach wenigen Tagen hatte jeder der fast kahlen Räume seine Eigenheiten gewonnen, was weniger mit ihrer Größe und Form zu tun hatte als mit den Momenten seines Zusammenseins mit Bec, die ihm im Gegensatz zu anderen präsent blieben.

Die unvorhersehbare Beständigkeit bestimmter Momente verblüffte ihn. Das Wunder lag nicht im Vorgang der Erinnerung, sondern darin, wie das Vergessene ins Nichts stürzte und sich opferte, um dem Erinnerten seine Gestalt zu geben.

Becs optimistische Annahme, ihr und Alex würde es gelingen, ein Kind zu zeugen, obwohl er und Maria das nicht vermocht hatten, war so unerschütterlich und vor jeder Überlegung, dass sie gar nicht mehr optimistisch erschien. Ohne darüber zu reden, kamen sie überein, ihre Bedenken beiseitezuschieben.

Auf der Rückseite des Hauses befand sich auf Gartenniveau eine telefonzellengroße Kammer, zugänglich durch eine Außentür, wo Harry die Siebensachen eines widerstrebenden Stadtgärtners aufbewahrt hatte: Rosenscheren, einen Rasentrimmer, diverse Flaschen mit Giften. Alex nahm an, dass Matthew sie leer gemacht und dann abgeschlossen hatte. Als es Frühling wurde und das Unkraut im Garten zu sprießen begann, fand Alex den dicken alten Schlüssel und ging nachschauen, ob sich Werkzeuge darin befanden. Die Borde und Haken waren leer. Am Fußboden standen ein Paar Gummistiefel und vier Paar Herrenschuhe. Alex erkannte die zweifarbigen Straßenschuhe wieder, die Harry in seinen letzten Monaten getragen hatte. Ein Grauen beschlich ihn beim Anblick der Schuhe. Die Einstiegsöffnungen schienen ihn anzuplärren wie die weit aufgerissenen Mäuler einer Brut kleiner blinder Kreaturen, die nicht verstanden, dass der Mann, dessen füllende Füße sie erwarteten, niemals zurückkommen würde. Sie hatten die ganze Zeit im Dunkeln gewartet und nach Harry geschrien.

Alex fragte sich, warum Matthew sie dagelassen hatte, und dabei fiel ihm ein, dass Sachen von ihm immer noch bei Maria standen beziehungsweise Sachen, die in gewissem Sinne ihnen beiden gehörten, für die aber Maria keine Verwendung hatte. Eine Schachtel mit Papieren, die bei dem bürokratisch-medizinischen Vorgang der Befruchtung anfielen, wenn Leute, bei denen es auf natürlichem Wege nicht klappte, es auf künstlichem versuchten. Eine Schachtel im untersten Regal eines Schranks im Obergeschoss, wenn er sich nicht irrte, auf dessen eine Seite Maria, ohne sentimental sein zu wollen, ohne sich vorzustellen, dass es je etwas anderes sein würde als die vernünftigste Beschriftung zur Identifizierung der Schachtel, »Baby« geschrieben hatte.

Dougie hatte Alex einmal erzählt, dass Leute aus der Mittelschicht wie er und Maria, die Kinder wollten und keine bekamen, das Elternsein völlig unverhältnismäßig romantisierten. So hatte es sich Alex unbewusst übersetzt und abgespeichert. In Wirklichkeit hatte Dougie gesagt: »Hör auf, dir in den Arsch zu beißen von wegen Vater werden und so. Du kriegst so ein Männlein oder Weiblein, mit dem du ein Weilchen rumspielen kannst, und kaum schaust du hin, treibt sich da dieses überflüssige Wesen herum, das mit dir nicht viel zu tun haben will, aber es ist alles deine Schuld.«

In dem Sommer wurde Rose siebzehn und zog von zu Hause aus. Niemand erzählte Alex und Bec die ganze oder dieselbe Geschichte, aber nach den Überschneidungen zwischen dem, was Matthew am Telefon sagte, was er in seiner großen Not sagte, als er nach London kam, um nach ihr zu schauen, was Alex' Eltern ihnen erzählten und was Rose selbst sagte, als sie eines Sonntags mit ihrer leicht veränderten Kopfbedeckung vorbeischaute, begleitet von einem Beschützer aus der Madrasa in Whitechapel, wo Rose jetzt studierte, war Rose' Auszug von daheim eher als Unabhängigkeitserklärung denn als radikaler Bruch gemeint gewesen und erst infolge eines ebenso verzweifelten wie vergeblichen Gewaltakts vonseiten Matthews endgültig geworden. Soweit Alex verstand, hatte Matthew sie nicht geschlagen. Er hatte sich damit abgefunden, dass er nach dem Gesetz nicht die Macht besaß, sie aufzuhalten. Offenbar hatte er auf der Schwelle des Hauses die Arme um seine Tochter geschlungen, sich geweigert, sie loszulassen, und sie so fest gedrückt, dass sie vor Angst aufgeschrien hatte, sie bekomme keine Luft. Matthew erschrak, und Rose entwand sich ihm und hielt sich beim Hinausgehen verstört den Hals.

Rose wirkte entspannt und ihrer Sache sicher, als sie unangemeldet vor der Tür stand und fragte, ob sie bei ihnen auf dem Festnetz mit ihrer Familie telefonieren könne. Im Gespräch mit dem Begleiter, einem Londoner Bangladeschi der zweiten Generation, bekam Alex den Eindruck, dass nicht etwa die Koranschüler sich bemüht hatten, Rose zu rekrutieren oder gar zu indoktrinieren, sondern dass Rose sie aufgesucht und zu ihrer Verlegenheit die Aufnahme beantragt hatte.

Rose und Bec hatten ein Gespräch unter vier Augen. Bec versprach Rose, ihr Geheimnis zu hüten, dass sie versucht hatte, bei der Familie ihres Freundes mit einzuziehen, dass aber seine Eltern, entsetzt darüber, dass ihr Sohn daran dachte, »eine Engländerin« zu heiraten, das abgelehnt hatten.

Matthew und Lettie beschuldigten Alex und Bec, Rose' Abfall vom Glauben zu unterstützen. Dougies Anwesenheit in dem Haus in Islington; die auffällige Kahlheit der Zimmer, die nach Matthews Ansicht eine schlechte und subversive Wirkung auf ein labiles Mädchen hatte; Alex' Unvermögen, den Unterschied zwischen dem Islam und der Liebe zu Christus zu erkennen; und Becs Andeutung, Rose' Handeln sei nicht von ihrem Glauben, sondern von Abenteuerlust motiviert, verstärkten noch ihr Verfolgungsgefühl.

Alex begab sich mit Matthew in die Madrasa, und sie legten eine ziemliche Hartnäckigkeit an den Tag. Rose wollte sie nicht empfangen. Sie ließ ihrem Vater ausrichten, es gehe ihr gut, sie werde regelmäßig anrufen, sie werde zu Besuch kommen, wenn ihr Studium beendet war, und sie sollten sich keine Sorgen machen.

Als Matthew abreiste, standen Alex und Bec auf der Schwelle des Hauses und beruhigten ihn, Rose werde schon nichts passieren.

»Ich verstehe euch nicht«, sagte Matthew. »Ihr glaubt, dass dieses Leben auf Erden das einzige ist, das wir je haben werden, und dann geht ihr so leichtfertig damit um.«

An dem Abend bekam Alex einen Anruf von einem Fernsehproduzenten, der Wissenschaftssendungen für die BBC machte. Er hatte Alex über seine Arbeit reden gehört und wollte sich darüber unterhalten, ob Alex Lust habe, einen Film über das Altwerden zu moderieren. Er fragte, ob er mit ihm essen gehen wolle.

53

Im Spätsommer, als die Vorbereitungen für die neue Staffel von *Teen Makeover* weit fortgeschritten waren und die Dreharbeiten für die erste Gruppe der Castings anfangen sollten, ging Lazz in eine Entzugsklinik. Midge gab Ritchie eines Freitagabends telefonisch Bescheid, wenige Stunden, nachdem Lazz mit seiner Reisetasche, einer CD mit Walgesängen und französischem Mineralwasser im Sechserpack hinter den hohen Mauern der Klinik verschwunden war. Midge mailte Ritchie die Erklärung, die Lazz an die Medien gegeben hatte, ohne mit jemandem Rücksprache zu halten. Darin verbreitete er sich ausführlich über seinen »langen Kampf mit dem Drogenmissbrauch« und gestand, dass er vor und nach seinem Schiedsspruch im Endwettkampf zwischen einer Schulmädchen-Bigband und einem Quintett fünfzehnjähriger Motown-Mimiker in seiner Garderobe Kokain genommen hatte. Die Erklärung werde morgen veröffentlicht. In ausgedehnten nächtlichen Telefonaten überzeugte Ritchie Riggsy davon, sich von der Klinik fernzuhalten, beruhigte Lazz' Eltern und ließ Reporter wissen, Lazz habe die »tapfere Entscheidung, sich seinen Dämonen zu stellen«, getroffen. Ritchie sagte, es sei »ein Schock gewesen, zu erfahren«, dass Lawrence Jones, 29, den Millionen als Lazz kannten, im Studio von Rika-Films Kokain genommen hatte, während Kinder sich in der Nähe aufhielten. Es sei noch zu früh, um sich zur Zukunft von *Teen Makeover* zu äußern, sagte er. Er mailte seinen Mitarbeitern, sie sollten stark sein und zusammenhalten. Er trieb einen Fahrer auf, einen ehemaligen Fallschirmjäger, der im Notfall nicht davor zurückschreckte, den Wagen mit hoher Geschwindigkeit in eine Schar Paparazzi zu lenken.

Gegen Abend benetzte ein kühler Nieselregen das Laub. Der Wagen kam, und Ritchie stieg mit dem Vorsatz hinten ein, die Fahrt über zu schlafen. Die Klinik war zwei Stunden entfernt in Suffolk, die Sitze waren tief und weich, und das Geräusch, das der Motor auf der rasenden Fahrt durch den Regen machte, war nicht mehr als ein leises Schnurren. Und trotzdem bekam Ritchie kein Auge zu.

Er blickte zu seinem Haus zurück, wo gerade das automatische Tor zuglitt, und versprach sich, es niemals zuzulassen, dass Reporter und Juristen durch dieses Tor traten und seine Kinder belästigten. Nach der Furcht, die ihn seit zehn Monaten quälte, genoss er die nervöse Erregung einer unerwarteten Fahrt. Er ließ das Fenster herunter, sodass seine Wangen vom Sprühregen prickelten und seine Haare im Wind zurückflogen. Wie grün und festgefügt England im morgendlichen Regen aussah, wie unvergänglich. Es würde immer so aussehen, da war er sich sicher, einerlei worüber die Meute kläffte.

Ich bin froh, dass es mich nicht getroffen hat, dachte er, schloss das Fenster und fragte sich: Bin ich ein schlechter Mensch, wenn ich so was denke? Die These, dass er ein guter Mensch war, ließ sich schwer beweisen, doch intuitiv stimmte sie. Das Gegenteil war unglaublich. Wenn er böse wäre, sagte sich Ritchie, würde er sich ärgern, dass ihm die Chance genommen war, seinen Ruf zu retten, indem er Lazz an die Moral Foundation verpfiff, aber er ärgerte sich nicht. Er war froh, durch England zu düsen, um einen im Kern anständigen Menschen zu trösten, der durch seine Schwäche zu Fall gekommen war.

Am Eingang zum Klinikgelände standen bei ihrer Ankunft nur zwei Fotografen, was Ritchie als Zeichen der Respektlosigkeit gegen Lazz und weitergedacht gegen sich selbst auffasste. Er durfte nicht zum Hauptgebäude fahren, sondern bekam den Weg zu einem Gartenhaus einen knappen Kilometer weiter erklärt, wohin Patienten mit einem Golfwagen gebracht werden konnten. Ritchie wurde im Foyer von einem Wachmann durchsucht und in einen tristen Aufenthaltsbereich mit grauen Teppichfliesen und Sesseln mit festen Jutepolstern gebracht. Midge saß schon da und bearbeitete seinen BlackBerry derart ruckartig, als ob dieser ihm Stromstöße versetzte.

»Ziemlich lasche Durchsuchung«, sagte Ritchie. »Ich könnte ein halbes Kilo Koks im Arsch stecken haben, ohne dass sie was gemerkt hätten.«

»Ach, hast du das?«, sagte Midge. Er deutete auf eine glänzende schwarze Blase oben in der Ecke. »Wir werden überwacht.«

Ritchie starrte das Kameraauge an. »Mikros?«

»Wer weiß«, sagte Midge. »Die können hier doch machen, was sie wollen.« Er rieb gereizt über den Stoff seines Sitzpolsters. »Guck, selbst die Scheißsessel sind aus Sackleinen.«

»Warum hat er es gemacht?«, sagte Ritchie.

»Das kannst du ihn fragen«, sagte Midge. »Sie karren ihn in einem Wägelchen an.«

»Ich möchte, dass du es mir sagst.«

»Ich wüsste nicht, warum das Warum wichtig sein sollte. Das interessiert doch am wenigsten. Die BBC ist im Anmarsch. Irgendeine, von der ich noch nie was gehört habe.« Midge schloss die Augen und lehnte sich zurück. »Die Malocher, nicht wahr, die meckern doch immer über diese nichtsnutzigen Bürotypen beim Sender, die Geld wie Heu verdienen und nichts dafür tun müssen. Dabei ist das, was sie tun, wichtiger als alles andere, es muss nur nicht oft getan werden. Sie sind die Antikörper. Sie treten nur in Aktion, wenn es für den Organismus um Leben und Tod geht.«

»Du erinnerst mich an meine Schwester.«

»Warum hast du dann das Gesicht verzogen?«

»Hab ich nicht.«

»Hast du doch. Du hast gesagt: ›Du erinnerst mich an meine Schwester‹, und hast dabei eine Grimasse geschnitten, als ob deine Schwester schlechte Medizin wäre. Ich dachte eher, sie wäre gute Medizin, wenn einer zu viel von Mücken geplagt wird.« Midge schluckte, als wollte er etwas hinunterwürgen, was ihm hochkam. »Szenario. Lazz tut Buße. Er wird sauber. Er verschwindet ein Weilchen aus der Öffentlichkeit, aber macht klar, dass er gesund lebt, positiv. Er zeigt sich in Interviews reifer und klüger. Er kehrt zu seiner Frau zurück.«

»Zu seiner Frau!«

»Könnte doch sein. Du weißt, wie sehr er seinen Beruf liebt.«

»Warum hat er es gemacht? Warum ist er an die Öffentlichkeit gegangen? Weil er den Anruf erhalten hat?«

»Welchen Anruf?«

»Du weißt, was ich meine. Die MF.«

»Frag ihn selber.«

»Hast du den Anruf bekommen?« Ritchie beugte sich vor und sprach leiser.

»Und du?«, sagte Midge.

Ritchie gab keine Antwort. Midge starrte ihn provozierend an. Sie senkten die Köpfe.

Es klopfte leise, und die Tür ging auf. Die Angeln gaben ein lang gezogenes, fragendes Quietschen von sich. Lazz stand in der Tür. Ritchie und Midge erhoben sich und traten auf ihn zu, als erwarteten sie, dass man sich umarmen würde. Sie hielten inne, als sie sahen, dass Lazz ihnen nicht entgegenkam. Er wich leicht zurück. Ein paar Meter hinter ihm im Gang wartete ein Pfleger in einem weißen, kurzärmeligen

Kittel, der den Blick auf haarige Unterarme und eine dicke goldene Armbanduhr frei gab. Ritchie hatte den Eindruck, dass Lazz noch nie gesünder oder besser ausgesehen hatte. Er strotzte vor überschüssiger Jugend und Leben. Ein ungewohnt nachlässiges Aussehen – Bartstoppeln, ungekämmte Haare – stand im Kontrast zu seiner von Natur glatten, dunklen Haut und seinen klaren braunen Augen, die jetzt mit großer Intensität in die von Ritchie schauten. Ritchie fühlte den Pulsschlag einer vagen zukünftigen Belohnung, dasselbe Pulsieren, dessentwegen er Lazz schon beim ersten Vorsprechen hatte haben wollen und die jährliche Vertragssumme höher angesetzt hatte, als nötig gewesen wäre, trotz seiner Koller, seiner Kälte, seines Egoismus, seines Zwangsverhaltens in der Garderobe und seiner Unfähigkeit, irgendetwas außergewöhnlich gut zu machen. Jetzt hingegen kam Ritchie sich vor, wie sich vermutlich einer aus der Konsumentenherde vorkam, wenn er Lazz begegnete: als ob er ein Wunderwesen störte, das nichts anderes will, als allein mit dem Heiligen Geist Zwiesprache zu halten, der in der Kamera wohnt.

»Tut mir leid, Ritchie«, sagte Lazz. »Ich habe die Leute enttäuscht. Danke, dass du gekommen bist.«

»Keine Sorge, Lazz«, sagte Ritchie. Er blinzelte. Er fühlte die Tränen kommen und schwankte zwischen Loslassen und Zurückhalten. Er unterdrückte sie. »Das Wichtigste ist, dass du wieder auf die Reihe kommst.«

»Wenn es für mich einen Weg zurück gäbe, wäre das schön«, sagte Lazz.

»Darüber reden wir, wenn du wieder gesund bist.«

»Ich bin nicht krank«, sagte Lazz. »Ich bin auf Entzug.«

»Ich weiß«, sagte Ritchie. »Aber ich bin nicht hier, um über die Arbeit zu reden. Ich wollte dir sagen, ich finde, dass du sehr tapfer bist und dass wir das gemeinsam durchstehen werden, und sobald die Ärzte –«

»Die Therapeuten«, sagte Midge.

Was machen sie hier eigentlich mit einem?, dachte Ritchie. »Sobald die Therapeuten ihre Sache gemacht haben, setzen wir uns zusammen und beschließen den nächsten Schritt.«

»Du willst mich schassen«, sagte Lazz.

»Ritchie hat recht«, sagte Midge. »Das Einzige, was heute zählt, ist, dass du wieder auf die Füße kommst.«

»Hat er's dir erzählt?«, sagte Lazz zu Ritchie.

»Ich habe gesagt, er soll dich fragen«, sagte Midge. Er fuhr sich mit dem Zeigefinger rasch über die Oberlippe, vor und zurück.

»Midge wollte, dass ich einen Kumpel verpfeife«, sagte Lazz.

»Ich habe gesagt, es gibt Alternativen«, sagte Midge und hob den Finger. »Ich wäre ein schlechter Agent, wenn ich dir nicht sagen würde, dass es Alternativen gibt.«

»Jemand Bestimmten?«, fragte Ritchie.

»Mein Opa war in Korea in Gefangenschaft«, sagte Lazz. »Die Kommunisten haben ihn nicht kleingekriegt.«

Der Pfleger, wenn er denn einer war, rief Lazz, und Lazz drehte sich gehorsam um und verließ den Raum. Ritchie und Midge traten in die Tür, winkten und versprachen, sie würden an ihn denken und bald wiederkommen.

»Er wird nie mehr im Kinderfernsehen arbeiten«, sagte Ritchie.

Midge steckte die Hände in die Taschen und bewegte mit der Schuhspitze einen Kieselstein im Kreis. »Jedem wird eines Tages vergeben«, sagte er.

»Wenn du ihm geraten hast, jemand anders zu verpfeifen, wieso warst du dir sicher, dass er dich nicht verpfeift?«

»Ich bin nicht so berühmt wie Lazz«, sagte Midge. Er sah Ritchie an und grinste. »Oder wie du. Außerdem bin ich immer brav gewesen.«

»Nicht in Chiang Mai.«

»Keine Ahnung, wovon du da redest, Mann. Du weißt, dass man in Thailand mit fünfzehn ehemündig ist?«

»Versteh mich nicht falsch, Midge. Ich würde dich nie ...«

»Bestimmt nicht. Ich dich auch nicht. Aber du würdest mir nie verraten, ob du den MF-Anruf bekommen hast. Ob sie dir einen von diesen Codes gegeben haben.« Midge stockte, als wartete er darauf, dass Ritchie etwas sagte, und fuhr fort: »Weißt du, was sie dir bieten, wenn du ihnen was über jemand anders gibst, das sie verwerten können? Zwanzig Jahre Immunität. Sie hinterlegen eine Bescheinigung bei einem Notar, in deinem Namen, worin sie sich verpflichten, zwanzig Jahre lang keine Informationen öffentlich zu machen, die deinem Ansehen in der Gesellschaft schaden könnten. Sie haben uns alle. Keiner traut dem andern. Und wenn irgendwo jemand mit blütenweißer Weste und makellosem Ruf rumläuft, dann denkt niemand, der Bescheid weiß: Was für ein toller Typ. Alle denken: Mit wessen Denunziation hat er sich seinen Seelenfrieden erkauft?«

Eine Frau kam vom Tor auf sie zugeschritten, die Hände in den Manteltaschen und die Kapuze überm Kopf. Sie bewegte sich schlendernd wie eine müßige Spaziergängerin, doch sie trat auf sie zu und stellte sich als Jane von der BBC vor.

»Corporate Affairs«, sagte sie. Das Sirren des Golfwagens, der Lazz fortbrachte, war verklungen, und ihre Stimme ertönte in absoluter Stille. Es schockierte Ritchie, wie jung sie war. Keine fünfunddreißig, schätzte er. Sie trug eine Brille mit dickem schwarzem Rand und hatte mitten auf der Wange einen großen verkrusteten Pickel. Ihr fehlendes Make-up, fand Ritchie, zeugte von Respektlosigkeit. Weiter hinten im Park krächzte eine Krähe, und als ob aus ihrer Kehle kalte, feuchte Luft gekommen wäre, schien beiden

Männern die Temperatur zu sinken, und sie gingen von sich aus wieder ins Gebäude.

Midge begann, für Lazz einen Rückweg in den Beruf zu skizzieren, und in einem der Jutesessel sitzend, hörte Jane ihm zu, bis ihm unter ihrem Blick die Worte ausgingen und er zu reden aufhörte.

»Wenn ich richtig verstehe, machen sie einen hier gesund«, sagte Jane. »Sie machen einen nicht anständig. Ich weiß nicht genau, wo man heutzutage so eine Therapie bekommen könnte.« Sie blickte von einem Mann zum anderen, und im spiegelnden Licht wurden ihre Brillengläser zu hellen, kalten Quadraten, die ihre Augen verbargen. »Das Unternehmen verzeiht es nicht, wenn attraktive junge Prominente in der Nähe von Kindern harte Drogen nehmen. Ist das ungerechtfertigt, Ritchie?«

»Natürlich nicht«, sagte Ritchie.

»Wie dem auch sei«, sagte Midge.

»Es ist, wie es ist«, sagte Jane. »Lazz ist bei *Teen Makeover* ein für alle Mal draußen. Darüber gibt es nichts mehr zu diskutieren. Die Frage ist, was aus der Sendung selbst wird.«

Ritchie wartete, dass Jane fortfuhr. Er fragte sich, ob sie lesbisch war. Ihr Selbstvertrauen beeindruckte ihn. Konnte er ihr einen Job anbieten? Doch sie um sich zu haben wäre mörderisch. Sie kam ihm vor wie eine, die auf alle anderen herabsah, nicht wegen irgendwelcher Leistungen im Studium oder im Erwachsenenleben, sondern weil sie mit elf Jahren die Aufnahmeprüfung für irgendeine Londoner Streberschule geschafft hatte.

»Alle wollen, dass die Sendung weitergeführt wird«, sagte Jane. »Es sei denn, Sie wären der Ansicht, dass mit dem Verlust von Lazz das Herzstück der Sendung weg ist.«

»Wir sind natürlich untröstlich«, sagte Ritchie. »Aber selbst der strahlendste Stern lässt sich ersetzen.«

»Ich gehe«, sagte Midge. Er stand auf, aber Jane bat ihn zu bleiben, und er trat zur Seite und lehnte sich mit verschränkten Armen an die Wand.

»Gut«, sagte Jane. »Dazu wird es später eine Sitzung geben. Wir werden uns das Format noch mal genau anschauen. Es muss Ihnen nur klar sein, dass es keine zweite Chance gibt. Wenn so etwas noch einmal vorkommt, ist es aus.«

Ritchie nickte energisch.

»Wenigstens ist Lazz nicht beim Rummachen mit einer der Teenies erwischt worden«, sagte Midge.

»Haben Sie Grund zu der Annahme, dass so etwas vorgekommen ist?«, sagte Jane. »Oder war das ein Witz? Finden Sie den sexuellen Missbrauch von Minderjährigen etwa witzig? Oder Sie, Ritchie?«

Ritchie machte beschwichtigende Handbewegungen und sagte, man solle Ruhe bewahren.

»Ich nehme an, dass die Moral Foundation dahintersteht«, sagte Jane. Sie beugte sich beim Reden vor und drückte ihr rechtes Fußgelenk. Es ließ sie kleinmädchenhaft erscheinen.

»Bitte starren Sie nicht auf meine Beine, wenn ich Ihnen eine Frage stelle«, sagte Jane. »Haben Sie jemals einen Anruf von der Stiftung bekommen?«

»Nein«, sagte Ritchie.

»Gut. Falls das geschieht, hätten wir gern, dass Sie uns darüber in Kenntnis setzen. Aber es ist interessant, nicht wahr? Lange halten kann sich das nicht. Sie machen nur den Namen von Leuten schlecht. Dafür sind sie auf die Kraft der alten Medien angewiesen, den Leuten erst einmal einen guten Namen zu machen.«

»Was ist daran so interessant?«, sagte Midge. Ritchie staunte, dass er so unwirsch war, wo er doch damit rechnen musste, eines Tages vom guten Willen dieser Frau abzuhängen. Doch Midges Verstocktheit beflügelte Jane.

»Die Moral Foundation ist nur für Menschen eine Bedrohung, die etwas Unrechtes getan haben«, sagte Jane.

»Jetzt haben wir also einen moralischen Polizeistaat«, sagte Midge. »Eine Kamera in jedem Schlafzimmer, aber solange man sich an die Missionarsstellung hält, hat man nichts zu befürchten. Was ist mit dem Schauspieler, den sie vorige Woche angeprangert haben, weil er seine Freundin betrogen hatte? Wieso geht das irgendjemanden was an außer die beiden?«

»Er hat seiner Freundin vorgelogen, er wäre ihr treu«, sagte Jane. »Deshalb spricht man von Betrügen.«

»Tagtäglich betrügen sich in diesem Land Millionen von Männern und Frauen, und niemand kümmert sich drum.«

»Es sollte sich aber jemand drum kümmern«, sagte Jane. »Ob sich jemand drum kümmert oder nicht, unrecht ist es so oder so, nicht wahr?«

Midges Unterkiefer arbeitete. »Kommt mir vor, als hörte ich die zukünftige Obermatrone der britischen Tugendpolizei reden«, sagte er.

»Ich glaube nicht, dass ich dafür taugen würde«, sagte Jane. »Ich würde eine unpassende Bemerkung machen, und jemand würde mich melden. Läuft das in Polizeistaaten nicht so? Leute foltern und freikaufen ist nicht alles, soweit ich das verstehe. Werden die meisten Dissidenten nicht deswegen geschnappt, weil man die Schwindler und Betrüger und Drogensüchtigen erpresst, sodass die ihre Freunde verpfeifen? Ich denke, das ist das eigentlich Interessante an der Moral Foundation. Sie belohnt Leute, die ihre Freunde denunzieren. Das ist nicht sehr moralisch, nicht wahr? Ritchie, ich hätte nie gedacht, dass Sie so ein guter Zuhörer sind.«

Ritchie erklärte, er müsse jetzt gehen.

54

Ohne jemandem etwas zu sagen, fuhr Bec eines Morgens in aller Frühe zu einem Literaturfestival nach Cardiff. Sie zitterte vor Aufregung. Ein paar Kilometer westlich von Bristol hing sie würgend über dem stinkenden Becken der Zugtoilette. O'Donabháins Lesung war an einem Wochentag um elf Uhr vormittags und damit eine der frühesten. Er ist mittlerweile ein harmloser alter dichtender Mörder, dachte man in Wales allem Anschein nach; seine Lesung wurden mit drei Zeilen irgendwo in der Mitte des Festivalprogramms angekündigt und gehörte zu einer Reihe, die sich »Bekehrte Stimmen« nannte. Andere bekehrte Stimmen waren ein weißer südafrikanischer Polizist aus der Zeit der Apartheid, ein reuiger Heroindealer mit einer Insiderdarstellung des Geschäfts und ein meineidiger Parlamentsabgeordneter, der im Gefängnis Jesus gefunden hatte. Sie hatten Nachmittags- und Abendtermine bekommen. O'Donabháin war anscheinend niedriger eingestuft worden.

Der Spaziergang vom Bahnhof zum Festivalgelände im warmen Wind und prallen Sonnenschein hob Becs Stimmung. Als sie in die künstliche Helle des Konferenzzentrums trat und ihre Sohlen auf dem weitläufigen Teppichboden quietschten, drehte sich ihr wieder der Magen um, und ihr Herz hämmerte. Mit hängendem Kopf stand sie in der Toilettenkabine, die Arme an den Rand des Spülkastens gepresst, und der Speichel lief ihr von der Unterlippe. Sie hatte sich für einen blauen Pullover, Jeans und Turnschuhe entschieden und nichts an ihrem Gesicht gemacht. Jetzt wünschte sie, sie hätte eine Make-up-Maske aufgelegt, Stöckelschuhe und ein elegantes Kostüm und Schmuck angezogen, sich ein strenges Aussehen gegeben. Um fünf nach elf schritt sie durch das Foyer zu der Tür mit dem aufgeklebten Zettel »11 Uhr – Colum O'Donabháin«.

Der Raum war kleiner, als sie erwartet hatte; etwa ein Dutzend Reihen mit je zehn Klappstühlen waren durch einen Mittelgang getrennt. Die Hälfte der Plätze war besetzt. Am hinteren Ende des Raumes saßen zwei Männer mit Ansteckmikrofonen hinter einem Tisch: ein großer über fünfzig mit weißen Haarbüscheln hinter den Ohren und einer dickrandigen Brille mit runden Gläsern, der den Kopf hin und her drehte wie ein Rasensprenger, und ein massiger älterer Mann mit niedergeschlagenen Augen, dem sichtlich unwohl war.

O'Donabháin war gealtert, seit sein Dichterporträt aufgenommen worden war. Der Kragen seines weißen Hemdes war zerknittert. Er ist nur ein Mensch, dachte Bec und setzte sich in die hinterste Reihe nahe der Tür. Es war, als ob derjenige, dem zu begegnen sie sich gefürchtet hatte, noch erscheinen müsste. Und doch war er es. Die notwendige Gefühlsverbindung zwischen dem Mann am Tisch und dem Mann, der ihren Vater exekutiert hatte, kam nicht zustande, die Zeit hatte die Spur verwischt. Er war entkommen.

»Sollen wir anfangen?«, sagte der Mann mit der Brille. O'Donabháin sah ihn verwundert an, als merkte er erst jetzt, dass er nicht allein war, und begann, mit dem Daumen in seinem Buch zu blättern.

»Ich bin Dale Luthbridge«, sagte O'Donabháins Gesprächspartner, »und es ist mir ein großes Vergnügen, Ihnen den Dichter Colum O'Donabháin vorzustellen, der zum ersten Mal in Wales ist, glaube ich, ja? Colum wird heute aus seiner neuen Sammlung *Back Road* vorlesen, die den McGarragle-Preis für den besten Lyrikband eines früheren Strafgefangenen aus Irland gewonnen hat.«

»Sie war die einzige auf der Liste«, sagte O'Donabháin.

Die Zuhörer lachten, und Bec stand auf und verließ den

Raum. Sie hatten mit ihm gelacht; die Atmosphäre war herzlich gewesen.

Im Foyer stand ein Tisch mit einer weißen Decke und kleinen Stapeln von O'Donabháins schlanken Bändchen. Bec griff sich ein Exemplar von *Back Road* und wollte damit weggehen, doch das Mädchen hinter dem Büchertisch rief sie zurück und meinte, der Preis sei neun Pfund fünfundneunzig.

»Dafür? Geht etwas davon an den Dichter?«

»Ungefähr ein Pfund, nehme ich an«, sagte das Mädchen. »Aber genau weiß ich es nicht. Es ist Lyrik. Damit ist nicht viel Geld zu verdienen.«

Bec bezahlte. Auf dem Cover war der Stich einer Landstraße, die sich zwischen Feldhecken über Hügel schlängelte. Sie sah sich die Hecken genau an. Auf dem Bild waren keine Menschen. Ihre feuchten Fingerkuppen hinterließen schwache Abdrücke auf dem porösen sahnefarbenen Papier. Die Tatsache, dass sie O'Donabháins Stimme gehört hatte, kam ihr entsetzlich vor. Sie zögerte vor der Tür des Raumes. Applaus erscholl, und sie drückte die Klinke, schlüpfte hinein und ging zu ihrem Platz zurück, während O'Donabháin seine Gedichte vorzulesen begann.

Wieder erschien er Bec zu lasch und zu leise für den Mann, der ihren Vater gefoltert und getötet hatte. Mit ruhiger, eintöniger Stimme trug er seine Verse vor, über sein Buch gebeugt, als spräche er mit dem Tisch. Er lyrisierte verschiedene Vögel, Treibholz, eine nicht näher benannte Reue. Er rezitierte ein komisches Gedicht über die Erfahrung, der Einzige in einer Gruppe zu sein, der nicht Gälisch sprach. Die Zuhörer lachten mit. Becs Wangen brannten.

Der Zeitpunkt kam, Fragen zu stellen. Eine Frau Mitte fünfzig mit kurzen weißen Haaren, einer lila Weste und riesigen Ohrringen fragte O'Donabháin, warum er das Gedicht

»Das Rätsel vom kleinen einzelnen Soldaten« nicht gelesen habe.

»Das habe ich mich auch gefragt«, sagte Luthbridge zu O'Donabháin. »Es ist vom Stil her anders als Ihre übrigen Texte.«

»Ja, es ist ein antiquierter englischer Stil«, sagte O'Donabháin. »Beinahe eine Persiflage. Es gab mal eine Zeit, da hörte ich viele altenglische Volkslieder über Zwangsrekrutierung, über die Presspatrouillen. Warum ich es nicht lese? Weil ich es nicht besonders mag, deshalb. Das Wort ›anthropomorphisiert‹ kommt darin vor. Das ist ein ziemlicher Mundvoll für einen alten Mann, der nie zur Uni gegangen ist. Sechs Silben, und der Vers holpert. Ich kaufe ein Auto, und es passt nicht in die Garage.«

Sie lachen schon wieder!, dachte Bec. Sie machen sich's mit ihm gemütlich!

Ein großer Mann in blauem Blazer, roter Hose, gelbem Hemd und einem Halstuch unter den roten Hängebacken stand auf und sagte laut und betont: »Ich wüsste gern, was ein verurteilter Mörder und Folterer« – er schien das Wort »Folterer« mit Genuss auszusprechen, als probierte er den ersten Happen eines heißen, knusprigen Leckerbissens – »nach seiner unmenschlichen Behandlung eines verdienten britischen Offiziers auf dem britischen Festland zu schaffen hat.« Man hörte lautes Luftschnappen und den Ruf »Lesen Sie das Programm!«. Der Mann blickte sich um und hob die Stimme. »Ihre Anwesenheit ist eine Beleidigung der Familie von Captain Shepherd, bei der Sie sich niemals für Ihr feiges und ungeheuerliches Verhalten entschuldigt haben.«

O'Donabháin sagte: »Die Frage war, was habe ich hier zu schaffen? Das ist eine Frage, die ich mir jeden Tag stelle, überall, wo ich bin. Die Leute haben viele Vorstellungen von

Verbrechen und Strafe. Sie glauben, auf das eine folgt immer das andere. Das ist nicht so, mehr habe ich nicht zu sagen.«

Nach der Lesung verließ O'Donabháin den Raum mit Luthbridge und setzte sich ins Foyer hinter den Büchertisch. Bec beobachtete ihn, wie er für vier Leute Bücher signierte. Der Mann mit den roten Hosen ging. Bec trat an den Tisch und hielt O'Donabháin das Buch hin, als er gerade aus einer Flasche Wasser trank. Er stellte die Flasche hin, wischte sich mit dem Ärmel den Mund ab und schlug das Buch auf der Titelseite auf. Er hielt den Kugelschreiber darüber und legte fragend den Kopf schief.

»Schreiben Sie: Für Bec Shepherd«, sagte Bec.

O'Donabháin hatte sich über die Seite gebeugt, bevor sie ihren Namen nannte, und sie konnte die kahle Stelle auf seinem Kopf sehen. Ein paar Sekunden lang verharrte der Hautfleck über dem Buch. Der Kugelschreiber bewegte sich nicht. O'Donabháin blickte langsam auf und sah sie durchdringend an. Er wirkte unsicher. Bec meinte, den Mörder in ihm hervortreten zu sehen, und sie musste sich zusammenreißen, um nicht zurückzuweichen und eine ruhige Stimme zu bewahren.

»Wissen Sie, wer ich bin?«, sagte sie.

O'Donabháin nickte. Er wirkte jetzt weniger unsicher als gespannt.

»Ich habe Ihnen ein paar Dinge zu sagen«, sagte sie. »Kommen Sie mit nach draußen.«

Sie ging ihm voraus durchs Foyer, die Treppe hinunter und ins Tageslicht hinaus, ohne sich umzusehen. Aus irgendeinem Grund war sie sich sicher, dass er hinter ihr war. In der Nähe des Konferenzzentrums war ein an zwei Seiten von Stufen begrenztes Plätzchen, wo Skateboarder Kunststücke vollführten und Festivalbesucher und Studenten, die Sommerkurse belegten, Brote verzehrten. Bec setzte sich auf die

Stufen, und O'Donabháin ließ sich mit einiger Mühe auf einem Platz ein Stück weiter nieder. Er hatte ihr Exemplar seines Buches in der einen Hand und die Wasserflasche in der anderen.

»Mein Bruder meint, ich sollte Ihnen vergeben, und ich habe darüber nachgedacht«, sagte Bec. »Es scheint ihm sehr wichtig zu sein, und ich würde ihm gern den Gefallen tun, weil es mich belastet, wenn er meinetwegen seinen Film mit Ihnen nicht machen kann. Es ist nur so, dass ich mir nicht sicher bin, was es heißt, Ihnen zu vergeben. Sie haben mich schließlich nicht gebeten, Ihnen zu vergeben.«

O'Donabháin schüttelte den Kopf, ohne den Blick von ihr abzuwenden.

»Und ich werde Ihnen nicht sagen, dass es ganz in Ordnung war, was Sie getan haben. Dass es verständlich war. Ich kann überhaupt nur deshalb hier sitzen, weil das, was Sie getan haben, so grausam war, dass ich es mir nicht einmal vorstellen kann.« Unwillkürlich kratzte sie sich an den Narben am Handgelenk, und O'Donabháin guckte weg.

»Vergebung ist für mich etwas anderes als für Ritchie«, sagte Bec. »Er hat viel über Sie nachgedacht. Ich glaube, für ihn bedeutet Vergebung, sich nicht mehr rächen zu wollen. Ich habe nach dem Prozess nie wieder an Sie gedacht, erst als er damit anfing. Für mich bedeutet Vergebung, überhaupt an Sie zu denken. Es bedeutet zu akzeptieren, dass Sie bestraft wurden und nicht mehr bestraft werden müssen. Können Sie damit etwas anfangen?«

O'Donabháin nickte.

»Ich will Ihre Reue nicht«, sagte Bec. »Ich will Ihre Buße nicht. Ich will, dass Sie wissen, dass Ihr Freisein mir nichts ausmacht. Ist das Vergebung? Wenn ja, können Sie sie haben.«

O'Donabháin zuckte die Achseln.

»Sagen Sie doch was«, sagte Bec, plötzlich verärgert von seinem Schweigen.

»Ich nehm's«, sagte er.

»Lesen Sie mir dieses eine Gedicht vor«, sagte Bec. »Das eine, das Sie vorher nicht lesen wollten.«

»Das ist keine gute Idee.«

»Lesen Sie.«

O'Donabháin nahm einen Schluck aus der Flasche, fand die Stelle im Buch und fing an.

Das Rätsel vom kleinen einzelnen Soldaten

»Das ist der Titel«, sagte er.

»Weiter.«

O'Donabháin räusperte sich und las:

In Eden schwor ich einen Eid:
Ich dien in deinem Blut.
Du stachst Mein ab in Fässern Eis
Und stießt mich in die Flut
Zur Fehde gegen einen Feind
So groß und schwer wie ich.
Ich kämpfte hart und abgefeimt.
Der Preis: dein Augenlicht.

Weil ich das Adermeer durchfahr
Und hüte ritterlich,
Weil ich das Blut so rein bewahr,
Ehrst du mit Namen mich.

Kein kleiner einzelner Soldat
In dir entsühnt den Krieg,
Den Mörder, der gemordet ward,

Den Mörder, der gesiegt.
Der Mörder, der jetzt kampfesmüd
Spricht aus der Toten Schmerz,
Anthropomorphisiert den Parasit,
Der Kopf nicht hat noch Herz,
Der sich vermehrt ohne Organ,
Das Recht kennt, Unrecht flieht
Und zeigt: Das Menschenherz, sieh an,
Ist doch kein Parasit.

Als er fertig war, sagte Bec: »Signieren Sie das Buch.« Colum schrieb: »Für Rebecca Shepherd: Ich werde keinen Film machen. Für Ritchie Shepherd: Ihre Schwester vergibt mir. Colum O'Donabháin.«

Bec nahm seine Flasche, trank daraus und gab sie zurück. Sie riss die Widmungsseite aus dem Buch und drückte ihm das Buch in die Hand.

»Ich will Ihre Gedichte nicht«, sagte sie.

Er nahm das Buch. Als er aufstand, sich umdrehte und fortging, grub sich ihr die Enttäuschung auf seinem Gesicht ein, und sie begriff, dass sie ihn tiefer verletzt hatte, als sie beabsichtigt oder sich zugetraut hatte.

55

Ein Gespenst nahm in Ritchies Vorstellung Gestalt an, ein langes, krummbeiniges Scheusal ohne Gesicht. Es würde eines Tages durch sein Gartentor und durch die verschlossene Tür seines Hauses kommen, als ob sie unstofflich wären, ihn von seiner schlafenden Frau wegzerren und von seinem Anwesen hinunter auf die Straße werfen, und dann würde es draußen Wache stehen und ihn daran hindern, je wieder hineinzukommen und sich zurückzuholen, was ihm gehörte, sein Haus, seine Frau und seine Kinder. Ritchie begann, weniger Zeit in London zu verbringen. Er versuchte zurück zu sein, bevor Ruby ins Bett musste. Zweimal überraschte er Karin und Milena damit, dass er die Kinder zur Schule brachte. Er überschüttete sie mit Aufmerksamkeiten und Geschenken. Er sorgte sich, dass sie ihn langweilig fanden, und wenn Dan mit der Ausrede von Hausarbeiten höflich die Tür vor ihm schloss, wenn Ruby plötzlich von ihm zu seiner Mutter huschte, verspürte Ritchie mit einundvierzig wieder dieselbe Wehmut wegen der kurzen, sprunghaften, unsteten Aufmerksamkeit von Kindern wie früher, als er selbst noch ein Kind gewesen war.

Er begann, Ruby Gitarrespielen beizubringen. Zeitweise legte sie einen frühreifen Ehrgeiz an den Tag und zeigte eine unheimliche Beherrschung des Szenevokabulars. »Ich will nur Akustik-Gigs machen«, sagte sie einmal. Oder sie verlor das Interesse und schrie, sie wolle nicht spielen.

Ritchie schlug das Herz höher, wenn er zusah, wie die Finger seiner Tochter sich streckten, um die Griffleiste zu überspannen und die straffen Nylonsaiten zu drücken, wie ihr Kopf auf und ab ging und ihre Haare über dem Schallkasten schlenkerten. Manchmal machte sie einen kleinen Fehler, schaute ihn an und grinste kameradschaftlich; ihre Augen blickten dann mit einem Verständnis in seine, das zeitlos war, als ob alle Lebensphasen, die sie durchlaufen würde, bereits in ihr enthalten wären und nur darauf warteten, sich zu entfalten: Kind, Freundin, Gefährtin im Abenteuer, Liebende, Mutter, Großmutter. Ritchie wünschte, der Moment möge ewig dauern, aber er war nie vorherzusehen, und wenn er eintrat, waren sein Stolz und seine Besitzgier zu offensichtlich, und das Wohlgefühl dieses sicheren, zeitlosen Bandes verging.

Bec und Alex gaben eine Party, um ihren Einzug zu feiern. Ritchie dachte, er könnte sich davor drücken, aber Alex bearbeitete ihn mit E-Mails und einem Anruf, und so sagte er für sich und Karin zu. Zwei Tage vor der Party teilte Karin ihm mit, dass sie nicht konnte. The What wollten kommen, um eine Woche lang mit ihr im Studio zu proben. Sie konnte nicht weg. Ritchie hatte die Band für zu gut und ihm gegenüber zu respektlos befunden, um sie in *Teen Makeover* auftreten zu lassen, und damit sie deswegen keinen Krach schlugen, hatte Ritchie sie mit Karin kurzgeschlossen. Sie hatte die Jungs bei einem kleinen Auftritt in Portsmouth spielen sehen, und ihr Sound hatte ihr ebenso gefallen wie die Tatsache, dass sie sie als Nationalheiligtum behandelten. Ritchie fragte, ob es nicht schlecht für ihr Image sei, mit einem Trupp Fünfzehnjähriger zu arbeiten, und Karin antwortete, inzwischen seien sie sechzehn.

»Sie bringen Zelte mit«, sagte sie. »Im Studioblock gibt's eine Dusche. Mir war klar, dass du sie nicht im Haus haben willst.«

»Sie dürfen keine Drogen nehmen«, sagte Ritchie.

Er kam um neun auf die Party. Die Fenster waren erleuchtet, und die Tür stand offen. Ein Mädchen in kurzem schwarzem Kleid und ein magerer Mann mit Schnurrbart und Koteletten rauchten und tranken Wein auf der Treppe. Sie beachteten Ritchie nicht, als er zwischen ihnen hindurch ins Haus ging.

Es waren so viele Menschen da, und Bec und Alex hatten so geschickt Lampen aufgestellt, in Ecken, in Kaminen, die die Decken anstrahlten oder überlappende Lichthöfe auf den Boden warfen, dass Ritchie anfangs gar nicht bemerkte, wie wenig Möbel es gab und wie kahl die Wände waren. Auf einer Etage wurde getanzt, auf einer anderen gab es Polster und Paravents und ruhigere Musik, in der Küche führten intelligent aussehende Männer und Frauen in einzelnen Grüppchen heftige Diskussionen, und Ritchie war, als wohnte er den Debatten eines mondänen Parlaments bei. Die Gäste waren besser gekleidet, als er erwartet hatte, zeigten in ihrer Garderobe mehr Einfallsreichtum und Eleganz, als er Wissenschaftlern nach Feierabend zugetraut hätte. Es war ihm gar nicht in den Sinn gekommen, dass Bec und Alex Freunde haben könnten, die keine Wissenschaftler waren. Der Wein war vorzüglich; er musste ein Vermögen gekostet haben, dachte er. Der erste Eindruck, den Ritchie hatte, wenn er ein Zimmer betrat, bevor er anfing, einzelne Personen wahrzunehmen, war eine Masse von Leuten, die selbstsicher, überlegt und offen waren. In einer solchen Menschenansammlung war er noch nie gewesen, und die Eifersucht, die so schnell bei ihm kam, schoss auf. Ein unverschämtes Glück, dachte er, dass Bec und Alex einfach in dieses Stadthaus gestolpert waren und dort auf einmal einen Salon unterhielten, ohne jede Anstrengung! Er dagegen war als Familienvater in der Pampa gelandet! Wie hatte das geschehen können? Er war der Reiche. Er war der Prominente. Wer waren diese Leute? Wer war das unglaublich hübsche junge Mädchen dort, und warum trug sie ein muslimisches Kopftuch, wo sie doch offensichtlich weiß war? Wer war der sonnengebräunte Typ mit dem breiten Kreuz, den schulterlangen blonden Haaren und dem irren Blick?

Er sah Alex und Bec auf der anderen Seite des Zimmers dicht nebeneinanderstehen, als ob sie gerade geheiratet hätten, Alex mit dem Arm um Becs Taille. Sie lachten mit jemandem; sie schienen von unendlicher Freude erfüllt zu sein. Bec trug ein tief ausgeschnittenes, rückenfreies Kleid mit Nackenträger, und das Licht funkelte auf einem silbernen Halsband und silbernen Kettchen in ihren Ohren, die baumelten, wenn sie den Kopf bewegte. Alex hatte ein schlichtes weißes Hemd an, und es kam Ritchie so vor, als ob alle im Raum sich ihnen zuneigten wie Fotografen hinter der Absperrung am roten Teppich.

Eine Frau hinter ihm fragte, ob sie ihm nachschenken solle. Sie hielt eine Flasche in der Hand, und Ritchies Glas war leer. Sie goss ihm voll. Sie wirkte beschwipst.

»Ich muss noch fahren«, sagte Ritchie.

»Ich auch«, sagte die Frau, lachte und berührte ihn am Unterarm. »Gott, sieht sie nicht umwerfend aus? Ich hasse sie.«

»Wen?«

»Bec«, sagte die Frau und starrte mit schmalen Augen durch den Raum. Sie wandte sich wieder Ritchie zu und lächelte. »Ich liebe sie. Im Studium waren wir mal die besten Freundinnen. Du weißt schon, Freunde fürs Leben und so. Es ist nie fürs Leben, nicht wahr? Wir haben schon lange nichts mehr voneinander gehört.«

Ritchie sah die Frau an und überlegte, ob er sie kannte. Er wollte gern unerkannt bleiben und erst bei Gelegenheit seine wahre Identität offenbaren.

»Warst du je bei ihr zu Hause?«, sagte er.

»Nein«, sagte die Frau. »Wir sind mal übers Wochenende zusammen nach London gefahren. Ihr Bruder war ein Popstar. Er spielte in einer Band, die sich The Lazygods nannte. Ich weiß nicht, ob du dich noch an die erinnerst.«

»Vage.«

»Wir sind zu einem Konzert von denen im Hammersmith Palais gegangen. Sie haben ganz okay gespielt. Das heißt, die Frau war gut, aber ihr Bruder war ein bisschen …« Sie blickte sich um, legte Ritchie die Hand auf den Arm und beugte sich vor. »Es war komisch. Ich musste Bec damals versprechen, es nie jemandem zu verraten, aber es ist schon so lange her. Sie hatte einen Bühnenpass, und sie ging ihren

Bruder suchen und kam dabei in diese Garderobe, und da saßen David Bowie und Bono! Sie hatten auch gespielt, es war so was wie ein Benefizkonzert. Und sie hörte, wie einer von den beiden, ich glaube, es war Bowie, gesagt hat: ›Dieser Ritchie Shepherd, der singt wie ein Hund, der ins Haus gelassen werden will.‹ Und Bono hat gelacht.«

Ritchie drehte sich zu Bec um. Sie sah ihn und winkte, und er ging steif zu ihr hinüber. Das Blut dröhnte ihm in den Ohren. Alex klopfte ihm auf die Schulter, und Bec küsste ihn auf beide Wangen. Er roch ihr Parfüm und hörte sie fragen, ob es ihm gut gehe.

»Du siehst aus, als wärst du mit den Gedanken woanders«, sagte sie.

»Bin ganz hin und weg«, sagte Ritchie. »Tolle Party.«

»Wart mal«, sagte Bec. »Ich habe eine Überraschung für dich.«

»Wir passen aufeinander auf«, sagte Alex zu Ritchie und blickte Bec hinterher. »Betrunkene Gastgeber sind das Letzte.«

Wie ist es so weit gekommen, dass mein bescheuerter alter Drummer mit mir Vertraulichkeiten über meine Schwester austauscht?, dachte Ritchie. Ich bin in einer Welt fremdartiger neuer Strafen gelandet.

»Guckst du dir je Wissenschaftssendungen an?«, fragte Alex. »Ich bin gefragt worden, ob ich bei einer moderieren mag.«

»Warum auch nicht?«, sagte Ritchie mit zusammengebissenen Zähnen.

Bec kehrte mit einem Stück Papier in der Hand zurück. Sie bat Ritchie mitzukommen und ging mit ihm auf den Flur.

»'tschuldige, ich bin ein bisschen betrunken«, sagte sie. »Ich hatte vergessen, worum es geht. Dass es um Dad geht.« Sie standen dicht zusammen. Bec sah ihrem Bruder in die

Augen. »Wusstest du, dass O'Donabháin vor Kurzem in Wales aus seinen Gedichten gelesen hat?«

»Nein.«

»Ich war da. Ich weiß, wie wichtig es dir ist, dass ich ihm vergebe. Ich weiß, es bedeutet dir mehr, als deinen Film zu machen.« Sie zögerte. Sie hatte den Eindruck, dass Ritchie über ihr Handeln ungemein erstaunt war. »Deshalb bin ich hingegangen, und ich denke, ich habe ihm vergeben, auf meine Art. Wir haben geredet. Hier. Das hat er auf das Titelblatt seines Buches geschrieben.«

Sie gab Ritchie das Stück Papier.

»Es ist gut so«, sagte Bec.

»Ja«, sagte Ritchie mit Mühe. Er fühlte sich, als würde er gleich ersticken.

»Es ist alles bereinigt mit ihm, und es wird keinen Film geben. Ein Schlussstrich, wie du gesagt hast.«

Ritchie machte den Mund auf und wieder zu. Noch einmal.

»'tschuldige«, sagte Bec, fing an zu weinen und legte die Arme um ihn. »Ich weiß nicht, warum ich dir das gerade jetzt auf der Party erzähle. Ich habe dich einfach gesehen und dran denken müssen. Ich sehe dich nicht oft genug.«

Ritchie tat so, als erwiderte er die Umarmung, und blickte über die Schulter seiner Schwester auf das dunkle Fenster gegenüber und die nach unten führende Treppe.

»Was du dir für eine Mühe gemacht hast, nur um meinen Film zu verhindern«, sagte er. »Um ihm zu vergeben, sollte ich sagen. Das war eine richtig gute Tat. Du bist wirklich eine Wucht. Gut gemacht! Aber ich bin ein bisschen angeschlagen, Schwesterherz. Ich muss los.«

Ritchie setzte sich in eine schäbige Bar in der Nähe, trank in rascher Folge drei doppelte Whisky, ging und rief ein Taxi. Der Fahrer zögerte zuerst, die gut hundert Kilometer nach Petersmere zu fahren, bis Ritchie ihm ein Bündel roter Banknoten zeigte.

Mehr als alles andere wollte Ritchie seine schlafenden Kinder küssen und zu seiner Frau ins Bett steigen. Aber Milena hatte Dan und Ruby übers Wochenende zu Karins Eltern gebracht. Das Taxi setzte Ritchie vor dem Eingangstor ab, und er ging zu Fuß die Einfahrt hinauf. Es war lange nach Mitternacht, und im Studioblock brannte noch Licht. Er hörte Musik. Er trat ans Fenster und schaute hinein. Karin saß mit Kopfhörern auf einem Hocker und fingerte sich durch eine schwierige Akkordfolge, und einer der Jungs von The What kauerte im Schneidersitz neben ihr auf dem Fußboden und schrieb etwas in ein Notizbuch. Sie blickte auf, lächelte unsicher, als ob jemand etwas zu ihr gesagt hätte, von dem sie glaubte, dass es wahrscheinlich lustig gewesen war, obwohl sie es nicht gehört hatte, und nahm die Kopfhörer ab. Ritchie sah ihren lächelnden Mund das Wort »Was?« formen, und jemand, den er nicht sehen konnte, musste die Bemerkung wiederholt haben, denn sie lachte, schaute zu dem Jungen hinunter und sagte etwas zu ihm, als er gerade einen Schluck Dr Pepper nahm. Er lachte und hielt sich den Handrücken vor den Mund, um nichts zu verspritzen.

Ritchie ging zum Haus. Ein leises Tackern von Bass- und Snare-Drum ertönte hinter ihm in der Dunkelheit, als ob in der Ferne unsichtbar ein Feuerwerk abgeschossen würde. Eine Traurigkeit, wie er sie noch nie erlebt hatte, bebte in seiner Brust, erschreckend in ihrer Tiefe und Unabänderlichkeit, und ihm kam wieder der Gedanke an Selbstmord, nicht als der Wunsch, seinem Leben ein Ende zu bereiten, sondern als Gegenkraft zu dieser Traurigkeit, als ob er durch die glaubhafte Vorstellung, seinem Leben ein Ende zu bereiten, die Traurigkeit verschrecken, sie klein und unbedeutend erscheinen lassen könnte. Doch als sein Vorsatz, etwas zu unternehmen, einmal gefasst war, musste er unwillkürlich denken: Was, wenn? Alle Gipfel und Täler um ihn herum wären eingeebnet: seine Traurigkeit, Becs Freude, Karins Fröhlichkeit. Was seine Kinder betraf, wie hatte sein schlauer Sohn doch gesagt: »Wenn du ohne Vater so gut klargekommen bist, warum ist es dann gut, dass ich einen habe?« Und die Traurigkeit stieß wieder in ihn hinein wie eine Krallenhand, die sich durch den Körper nach seinem Herzen ausstreckte, um es fest zu packen und ihn unter die Erde zu zerren.

Er ging in die Waschküche, wo er die alte Gartenschaukel verstaut hatte, nachdem sie abgerissen war. Das Seil lag zusammengerollt unten in einem Schrank, und er streifte es sich über die Schulter und nahm es mit nach oben. Das Licht in seinem Atelier war unpassend hart, und er schaltete es ganz aus bis auf eine kleine Tischlampe. Er ließ die schwere Seilrolle unter den Dachpfetten auf die Dielen fallen und blickte empor.

Eine Weile musste er sich der technischen Seite des Problems schändlich geschlagen geben, bis er erkannte, dass er zuerst ein Ende des Seils an einem festen Gegenstand auf Bodenhöhe anbringen musste. Er schlang es um einen Heizkörper und ging dann daran, am anderen Ende eine Schlinge zu knüpfen. Wie machen sie bloß im Film immer diese Schlingen, dachte er, wo sie das Seil zehnmal herumwickeln? Das bringen sie einem bei den Pfadfindern nicht bei. Er machte mit einem einfachen Laufknoten eine Schlinge und versuchte, sie über den Dachbalken zu werfen. Das Seil war schwer, und bei seinen ersten Versuchen warf er es nicht hoch genug. Beim fünften Versuch klappte es, und es kam auf der anderen Seite herunter. Einen Moment lang war er stolz auf seinen Erfolg. Aber die Schlinge hing nicht weit genug herunter, dass er seinen Kopf hindurchstecken konnte.

Er holte eine kleine Trittleiter, und darauf stehend konnte er sich die Schlinge bequem über den Kopf streifen und fest an den Hals ziehen. Die rauen Stränge drückten gegen seinen Kehlkopf, und er erkannte entsetzt, dass das Seil genau die richtige Länge hatte, falls er wirklich beabsichtigte, sich umzubringen.

Er schob rasch die Finger hinter das Seil, um es zu lockern und den Kopf hinauszuziehen, aber der Laufknoten war beim Zuziehen an einer Verdickung hängen geblieben, sodass er sich nicht ohne Weiteres lösen ließ. Ritchie bekam es mit der Angst zu tun und zerrte energisch mit beiden Händen an der Schlinge. Sie lockerte sich ein klein wenig und rutschte ihm knapp hinter die Ohren, aber sein heftiges Zerren und seine Wackligkeit wegen des Alkohols, den er noch im Blut hatte, hatten zur Folge, dass er das Gleichgewicht verlor. Er fühlte, wie die Trittleiter unter ihm wegrutschte, und suchte mit den Füßen zappelnd nach einem sichereren Stand, trat aber stattdessen die Leiter um, sodass sie hinfiel und er mit dem Seil ums Kinn am Dachbalken baumelte. Sein Stoffwechsel reagierte auf Angst mit einem Energieschub, und sein Instinkt sagte ihm, dass sein Leben davon abhing, alle Kraft in seine Hände zu legen, die immer noch zwischen Seil und Kopf klemmten. Er musste den Laufknoten und sein eigenes Schwergewicht überwinden, um die Schlinge über Kinn und Nase zu bekommen und auf den sicheren Boden zu fallen. Vor Angst und Schmerz wimmernd und mit den Beinen strampelnd, zog er unter Anspannung seiner sämtlichen Oberkörpermuskeln wieder und wieder an der Schlinge.

Er merkte deutlich, dass seine Kräfte zur Neige gingen, und er sammelte sie zu einer letzten großen Anstrengung. Er schrie auf, das Seil schrammte ihm brutal über den Unterkiefer, traf ihn mit solcher Gewalt an der Nase, dass ihm war, als würde sie abgerissen, und er fiel auf den Fußboden, wo er lange weinend liegen blieb.

Er rappelte sich auf, band das Seil vom Heizkörper los und rollte es ordentlich auf. Er wusch sich das Gesicht. Es gab keinen Spiegel im Atelier, wo er sich hätte betrachten können. Er konnte keine Verwundung fühlen, kein aufgerissenes Fleisch, kein Bluten, nur ein scharfes Brennen um den Hals.

Immer noch schniefend und sich die Nase putzend, ging er zum Kühlschrank und nahm einen Schokoladenpudding heraus. Er verzehrte zwei Portionen mit einer Flasche Bier und trat an die Regale, wo er seine Filme aufbewahrte. Er fand die DVD, die er nach seinem ersten Treffen mit Colum O'Donabháin bestellt, aber nie angeschaut hatte. Er holte sich noch zwei Becher und noch eine Flasche und setzte sich hin, um *Armee im Schatten* zu gucken. Nach einer halben Stunde kam er zu den Szenen, die die Hinrichtung des Verräters Dounat durch die Résistance zeigten.

Ritchie beobachtete Dounat im Auto, wohl wissend, was gleich mit ihm passieren würde, und er schluckte und wischte sich beklommen mit dem Daumen über die vollen Lippen.

Der Fahrer hielt an einer windigen Strandpromenade vor der hohen Brandung des Mittelmeers. Dounats frühere Genossen Gerbier und Felix führten den Verräter in eine schmale Gasse, jeder an einem Arm. Ritchie konnte den kalten Wind vom Meer fühlen.

Sie betraten ein gemietetes Haus. Darin befand sich ein weiterer junger Mann, Claude, genannt Le Masque. In einem kahlen, verdunkelten Zimmer teilte Le Masque Gerbier mit, dass er alles für das Verhör vorbereitet habe. Er grinste, schaukelte auf den Fersen und massierte sich Lob heischend mit der rechten die linke Hand, als redete er über Vorbereitungen für ein Fest: Er hatte Stühle, Tisch, Papier bereitgestellt.

Aber Gerbier sagte, es werde nicht zu einem Verhör kommen. »Das hier wird's geben«, sagte Felix und zog eine Pistole.

Le Masque sagte, es sei sein erstes Mal. Gerbier drehte sich auf dem Stuhl zu ihm um und sagte aufgewühlt: »Das ist auch unser erstes Mal. Siehst du das nicht?«

Ritchie nahm einen großen Schluck Bier. Er hatte tiefes Mitgefühl mit diesen Figuren: mit Le Masque – wie konnte er danebenstehen und zusehen, wie Dounat, ja, ein Verräter, aber ein gut aussehender, gut gekleideter junger Mann wie er selbst, getötet wurde? Und Gerbier, der so erfahren gewirkt hatte, gestand plötzlich, dass auch ihm davor graute, was getan werden musste!

Sie unterhielten sich darüber, wie sie den Verräter töten sollten. Felix fragte, ob sie ihm nicht einfach den Schädel einschlagen sollten, und der Verräter hob die Hände, wie um ein tonnenschweres Gewicht aufzuhalten, das auf ihn zurollte. Gerbier ordnete an, ihn zu knebeln, und Felix und Le Masque, der tapfere Le Masque, stopften ihm ein Taschentuch in den Mund. Der Verräter begann zu wimmern, und sie warfen ihn bäuchlings auf eine Matratze am Boden.

Gerbier sagte, sie müssten ihn mit einem Küchenhandtuch erdrosseln. Le Masque hielt sich die Ohren zu, weil er es nicht mit anhören konnte, wie der Verräter mit dem Knebel im Mund weinte. Gerbier fuhr Le Masque an, er habe doch selbst um härtere Einsätze gebeten, und jetzt bekomme er eben einen.

Wie recht sie doch beide hatten, dachte Ritchie mit einem erhebenden Gefühl süßer Traurigkeit in der Brust und einem Kribbeln in den Augen. Wie tragisch, dass dieser edle junge Mann an dieser schrecklichen Tat beteiligt sein musste, und nur richtig, dass Gerbier ihn daran erinnerte, wie nötig es manchmal war, um der Gerechtigkeit willen, um der Ordnung willen grausam zu sein, damit anständige Menschen und ihre Familien in Frieden leben konnten! In normalen Zeiten hätte dieser Verräter nicht sterben müssen; jetzt aber musste er zum Wohle anderer geopfert werden.

Felix zog die Vorhänge vor die geschlossenen Fensterläden und schaltete das Licht an. Le Masque stand steif da und blickte auf die schluchzende, geknebelte Gestalt auf der Matratze. Gerbier stellte einen Stuhl in die Mitte des Raumes. Sie zogen den Verräter hoch, setzten ihn auf den Stuhl, und Gerbier sagte: »Ich verspreche dir, du wirst nicht leiden.« Le Masque hielt ihm die Arme fest und Gerbier die Beine, den Blick auf sein Gesicht gerichtet – welch ein Mut, dachte Ritchie –, während Felix dem Verräter das Handtuch um die Kehle legte und es durch Drehen eines Holzstücks zuzog. Der Verräter starb mit Tränen auf den Wangen. Sein Kopf fiel vor. Le Masque weinte. Bevor sie gingen, stand Gerbier lange mit dem Rücken zum Zimmer am Fenster. »Das hätte ich nicht für möglich gehalten«, sagte Le Masque. »Ich auch nicht«, sagte Gerbier.

Ritchie stellte die Anlage ab und starrte ins Leere. Er hatte vergessen, dass O'Donabháin den Film benutzt hatte, um seine Entschlossenheit zu stärken, bevor er Ritchies Vater tötete. Der Edelmut von Männern, die um höherer Ziele willen grausame, aber notwendige Dinge taten, rührte ihn.

Ich wäre heute Abend beinahe gestorben, dachte er. Meine Frau wäre beinahe Witwe geworden, und meine Kinder hätten den Vater verloren, meine Firma die lenkende Hand. Er konnte sich kaum noch an seine Affäre mit Nicole erinnern. Er konnte sich nur mit Mühe erinnern, wie sie ausgesehen hatte, und diese ferne Geschichte schien nichts mit dem aktuellen Thema zu tun zu haben, nämlich der Tatsache, dass eine böse Kraft beinahe seine Familie zerstört hätte. Und obwohl Bec rein formal nichts Unrechtes getan hatte – formal, wissenschaftlich betrachtet, als ob man das Gute mit Zahlen messen könnte, aber genauso dachten sie! –, erkannte Ritchie zu seiner Verwunderung, je mehr er darüber nachdachte, wie dicht seine Schwester am Ursprung des Bösen dran war, das um ein Haar sein Leben beendet hätte und immer noch seine Familie auseinanderreißen konnte.

Bec nämlich hatte Vals Zorn erregt, indem sie so abrupt mit ihm Schluss gemacht hatte; Bec hatte der Welt, und mit zwanzig Jahren Verspätung auch ihm, die Information zukommen lassen, dass zwei seiner Helden ihn für einen schlechten Musiker hielten; Bec hatte verhindert, dass er den Film machte, der seinen Ruf vielleicht gerettet hätte. Wenn man es ganz extrem sah, konnte man quasi sagen, dass Bec beinahe ihren eigenen Bruder umgebracht hatte. Und gleichzeitig bewegte sie sich in ihrer Welt schöner Menschen und galt als die beste Frau überhaupt. Sie hat ja keine Ahnung, dachte er. Sie hat keine Ahnung, welche Kluft dazwischen besteht, für wie gut sie sich hält und was sie tatsächlich getan hat. Und als ob es die ganze Zeit dort gelegen hätte und er es nur hätte finden und aufheben müssen, sah Ritchie auf einmal, wie gerecht es wäre, wenn die Moral Foundation der Welt zeigte, dass nicht alles, was Bec tat, richtig war.

Ritchie wusste nicht, welche Geheimnisse sie vielleicht verbarg, und er hatte nicht vor, danach zu suchen. Doch es erschien ihm jetzt offensichtlich, dass in gewisser Weise Gerechtigkeit geschähe, eine raue Gerechtigkeit, gewiss, ähnlich der pauschalen Gerechtigkeit der tapferen Männer der Résistance, aber dennoch eine Gerechtigkeit, sollte er zufällig auf ein unangenehmes Geheimnis von Bec stoßen und es still, bekümmert und doch würdevoll an die MF weitergeben. Darin läge, schien Ritchie, eine Art Güte; es war gefährlich für seine Schwester, in dem irrigen Glauben weiterzuleben, sie sei rechtschaffen. Indem er ihren Ruf beschädigte, würde er sie nur in die Welt der Sterblichen zurückholen, wo Frauen, die fast ihren Bruder getötet hätten, in Sicherheit waren.

56

Um den Wechsel der Jahreszeiten herum, als es keine Überraschung mehr war, ein Blatt fallen zu sehen, aber die Tage noch warm und die Bäume noch grün waren, begann die unausgesprochene Abmachung zwischen Bec und Alex, das Haus leer zu lassen, zu bröckeln. Wenn sie sich am Anfang nicht gescheut hatten, gegenseitig ihren alltäglichen Plunder wegzuwerfen oder ihre Unordnung aufzuräumen, so verkehrte sich dieses Selbstvertrauen nach und nach in die gegenteilige Gewissheit, dass es einen guten Grund geben musste, wenn der andere etwas ins Haus brachte, und dass es gemein wäre, sich zu beschweren. Das ungeschriebene Gesetz gegen überflüssige Dinge stellte sich als substanzlos heraus; jeder Versuch, es durchzusetzen, hätte es verletzt.

Keiner von beiden bekam diese Veränderung mit, und erst später, als die Abende lang wurden, wurden sie sich ihrer Folgen bewusst. Papiere aus der Außenwelt, weder lebenswichtig noch einfach zu beseitigen, türmten sich zu kleinen Stapeln. Auf freien Flächen fand sich Platz für Geschenke und Fotos. Ein tansanischer Freund schickte Bec zum vierunddreißigsten Geburtstag eine Statuette aus dunklem Holz, und weil er der normalen Post nicht traute, beauftragte er einen teuren internationalen Kurierdienst. Sie stellten sie auf einen Kaminsims, und augenblicklich wirkte der Platz daneben ärmlich und leer. Familienfotos kamen an beiden Seiten dazu. Sie luden Leute zum Essen ein; sie schafften sich mehr Stühle an. Nach der Rückkehr von einer Konferenz, auf der sie zu viel Zeit in Stöckelschuhen verbracht hatte, sagte Bec, sie würde gern auf einem Sofa liegen, und kurz danach schauten sie und Alex sich Bilder in einem Katalog an, und kurz danach wiederum schlenderten sie durch ein Möbelhaus. Sie sah gediegene Sachen, die ihr gefielen, und einen Monat später kam das Sofa. Das rundliche rote Stück Behaglichkeit diente als Einfallspforte, und fast von selbst erschienen auf einmal Teppiche, drapierten sich Vorhänge links und rechts der Fenster – als es Winter wurde, erwies sich das Haus als zugig – und schlängelten sich Kabelknäuel wie Aale aus den Steckdosen.

Ende Oktober trafen Sachen ein, die Alex bei der Trennung von Maria eingelagert hatte. Die meisten verschwanden in dem Raum, den er als Arbeitszimmer benutzte, aber zwei Gemälde kamen an die Wände im Wohnzimmer; die Wände wurden sich ihrer Nacktheit bewusst. Ein kleiner runder Couchtisch, mit dem Alex aufgewachsen war, schlich sich ein. Er war weder schön noch hässlich, füllte sich aber, schien es Bec, bald mit Krimskrams und Habseligkeiten, die zwar nur Dinge waren, aber den Menschen etwas nahmen. Ein winziger Teil ihres wie auch Alex' Bewusstseins ging in die Einrichtung und wurde von ihnen selbst und voneinander abgezogen. Es wirkte wie eine Niederlage, ein Rückzug, und Bec war sich nicht sicher, ob es ein Rückzug von einem niemals richtig ausgesprochenen Ideal des Minimalismus war oder die ersten Anzeichen, dass sie sich für eine Zukunft wappneten, die vielleicht doch ohne Kinder blieb.

Sie bewohnten ein Reich, das relativ neu auf der Welt war, ein Land, das viel jünger war als Amerika oder Liberia, aber nicht mehr völlig frisch, das Reich der sexuellen Freiheit. Sie hatten es nicht erobert und auch seine Gründung nicht miterlebt; sie waren einfach hineingeboren worden. Beide waren noch nie verheiratet gewesen und auch jetzt nicht formell miteinander verheiratet, aber in ihrer Geschichte hatten sie beide lange, enge Versuchsehen vor dieser geführt, die ihnen zu der Zeit, so wie diese jetzt, als das Eigentliche, das Endgültige vorgekommen waren. Diese Versuchsehen nannten sich »Beziehungen«, aber sie waren dennoch Ehen mit derselben Erwartung von Treue und derselben Erwartung, wenn nicht von lebenslanger, so doch zumindest von langer Dauer. Der Irrtum lag nahe, eine neue Versuchsehe als besser anzusehen, nur weil sie neu war, aber Alex, der in der Vergangenheit unter der lusttötenden Wirkung der Vertrautheit gelitten hatte – und seine Partnerinnen hatte mitleiden lassen –, merkte deutlich, wenn er frühere Versuchsehen mit dieser verglich, dass seine Vertrautheit mit Bec mit zunehmender Dauer seine Lust auf sie nur verstärkte. Sie fühlte das, und es steigerte wiederum ihr Begehren, und in den sicheren Grenzen beiderseitigen Wohlbefindens und Einvernehmens war alles erlaubt. Sie trank ihn, und er aß sie, und sie leckten sich gegenseitig die Finger ab, und sie ließ Grenzüberschreitungen zu, gestattete ihm Gewaltmomente, die sie sich noch von niemandem hatte bieten lassen. Wenn Alex ohne sie auf Reisen war, riss er die Laken vom Bett und legte sie vor dem Onanieren um und zwischen seine Beine, um sich die gemeinsam verbrachten Stunden besser vergegenwärtigen zu können. Eines Nachmittags um vier überkam Bec der Gedanke an Alex mit solcher Gewalt, dass ihr die Wangen brannten und sie gerade noch die Tür abschließen und die Jalousien herunterlassen konnte, bevor sie sich hinsetzte, die Beine spreizte und die Finger dazwischenschob. Sie rief ihn an und fragte, ob er nicht vielleicht früher nach Hause kommen könne, und ja, er konnte, und er kam. Aber schwanger war sie noch immer nicht.

Früher hatte Bec sich vorgestellt, wie es sein mochte, schwanger zu sein, wie es sein mochte, ein Kind zu haben. Sie hatte sich niemals vorgestellt, wie es sein mochte, wenn man versuchte, schwanger zu *werden*. Anfangs erschienen ihr dies und das Delirium der Lust und die Gewissheit der Liebe untrennbar miteinander verflochten. Als die Monate vergingen und Alex' Ungezwungenheit gezwungen wurde, trennten sich die Stränge, und die Unfasslichkeit der Grenze begann sie zu wurmen. Sie war es gewohnt, hart zu arbeiten, um die Hindernisse zu überwinden, die sie sich selbst gesetzt hatte, und auf einmal war die Lust ihre Arbeit, und an ein Überwinden war nicht zu denken. Es war, als wartete sie darauf, eine Reise anzutreten, ohne zu wissen, ob es überhaupt eine Reise geben oder wo diese sie, einmal angetreten, hinführen würde.

Das Bewusstsein setzt seine eigenen Prioritäten, und obwohl Bec versuchte, die Balance zwischen Schwangerschaftshoffnung und auf neuer Stufe fortgeführter Forschungsarbeit zu halten, gewann der Kinderwunsch mehr Gewicht. Die Schaubilder und Beschreibungen der tätigen Malaria-Parasiten provozierten sie geradezu. Die Parasiten bufften an ein menschliches Blutkörperchen und hängten sich daran, dann rollten, ringelten, rammelten sie sich hinein und begannen sich zu teilen. Es war ein cleverer Trick, als ob sich eine Maus durch die Haut eines aufgeblasenen Luftballons schieben könnte, ohne ihn zum Platzen zu bringen. In einem einzigen Menschen konnten das mehrere Tausend Malaria-Merozoiten mehrere Tausend Mal machen. Doch Alex' Millionen Gameten konnten ihre Köpfe kein einziges Mal in Becs Eizellen schieben. Dabei waren ihre Eizellen zwanzigmal so groß wie ein Blutkörperchen. Die medizinischen Datenbanken erfassten die humane Reproduktionswissenschaft genauso gründlich wie die Parasitologie; sie musste nur die Suchbegriffe ein wenig verändern, um mehr wissenschaftliche Aufsätze über menschliche Empfängnis zu finden, als sie in einem Dutzend Leben lesen konnte, und schuldbewusst erkannte sie, dass sie sich im Lauf der Wochen mehr Wissen über die Mysterien des menschlichen Fortpflanzungszyklus angeeignet hatte als über den Fortpflanzungszyklus der Parasiten, die sie eigentlich erforschen sollte.

Alex' Cousin Matthew, wusste Bec, glaubte nicht an die Evolution. Er glaubte nicht, dass Menschen und Affen gemeinsame Vorfahren hatten. Seiner Meinung nach hatte Gott die Welt vor ein paar Tausend Jahren erschaffen. Bec fragte sich, was Matthew sagen würde, wenn sie ihm erzählte, dass Menschen und Malaria-Parasiten von gemeinsamen Vorfahren vor Millionen von Generationen abstammten. Dass die verwandten Zellen getrennte Wege gegangen waren, um teils zu Tieren, teils zu Pflanzen, teils zu Schimmelpilzen und Schleim und Parasiten zu werden. »Mach nur, entwickel dich«, hatte der Vorfahre des Malaria-Parasiten zu Becs Vorfahr gesagt. »Ich hol dich dann später wieder ein.« Aber der Parasit war faul gewesen. Er war zu den Rotalgen gegangen und hatte gesagt: »Eure Gene gefallen mir. Kann ich sie haben? Dann kann ich mir dieses lästige Entwickeln sparen.« Und die Rotalgen sagten: »Okay.« Bec und die Parasiten waren sich fremd geworden. Nicht mehr richtig verwandt. Jetzt kämpfte eine Spezies gegen die andere.

Bec passte es nicht, als Alex ihr erzählte, dass er gebeten worden war, eine Fernsehsendung über die Genetik des Alterns zu machen, und dass er Lust dazu hatte. Was mit seiner Arbeit sei, fragte sie ihn. Wollte er die hinschmeißen, wo er damit doch so weit gekommen war und es immer noch so viele Pfade zu entdecken gab? Wenn er seine Stelle als Direktor aufgeben musste, mussten sie das Haus verlassen; wo sollten sie wohnen?

»Ich werde die Stelle nicht aufgeben müssen«, sagte er. »Die Kuratoren sind ganz wild darauf. Sie glauben, dass das gute Reklame für das Institut ist. Sie wollen mir drei Monate unbezahlten Urlaub geben.«

»Dann wirst du kein Wissenschaftler mehr sein, sondern jemand, der über Wissenschaft redet«, sagte Bec. »Dafür gibt's schon Leute. Anscheinend glauben alle in diesem Land, wo keiner was tut, es sei das Höchste, im Fernsehen darüber zu reden, was zu tun.«

Am nächsten Tag teilte Alex ihr mit, dass er das Projekt abgesagt habe. Sie habe recht, sagte er. Es würde ihn nur ablenken von dem vielen, was es zu tun gab.

Nachdem Alex nach ihrem Wunsch gehandelt hatte, hasste sich Bec dafür. Warum, fragte sie sich, hatte sie ihn davon abgehalten? Woher nahm sie das Recht, ihm seine Wünsche auszureden? Es war nie seine Absicht gewesen, seine Forschungsarbeit aufzugeben. Sie hatte gar nicht gedacht, dass er auf sie hören würde, wenn sie ihn bat, in so einer wichtigen Sache seine Meinung zu ändern. Die Einsicht, dass er ihr zuliebe so etwas tat, so selbstverständlich und prompt und mit solcher Aufrichtigkeit, weckte in ihr den Wunsch, ihn zu belohnen. Sie erklärte Alex, es tue ihr leid.

»Ich war eifersüchtig«, sagte sie.

»Du hast mich überzeugt«, sagte Alex. »Was du gesagt hast, war einleuchtend.«

»War es nicht. Wirklich nicht. Ruf sie an und sag ihnen, dass du es machen willst. Ich würde dich gern in der Glotze sehen.«

Also rief Alex an und bereitete sich auf seine Sendung vor. Bec meinte zu erkennen, dass ihre Eifersucht nicht seiner Freiheit gegenüber ihrer Fesselung an Büro und Labor galt, sondern eine vorweggenommene Eifersucht auf die Zeit war, wenn sie erst schwanger und dann eine Mutter mit einem

Baby war, um das sie sich kümmern musste, während Alex ungebundener war. Ihr Ärger darüber, dass er sich wegen des Fernsehens von seiner Arbeit abwandte, galt eigentlich ihrer eigenen Abwendung vom Einsatz für die Malaria-Forschung aus dem egoistischen Grund, ein Kind haben zu wollen.

Maddie bat um ein Gespräch. Sie gingen essen bei einem Italiener mit einer Schüssel riesiger rosa Baisers im Fenster und schweren weißen Formmöbeln aus je einem Stück Kunststoff. Winzige Kellnerinnen mit Porzellangesichtern servierten ihnen penible Salate aus kleinen, bunten Zutaten, die wie Aquarelltöpfchen aussahen.

Maddie begann mit Bec über das Schicksal ihres Impfstoffes zu reden, jetzt, da er den Forschungsbereich verlassen hatte und in den Händen von Herstellern, Bürokraten und Politikern war. In den strengen Wangenknochen der Direktorin, dem Schwingen ihrer knolligen Terrakotta-Ohrringe und den dunklen Schatten ihrer Augen, die weg-, weg-, weg- und dann urplötzlich hinschauten und ihren begegneten, lag für Becs Empfinden eine große Fürsorge und Entschlossenheit. Füße, sagte Maddie, setzten sich schwerfällig in Bewegung. Hintern mussten getreten werden, aber den Kopf wollte niemand hinhalten. Es wurde von einem Botschafter gesprochen, einer charismatischen, beredten, sachkundigen Persönlichkeit, die vermitteln und den Impfstoff in Afrika breitwalzen konnte.

»Ihr Name ist gefallen«, sagte Maddie.

»Weil ich noch auf keine neue Forschungsrichtung gekommen bin?«

Maddie legte ihr Besteck hin und zog einen Mundwinkel zwei Millimeter höher. »Bei Ihnen klingt das, als wollte ich Sie bestrafen. Sie haben keine Berührungsängste, wenn es um Macht geht, nicht wahr?«

»Ich weiß nicht, was das heißen soll«, sagte Bec.

Maddie begann eine Geschichte aus der Zukunft zu erzählen, in der Bec die Hauptperson war. Sie flog von Stadt zu Stadt, von Sitzung zu Sitzung. Sie hielt Vorträge; sie brachte Menschen zusammen. Sie war die Frau, die die Philanthropen in die Hütten der Malaria-Opfer und die Malaria-Überlebenden zu den klugen Beratern führte und sie anhielt, ihnen ihre Geschichte zu erzählen. Es war Bec, die die Wissenschaftler mit den Politikern zusammenbrachte, die Politiker mit den Impfstoffherstellern, die afrikanischen Bürokraten mit den europäischen Bürokraten. Und während sie die ganzen Cocktailpartys über sich ergehen ließ, die Diners, den Small Talk, den hohlen Pomp von Fundraisern heute in Hollywood, morgen in Hongkong, lernte sie die ganze Zeit, wie Macht funktioniert, wie Geschäfte geschlossen werden, wie Staaten miteinander reden, die Körpersprache und die kryptischen Zeichen der internationalen Medikokratie.

Bec überlegte, was Maddie veröffentlicht hatte, seit sie Direktorin geworden war. Es war nicht viel. Sie hatte eine erwachsene Tochter und einen Exmann, der erst stolz darauf gewesen war, ihretwegen umzuziehen, und dann darüber verbitterte.

»Frauen in London sind gut darin, aus Angst pragmatisch zu werden«, sagte Maddie. »Dann heißt es, alles oder nichts. Forschung oder Verwaltung. Verantwortung oder Freiheit. Arbeit oder Mutterschaft.«

»Warum erwähnen Sie Mutterschaft?«

»Sie können die Seiten auf Ihrem Bildschirm wechseln, wenn ich in Ihr Büro komme«, sagte die Direktorin. »Aber ganz unten kann ich das letzte halbe Dutzend Seiten sehen, die Sie gelesen haben.«

Bec wurde rot. »Ich habe mich ablenken lassen«, sagte sie.

Ihr kam der Gedanke, dass sie vielleicht alles haben konnte, was sie sich wünschte. Doch im November, neun

Monate nachdem sie die Pille abgesetzt hatte, war sie immer noch nicht schwanger.

Harry hatte zu der Generation gehört, für die ein Bad im Haus genug war. Eines dunklen frostigen Morgens lehnte Bec im Bademantel an der Wand, die Hände auf dem Rücken und einen nackten Fuß auf den kühlen weißen Putz gepresst, und wartete darauf, dass Alex aus der Dusche kam. Sie hörte das Wasser auf das Emaille prasseln und Alex eintönig und fröhlich pfeifen. Sie versuchte, nach den Spritzgeräuschen zu bestimmen, welchen Körperteil er gerade bearbeitete und wie lange es noch dauern würde. Ihr schien, dass er sich dreimal am ganzen Körper wusch, und das Pfeifen ging weiter.

Sie drückte die Tür auf und stellte sich mit verschränkten Armen auf die Schwelle. Alex schaute hinter der Duschabtrennung hervor, grinste und fuhr fort, sich zu waschen, als meinte er, sie wäre zum Gucken gekommen.

»Warum pfeifst du in einem fort dieselben vier Töne?«, schrie sie.

Alex stellte das Wasser ab und bat sie, das noch mal zu sagen. »Das ist Philip Glass«, sagte er. »*Akhnaten*. So komponiert er.« Er stand nackt und triefend da, klatschte zur Demonstration rhythmisch in die Hände und sang dieselben vier ansteigenden Töne: »*La la la la, La la la la, La la la la, La la la la –*»

»Ich möchte die Testergebnisse von damals sehen, als du mit Maria ein Kind kriegen wolltest«, sagte Bec.

Alex hörte auf zu klatschen und zu singen, trat aus der Dusche und nahm sich ein Handtuch, Schultern und Kopf leicht eingezogen, als hätte sie ihn geschlagen und als müsste er sich für das nächste Mal wappnen.

»Sie konnten nichts finden«, sagte er, schlang sich das Handtuch um die Taille und blickte sie tapfer an.

»Ich weiß, aber trotzdem.«

57

Bec hatte Dougie gern als Mitbewohner. Er erinnerte sie an die ersten Monate im Haus, als ihr Leben noch deutlich unbelasteter gewesen war. Seit er sie zu küssen versucht hatte, war er zu einer stilleren Präsenz geworden. Er fand einen Job bei der nahen Sortierstelle und zahlte Alex zweihundert Pfund Miete im Monat, was Becs Meinung nach schäbig von Alex war. Mehrmals die Woche ging er abends einen trinken; er aß nicht oft mit ihnen. Er übernahm das Unkrautjäten im Garten und das Sauberhalten des Teichs. Am Wochenende besuchte er immer eine seiner Töchter, die beide in der Nähe von London wohnten, jedenfalls dachte Bec das, bis sie ihn eines Samstagmorgens dabei ertappte, wie er mit Rucksack und Angelrute das Haus verließ. Er fahre manchmal mit dem Bus aufs Land, ließ er sie wissen. Er gehe gern angeln.

»Mein Dad hat immer im Fluss unten in unserem Garten geangelt«, sagte Bec. »Aber ein Reiher hat ihm die ganzen Fische weggeschnappt.«

Sie fragte Dougie, ob er Alex jemals zum Angeln mitgenommen habe, und er sagte, das sei ihm nie in den Sinn gekommen. Er habe sich nicht vorstellen können, dass es Alex gefallen würde, über Nacht im Freien zu kampieren. Bec riet ihm, es mal zu versuchen, und ein paar Wochen später wurde sie noch im Dunkeln davon wach, dass Alex ihr voll bekleidet und mit einem kleinen Rucksack auf dem Rücken einen Abschiedskuss gab.

Alex und Dougie nahmen den Bus nach Norden in ein County, von dem Alex gedacht hatte, London hätte es längst geschluckt, aber das, wie sich herausstellte, in den freien Räumen zwischen Autobahnen und Pendlerbungalows noch von Hecken gesäumte Feldwege, Waldstücke und kleine Flüsse vorzuweisen hatte. Sie wechselten den Bus, stiegen in einem Dorf von sprödem Charme aus, folgten eine halbe Stunde lang einem Feldweg am Rand eines Ackers und gelangten über einen Zaun und durch Brennnesseln und Bärenklau auf eine Wiese an einem tiefen grünen Fluss. Die langsame Strömung grub unter einem Dach aus Weidenzweigen einen endlosen Wirbel in die Wasseroberfläche.

Dougie fragte Alex, wo er seine Angel gelassen habe, und als Alex sagte, er habe keine, konnte Dougie es nicht fassen.

»Ich habe dich gefragt, ob du mit angeln kommst, nicht mit reden«, sagte er.

»Ich dachte, du wolltest es mir beibringen.«

»Aye, das wäre mal was Neues, dass ich dir was beibringe.«

Alex schlug das Zelt auf und verstaute ihre Sachen, während Dougie auf einem kleinen Gaskocher Wasser aus dem Fluss kochte und Tee machte. Dougie montierte seine Angel, beköderte die Leine, warf sie aus und bezog am Flussufer auf einem winzigen Klappstuhl Posten.

»Was jetzt?«, sagte Alex.

Dougie schüttelte den Kopf. Alex steckte die Hände in die Taschen. Dougie sank auf dem Klappstuhl zusammen und rührte sich nicht. Alex ging mit einem Buch ins Zelt und las dreißig Seiten. Er schaute zum Zelt hinaus. Sein Bruder saß noch in genau derselben Haltung da.

»Ich gehe spazieren«, sagte Alex. Dougie sah ihn an und nickte. Alex ging stromaufwärts. Der Wind rührte die Zweige der Bäume auf, und die dürren Blätter krochen um seine Füße wie Insekten.

Hinter ihm platschte es laut. Dougie zog etwas Lebendiges aus dem Wasser. Alex kehrte um und fragte, ob er helfen könne. Der Fisch war etwa so lang wie seine Hand und zappelte wie ein Entfesselungskünstler, der sich aus einem silbernen Sack zu befreien sucht. Dougie nahm mit der linken Hand den Fisch vom Haken und warf ihn zurück ins Wasser. Alex fragte, was es für einer gewesen sei.

»Ein Häsling«, sagte Dougie. Er setzte sich wieder hin, steckte einen neuen Köder auf den Haken, warf ihn aus und verfiel erneut in unbewegtes Schweigen, als wollte er schlafen gehen.

»Was meinst du, wird er's überleben?«, sagte Alex.

»Beim Angeln geht's nicht so um die Fische«, sagte Dougie. »Es geht darum, dass man still ist und weiß, wie man wartet.«

Alex sagte eine halbe Stunde lang nichts mehr. Er setzte sich neben Dougie ins Gras, zwischen ihnen die Köderbox, und bemühte sich um Geduld. Er versuchte, sich in den Kreisen auf dem Wasser und den Blasen in den Rückströmungen zu verlieren oder die treibenden Blätter zu verfolgen, die das Strudeln der Strömung unter der Weide mitmachten. Doch sein Kopf arbeitete. Er fragte Dougie nach seinen Kindern, und als Dougie sagte, es gehe ihnen gut, erzählte Alex ihm, dass er und Bec eins zu kriegen versuchten, und Dougie sagte: »Schön für euch.«

»Es klappt nicht«, sagte Alex.

»Geduld«, sagte Dougie. »Ihr macht es noch nicht so lange.«

»Ich hab's schon mit Maria probiert und jetzt mit Bec. Es sieht nicht gut aus.«

»Geduld.«

»Du hast nie Probleme gehabt.«

»Meinst du, zwei kleine Töchter an entgegengesetzten Enden des Landes wären kein Problem? Ich hab überhaupt nie Kinder haben wollen.«

»Das hilft mir auch nicht.«

»Dass ich nie 'n Kondom genommen hab, war bei mir schuld.«

»Meinst du, ich hätte vergessen, die Schutzkappe abzunehmen?«

»Ich will damit sagen, dass ich *total verantwortungslos* war. So hirnlos zu sein, ist 'n Talent, Amigo. Wieso hab ich mit den Frauen geschlafen, wenn ich sie gar nicht gemocht hab? Ich hab mich einfach gehen lassen. Bei dir und Bec ist das nicht so. Du bist in sie verliebt, und sie liebt dich. Sie ist eine aus einer Million. Vergiss nicht, es gibt Möglichkeiten.«

Alex glaubte durchaus, dass er in Bec verliebt war, und trotzdem kam ihm das Wort »Liebe« wie ein flacher, schwerer Stein vor, den man auf ein Missgeschick warf, damit es im Dunkeln verborgen blieb.

»Was für Möglichkeiten?«, sagte er.

»Ihr seid die Wissenschaftler. Ich hab keine Ahnung. Noch mal künstliche Befruchtung. Adoption. Pipette oder so was.«

»Nein«, sagte Alex.

»Was soll das heißen, nein?«

Alex starrte in das undurchsichtige Wasser. »Ich denke, es liegt an mir«, sagte er. »Maria und Bec, so viel Zufall gibt's nicht.«

»Geduld.«

»Ich will nicht, dass jemand anders meine Kinder zeugt, ich will nicht die Kinder anderer adoptieren, ich will nicht, dass Becs Eizellen entnommen und eingefroren und in einer Schale befruchtet werden. Ich will das Gefühl haben, dass ich und sie ein Teil der Natur sind.«

Dougie musterte ihn von Kopf bis Fuß. »Teil der Natur?«, sagte er. »Du?«

»Der Entwicklung, die uns mit den Uranfängen verbindet«, sagte Alex verbissen.

»Der Naturzug ist abgefahren, Amigo«, sagte Dougie. »Wo würdest du anfangen wollen? Leg deine Kleider und Schuhe ab, gib dein Haus, deine Bücher, das Einkaufen auf, dann kannst du anfangen, von ›Teil der Natur sein‹ zu reden. Ob du kranke Menschen gesund machst oder ob du Menschen machst, wo ist da der Unterschied? Was ist denn natürlich an der Medizin? Was ist natürlich an der Wissenschaft? Was ist natürlich an irgendwas, was du machst? Du kannst ja nicht mal 'nen Fisch fangen.«

»Als Wissenschaftler versuche ich, Zusammenhänge zu verstehen«, sagte Alex. »Wenn andere Leute das zu medizinischen Zwecken verwenden, ist das ihre Sache.«

»Du hast Harry vor seinem Abgang eine Dosis verpasst.«

»Ach, das war Harry«, murmelte Alex.

»Ich versteh dich nicht, Bruder.«

»Es geht nicht um Gerechtigkeit. Es geht darum, wie das Universum organisiert ist. In jeder Generation gibt es eine Art Auswahl. Manche werden ausgewählt voranzugehen, andere werden nicht ausgewählt. Und wenn ich nicht ausgewählt werde, gut. Das akzeptiere ich. Das Universum kommt auch ohne mich aus.«

Dougie beugte sich auf dem Klappstuhl vor. Alex dachte schon, er werde ins Wasser kippen. Als er Alex ansah, hatte er vor Lachen Tränen in den Augen. »Aha. Ahahaha. Jetzt kapier ich. Da denk ich die ganze Zeit, ich hätte einen Komplex, und dann stellt sich raus, dass das gar nichts ist im Vergleich zu dir. Stolz!«

Er schwenkte seine Angel sacht hin und her. Die Leine im Wasser bewegte sich kaum, als hätte sie sich in etwas verfangen. »Wenn du den ganzen Tag dahockst und darauf wartest, dass dir die Evolution ein Fahrrad baut, wirst du am Schluss zu Fuß gehen. Es geht jetzt nicht mehr nur um dich. Zu Bec hast du das nicht gesagt, was du mir grade gesagt hast?«

Alex schüttelte den Kopf.

»Das ist gut. Tu's nicht. Mach dir weniger Gedanken und steig mehr mit deiner schönen Freundin ins Bett. Wie wär's, du heiratest sie?«

Alex senkte rasch den Kopf, runzelte die Stirn und verzog den Mund. »Von mir aus bleiben wir zusammen, was auch geschieht«, sagte er. »Aber ich möchte *ihr* nicht im Weg stehen, wenn sie Kinder will, die ich ihr nicht machen kann.«

»Ich sollte dir keine Ratschläge geben«, sagte Dougie. »Hör ja auf nichts, was ich sage. Sieh nur, wie weit du's gebracht hast, und dann sieh mich an.«

»Das stimmt nicht. Bloß wegen ein paar Rückschlägen stilisierst du dich gleich als verkrachte Existenz.«

»Die Existenz gab's schon, bevor sie sich verkracht hat. Das ist eine lange Geschichte. Du weißt doch noch, wie Harry mal versucht hat, mir zu helfen, weil dieses Arschloch Bridgeman mir in der Schule die Hölle heißmachte.«

»Bridgie?«

»Aye, Bridgie.«

»Daran kann ich mich nicht mehr erinnern.«

»Du warst damals auf Klassenfahrt in Paris. Bridgie hat Geld aus uns rausgepresst und gedroht, wenn ich keins rausrücke, verdreht er mir den Arm, und das hat scheißwehgetan. Harry kriegt Wind davon, und eines Tages komme ich nach Hause, und da sitzt Bridgie am Küchentisch, an unserem Küchentisch, und versucht, nicht zu lachen. Harry hat für uns eine Friedenskonferenz veranstaltet. Er hat Fahnen für uns gemacht, Karten mit unseren Namen drauf, und er hält uns einen Vortrag über Konfliktlösung und fängt an mit einem Zitat von Noam Chomsky.«

»Und du warst wie alt?«

»Elf. Onkel Harry hat also diese Friedenskonferenz veranstaltet, den ganzen Kram auf den Tisch gestellt, kleine Wasserflaschen und so, und er nennt uns die Punkte, die wir abarbeiten müssen, eine Abmachung treffen, dann eine gemeinsame Erklärung abgeben und uns die Hand reichen, während er uns fotografiert. Er hat diese Riesenanstrengung unternommen und versucht, das Richtige für mich zu tun und seinen Idealen von Humanität treu zu bleiben, und das Einzige, was ich davon mitgekriegt habe, war, dass mir mein Onkel meinen schlimmsten Feind ins Haus geholt hat. Ich hab Bridgie ein Glas Wasser ins Gesicht geschüttet und bin weg und hab mich in meinem Zimmer verkrochen. Ich wollte erst wieder rauskommen, wenn er weg war.«

Dougies Angel krümmte sich. Eine Kraft im Wasser zog an der Leine, und Dougie zog seitlich dagegen. Die Leine zitterte. Dougie kämpfte mit dem Fisch, er versuchte, ihn zu ermüden, stand auf, zerrte an der Angel und drehte die Kurbel. Die Leine riss und flatterte frei in der Luft. Alex dachte an eines von Becs langen Haaren, das er beim Gang durch eine ferne Stadt auf seinem Jackett gefunden hatte, wie er es abgenommen und hochgehoben und im Wind wehen, in der Sonne schimmern gesehen und dann losgelassen hatte.

»Da draußen schwimmt ein Großer«, sagte Dougie. Er befestigte einen neuen Haken an der Leine, beköderte ihn und warf ihn aus.

Er sagte: »Wie viel schulde ich dir noch?«

»Einhundertneunzehntausend Pfund.«

»Pfund, eh?«, sagte Dougie. Die Angel krümmte sich wieder, und Dougie stemmte sich mit den Fersen gegen die Böschung. »Hier«, sagte er und gab die Angel an Alex ab. Alex fühlte, wie eine starke lebendige Energie an der Leine riss. Er fühlte die Wut und die Furcht in den Muskeln der Kreatur im Fluss.

»Was soll ich tun?«, sagte er.

»Einfach festhalten«, sagte Dougie. Er holte ein Netz und stellte sich dicht ans Wasser.

»Wie kann ein Fisch in einem kleinen englischen Fluss so stark sein?«, sagte Alex.

»Er wirft sein ganzes Gewicht in jeden Zug, wie ein Boxer in seine Schläge. Er kämpft um sein Leben. Ziehen, verschnaufen, ziehen. Nach dem nächsten Zug fang an, ihn einzuholen.« Die Leine erschlaffte, Dougie beugte sich zu ihm herüber, um die Bremse an der Rolle zu lösen, und Alex begann zu kurbeln.

»Kurbeln und ziehen. Schnell! So ist's recht! Jetzt hol ihn raus!« Alex riss die Leine schräg in die Höhe, und der Fisch, so viel kleiner und heller, als er gedacht hatte, flog aus dem Wasser.

58

Maria schickte Alex die Dokumente mit den Testergebnissen ohne Begleitbrief; die Unterlagen, die sie selbst betrafen, hatte sie aussortiert. Bec las sie durch; sie bestätigten Alex' Aussagen. Die Ärzte hatten nichts Auffälliges finden können, und Bec sah die wechselnden Jahreszahlen auf den Dokumenten und erkannte, wie lange Alex und Maria es versucht hatten. Es gab Stellen, wo sich in die trockene Sprache der Ärzte mildere Töne mischten: Allerdings … leider … jederzeit möglich …

Bec sagte, sie sollten sich noch einmal gemeinsam testen lassen, und Alex sagte, es sei nur wenige Jahre her, dass er bei Maria im Haus im Bad gesessen und versucht hatte, eine Spermaprobe in ein winziges Plastikbecherchen mit einem scharfen, rauen Rand zu spritzen, während ihre alte polnische Putzfrau draußen den Flur saugte. Also fuhr Bec allein in die Kinderwunschklinik. Sie maßen ihre Hormone, untersuchten ihre Gebärmutter mit Ultraschall und teilten ihr mit, dass ihre Empfängnisfähigkeit für eine Frau von vierunddreißig hervorragend war. Sie wartete darauf, dass Alex fragte, wie die Untersuchung gelaufen war, doch er fragte nicht; er sagte mit bemühter Fröhlichkeit zu ihr: »Wir müssen Geduld haben.«

Als sie eines Abends im Februar von der Arbeit nach Hause kam, wartete Alex mit einem Paar afrikanischer Trommeln im Flur auf sie. Während er mit den Händen einen komplexen Rhythmus schlug, kündigte er aus Anlass des ersten Jahrestages ihrer Verlobung in Tansania ein Galaessen an. Dougie war nicht da, und Alex hatte Ugali und einen Eintopf mit Fleisch gekocht, Londoner Buschfleisch, schwor er, ein kleines bisschen Ratte, Fuchs, Taube. »Schau in die Tonne, da liegen die Knochen.« Hinterher guckten sie eine *Daktari*-DVD und tranken fast zwei Flaschen Wein, bevor sie ins Bett gingen und sich auf warme, betrunkene Art liebten. In den frühen Morgenstunden wachte Bec durstig auf. Sie war glücklich eingeschlafen, und jetzt plagte sie die Sorge, dass sie gerade dafür geprobt hatten, lebenslang binär zu bleiben, liebevoll, freundlich.

Ihr schien, dass Alex' heftiger Kinderwunsch die Ursache für die ziemliche Verbissenheit gewesen war, mit der sie sich bisher geliebt hatten, der Schatten, der sich zwischen sie schob, wenn Alex in ihr drin war, wenn sie ihn umschloss, das grausame Gespenst, das ihrer beider Zärtlichkeit alles Gefühlsselige nahm, sodass sie die Zähne fletschten wie besessen von der Bestie, die sie verzweifelt zu besiegen suchten.

Als Alex zwei Wochen später mit einem Filmteam nach Amerika fuhr, war Bec eigentümlich fröhlich, und er bemerkte es. Er fragte, warum sie so gut gelaunt sei, und sie sagte ihm nicht, dass sie mehrere Tage über die Zeit war. Sie wollte ihn mit einem Anruf überraschen, vielleicht noch am selben Tag, wenn er in Los Angeles aus dem Flugzeug stieg. In Kalifornien war dann noch Samstag, und Beck stellte sich vor, wie sie nach Mitternacht im Bett lag und ihm alles erzählte. Schwanger! Warum nicht? Als Alex fort war, ging sie in die Apotheke und kaufte einen Test. Sie nahm an, die Verkäuferin werde sie anlächeln oder ihr viel Glück wünschen, aber das junge Mädchen scannte mit unbewegter Miene das Päckchen ein und nahm das Geld, als ob Bec eine Zahnbürste gekauft hätte.

Als sie sich das letzte Mal einen Test gekauft hatte, erinnerte sich Bec, hatte sie die Schwangerschaft eher gefürchtet als erhofft. Zu Hause verließ sie die Toilette, setzte sich aufs Bett und wartete auf die Anzeige. Worte erschienen. »Nicht schwanger«, las sie. Ihr stockte das Herz. Sie starrte auf das Stäbchen und schüttelte es und fragte sich, ob sie es falsch gemacht hatte.

Sie sah zur offenen Tür. Dougie stand dort und klopfte mit einem Knöchel an. Sie verbarg das Teststäbchen in der Faust, stand auf und knallte ihm die Tür vor der Nase zu. Sie schrie ihn an, er solle sie in Ruhe lassen und sich um seinen eigenen Kram kümmern. Zitternd ging sie im Zimmer auf und ab. Draußen hörte sie Stimmen, Dougie und ein kleines Mädchen, wie es klang. Sie trat hinaus und sah Dougie eine seiner Töchter die Treppe hinunterführen.

»Entschuldige«, rief sie, und Dougie blickte sich um.

»Komm mit uns essen«, sagte er.

Sie gingen in eine Pizzeria in der Upper Street. Kirsty, die sieben war, war still und schüchtern und auf der Hut vor Bec, die ihr sagte, es tue ihr leid, dass sie so geschrien hatte. Sie sei wegen etwas wütend gewesen, erklärte sie Kirsty. Sie fragte sich, ob Dougie das Stäbchen in ihrer Hand gesehen hatte. Die trügerische Offenheit seiner Augen, die so freimütig in ihre schauten, aber mit nichts verrieten, was sie sahen, verlieh ihrer Dreierrunde eine Vertraulichkeit und Verbundenheit, vertiefte ihre Nähe zu Dougie und Kirsty und schob alle anderen Leute im Restaurant weiter weg. Es kam ihr vor, als würde sie ständig den Blick von ihm abwenden; jedes Mal war es, als geschähe genau in dem Moment, da sie wegschaute, eine feine Veränderung in seinem Gesicht, die sie neugierig machte, und sie schaute wieder hin.

Eine Frau über sechzig am Nachbartisch guckte immer wieder lächelnd zu Kirsty hinüber und suchte den Blickkontakt mit Bec, die zurücklächelte und sich wünschte, Alex wäre da. Als Kirstys Schinken-und-Ananas-Pizza kam, sagte die Frau zu ihr, liebe Güte, so eine große Pizza, wolle sie die wirklich ganz aufessen? Und Kirsty sagte, ja, wolle sie, und die Frau lachte laut und sah Bec und Dougie an und versuchte, sie zum Mitlachen zu bewegen, und Bec lachte ein wenig. Kirsty wurde mit der Pizza nicht fertig, aber sie aß hinterher ein Stück Schokoladenkuchen, und die Frau beugte sich zu ihnen und sagte zu Kirsty, der Kuchen sehe unheimlich lecker aus! Sie sagte zu Bec: »In dem Alter sind die Augen immer so viel größer als der Magen, nicht wahr?«

»Ich weiß nicht«, sagte Bec. »Ich bin nicht ihre Mutter.«

Sie hatte nicht das Gefühl, unhöflich gewesen zu sein, aber das Gesicht der Frau verlor seine Heiterkeit, und sie drehte sich weg und sagte nichts mehr.

Später, allein zu Hause, füllte Bec die Waschmaschine in der Waschküche hinter der Küche. Theoretisch gab es einen gemeinsamen Korb für schmutzige Sachen, und alle waren für die Wäsche zuständig. Bec hatte den Eindruck, dass sie sich öfter darum kümmerte als die Brüder. Ihr fiel auf, dass Dougie seine Unterwäsche tunlichst nicht in den Korb warf. Sie malte sich aus, wie er sich spätnachts nach unten stahl, um heimlich seine intimen Sachen zu waschen. Seine Hemden und Jeans und T-Shirts lagen mit in dem Korb.

Ihre Farben und Stoffe und Muster waren Bec so vertraut wie ihre eigenen und die von Alex. Die Ärmel von Dougies rosigem Jeanshemd hatten sich mit den Ärmeln von Alex' himmelblauem Hemd und einer weißen Bluse von ihr verflochten. Sie zog das Knäuel aus dem Korb und trennte die Kleidungsstücke voneinander. Sie tat ihre Bluse und Alex' Hemd in die Maschine und warf Dougies auf den Fußboden. Sie trennte den ganzen Korbinhalt nach Dougies Sachen und ihren. Je näher sie dem Grund des Korbes kam, desto ärgerlicher wurde sie. Ich bin doch nicht das Dienstmädchen von Alex' Bruder, dachte sie. Als sie den Korb leer hatte und Dougies Sachen auf dem Haufen zu ihren Füßen lagen, älter und abgetragener als die von Alex oder ihr und seltsam altmodisch, sah sie in ihnen nur einen Beleg für ihre eigene Idiotie. Sie hob die Sachen auf und stopfte sie zu den anderen in die Maschine und mischte sie mit den Händen unter, bis sie die Arme ellbogentief in verknäuelter Baumwolle und Polyester hatte und ihre Augen heiß und feucht waren. Sie riss die Arme heraus, ging in die Küche, schenkte sich aus einer halb vollen Flasche Wein ein Glas ein und setzte sich an den Tisch, wo sie versuchte, die Tränen zurücksickern zu lassen. Nach der Küchenuhr musste Alex' Flugzeug in einer Stunde in L.A. landen.

Dougie kam herein. Bec stand auf, und er zögerte auf der Schwelle, beide in der Bewegung erstarrt, als hätten sie sich gegenseitig bei etwas Verbotenem ertappt.

»Ich wollte einen Happs essen«, sagte Dougie.

»Wie wär's mit einem Wein?«

»Nein, danke. Alles okay mit dir?«

»Wieso?«

»Nur so.«

Bec lächelte, riss sich ein Stück Küchenpapier ab und putzte sich die Nase. Dougie trat an sie heran, und sie ließ zu, dass er die Arme um sie legte und sie hielt. Sie drückte ihn sacht auf die Brust, und er ließ sie los und trat zurück.

»Alex fehlt mir«, sagte sie.

»Fühlt sich leer an hier bloß zu zweit.«

»Es war nett, deine Tochter kennenzulernen.«

»Aye, sie mag dich.«

»Ich hab nie gefragt, wie euer Angeltrip war.«

»Prima. Wir hatten viel Spaß. Hat er dir nichts erzählt?« Dougie stockte, um sich zu einer bescheidenen Tapferkeit aufzuschwingen. »Ich hab vor wegzugehen, zurück nach Schottland.«

»Oh.«

»Ich hätte nicht so lange bleiben sollen.«

»Wir haben dich gern hier.«

»Echt?«

»Ich mag es, wenn du da bist.«

»Macht mich langsam mürbe, Bec.«

»Was soll das heißen?«

»Ach, das weißt du doch.«

»Ich weiß es nicht. Was macht dich mürbe?«

»Das weißt du genau.«

»Das sagst du immer. Vielleicht solltest du wirklich gehen.«

»Aye, vielleicht.«

»Willst du hierbleiben?«

»Es geht nicht. Nicht so.«

Sie starrten sich an.

»Ich weiß nicht, worauf du hinauswillst«, sagte sie.

»Was bringt dich auf den Gedanken, dass ich auf irgendwas hinauswill?«, sagte Dougie.

»Ich hätte gern, dass du bleibst, solange du willst und solange du meinetwegen nicht auf dumme Gedanken kommst. Und ich möchte sicher sein, absolut sicher, dass du in dem Moment gehst, wo ich es dir sage, und nicht wiederkommst.«

»Nicht wiederkommen? Warum denn das? Was soll ich denn machen?«

Bec wurde rot. Sie ließ Dougie stehen, ging auf ihr Zimmer und rief Alex an, und beim zwanzigsten Versuch hob er ab und sagte, er sei gerade gelandet. Mit ihm zu sprechen nahm dem Tag die Schwere, und sie erzählte ihm nur, dass sie Dougies Tochter kennengelernt habe. Sie ging ruhiger und zufriedener zu Bett.

Am nächsten Morgen bestätigte ihr Körper, was der Test ihr schon gesagt hatte: dass sie nicht schwanger war.

59

Am Montagmorgen, achtundvierzig Stunden nach Alex' Abreise, hatte Bec das erste Bewerbungsgespräch. Zu Mittag schlug sie eine Einladung von einem indonesisch-österreichischen WHO-Mitarbeiter aus und begab sich allein zu einem Imbiss, ganz benommen von den vielen Dingen, die sie tun musste, und von der Erkenntnis, dass sie im Jahr darauf verpflichtet sein würde, Reden bei Banketten zu halten und um die Welt zu fliegen.

Unterwegs kam ihr eine Frau entgegen, die sie überrascht anschaute, langsamer ging und den Kopf drehte, als sie auf einer Höhe waren. Bec erkannte sie nicht. Sie lächelte kurz und unverbindlich, ging weiter und betrat die Imbissstube. Sie stellte sich in die Schlange und blickte sich um, als die Türglocke klingelte. Die Frau trat ein und kam auf sie zu.

»Sind … bist du Rebecca Shepherd?«, fragte die Frau.

»So heiße ich«, sagte Bec.

»Ich habe dein Bild in der Zeitung gesehen. Ich bin Maria, Alex' Ex.«

Sie hatte kurze schwarze Haare, kastanienbraune Augen und dunkle Haut mit kleinen Anflügen dunklerer Sommersprossen auf den Wangenknochen. Sie war kleiner als Bec, ein paar Jahre älter und hübscher, als Bec gedacht hatte. Marias schwarze Jacke war über einem lockeren weißen Top und schwarzen Leggins geöffnet, und Bec erkannte, dass sie schwanger war.

»Herzlichen Glückwunsch«, sagte sie.

Maria lachte, bedankte sich und blickte mit einem kurzen verlegenen Schulterhochziehen zur Seite.

»Es soll im März kommen«, sagte sie. »Ich weiß nicht, warum ich dir gefolgt bin. Du musst mich für eine Stalkerin halten.«

Bec meinte, das sei doch Quatsch, und statt in der Schlange auf ein Sandwich zu warten, ging sie mit Maria zu einem Tisch am Fenster, wo eine Kellnerin sie bediente. Bec war der Appetit vergangen, und sie hatte das Gefühl, hundeelend auszusehen. Da kam ihr ein grässlicher Gedanke.

»Das ist doch nicht noch die IVF von damals, oder?«, fragte sie. »Als ihr noch zusammen wart.«

»Oh, nein!« Maria nahm Becs Arm. Ihr Mitgefühl und ihre allem Anschein nach sentimentale und uneigennützige Sorge um Alex' Wohl verwirrten Bec. »Wir haben es auf die natürliche Art gemacht, ich und mein neuer Partner.« Sie wurde ernst. »Er hat dir also von der IVF erzählt? Na klar hat er das, na klar, warum sollte er nicht?«

Bec wollte sich Zeit zum Nachdenken nehmen, aber ihr fielen partout keine belanglosen Freundlichkeiten ein, und sie blickte Maria mit einem Ausdruck an, der offenbar in Alex' früherer Freundin Mitleid auslöste, denn sie fasste Becs Hände, runzelte die Stirn und gab ein langes, mütterliches »Ooooh« von sich. »Ich hätte dich nicht belästigen sollen. Aber mein Büro ist gleich um die Ecke, irgendwann wären wir uns sowieso über den Weg gelaufen. Dein Institut ist auch hier in der Nähe, nicht wahr? Ich habe mich doch ein bisschen als Stalkerin betätigt. Ich habe dein Bild gar nicht in der Zeitung gesehen, ich habe es im Internet gesehen. Ich habe dich gesucht und Bilder von dir gefunden. Du bist eine ziemliche Berühmtheit. Ich war ein bisschen schockiert, um ehrlich zu sein.« Sie sah Bec an, als ob sie etwas Bitteres geschluckt hätte. »Natürlich hat er sich eine Jüngere gesucht.«

»Es war nichts zwischen uns, als ihr noch zusammen wart. Und du hast ja offensichtlich jemanden gefunden, der dir gefällt.«

Maria signalisierte mit Lächeln und Wegschauen, dass Bec recht hatte. Sie wurde ernst und sagte: »Ich habe Alex nicht erzählt, dass ich schwanger bin. Wirst du's ihm sagen?«

»Ich weiß nicht.«

»Ich würde es nicht tun.«

»Irgendwann wird er es doch rausfinden.« Sie will mir zeigen, dass sie ihn besser kennt als ich, dachte Bec.

»So schnell nicht. Wir ziehen nach Italien, mein Partner hat dort eine Stelle. Ich weiß ja nicht, wie es zwischen euch steht. Geht mich auch nichts an. Aber wenn er dir von der IVF erzählt hat, muss er auch davon gesprochen haben, warum wir uns getrennt haben. Du hast ihn doch bestimmt gefragt.«

»Gibt es jemals den einen Grund?«

»Er hat es nie gesagt, aber ich bin sicher, er hat immer gedacht, dass es an mir liegen würde, nicht an ihm. Er hat diesen bescheuerten Stolz. Ego.«

»Warum soll er es nicht herausfinden?«

»Es wäre zu grausam. Es hätte so was Endgültiges.« Maria zog scharf die Luft ein und hielt sich die Hand vor den Mund. »Mein Gott, entschuldige, ich habe gar nicht nachgedacht. Ich habe nur an ihn gedacht, nicht an dich.«

Bec zuckte die Achseln.

Maria sagte: »Was ich ihm übel nehme, ist, dass er niemals bereit war, sich mit einer Fremdbefruchtung abzufinden. Wenn er so liberal ist, warum muss er dann darauf bestehen, dass das Kind genetisch seins ist? Was spielt es für eine Rolle, ob der Vater ein anonymer Spender ist, den man nie kennenlernt, einer, der in einer Kabine in Doncaster in einen Becher wichst?«

»Wieso Doncaster?«

»Keine Ahnung. Bei Samenspendern stelle ich mir vor, dass sie aus Orten kommen, wo man in seiner Freizeit sonst nicht viel tun kann. Hast du mal seine Mutter kennengelernt? Ich hatte immer das Gefühl, dass sie auf irgendwas anspielt. Ich sollte ›die Sache selbst in die Hand nehmen‹. Ich habe daran gedacht. Ich bin sicher, das kommt häufiger vor, als wir denken. Wenn es einen anständigen Mann nach meinem Geschmack gegeben hätte und er hätte nicht völlig anders ausgesehen als Alex, wäre ich das Risiko eingegangen, falls ich mir sicher gewesen wäre, dass Alex es nie herausfindet.« Ein abwesender Blick trat in Marias Gesicht, als fiele ihr eine alte Geschichte ein und sie entdeckte darin neue Nuancen. »Ich kann daran nichts Falsches finden. Alle würden bekommen, was sie wollen.«

»Und der andere Mann?«, sagte Bec.

Maria zuckte die Achseln. »Mit der Nächstbesten Sex haben, sie schwängern und sich keine Gedanken über das Kind machen müssen? Ist das nicht, was die Männer sich wünschen?«

»Nicht alle.«

Maria musterte sie kühl. Sie schob sich mit der Hand vom Tisch weg, sodass die Vorderbeine ihres Stuhls ein Stück vom Boden abhoben. »Wenn ich noch einmal in der Situation wäre«, sagte sie, »wenn ich mir sicher wäre, würde ich es machen. Ich würde es sofort machen.«

60

Durch den Zeitunterschied war es für Bec und Alex schwer, sich gegenseitig am Telefon zu erwischen. Sie wechselte den Arbeitsplatz und zog in eine Behörde; eine vielversprechende junge Parasitologin, Isobel, sollte ihre Forschungsgruppe leiten, während sie ihrer neuen Arbeit nachging. Doch diese Veränderungen nahmen sie nicht so in Anspruch, wie sie es gern gehabt hätte.

Am Freitag nach Alex' Abreise kam Karin zu Gesprächen mit ihrer Plattenfirma in die Stadt. Als sie sich hinterher mit Bec traf, sah sie aus, wie direkt der *Vogue* entsprungen. Sie hatte sich die Haare knallrot gefärbt und trug ein kurzes Tweedkleid, rote Tights, Brogues und einen flotten Federhut. Die Plattenfirma stellte ihr einen Wagen mit Chauffeur zur Verfügung. Als sie an dem Restaurant vorfuhren, das Karin ausgesucht hatte, traten zwei Fotografen an sie heran, machten ein Bild und verschwanden wieder, ohne etwas zu sagen.

»Ist das immer so bei dir?«, sagte Bec.

»Vielleicht wollten die eigentlich dich ablichten.«

»Wieso das denn?«

»Ihr seid jetzt Persönlichkeiten des öffentlichen Lebens, du und Alex.«

»Sind wir das?«

Karin erzählte Bec, dass die Jungs von The What – »meine jungen Männer«, nannte sie sie – auf Tournee waren, und dass sie ihr fehlten, und wie gut sie im Studio in Petersmere zusammengearbeitet hatten, und dass ihr Album bald erscheinen würde. »Wir haben *I Want to See the Bright Lights Tonight* gecovert. Das ist so was von Siebziger, ich höre mich an wie Suzi Quatro mit *Devil Gate Drive*«, sagte sie. »Meine

Jungs haben im Takt mit den Füßen gestampft.« Sie lachte und zog die Nase kraus.

»Wäre nett, sie kennenzulernen«, sagte Bec, gerührt davon, dass Karin dachte, sie wüsste, wer Suzi Quatro war, und sie wünschte, sie wäre damals im Sommer bei ihrem Bruder mit im Garten gewesen, hätte Ketten aus Gänseblümchen geflochten und verträumt die Pfoten der Jungs abgewehrt, ihrem Gesang gelauscht. »Brauchst du jemand, der mit dem Tamburin auf der Bühne steht?«

Karins Grauen davor, von wissenschaftlichen Theorien verseucht zu werden, war früher ein Hindernis zwischen ihnen gewesen. Jetzt, da Bec über eine nahe Zukunft sprechen konnte, in der sie Auslandsreisen unternahm, Bankette besuchte und Filmstars auf Reisen durch die Malaria-Gebiete Afrikas begleitete, gab es keine Barrieren mehr. Nach zwei Gläsern Wein erzählte Bec Karin, dass ihre Versuche, schwanger zu werden, ihr Zeitempfinden verändert hatten.

»Früher war es so, dass hier die Arbeitswelt war und dort die Nicht-Arbeitswelt, und wie sie sich ausdehnten und zusammenzogen hing immer zusammen«, sagte sie. »Wenn in der Arbeitswelt etwas Großes passierte wie Malaria, dann schrumpfte die Nicht-Arbeitswelt und machte Platz dafür, und wenn in der Nicht-Arbeitswelt etwas Großes passierte wie …«

»Liebe?«

»Genau, wie Liebe. Dann schrumpfte dafür die Arbeitswelt. Es war wie ein Atem, der von Lunge zu Lunge ging.« Sie hob die Hände hoch, streckte die eine und schloss die andere zur Faust, dann öffnete sie die Faust und schloss die andere.

»Das sieht aus, als wolltest du jemand zeigen, wie man eine Ziege melkt«, sagte Karin, und Bec schoss etwas Wein in die Nase. Noch während sie lachte, ärgerte sie sich, dass Karin sie nicht ernst nahm.

»Aber du verstehst, was ich damit sagen will.«

»Natürlich.«

»Und jetzt gibt es eine dritte Welt. Eine Welt, die nicht Arbeit ist, obwohl sie eine Menge Arbeit *machen* würde, und sie ist auch nicht richtig Liebe, obwohl sie sich ausschließlich um Liebe *drehen* würde, nehme ich an. Wie auch immer, es klappt jedenfalls nicht.«

»Es ist noch zu früh, um sich Sorgen zu machen. Es geht ja noch kein Jahr.«

»Du darfst Alex das nicht sagen, aber ich habe seine Ex gesehen, Maria. Sie ist schwanger. Auf die altbewährte Art.«

Karin sagte leise etwas, aber Bec nahm es nicht so deutlich wahr wie die Neigung von Karins Gesicht und die bekümmerte, leicht mitleidige Vertiefung der winzigen Fältchen an ihren Augen- und Mundwinkeln.

»Warum willst du es ihm nicht sagen?«, sagte Karin. »Wenn ihr beide Kinder haben wollt, muss er erfahren, dass er wahrscheinlich derjenige mit dem Problem ist.«

Bec lächelte und fühlte sich Karin nicht mehr so nahe wie noch vor einer Minute. »Das ist kein wissenschaftlich stichhaltiger Beweis. Ich weiß nicht, was er tun würde, wenn ich es ihm sage. Kann sein, dass er mich verlässt.«

Karin rollte den Kopf nach hinten und verdrehte die Augen. »Was für ein Mann ist er dann? Was ist seine Liebe wert? Du stellst ihn dar als eine schreckliche Mischung aus Märtyrer und Feigling, und eitel obendrein.«

»Was würdest du an meiner Stelle tun? Wenn du ein Kind haben willst, die Ärzte bei dir nichts feststellen können, was dagegenspricht, und der Mensch, der dir klarmacht, dass es dein Problem ist, derjenige ist, den du erklärtermaßen am meisten liebst, genau der, mit dem du ein Kind haben willst?«

»Er muss es erfahren. Er muss tapfer sein und der Sache ins Gesicht sehen. Es gibt andere Möglichkeiten. Wozu muss er die Welt mit einem Haufen kleiner Alexe bevölkern?«

»Warum muss irgendjemand eigene Kinder haben?«, sagte Bec. »Er ist stolz.« Sie starrte auf die Tischplatte. »Maria meinte, ich sollte mit jemand anders schlafen, um schwanger zu werden, und Alex nichts sagen.«

Karin legte die Hände flach auf den Tisch, beugte sich ruckartig vor und sah Bec ins Gesicht. »Was? Würdest du das *tun*?« Ihr Grinsen war breit, und ihre Augen leuchteten. Bec hatte das Gefühl, eine andere Frau noch niemals derart stark gefesselt zu haben. Sie wurde rot.

»Ich habe ihr gesagt, das könnte ich nicht.«

»Ich bin sicher, so was kommt vor«, sagte Karin.

»Kennst du denn eine, die ...«

»Nein, aber ich bin sicher, es kommt vor.« Karin lachte verwundert, schüttelte den Kopf und sah Bec an, als ob sie jahrelang der Meinung gewesen wäre, es mit einem völlig anderen Menschen zu tun zu haben, und erst jetzt die wahre Persönlichkeit erkennen würde. Bec betrachtete das schöne, berühmte Gesicht ihrer Schwägerin und fühlte die Wärme ihrer Zuneigung. Verwunderung von einer Künstlerin, Verwunderung von einer schönen Frau und Mutter, die auf den Spielplätzen der Großen zweifellos unendlich viele verwunderliche sexuelle Grenzüberschreitungen gesehen hatte, wirkte wie Zustimmung.

Absurd, dachte sie und fragte sich, was absurd war, Marias Vorschlag oder die Vorstellung, er sei nicht zu verwirklichen. Sie wollte ein Kind mit Alex haben, und sie wollte, dass Alex glücklich war, und das Hindernis, das einem solchen guten Ausgang im Wege stand, hatte etwas Absurdes. Wir leben nicht mehr in der alten Welt, dachte sie. Sex kann uns nicht mehr zugrunde richten. Nicht in London, nicht in unserer Zeit.

61

Bec ging Dougie aus dem Weg. Vielleicht, dachte sie, ging er ihr aus dem Weg. Wie sonst konnte es sein, dass sich zwei Menschen, die in einem Haus allein waren, nicht öfter über den Weg liefen? Sie hatten verschiedene Arbeitszeiten. Sie aßen selten zu Hause. Sie hielten sich in ihren Zimmern auf. Bec hörte die Dielen knarren, wenn Dougie an ihrer Tür vorbeikam, hörte Schließgeräusche, wenn er das Haus betrat und ging, und sein Pfeifen im Bad. Wenn sie sich doch mal begegneten, nickten sie sich zu und sagten Hallo. Er war wie ein Untermieter, abgesehen davon, dass er Becs Blick zu erhaschen versuchte und sie seinem auswich. In diesen Momenten schien er ihr sehr groß und still zu werden, und sie fühlte sich wie ein kleines Wuselwesen, das unter drohenden Gewitterwolken schutzsuchend davonhuscht.

Einmal ging sie mit ihrem Laptop ins Wohnzimmer, setzte sich aufs Sofa und merkte erst, als sie mit den Tasten zu klappern begann, dass Dougie im Schneidersitz in einer schummerigen Ecke las. Becs Herz begann zu rasen, und sie errötete.

»Ich habe nicht gewusst, dass du da bist«, sagte sie.

Dougie stand auf.

»Ich bin gern allein, wenn ich arbeite«, sagte sie.

Dougie verließ das Zimmer, und Bec saß mit brennendem Gesicht unbewegt da.

Eine Woche vor Alex' Rückkehr kam Dougie am Freitagabend spät zu Bec ins Wohnzimmer. Sie guckte gerade einen Film. Dougie blieb auf der Schwelle stehen und entschuldigte sich für die Störung. Er wollte ihr mitteilen, dass er vorhabe, am nächsten Tag wegzugehen.

»Gehst du angeln?«, sagte Bec. Sie hielt den Film an.

»Ich ziehe zurück in den Norden. Endgültig.«

»Oh. Das tut mir leid. Gibt's einen bestimmten Grund?« Sie klang kalt und höflich. Ausländer hätten gesagt, sie klinge englisch.

Dougie sah sie einen Moment wortlos an und sagte dann: »Ich wollte dir Bescheid geben. Ich seh zu, dass ich so viel mitnehm wie möglich. Den Rest hol ich später irgendwann.«

Bec stand auf und zog sich den hinuntergerutschten Träger ihres Tops über die Schulter. »Tut mir leid, dass ich neulich so biestig war. Ich weiß nicht, warum ich mich so gehen lassen habe.«

»Ich weiß, warum.«

»Du hast mir nichts getan.«

»Du kannst mich einfach nicht leiden, Bec, das ist normal. Ich bin nicht die Sorte Mensch, die du in deinem Haus haben willst.«

»Nicht angeln, aber nach Komplimenten fischen, hm?«

»Siehst du, das ist witzig, Bec, das ist die alte Bec, und wenn es nötig ist, dass ich die Flatter mache, damit sie wieder zum Vorschein kommt, dann sollte ich mich schleunigst verpissen, eh.«

Er wandte sich zum Gehen, und Bec rief ihn zurück und fragte ihn, ob er etwas trinken wolle. Dougie sagte, es sei schon gut, er wolle nichts, und Bec fragte, ob er sich ein Weilchen zu ihr setzen möge. Dougie kam und setzte sich ans andere Ende des Sofas. Er saß vorgebeugt auf der Kante und blickte auf seine Hände.

»Was hast du dir gedacht, als du versucht hast, mich zu küssen?«, sagte Bec.

»Ich hab dir doch gesagt, ich hab mir gar nichts gedacht.«

»Ich kann dich ganz schlecht verstehen.«

»Das ist eure Art, die von dir und Alex, alles im Voraus

zu bereden«, sagte Dougie. Er zog die Schultern hoch und mimte mit den Fingern ein fieses, verstohlenes Tier.

»Und wenn ich sagen würde, dass es kein Fehler ist, wenn man vorausdenkt, dann würdest du sagen: ›Ach, ich weiß, da hab ich halt einfach nicht den Grips für.‹«

»Meinen Akzent kriegst du nicht hin.«

»Krieg ich doch.«

»Na schön, mach ihn nach.«

Bec begegnete seinem Blick und schluckte. »Du hast dir gedacht: Ich will sie, und wenn ich sie küsse, vielleicht gefällt's ihr ja, vielleicht gefalle ich ihr und ihr gefällt, von mir gewollt zu werden und wie ich mir ohne Drumrumreden nehme, was ich haben will, und dann werde ich sie ficken, und vielleicht gefällt ihr das auch.«

Dougie zuckte kurz mit dem Kopf und blinzelte wie ein Pferd, das von einer Fliege belästigt wird.

»Und vielleicht verliebt sie sich ja in mich.« Bec wartete, dass Dougie etwas sagte. Er starrte sie an. Sie fuhr fort. »Und wenn nicht, ist für mich wenigstens ein Fick dabei rausgesprungen.« Sie hielt inne. Immer noch Schweigen. »Ich hab nichts zu verlieren.«

»Wenn du sagst: ›Ich hab nichts zu verlieren‹, meinst du dich oder mich?«

»Dich. Ich habe viel zu verlieren. Aber vielleicht habe ich auch etwas zu gewinnen.« Bec begann zu zittern.

»Etwas zu gewinnen«, wiederholte Dougie. Bec suchte in seinem Gesicht nach Anzeichen von Spott, Gier oder Triumph, aber sie konnte keine entdecken.

»Für mich und Alex«, sagte sie.

»Willst du das wirklich?«

»Natürlich nicht. Ich meine, doch, ja, vielleicht.«

»Was ist mit mir?«

»Du kriegst, was du willst.«

Sie dachte, er würde vielleicht widersprechen, doch er sagte nur: »Ich stehe in Alex' Schuld.«

Bec verstand ihn falsch. Sie wollte sagen: »Es gibt Bedingungen«, doch ihr Mund war so trocken, dass sie nichts weiter herausbrachte als »…dingungen«.

»Bedingungen?«, sagte Dougie.

»Ja.«

»Okay.«

»Kein Licht. Überhaupt kein Licht.« Dougie nickte. »Nicht küssen. Nicht anfassen.«

»Nicht anfassen?«

»Du weißt, was ich meine. Und nicht reden. Du darfst kein einziges Wort sagen.«

Dougie nickte.

»Ein Mal.« Bec hielt den Zeigefinger hoch. »Ein Mal. Und dann stehst du auf und gehst, und wir sehen dich lange nicht wieder.«

»Ein Mal?« Dougie wandte den Blick ab. »Bist du …?«

»Ich habe die Tage gezählt.«

»Aye, aber *ein Mal!* Ich bin ja ein Spieler, aber damit setzt du verdammt viel auf einen einzigen Schuss, da stehen die Chancen nicht gut.«

»Ich gehe hoch auf mein Zimmer«, sagte Bec. Ihre Stimme war brüchig und zitterte. »Ich werde im Bett liegen. Auf dem Bett. Vergiss nicht, was ich gesagt habe.«

Sie ging nach oben und in ihr Zimmer und ließ die Tür offen und das Licht aus. Sie zitterte so sehr, dass sie Mühe hatte, die Kleider vom Leib zu bekommen. Sie zog sich aus und suchte sich tastend in einer Schublade einen dicken alten Kapuzenpullover. Sie schlüpfte hinein, schlug die Decke vom Bett und legte sich mit dem Rücken auf das kalte Laken. Sie lag still. Das Einzige, was sie hörte, war der Schlag ihres Herzens und das Rauschen des Blutes in ihren Ohren. Die Augen hatte sie auf, doch es war dunkel, und ihr war, als wäre sie allein im Universum, als schwebte sie durch den konturlosen Weltraum. Ihr Mund war trocken. Sie stand auf, ging ins Bad und trank ein Glas Wasser und vermied es dabei, sich im Spiegel anzuschauen. Sie zog den Kapuzenpullover aus und duschte und trocknete sich rasch ab und nahm ihre Kontaktlinsen heraus und stülpte den Kapuzenpullover wieder über und legte sich aufs Bett. Und wenn er jetzt nicht kommt?, dachte sie. Wenn er mich nicht verstanden hat? Wäre das besser?

Sie hörte Dougie an ihrer Tür vorbei zu seinem Zimmer gehen, und innerlich beschwor sie ihn, zu kommen, nein, nicht zu kommen. Wieso vertraue ich darauf, dass er sich nach meinen Wünschen richtet?, fragte sie sich.

Sie hörte ihn zurückkommen und ans Bett treten. Sie schloss die Augen. Sie fühlte ihn neben dem Bett stehen. Hörte sie ihn atmen? Roch sie ihn? Sie fühlte sich bedroht und erregt. Ich sollte ihm sagen, dass ich es mir anders überlegt habe, dachte sie und öffnete ihre Beine ein wenig. Das Streichen ihrer Haut über das Laken kam ihr laut vor. Sie öffnete die Augen, als er sich gerade mit einem Bein auf die Bettkante kniete und das andere über ihr linkes Bein schwang, fast ohne es zu berühren. Er war nackt. Sie schloss die Augen. Sie spürte, wie Dougie die Stellung wechselte, und die Matratze quietschte ein wenig, als er sein anderes Knie nachzog. Er kniete zwischen ihren Beinen. Sie spreizte die Schenkel ein wenig mehr. Sie fühlte Dougies Handrücken, die Härchen darauf und die Fingerknöchel, als er mit dem Schwanz in der Hand über die Innenseite ihrer Schenkel strich, dann fühlte sie sein sanftes Stoßen, Einlass suchend. Er wird mir wehtun, dachte sie, und: Wie kann er hart sein, wo ich doch unfreundlich zu ihm gewesen bin? Es tat tatsächlich kurz weh, als Dougie eindrang, und dann glitt er problemlos in sie hinein, und Bec schämte sich, dass das Gleiten so problemlos war.

Es ging schnell, und Dougie bemühte sich, zu tun, worum sie ihn gebeten hatte, indem er sich auf den Armen abstützte und nur mit dem Bauch an ihren stieß. Dass sie kam, war gar kein Gedanke; ein kurzes Wegdriften war das höchste der Gefühle, und unwillkürlich sagte sie halb verschluckt ein Wort, sie wusste nicht, welches, bevor sie sich besann, was sie da tat. Als Dougie ihr kurz vor dem Ende eine Hand ins Kreuz legte und sie an sich zog, sträubte sie sich nicht.

Dougie vollendete die Sache keuchend und ächzend, dann glitt er aus ihr hinaus. Er wälzte sich weg und setzte sich auf die Bettkante. Bec machte die Augen auf und sah seinen dunklen Umriss. Lange, schien ihr, lag sie still und fragte sich, ob sie verhindern sollte, dass sie auslief.

»Warum bist du noch hier?«, fragte sie Dougie.

Er gab keine Antwort, und sie fragte noch einmal. Sie wälzte sich herum und stieß ihn in den Rücken. »He«, sagte sie. »Geh weg.«

»Nein«, sagte Dougie.

»Du hast es versprochen.«

»Habe ich?«

»Ich will, dass du gehst.«

»Dein Pech«, sagte Dougie. Er drehte sich um und legte die Hand auf ihre Wade. Sie zog sie mit einem Ruck weg. »Ich glaube, es hat dir gefallen.«

»Du irrst dich. Hat es nicht.«

»Du warst ganz feucht.«

»Du verstehst nichts von Frauen.«

»Das ist keine Wissenschaft, Dr. Bec, oder?«, sagte Dougie. Seine Stimme klang seltsam. Er machte einen Sprung, und schon saß er breitbeinig auf ihr und hielt ihre Handgelenke fest. Er war sehr schwer.

»Ich werde hierbleiben«, sagte Dougie.

»Nein, wirst du nicht. Geh von mir runter.«

»Ich werde dich noch mal ficken.«

»Das wäre Vergewaltigung.«

Dougies Hände schlossen sich fester um Becs Handgelenke, und sein Körper straffte sich, und Bec machte sich zum Kampf bereit.

Dougie erschauerte, und sie zuckte zusammen, als ein warmer Tropfen auf ihre Brust fiel. Noch einer. Es waren Tränen. Dougies Schultern bebten, und er begann zu schluchzen. Er wälzte sich von ihr herunter und fiel mit einem dumpfen Schlag vom Bett. Tief stöhnend blieb er am Boden liegen. Bec stand auf, schaltete das Licht an und blickte auf den großen bleichen Brocken von einem Mann, der zitternd zu ihren Füßen lag, rot im Gesicht, die Augen zugekniffen, der Mund offen, als litte er Schmerzen, und herzzerreißende Töne ausstoßend wie ein Neugeborener. Bec legte ihm die Hand auf die Schulter, und er zuckte zurück, als ob ihre Hand ihn verbrannt hätte. Sie kniete sich hin und versuchte, ihn hochzuziehen, redete ihm zu, alles sei gut, und schaffte es, den immer noch Weinenden mit dem Rücken ans Bett zu lehnen.

»Entschuldige«, flüsterte er.

»Schon gut.« Bec setzte sich neben ihn, die Arme um seine Schultern geschlungen.

»Du solltest mich nicht anfassen.«

»Schon gut, schon gut. Es ist alles gut.«

»Nichts ist gut.« Dougies Stimme klang hoch und dünn zwischen den Schluchzern. »Du weißt, dass ich dich liebe, und du wolltest, dass ich's dir beweise und eine einfache, klitzekleine Sache für dich und Alex mache, nur eine einzige einfache, klitzekleine Freundlichkeit, nur ein klitzekleiner Fick im Dunkeln, und ich halt es nicht aus, Bec, es macht mich nur gierig. Es macht mich nur gierig. Es macht mich nur so unendlich gierig.« Er senkte den Kopf und weinte haltlos.

»Schon gut«, sagte Bec.

»Nein«, wimmerte Dougie.

»Es ist meine Schuld.«

»Nein.«

»Ich habe dich missbraucht.«

»Schon in Ordnung.« Dougie erhob sich und ging in sein Zimmer. Bec folgte ihm und sah, wie er, die Nase hochziehend und ihrem Blick ausweichend, anfing, sich anzuziehen.

»Geh nicht«, sagte Bec. »Du musst nicht gehen. Ich dachte, es würde dir gefallen. Ich dachte, es ist, was du willst.«

Dougie war fertig angezogen. Er warf ihr einen einzigen Blick zu und steckte ein paar Sachen in einen Rucksack. Um elf Uhr nachts verließ er das Haus.

62

Bec wachte am nächsten Morgen um sieben auf und erinnerte sich, was sie getan hatte. Sie verstand nicht, wie sie so lang und tief hatte schlafen können und mit so schönen Träumen. Es war, als hätte ein anderes Ich die Nacht über in ihr das Gewissen niedergehalten. Doch das Tageslicht beschien es gnadenlos. Sie zog einen Mantel an und ging in den hellen grauen Morgen hinaus. Alle Geräusche klangen wütend – das Dröhnen eines Flugzeugs, das Kreischen eines bremsenden Busses, das Knattern eines Motorrollers – oder schienen ihr hinter ihrem Rücken Vorwürfe zu machen: das Zischen von Fahrradreifen, das atemlose Lachen junger Mädchen, das Klappern von Absätzen. Und dies war nur das Rauschen der Welt, einer Welt, die sich gegen sie verbündet hatte. Sie beobachtete Bec mit einer Strenge, mit der eine

Autoritätsperson wartet, wenn sie eine Frage gestellt hat, die man beantworten muss und doch nicht beantworten kann, ohne zu lügen oder sich selbst zu belasten.

Bec ging die Upper Street entlang, dann die City Road östlich in Richtung Shoreditch. Zwischen der Bec dieses Tages und der Bec der vorausgegangenen Tage gab es einen Bruch. Sie sah Kneipen und Clubs, in denen sie schon gewesen war, und es kam ihr so vor, als könnte sie diese nie wieder als Bec betreten. Sie vergaß, dass sie es um Alex' willen getan hatte. Sie konnte nichts anderes denken, als dass sie bis dahin gelebt hatte, ohne jemanden zu verraten, und jetzt das Leben einer Verräterin führte.

In früheren Zeiten musste eine Frau nichts weiter tun, als unehelichen Sex zu haben, und schon war sie von einem giftigen Geheimnis verseucht. Es gab Frauen in London, die immer noch dieses Leben führten. Muslimische Frauen. Rose vielleicht. Für Becs Kaste, die Liberalen, die ganzen postreligiösen Frauen, war die sexuelle Freiheit ein alter Hut. Becs Mutter hatte vor ihrem Vater Männer gehabt. Ihre Großmutter hatte ihre Jungfräulichkeit an einen Soldaten verloren, als die Deutschen London bombardierten. Die sexuelle Freiheit nahm das Gift der Untreue, die Lügen und die Geheimnisse, die Grausamkeit des Verlassenwerdens, und destillierte es in einen einzigen Tropfen, der für zwei oder drei Dosen ausreichte. Früher war es die Sache der ganzen Welt gewesen; jetzt scherte die Welt sich nicht mehr darum. Nur Alex würde sich darum scheren, und Bec und Dougie, und es war immer noch Gift. Die sexuelle Freiheit war ein alter Hut, und sie war keine richtige Freiheit. Sie war nur die Gewöhnung an die Schande.

Es war, als ob es zwei getrennte Welten gäbe, für die die Bezeichnung Heuchelei zu simpel war: die Welt der Namen und die Welt der Taten, und im Leben ging es weniger um

Heimlichkeit als darum, zu verhindern, dass die Taten und ihre Namen miteinander in Berührung kamen. Eine unbenannte Tat war harmlos, und ein Name war bloß ein Name. Nur zusammengenommen waren sie toxisch. Und wenn man seine Tat vor sich selbst benannte? Dann trug man ein giftiges Geheimnis mit sich herum.

Noch vor Alex hatte sie sich selbst verraten. Sie hatte Dougies Kuss auf sich beruhen lassen, aber vermieden, ihn zu benennen. Und der Name war: Alex' Bruder ist in mich verliebt. Gestern Nacht hatte sie es wieder getan. Ich habe Alex getäuscht.

Wenn sie Alex ihre Tat nicht namentlich nannte, würde das Geheimnis sie vergiften und auf ihn übergreifen. Ihre Freundinnen würden ihr raten, es nicht zu sagen. Sie irren sich, dachte sie. Sie glauben, was geschehen ist, ist geschehen und kann nicht ungeschehen gemacht werden, und man muss damit leben, aber sie irren sich, sie irren sich, die gestandene Tat ist etwas anderes als die heimliche Tat. Man kann den Stachel herausziehen, und es wird schrecklich wehtun, und es kann dich umbringen, aber der Stachel wird nicht mehr in dir drin sein.

Sie lehnte sich über die Brüstung der London Bridge und flüsterte der kabbeligen schwarzen Themse zu: »Ich habe Alex betrogen.«

Ein Mann mittleren Alters mit freundlichem Gesicht und Silberrandbrille ging auf dem Bürgersteig an ihr vorbei, und Bec sagte zu ihm: »Ich habe mit dem Bruder meines Freundes geschlafen.« Der Mann eilte erschrocken weiter.

Minutenlang starrte Bec ihr Telefon an und dachte daran, Ritchie anzurufen und ihn zu fragen, was sie seiner Meinung nach tun sollte. Ihr Finger schwebte so dicht über der Taste, dass sie ihn zufällig hätte anrufen können, aber sie ließ es bleiben.

63

Als das Flugzeug, das Alex nach Kalifornien brachte, über Los Angeles seine Pirouetten drehte und er auf die Quadrate der Stadt hinunterschaute, die sich in allen Richtungen bis zum Horizont erstreckte, als ob sie den ganzen Planeten einnähme, kam Alex sich wie ein Eroberer vor. Eine Weile vergaß er London. Mit großem Eifer lernte er die Kunst des populärwissenschaftlichen Dokumentarfilms.

Seine erste Enttäuschung war das Ausmaß an durchsichtigem Bluff in der Sendung. Er wurde gefilmt, wie er in einer Straßenbahn durch San Francisco fuhr, als ob er auf dem Weg irgendwohin wäre, obwohl sie sich in Wirklichkeit in Taxis und Mietwagen durch die Gegend bewegten. Er klingelte bei einem Wissenschaftler, und der Wissenschaftler kam an die Tür und sagte »Hallo«, und sie mussten so tun, als ob sie sich gerade erst kennenlernten, obwohl sie sich schon zwei Stunden lang darüber unterhalten hatten, was sie sagen würden, und der Wissenschaftler ein Vierteljahr lang in einem halben Dutzend Telefonaten von einer Produktionsassistentin gebrieft worden war. Die Doku sollte fünfzig Minuten lang werden; für wie viel Inhalt blieb da wohl noch Platz, fragte sich Alex, wenn sie die gestellten Aufnahmen von ihm brachten, wie er in den Sonnenuntergang schaute oder am Strand spazierte, dazu noch die Panoramen verschneiter Gebirgsketten, Pferde im Wüstendunst und Hubschrauberblicke auf die Golden Gate Bridge? Die Crew und der Produzent waren freundlich, aber ein bestimmtes Maß an Liebenswürdigkeit wurde nie überschritten. Einmal hörte er, wie sie ihn sarkastisch als »das Talent« bezeichneten.

Sie filmten ihn in staubigen Hügeln, vor zähen, knorrigen Sträuchern kniend, und er blickte in die Kamera und sagte, dass die Pflanzen über zehntausend Jahre alt waren, dass sie schon an diesem Ort wuchsen, als Großbritannien gerade eben von der Eiszeit befreit war und die Menschen den Ackerbau erfanden. Er sagte es fünfmal, bevor er es richtig hinkriegte. Er verhaspelte sich und legte die Betonung auf die falschen Stellen. Das Skript gefiel ihm nicht. Es machte zu viel Aufhebens von dem ordinären Gestrüpp, das so lange gelebt hatte, ohne Sterben gelernt zu haben. Beim Sprechen in die Kamera legte er sich im Kopf einen anderen Text zurecht. »Schauen Sie sich diesen sturen, verknorzten alten Knochen an. Er hat nicht den Anstand, das Feld zu räumen und es den frischen grünen Trieben zu überlassen. Er hält es nicht aus, ersetzt zu werden. Er will einfach nicht loslassen.«

Das Erkenntnisinteresse der Wissenschaftler, die er interviewte, war durch ihr Streben, das menschliche Leben zu verlängern, verdorben worden. Sie alle hatten für eine einzige Entdeckung einen kurzen Ruhm genossen und bekamen seither von Besuchern immer wieder dieselben Fragen über dieselbe Entdeckung gestellt, und obwohl sie zunehmend bitter wurden, weil ihre neue Arbeit zugunsten der alten ignoriert wurde, ließen sie sich von dem Wunsch, an ihre frühere Herrlichkeit anzuknüpfen, dazu verleiten, dieselbe Sackgasse zur Unsterblichkeit immer weiter zu verfolgen; und diese Sturheit ließ sie ihr eigenes Älterwerden, ihre schwindenden Kräfte, noch viel schwerer ertragen. In den Tagen in Kalifornien dachte Alex oft an Harry. Wie unschön er Matthew behandelt hatte. Sein Wunsch, buchstäblich unsterblich zu sein, hatte die anderen Unsterblichkeiten vergiftet, die er im Fortleben seiner Nachfahren hätte haben können.

Als der Aufenthalt nach zwei Wochen dem Ende zuging, sehnte er sich nach Hause. Er wünschte, er wäre Becs erstem Rat gefolgt und hätte des Films wegen nicht das Institut verlassen. Er wollte ihr zeigen, dass er bis zum Ende bei ihr bleiben würde, ob er nun Kinder zeugen konnte oder nicht. Er würde sie heiraten, wenn sie mochte. Wenn sie miteinander skypten, war er davon voll und merkte gar nicht, wie still sie war und wie sie es darauf anlegte, dass er redete und ihr von seinen Erlebnissen berichtete, sie hingegen ihm so wenig wie möglich von sich erzählte.

Sie erzählte ihm, dass Dougie ausgezogen war, ohne einen Grund zu nennen. Alex meinte, es sei an der Zeit gewesen, dass sein Bruder weiterzog, und er sah sie auf dem Bildschirm kurz lächeln. Er fragte, ob sie ebenfalls erleichtert sei, und sie nickte und sagte Ja.

Alex' Flugzeug landete an einem Vormittag unter der Woche in Gatwick, und da Bec Termine hatte, kam sie erst um sechs Uhr abends nach Hause. Alex war schon seit dem frühen Nachmittag da. Er hatte eine Stunde geschlafen, sich gewaschen und sich nervös im Haus zu schaffen gemacht. Alle paar Minuten schaute er auf die Uhr, wechselte zweimal das Hemd und ließ sich aufgeregt durch den Kopf gehen, was er sagen wollte.

Bec hatte mit sich gerungen, ob sie Alex erzählen sollte, was geschehen war. Sie hatte Dougie bereits per SMS mitgeteilt, sie werde es ihm sagen, und er hatte nicht geantwortet. Doch als sie die Haustür aufmachte und Alex' Namen rief, hatte sie immer noch keinen Entschluss gefasst. Sie gewöhnte sich langsam an die innere Sperre, die zwischen dem Wissen, dass sie es ihm sagen sollte, und dem tatsächlichen Aussprechen der Sache stand. Die Sperre zwischen dem Wissen um das richtige Handeln und dem Handeln selbst wurde ihr zu einer Schutzwand, hinter der sie sich verkroch.

Sie hörte Alex die Treppe herunterkommen und zögerte, weil sie auf einmal fand, sie hätte mehr Mühe auf ihr Aussehen verwenden sollen. Sie rieb sich die Hände – sie waren ein wenig feucht –, und weil ihr nichts anderes einfiel, strich sie sich damit über Bluse und Rock. Als Alex erschien, nahm sie die Hände vom Körper und drückte die Fingerspitzen in die Handfläche. Sie lächelte, und in ihrer hochgradigen Verunsicherung kam ihr das Lächeln schuldbewusst vor. Er würde fragen, was los war, dachte sie. Er war sonnengebräunt, das machte ihn attraktiv.

Bec war anders als in Alex' Erinnerung. Das Gesicht gerötet, und er meinte, ihr Herz schlagen zu hören. Er war gerade vom anderen Ende der Welt hergeflogen, und sie war von der Straße hereingekommen, und doch schien es ihm, als wäre er nicht fort gewesen und sie käme aus weiter Ferne, von einem Ort, an dem er noch nie gewesen war und an den sie sich, wenn er nicht allen Mut zusammennahm, erneut ohne ihn begeben würde. Sie sah aus, als hätte sie andere Luft geatmet und sich von einer anderen Sonne bescheinen lassen. Wenn sie mit ein und derselben Geste von ihm fortgehen und sich ihm völlig unterwerfen könnte, dachte er, würde sie es tun. Panik erfasste ihn, und ihm schien, dass sie die ganze Zeit schon auf einer Fahrt über ihn hinaus zu etwas Höherem war und dass er sich ihr nicht gewachsen gezeigt hatte. Aus der Furcht stieg eine dicke Hormonwolke aggressiver Geilheit auf, und wenn er, davon zu ihr getrieben, überhaupt so etwas wie einen Gedanken im Kopf hatte, dann den, dass Bec zu umarmen und festzuhalten ihm wichtiger war als Leben oder Tod.

Einen Moment verhielt sie sich begrüßend und versuchte, ihn zu küssen. Sie wollte etwas sagen. Ihre Lippen berührten sich, und Alex fasste mit beiden Händen den Saum ihres engen Rocks und zog ihn ihr über die Taille, und sie legte den Kopf in den Nacken und blickte ihm in die Augen. Sie schnallte seinen Gürtel auf, während seine Finger sie fanden.

Als ihnen auf dem Fußboden im Flur langsam die Kälte unter die nackte Haut kroch, sagte Alex: »Wir könnten heiraten.«

»Was ist mit Kindern?«, sagte Bec.

»Ich will das nicht mehr so verbohrt betreiben. Ich will nicht mehr so egoistisch sein. Es soll mir egal sein, ob sie meine Gene haben oder nicht. Warum weinst du?«

»Du kannst doch nicht deine Meinung einfach so ändern.«

»Das ist doch gut, oder?«

»Ich weiß nicht.«

Bec fühlte seine Enttäuschung wachsen. Er sagte: »Du willst nicht heiraten.«

Bec presste ihr Gesicht in das Dunkel seiner Brust. »Natürlich will ich das«, sagte sie.

Vierzehn Tage später ging Bec wieder zur Apotheke. Diesmal stand ein einziges Wort im Fenster des Teststäbchens: »schwanger«.

64

Es war spät am Vormittag. Alex hatte das Haus verlassen, um die Voiceovers einzusprechen, und Bec saß allein in der Küche und betrachtete die Dinge auf dem Tisch neben ihrer Hand: ein Kugelschreiber mit dem Logo eines Pharmakonzerns, ein Block Post-its mit hochstehenden Ecken und ein Schwangerschaftstest. In gewisser Weise hatte sich nichts verändert. Es gab immer noch zwei Zukunftsmöglichkeiten, eine mit Kindern, eine ohne. Aber das Auftauchen eines Wortes auf einem Schwangerschaftstest verdarb die eine Zukunft. Kinderlosigkeit war jetzt wahrscheinlich etwas, wofür sie einen Aufwand betreiben musste, wenn sie es haben wollte. Es war nicht so, dass Mutterschaft urplötzlich mehr Anziehungskraft hatte; Kinderlosigkeit hatte weniger. Und trotzdem war sie irgendwie zufrieden, als ob das Relative und das Absolute der Sache ein und dasselbe wären.

Sie verließ das Haus und ging zum U-Bahnhof Angel. Arzt, dachte sie, Kleidung, Freiraum, Arbeit, Bauch, Ernährung, das Tier füttern. Sie stellte sich vor, Alex zu erzählen, dass sie schwanger war, ihn glücklich sein zu lassen und ihm dann zu erzählen, dass das Kind wohl von seinem Bruder war. Sie stellte sich vor, ihm erst zu erzählen, dass sie mit Dougie geschlafen hatte, und ihn reagieren zu lassen – wie würde er es aufnehmen? Würde er fortlaufen? Sie würde ihm nachlaufen.

Oder sie würde es geheim halten. Das war gut vorstellbar. Niemand würde es herausfinden, wie auch? Jahre würden vergehen, und das Geheimnis würde von neuen Ereignissen überwuchert und zugedeckt werden. Das Kind würde heranwachsen, und es würde ein Comrie-Shepherd-Kind werden.

Bec schritt durch den Bahnhofseingang und erspähte sich selbst auf dem Monitor über den Sicherheitsschleusen. Wie gewöhnlich und anonym ich aussehe, dachte sie. Wie die Bilder in den Nachrichten, wie die letzten Bilder von Leuten, bevor ihnen etwas Schreckliches passiert, bevor sie ermordet oder vergewaltigt werden. Sie sah nicht wie eine Mutter aus, fand sie; aber wie hatte eine Mutter auszusehen?

Viel Zeit schien vergangen zu sein, seit Dougie auf ihr gelegen hatte, und das Kind im Bauch gab ihr Zuversicht. Es gehörte in einer Weise zu ihr, wie es nie zum Vater gehören konnte. Sie fand es jetzt leichter, mit Ritchie zu reden. Sie rief ihn an und fragte, ob sie sich treffen könnten. Er ging beim zweiten Klingeln dran und klang erfreut, von ihr zu hören. Sie erzählte ihm, dass sie in einer wichtigen Sache seinen Rat brauche, und er meinte, sie könnten sich noch am Vormittag treffen, wenn sie zu ihm ins Studio käme.

65

Niemand außerhalb von Ritchies Familie wusste, dass er sich beinahe erhängt hätte. In der Öffentlichkeit trug er Schals und Rollkragen und wurde dafür in Paparazzi-Bildreportagen verspottet. Karin erzählte ihm, sie habe ihn schlafend auf dem Fußboden seines Ateliers gefunden, umgeben von Bierflaschen und leeren Puddingbechern, neben sich ein Seil mit Schlinge und eine feuerrote Abschürfung um den Hals. In den Wochen danach erzählte er ihr so viele Wahrheiten über seine tiefen Ängste, dass die Wahrheiten, die er nicht erwähnte – dass er seinen Ruhm, seine Zeit, seine Aufmerksamkeit und Geschenke im Wert von ungefähr dreißigtausend Pfund für Schmeicheleien und Sex von einer Fünfzehnjährigen geopfert hatte und dass diese Tatsache demnächst in die Öffentlichkeit gelangen würde –, ihm nicht besonders ins Gewicht zu fallen schienen.

Er ließ Karin wissen, Bowie und Bono hätten recht gehabt: Er sei ein erbärmlicher Sänger. Es sei hirnrissig gewesen, sich einzubilden, er könne von Künstlern wie ihnen als ihresgleichen behandelt werden. Karin sei die mit der Stimme. Das sagten alle. Es sei ihm von jeher bestimmt gewesen, eine Talentshow des Mittelmaßes zu leiten. Indem Bec mit ihren hohen moralischen Prinzipien ihm den O'Donabháin-Film zunichtegemacht hatte, habe sie ihm die letzte Chance genommen, etwas Großes zustande zu bringen. Wenn er fort war, vermissten Ruby und Dan ihn nicht so sehr, wie sie einen besseren Menschen vermissen würden. Zeitlebens war er von ungewöhnlicheren Menschen umgeben gewesen: seinem tapferen Vater, seinem brillanten Freund Alex, seiner Frau Karin, die mit den cleveren Jungs von The What kluge, zärtliche Songs schrieb, und Bec, der ungewöhnlichsten von allen. Wie konnte er mit seiner Schwester konkurrieren? Kein Wunder, dass sie Vaters Liebling gewesen war. Sie war freundlich, intelligent, fleißig, anständig, bescheiden und schön. Sie log und betrog nicht. Alle liebten sie. Warum auch nicht? Sie hatte ein Mittel gegen Malaria gefunden. Sie hatte sich alles weidlich verdient, das wunderbare Leben, den Ruhm, das schöne Haus, den idealen Freund, die herrliche Zukunft. Anders als Ritchie, der ordinäre, dicke, trashige alte Ritchie, hatte sie den Erfolg verdient.

Karin ließ ihn nicht im Stich. Vorsichtig hob sie Ritchies zerbrochene Hoffnungen Stück für Stück auf wie Spielsachen, die er auf den Boden gepfeffert hatte, und gab sie ihm heil gemacht und eingepackt zurück, in Bausteine der Zuversicht verwandelt. Er sei ein wunderbarer Vater, sagte sie. Ein Schöpfer und Künstler mit einer großen Liebe zur Musik. Ohne ihn, sagte sie, hätte es keine Band und keine Songs gegeben. War David Bowie denn so perfekt – oder Bono? War es nicht möglich, dass sie neidisch auf einen Rivalen gewesen waren? Konnte es nicht sein, dass Bowie es als Kompliment gemeint hatte, wenn er jemanden mit einem jaulenden Hund verglich? War Hound Dog Taylor nicht einer von Ritchies Favoriten? Sie erwähnte die Musiker, die Ritchie hinter seinem Rücken gelobt hatten, und er freute sich, sie noch einmal die Namen aufzählen zu hören. Und meinte er etwa, sagte sie, die Millionen, die Woche für Woche *Teen Makeover* guckten, seien alle dumm und hätten keine Ahnung? Auf manche traf das zweifellos zu, aber war das nicht gerade das Wunderbare an der Popularität, dass sich unter den ungeheuren Massen auch einige der besten Leute auf der Welt befinden mussten, die die Show wegen ihres ganz besonderen Zaubers mochten? Das Leben sei hart. Das Leben sei voller Leid, sagte Karin – und an der Stelle merkte Ritchie, dass sie eine große gedankliche Anstrengung unternahm –, er möge sich nur mal vorstellen, sagte sie, es gäbe keine Malaria und die Leute in Afrika lebten so lange wie die Europäer und hätten genauso viel Zeit und Geld. Wären sie dann nicht genauso gelangweilt und depressiv wie die Europäer und bräuchten populäre Talentshows, um die Leere in ihrem Leben zu füllen?

Ritchie nickte und sagte, wahrscheinlich habe sie recht, aber Karins Argumentation stellte ihn nicht restlos zufrieden, und ohne zu merken, wie oft er das tat, begann er, wenn es ihm schlecht ging, beim geringsten Anlass sich zu beklagen, wie mies er verglichen mit seiner Schwester sei. Eine fatalistische Stimmung beschlich ihn.

66

Das Studio der Rika-Films lag weit im Osten von London, wo die Stadt nach Essex überlappte, wo das Licht der Themsemündung die Bau-, Sanitär- und Lieferfirmen der Stadt beschien, wo dichte Reihen niedriger, kleinfenstriger Häuschen zwischen Straßen, Kanälen und Bahnlinien aufsprossen. Es war eine Welt der Masten und Brücken und Kräne, der Containerlieferungen von und zu den Häfen im Osten, der Rast- und Stell- und Parkplätze. Das Taxi setzte Bec vor dem Pförtnerhäuschen am Eingang zum Studioparkplatz ab, und Ritchie kam sie in einem schwarzen Lammfellmantel abholen, der offen über seinem Bauch flatterte.

»Lass uns zur Abwechslung ins Café gehen«, sagte er. Er sah erschöpft aus, und die Tränensäcke unter seinen Augen schienen sich verdoppelt zu haben. Er war nicht dicker geworden, wirkte aber schlaff, als ob ihn sein Gewicht irgendwie von innen ausgehöhlt hätte. Zu lächeln bedeutete heute für ihn eine Anstrengung, dachte Bec und fragte sich, ob das vielleicht Spuren eines Versuchs, Make-up aufzutragen, in seinem Gesicht waren. Ich komme mit meinen Sorgen bei ihm an und kriege keine von ihm, dachte sie.

Das Café lag um die Ecke in einer Ladenzeile, deren verbliebene Geschäfte mit ihren roten Backsteinmauern an alte Zähne im Zahnfleisch erinnerten: eine verbretterte Frittenbude, ein Büro, das Export Services offerierte, ein schicksalsschwer aussehender Pub und Wilson's Refreshments, was in dicken roten Plastikbuchstaben auf einem gelb gestrichenen Brett stand. Die anderen Gebäude ringsherum waren neuer. Wie die äußere Hülle von Ritchies Studio waren sie keine richtigen Wohngebäude, eher riesige Schuppen, die wie Zelte abgeschlagen werden konnten, wenn ihre Besitzer weiterzogen.

Bei Wilson's setzten sie sich an einen Tisch, und eine junge Polin mit Pferdeschwanz und Schürze nahm ihre Bestellung auf.

»Die Schokolade ist gut hier«, sagte Ritchie.

»Ich nehme einfach einen Tee, bitte«, sagte Bec.

»Einen Tee, eine heiße Schokolade und ein Schinkenbrötchen«, sagte Ritchie zur Kellnerin. Die meisten Männer im Café trugen Signalwesten und Stahlkappenschuhe. Es wurde englisch geschrien und slawisch gemurmelt.

»Viel los hier«, sagte Bec.

»Stört's dich?«

»Nein, egal. Ist bei dir alles in Ordnung? Du siehst müde aus.«

Ritchie verzog das Gesicht. »Das bekomme ich schon mein Leben lang zu hören. So sehe ich einfach aus. Der verpennte alte Ritchie. Aber ich bin auf dem Posten. Was man mir zuwirft, fange ich auf.«

Er wackelte mit dem Knie auf und ab, eine neue Marotte, die Bec nervös machte. »Erzähl mir, was du auf dem Herzen hast.«

»Deine verrückte Schwester hat sich diesmal selbst übertroffen«, sagte sie. »Ich habe etwas Extremes gemacht, und ich weiß nicht, was ich jetzt tun soll. Warum schaust du mich so an? Ich habe dir doch noch gar nicht gesagt, was es ist.«

»Wie denn? Entschuldige. Du weißt doch, wie sehr ich mich um dich sorge.« Das Kniewackeln wurde schneller. Er merkte es gar nicht. Ein zappelnder Wurm schien sich in seinem Bauch ein- und aufzuringeln. Angst und Hoffnung arbeiteten in ihm, und er hatte den Drang, seiner Schwester »Erzähl's mir nicht!« zuzuschreien. Während Bec ihm berichtete, was sie mit Dougie angestellt hatte und dass sie schwanger war, hörte er auf zu wackeln, und eine unendliche Ruhe breitete sich in ihm aus.

»So etwas hätte ich nie für möglich gehalten«, sagte er sanft, von Zärtlichkeit und Mitleid für seine Schwester erfüllt. Schrecklich, was sie für eine Scheiße gebaut hat, dachte er. In ihm stieg eine heftige Empörung auf, dass sie ihn zu etwas drängte, was er lieber nicht tun würde. Er fing wieder an, mit dem Knie zu wackeln.

»Was du auch tust«, sagte Ritchie, »erzähl Alex nichts davon.«

»Aber wenn es später herauskommt?«

»Erzähl ihm einfach nichts«, sagte Ritchie. Er führte den Kakao an den Mund, um seinen Impuls zu kaschieren, laut loszuprusten. Seine Hand zitterte leicht, und diese Tatsache besaß für ihn ein fast unerträgliches Pathos. Ein feuchter Film überzog seine Augen. Sein Herz schlug sehr schnell. Er sehnte sich an die frische Luft. Bec ließ ihn nicht gehen.

»Du meinst, ich sollte es einfach begraben? Zulassen, dass es eines von diesen Familiengeheimnissen wird?«

»Genau«, sagte Ritchie. »Alex wollte unbedingt ein Kind haben, und jetzt wird er eins bekommen. Herzlichen Glückwunsch.« Er sprach die Worte im Vollgefühl seiner Vernunft aus. Er lächelte Bec warm an, und sie lächelte zurück. Er trägt kein Make-up, dachte sie. Das Tageslicht hat ihn rauhäutig erscheinen lassen.

Den ganzen restlichen Tag und noch am Abend zu Hause war Ritchie in Gedanken versunken. Wenn er eigentlich hätte jemandem zuhören oder irgendetwas erledigen sollen, stellte er fest, dass er fasziniert, als ob er high wäre, auf einen Gegenstand blickte oder auf eine Oberfläche, auf die Maserung im lackierten Holz des Küchentischs, einen einzelnen Knorren.

»Warum starrst du das Brot an?«, fragte Dan. Ritchie überlegte gerade, wie viele Löcher die Scheibe Brot vor ihm wohl hatte; wie sie dort hineingekommen waren; ob in der Scheibe mehr Luft als feste Materie war; wie der Eindruck wäre, wenn er mikroskopisch klein werden und über die Oberfläche des Brots krabbeln könnte. Ob die Löcher selbst Löcher hatten?

Er stand auf. »Ich habe vergessen, etwas zu erledigen. Ich muss noch mal hoch«, sagte er. »Bin gleich wieder da.« Karin sah ihn verwundert an. Er ging die Treppe hinauf. Er konnte es kaum glauben, dass die hölzernen Stufen immer so viel Lärm gemacht hatten, dass ihr Knarren immer so laut durch die Stille des Obergeschosses getönt, dass es immer so lange gedauert hatte, die Treppe hinaufzusteigen. Er betrat sein Atelier, das, wie er wusste, noch genauso war, wie er es verlassen hatte; und doch schien es ihm, als käme er in einen Raum, den er eigens für diesen Moment hergerichtet hatte. Er hatte ein hohes Singen in den Ohren, und die Haut über seinen Wangenknochen kribbelte unangenehm. Ihm war, als wäre es nicht er selbst, der zum Schreibtisch ging, sondern als bewegten sich Gliedmaßen und Rumpf eigenmächtig, von seinem Bewusstsein beobachtet. Ihm schien, als wären die Arme seines Willens verschränkt, während seine Finger ein Notizbuch durchblätterten.

Er dachte: Jetzt ist es passiert, es ist in der Welt, es lässt sich nicht mehr zurücknehmen. Dabei hatte er es noch gar nicht getan.

Er rief die Moral Foundation an und hörte eine digitale Ansage.

»Wenn Sie einen Code haben«, sagte die Stimme, »geben Sie ihn jetzt bitte ein.«

67

Als Bec am nächsten Morgen durch das Foyer des Gebäudes ging, wo sie ihr neues Büro hatte, sah sie in den Gesichtern des Wachmanns und der Wachfrau, die in ihrer Loge saßen wie ein Ehepaar in Uniform, ihre eigene gute Laune gespiegelt.

»Einen wunderschönen Tag«, sagte die Wachfrau.

Becs Assistentin hatte einen freien Tag. Bec war zu aufgedreht, um sich hinzusetzen, und sie tigerte in ihrem Büro umher und strich mit den Fingerspitzen an der Wand entlang. Der Raum war ihr zu groß und zu niedrig gewesen, als sie ihn bekommen hatte, und trotzdem schienen ihr jetzt die alltäglichsten Dinge, die Yuccapflanze in der Ecke, das Foto ihrer Eltern mit ihr und Ritchie, der leicht schief an die Wand geklebte und von Zeichen und Stickern strotzende Jahresplaner, das Gefühl zu geben, dass die Welt in Ordnung war.

Am Abend davor hatte sie Ritchies Rat befolgt und Alex erzählt, dass sie guter Hoffnung war, ohne zu beichten, dass sie mit Dougie geschlafen hatte, und ohne ihm zu erzählen, dass Maria schwanger war. Alex war daraufhin kreidebleich geworden, bevor er sich auf Stühle stellte und heruntersprang, mit Messern und Gabeln auf dem Abtropfbrett trommelte und wild davon faselte, endlich zur großen Wanderung aufzubrechen. Er schüttelte den Kopf, schlug sich die Hände an die Schläfen, fuhr sich mit den Fingern durch die Haare und hyperventilierte. Panische Angst um die Zukunft des Kindes, davor, was alles schiefgehen konnte, ergriff ihn. Er rief seine Eltern an; er wünschte, Harry wäre noch am Leben; er wählte Dougies Nummer, aber Dougie ging nicht an den Apparat. Der ganze fröhliche, alberne Abend, fand Bec, hatte neue Realitätsstrukturen über das Geheimnis getürmt, auf dem sie fußten.

Sie zog das Klebeband ab, mit dem der Jahresplaner an der Wand befestigt war, um ihn gerade hinzuhängen, und blickte auf einmal neun Monate voraus auf einen Punkt, an dem sie gezwungen sein würde, ihre Termine abzusagen. Sie stellte fest, dass ihr das überhaupt nichts ausmachte.

Ihr Bürotelefon klingelte, und sie ließ den Jahresplaner auf den Boden fallen und ging dran.

»Spreche ich mit Dr. Rebecca Shepherd?«, sagte die Stimme einer Frau.

»Wer spricht da?«

»Sind Sie Rebecca Shepherd?«

»Ja. Wer spricht da?«

»Ich rufe von der Moral Foundation an.«

»Ist das die Webseite von Val Oatman?«

Die Frau stockte kurz, dann sagte sie: »Ich bin nicht befugt, über Mr Oatman zu sprechen. Haben Sie einen Kugelschreiber und Papier zur Hand?«

»Ich habe leider im Moment überhaupt keine Zeit. Worum geht es?«

»Sind Sie über die Arbeit der Stiftung im Bilde, Dr. Shepherd?«

»Ich weiß, dass es eine schmierige Webseite über Prominentenskandale ist.«

»Wir sind eine gemeinnützige Organisation, die das Ziel verfolgt, die Öffentlichkeit auf das unmoralische Verhalten von Prominenten hinzuweisen. Ich hätte gern, dass Sie sich ein Datum aufschreiben.«

»Ich habe keine Zeit.«

»Sie müssen sich die Zeit nehmen, Dr. Shepherd. Am achtundzwanzigsten Februar um sechs Uhr morgens werden wir auf unserer Webseite Informationen über unmoralisches Verhalten Sie oder eine Ihnen nahestehende Person betreffend veröffentlichen. Es wird Sie oder jemand anders betreffen, aber nicht beide.«

»Ich weiß nicht, wovon Sie reden. Ich muss gehen.«

»Sie können nicht gehen, Dr. Shepherd. Sie müssen zuhören. Die Aufnahme beginnt jetzt. Bitte passen Sie genau auf.«

Bec hörte ein Piepen, dann ein Klicken und ein Rascheln, und ihr Bruder sagte »Hallo«.

»Hallo«, sagte Bec.

»Willkommen bei der Moral Foundation«, sagte eine andere Stimme.

»Hallo, hier ist Ritchie Shepherd«, sagte ihr Bruder, und Bec begriff, dass sie einem mitgeschnittenen Gespräch lauschte. Ritchies Worte überschnitten sich mit der anderen Stimme, die gerade sagte: »Wegen des hohen Aufkommens von Anrufen an unserer Melde-Hotline befinden sich alle unsere Mitarbeiter zurzeit im Gespräch. Ihr Anruf ist uns wichtig, bitte bleiben Sie deshalb am Apparat.«

»Oh, Herrgott noch mal«, hörte Bec Ritchie sagen.

»Wenn Sie in Ihrer Funktion als Anwalt anrufen, wählen Sie bitte die Zwei. Wenn nicht, bleiben Sie bitte dran«, sagte die Stimme.

Bec konnte Ritchie atmen hören.

»Vielen Dank. Um kriminelle Machenschaften zu melden, wählen Sie bitte die Eins. Um ein Gerücht weiterzugeben, wählen Sie bitte die Zwei. Um unmoralisches Verhalten zu melden, wählen Sie bitte die Drei.«

Einem Piepen entnahm Bec, dass Ritchie sich entschieden hatte.

»Vielen Dank. Wenn Sie einen Autorisierungscode haben, geben Sie ihn bitte jetzt ein.« Bec hörte eine Folge von sechs oder sieben Pieptönen. »Bitte bleiben Sie dran.«

»Ritchie!« Val war in der Leitung. »Wie schön, dass Sie sich melden. Was haben Sie für uns?«

Ritchie beschimpfte Val derart unflätig, wie Bec es noch nie von ihm gehört hatte. Er klang, als hätte er Angst. »Willst du's wissen oder nicht?«, sagte er.

»Ich weiß nicht, was Sie haben.«

»Es darf keiner erfahren.«

»Sie wissen doch, wie wir arbeiten, nicht wahr? Ich hoffe, Sie tun dies, weil Sie die Verfehlungen anderer Leute missbilligen, nicht weil Sie der Meinung sind, wir hätten etwas gegen Sie in der Hand. Es wäre mir lieb, Sie würden sich Sorgen wegen des moralischen Zustands der Gesellschaft machen und mir deswegen erzählen, was Sie mir gleich erzählen werden, und nicht weil Sie nur an sich denken. Eine solche Tugend verdient, belohnt zu werden. Gewiss, wenn Sie uns sagen, was Sie wissen, werden wir nicht sagen, was wir über Sie wissen, falls wir irgendetwas über Sie wissen, und ich sage nicht, dass das der Fall ist.«

Ein paar Sekunden des Schweigens verstrichen.

»Ich warte«, sagte Val.

Bec hörte Ritchie sagen: »Es geht um meine Schwester.«

»Wie heißt sie?«

»Du weißt genau, wie sie heißt!«

»Aber ich möchte hören, wie Sie ihren Namen sagen.«

»Bec. Meine Schwester Bec. Sie hat mit dem Bruder ihres Freundes geschlafen, während der Freund in Amerika war, und jetzt ist sie schwanger. Bist du zufrieden?«

Bec kauerte sich auf den Fußboden, den Rücken an den Schreibtisch gelehnt. Sie wusste nicht mehr, wie sie atmen sollte.

»Reicht das?«, sagte Ritchie.

»Wie heißt der Bruder?«

»Douglas. Dougie.«

»Nachname?«

»Comrie.«

»Haben Sie seine Nummer?«

»Nein.«

»Bilder?«

»Was glaubst du eigentlich!«

»Wir könnten etwas daraus machen, nehme ich an. Sie ist immer noch nicht so berühmt, wie Sie es sind. Es muss so was sein wie ›Aus der Traum für die Traumfrau der Wissenschaft‹.«

»Hast du gar keine Gefühle? Bedeutet Bec dir gar nichts?«

»Bedeutet es Ihnen etwas, dass Sie Ihre Schwester verraten? Oder stellen Sie sie bloß, weil Ihr Anstandsgefühl von ihrer Hurerei verletzt wurde?«

»Du hast mich gefoltert«, sagte Ritchie.

»Ich foltere nur Menschen, die vergessen haben, wie man sich selbst foltert«, sagte Val.

»Du hast mich dazu gezwungen.«

»Es ist ein Trauerspiel, wie schwach eine brave britische Familie in nur einer Generation werden kann. Weinen Sie nicht, Ritchie. Seien Sie ein Mann. Weinen lässt Sie nur noch jämmerlicher erscheinen.«

Bec hörte die fernen leisen Winseltöne des schluchzenden Ritchie.

68

Als Bec die Kollegen, mit denen sie verabredet war, per Mail informierte, dass es ihr nicht gut gehe und sie nach Hause gehen müsse, schienen ihre tippenden Finger nicht mehr zu ihr zu gehören; sie waren wie Holzstifte, die vorne an ihren Armen steckten. Im Bad konnte sie sich den gehetzten Ausdruck nicht vom Gesicht waschen. Sie verließ das Gebäude nahe der Victoria Station und stieg in ein Taxi. Ihr Telefon klingelte. Die Nummer erschien nicht. Eine Frauenstimme sagte: »Ich habe Mr Oatman für Sie am Apparat«, und Bec hörte Val sagen: »Was glaubst du, warum hat er das getan?«

»Er sagte, du hättest ihn gefoltert«, sagte Bec.

»Das hat er gesagt, allerdings. Was er wohl damit gemeint hat? Du solltest ihn mal fragen, warum er meint, ich hätte die Mittel, ihn zu foltern.«

»Und jetzt folterst du mich.«

»Ich bin nur der Mann, der sich um dein Gewissen kümmert. Ich bin das, was passiert, wenn du eine Verfehlung begehst und sie geheim hältst und nicht glaubst, dass Gott dich sieht.«

»Du weißt gar nichts über mein Gewissen. Du weißt nicht, warum ich mit Alex' Bruder geschlafen habe.«

»Aber du hast es Alex nicht gesagt.«

»Ich hatte es vor.«

»Und jetzt wirst du es *müssen*.«

»Ich wollte es ihm von selbst sagen.«

»Aber du hast es nicht getan.«

»Du hast mir nicht die Zeit gelassen, von selbst richtig zu handeln. Wer bist du, dass du dich zum Richter über das Leben anderer Leute aufschwingst?«

»Es war nötig. Wenn die Leute nicht auf ihr Gewissen hören, an wen kann das Gewissen sich dann wenden? Die Moral Foundation bietet ihm eine Zuflucht.«

»Wirst du auf deiner Webseite über mich schreiben?«

»Warum denn nicht? Damit du dein schmutziges Geheimnis weiter geheim halten kannst?«

»Ich werde Alex die Wahrheit sagen, was auch geschieht. Du hast mal behauptet, du würdest mich lieben.«

»Die Moral Foundation kann nicht dulden, dass persönliche Beziehungen dem Wahren und Guten in die Quere kommen.«

»Du redest immerzu über das Gute. Was ist mit Gnade? Was ist mit Menschlichkeit?«

»Mit mir hast du keine Gnade gehabt, du hedonistische Schlampe«, sagte Val. »Jetzt weißt du, was du bist. Jetzt weißt du, was du tust, wenn du weißt, dass alle es wissen werden. Ritchie hat dich verraten, und du hast Alex Comrie verraten. Ich wüsste gern, was dein Vater dazu sagen würde.«

»Aber du verrätst Ritchie«, sagte Bec. »Du hast versprochen, ihn unbehelligt zu lassen, und jetzt verrätst du ihn an mich.«

Vals Stimme war wieder leise. »Ihr solltet euch mal so richtig nett miteinander über all das unterhalten, du und dein Bruder. Ihr habt viel zu bereden.«

»Du bist kein guter Mensch, so viel Bosheit, wie in dir steckt«, sagte Bec.

»Du verwechselst gut mit sympathisch.«

»Wenn du den Stellvertreter Gottes gibst, dann hoffe ich, dass ich Gott nie begegne«, sagte Bec. »Und was das Gewissen betrifft, so habe ich eines, und es funktioniert, und ich brauche weder dich noch Gott, noch meinen Bruder oder die Leute, die deine schmutzige Webseite lesen, um zu wissen, dass ich etwas Dummes getan habe und dass ich dafür geradestehen muss. Und jetzt lass mich in Ruhe.«

Alex hatte für die Zeit im Aufnahmestudio sein Telefon abgestellt, und als er herauskam, sah er, dass er Anrufe von Bec verpasst hatte. Sie hatte ihm eine SMS geschickt: »Wann kommst du nach Hause? Komm bald. Alles Liebe Liebe Liebe.« Er simste zurück, er werde in einer Stunde da sein, um fünf.

Ein Sonnenstrahl fiel in den Flur, als er die Tür des Hauses am Citron Square aufmachte. Er rief Becs Namen und wollte gerade nach oben gehen, als er ihre Stimme von unten hörte, aus der Küche. Als er eintrat, saß sie in einem schlichten schwarzen, langärmeligen Top hinter dem Küchentisch. Sie hatte die Arme fest vor der Brust verschränkt, als müsste sie sich damit aufrecht halten. Sie sah ihn an, und sie blinzelte nervös. Auf dem Tisch stand eine offene Flasche Rotwein mit zwei Gläsern. Sie lächelte ihn ohne Freude an. Sie sah, wie sein Gesicht lang wurde und seine Schultern absackten. Er blickte die Flasche und die Gläser an, dann sie.

»Willst du mich verlassen?«, sagte er.

»Nein«, sagte sie. »Ich habe dir etwas zu sagen.«

Sie klopfte leicht mit der Hand vor sich auf den Tisch und bat ihn, sich zu setzen. Es kostete sie Mühe, normal zu sprechen, aber Alex merkte das nicht.

Er setzte sich ihr gegenüber seitlich auf den Stuhl und wandte ihr nur das Gesicht zu. Bec verschränkte die Arme noch fester, zog die angespannten Schultern hoch und presste die Knie zusammen. Es machte auf Alex den Eindruck, als wollte sie sich so klein wie möglich machen, dabei versuchte sie in Wirklichkeit nur, nicht zu zittern.

»Was ist los?«, sagte Alex. »Bist du noch schwanger?«

»Ja«, sagte Bec, und ihr Herz klopfte heftig. Zeit verstrich, und Alex setzte an, noch einmal »Was ist los?« zu sagen, doch Bec unterbrach ihn und beschwor ihn mit erhobener Stimme: »Warte. Bitte.« Eine Träne lief ihr die Wange hinunter, und ohne nachzudenken, gab Alex seine seitliche Sitzhaltung auf und beugte sich mit ausgestreckten Händen über den Tisch ihr entgegen. Sie legte die Hände in seine, und seine Hände schlossen sich um ihre. Sie ließ den Kopf sinken und legte die Stirn auf die vier sich haltenden Hände. Sie holte tief Luft und hob den Kopf. Sie blickte ihm in die Augen und sagte: »Es ist sehr schwer. Lässt du mich bitte ausreden, ehe du etwas sagst?«

Alex nickte.

Sie fasste seine Finger fester und sagte: »Was auch geschieht, du bist der Mann, den ich liebe, du bist der Mann, mit dem ich zusammen sein will, und du bist der Mann, den ich mir als Vater meines Kindes wünsche.«

Alex runzelte die Stirn und öffnete den Mund, und Bec drückte seine Finger und fuhr fort: »Ich muss dir etwas beichten, und ich muss dich um Vergebung bitten. Ich habe einen Fehler gemacht. Ich dachte, ich hätte einen guten Grund, aber ich hätte es nicht tun sollen, und ich weiß nicht, was schlimmer ist, dass ich es getan habe oder dass ich dachte, ich könnte es vor dir geheim halten. Ich wusste, wie sehr du dir Kinder wünschst, und ich wusste, du willst, dass es *deine* Kinder sind, und ich hatte Angst, dass du mich verlässt, wenn daraus nichts wird. Während du in Amerika warst, habe ich zufällig Maria getroffen. Sie ist schwanger. Ich wusste, dass Dougie mich mag – oh, dein Gesicht, bitte schau nicht so, das ist ja schrecklich! –, und ich habe einmal mit deinem Bruder geschlafen, während du fort warst. Und jetzt bin ich schwanger. Ich werde ein Kind haben, und ich will, dass es unser Kind ist, deines und meines, egal, wer … wer … es gezeugt hat.« Sie verstummte. Alex hatte den Kopf zur Seite gedreht und starrte mit leicht geöffneten Lippen auf den Fußboden.

»Du kannst jetzt sprechen«, sagte sie.

»Sprechen?«, sagte Alex und blickte sie an, als ob er sie noch nie zuvor gesehen hätte. »Was soll ich sagen? Ist das alles?«

»Nein«, sagte Bec, und sie erzählte ihm von Ritchie und Val. Alex machte seine Hände los und legte sie sich an den Kopf.

»Ich bin überzeugt, ich hätte es dir auch ohne äußeren Zwang erzählt, ich bin davon überzeugt, aber sicher wissen werde ich es jetzt nie«, sagte Bec.

»Warum sollte er –« Alex tappte blind den Worten hinterher, die Bec gesagt hatte. Er konnte sich keinen Reim darauf machen. Die elementaren Streben des Denkens hatten sich aufgelöst. Es gab keinen Halt und kein Gefühl. Er war nichts als ein Bewusstsein in einem Körper. Er stand auf und blickte sich um.

»Was tust du?«, sagte Bec und kam um den Tisch herum auf ihn zu.

»Ich brauche was, woran ich mich festhalten kann«, sagte Alex.

»Halt dich an mir fest«, sagte Bec. Sie versuchte, ihn in die Arme zu nehmen, doch er schüttelte sie ab und trat zurück.

»Ich kann nicht«, sagte Alex, und das erste halbwegs klare Empfinden verdichtete sich in ihm. »Ich schäme mich.« Er wich in die Ecke der Küche zurück, sackte auf den Fußboden, schloss die Arme um die Knie und versteckte den unteren Teil seines Gesichts dahinter.

»Sprich mit mir«, sagte Bec, kniete sich neben ihn und legte ihm eine Hand auf die Schulter. »Wie kommst du dazu, dich zu schämen?«

»Ich schäme mich, weil ich nicht wütend bin«, sagte Alex.

»Vergiss nicht, dass du Vater werden wirst«, sagte Bec.

»Werde ich das?«, sagte Alex. »Du solltest dich mit meinem Bruder zusammentun. Er braucht eine Frau.«

»So sind meine Gefühle für ihn nicht«, sagte sie. »Es hatte nichts mit Liebe zu tun.«

»Wie konntest du –« Alex brach ab und senkte wieder den Kopf. »Ich sollte wütend auf dich sein. Ich sollte wütend auf ihn sein. Aber ich bin nicht wütend.« Er sah sie verwundert an. »Wenn ich ein Mann wäre, wäre ich wütend, nicht wahr? Ich wäre rasend, hysterisch.« Er stand auf. »Siehst du, das ist es. Es fällt mir zu leicht, dir zu vergeben. Ich habe keine Zähne. Keine Klauen.« Er hielt sich die Hand vors Gesicht. »Ich bin nicht lebenstüchtig. Ich bin unfähig, mich fortzupflanzen. Männer wie ich müssen beiseitetreten. Ich bin schwach. Ich bin das überflüssige Produkt einer verweichlichten Zivilisation. Du hattest recht, an mir zu zweifeln. Ich empfinde nichts als Scham, dass du dich gezwungen gesehen hast, das zu tun. Scham und Scham über die Scham und Scham über die Scham über die Scham.«

»Glaubst du, ich will, dass du wütend wirst?«

»Ich fühle nichts.«

»So fühlt sich Schmerz an, wie nichts.«

»Was du getan hast, war sinnvoll.«

»Aber es war nicht richtig.«

»Ich wüsste nicht, warum nicht.«

»Weil du der Mann bist, den ich will, und niemand anders.«

»Die Menschen wissen nicht immer, was sie wollen. Das letzte Wort haben die Hormone.«

»Du bist der Mann, niemand anders, und darin liegt ein Versprechen, und wenn ich anfange, dieses Versprechen zu brechen, dann beschmutze ich alles, was ich sage oder tue. Wenn es so sinnvoll gewesen wäre, hätte ich mit dir darüber sprechen sollen.«

Wie haben sie es getan?, dachte er bei sich. In unserem Bett? Und es kam ihm grundverkehrt vor, dass ihn die Vorstellung von seinem Bruder nackt zwischen Becs Beinen eher mit Neugier als mit Zorn erfüllte; die Scham kam zurück.

»Vielleicht dachte er, er kann so seine Schulden bezahlen«, sagte er, bevor ihm einfiel, dass er ihr von dem Darlehen nichts erzählt hatte. »Er schuldet mir Geld.«

»Ich weiß«, sagte Bec und blickte stirnrunzelnd auf den Boden. Sie sah Alex wieder an. »Wie viel ist es?«

»Hundertzwanzigtausend Pfund.«

»Und du meinst, als dein Bruder tat, worum ich ihn bat, da dachte er, er würde eine Schuld zurückzahlen?«

»In seiner Vorstellung vielleicht.«

»Warum hast du mir nicht gesagt, dass er dir so viel schuldet?«

»Ich wollte nicht, dass du denkst, mir ist Geld wichtig.«

»Es war dir also lieber, ich denke, du bist geizig? Wie konntest du zulassen, dass ich ein Haus mit ihm teile, und mir nicht sagen, dass er so einen Berg Schulden hat?«

»Niemand weiß es. Auch meine Eltern nicht.«

Bec schauderte. »Hast du einen Handel mit ihm gemacht?«

»Nein.«

»Vielleicht doch, und es war dir nur nicht klar.«

»Nein.« Er erinnerte sich an das Flussufer und beschloss, das Gespräch von damals geheim zu halten.

Becs Telefon piepte. Es war eine SMS von Dougie.

»Er ist auf dem Weg nach London«, sagte sie. »Ich glaube, er weiß nicht, dass du es weißt. Was sollen wir tun?«

»Was sollen wir wegen Ritchie tun?«, sagte Alex.

»Wir? Sind wir noch wir?«, sagte Bec. Keiner konnte den anderen noch anfassen, und keiner wusste, was er sagen sollte.

69

An diesem Nachmittag hatte Dougie einem Bekannten und dessen Geschäftspartner an einem kleinen runden Tisch in einem Pub in Shettleston gegenübergesessen. Zwischen ihnen befanden sich Dougies halb leeres Glas Bier, Smiths schwarzer Kaffee, McGilverays Glas Mineralwasser, ein Stapel links oben zusammengehefteter Druckseiten und ein silberner Kugelschreiber. Es war drei Uhr nachmittags in Glasgow, und es fiel nicht viel Tageslicht herein.

»Ich bin sonst eher ein Thekensteher«, sagte Dougie. »Das Rauchverbot hat mir die Petersilie verhagelt. Mit der Kippe an der Theke, da ist man beschäftigt. Man hat was zu tun.«

»Für das Rauchen im Pub ist noch nie einer bezahlt worden«, sagte Smith. »Unterschreibst du?«

Dougies Blick fiel auf die einsame Silhouette eines Mannes, der vor den blinkenden Spielautomaten hin und her ging. Ab und zu drückte er einen der Knöpfe, ohne dass es ihm je gelang, das unaufhörliche Brummen und Pfeifen der Automaten anzuhalten. Die einzige andere Menschenseele in dem Lokal war das Mädchen hinter der Theke, das mit erstaunlicher Energie die Gläser polierte und dabei kaum alt genug war, um sich selbst vom Sortiment zu bedienen.

»Was ist, wenn ich's nicht tue?«, sagte Dougie.

»Dann gibt's keine Kohle«, sagte Smith. Er griff in seine Jacke, holte einen weißen Briefumschlag heraus und legte ihn neben den Vertrag. »Und deine Wohnung kriege ich am Ende trotzdem.«

Dougie öffnete den Umschlag und ließ die Kanten der roten Scheine über den Daumen zischen.

»Wie viel ist das?«

»Acht Riesen.«

»Wir hatten von zehn gesprochen.«

»Du hast von zehn gesprochen. Heutzutage wollen alle ihre Mädels klapperdünn und ihre weißen Umschläge superfett haben. Die Verhältnisse sind schuld, nicht ich, dass es dann doch immer andersrum ist.« Smith lehnte sich gemütlich auf seinem Stuhl zurück und faltete die Hände über dem Bauch. Er und der Anwalt trugen offene North-Face-Skijacken über Anzug und Krawatte.

»Und du bist ein richtiger Anwalt, eh?«, sagte Dougie zu McGilveray, während er sich den Stift nahm.

»Ja, bin ich.«

»Und du hast ein schönes Haus, Frau, Kinder?«

»Habe ich. Und ich arbeite hart, um für sie zu sorgen.«

Dougie überflog noch einmal den Vertrag. Die Wendung »wird einbehalten« stach ihm ins Auge, obwohl sie sich typografisch vom übrigen Text nicht abhob.

»Wenn du ein richtiger Anwalt bist, wieso arbeitest du dann für diesen Scheißkerl?«, sagte er.

Smith beugte sich vor. »Es bringt dir nichts und wird dir nie was bringen, wenn du hier in der Stadt den harten Burschen spielst. Du bist ja nicht mal von hier. Du bist der Sohn von 'nem Landarzt, Himmel, Arsch und Zwirn. Ich tu dir einen Gefallen. Achttausend bar auf die Kralle und dreißigtausend weniger Schulden für eine ramschige ehemalige Kneipe, die gewiss keine vierzig wert ist.«

»Sie war fünfundsiebzig wert, als ich sie gekauft hab.«

»Der Laden war nie fünfundsiebzig wert. Hier.« Smith zog einen zusammengeknüllten Zehnpfundschein und etwas Kleingeld aus der Tasche und warf alles auf den Tisch. »Das lege ich noch für deine Kaufreue dazu.«

McGilveray sagte: »Wenn du die Zahlungen termingerecht leistest, wird es kein Problem geben. Dann behältst du dein Eigentum.«

»Und du kriegst deine dreißig Prozent«, sagte Dougie.

»Dein Bruder haut dich schon wieder raus«, sagte Smith.

»Auf keinen Fall«, sagte Dougie. Er beugte sich über den Vertrag und kritzelte mit rasender Geschwindigkeit seine Unterschrift darauf.

»Und noch mal hier«, sagte der Anwalt weiterblätternd. »Und hier.«

»Bitte sehr«, sagte Smith und reichte ihm das Geld. »Hast du einen Tipp fürs Pferderennen?«

Dougie faltete den Umschlag zusammen und steckte ihn in seine Jeanstasche. Er nahm sich den Zehnpfundschein und das Kleingeld, das Smith auf den Tisch geworfen hatte.

»Wenn ich nicht zahle, könntest du mir dann nicht einfach die Beine brechen?«, sagte er.

»Das ist noch nie mein Stil gewesen«, sagte Smith. »Davon habe ich nichts. Ich will deine miese kleine Wohnung nicht. Ich bin genau wie die Bank. Ich will nur, dass du mir für das Privileg, weiter existieren zu dürfen, für den Rest deines Lebens eine monatliche Summe bezahlst.«

Dougie ging nach Hause, zog ein sauberes weißes Hemd und seinen Anzug an, nahm den Bus zum Glasgower Hauptbahnhof und löste eine Hinfahrkarte nach London. Kurz bevor der Zug die Grenze überquerte, fing er an, Bec zu simsen. »Es ist Liebe«, schrieb er, und »Ich komme dich holen. Ich weiß, was wir tun können« und »Glaub an uns, Baby. Ich denke immerzu an dich« und »Ich hab in Glasgow ein paar Löcher in die Stadt gestarrt, weil ich unbedingt dein Gesicht sehen wollte« und »Vertrau mir. Ich bring alles in Ordnung«. Er teilte ihr mit, wo sie ihn treffen könne und dass sie ihren Pass mitbringen solle. Vier Stunden lang schrieb er das in verschiedenen Versionen, aber Bec reagierte nicht.

Kurz vor neun Uhr abends traf er in London ein, kaufte einen Strauß roter Rosen und fuhr mit dem Taxi in ein

Casino in Mayfair. Er gab dem Fahrer fünf Pfund Trinkgeld, überprüfte im Außenspiegel seinen Kragen und ging hinein. Die Frau am Tresen fragte ihn, ob er Mitglied sei. Sie hatte lange blonde, künstlich gelockte Haare und trug ein ärmelloses, enges silbernes Kleid. Sie kreuzte die Fingerspitzen vor sich, als versteckte sie einen winzigen Schatz.

Dougie zog eine schwarze Plastikkarte aus der Tasche. »Ich hab sie länger nicht benutzt«, sagte er.

»Das macht nichts. Kann ich Ihnen die Rosen in eine Vase stellen?«

»Herzlichen Dank«, sagte Dougie und reichte ihr die Blumen. Er fischte einen Fünfer für sie heraus.

»Warten Sie mit dem Trinkgeld, bis Sie gehen«, sagte die Frau.

»Und wenn ich dann nur noch die Hosen anhabe?«

»Sie sehen aus, als hätten Sie Glück«, sagte sie. »Das Doppelte oder gar nichts.«

Dougie kannte den Weg. Er stieg die transparenten Stufen hinauf, in denen Lichter abwechselnd von einer Seite zur andern liefen, und tauschte den Rest von Smiths Darlehen, siebentausendachthundert Pfund, gegen Jetons ein. Er ließ sich fünfzehn schwarze Fünfhunderter und drei rosa-grüne Hunderter geben, steckte sie sich in die Jacketttaschen und begab sich zum Punto-Banco-Tisch.

Dougie nahm drei seiner schwarzen Jetons und setzte sie auf Punto. Er verlor. Er wiederholte den Vorgang und verlor abermals fünfzehnhundert Pfund. Er langte in die Tasche, fischte die verbliebenen schwarzen Jetons heraus und stapelte alle neun vor sich auf dem blauen Fries zu einem Turm auf. Er nahm drei Jetons vom Stapel und setzte sie in das Punto-Fach. Der Croupier zog die Karten, ein Ass und eine Drei für Punto, eine Fünf und einen König für Banco. Puntos dritte Karte war eine Neun.

»Banco gewinnt, Fünf vor Drei«, sagte der Croupier und zog Dougies drei Jetons ein. »Bitte das Spiel zu machen.«

In drei Minuten hatte Dougie viertausendfünfhundert Pfund verloren. Die anderen Spieler starrten ihn an: ein weißer Mann mittleren Alters im kirschroten Polohemd mit Basedow'schen Augen und einer Uhr von der Größe eines Marmeladenglasdeckels und ein chinesisches Paar, beide mit identischen Satin-Bomberjacken, auf denen hinten »The Venetian, Macau« aufgestickt war. Es war nicht der Abend für High-Roller. Sie hatten Zehner und Zwanziger gesetzt, und der Croupier behielt die Hände am Schlitten.

Dougie schloss die Finger um den restlichen Stapel und schob die ganzen dreitausend Pfund in das Punto-Fach. Keiner der anderen setzte. Sie waren wie vom Donner gerührt. Der Croupier zog vier Karten aus dem Schlitten, eine Neun und einen Buben für Punto, eine Zehn und eine Sechs für Banco.

»Spieler gewinnt mit Neun«, sagte der Croupier und schob Dougie Jetons im Wert von sechstausend Pfund zu.

Dougies Glück kam zurück. Er setzte weiter auf Punto, wobei er nach einem Gewinn immer ein Spiel ausließ. Binnen einer halben Stunde hatte er fünfzigtausend Pfund zusammen. Er begab sich ins Restaurant, bestellte ein Steak und eine Flasche Wein zu fünfzig Pfund und las sich den Vertrag mit Smith durch, den er unterschrieben hatte. Er konnte das Darlehen am nächsten Tag tilgen, und Smith konnte nichts dagegen machen; er konnte anfangen, seine Schulden bei Alex zu begleichen. Er simste an Bec: »Komm her, Baby. Ich bin am Gewinnen. Ich brauch dich jetzt. Alles wird ok.« Er aß auf, trank ein Glas Wein, ließ den Rest in der Flasche und ging zum Punto-Banco-Tisch zurück.

Es waren jetzt mehr Spieler da und ein paar Schaulustige. Alle Plätze waren belegt, doch Dougies Rückkehr war, als bräche sich der Wind eine Schneise durchs Schilf. Der Chinese bot ihm seinen Platz an. Dougie setzte sich, sah Banco zweimal gewinnen und schob zehntausend Pfund auf Punto. Punto gewann, und Dougie erhielt den zweifachen Einsatz. Er hatte jetzt sechzigtausend Pfund.

Er ließ eine Banco-Gewinnserie verstreichen, und nach dreimal Banco hintereinander schob er wieder zehntausend Pfund auf Punto. Er verlor. Er setzte abermals zehntausend Pfund und verlor. Noch zweimal zehntausend Pfund auf Punto, und jedes Mal verlor er. Nach wenigen Minuten hatte er vierzigtausend Pfund weniger.

Telefone waren am Tisch nicht erlaubt. Dougie warf einen verstohlenen Blick auf seines. Niemand hatte angerufen oder gesimst.

Der Croupier war ein junger Mann in schwarzer Weste und Fliege mit einem bleichen, aufgedunsenen Kinn, das gegenüber dem übrigen Kopf ganz leicht verzogen war. Er hatte in den anderthalb Stunden, seit Dougie zum ersten Mal Platz genommen hatte, keinerlei Gefühlsregung erkennen lassen. In seinem Blick lag weder Interesse noch Erregung, nur eine träge, unerschöpfliche Geduld, als ob der Schlitten und die acht Kartenspiele, die er enthielt, schon existiert hätten, bevor die Planeten entstanden waren, und noch existieren würden, wenn die Sonne schon längst erloschen war.

»Weitere Einsätze?«, sagte er.

Dougie schaute sich im Saal um. Er erblickte Alex. Sein Bruder suchte in der Menschenmenge an den Blackjack-Tischen nach ihm. Die Spieler und Zuschauer um Dougie spürten ihn innerlich zusammenzucken wie einen Bergsteiger, dessen Seil auf einmal schlaff wird. Seine Hände legten sich an seinen verbliebenen Jetonturm, der noch zwanzigtausend Pfund wert war.

»Ich würde gern zwanzig auf dieses Blatt setzen«, sagte Dougie.

»Die Obergrenze ist zehn, Sir«, sagte der Croupier.

»Ich würde gern auf zwanzig gehen.«

Der Croupier griff zu einem Telefon unter dem Tisch. Nach ein paar gemurmelten Worten legte er den Hörer auf und nickte. Dougie schob zwanzigtausend Pfund in Jetons in das Punto-Fach.

»Nichts geht mehr«, sagte der Croupier. Er zog vier Karten aus dem Schlitten und platzierte sie in den Fächern. Die Kanten stießen jedes Mal nahtlos aneinander. Puntos erste Karte war eine Acht, Bancos eine Sechs. Puntos zweite war eine Königin. Der Croupier verlangsamte seine Bewegungen nicht, doch die Umstehenden hatten genug Zeit, um zu erkennen, bevor sie die vierte Karte sahen, dass Dougies Chancen gut standen. Eine Zwei wäre Égalité, aber nur eine Drei würde Punto schlagen, und wie wahrscheinlich war es, dass Punto achtmal hintereinander verlor?

Der Croupier legte Bancos zweite Karte aufgedeckt auf den Fries, haargenau neben die erste. Alle zählten, was mit einem Blick gezählt werden konnte: eins, zwei, drei; drei rote Herzen in einer Kolonne in der Mitte der Karte, unerbittlich, und in zwei Ecken die Ziffer Drei.

»Banco gewinnt, Neun vor Acht«, sagte der Croupier und nahm Dougies zwanzigtausend Pfund.

Ohne zu zögern, holte Dougie die zwei Hunderter-Jetons aus der Jacke – einen hatte er für das Essen ausgegeben – und setzte sie auf Punto. Der Croupier zog. Das Spiel ging an Banco, und Dougie verlor sein letztes Geld.

Alex erspähte ihn in dem Moment, als der Croupier es einstrich.

»Was war denn das gerade?«, sagte Alex.

»Ich habe gerade zweihundert Pfund bei Punto Banco verloren«, sagte Dougie.

»Zweihundert Pfund?« Alex knetete sich die Stirn. »Du hast zweihundert Pfund weggeworfen?«

»Ich habe sie nicht weggeworfen. Er hat sie genommen.« Er deutete mit dem Kopf auf den Croupier. »Ich habe noch … wart mal.« Sein Portemonnaie war leer. Er suchte in seinen Taschen und fand den Zehnpfundschein, den Smith ihm gegeben hatte, immer noch zusammengeknüllt.

»Hier«, sagte er. »Es sollte gesetzlich verboten werden, dass Leute wie ich mehr als eine Tasche haben, dann würden wir aufhören zu hoffen. Ich –« Alex hielt seinem Bruder den Mund zu und befahl ihm, mit nach draußen zu kommen.

Dougie folgte ihm. An der Kasse verlangsamte Dougie seinen Schritt und strich den Zehner zwischen den Händen glatt. »Ich lös grad noch den Zehner ein, Alex, dann hab ich vielleicht heute Abend doch noch die Nase vorn«, sagte er.

Alex packte ihn am Revers und schleifte ihn zur Treppe. Als sie am Empfang vorbeigingen, klatschte Dougie der Frau den Zehnpfundschein auf den Tresen.

»Ich hab doch gesagt, Sie haben Glück«, sagte sie. »Was ist mit den Rosen?«

»Kannst du behalten!«, schrie Dougie, während er Alex nach draußen folgte.

Alex zog Dougie vom Casino fort, bis sie außer Hörweite des Rausschmeißers am Eingang waren. Er baute sich vor seinem Bruder auf. Es war einer jener milden Abende im frühen Winter, an denen die Bürgersteige und Straßen einen feuchten Glanz haben, ohne dass man etwas von Regen gemerkt hat, und die Schuhsohlen auf dem Pflaster ein scharrendes Geräusch machen, als würde ein Streichholz angezündet. Um sie herum erhoben sich die Villen und Wohnblocks der transnationalen Superreichen, vornehm und trostlos. Taxis zuckelten zwischen den Reihen geparkter deutscher Autos.

»Hast du echt geglaubt, sie würde kommen?«, sagte Alex.

»Aye.« Dougie zuckte mit den Schultern, ob gleichgültig oder nervös, war nicht zu sagen.

»Sie hat mir erzählt, was passiert ist«, sagte Alex. »Bevor du deine ganzen SMS geschickt hast. Es wird am Sonntag von der Moral Foundation gebracht.«

»Ich weiß nicht, was das ist.«

»Alle Welt wird erfahren, was du getan hast. Hast du gedacht, du würdest einen Batzen Geld gewinnen und ihr zwei würdet euch auf eine einsame Insel verziehen?«

»Mit Denken hat das nichts zu tun«, sagte Dougie.

»Wie kannst du das machen? Wie kannst du solche Sachen machen? Du leihst dir von deinem Bruder hundertzwanzigtausend Pfund, und statt sie ihm zurückzuzahlen, schläfst du mit seiner Freundin. Du hast zwei kleine Töchter, deren Mütter sich mit Ach und Krach durchschlagen, und du verschleuderst zweihundert Pfund im Casino. Wie geht das? Ist da in deinem Kopf keine Stimme, die Nein sagt?«

»Ich hatte bloß …« Dougie schaute sich um, machte den Mund auf und wieder zu. Er war wie ein kleiner Junge, dem plötzlich einfällt, dass die Trümmer, durch die er fröhlich spaziert, die Trümmer des Mannes sind, der er werden wollte. »Doch, ich hab so ein kleines Männchen, das Nein sagt. Es ist ein netter Kerl, wie ein Anwalt oder Professor oder Politiker. Es ist nicht so, als hätte ich ihn nicht im Kopf. Aber er ist mir zu streberhaft.«

Alex setzte sich auf die Stufen vor einer fremden Haustür und legte den Kopf in die Hände. Dougie nahm neben ihm Platz und zündete sich eine Zigarette an.

»Ich wäre gern wütend auf dich oder Bec«, sagte Alex. »Es wäre interessant, dir eine in die Fresse zu hauen und zu sehen, wie das Blut kommt. Dir ein schönes blaues Auge zu verpassen.«

»Ich wünschte, du würdest es tun.«

Alex zuckte die Achseln, nahm seinem Bruder die Zigarette ab, zog daran und gab sie zurück. »Das weiß ich. Bec auch. Ihr zwei seid euch ähnlicher als mir. In eurer Vorstellung wollt ihr Vergebung und Liebe haben, und in Wirklichkeit sagt euer Gefühl: ›Wie schwach er doch ist.‹«

»Mach dir keinen Kopf, bloß weil du mich nicht vermöbelst«, sagte Dougie. »Schau mich an. Ich bin so ’ne Art neues Produkt, wo die Bestrafung gleich mit eingebaut ist. Du musst nur Sex und Geld eingeben.«

»Das ist kein neues Produkt«, sagte Alex.

Er brachte Dougie in ein Hotel und bezahlte das Zimmer. Er gab ihm hundert Pfund, und Dougie sagte, er werde sie ihm zurückzahlen.

»Die sind nicht geliehen«, sagte Alex. »Die sind geschenkt.«

Im Zimmer streifte Dougie die Schuhe ab und holte sich ein Bier aus der Minibar. Er bot Alex eines an, und Alex nahm es, und sie setzten sich gegenüber auf die Kanten der beiden Betten.

»Bec ist schwanger«, sagte Alex.

Dougie ließ sich auf das Kissen zurücksinken. Er biss sich auf die Lippe und schluckte. »Das ist ja ein Hammer«, sagte er. »Kann man sagen, von wem es ist?«

»Bei Brüdern ist das schwerer. Aber man kann einen Test machen.«

Nach einer Weile sagte Dougie: »Mach keinen Test. Du willst Vater sein? Dann sei einer.«

Alex horchte auf Geräusche von der Straße oder von anderen Teilen des Hotels; es gab keine. Sie hatten tatsächlich ein stilles Zimmer bekommen. Er starrte auf das Licht, das aus einem waagerechten Kasten auf den Vorhang fiel.

Wie nannte man so einen Kasten? Er konnte jetzt so lange den Vorhang anstarren, wie er wollte. Die Falten gefielen ihm, und er musste nicht reden. Katastrophen sind Freizeit, dachte er. Kein Teil der normalen Zeit.

»Das ist wie im Pfadfinderlager«, sagte Dougie. Er hatte sich auf die Seite gewälzt, und seine Augen leuchteten jungenhaft. »Hab ich nie leiden können.«

»Was du da gemacht hast«, sagte Alex, »du hast doch nicht etwa geglaubt, dass du damit auf irgendeine verquere Art deine Schulden bezahlst, oder?«

Dougie legte sich auf den Rücken und sagte so lange nichts, dass Alex glaubte, er wäre eingeschlafen. Dann sagte er: »He, du Mathegenie. In einem blöden Kartenspiel, das kompliziert aussieht, aber nicht viel anders ist, als wenn du eine Münze wirfst, wie sind da die Chancen, neunmal hintereinander dasselbe Ergebnis zu bekommen?«

»Fünfhundert zu eins«, sagte Alex.

»Echt? So schlecht hätte ich gar nicht gedacht. Du an meiner Stelle würdest wissen, wie die Chancen stehen«, sagte Dougie. »Du würdest wissen, dass die Bank immer im Vorteil ist, und wenn du ein Spieler wärst, würdest du wissen, wann du aufhören musst.«

»Du hast meine Frage nicht beantwortet.«

»Lös deinen Gewinn ein, Bruder. Hör auf, solang du die Nase vorn hast.«

70

Am Tag, nachdem er die Moral Foundation angerufen und seine Schwester verraten hatte, begann Ritchie herumzuerzählen, er habe wieder zu laufen angefangen, als ob er mal ein großer Läufer gewesen wäre, wo er doch höchstens zweimal die Woche ein paar Kilometer gejoggt war. Seine Erklärung wurde als Euphemismus für die Absicht aufgefasst, ein körperlich und geistig reineres Leben zu führen, weniger zu trinken, härter zu arbeiten und freundlicher zu anderen zu sein, und genau in dem Sinne hatte er es auch gemeint. Doch nachdem er es allgemein verkündet hatte, blieb ihm nichts anderes übrig, als tatsächlich zu laufen. Er stand im Dunkeln auf, vor Karin und den Kindern, zog Laufschuhe, einen Trainingsanzug und eine Signalweste an und trabte in die kalte, drückende Stille der englischen Winterlandschaft hinaus. Er hörte nur das Geräusch seines eigenen Atems, das Schrammen seiner Schuhsohlen über den Kies am Straßenrand und hin und wieder ein unheimliches Rascheln aus den Hecken oder Gurgeln aus einem unsichtbaren Wasserlauf.

Er lief einen knappen Kilometer, dann ging er, blieb manchmal ganz stehen, um zu verschnaufen. Keuchend stand er da, die Hände in die Hüften gestemmt, und atmete den Geruch verrottenden Laubs ein. Autos kündigten sich durch das ferne Aufleuchten und Verschwinden ihrer Scheinwerfer an Kurven und Anhöhen an, kleinen Monden gleich, die auf den gewundenen Landstraßen auf und ab rollten, und ließen Ritchie genug Zeit, um wieder loszulaufen, sodass sie ihn im Vorbeifahren dabei sahen, wie er sich stark und selbstsicher durch die Dunkelheit bewegte. Als er schließlich das erste Dorf östlich von Petersmere erreichte, war es hell. Alte Leute winkten ihm aus ihren Gärten zu, und er winkte zurück. Er kannte sie nicht, und er fragte sich, ob sie ihn schon mal im Fernsehen gesehen hatten oder ob sie, durch die rätselhaften Anwandlungen der Alten in den frühen Morgenstunden aus dem Bett getrieben, in ihrer Einsamkeit die Sehnsucht nach Gemeinschaft verspürten.

Ritchie wusste nicht, ob Karin seine wiedergewonnene Zufriedenheit bemerkt hatte, doch er wollte sie im Ungewissen darüber lassen, was ihn trieb. Ihm gefiel nicht, wie viel Zeit sie mit The What verbrachte; ihm gefiel die Dreißig-Städte-Tournee nicht, die sie für den Frühling geplant hatten. Dass ihm die Musik gefiel, die sie machten, widersprach für sein Gefühl nicht der Animosität, die seine Frau mit ihrer Absicht in ihm auslöste, ihr Zuhause für fast zwei Monate zu verlassen. Er merkte nicht, dass mit dem Verrat, den er an seiner Schwester begangen hatte, seine Liebe zu Karin in den argwöhnischen, zweifelnden, rivalisierenden Zustand zurückfiel, der vor der Bedrohung durch Val Oatman geherrscht hatte.

Es beschäftigte Ritchie, als er am Samstagmorgen heimwärts trabte, dass seine ahnungslose Schwester am nächsten Tag Vals Rache zum Opfer fallen würde. Es tat ihm weh, doch der Schmerz war äußerlich, nicht innerlich wie zuvor. Es war Ritchie so leichtgefallen, sich vom Verrat freizusprechen, dass ihm der Freispruch gar nicht mehr bewusst war. Er empfand es als Zufall, dass er zur Brücke zwischen Vals Rachewunsch und Becs Promiskuität, oder was er inzwischen dafür hielt, geworden war. Er hatte nur ungern einen Anwalt ins Vertrauen gezogen, doch als dieser ihm am Telefon erklärte, er habe die Immunitätsbescheinigung von der Moral Foundation gelesen, und soweit er sagen könne, enthalte sie die wasserdichte Garantie, dass die MF nichts über sein Privatleben veröffentlichen würde, was sie herausgefunden hatte oder in Zukunft herausfinden mochte, fühlte er sich sicher. Louise und Nicole konnten immer noch auspacken, doch seitdem er die beiden das letzte Mal gesehen oder gesprochen hatte, waren anderthalb Jahre vergangen. Ritchie fasste einen Entschluss: Wenn Bec am nächsten Tag die Welt in ihrer ganzen Härte kennenlernte, wenn sie mit der Tatsache Bekanntschaft schloss, dass die Medien einen nur kanonisieren, um einen hinterher umso gnadenloser zu verdammen, würde er ihr helfen. Sie würde ihn in panischer Auflösung anrufen und fragen, was sie tun solle, und er würde sie beruhigen und ihr sagen, dass das nicht das Ende der Welt war, dass die Menschen vergaßen.

Wieder daheim, war er gerade dabei, sich etwas zusammenzubrutzeln, als eine SMS von Bec kam. Unerklärlicherweise war sie auf dem Friedhof, wo ihr Vater begraben lag: »In Brakesborne. Dads Andenken geschändet. Grässlich. Komm sofort.«

Ritchie wollte sich nicht am Vorabend ihres Sturzes mit seiner Schwester treffen. Er rief sie an, und sie ging nicht dran. Konnte sie, dachte er, mit einem lädierten Grabstein nicht allein fertig werden? Aber Karin bestand darauf, dass er fuhr.

Der Friedhof war in Dorset. Zuletzt hatte er ihn mit Karin und den Kindern besucht. Er erinnerte sich, wie Karin sich Ruby am Grab geschnappt, sie hochgehoben und im Laufschritt zu einer Baumreihe getragen hatte, damit die Kleine nicht auf geweihte Erde pinkelte. Er erinnerte sich, wie die nackten Beinchen seiner Tochter hin und her gependelt waren, während Karin von ihm und Dan fortlief, und dass er gedacht hatte, wenn seine Tochter einmal entführt würde, werde es so aussehen, und sich albern vorgekommen war (er bezeichnete sich damals als Agnostiker), weil der Name seines Vaters auf dem Grabstein und das Vorhandensein einer Kiste mit den Gebeinen seines Vaters darunter ihm das Gefühl gaben, von seinem Vater beobachtet zu werden. Mit der Erinnerung kamen weitere Erinnerungen. Karin und er hatten sich vor den Kindern derart erbittert gestritten, dass Dan weggegangen war, um das nicht mit anzuhören, und Karins Weglaufen mit Ruby war, jenseits der körperlichen Notwendigkeit, tatsächlich auch eine Art Entreißen gewesen, ein gegen ihn gerichteter Zornausbruch; und er hatte dort am Grabstein gestanden, allein mit seinem toten Vater, und hinterhergeschaut, wie sein Sohn unter Tränen in der einen Richtung davongestolpert und seine Frau mit seiner Tochter in die andere gelaufen war, und hatte sich verlassen gefühlt, in einem schmalen Ausschnitt der Gegenwart abgekappt von der vor ihm fliehenden Zukunft und der sich verfinsternden Vergangenheit.

In der Parkbucht vor dem Friedhof stand ein Auto, als Ritchie eintraf. Von der Straße aus stieg das Gelände langsam zur Kirche am anderen Ende an, und als Ritchie durchs Eingangstor ging und die Trennwand der Eiben passierte, sah er die Gräber in unregelmäßigen Stufen aufgereiht, doch Bec sah er nirgends. Sein Telefon bekam kein Netz. Als er den Kiesweg zur Kirche hinaufspazierte, erinnerte er sich, wie heiß es am Tag der Beerdigung gewesen war. Die Marines, die den Sarg trugen, hatten Schweißflecken unter den Achseln gehabt. Er hatte Becs blasses, ernstes, verwirrtes Gesicht betrachtet und das Bedürfnis verspürt, sie und seine Mutter zu beschützen. Er hatte ihre Hand genommen, obwohl er vermutete, dass die Marines das für schwach und sentimental halten würden, und sie hatte ihn erstaunt angeblickt. Ja, dachte er, das hättest du nicht gedacht, was? Seine arme kleine Schwester! Nicht viel älter damals als Ruby jetzt.

Bec stand zitternd im Schatten des Kirchenportals. Sie beobachtete, wie Ritchies große silberne Karosse neben ihrem kleinen roten Mietwagen hielt, hörte das Knallen der Tür und sah Ritchie in einem schweren schwarzen Mantel mit rotem Schal durch das Tor gehen.

Ritchie konnte sie nicht sehen. Sie beobachtete, wie er den Weg verließ, langsam über das Gras zum Grab des Vaters trat und dabei den Kopf hin und her drehte. Er blieb vor dem Grabstein stehen, ging in die Hocke und nahm die rechte

Hand aus der Tasche, um über die weiße Marmorplatte zu streichen und mit den Fingerspitzen die Köpfe der Blumen zu berühren, die Bec dort hingestellt hatte. Er blickte über die Schulter, erhob sich und tat einen Schritt auf die Kirche zu. Bec kam heraus, und er blieb stehen, und sie ging auf ihn zu. Sie behielt die Hände in den Taschen.

Er streckte die Hand nach ihrer Schulter aus und machte Anstalten, sie zu küssen, doch sie trat zurück. Eine unbekannte Härte in Becs Augen ließ Ritchie zögern, nach dem unbeschädigten Grabstein zu fragen.

»Ich kann daran keinen Schaden erkennen«, sagte er. Er deutete hinter sich auf das Grab und presste die Hände zusammen. Er bemühte sich um einen munteren Ton. Was bei Bec ankam, war ein ängstliches Grinsen, und sie fragte sich, ob ein Instinkt ihn veranlasste, um Gnade zu bitten, noch bevor er wusste, was sie sagen würde.

»Kannst du dich erinnern, wer dort begraben liegt?«, sagte sie.

Vielleicht, dachte Ritchie, hat sie ja einen Nervenzusammenbruch gehabt. Er fragte sie, wie es ihr gehe.

»Du hast die Frage nicht beantwortet«, sagte Bec.

»Sei nicht albern«, sagte Ritchie und versuchte noch einmal, sie anzufassen. Sie entwand sich ihm, aber behielt die Augen auf ihn gerichtet.

Er sagte seufzend: »Dad liegt dort begraben.«

Vor ihrer Erwiderung schien es Bec, als hätte sie gegen ihren Bruder ein ganzes Arsenal von Wörtern aufzubieten, die ebenso grausam wie gerecht waren. In dem Moment, als sie den Mund aufmachte, sprach sie blind aus, was ihr auf der Zunge lag. Sie sagte: »Du hast keine Ehre.«

Sie fand, dass sie ein schwaches Wort gewählt hatte, um ihn anzugreifen, ein obskures, altmodisches Wort. Im England des einundzwanzigsten Jahrhunderts hatte die Ehre keinen Platz. Doch bei den vier Worten wurde es Ritchie dunkel vor Augen, und eine Faust voll kalter Nadeln presste sich ihm ins Herz. Die Worte aus dem Gedicht, das der Henker ihres Vaters geschrieben hatte, fielen ihm ein, und er verstand sie: »Die Knarre spritzt zum Himmel.«

»Sag mir, was das heißen soll«, sagte er. Die Kälte seiner Stimme und seiner Augen erinnerten Bec an Vals Verwandlung in der Nacht ihrer Trennung.

»Du hast mich an Val verraten«, sagte Bec.

»Ich weiß nicht, wovon du redest«, sagte Ritchie.

»Du hast der Moral Foundation erzählt, dass ich mit Alex' Bruder geschlafen habe.«

»Jetzt hör mal zu«, sagte Ritchie langsam, und mit übertriebener Betonung richtete er den Finger auf Bec, »ich habe dich nicht bei der Moral Foundation denunziert. Nie im Leben würde ich das meiner eigenen Schwester antun, das ist eine infame Unterstellung, und ich will wissen, wer mich bei dir verleumdet hat.«

»Wie kannst du mir so ins Gesicht lügen?«, sagte Bec. »Bist du schon als Lügner auf die Welt gekommen, oder bist erst einer geworden?«

»Was gibt dir das Recht, so mit mir zu reden? Hast du nicht gehört, was ich gerade gesagt habe? Ich habe dich nicht verpfiffen. Warum musst du dich wie eine Schlampe aufführen, scheinheilig und selbstgerecht?«

Bec wich einen Schritt zurück, als wäre sie geschlagen worden.

»Na?«, sagte Ritchie. Er wollte sich seine Überraschung, dass er seine Schwester eine Schlampe genannt hatte, nicht anmerken lassen und fragte sich, wie er das wieder ungesagt machen konnte. »Wer verbreitet diese Lügen über mich?«

»So hast du mich noch nie genannt«, sagte Bec. Sie deutete auf den Grabstein hinter Ritchie, und sein Blick folgte ihrem Finger. »Ich sehe Dads Namen vor mir, genau dort, während du mich so nennst.«

»Ich dulde nicht, dass du diese Verleumdung verbreitest.«

»Hör bitte auf«, sagte Bec und ließ ihre schmerzende Stirn in die Hand sinken. Die Tränen kullerten ihr zwischen den Fingern hindurch. »Ich weiß, dass du lügst. Ich weiß, was du getan hast.« Sie sah ihn an. »Ich habe dich gehört. Ich habe jedes Wort gehört. Val hat mir das Band vorgespielt. Ich habe gehört, wie du die Nummer gewählt und den Code eingegeben und Val erzählt hast, dass ich mit Dougie geschlafen habe, und auch, dass du keine Bilder hast. Ich habe gehört, wie du zu Val gesagt hast, er hätte dich gefoltert. Ich habe dich weinen gehört.«

Ritchie starrte seine Schwester an, bis ihre Kontur flammte und flackerte. »Val«, flüsterte er. Wie gern er ihn umbringen würde! Er sah förmlich, wie er Val misshandeln würde, wenn er ihn jetzt vor sich hätte, wie er ihn an den Ohren packen und das Gesicht auf sein hochschnellendes Knie schmettern würde, dass ihm die Nase brach; wie er ihm dann die Finger in die Augen krallen und ihn auf den Friedhofsrasen schleudern würde, bevor er sich auf den geblendeten, wimmernden Dämon stürzen und mit seinen schweren Schuhen auf den weichen Körper eintreten und so lange treten, treten, treten würde, bis ihm die Knochen brachen, Fleisch und Organe rissen, das Blut hervorschoss.

Hände zerrten an seinem Mantel. Warum ließ man ihn nicht treten, treten, treten?

»Das ist ein fremdes Grab«, hörte er Bec sagen. »Du trittst es noch kaputt.«

Ritchie stürzte zu Boden. Sein rechter Fuß schmerzte. Er setzte sich auf das Gras und zog die Knie hoch. Er hatte ein

Loch in seiner rechten Schuhkappe, so heftig hatte er auf den Grabstein von irgendeinem toten Arschloch eingetreten. Er schnürte sich den Schuh auf.

»Er hat mich gefoltert«, sagte er, ohne aufzuschauen. »Er ist böse.«

»Was soll das heißen, er hat dich gefoltert?«, sagte Bec. »Wie denn? Warum hast du nicht gesagt, dass ich mit Dougie geschlafen habe, um schwanger zu werden?«

»Hast du es andern Leuten erzählt?«, sagte Ritchie.

»Bis jetzt nur Alex und Dougie.«

»Mum nicht?«

»Mum noch nicht.«

Ritchie zog sich den kaputten Schuh und den blutigen Strumpf aus und betrachtete seinen verletzten großen Zeh. Ein frischer Schub Zorn schoss in ihn ein, und er schlug mit den Fäusten aufs Gras, knirschte mit den Zähnen und knurrte wie ein Hund.

»Warum hast du mich verraten?«, sagte Bec. »Was meinst du damit, er hat dich gefoltert? Hat er dich an einen Stuhl gefesselt und geschlagen? Wollte er dich töten?«

»Schlimmer«, sagte Ritchie.

»Schlimmer, als dazwischen wählen zu müssen, einen Informanten preiszugeben und getötet zu werden?«

»Dad hat damit nichts zu tun. Das war ein Krieg damals.«

»Das ganze Leben ist ein Krieg, wenn man es dazu macht.«

»Du verstehst das nicht.«

»Du bist ein solcher Feigling.«

»Ich wäre fast gestorben!«, schrie Ritchie. »Ich habe mich aufgehängt. Ich habe gerade noch im letzten Moment den Kopf aus der Schlinge bekommen. Es ist deine Schuld. Du hast mir das Gefühl gegeben, wertlos zu sein. Du hast mir das Gefühl gegeben, kein guter Mensch zu sein.«

Bec ging dicht neben Ritchie in die Knie und sagte leise:

»Vielleicht bist du ja kein guter Mensch. Vielleicht bist du ein schlechter Mensch. Hast du das mal in Erwägung gezogen?«

»Ich bin ein guter Mensch!«, sagte Ritchie. »Ich bin ein Familienvater, ich liebe meine Frau, ich liebe meine Kinder, und ich werde nicht zulassen, dass du oder Val oder irgendwelche Polizisten oder Rechtsanwälte uns auseinanderreißen.« Er starrte Bec an. Ihm kam eine brillante Idee. Unter Druck bin ich immer brillant, dachte er. »Das ist genau, was er will!«, sagte er. »Was wir hier gerade machen, das ist es, was Val will. Damit rächt er sich an dir, für das, was du ihm angetan hast. Er will dich und mich und alle um uns herum vernichten. Er will, dass wir uns bekämpfen und zerstreiten und uns hassen. Er ist böse, durch und durch böse.«

»Hier geht's nicht um Val«, sagte Bec. »Es geht um dich. Du hast mir nicht geantwortet. Warum hast du mich verraten? Deine Schwester? Und Alex, deinen Freund?«

»Ich habe ihn nicht verraten. Du hast ihn verraten. Du hast mit seinem Bruder geschlafen. Ich habe dich nicht dazu gezwungen. Ich hatte nichts damit zu tun. Wenn du nicht mit ihm geschlafen hättest, wäre das alles nicht passiert.«

»Warum hast du mich verraten?«

»Ich bin ein guter Mensch«, sagte Ritchie. »Schau, ich glaube, mein Zeh ist gebrochen.«

»Dann werde ich Karin fragen müssen«, sagte Bec, erhob sich und schritt den Hügel hinunter. Ritchie wollte ihr folgen, rief ihr nach, sie solle warten. Ein bestialischer Schmerz schoss ihm aus dem Fuß ins Bein, und er fiel um. »Du darfst es Karin nicht sagen«, schrie er. Er hielt sich das Bein und verdrehte die Augen vor Schmerzen, die ihm nach seinem Sturz jetzt auch in die Seite stachen.

Ihm kam eine Idee. Erleichterung keimte in ihm auf, und er erkannte, dass er stark und sicher war.

Bec kehrte zurück. Undeutlich sah er ihre Beine. Den Blick höher zu heben brachte er nicht fertig.

»Du darfst es Karin nicht sagen«, wiederholte er.

»Warum nicht?«

»Weil sie mich dann verlässt und die Kinder mitnimmt, und ich verliere die Sendung, und vielleicht …« Er verzog das Gesicht. »Ich glaube, jetzt habe ich mir auch noch eine Rippe gebrochen.«

»Vielleicht was?«

»Muss ich ins Gefängnis.«

»Weswegen?«

»Du weißt doch, wie die Moral Foundation vorgeht. Sie bringen Leute dazu, sich gegenseitig zu verpfeifen und ein Geheimnis gegen ein anderes einzutauschen.«

»Was hast du getan?«

»Du weißt, dass sie in Thailand mit fünfzehn ehemündig werden?«

Der flehentlich-verschlagene Ausdruck, der in Ritchies Gesicht trat, die Hoffnung in seinen Augen, deutlich zu erkennen und doch wie erstickt von der harten Faust eines unbarmherzigen Würgers, widerten Bec dermaßen an, dass sie sich fast erbrach. »Was hast du getan?«, flüsterte sie.

»Du hast Sex gehabt, als du vierzehn warst.«

»Aber nicht mit einem verheirateten Mann von vierzig Jahren!«

Ich muss meine Würde wahren, dachte Ritchie. Er sagte: »Wenn du darauf bestehst, erzähle ich es dir. Es gab ein Mädchen, das in der Sendung auftrat, hübsch und gescheit, aber nicht sehr musikalisch. Sie war noch nicht ganz sechzehn, aber sie war extrem reif für ihr Alter und *sehr* erfahren im Flirten. Ich wusste, dass es nicht richtig ist, aber sie war hartnäckig. Es war dumm von mir, ihr meine Telefonnummer zu geben. Sie hörte nicht auf anzurufen. Sie hat mich ausgenutzt.«

»Sie hat *dich* ausgenutzt?«, sagte Bec.

»Ja. Mehrmals. Natürlich habe ich es beendet, aber zu dem Zeitpunkt –«

»Sie war ein Kind.«

»Sie war kein Kind. Ich war nicht der Erste.«

»Was ist aus ihr geworden?«

»Ich weiß nicht.«

»Du hast sie einfach fallen lassen?«

»Sie hat mit einem Fußballer angebändelt.«

»Das heißt, sie hat dich verlassen.«

»Ja.«

»Geht es ihr gut?«

»Was meinst du damit?«

»Warst du in sie verliebt?«

»Natürlich nicht.«

»Du wolltest also lediglich Sex mit einer Fünfzehnjährigen haben.«

»Du verstehst das nicht. So einfach ist das nicht. Es ist nicht so.«

»Und Val hat das dann herausgefunden und dich erpresst.«

»Er war clever. Er hat es so aussehen lassen, als wäre es keine Erpressung.«

»Du hast mich verraten, um dich zu retten.«

»Bec, Bec!« Ritchie streckte die Hand nach den Beinen seiner Schwester aus, und sie wich zurück. Die Bewegung löste bei ihm einen Schmerzensschrei aus. »Ich liebe dich ehrlich, aber in der Liebe gibt es Prioritäten. Karin und meine Kinder liebe ich mehr.«

»Du schläfst also mit minderjährigen Mädchen und lügst deiner Frau etwas vor.«

»Bist du so viel besser? Du redest davon, wie gut Dad war, aber wenn ich dem Mann vergeben will, der ihn getötet hat, hinderst du mich daran.«

»Ich habe dich nicht daran gehindert, ihm zu vergeben. Ich habe verhindert, dass du öffentlich damit angibst.«

»Deine Kinder waren dir wichtiger als Alex' Bruder, als du mit ihm geschlafen hast, und dabei hast du nicht mal welche.«

»Was hält Karin von alledem?«

»Sie weiß es nicht.«

»Sie weiß gar nichts?«

»Nein.«

»Ich werde es ihr sagen.«

»Das darfst du nicht.«

»Sie muss erfahren, was für ein Mensch du wirklich bist.«

»Wenn du ihr von dem Mädchen erzählst und davon, dass ich der Moral Foundation von dir erzählt habe, wird sie mich verlassen. Wir werden geschieden, das Haus wird verkauft, und die Eltern deiner Nichte und deines Neffen werden getrennt leben.«

Bec staunte darüber, wie ernst er es zu meinen schien.

»Wenn du es Karin erzählst, kommt alles raus, und ich kriege den Prozess gemacht und wandere ins Gefängnis. *Teen Makeover* wird abgesetzt, und die Firma geht bankrott. Das wäre dann deine Rache.«

»Das ist keine Rache. Das ist Gerechtigkeit.«

»Du kannst deine Gerechtigkeit haben. Du kannst eine grausame, schreckliche Gerechtigkeit haben, die Familien und Berufsleben zerstört, wenn du das willst. Aber das ist nicht die Bec, die ich kenne.«

»Ich finde, deine Familie sollte auseinandergehen. Karin und Dan und Ruby wären ohne dich besser dran, wenn du sie hinter ihrem Rücken anlügst und betrügst.«

»Das kann nicht dein Ernst sein. Ich tue das nie wieder. Das war das letzte Mal.«

»Wie soll ich irgendetwas glauben, was du sagst?«

Gutes Argument, dachte Ritchie. Er sagte rasch: »Ich weiß, du glaubst, dass ich mich dir gegenüber nicht brüderlich verhalten habe.«

»Findest *du*, du hättest das?«

»Du findest mich eklig und wertlos. Bin ich damit nicht genauso wie das Schwein, das Dad schützen wollte, als sie ihn umbrachten? Dad hat diesen wertlosen Mann nicht verraten, auch nicht unter der Folter. Jetzt bitte ich dich, dasselbe zu tun. Verrate mich nicht. Und weil du ein guter Mensch bist, ein besserer Mensch als ich, weil du Dad liebst, weiß ich, dass du es Karin nicht weitersagen wirst oder Mum oder sonst wem.«

Bec verschränkte die Arme und starrte ins Gras. Das weite, fremde moralische Land, an dessen Rand Ritchie sie geführt hatte, erschreckte sie. »Du hast mir wehgetan, und ich muss deshalb leiden und du nicht?«, sagte sie. Sie runzelte die Stirn. »Das ist ungerecht.«

Sie war traurig und müde, und die Welt war eine schwere Last. Um weiterzugehen, schien ihr, um die Füße zu heben, ja allein um zu atmen, musste sie sich dem ungeheuren Druck der Schwerkraft widersetzen, dem ganzen erdrückenden Gewicht des Himmels in einer Existenz, die auf nichts anderes aus war, als den Menschen wie Oliven auch noch den letzten Tropfen Freude auszupressen.

»Ich verstehe das nicht«, sagte sie. »Was soll das? Warum leben wir, wenn wir uns gegenseitig so schlecht behandeln, wie du mich behandelt hast? Was soll denn Liebe bedeuten, wenn mein eigener Bruder mich verrät? Wir sollten zu etwas Besserem fähig sein.«

»Das sind wir!«, sagte Ritchie eifrig. »*Du* bist dazu fähig. Du kannst dich darüber erheben. Eine solche Gelegenheit, mir zu zeigen, dass die Menschen nicht nur für sich selbst da sind, kriegst du nie wieder. Ich gebe dir die Gelegenheit, mir zu vergeben und mir damit zu zeigen, was echte menschliche Güte ist.«

Er fühlte ein scharfes Brennen auf der Wange. Bec hatte ihm eine Ohrfeige gegeben.

»Wieso fühlen sich alle berechtigt, mich zu schlagen?«, brüllte er.

Bec, die Ritchie instinktiv geschlagen hatte, ähnlich wie sie mit der flachen Hand auf ein defektes Gerät geschlagen hätte, um es wieder zum Laufen zu bringen, sagte: »Wenn ich schweige, wirst du nie deine Strafe bekommen.«

»Meinst du nicht, dass ich an diesem Beweis deiner moralischen Überlegenheit für den Rest meines Lebens leiden werde?«

»Nein.«

»Ich kenne dich besser als du mich. Du wirst es niemand erzählen. Du kannst gar nicht anders. Du bist zu gut.«

»Du bist widerlich«, sagte Bec. »Ich habe dir so sehr vertraut, mein ganzes Leben lang.«

»Wenn du eigene Kinder hättest, würdest du mich verstehen«, sagte Ritchie.

»Die werde ich haben«, sagte Bec. Sie machte sich auf den Weg den Hügel hinunter.

»Warte«, sagte Ritchie mit erhobener Stimme, als seine Schwester sich entfernte. »Ich kann nicht auftreten.«

Bec drehte sich nicht um, hielt keinen Moment inne. Ritchie kroch ihr auf Händen und Knien hinterher. An einem der Grabsteine stemmte er sich in die Höhe.

»Wer ist der Vater?«, schrie er.

»Ich weiß es nicht!«, erscholl die Stimme seiner Schwester von der Straße. Sie stieg in ihr Auto. »Beide!«

71

Als Bec am Abend zurückkam, war Alex zu Hause. Sie erzählten sich von den Begegnungen mit ihren Brüdern. Alex hatte gebratenes Hähnchenfleisch gekauft und einen Salat gemacht, und sie aßen still miteinander. Bec wunderte sich, wie leicht das Gespräch von den Dingen abschweifte, über die sie eigentlich hätten reden müssen, und wie unbeschwert sie sich über die Schritte zur Entbindung und zum Mutterschaftsurlaub unterhielten und darüber, ob es für Alex an der Zeit war, ein Buch zu schreiben. Sie waren sanft und geduldig miteinander. Es gab keine der üblichen Unterbrechungen von ihr oder Versunkenheiten von ihm. Doch als sie gemeinsam die Spülmaschine einräumten, berührte er mit der Handkante ihr Handgelenk und sagte »Entschuldige« und wurde rot, als ob sie Fremde wären.

Sie hatten Angst vor der Nacht. Sie hatten Angst davor, was die Moral Foundation am nächsten Tag schreiben würde, und sie hatten Angst vor dem Schlafzimmer, vor dem Akt, die Konditionen der Intimität neu auszuhandeln.

Nach dem Essen ging Alex in sein Arbeitszimmer, und Bec versuchte, einen Film zu gucken. Sie fühlte sich allein. Früher hätte sie in so einer Situation Ritchie angerufen. Sie wollte nicht mit ihren Freundinnen reden, schon gar nicht mit ihrer Mutter, ehe sie nicht wusste, was die MF sagen würde.

Während sie, in die Sofaecke gequetscht, die Gesichter auf dem Bildschirm nur wie im Nebel und den Ton nur als Rauschen wahrnahm, konnte sie an nichts anderes denken als daran, wie Alex am Tag davor in der Küche auf den Fußboden gesunken und vor ihr zurückgewichen war. Er irrte sich, dachte sie: Sie wollte nicht, dass er wütend auf sie war, und er sollte es auch nicht sein. Was sie getan hatte, hatte sie seinetwegen getan. Sie nahm um seinetwillen die Schmerzen auf sich, doch seine größte Sorge galt nicht ihr oder ihrer gemeinsamen werdenden Familie; sie galt ihm selbst, der sich fragte, ob er es wert war, der Menschheit anzugehören. Was war los mit den Comries? Sie dachte an Alex' Vater, wie er aus seinem Dachfenster schaute und seine Frau und Harry zusammen sah und wie er den Vorhang zuzog, statt hinauszugehen und sie zu trennen. Auch Dougie war voll von egoistischer Selbstverachtung und nicht vertrauenswürdig, aber er hätte sich nicht in einem Arbeitszimmer oder unterm Dach verkrochen und sie auf die Weise alleingelassen.

Bec ging mit einem Buch ins Bett und dachte, sie würde noch wach sein, wenn Alex kam. Doch obwohl er nicht lange aufblieb – er ging sogar einmal durchs ganze Haus und suchte nach ihr, weil er fürchtete, sie wäre gegangen –, schlief sie, als er ins Schlafzimmer trat.

Er putzte sich die Zähne, zog sich aus und stellte sich ans Bett, betrachtete Becs Gesicht auf dem Kissen. Das geteilte Bett, dachte er, hier verändert sich alles, oder es verändert sich nicht. Der Sex war von allem, was man teilte, das Geringste. Heutzutage lebten selbst Könige und Milliardäre wie die reinsten Kommunisten, was das Bett betraf. Man teilte das Laken, die Decke, die Matratze, die Luft. Man einigte sich oder zankte sich über die Beleuchtung. Man weckte sich gegenseitig mit seinem Wälzen, seinem Schnarchen, seinen Albträumen, seiner vollen Blase. Wenn einer etwas sagte, musste der andere antworten. Man war nackt. Man war verletzlich. Aber wenn man sich fürchtete, konnte man sich an jemandem festhalten.

Und am schlimmsten war, dass man zu zweit nie allein war. Schon bevor die Kinder kamen und noch wenn sie aus dem Haus waren, war noch etwas mit im Zimmer – eine lebendige Gegenwart. Man wusste nie, was. Es konnte die Erregung sein, die in einem Glitzerbody auf dem Bett herumtollte, es konnte die ermordete Liebe sein, die in einer Blutlache auf dem Boden lag, es konnte die matronenhafte Häuslichkeit sein, die in der Ecke mit den Stricknadeln klapperte, es konnte der blasse Buchhalter der Langeweile sein, der am Fenster prüfend seine Fingernägel betrachtete. Heute Abend drängte ihn die Liebe, abgerissen und angeschlagen, zu Bec, doch um sich neben sie zu legen, musste er mit der Untreue ins Bett gehen.

Alex hob die Decke und schlüpfte zu Bec, die etwas zuckte, aber nicht wach wurde. Er lag ausgestreckt auf dem Rücken, ohne sie zu berühren, fühlte ihre Wärme, fühlte aber auch die beinahe körperliche Präsenz zwischen ihnen. Während er sich noch fragte, was das wohl für eine Präsenz war – sein eigenes Konstrukt, ein hormonelles Tabu, ein konditioniertes Vorurteil –, wälzte Bec sich herum und schlang sich um ihn, und dankbar ging er auf ihre Umarmung ein, auf ihre menschliche Wärme und Weichheit.

Sie wachten um fünf Uhr auf, und um sechs saßen sie vor Becs Laptop und schauten die Homepage der Moral Foundation an. Dort stand immer noch die Enthüllung der Vorwoche. Bec drückte »Aktualisieren« auf dem Browser, und auf der Seite erschien eine neue Meldung.

Sie lautete:

»Jungbrunnen-Wissenschaftler« in Tod des Onkels verwickelt

Topwissenschaftler spritzt Onkel *wenige Wochen* vor dessen Tod illegal mutierte Zellen – und erbt dann sein Haus

Einer der bekanntesten Medizinwissenschaftler Großbritanniens verletzte laut Informationen der MF die Vorschriften des von ihm geleiteten Instituts, um einem Verwandten, der kurz darauf verstarb, eine Dosis unzureichend erforschter »Jungbrunnen«-Zellen zu verabreichen.

Dr. Alexander Comrie, 42, wurde im vorigen Jahr zum Leiter des angesehenen Londoner Belford Institute for Cancer Research ernannt, nachdem der vorherige Direktor, sein Onkel Professor Harold Comrie, aus gesundheitlichen Gründen zurückgetreten war.

Harold Comrie, 64, war tödlich an Krebs erkrankt – einem Krebs allerdings, den die sogenannten »Jungbrunnen«-Zellen, auch »Expertenzellen« genannt, nicht heilen können.

Nach den Verfügungen im Testament seines Onkels erbt faktisch Alexander Comrie und nicht Harold Comries Sohn Matthew den luxuriösen Londoner Wohnsitz des Toten.

Angaben aus dem Belford Institute zufolge nutzte Alexander Comrie seinen Ausnahmestatus aus, um die Zellen unter Umgehung des normalen Weges aus dem Kühlgerät zu nehmen, in dem sie aufbewahrt wurden.

Die Pflegerin Judith Tembo, die sich in seinen letzten Wochen um Harold Comrie kümmerte, gab an, Alexander Comrie habe die Zellen in einer orangefarbenen Sainsbury-Einkaufstüte in das Haus seines Onkels gebracht und sie habe ihm bei der Infusion geholfen. Sie sagte: »Mir war zu dem Zeitpunkt nicht klar, dass ich etwas Unrechtes tat.«

Matthew Comrie sagte gegenüber der MF aus, er habe der Verabreichung der Zellen an seinen Vater mündlich zugestimmt, aber nähere Einzelheiten seien ihm nie richtig erklärt worden.

»Mein Cousin erwähnte die Zellen mir gegenüber, aber ich ging davon aus, dass es legal war, was er tat«, sagte Matthew Comrie. »Jetzt will ich Klarheit haben.«

Vergünstigung

Man hatte erwartet, dass Harold Comrie bei seinem Tod das Haus Matthew vererben würde, seinem einzigen Nachkommen.

Doch in einem höchst ungewöhnlichen Schritt vererbte Harold Comrie das Haus dem Institut als unentgeltliche Vergünstigung für dessen Direktor.

»Ich wusste, dass mein Cousin das Testament kannte, als er die Zellen verabreichte. Ich weiß nicht, ob die Zellen den Tod meines Vaters irgendwie beschleunigt haben«, sagte Matthew Comrie, stellvertretender Direktor des Referats für Bildung von Lancashire.

»Aber jetzt weiß ich, dass man sie ihm niemals hätte geben dürfen. Es ist alles sehr belastend.«

Alexander Comrie wurde im vorigen Jahr über Nacht berühmt mit einem Aufsatz in der

Zeitschrift *Nature*, in dem er die Behauptung aufstellte, die Expertenzellen, die sein Onkel entdeckt hatte, könnten Menschen unsterblich machen.

Die Behauptung stößt zunehmend auf Widerspruch. Quellen zufolge bestand bereits die Befürchtung, dass die Ernennung von Alexander Comrie zum Nachfolger seines Onkels dem Institut den Vorwurf des Nepotismus eintragen könnte.

Verletzung

Bald nach Harold Comries Tod zogen Alexander Comrie und seine Freundin Rebecca Shepherd in das Haus des verstorbenen Direktors, ein Anwesen im Wert von 1,5 Millionen Pfund am exklusiven Citron Square in Islington.

Dr. Ben Norridge, Spezialist für medizinische Ethik an der Oswestry University, sagte: »Die Therapie mit Expertenzellen ist eine nicht hinreichend erforschte Behandlungsmethode, die nur unter strengen Auflagen angewandt werden sollte und nur, wenn der Patient an einer ganz bestimmten Form von Krebs leidet. Was Comrie junior getan hat, ist eine erstaunliche Verletzung der elementaren medizinischen Ethik. Es verstößt gegen alle Vorschriften. Ich erwarte, dass er dafür zur Rechenschaft gezogen wird.«

Alexander Comries Vorgehen stellt die BBC vor ein Dilemma, denn er war als Moderator vorgesehen für die Dokumentarsendung über das Altwerden, *Warum nicht ewig leben?*, die demnächst ausgestrahlt werden soll.

Trunkenheit

Im vorigen Jahr wurden Shepherd und Alexander Comrie in den Medien als »Traumpaar der Wissenschaft« gefeiert.

Bevor sie kürzlich zur Leiterin einer globalen Anti-Malaria-Kampagne aufstieg, unternahm Shepherd, die Tochter des ermordeten Helden des Special Boat Service, Captain Gregory Shepherd, mit Erfolg den Versuch, einen Impfstoff gegen die Krankheit zu entwickeln.

Sie ist die Schwester von Ritchie Shepherd, dem Produzenten von *Teen Makeover* und früheren Frontmann der Lazygods.

Seit ihrem Einzug in das Haus von Alexander Comries verstorbenem Onkel haben er und Shepherd sich angeblich über den gut bestückten Weinkeller mit erlesenen Tropfen hergemacht, die der frühere Institutsdirektor ihnen persönlich vermachte.

Nachbarn sprechen von einer Reihe lautstarker spätnächtlicher Partys. Comrie und Shepherd wurden dabei gesehen, wie sie eines Nachts angetrunken und singend mit dem Fahrrad den Platz vor dem Haus umrundeten, begleitet von Alexander Comries Bruder Douglas, einem Briefträger.

72

Den restlichen Tag über kam es Alex so vor, als ob alle – Bec, seine Kollegen, seine Eltern, Freunde von verschiedenen Kontinenten, Leute, die ihn kannten und die Harry gekannt hatten – auf seiner Seite wären. Am Montag wurden Rechtsanwälte hinzugezogen. An ihnen bemerkte Alex die Fähigkeit, einen Raum zu betreten und ohne ersichtliche Anstrengung zu bewirken, dass alle Anwesenden vor ihnen zurückwichen. Er wurde von der Polizei verhört. Die Polizisten ärgerten sich, das auf Druck der Moral Foundation tun zu müssen, und ließen ihren Ärger in Form einer Strenge an Alex aus, die jeder Lockerungsversuch seinerseits nur noch verschärfte.

Die Kuratoren befragten ihn im Sitzungssaal. Auf dem überlebensgroßen Porträt hinter ihren Köpfen ließ Belford seinen Blick in die Ferne schweifen, und im Laufe der Befragung schaute Alex immer wieder auf den ausgebeulten blauen Anzug, den weißen Schnurrbart und die wasserblauen Augen des Institutsgründers. Ihm schien, dass der Riese Belford wusste, was los war, und nur so tat, als sähe und hörte er nicht, was unter ihm vor sich ging.

Warum, fragte der stellvertretende Vorsitzende des Kuratoriums Alex, habe er sich mit seiner zwanzigjährigen wissenschaftlichen Erfahrung nicht an die Vorschriften gehalten?

»Wenn ich mich an die Vorschriften gehalten hätte, hätte ich ihm die Zellen nicht geben können«, sagte Alex.

»Dann hätten Sie es nicht tun sollen.«

»Ich wusste, es würde ihm nicht helfen. Ich glaube, er wusste es auch. Aber wir wussten, dass es ihm nicht schaden würde. Ihm wurden Zellen infundiert aus genau demselben

Stamm wie vor einer Weile, als wir Sicherheitstests durchführten. Es waren seine eigenen Zellen.«

»Wenn Sie der Meinung waren, es würde ihm nicht helfen, warum haben Sie ihm dann die Zellen verabreicht?« Alle ihm gegenübersitzenden fünf Männer und zwei Frauen hatten Ausdrucke der MF-Geschichte vor sich liegen. Sie hatten noch andere Papiere, aber worauf sie sich bezogen, war dieser Artikel, dessen zwei Seiten sie ständig hin und her schoben.

»Er bat mich darum. Ich wollte ihm den Gefallen tun. Er stand kurz vor dem Tod, und er suchte nach Hoffnung.«

»Sie sind kein zugelassener Arzt. Es stand Ihnen nicht zu, eine unerprobte invasive Maßnahme an einem so kranken Mann vorzunehmen.«

»Es war eine Krankenschwester dabei. Ich habe den letzten Wunsch eines Sterbenden ausgeführt.«

»Sie können nicht wissen, ob Sie ihm damit nicht das Leben verkürzt haben.«

»Ich kann nicht wissen, ob ich ihm damit das Leben verlängert habe.«

»Ich halte das für eine ausgesprochen leichtfertige Einstellung«, sagte der stellvertretende Vorsitzende.

Einer der Anwälte beugte sich vor und ergriff das Wort. Er drehte dabei einen Kugelschreiber in den Händen, als ob er eine lange schwarze Zigarette rollte. »Die Frage, die mich interessiert, betrifft das Einverständnis«, sagte er.

»Es waren Harrys Zellen, es war seine Bitte, und sein Sohn hat zugestimmt.«

»Es gibt keine schriftlichen Unterlagen«, sagte der Anwalt. »Es gibt keine Unterschriften. Sie haben die Entnahme der Zellen nicht quittiert, Sie haben niemandem gesagt, was Sie vorhaben, Sie haben keine Formulare, Sie haben sich nicht einmal Notizen zu der Maßnahme gemacht. Jetzt erklärt

Ihr Cousin, dass er für eine begründete Zustimmung nicht ausreichend aufgeklärt wurde.«

Alex war der festen Überzeugung, dass diese Maske der Kälte gespielt war, dass seine Inquisitoren die Möglichkeit schlicht vergessen hatten, sich zu entspannen und mit der Sache umzugehen wie die anständigen Menschen, die sie waren. Er beugte sich vor, breitete lächelnd und stirnrunzelnd die Hände vor sich aus und blickte von einem Gesicht zum anderen.

»Sie kannten meinen Onkel«, sagte er. »Er war ein großer Mann. Er wollte nicht sterben, und er fürchtete, er hätte nicht genug getan, um nach seinem Tod in Erinnerung zu bleiben. Es erschien mir nicht falsch, ihm zu geben, was er wollte, wenn niemand dadurch zu Schaden kam. Ich wollte nicht in seinem Haus wohnen. Ich habe nicht um seinen Wein gebeten. Ich wollte ihm die Zellen nicht geben. Ich wollte in dem Aufsatz in *Nature* nicht davon sprechen, die Zellen könnten den menschlichen Alterungsprozess aufhalten. Ich habe es seinetwegen getan.«

Er dachte an Harry in der Zeit, kurz bevor er seinen letzten Atemzug tat, wie er darum gequengelt hatte, nach oben gebracht zu werden, als er dachte, es könnte mit ihm zu Ende gehen. »Ich will im Schlafzimmer entschlafen, nicht im Wohnzimmer«, hatte er gesagt, und ein leises, abgehacktes Keuchen war ihm entwichen, das letzte warme Lachen eines sterbenden Menschen.

»Erinnern Sie sich nicht mehr, wie witzig er war?«, sagte Alex.

»Ich glaube kaum, dass Lachen hier angebracht ist«, sagte der stellvertretende Vorsitzende.

Einer der Kuratoren sagte: »Wollen Sie uns erzählen, dass Sie die Schlussfolgerung eines wissenschaftlichen Berichts einem Vorgesetzten zum Gefallen verändert haben?«

»Das habe ich nicht gesagt, und das habe ich nicht getan«, sagte Alex. Sein Mund war ganz trocken. Er verstand die Veränderung nicht, die über diese Leute gekommen war, die ihm bei ihrer letzten Begegnung so um den Bart gegangen waren.

»Mir klang es so, als ob Sie genau das getan hätten«, sagte der Kurator.

»Wir sehen das alle genauso«, sagte der Anwalt.

Alex räusperte sich. »Ich weiß nicht, was Sie von mir erwarten«, sagte er. »Sie wissen, was geschehen ist. Ich werde mit Matthew sprechen, und wenn Sie möchten, dass ich mich bei irgendjemandem entschuldige, werde ich das tun.«

Der stellvertretende Vorsitzende presste die Fingerkuppen zusammen. Wie alt war er, als er das zum ersten Mal gemacht hat?, dachte Alex. Bringt ihm das irgendwas?

»Einen glücklichen Umstand gibt es«, sagte der stellvertretende Vorsitzende. »Da Sie für die Produktionszeit Ihrer Sendung in Urlaub sind, bleibt uns die Peinlichkeit erspart, Sie bis zum Ende unserer Ermittlungen vom Dienst zu suspendieren.«

Alex' Lippen öffneten sich. Das Wort »Ende« hallte in seinen Ohren nach.

»Es kann sein, dass wir Ihre Rückkehr noch länger hinausschieben müssen.«

»Ich habe zu arbeiten«, sagte Alex. »Die Leute werden immer noch krank.«

Einer der Kuratoren sagte: »Einige von uns bekamen Zweifel an Ihrem Einsatz für das Institut, als Sie sich für Ihren Auftritt im Fernsehen freistellen ließen.«

»Sie haben mich selbst dazu angehalten«, sagte Alex. »Ich habe vor ein paar Monaten hier in diesem Zimmer gesessen, und Sie haben mir erklärt, dass es gut für das Image des

Instituts sei. Warum muss ich mich jetzt verteidigen? Das ist doch kein Gericht hier.«

»Als wir uns das letzte Mal sprachen, hielten wir Sie für einen nüchternen, verantwortungsbewussten Wissenschaftler.«

»Niemand hat mich darüber aufgeklärt, dass ich kein Glas Wein mehr trinken darf, wenn ich Direktor werde.«

»Die Szenen in trunkenem Zustand entsprechen also der Wahrheit?«

»Da bringt ein Online-Skandalblatt einen Bericht von einem rachsüchtigen Mann, und Sie tun so, als ob das die Wahrheit wäre und ich das Gegenteil beweisen müsste«, sagte Alex.

»Wollen Sie behaupten, Ihr Cousin sei rachsüchtig?«, sagte eine Kuratorin.

»Nicht Matthew. Val Oatman.«

»Was meinen Sie mit rachsüchtig?«, sagte der stellvertretende Vorsitzende.

»Das ist eine persönliche Angelegenheit«, sagte Alex.

Die Kuratorin räusperte sich und blickte auf ihre Unterlagen. Der stellvertretende Vorsitzende schaute die anderen an. Der Anwalt sagte: »Es wäre hilfreich, wenn wir sicher sein könnten, dass Sie uns alle relevanten Informationen zur Verfügung stellen.«

»Ich habe Ihnen alles gesagt, was Sie wissen müssen«, sagte Alex. Er stand auf. »Ich nehme an, Sie möchten, dass ich das Haus räume.«

»Es ist eine heikle Geschichte«, sagte der stellvertretende Vorsitzende. Alex verließ den Raum. Er hörte jemanden hinter ihm herrufen. Ihm war, als sähe er Menschen, die er kannte, dabei zu, wie sie sich in einer endzeitlichen Schlacht zwischen Gut und Böse mit Zähnen und Klauen zerfleischten.

Im weiteren Verlauf der Woche schwand ihm der Mut. Inzwischen klang es, als könnte es tatsächlich dazu kommen, dass Harrys verwester Leichnam exhumiert wurde. Er nahm sich seinerseits einen Anwalt, der meinte, es sei unwahrscheinlich, dass man ihm einen Strafprozess machte. Eine Frau namens Jane von der BBC teilte Alex telefonisch mit, unter den gegebenen Umständen werde die Ausstrahlung der Sendung um mindestens ein Jahr verschoben.

Dass Alex in der Lebensmitte Bekanntschaft mit der Ungerechtigkeit machte, löste bei ihm ein starkes Verlangen nach ausgleichender Gerechtigkeit aus, und er wartete sehnsüchtig auf den Moment, in dem Bec Ritchie bloßstellen würde. Er sah keine Möglichkeit, Val oder Matthew zu bestrafen oder sie zu bewegen, ihr Unrecht zuzugeben. Bec und Dougie hatte er verziehen. Die einzige Chance zur Wiedergutmachung lag in der Bestrafung seines alten Freundes, und der Wunsch, ihn leiden zu sehen, beflügelte ihn. Er gab ihm das Gefühl, dass er doch ein Mensch wie alle anderen war. Hätte er wählen können zwischen der Fähigkeit, sich rächen zu wollen, und der Fähigkeit zu tanzen, wäre ihm die Disco lieber gewesen als der Anblick von Ritchie in Handschellen, aber der Durst nach Rache war immerhin etwas. Er konnte nicht verstehen, warum Bec sich nicht zu ihrem Bruder äußerte.

An einem dunklen Nachmittag im März warteten sie beide im Wohnzimmer des Hauses am Citron Square darauf, dass der Umzugslaster ihre Habseligkeiten in Becs alte Wohnung brachte. Schwere, briefmarkengroße Schneeflocken fielen, und kalt, wie es war, blieben sie hier und da auf den Dächern liegen und klammerten sich an die Überlappungskanten der Schieferplatten wie weißes Moos. Bec und Alex hatten gepackt und nichts mehr zu tun. Bec saß auf dem Sofa und starrte in den Kamin. Sie hatten die Heizung abgestellt, und die Restwärme in den Heizkörpern schwand.

Alex stand mit den Händen in den Taschen an der Tür. Er trat an das Fenster zur Straße, um nachzuschauen, ob der Laster langsam kam. Bec griff sich den neben ihr auf dem Sofa liegenden Mantel und zog ihn an.

»Wann wirst du Karin erzählen, was Ritchie getan hat?«, sagte Alex.

Bec erschauerte und rieb sich die Hände zwischen den Knien. »Val war zu stolz, um die Geschichte über mich zu veröffentlichen. Er dachte, er könnte mich wie ein Gentleman grausam behandeln, indem er dich angreift. Dafür scheint er sich ja zu halten: für einen altmodischen englischen Gentleman. Denn die konnten durchaus grausam sein, nicht wahr, die altmodischen englischen Gentlemen? Sie forderten andere zum Duell, wenn sie wussten, dass sie gewinnen würden. Wenn eine Frau sie gekränkt hatte, töteten sie den Geliebten der Frau oder ihren Ehemann und brachten Schande über den Bruder der Frau, doch sie selbst rührten sie nicht an, sie ließen sie einfach weinend zwischen den Leichen der Männer zurück.«

Alex setzte sich neben sie auf das Sofa. »Wann wirst du es Karin erzählen?«, sagte er abermals.

»Gar nicht.«

»Du wirst das Geheimnis deines Bruders wahren.«

»Ja.«

»Er hat dich verraten, und er hat seine Frau mit einem fünfzehnjährigen Mädchen betrogen, das seiner Obhut unterstand, und er wird dafür nicht bestraft werden.«

»Nicht von mir.«

»Und wir haben die Hölle durchgemacht, und dabei haben wir gar nichts getan.«

»Ich habe etwas getan. Ich hätte nicht mit Dougie schlafen dürfen. Du hast nichts getan, aber dafür, was Matthew getan hat, kann Ritchie nichts.«

»Das ist nicht gerecht.«

»Ich will ihn nicht ans Messer liefern. Ich will seine Familie nicht auf dem Gewissen haben. Ich will nicht, dass er meinetwegen ins Gefängnis kommt. Dass er mich verraten hat, heißt noch lange nicht, dass ich ihn verraten muss.«

»Und das Mädchen?«

Bec beugte sich vor und griff in ihre Tasche. Sie zog eine zusammengefaltete Seite heraus, die aus einer Illustrierten gerissen war, faltete sie auseinander und gab sie Alex. Die Seite war voll kleiner Fotos von Leuten mit extravaganten Frisuren, strahlend weißen Zähnen und glänzender Haut in diversen rötlichen, gelben, hell- bis schokoladenbraunen und blitzlichtweißen Tönen. Um eines der Gesichter war mit schwarzem Filzstift ein Kreis gemalt und von dem Kreis ein Strich zum Rand der Seite gezogen worden, wo die zwei Worte »das Opfer!!!« standen. Das gekennzeichnete Gesicht gehörte einem dünnen jungen Mädchen mit markanten Wangenknochen und reichlich Eyeliner. Sie trug ein trägerloses, enges schwarzes Kleid und ein silbernes Halsband und grinste in die Kamera. Ein junger Bursche mit rasiertem Schädel, schüchtern und bemüht wirkend in Anzug und einer Krawatte mit viel zu großem Knoten, hatte den Arm um sie gelegt. Darunter stand: »Craig Arbutnot mit Freundin Nicole Culhame«. Alex erkannte Arbutnots Namen; er war ein Fußballspieler.

»Das hat mir Ritchie geschickt«, sagte Bec.

»Damit will er dir zeigen, dass er ihr kein bisschen geschadet hat.«

»Er will mir zeigen, dass er ihr nur Gutes getan hat, glaube ich. Sie ist jetzt siebzehn. Ich habe sie recherchiert. Sie sieht auf dem Bild älter aus, nicht wahr? Muss das Make-up sein.«

»Oder das Leben. Oder dass Ritchie ihr die Kindheit geraubt hat. Das Bild sagt gar nichts. Es hat einen Grund, dass es ein Gesetz gegen Sex mit Jugendlichen gibt, die unter sechzehn sind. Wir wissen nicht, wie kaputt sie ist. Sie kann Alkoholikerin sein. Sie kann koksen. Oder Prozac nehmen.«

»Kann sein. Sie könnte auch ohne Ritchie so geworden sein. Es könnte sie noch kaputter machen, wenn sie vor Gericht gegen Ritchie aussagen müsste.«

»Leute wie wir ducken sich immer«, sagte Alex. »Wir schlagen nie zurück.«

»Ich will nicht ›Leute wie wir‹ sein«, sagte Bec. »Ich will selbst entscheiden, was richtig und was falsch ist. Ich will in der Lage sein, Dinge zu tun, die einem Egoisten wie Ritchie absurd vorkommen.«

»Das ist Schwäche.«

»Jetzt hörst du dich an wie das Alte Testament.« Tränen sammelten sich in Becs Augen. Sie presste die Hände auf ihren Bauch. »Ich habe das für dich gemacht. Ich wollte vorher nie ein Kind haben, und jetzt will ich eins, deinetwegen, und es gibt für mich noch so viel zu tun. Und statt dass wir darüber reden, wie wir drei das alles durchstehen, willst du mich nur in einem fort überreden, mich an meinem Bruder zu rächen. So will ich nicht leben.«

VIERTER TEIL

73

Eines Tages verschwand die Moral Foundation von der Bildfläche. Ihre letzte Tat bestand darin, eine vollständige Liste der Quellen für die Dutzende von Enthüllungen zu veröffentlichen, die sie in ihrer kurzen Existenz gebracht hatte. Es kam heraus, dass viele ihre Freunde und Kollegen verraten hatten. Da Ritchies Verrat nicht zu einer Veröffentlichung geführt hatte, war sein Name nicht auf der Liste. Der von Midge schon. Als die Leute auf der Liste ihre Anwälte konsultierten und fragten, was mit ihrer Immunitätsbescheinigung passiert war, erhielten sie unterschiedliche Antworten. Einige Anwälte meinten, die Bescheinigungen seien geschickt formuliert; sie garantierten die Immunität gegen die Enthüllung früherer Verfehlungen als Gegenleistung für die Denunziation anderer, aber sie garantierten nicht die Immunität gegen die Enthüllung der Denunziationen. Andere fanden, ihre Mandanten könnten klagen. Doch als sie mit der Klageerhebung gegen die Stiftung begannen, stellten sie fest, dass diese sich in Luft aufgelöst hatte. Ihre Büros waren einen Monat zuvor geschlossen und die Mitarbeiter ausgezahlt worden. Ihre Server in Chile waren ein Jahr im Voraus bezahlt, und niemand schien zu wissen, wie man an die Daten herankam. Val verschwand und ließ seine Kinder in der Obhut der Schwester zurück, die sich um sie kümmerte, seit Val seinen Zusammenbruch gehabt und die Zeitung verlassen hatte.

Was aus Val geworden war, war und blieb ein Rätsel. Mit seinem Verschwinden wurde er zu einer noch mythischeren Gestalt, als er es als graue Eminenz der MF ohnehin schon gewesen war. Jede Meldung, er sei gesehen worden, wurde zerpflückt und in verschiedene Geschichten eingewoben, die in Wahrheit ein und derselbe Mythos waren: von dem Fanatiker, eingesperrt in der immer enger werdenden Zelle seines eigenen Fanatismus. Er hatte sich einen Bart wachsen lassen, war zum Islam konvertiert, lernte Arabisch und lebte in einem Anwesen in Riad, wo er vier Frauen hatte und mit Wahhabiten verkehrte. Er hatte sich einen Bart wachsen lassen, war zum orthodoxen Christentum konvertiert und lebte in einer Klause auf dem Berg Athos. Er hatte sich einen Bart wachsen lassen, hatte sich einer streng calvinistischen Sekte angeschlossen und lebte in einem Croft auf den Hebriden. Er war ein Mormone in Utah, ein Jesuit in Manila, ein Rabbi in Jerusalem. Was den Taubenschlag der Gewissen betraf, deren Hüter er gewesen war, so musste man annehmen, dass die verwaisten Gewissen jetzt schlichtweg eingingen. Trotz der Aufregung, die die letzte Tat der Moral Foundation verursacht hatte, schienen ihre ursprünglichen Besitzer sie nicht wiederhaben zu wollen.

Für Ritchie bedeutete das Ende der MF eine Verjüngung, eine Belebung der Sinne, die zu lange stumpf und verzwängt gewesen waren. Er hätte Mitleid für Midge empfunden, wenn sein früherer Freund ihn nicht so bitter gekränkt hätte. »Typisch für dich, dass du jemand verpetzt, der es nicht einmal wert ist, öffentlich gedemütigt zu werden«, hatte Midge gesagt.

Midge wusste so wenig wie sonst jemand, dass Ritchie den Moralhütern seine Schwester ausgeliefert hatte; aus dem Fehlen seines Namens auf der abschließenden Verräterliste der MF hätte man korrekterweise den Schluss ziehen müssen, dass Ritchie nie jemanden verraten hatte, und mit der Behauptung, unter den gemeinsamen Bekannten hätte es für allgemeines Staunen gesorgt, dass Ritchie unbehelligt geblieben war, musste Midge falschliegen, ganz bestimmt.

Mehr als alles andere freuten Ritchie in dieser merkwürdigen Zeit Rubys Gitarrenstunden. Eines Tages, als Karin gerade unterwegs auf Tournee war, brachte er ihr bei, *Sisters of Mercy* zu spielen. Sie saßen in Karins Zimmer an einem Ende des Hauses, mit Fenstern an zwei Seiten.

»Das ist eine hübsche Akkordfolge«, sagte Ritchie. »Sollen wir's versuchen? D-Dur-Akkord. Genau. *Brought me* … D ist die Mutter, sie ist sanft, sie ist hell, hält sich fern von den tiefen Saiten. D muss man lieben. Jetzt A-Dur … *their comfort* … A ist so was wie der Mann von D, absolut gerade, stark, zuverlässig, er hält alles zusammen. Dann haben wir G-Dur … *and later* … G ist der Sohn, der, auf den sie gewartet haben, er umspannt alle sechs Saiten, ist gleichzeitig tief und hoch, G hat etwas Prachtvolles. D, A, G – mehr brauchst du nicht, mit diesen Akkorden kannst du die Welt verändern. Und was kommt jetzt? Fis-Moll! … *they brought me* … Das ist die schwierige Tochter, traurig, kompliziert, eine völlig andere Geschichte. Richtig, es ist ein Barrégriff. Drück alle Saiten mit diesem Finger. Das ist schwer, ich weiß. Und dann E … *their song*. E steht für Ende.«

»Bin ich eine schwierige Tochter?«, sagte Ruby.

»Natürlich nicht«, sagte Ritchie.

»Ich bin nicht traurig und kompliziert.«

»Das habe ich nie gesagt, Schätzchen.«

»Du hast mir versprochen, dass ich ins Fernsehen komme.«

»Tut mir leid, Schätzchen. Es hat einfach nicht geklappt. Manchmal ist das so im Showgeschäft.«

Dicke Tränen fielen auf Rubys Gitarre, und ihre Schultern bebten. Sie fing an zu heulen. Ritchie legte seine Gitarre hin und versuchte, Ruby ihre abzunehmen, damit er sie in die Arme schließen konnte, doch sie klammerte sich an den Resonanzkörper und entwand sich ihm und weinte weiter.

»Du hast versprochen, ich komme ins Fernsehen, wenn ich Mum nichts von dem Telefon erzähle, und ich habe ihr nichts von dem Telefon erzählt, und du hast mich nicht ins Fernsehen gebracht.«

»Ach, Schätzchen«, sagte Ritchie. »Ich mache viele schöne Sachen für dich.«

»Ich will ins Fernsehen.« Ruby zog die Nase hoch und ließ sich von Ritchie die Gitarre wegnehmen. Er hob sie hoch und setzte sie auf seinen Schoß. Sie wurde langsam groß. Er griff sich eine Handvoll Papiertaschentücher und putzte ihr sorgfältig die Nase.

»Ich werd Mum von dem Telefon erzählen«, sagte Ruby.

»Okay«, sagte Ritchie. »Lass uns darüber reden, ja? Denn Mummy kommt erst morgen zurück.«

»Dann sag ich's ihr dann.«

»Gut. Also schauen wir uns die Sache mal an, ja? Du willst, dass ich dich ins Fernsehen bringe, und wenn ich das nicht tue, wirst du Mummy von dem Telefon erzählen.«

»Ja.«

»Du weißt etwas über mich, von dem ich nicht will, dass Mummy es erfährt, und du nutzt das aus, um zu bekommen, was du haben willst.«

Ruby dachte kurz darüber nach und nickte.

»Du bist sehr schlau«, sagte Ritchie. »Das ist etwas, was Erwachsene machen. Man nennt das Erpressung.«

»Warum nennt man das Erpressung?«

»Keine Ahnung«, sagte Ritchie. »Vielleicht weil man jemand damit so unter Druck setzt, dass man ihn praktisch erdrückt.«

»Dann sollte es Erdrückung heißen!«, sagte sie.

»Du bist wirklich ein schlaues Mädchen, was? Aber mit der Erpressung ist es so ähnlich wie mit fis-Moll. Eine heikle Geschichte. Willst du ein bisschen mehr darüber erfahren?«

»Okay.«

»Also, das Erste, worauf du achten musst, wenn du jemand erpresst, ist, dass du dir selbst nicht mehr wehtust als der Person, die du erpresst.«

»Was soll das heißen?«, sagte Ruby. Sie klang ein wenig gelangweilt.

»Ich gebe dir ein Beispiel«, sagte Ritchie. »Ich habe mein Versprechen noch nicht gehalten, dass du ins Fernsehen kommst, deshalb willst du Mummy von dem Telefon erzählen. Aber wenn du Mummy von dem Telefon erzählst, dann wird Daddy fortgehen müssen.«

»Wohin?«

»Einfach fort. Weit fort.«

»Wie lange?«

»Ich weiß nicht. Vielleicht für immer. Das willst du nicht, nicht wahr?«

Ruby blickte zu Boden, spielte mit ihren Fingern und fing wieder an zu weinen, leise diesmal.

»Du liebst Daddy, nicht wahr?«

Ruby nickte.

»Du wünschst dir nicht so sehr, ins Fernsehen zu kommen, dass es dir nichts ausmachen würde, wenn ich für immer fort wäre, nicht wahr?«

Ruby schüttelte den Kopf.

»Tja, dann wirst du das mit dem Telefon geheim halten müssen. Ich weiß, es ist unfair, aber das ist eine der Sachen, die du im Leben lernen musst. Erpressung klappt nicht immer.«

»Warum ist das Telefon geheim?«, sagte Ruby kleinlaut.

»In Familien ist das einfach so«, sagte Ritchie. »Es muss nicht sein, dass alle immer alles über jeden wissen. Du weißt nicht alles, was ich Dan erzähle, und er weiß nicht alles, worüber ich mit dir rede.«

»Kann ich ein Eis haben?«, sagte Ruby.

»Na klar, komm, wir holen uns eins«, sagte Ritchie. Er nahm die Hand seiner Tochter, und sie gingen zusammen in die Küche. »Mit mir und Tante Bec und deinem Opa war es genauso«, sagte er. »Wir hatten unsere Geheimnisse voreinander. Der Daddy, den du siehst, ist auch Dans Daddy, aber dann gibt's noch den Dad, den nur du siehst, deinen eigenen speziellen, geheimen Daddy, von dem niemand sonst etwas weiß. Und wenn du mal erwachsen bist und selber Kinder hast, wirst du auch nicht allen deinen Kindern alles zeigen mögen. Jedes deiner Kinder wird seine eigene spezielle, geheime Mummy haben. So sind die Menschen. So, was ist im Angebot? Pistazie!«

74

Zwei Jahre später fuhr Ritchie ostwärts aus London hinaus zu einem Pub in einer Garnisonsstadt, wo er alle paar Monate mal einkehrte. Auf der A12 kam der Verkehr nur stockend voran, aber Ritchies Seelenruhe war durch nichts zu erschüttern. Immer wieder schlich sich ein Grinsen in sein Gesicht, alles lief so gut: Er wohnte wieder in der tollsten Stadt der Welt. Die BBC, fand er, hatte ihm einen großen Gefallen getan, als sie *Teen Makeover* lange genug im Voraus abgesetzt hatte, dass er mit der Planung seines nächsten Projekts beginnen und die Rika-Films auf eine gut tragbare Kernmannschaft von einem halben Dutzend unerlässlicher Talente abspecken konnte. Er schwelgte noch in den Erinnerungen an das rauschhafte Finale der letzten Staffel, und niemand konnte ahnen, was für ein Knaller die neue Sendung werden würde. Als er das Konzept von *Sing For Your Supper* erläuterte, stellten alle dieselbe Frage: »Wie passt Kochen zu Musik?« Wenn das höchste Quotenziel übertroffen wird, dachte er, werdet ihr schon noch dahinterkommen.

Die ersten Therapeuten, die Ritchie ausprobierte, hatten erwartet, dass er die Arbeit machte. Sie wollten, dass er sich selbst ins Verhör nahm, sich die Fragen stellte und die Antworten gab, während sie sich zurücklehnten und die Rechnung schrieben. Er wurde von einem zum anderen weitergereicht und fand am Ende einen Mann, der ihm gefiel, kein reiner Therapeut, sondern ein richtiger Arzt, ein Psychiater, ein bodenständiger Schotte, der unter seinem Tweedjackett Hemd, Krawatte und Strickjacke trug und auf Ritchies Schule gegangen war. Bei ihrem ersten Termin begann Ritchie, der inzwischen Übung hatte, über seinen Vater zu reden. Der ruhige, geduldige Blick des Psychiaters ließ ihn stocken.

»Verzeihung, aber Sie haben nichts grundsätzlich gegen Therapeutika, oder?«, sagte der Nervenarzt. »Einige meiner Patienten glauben, wenn sie nur unentwegt über ihre Probleme quasseln, hätte ihr Unglück auch ohne einen Griff in die Pralinenschachtel irgendwann ein Ende.«

Bei dem Wort »Pralinenschachtel« lief Ritchie das Wasser im Mund zusammen. Er beobachtete, wie der Psychiater eine Schachtel aus einer Schublade holte. Es war tatsächlich eine Pralinenschachtel, eine billige Dutzendmarke, doch als der Psychiater den Deckel abnahm, war nur eine einzige Praline darin. Die anderen Mulden in dem schwarzen Kunststoffeinsatz enthielten Tabletten in verschiedenen Formen und Farben. Der Therapeut nahm sich einen Rezeptblock, zog sein Jackett aus und schob die Ärmel hoch. »Also«, sagte er, »fühlen

Sie sich hier unwohl« – er tippte sich an die Stirn – »hier« – er klopfte sich auf den Bauch – »oder sowohl als auch?«

»Es ist überall innen drin«, sagte Ritchie. »Nicht nur nachts. Selbst mitten am Tag kriege ich diese Gefühle von –«

»Stopp!«, unterbrach ihn der Psychiater. »Den ganzen Bereich der ›Gefühle von‹ meide ich wie die Pest. Kostet unheimlich viel Zeit und bringt einen nicht weiter. Ich mag es lieber konkret. Fangen wir mit Ihrem Bauch an. Haben Sie dort ein Gefühl der Leere?«

»Der Hohlheit. Wie nicht richtig voll.«

»Gut. Ist es eine dumpfe Hohlheit oder eine nagende Hohlheit oder eine kribbelnde Hohlheit?«

Eine halbe Stunde später verließ Ritchie die Praxis des Psychiaters mit einem Rezept in der Tasche. Was für ein Wunder der modernen Zeit! Alles Hohle wurde gefüllt, alles Kantige wurde gerundet, der Schlaf wurde tief und die Sorgen gedämpft, sodass sich sein wahres Ich ungehindert entfalten konnte.

Mehr als die Tabletten, mehr als der Umzug nach London oder das Aufwärmen für eine neue Sendung war es die Tatsache, dass er sein Leben mit einer Frau teilen konnte, die er liebte, was Ritchie glücklich machte. »Wenn mir überhaupt etwas Schmerzen bereitet«, sagte Ritchie gelegentlich, »dann, dass ich Karin und die Kinder nicht mitnehmen konnte.«

Ein paar Monate nach Vals Verschwinden kam ihm das alte falsche Gerücht zu Ohren, er hätte eine Affäre mit Lina Riggs. Er war geschmeichelt und begann sich zu wünschen, es wäre wahr. Und es wurde wahr, als das Gerücht längst verstummt war und alle, er eingeschlossen, sich in dem Glauben wiegten, er sei ein treuer Ehemann geworden. Es kam ihm so vor, als wäre seine Liebe zu Riggsy zugleich feiner und stärker, gewaltiger und tiefer als seine jugendliche Verknalltheit in Karin oder seine Liebschaften seitdem. Die Schlichtheit der Sache gefiel ihm. Riggsy war außergewöhnlich, und er liebte sie, und sie liebte ihn, und die fünfzehn Jahre Unterschied spielten keine Rolle.

Ritchie erzählte Freunden, dass er ein glücklicher Mensch war, und ihre erstaunte Reaktion darauf spiegelte seines Erachtens den zunehmenden Zynismus wider, den er in der Gesellschaft beobachtete. Bei näherem Nachfragen – und zu Ritchies Verdruss fragten manche näher nach – erklärte er, dass die einzige Unliebsamkeit dabei, ja, schon, eine Reihe von Unterunliebsamkeiten nach sich zog. Er bedauere die Art, wie es zu Ende gegangen war. Gleich als er und Riggsy erkannten, dass sie füreinander bestimmt waren, habe er die feste Absicht gehabt, Karin davon in Kenntnis zu setzen, und dass es nicht geschehen war, liege nur daran, dass sie beide so beschäftigt waren. Karin sei ja die halbe Zeit auf ihren Gigs unterwegs. Trotzdem, er hätte es ihr erzählen sollen, und es sei schrecklich, dass sie es auf Umwegen erfahren hatte. Ritchie hätte gedacht, dass nach dem Debakel mit der Moral Foundation die Journalisten ein wenig Anstand und mehr Respekt für die Privatsphäre wahren würden. Er räumte ein, es habe ihn hart getroffen, als er sich auf einmal draußen vor dem Tor des großen Hauses wiederfand und Dan und Ruby – dank der Kanzlei Sigurdsson, Godwinson und Weinberg – drinnen. Er räumte ein, als Unterunliebsamkeit der einzigen Unliebsamkeit sei das ziemlich happig, und man könne wahrscheinlich sagen, dass die Unterunliebsamkeit weitere Unterunliebsamkeiten nach sich zog. Er räumte ein, es sei ausgesprochen … Er stockte, hielt sein Glück hoch und versteckte sich dahinter: Ach, die Hauptsache sei, sagte er, dass er seine Kinder einmal die Woche traf. Sie liebten Riggsy, sagte er; sie kamen wirklich gut miteinander aus. Es sei schön mit anzusehen. Alles sei optimal geregelt. Als er und Midge noch miteinander sprachen, hatte er diesem einmal vertraulich erklärt, er habe Ruby überreden wollen, bei ihm zu bleiben statt bei Karin. Er habe ihre Antwort für eine Neunjährige ungeheuerlich gefunden. Ungeheuerlich; furchtbar, so ein Wort für die eigene Tochter zu benutzen, aber wie solle man es sonst nennen, wo sie doch zur Erklärung, dass sie lieber bei Karin bleiben würde, gesagt hatte, es sei »besser für meine Karriere«? Wo hatte sie solche Phrasen aufgeschnappt? Wo hatte sie gelernt, so brutal zu sein?

Ritchie fand einen Parkplatz in einer steilen, schmalen Straße mit Reihenhäusern in der Nähe des Pubs. Er machte sich für diese Abende sorgfältig zurecht: schwarzer Anzug, weißes Hemd mit zugeknöpftem Kragen, keine Krawatte, schwarze Lackschuhe, Haare frisch geschnitten und leicht geölt. Die gleiche Sorgfalt verwandte er darauf, was er einnahm. Er schluckte einen Hundertfünfzig-Milligramm-Wummi, eine der kastanienbraunen Effexor-Kapseln mit dem W auf der Seite, die aussahen, als ob sie aus Bombern abgeworfen werden sollten, kippte sich eine Tüte Cadbury-Schokoladentaler in den Schlund, betrat den Pub und bestellte einen doppelten Whisky, den er in einem Schluck runterkippte. Er bestellte sich noch einen und wartete an der Theke. Es war doppelt wahrscheinlich, dass man ihn hier erkannte, schien ihm, denn er war erstens berühmt und zweitens schon dreimal hier gewesen, aber keiner der Gäste ließ sich etwas anmerken, vermutlich weil sie dafür zu cool waren. Ein Paar warf auf der Bühne des Pubs immer noch Darts, doch neben ihnen beugte sich schon ein alter Mann in kariertem Hemd und Fischerweste über seine Anlage wie ein Bootsbauer, der einen Kiel abschleift. Das Lokal füllte sich. Es gab eine Gruppe Lesben mit ihrem Einheitslook, kurze Haare, Kakijacke und Jeans, eine Schar heftig geschminkter männlicher Cross-Dresser im überladenen Fummel, eine kleine Frau mittleren Alters, die aus keinem ersichtlichen

Grund als eine Art Zombie zurechtgemacht war, und drei Mädchen mit langen Locken, kurzen, engen Kleidern und Stöckelschuhen. Ein zu drei Vierteln rasierter Mann mit einem angetrockneten Ketchupfleck auf dem T-Shirt, von dem Ritchie wusste, dass er Tom hieß, und der weder im Pub noch sonst irgendwo angestellt war, aber sich gern nützlich machte, fing an, lächelnd herumzurasen und kleine Zettel zu verteilen. Ritchie begrüßte ihn mit Namen, und Tom grinste breiter, schien aber nicht zu wissen, wer er war.

Ritchie schrieb »Robbie Williams – *Angels*« auf das Stück Papier und gab es Tom zurück. Die Hintergrundmusik verlosch, und das Karaoke begann. Einer der Cross-Dresser kam als Erster dran; er gab eine passable heisere Version von Charlenes *I've Never Been To Me* zum Besten. Die drei Mädchen traten zusammen auf und verhackstückten einen Song einer TV-geklonten Fünferformation aus dem vorigen Jahrzehnt; Tom legte einen hervorragenden Auftritt mit einem Roy-Orbison-Hit hin; dann betrat die Zombiefrau die Bühne. Nach den ersten zwei Tönen des Intros wusste Ritchie, was sie singen würde. Er wollte sofort gehen, und er wollte bleiben und es hören. Er blieb, und die Version der Zombiefrau von *You Lead Me On* von Karin and The What war lahm und flach.

Ritchie war noch nie auf den Gedanken gekommen, dass seine bedingungslose Liebe zur Musik eine Eigenschaft war, für die man ihm vieles verzieh. Ein paar Wochen nach ihrer Trennung war Karins Stimme mit diesem Lied überall zu hören gewesen. Leute, die Ritchie kannten, konnten die Versessenheit nicht verstehen, mit der er es wieder und wieder hörte, ihnen erklärte, wie es musikalisch funktionierte, lauthals verkündete, die Jungs von The What verstünden ihr Handwerk wirklich, Anerkennung für seine Behauptung verlangte, Karin sei eine der großen Popsängerinnen ihrer Zeit. Er liebte das Lied, und es freute ihn, dass Karin ihm etwas

Neues geschenkt hatte, etwas Neues von diesem nie ganz erreichbaren Teil von ihr, den er immer hatte haben wollen. Und jetzt kam eine als Leiche aufgemachte Frau und schlachtete es. Ritchie wandte sich von der Bühne ab und sagte zu dem Mädchen hinter der Theke: »Die bringt's nicht, was?«

»Wie bitte?«, sagte das Mädchen, das gerade dabei war, Coke aus einem Schlauch in hohe Gläser zu spritzen.

»Ich sagte, sie bringt es nicht, mit dem Lied.«

»Ich fand's ganz okay.«

Tom tippte Ritchie auf die Schulter und meinte, er sei dran. Ritchie knöpfte sein Jackett zu, überprüfte den Kragen und ging nach vorn. Der Mann am Karaokegerät suchte mit dem Finger auf seiner handgeschriebenen Liste.

»*Angels*«, sagte er. Er blickte Ritchie in die Augen, erfahren und freundlich. »Kriegst du das wirklich hin?«

Der alte Ritchie, dachte der neue Ritchie, hätte möglicherweise die Fassung verloren. Stattdessen überlegte er: Ob er wohl heute Abend diesen sprunghaften Höhenwechsel von Strophe zu Refrain hinbekam? *And through it ALL …* Es war so ein abrupter Sprung vom ungezwungenen Bariton in die hohen Tenorlagen, bei dem er durchaus verhungern konnte, wenn seine Stimmwerkzeuge nicht in absoluter Topform waren, und der Karaokemann machte ihn netterweise darauf aufmerksam. »Ist es zu spät, noch mal umzudisponieren?«, fragte er.

»Kommt drauf an.«

»Hast du *Fountain* von den Lazygods?«

Ritchie trat zurück und sah die paar Dutzend Leute im Pub an. Er hatte das Mikro in der Rechten, und als die ersten gedämpften D-Dur-Akkorde ertönten, griff er mit der Linken ins Leere, denn der Mikrofonständer war mit dem drahtlosen Zeitalter obsolet geworden. D ging in G über, dann in A, und während Schlagzeug, Bass und Synthesizer im goldenen Glanz der Musik erstrahlten, kam es Ritchie vor, als flögen Wände und Dach des Pubs davon und als wiegten sich unter ihm Zehntausende von Gesichtern wie ein Feld menschlicher Blumen im Wind. Er konnte Karin neben sich fühlen, sein prachtvolles, schönes Mädel, wie sie mit dem Plektron die Saiten anschlug und sie alle auf dem schäumenden Fluss der Elektromusik in die herrliche paradiesische Verdammnis mitriss. Er sang:

Sunrise
Is only an hour away
And your eyes
Are brighter than any day
And the path is leading on
In the blue light of dawn
To the forest
And the ocean
And the life-love in our veins

Sie gingen mit ihm mit, die Massen, alle zwanzigtausend, die Massen und die Band, Karin, Johnny P und The Bat, und sie schwangen sich auf zum Refrain und hoben ab, und das Beste kam überhaupt erst noch.

Let's all go to the fountain
And drink the years away
Cold water
Clear water
To keep the night at bay
Let's all go to the fountain
And you and I will be
Forever young!

Ritchie brüllte den Text mit dem Korb des Mikros an den Lippen, die Augen fest geschlossen trotz der hervorquellenden Tränen, und während er seine ganzen alten Bühnenverrenkungen machte, fühlte er den Widerstand und die Steife seines vierundvierzigjährigen Körpers als vorübergehende katerähnliche Schwäche, über die er hinwegsingen würde.

Heartstrings
Are what you most like to play
And some things
Are easier to dream than say
But the road will take us there
Where the words are in the air
To the forest
And the ocean
And the life-love in our veins

If you and I get older, baby
Love gets older too
The world needs one immortal love
Dying ain't for you

»Hört alle her jetzt!«, grölte Ritchie.

Let's all go to the fountain
And drink the years away
Cold water
Clear water
To keep the night at bay
Let's all go to the fountain
And you and I will be
Forever young!

Ritchie schlug die Augen auf und blickte sich verwirrt um, weil er in einem kleinen Pub neben einem alten Mann mit einem Karaokegerät stand. Karin war nicht da. Das Publikum liebte ihn. Sie klatschten, stampften, pfiffen und johlten. Ritchie kam wieder zu sich, verbeugte sich nach rechts und links und wischte sich mit dem Ärmel über die Augen. Er zog die Nase hoch und sagte zu dem Karaokemann: »Als Nächstes *Code of Shame*.«

Der alte Mann schüttelte den Kopf. »Ein Song. Es warten noch zehn Leute.«

»Erzähl keinen Scheiß«, sagte Ritchie mit einem pampigen Grinsen. »Hast du die Leute gehört? Wir müssen ihnen eine Zugabe geben.«

»Ein Song«, sagte der Alte. »So sind die Vorschriften.«

Ein junger Mann mit tätowierten Unterarmen und Schultern, die doppelt so breit waren wie seine Hüften, trat auf Ritchie zu.

»Ich bin Ritchie Shepherd«, sagte Ritchie. »Ich bin Ritchie Shepherd, der Leadsänger von den Lazygods. Das sind meine Songs.«

»Ein Sänger, ein Song«, sagte der Alte. Er nickte dem Jungen zu. »Du bist dran, Kumpel.« Der junge Mann fasste das Mikrofon und versuchte, es Ritchie abzunehmen. Ritchie wehrte sich.

»Ich muss eine Zugabe geben«, sagte Ritchie.

»Keine Zugaben«, sagte der alte Mann.

Am Rand seines Gesichtsfelds sah Ritchie zwei dunkle Gestalten rasch durch das Publikum auf ihn zukommen. Sie sprangen auf die Bühne, zwei Muskelpakete in schwarzen Mänteln, und rissen ihm das Mikro aus den Fingern. Sein Sträuben und Schreien halfen ihm nichts, sie schleiften ihn zur Tür, stießen ihn in die Nacht hinaus und kehrten an ihren Posten zurück, gelassen die Handschuhe abwischend.

Sie sahen zu, wie er sich aufrappelte und ohne einen Blick zurück, nur einmal stolpernd, davonging.

»Das war Ritchie Shepherd«, sagte der eine. »Der Typ von *Teen Makeover*.«

»Ah wa«, sagte der andere.

»Was hat er gesagt?«

»Er hat gesagt: ›Ich habe ihr das mit dem Reiher nie erzählt.‹«

»Ich dachte, er hätte ›Geier‹ gesagt.«

»Reiher, Mann, Reiher. Total am Arsch.«

75

Eines Septembers packte Rose einen Rucksack, und mit dem Geld, das sie für die Fahrt nach Mekka gespart hatte, buchte sie einen Flug, der sie nach Süden brachte. Sie flog die ganze Nacht hindurch. Am Morgen, als es hell war, aber die Sonne noch nicht am Himmel stand, schob sie die Plastikblende am Flugzeugfenster hoch und sah eine rostrote Wolke wie eine Felssäule aufragen. Die Wolke erstreckte sich vom Boden bis weit über das Flugzeug hinaus, war höher als der höchste Berg. Es war keine europäische Wolke. Rose war in den Tropen. Sie war zwanzig. Es war nicht ihre erste Auslandsreise, doch als sie aus dem Flugzeug stieg und die feuchtwarme Luft sie umhüllte und ein übler Geruch wie von fernen Kloaken sie anwehte und darin noch ein anderer, schwerer zu bestimmender Geruch, als ob die pralle Sonne Wände aus würzig duftendem Holz aufgeheizt hätte, da hatte sie das Gefühl, weit gereist zu sein.

Bec wartete unmittelbar hinter dem Zoll auf sie, an der Hand einen kleinen weißen Jungen und neben sich einen hochgewachsenen Afrikaner. Der Junge blickte sich um und schien Rose zu erspähen. Bec folgte seinem Blick. Einen Moment lang sah Rose sie durch den Schleier ihrer Erinnerungen und Vorstellungen. Die wirkliche Bec war älter, schwerer, blasser und müder als die erinnert-vorgestellte Bec. Sie erkannte Rose und lächelte und kam mit dem Jungen auf sie zu. Die freudig heraneilende Bec wirkte jetzt im Vergleich zu dem übermäßig gealterten Bild von vor einer Sekunde jünger und leichter. Als Bec lächelte, erschienen in ihren Augenwinkeln drei winzige Fältchen, und Rose verspürte den Impuls, sie dazu zu beglückwünschen, als wären sie eine Tätowierung, die auch sie käuflich erwerben könnte.

»Das ist Leo«, sagte Bec, und beide blickten sie auf Becs Sohn hinab. Sie versuchten, ihn zu einer Begrüßung zu bewegen, doch er drehte sich scheu weg und bedachte Rose mit einem kurzen zweifelnden Blick, als sie neben ihm in die Knie ging. »Und das ist Ajali. Ajali, Rose.«

»Sehr erfreut«, sagte Ajali grinsend und beugte sich ein paar Zentimeter vor.

Leo hatte hellbraune Haare und braune Augen wie Alex, und Rose meinte, er sehe ihm ähnlich, worauf Bec lachte und sagte: »Findest du?«

Ajali war der Fahrer. Er setzte sich ans Steuer, Bec schnallte Leo in einen Kindersitz, und sie fuhren los. Darcssalam war schmutzig und voller Risse und Schimmel überall, was Rose nicht überraschte, aber sie hatte kein so geschäftiges und zielstrebiges Treiben der Leute erwartet, die auf Mopeds herumdüsten und in ihre Telefone brabbelten. Überall wurden Dosengetränke und Süßigkeiten verkauft. Limetten und grüne Bananen und Früchte, deren Namen sie nicht kannte, lagen in bunten Haufen am Straßenrand.

»Kein Kopftuch«, sagte Bec. Sie schaute sie an, und Rose war klar, dass sie über ihre nackten Arme nachdachte. »Was ist aus deiner Pilgerfahrt nach Mekka geworden?«

»Ich habe kein Visum bekommen«, sagte Rose. »Es hieß, ich sei zu jung und ich müsse in Begleitung eines Ehemannes oder eines männlichen Verwandten reisen.«

»Ich bin sicher, Alex wäre mit dir gefahren.«

»Eines muslimischen männlichen Verwandten!«, sagte Rose, und bei der Vorstellung von Alex, wie er interessiert unter den Pilgern stand und auf der Dschamarat-Brücke seine Steinchen warf, krümmte sie sich vor Lachen. Leo lachte mit ihr und hüpfte auf und nieder.

Auf dem Heimweg hielten sie an Becs Büro. Rose war enttäuscht. Es war ein normales Gebäude mit Büroräumen und Laboren, mit Leuten in Anzügen und weißen Kitteln, wie es auch in einer englischen Stadt hätte stehen können. Der einzige Unterschied war, dass so viele der Leute in Anzügen und weißen Kitteln schwarz waren. Rose wusste, dass Bec beruflich mit Malaria zu tun hatte. Sie hatte sich ihre Tante in Strohhüttendörfern im Wald vorgestellt, wo sie sterbenden Kindern mit geschwollenen Bäuchen und großen Augen half. Sie wurde einer Reihe von Menschen vorgestellt, die hinter Computern aufblickten und deren Namen und Tätigkeiten sie augenblicklich vergaß, und es war nicht viel anders, als wenn sie ihren Dad am Arbeitsplatz besuchte. Bec jedoch war den Tränen nahe vor Stolz, dass sie mitgewirkt hatte, etwas derart Langweiliges nach Tansania zu importieren, und Rose tat so, als wäre sie beeindruckt.

Sie fuhren auf einem breiten Highway und bogen in ein Netz von Straßen ab, die von sahneweißen und rosa Mauern gesäumt waren. Hinter einer von ihnen lag Becs Haus. Mit seinem hohen Tor und den von Läden verschlossenen Fenstern, die über die Mauer lugten, wirkte es abweisend. Im Innern der Mauern machte es einen bescheideneren, freundlicheren Eindruck. Mitten auf dem Rasen stand ein alter Baum mit dickem schwarzem Stamm, ausladenden

Ästen und prächtigen roten Blüten, die im Sonnenschein von innen zu leuchten schienen.

Bec nahm Leo auf den Arm und steckte bei dem nun folgenden Gang durchs Haus suchend den Kopf in diverse Zimmer, wobei sie sich ein Lächeln zu verkneifen suchte, als freute sie sich auf etwas, das ihr gleichzeitig peinlich war. Sie fand, was sie suchte, in einem kleinen Zimmer im hinteren Teil des Hauses. Es hatte Bücherregale an den Wänden und ein Fenster zum Garten. In dem Zimmer befanden sich ein kleiner alter Schreibtisch, ein ziemlich alter Laptop, dessen Buchstaben auf den Tasten halb abgewetzt waren, Papiere in unordentlichen Haufen und auf einer Couch, schlafend, voll bekleidet mit Schuhen und allem, Alex.

»Schau mal, wer da ist«, sagte Bec. Alex schlug die Augen auf, sah die Frauen und schwang sich in die Höhe. Er stand auf und küsste Rose auf beide Wangen. Er war sonnengebräunt, hatte mehr Silber an den Schläfen als in Rose' Erinnerung, und wie Bec strömte er eine tiefe Müdigkeit aus. Jemand steckte den Kopf zur Tür herein und fragte Bec leise etwas, und Bec stellte Rose die Frau als Zuri vor, die Haushälterin.

»Wow, was ihr für viele Diener habt«, sagte Rose, als Zuri fort war. »Echt retro.«

Bec und Alex sahen sich an. »Wenn wir noch länger hierbleiben, werden wir am Ende zu richtigen alten Expats«, sagte Bec.

Alex verzog das Gesicht. »Dann nichts wie weg«, sagte er.

»Alex hätte keine Zeit zum Schreiben gehabt, wenn wir nicht dieses Leben führen würden«, sagte Bec und wandte sich ihm zu. »Nicht wahr? Wir sind keine Exilanten.«

Rose hatte den Eindruck, dass Alex in dem Moment Bec anblickte wie fasziniert von einer wunderlichen Fremden, mit der er gern ins Gespräch gekommen wäre und nicht wusste, wie, und dass sie ihn genauso anblickte. Es kam Rose so vor, als würden sie sich nach den vier Jahren, die sie zusammen waren, immer noch nicht restlos verstehen und als würde sie das nicht abstoßen, sondern näher zusammenbringen. Sie überlegte, wie es wohl war, wenn man über alles, was man von jemandem wusste, hinwegsteigen musste, um dort hinzugelangen, wo das anfing, was man nicht wusste, und dann fortzuschreiten ins Unbekannte. Sie glaubte nicht, dass sie die Geduld dafür hätte. Na ja, sie waren schließlich Wissenschaftler. Sie hatte für Wissenschaft keinen rechten Nerv, aber das hier zu beobachten machte ihr Spaß.

Alex nahm Bec den Jungen ab, stellte ihn hin und fragte ihn, ob sie Rose etwas zum Frühstück machen sollten, und Leo war der Meinung, das sollten sie.

»Rose findet, dass Leo dir ähnlich sieht«, sagte Bec. Sie starrte Alex durchdringend an, als ob die Bemerkung, dachte Rose, der schlüssige Beweis in einem Streit wäre, den sie hatten; und danach zu urteilen, wie Alex den Blick abwandte, ein paar Papiere zurechtschob und nichts sagte, wusste er, dass er verloren hatte; und danach zu urteilen, wie Bec sich auf die Lippe biss, hatte sie gar nicht gewinnen wollen.

Bec brachte Rose auf ihr Zimmer. »Alex macht zu viel auf einmal«, sagte sie. »Er schreibt an einem Buch und lehrt an der Universität und verbringt Zeit mit Leo, und wenn ich ihm sage, er soll nicht zu viel arbeiten, sagt er: ›Aber wir haben doch Diener.‹«

»Ihr seht beide müde aus.«

»Wirklich? Sind wir vom Fleisch gefallen?«

»Nicht vom Fleisch gefallen«, sagte Rose und wurde rot. Ihr Herz schlug schneller; ein Gedanke, den sie hatte für sich behalten wollen, schoss ihr zum Mund. »Es ist nett von euch, dass ihr mich aufnehmt, nach dem, was meine Eltern getan haben.«

Bec sah sie unsicher an. »Es ist schwerer, jemandem aus der eigenen Familie zu vergeben. Aber Alex ist nicht bitter.«

»Das hat Dougie auch gesagt.«

»Oh, du hast ihn gesehen. Hier ist ein Handtuch für dich.«

»Ich wollte ihn fragen, ob er findet, es wäre in Ordnung, wenn ich mich bei euch melde, und er meinte, ja. Er lässt euch herzlich grüßen.«

»Ich werde es Alex ausrichten.«

»Er nennt mich immer English Rose. Ich habe ihn gefragt, warum er euch noch nie besucht hat. Er meinte, ihr hättet genug Parasiten in eurem Leben.«

Bec schien sich für Nachrichten von Dougie nicht zu interessieren, und Rose spürte, dass sie vorgeben sollte, müde zu sein, damit ihre Gastgeberin sich entfernen konnte. Sie duschte und zog sich um und traf danach Alex und Leo auf der Veranda hinter dem Haus an. Das Sonnenlicht auf dem Gras war schmerzhaft grell, doch im Schatten war es kühl und friedlich. Alex versuchte, Leo zum Verzehr eines Joghurts zu animieren.

»Da steht Kaffee für dich«, sagte er. Er sah sie nicht an, und Rose überlegte, ob er etwas gegen sie hatte oder sich einfach auf seinen Sohn konzentrierte.

»Ich habe Mum und Dad nicht erzählt, dass ich zu euch fahre«, sagte sie. »Ich habe in letzter Zeit nicht viel mit ihnen gesprochen.«

Sie hatte das Falsche gesagt. »Du solltest mit ihnen sprechen«, sagte Alex. »Du hast ja gesehen, was bei Familienfehden herauskommt.«

Sie errötete, schluckte und sagte: »Es ist toll, dass du ein Buch schreibst. Worum geht's?«

»Ich will dich nicht langweilen«, sagte Alex. »Es ist ein wissenschaftliches Buch.«

»Ich würde es gerne wissen.«

»Na gut«, sagte Alex, und während er Leo zum Weiteressen anhielt und sein Joghurtspucken und -schmieren kontrollierte, erläuterte er das Thema. Er hatte recht gehabt; für Rose war es langweilig. Jedenfalls stieg sie nicht durch. Etwa dreißig Sekunden lang bemühte sie sich, seinen Ausführungen zu folgen. Hin und wieder blieb ein Wort hängen: »Bahnen« fiel mehrmals und »Zellen« und »Proteine« und »Metaanalyse«. Die Augen klappten ihr mit fast unwiderstehlicher Gewalt zu. Sie trank ihren Kaffee und schenkte sich noch eine Tasse ein und musste unwillkürlich gähnen.

»Ich habe dich gewarnt«, sagte Alex.

»Es klingt echt interessant«, sagte Rose. »Aber du solltest ein Buch über die Sachen schreiben, die du erzählst. Weißt du, wenn es abends spät ist und du diesen Ausdruck im Gesicht bekommst und du ganz erregt wirst …«

»Erregt wovon?«

»Wie damals, als du uns vor ein paar Jahren besucht hast. Als ich die Spülmaschine ausräumen wollte und du allein am Küchentisch gesessen hast und wir geredet haben.«

»Kann ich mich nicht mehr dran erinnern.«

»Du bist um den Tisch herumgegangen und hast gespielt, du wärst ein großer Vogel. Ich muss immer daran denken, was du damals gesagt hast. Ich erzähle den Leuten immer, dass wir auf einer großen Wanderung sind und dass wir im Flug geboren werden, geboren, um durch die Zeit zu fliegen.«

Alex sagte erneut, er könne sich nicht erinnern. Und trotzdem sah er glücklich aus, als hätte sie etwas zu ihm gesagt, wonach er sich gesehnt hatte. Er runzelte die Stirn und lächelte und machte den Mund auf, als ob er ihr widersprechen wollte; als ob er, weil er eben Alex war, sich selbst widersprechen wollte.

Alex nahm an, dass Bec ihn liebte, obwohl ihm ihre Jähzornanfälle, kaum begonnen, schon vorbei, mehr zu werden schienen. Er fragte sich, ob sie ihm feste Zornrationen verabreichte, ähnlich einer täglichen Vitamindosis, damit er wachsam blieb. Es fiel ihm immer schwerer, sich die Zelle bildlich vorzustellen; er vertraute mehr auf Diagramme. Ich kann mich nicht konzentrieren, dachte er und erkannte, dass es nicht sein Problem war, sich im Kopf nicht auf die Zelle konzentrieren zu können, sondern nicht mehr so leicht in seine innere Welt abtauchen zu können wie einst, als er wusste, dass Maria ihm ihre ganze Aufmerksamkeit schenkte. Bec schenkte ihm nicht ihre ganze Aufmerksamkeit. Sie brauchte selbst welche, um die Rätsel zu betrachten, die sie bedrängten, genau wie er. In dieser Ungewissheit, schien es Alex, gedieh die Liebe, wie sie in seiner absoluten Gewissheit, dass Maria ihm gehörte, verkümmert war.

Er machte die Erfahrung, dass ihm seine Manie um ein natürlich gezeugtes Kind mit Leos Geburt als der blanke Irrsinn erschien. Nicht geirrt jedoch hatte er sich darin, dass er seinen Sohn kennenlernen, ihn nicht bloß haben wollte. Es war weniger der Überbau väterlicher Liebe, was ihm das Herz rührte, wenn er den Jungen im Arm hatte. Die Liebe zu ihren Kindern, von der die Leute redeten, kam ihm wie eine gemütliche, zuverlässige alte Bürokratie vor, die deshalb existierte, damit der Vater das System austricksen und etwas auf die Beine stellen konnte, das tatsächlich funktionierte, ein von Glück und Instinkt zusammengehaltenes Konstrukt, das sie durch die Gefahren trug und gelegentlich so etwas wie Freude abwarf.

Nachdem Harrys Leichnam exhumiert worden war, hatte Alex nicht länger Leiter des Belford Institute bleiben können. Die Autopsie brachte kein eindeutiges Ergebnis, wie Alex und seine Unterstützer es vorhergesagt hatten, und die Möglichkeit eines Strafverfahrens schwand, doch zu dem Zeitpunkt hatten die Medien Alex' Ansehen längst zerfleddert. Er wurde vom Vorstand gerügt; er trat zurück und stellte fest, dass er nach der Begleichung von Anwaltskosten und einem unerwarteten Steuerbescheid über die Nutzung eines mietfreien Hauses im teuersten Teil von Islington pleite war.

Matthew und Lettie fochten das Testament vor Gericht an, und in der Zwischenzeit hätte Harrys altes Haus leer gestanden, wenn nicht eine Gruppe von Hausbesetzern, die gegen die soziale Ungleichheit in London protestierten, darin eingedrungen wäre. Die Hausbesetzer, jung, radikal und studiert, wurden berüchtigt für ihre nächtlichen Partys, auf denen sie tanzten, tranken, Drogen nahmen, vögelten und über Kunst, Religion und Philosophie diskutierten. Der Ausdruck »Citron Square« wurde gleichbedeutend mit einem bestimmten Männertyp, bärtigen, priesterlichen jungen Atheisten mit V-Kragen-Pullovern, Krawatten und hautengen Jeans.

»Citron Square« war einer der Begriffe, die die Comrie-Shepherds der Kultur ihrer Zeit vermachten; der andere war »babybjörnen«. Wenn sich irgendwo auf der Welt zwei Mitglieder der globalen Medikokratie zusammenfanden, stellte eines dem anderen mit hoher Wahrscheinlichkeit die Frage: »Sind Sie auch schon gebabybjörnt worden?«, und bezog sich damit auf die Erfahrung, wie Dr. Rebecca Shepherd, den Säugling vor den Bauch geschnallt, in sein Büro gekommen war, um Gelder, Unterstützung, Stimmen oder Ausbildung für einen internationalen Malaria-Impfstoff-Komplex einzufordern, der in Daressalam gebaut werden sollte. Sie waren sich einig, dass Shepherd naiv, schamlos, nervtötend hartnäckig war; und doch bekam sie, was sie wollte, und sie schüttelten lachend den Kopf und fragten sich, was wohl einmal aus dem Jungen werden würde. Bec zog mit Alex zurück nach Daressalam, und dieser war zunächst dankbar, der nördlichen Hemisphäre entronnen zu sein.

Stephanie kam sie besuchen und war enttäuscht, als sie feststellen musste, dass keine Jungbrunnentherapie in Planung war und es keine Warteliste gab, auf die sie ihren Namen setzen konnte. »Ich wäre auch mit der Hälfte zufrieden«, sagte sie, »wie bei Becs Impfstoff. Fünfzig Prozent Unsterblichkeit.« Maureen kam ohne Lewis, den sie »unterm Dach zurückgelassen« hatte, und holte sich einen Sonnenstich, als sie in der Nachmittagshitze Rosen pflanzte, obwohl der Gärtner sie haareraufend anflehte, den Spaten wegzulegen.

Manchmal lieferte Batini ihre Tochter auf dem Weg zum College ab, wo sie sich zur Anwaltsgehilfin ausbilden ließ, und Leo und das kleine Mädchen spielten dann unter Zuris Aufsicht auf der Veranda. »Wann wirst du dein nächstes Kind bekommen?«, fragte Zuri öfter, und Alex merkte, dass er immer weniger darauf hoffte. Er bildete sich ein, Heimweh nach dem Norden zu haben, nach den vier europäischen Jahreszeiten, Winterfrösten und langen Sommerabenden. Aber er hatte kein Heimweh; er hatte Vergangenheitsweh, die Wehmut, die jeden heimsucht. War Bec auch die Hürde, die ihn an der Heimkehr hinderte, war Leo auch die Zukunft, so waren sie doch seine Familie, die einzige Medizin gegen den Verlust der vergangenen Zeit.

Die Vorstellung, der Chronase-Komplex könnte das Tor zur Unsterblichkeit sein, war für Alex' wissenschaftliche Kritiker ein leicht abzuschießendes Ziel, doch am meisten Hohn und Spott wurde über seine unbewiesene Spekulation ausgegossen, dass die molekulare Uhr nicht von einer Generation zur nächsten zu zählen aufhörte. Mit der Zeit gewann die Chronase-Theorie eine gewisse Anhängerschaft, und erste Anzeichen sprachen dafür, dass sie, in der Medizin angewandt, ein paar Menschen ein längeres Leben ermöglichen würde. Alex stellte fest, dass sein Ansehen nicht zerstört, sondern anders geworden war; dass er durch seinen Blick in den Abgrund der Schande, verbunden mit der Tatsache, dass er tatsächlich eine Entdeckung gemacht hatte, etwas geworden war, was er sonst in seiner Zeit nicht hätte werden können: ein berühmter Wissenschaftler. Er stellte fest, dass es etwas gab, was den Nachrichtenkonsumenten noch lieber war als die Geschichte vom Aufstieg und Fall eines Mannes, nämlich ein kontinuierliches Aufsteigen und Fallen, ein Prozess, in dem er jedes Mal mit neuen Narben, neuen grotesken Lasten beschwert aus dem Abgrund zurückkehrte.

Am Tag nach Rose' Ankunft nahmen sie die Fähre nach Sansibar, Bec, Rose, Leo und Alex, und kampierten an einem stillen Strand, an dem das Wasser bis weit ins Meer hinaus flach war. Alex ging an einem Kiosk Getränke holen. Rose lag in ihrem Bikini auf einem Handtuch, auf die Ellbogen gestützt. Leo saß unter einem Schirm und buddelte unter Becs Aufsicht mit einem Plastikspaten im Sand. Ein Weilchen noch, dachte Rose, dann wollte sie ins Wasser laufen.

»Mir gefällt's hier«, sagte sie. »Ihr müsst echt glücklich sein.«

»Ich versuche, nicht darüber nachzudenken«, sagte Bec. »Manchmal möchte man meinen, dass man die Gegenwart nur deshalb genießt, weil man sich auf die Sehnsucht danach freut, die man später empfindet.«

»Dann denk halt nicht drüber nach!«, sagte Rose. Sie sprang auf und lief zum Meer, und Bec blickte ihr nach und wunderte sich, wie die Welt es schaffte, ein junges Mädchen nach dem andern auszustoßen wie in der Luft züngelnde Flammen.

Bec strich Leo mit den Fingern die Haare aus den Augen, obwohl sie gleich wieder zurückfallen würden, obwohl er das nicht leiden konnte. Sie wollte ihn einfach berühren. Sie fand den Gedanken furchtbar, sie könnte die Gelegenheit zu einer Berührung verpassen, die sich nie wieder bieten würde. Er quengelte protestierend und schüttelte den Kopf und buddelte noch energischer. Er war erst zwei, und schon jetzt musste sie sich mit seiner Selbstständigkeit arrangieren.

»Was glaubst du denn, was da unten ist?«, sagte sie. »Silber? Gold? Uran?« Sie fing an, aus seinem Aushub ordentliche Sandkegel zu formen. Die Geschichte vom Babybjörnen hatte ihr genutzt, doch es war gar nicht so oft vorgekommen, wie man ihr nachsagte. Einen Säugling herumzutragen war eine Sache, Lobbyarbeit mit ihm zu machen eine andere. Es war anstrengend, ein Baby in eine Präsentation einzubauen. Es schrie, es schiss, es kotzte, es wollte die Brust haben. Was man an Dramatik gewann, verlor man an Stringenz. Mit der Zeit hatte sie sich mehr auf Zuri und Alex verlassen. Sie hatte angefangen, über eine Ganztagsnanny nachzudenken.

Die Herstellung des Haemoproteus-Impfstoffes kam immer noch nur schleppend voran, wie auch die der anderen Malaria-Impfstoffe, die keinen Komplettschutz bewirkten, aber vielleicht ja in Verbindung mit anderen. Jetzt, da sie ein eigenes Kind in Tansania hatte, erschien es ihr nicht mehr so einleuchtend, dass ein lebender Parasit sein bester Schutz wäre. Sie erinnerte sich an Ritchies Worte: »Sie werden sich in Afrika nicht bei dir bedanken, wenn du die Malaria heilst und alle Kinder dann Brillen mit flaschenglasdicken Gläsern tragen und gegen Bäume laufen.«

Sie hatte ihren Bruder seit dem Tag auf dem Friedhof vor fast drei Jahren nicht mehr gesprochen. Ihre Mutter war ihr böse gewesen, weil sie nicht betroffen genug wirkte, als Ritchie sich von Karin trennte. Ritchie hatte eine Zeit lang angerufen und gemailt und um Vergebung gebeten, und Bec hatte nicht reagiert. In seiner letzten Nachricht hatte er ihr mitgeteilt, dass O'Donabháin an Herzversagen gestorben sei, im Schlaf.

In Nordirland hatte ihr Vater, war ihr einmal erzählt worden, mit seinem Netzwerk am Rand der militärischen Kontrolle operiert, und nach den Aufzeichnungen, die er hinterlassen hatte, war es nicht möglich gewesen, die Identität des Informanten zu bestimmen, dessen Leben er mit seinem Schweigen unter der Folter gerettet hatte. Bei seinem Prozess behauptete O'Donabháin, er habe später auf anderem Wege herausbekommen, wer der Verräter gewesen war, und bald nach dem Tod ihres Vaters habe er dessen Ermordung befohlen. Es gab eine Leiche; es gab einen Namen. Das Schweigen ihres Vaters hatte dem Informanten das Leben um ein paar Wochen verlängert.

Nach seinem Besuch bei O'Donabháin in Dublin, als er noch versucht hatte, sie zur Einwilligung in seinen Film zu überreden, hatte Ritchie Bec berichtet, was der alte Kämpfer gesagt hatte, und sie war von O'Donabháins knurriger Anerkennung des Muts ihres Vaters erstaunt und gerührt gewesen. »Dass er den verdammten Helden spielen musste«, hatte er gesagt.

Es kam Bec so vor, als hätte sie versucht, auch so etwas wie eine Heldin zu sein, eine wie ihr Vater, um an den Gewissheiten zu partizipieren, nach denen er lebte. Sie hatte mit aller Kraft nach den Wurzeln der Güte gesucht, die der Welt Bestand gab. Sie war bereit gewesen, sich stützen und einschränken zu lassen. Sie hatte sich nach einem moralischen Fundament gesehnt, aber sie hatte keines gefunden.

Hatten die Zweifel erst nach Leos Geburt eingesetzt oder schon früher, als sie sich in Alex verliebt hatte? Und waren ihr die Zweifel an der Wahrheit dessen, was O'Donabháin Ritchie erzählt hatte, einfach so gekommen, oder wollte sie gern eine andere Version der Ereignisse haben, als sie erkannte, dass es in der Tat eine Grenze gab und dass es kein Weltgesetz von Gut und Böse war, was sie einschränkte, sondern die Bedürfnisse der Menschen, die sie liebte?

Sie hatte so stark an ihren Vater geglaubt, den Helden, der sein Leben geopfert hatte, damit ein anderer Mann weiterleben konnte. Und auf einmal merkte sie, dass sie etwas anderes glauben wollte. Sie stellte sich vor, wie er blutend und zerschlagen auf dem Stuhl im Bauernhaus saß und zu dem vermummten O'Donabháin aufblickte, der ihn anbrüllte, während die beiden anderen maskierten IRA-Kämpfer mit der Waffe im Anschlag dastanden. Sie stellte sich vor, er hätte gleich zu Anfang O'Donabháins Stimme erkannt, und sie wollte glauben, dass ihm irgendwann aufging, dass sich O'Donabháin keineswegs, wie er gedacht hatte, mit der Absicht trug, ihm irgendwie zur Freiheit zu verhelfen.

Sie wollte glauben, dass ihr Vater in dem Moment beschloss, den Namen des Verräters zu nennen, nicht weil er ein Feigling war, sondern weil er Frau und Kinder hatte. Sie wollte glauben, dass er an sie, Bec, dachte und dass sie ihm wichtiger war als die Rettung des Informanten. Sie wollte glauben, dass O'Donabháin abermals schrie: »Wer ist es?«, und dass ihr Vater den geschwollenen Mund öffnete und zum »D« ansetzte. Und sie wollte glauben, dass O'Donabháin ihn erschossen hatte, da und deshalb, bevor er das Wort »Du« aussprechen konnte, weil der Verräter O'Donabháin war.

Bec sah Alex mit einer Handvoll kalter Flaschen zurückkommen, hoffnungsvoll, zerstreut, liebevoll, wie er es im Dorf mit den Impfstoffen gewesen war. Später im Hotel wollte Rose Leo für die Nacht zu sich nehmen, damit Bec und Alex ein Zimmer für sich hatten. Nichts hätte weiter von einem Liebesakt entfernt sein können als der Abend am Citron Square, an dem Dougie, unbeholfen, gehemmt, schweißnass vor Furcht, sie im Dunkeln geschwängert hatte.

Und trotzdem blieb eine seltsame Erregung; in den Situationen, wo Alex sie zu vergessen schien, wo ihre gemeinsame Familie nur noch Form und Gewohnheit und Ablauf war, gab die Erinnerung an ihren Fehltritt ihrem Herzen einen Kick und ihrem Verlangen einen Schub, den sie zu brauchen schien.

Bec wäre sich lieber sicher gewesen, dass sie ihren Fehltritt rein um Alex' und ihres gemeinsamen Glücks willen begangen hatte, um der Idee willen, aus der dann Leo entstand. Doch es kam ihr nicht unrecht vor, dass ihre Liebe zu den beiden belastbarer wurde durch die Erinnerung an ein paar Minuten mit Alex' Bruder, einen selbst gewählten Augenblick der Freiheit und der Gefahr und des Selbstseins, der sein eigenes nadelfeines Triebziel hatte, jenseits des äußeren Zwecks. Die Erinnerung an diese winzige Dosis roher, selbstsüchtiger Begierde in einem selbstlosen Willensakt behütete sie jetzt, da sie sich so sehr dem Schicksal ergeben hatte. Ja, wenn ihr Vater gegen alle Hindernisse zu ihr zurückgekommen wäre, hätte sie ihm das Verlangen nach seiner eigenen Freiheit nicht missgönnt, das Verlangen, den Wind und die Sonne wieder auf der Haut zu fühlen, wenn es ihn nur wieder nach Hause geführt hätte.

ICH HABE ZU DANKEN

Ghaith Abdul Ahad, Safa Al Ahmad, Laurel Baker, Francis Bickmore, Jamie Byng, John Byrne, George Christophides*, Lina Christopoulou*, Victoria Clark, Natasha Fairweather, Tad Floridis, Caroline Gillet, Courtney Hodell, Max Houghton, Andrea Hoyer, Brigid Hughes, Sandro Kopp, Duncan McLean, Rob Meek, Russell Meek, Susan Meek, Jeanet Pfizer, Linda Shaughnessy, Tara Bray Smith, Tilda Swinton, Tom Whitehouse und Donald Winchester.

* Die keine Schuld trifft an wissenschaftlichen Fehlern oder Ungereimtheiten.

Sadie Jones
Jahre wie diese
Roman

Luke beschließt, seinem Elternhaus in der Provinz den Rücken zu kehren, um in London seine Lorbeeren als Dramatiker zu verdienen. Mit Paul, einem angehenden Produzenten, und Leigh, Pauls Freundin, gründet er eine Theaterkompagnie, die bald erste Erfolge feiert. Die drei sind unzertrennlich – bis Luke auf Nina trifft… Ein überaus romantischer, eleganter Roman über vier junge Menschen, die um ihren Platz in der Liebe und im Leben kämpfen.

»Intensiv und hochemotional, präzise und feinfühlig. Mit diesem Roman ist Sadie Jones auf der Höhe ihres Schaffens.«
The Observer

»Jones zeigt ein genaues Auge für Liebe, Begehren und Freundschaft – und dass sie weniger einfach voneinander zu trennen sind, als wir uns glauben machen.« *Independent*

Aus dem Englischen von Brigitte Walitzek
416 Seiten, geb. mit Schutzumschlag
ISBN 978-3-421-04629-1
Auch als E-Book erhältlich

DVA
www.dva.de

Stephen Uhly

Adams Fuge

Roman, Broschur, 256 Seiten
btb 74361

Agent wider Willen in einem ironisch komponierten Spiel mit Identität und Integration, Schuld, Urteil und Vorurteil

Adem Öztürks Aufwachsen verläuft nicht unter den allleridealsten Umständen. Seine deutsche Mutter läuft vor dem immer fanatischer werdenden türkischen Vater davon, der an dem schmächtigen, schwachen Sohn keine rechte Freude hat. Aber beim Militärdienst in der Türkei hat Adem Glück, als er aus Versehen einen hochrangigen kurdischen Soldaten erschießt. Er wird belobigt und soll in Deutschland einen Neonazi jagen.

Aber in diesem Roman ist nichts, was es scheint. Der Kurde war ein Doppelagent, der Nazi entpuppt sich als V-Mann des BND (»viel rechtsradikaler als die wahren Rechtsradikalen«), die – vielen – Toten nehmen munter am weiteren Romangeschehen teil. Und wer, ja wer ist eigentlich Adem?

»Ein schneller, amüsanter hinterrücks intelligenter Roman.«
FAZ